BASTEI LÜBBE JASON DARKS SONDERAUSGABEN IM TASCHENBUCH-PROGRAMM:

73 901 Willkommen in der Hölle
73 902 Zeit der Monster
73 903 In Satans Diensten
73 904 Flüche aus dem Jenseits
73 905 Kämpfer gegen die Hölle
73 906 Dämonenbrut
73 907 Geister, Zombies und Vampire
73 908 Gegen Tod und Teufel
73 909 Alptraum Atlantis
73 910 Im Bann der schwarzen Magie
73 911 Vampir-Schrecken
73 912 Monster aus dem Schattenreich
73 913 Hexenspuk und Teufelssaat
73 914 Im Reich des Bösen
73 915 Grauen aus der Hölle
73 916 Sarggeflüster
73 917 Im Haus der Angst
73 918 Todesträume
73 919 Das Spiel der Dämonen
73 920 Schreckenswelten
73 921 Nächte des Wahnsinns
73 922 Werwolf-Grauen

JASON DARK
JOHN SINCLAIR

Grabgespenster

**Acht
spannende
Grusel-
Abenteuer**

BASTEI LÜBBE TASCHENBUCH
Band 73 923

Erste Auflage: Januar 2000

© Copyright 2000 by
Bastei-Verlag Gustav H. Lübbe GmbH & Co.,
Bergisch Gladbach
All rights reserved
Lektorat: Rainer Delfs
Titelbild: Sanjulian
Umschlaggestaltung: QuadroGrafik, Bensberg
Satz: Fotosatz Steckstor, Rösrath
Druck und Verarbeitung: 49014
Groupe Hérissey, Évreux, Frankreich
Printed in France
ISBN 3-404-73923-X

Sie finden uns im Internet unter http://www.bastei.de
und http://www.luebbe.de

Der Preis dieses Bandes versteht sich einschließlich der gesetzlichen Mehrwertsteuer

Inhalt

Der unheimliche Totengräber
(John Sinclair Band 175)
Seite 7

Melinas Mordgespenster
(John Sinclair Band 177)
Seite 115

Der grüne Dschinn
(John Sinclair Band 178)
Seite 223

Spuk im Leichenschloß
(John Sinclair Band 179)
Seite 331

Die Grabstein-Bande
(John Sinclair Band 180)
Seite 437

Totenchor der Ghouls
(John Sinclair Band 181)
Seite 545

Ich jagte ›Jack the Ripper‹
(John Sinclair Band 182)
Seite 651

Schlimmer als der Satan
(John Sinclair Band 184)
Seite 759

Der unheimliche Totengräber

Mitternacht!

Der alte Friedhof schien zu leben, zu atmen. Er war erfüllt von geheimnisvollen Geräuschen, die der schaurigen Kulisse eine makabre Untermalung gaben. Der Wind fuhr über den Totenacker. Sein müdes Winseln schien selbst die Blätter zu erschrecken, die sich aufgeregt bewegten, wenn sie von ihm berührt wurden. Wie mit Geisterhänden strich er über jeden Fleck, tastete die Grabsteine ab, warf altes Laub vom vergangenen Winter hoch, bog die Zweige der Bäume und brachte eine Botschaft mit, die von den Toten in den tiefsten Gräbern verstanden wurde.

Sie kommen! wisperte der Wind. Sie kommen, und sie wollen das Blut. Hütet euch, verkriecht euch in den Grüften und Gräbern, denn sie werden euch leersaugen bis auf den letzten Tropfen.

Als der Wind einschlief, verstummte auch die Botschaft. Dunkel, verlassen und leer blieb der Friedhof zurück. Nur eine Ratte huschte noch über die Gräber, riß alte Spinnweben entzwei und floh, als wäre der Teufel persönlich hinter ihr her. Wie ausgestorben lag der Friedhof unter den dunklen Wolken. Nichts rührte sich mehr, nichts konnte die Ruhe der Toten stören.

Wirklich nichts?

Ein heimlicher Beobachter hätte ihn zwar nicht gesehen, aber gehört.

Es klangen Schritte auf.

Zuerst zögernd, schleifend, dann fest und hart. Steine knirschten unter derben Sohlen. Sie wurden ebenso zertreten wie kleinere Zweige oder Blätter.

Wo der Weg einen Bogen beschrieb und die beiden alten Ulmen standen, erschien ein Schatten. Langgezogen und bizarr wanderte er über die Erde, kam näher, immer näher, stieg schon senkrecht an dem ersten Grabstein hoch und verharrte.

Der Ankömmling stand still – er lauerte. Es schien, als würde er die Atmosphäre aufsaugen. Jedes noch so unwichtig erscheinende Geräusch registrierte er genau, nahm es in sich auf, wertete es aus und handelte.

Noch blieb er stehen. Die Luft schien ihm nicht rein zu sein. Irgendwo mußten die Feinde lauern, das spürte er genau.

Und doch ging er vor. Er ließ die Wegbiegung hinter sich und konnte nun das alte Gräberfeld überblicken.

Es war ein Mann.

Fast ein Riese. Hochgewachsen und breitschultrig. Mit einem Gesicht, das in der Dunkelheit grau schimmerte und nicht nur deswegen an Gestein erinnerte. Auch die Linien und Formen in dem Gesicht schienen aus Stein zu sein, so unbearbeitet wirkten sie. Die breite Nase saß schief, der Mund war eine Kerbe, das Kinn sprang eckig hervor, die Stirn war übergroß, und die Hände erinnerten in ihren Ausmaßen an Schaufeln. Er hatte kräftige Finger. Sie waren mit Schwielen bedeckt, was davon zeugte, daß dieser Mann zupacken konnte. Und zupacken mußte er in seinem Beruf.

Er war der Totengräber!

Seit Generationen schon übte seine Familie diesen Beruf aus. Und er, Jock Gray, war der letzte in der Reihe. Er hatte keinerlei Nachkommen. Wenn er starb, waren die Grays ausgestorben. Dann mußte ein anderer die Arbeit übernehmen. Das war Jock klar, dagegen hatte er auch nichts, wenn da nicht eine andere Sache gewesen wäre.

Und der wollte er in dieser Nacht auf die Spur kommen. Heute würde er die Beweise finden!

Sein weißgraues Haar wirkte wie eine Perücke. Es war lang gewachsen und fiel fast bis auf die Schultern. Die gleiche Farbe wie das Haar zeigten auch die Augenbrauen, die sich wie zwei buschige Bögen über den tief in den Höhlen liegenden Augen wölbten. Diese Augen zeigten ebenfalls eine graue Farbe. Sie blickten klar und intensiv. Manch einem war unter diesem Blick bereits heiß und kalt geworden, denn Jock Gray war ein Mann, der Respekt verbreitete.

Nie hatte es Klagen gegeben, er hatte seinen Friedhof immer in Ordnung gehalten, und der Herzog war auch zufrieden, denn Jock Gray sorgte neben seiner eigentlichen Arbeit dafür, daß die Familiengruft derer von Quinnthorpe tadellos in Schuß gehalten wurde. Da hatte er seine Prinzipien, da ließ er sich nicht reinreden.

Und nun diese Störung. Aber er war entschlossen, sie in dieser Nacht zu beseitigen.

Irgendwo schlug eine Uhr zwölfmal.

Geisterstunde.

Unwillig schüttelte Jock den Kopf. Die Uhr ging nach, es war bereits zwei Minuten später.

Dann vernahm er ein Geräusch, das ihn aufhorchen ließ. Räder ratterten über einen festgestampften Weg. Das geschah hinter der Friedhofsmauer, wo die Kutsche vorbeifuhr. Nur – wer fuhr um diese Zeit noch aus? Vielleicht kam auch der junge Herzog zurück? Man wußte ja von ihm, daß er ein Freund der Damen und ein galanter Abenteurer war. Es gab keine Bedienung in der Schenke, die nicht sein Bett gesehen hatte.

Pferde wieherten. Sekundenlang übertönte Hufestampfen das Rattern der Räder.

Dann war es still.

Ein Wagenschlag knallte zu. Jemand hatte die Kutsche verlassen. Wollte er zum Friedhof?

Die Augen des Totengräbers nahmen einen lauernden Ausdruck an. Egal, wer es war, um Mitternacht hatte niemand etwas auf diesem Gelände zu suchen.

Da es still war, vernahm der Totengräber auch die Stimmen. Das Lachen einer Frau. Es hörte sich schrill an. Schrill und überdreht. Dann sprach ein Mann.

»Du wirst dich doch nicht fürchten, meine kleine Lady? Du bist doch gestern achtzehn Jahre alt geworden, da hat man doch keine Angst.«

Das war die Stimme des jungen Herzogs. Der Totengräber hatte sie genau verstanden. Sein Mund verzog sich. Er hatte diesen Bengel nie leiden können.

William Quinnthorpe, der jüngste Sohn, war ein widerlicher Lackaffe. Ein eitler eingebildeter Fant, ein arrogantes Früchtchen, das man zu erziehen vergessen hatte. Er kam nicht nach seinem Vater, während sein Bruder Charles mehr dem alten Herzog glich. Jock Gray zog sich zurück. Er ging so weit nach hinten, bis die Ulmen ihm Deckung gaben. Von hier aus beobachtete er die weiteren Vorgänge. Er hörte, wie das kleine Tor in den Angeln quietschte. Der Sohn des Herzogs und seine Begleiterin nahmen die Seitenpforte. Sie wollten also doch auf den Friedhof.

»Aber ich fürchte mich so, Sir!« rief das Mädchen.

William lachte. »Wovor fürchtest du dich, Kleines? Bist du noch unschuldig …?«

Als er keine Antwort erhielt, lachte er und legte seinen Arm um das Mieder. »Täubchen, komm mit mir. Hier stört uns niemand. Die Toten schweigen wie ein Grab.« Er mußte selbst über seinen Witz lachen.

»Aber können wir denn nicht in der Kutsche …?«

»Nein, das ist langweilig, da mache ich es immer. Wie heißt du noch, kleine Lady?«

»Judith.«

»Richtig, Judith. Du kommst aus der Stadt, wie? In London gibt es sicherlich nicht so schöne Männer wie hier, oder?«

»Du bist eingebildet.«

»Kann ich mir auch erlauben. Komm weiter, ich bin schon wieder nüchtern. Dieser Champagnerrausch verfliegt schnell.«

Bis jetzt hatte Jock hinter den Bäumen gelauert. Nun riskierte er einen Blick.

Die beiden schritten tatsächlich quer über die Gräber. Sie genierten sich nicht, die letzten Ruhestätten durch ihr unartiges Benehmen zu schänden. Sie zertrampelten Blumen, da fielen Vasen um, und sie wühlten mit ihren Schuhen das Erdreich auf.

Was war ihr Ziel?

Jock Gray sollte es bald erfahren, denn William Quinnthorpe sprach laut genug.

»Ich weiß ein sehr schönes Plätzchen, kleine Lady. Schau, von hier aus kannst du es sehen.« Er blieb stehen und streckte seinen linken Arm aus, wobei er den Zeigefinger ausstreckte. »Da, siehst du den steinernen Sarkophag?«

»Ja.« Die Antwort war ein Flüstern.

»Da gehen wir hin. Er steht auf einer kleinen Wiese. Das Gras ist weich, ich weiß es.«

»Du hast es schon ausprobiert, nicht?«

»Und wie, kleine Judith. Man liegt dort sehr bequem.« Er wollte sich ausschütten vor Lachen, und das Mädchen schauderte.

Auch Jock Gray hatte die Worte vernommen. In seinen Augen schien es zu brennen, kein gutes Zeichen bei ihm, denn die Wut stieg in ihm hoch. Er griff nach hinten, und die Finger seiner rechten Hand umklammerten das Instrument, mit dem er am besten umzugehen wußte. Es war eine Schaufel.

Allerdings keine normale, sondern ein Mittelding zwischen Spaten und Schaufel. Mit einem sehr breiten Blatt, und vorn lief es etwas spitz zu. Damit hob er die Gräber aus, und er hatte diese Schaufel aus einem besonderen Grund mitgenommen. Für sein Vorhaben durfte er nicht waffenlos sein.

Es war eine instinktive Bewegung, mehr schutzsuchend,

denn die Schaufel war sein Heiligtum. Die wurde gepflegt und gesäubert, damit konnte er umgehen.

Das Mädchen wollte nicht mehr. »Laß mich, William. Ich will nicht. Komm, wir gehen. Wir können zu mir ...«

William Quinnthorpe breitete die Arme aus. »Was hast du? Warum willst du nicht mit? Hier ist es doch herrlich.« Er lachte. »Niemand stört uns, ein ganz neues Gefühl. Du wirst schon sehen, das ist prima.«

»Nein!«

Es war eine eindeutige Antwort, und der junge Mann zuckte zusammen. Er duckte sich regelrecht und richtete sich danach wieder steif auf. »Was hast du gesagt?«

»Das hast du genau verstanden.«

»Ja, ich habe es verstanden, und ich sehe nicht ein, daß ich mein Vorhaben ändere. Ich will dich haben, und zwar hier.«

Seine linke Hand fand ihre Schulter und drückte das Mädchen herum. Dann griff er mit der Rechten zu, beugte ihren Kopf in den Nacken und brachte sein Gesicht dicht vor das des Mädchens.

»Hör zu, meine kleine Lady. Noch bin ich brav gewesen, aber reize mich nicht. Ein Quinnthorpe nimmt sich, was er haben will. Hier auf dem Land gelten unsere Gesetze, hier sind wir die Könige. Hast du verstanden?«

»Ja, ja«, jammerte Judith. »Nur, was hat das alles mit diesem schrecklichen Ort zu tun?«

»Weil ich es so will!«

Judith schaute in die Augen des Mannes. Sie las darin einen unbeugsamen Willen und die Gier nach ihrem Körper. Judith hatte ein leidlich hübsches Gesicht. Sie trug ein hellblaues langes Kleid mit einem runden Ausschnitt. Man konnte sie nicht gerade als mager bezeichnen, deshalb wogte der Busen zum Teil aus dem Ausschnitt hervor. Die Blicke des Mannes klebten auf den Rundungen, bevor er seine Lippen darauf preßte.

»Dann machen wir's hier«, flüsterte das Mädchen, von der Leidenschaft angesteckt. Sie wühlte in Williams Haar.

Jock Gray stand stocksteif. Kein Muskel regte sich in seinem Gesicht, das von einem düsteren Schatten bedeckt wurde. Noch härter umklammerte er die Schaufel und sah zu, wie der junge Mann das Mädchen weiterzog.

Sie näherten sich auf direktem Wege dem Sarkophag. Es war sowieso seltsam, daß dieser steinerne Sarg dort stand. Aber er war schon uralt, und der Herzog wollte einfach nicht, daß man ihn wegschaffte.

Er stand auf einer kleinen Lichtung. Das Gras wuchs um ihn herum wie ein grüner Teppich, und es war wirklich sehr weich, da hatte William Quinnthorpe nicht gelogen, denn er mußte es wissen. Irgendwie schaffte er es immer, die Frauen herumzukriegen. Sogar auf einen Friedhof konnte er mit ihnen gehen, und die Frauen ließen es sich gefallen.

Jock Gray beobachtete weiter. Er war nicht wegen dieser beiden hergekommen, sein Problem war ein ganz anderes. Er machte Jagd. Und das nicht auf Hühner, Gänse oder Enten, sondern auf Geschöpfe der Hölle – auf Vampire!

Ja, er hatte den begründeten Verdacht, daß dieser alte Friedhof von Vampiren heimgesucht wurde.

Seine Gedanken wurden unterbrochen.

Mit dem Rücken hatte William das Mädchen an die Seite des steinernen Sarkophags gelehnt. Seine Hände fuhren in ihr Haar und lösten es. Als blonde Flut umrahmte es das Gesicht. Er beugte sich vor und küßte das Mädchen, während seine Hände auf Wanderschaft gingen und den Körper erforschten. Dann ließ er von ihr ab und brachte seine Lippen dicht an ihr Ohr.

»Zieh dich aus!« flüsterte er.

Sie kicherte. »Das Kleid kann ich nur am Rücken aufknöpfen. Es sind sehr viele …«

»So etwas ist meine Spezialität, kleine Judith.« Er lachte

leise, und schon hatten sich seine Hände selbständig gemacht. Sie glitten über den Rücken, fanden den ersten Haken, den zweiten und erreichten die Knopfleiste.

Von nichts ließen sich die jungen Menschen ablenken. Sie wollten das tun, was die Natur forderte. Ihr Blut war in Wallung geraten, jeder wollte das gleiche, und keiner von ihnen bemerkte die Gefahr, die sich über ihnen zusammenbraute.

Der Sargdeckel bewegte sich.

Ein schwerer Deckel aus Stein, der von einer unheimlichen Kraft zur Seite geschoben wurde. Ein häßliches Schaben entstand dabei, dem Judith und ihr Freund keinerlei Bedeutung beimaßen. Sie waren mit sich selbst beschäftigt, und das so intensiv, daß sie nicht die Öffnung sahen, die der zurückgeschobene Deckel bereits freigelegt hatte.

Jemand lauerte in der steinernen Totenkiste!

Judith keuchte. »Ich muß verrückt sein!« flüsterte sie. »Ehrlich verrückt, es hier mit dir zu treiben. Das darf nicht geschehen, aber es ist so – oh – was machst du da?«

»Gefällt es dir nicht?« fragte William.

»Doch. Du, meine Beine, sie werden ganz weich. Ich ...«

In diesem Augenblick schob sich eine Hand aus dem offenen Sarkophag. Bleich, mit gekrümmten Fingern und einer Haut, die wie Pergament wirkte.

Niemand sah sie. Nicht die beiden Liebenden und auch nicht Jock Gray, weil die Körper der jungen Leute ihm die Sicht versperrten.

William hatte das Kleid so weit aufgeknöpft, daß er es über die Schultern des Mädchens ziehen konnte. Sie waren wohlgerundet und schimmerten weiß.

William tat es langsam, genußvoll. Es war jedesmal etwas Neues. Wie eine Blume, die er entblätterte ...

»Ja, ja«, flüsterte Judith. »Bitte, mach schnell ...«

Da packte die Hand zu!

Die Klaue hieb in den Hals des Mädchens, umfaßte ihn und drückte zu.

Sekundenlang schien die Szene zu einem Standbild zu werden. Das Mädchen rührte sich nicht, und auch William Quinnthorpe wußte nicht, was geschehen war.

»He«, sagte er, »du bist so komisch ...«

Judith röchelte. Sie öffnete dabei den Mund und riß die Augen weit auf. Und da sah William die Gestalt. Sie richtete sich in dem Sarkophag auf, in dem sie sich bisher versteckt gehalten hatte. Ein schreckliches, grausames Wesen mit einem bleichen, blutleeren Gesicht, einer langen, schwarzen Jacke und einer dunklen Hose. Das Haar war ebenfalls schwarz und umstand wirr seinen Kopf.

William Quinnthorpe begriff nichts. Er stand nur da und starrte. In seinem Schädel schien das Blut zu Eis geworden zu sein, jegliches Denken war ausgeschaltet.

Diese Gestalt durfte es nicht geben. Sie war ein Horror-Wesen, und doch eine Tatsache.

Auch Jock Gray sah den Unheimlichen. Sein Verdacht war zur Gewißheit geworden.

Er hatte es mit einem Vampir zu tun. Der Totengräber zeigte sich nicht einmal überrascht. Er war sogar irgendwie beruhigt, daß alles genau nach Plan lief.

William Quinnthorpe, den großen Frauenheld, packte das kalte Entsetzen. Er sah, wie der Vampir seinen Mund aufriß und die beiden spitzen Eckzähne zeigte. Die Zunge schaute wie ein grauer Lappen zwischen ihnen hervor, und ein fauliger Geruch wehte William entgegen.

Als sich der Vampir voll aufgerichtet hatte, ließ er das Mädchen los.

Judith sank in die Knie. Sie hielt sich ihren Hals, keuchte und spie aus. Dabei drehte sie den Kopf und sah zum erstenmal die Gestalt, die sie gewürgt hatte.

Judith drehte durch. Allerdings nicht äußerlich, sondern

innerlich. Ihr Seelenleben geriet völlig außer Kontrolle. Die Angst peitschte in Wellen hoch, ihr wurde schwarz vor Augen, und sie fiel nach vorn gegen die Knie des jungen Mannes, der diese Berührung wohl merkte, sie aber nicht weiter registrierte.

Er ging zurück, denn der Blutsauger machte Anstalten, aus dem Sarg zu klettern.

Weg!« keuchte Quinnthorpe. »Verschwinde, du Bestie. Hau ab ...«

Als Antwort erntete er ein gieriges Fauchen. Aus Erzählungen und Geschichten wußte er, daß Vampire Blut wollten. Und in diesem Falle sein Blut!

Das gab den Ausschlag.

William Quinnthorpe warf sich auf der Stelle herum und rannte wie von Furien gehetzt davon. Er schaute nicht nach rechts und nach links, sondern hetzte über die Gräber und jagte auf das kleine Tor in der Friedhofsmauer zu.

Um das Mädchen kümmerte er sich nicht. William dachte nur an seine eigene Sicherheit. Er war zwar ein großer Frauenheld und auch mutig mit dem Maul, ansonsten jedoch ein Feigling, wie er im Buche stand.

Judith blieb allein zurück.

Bewußtlos, wehrlos ...

Der Vampir stieg aus dem steinernen Sarg. Er senkte den Kopf, und der Blick seiner grausamen Augen fraß sich an dem blonden Mädchen fest.

Da lag sie! Er brauchte nur noch zuzupacken. Ihn dürstete nach Blut. Lange Zeit hatte er nichts gehabt, jetzt wollte er saugen und trinken.

Seine Hände öffneten und schlossen sich, während er sich zu dem Mädchen hinabbeugte, das von all dem nichts merkte. Der Blutsauger streckte seine rechte Hand aus und berührte die nackte Schulter des bewußtlosen Opfers.

Da griff Jock Gray ein.

»Laß es!« peitschte seine Stimme.

Der Vampir erschrak. Normalerweise ließ sich der Blutsauger nicht aus der Ruhe bringen, doch diese Stimme jagte ihm einen Schrecken ein.

Er verharrte mitten in der Bewegung. Langsam hob er den Kopf und schaute den Sprecher an.

Jock Gray hatte sich aus seiner Deckung gelöst. Er kam näher. Unbewegt war sein Gesicht, in der rechten Hand trug er seine Schaufel. Er hatte sie dicht hinter dem Blatt gepackt und hielt sie waagerecht vor sich. Schritt für Schritt näherte er sich dem Blutsauger.

Der Vampir glitt zur Seite. Es war schon enorm, wie geschmeidig er sich bewegte. Dann blieb er stehen und fragte: »Wer bist du?«

»Ich bin der Totengräber.«

»Und was willst du?«

Jetzt blieb auch Jock Gray stehen. »Ich werde dich töten, du verdammter Blutsauger!«

Da lachte der Vampir. Er riß seinen Mund weit auf und legte den Kopf in den Nacken. Deutlich waren seine gefährlich spitzen Zähne zu sehen. »Du willst mich töten, du Wurm? Das hat bisher niemand geschafft, und das wird auch niemand schaffen.«

»Dieser Friedhof gehört mir. Ich bin sein Hüter. Und niemand wird ihn entweihen, auch du nicht!«

»Er ist schon entweiht. Ich habe hier meine Ruhestätte gefunden.«

»Es wird auch deine letzte, wenn du zu Staub zerfällst«, erwiderte Jock fest. Er ließ sich von seinem Entschluß nicht abbringen, sondern ging weiter.

Er vertraute auf seine Kraft und auf die Wirkung seiner Schaufel. Sie hatte ein sehr scharfes Blatt, mit ihm würde er den Blutsauger in der Mitte zweiteilen.

Das hatte er sich vorgenommen.

Der Vampir sah, daß der Totengräber von seinem Vorhaben nicht abzubringen war, und er ahnte auch, wie man ihn umbringen wollte. Die Schaufel war gefährlich, das gestand er sich ein, deshalb mußte er sich etwas einfallen lassen.

So rasch es ging, huschte er zur Seite und erreichte den Sarkophag. Er beugte seinen Oberkörper vor, tauchte hinein, streckte den Arm aus und holte einen Degen hervor. Die Klinge hatte schon Rost angesetzt, aber sie war noch immer geschmeidig, wie der Blutsauger durch eine rasche Biegeprüfung feststellte. Er warf die Haare zurück, bleckte seine Zähne und stellte sich.

»Jetzt kannst du kommen, Totengräber«, sagte er. »Dein Blut wird mir besonders schmecken.«

»Du bekommst es nicht.«

»Abwarten.«

Beide belauerten sich. Durch die Stille drang das Geräusch einer abfahrenden Kutsche. William Quinnthorpe suchte das Weite. Wirklich ein echter Kavalier. Der Totengräber verzog das Gesicht, als er daran dachte.

Die Schaufel hielt er jetzt nicht mehr lässig, sondern mit beiden Händen gepackt. Das Blatt war nicht nur spitz, sondern auch breit. Damit hoffte er, die Angriffe des Blutsaugers abwehren zu können.

Und der Vampir attackierte. Er fintierte und stieß zu. Die Klinge war ein huschender Schatten, kaum zu sehen, und doch parierte der Totengräber. Es gab ein hell klingendes Geräusch, als sie mit dem Spatenblatt zusammenstieß und abgelenkt wurde. Dann schlug Jock Gray zu. Er zog das scharfe Schaufelblatt schräg von oben nach unten, wollte den Kopf des Blutsaugers treffen, doch sein Gegner sprang geschmeidig zurück, und Jock schlug ins Leere. Dabei taumelte er nach vorn, ohne auf seine Deckung zu achten.

Der Degen war wie eine zubeißende Schlange. Jock sah noch, wie die Spitze auf seinen Körper zuzuckte.

Einen Herzschlag später spürte er den Schmerz. Er hatte seine Quelle in der Körpermitte, breitete sich blitzschnell aus und lähmte die Bewegungen des Totengräbers.

Der Vampir lachte. Er stieß kein zweitesmal zu, sondern schaute auf seinen Gegner, der nicht fähig war, sich zu rühren. Er stand wie eine Statue.

Der Vampir hatte den Degen wieder zurückgezogen. Das Blut des Totengräbers vermischte sich mit dem Rost auf der Klinge. Und Blut quoll auch aus der Wunde des Mannes, der langsam, aber sicher an Kraft verlor. Sie schien zusammen mit dem Blut aus seinem Körper zu fließen.

Noch hielt Jock Gray die Schaufel fest, doch sie wurde ihm zu schwer. Ihr Gewicht schien um das Dreifache angewachsen zu sein. Er öffnete die Finger, und die Schaufel prallte auf den Boden.

Der Totengräber ächzte. Kalkweiß war sein Gesicht, auf dem der Schweiß in dicken Tropfen lag. Er begann zu zittern und wankte dann. »Du verdammter ...«

Sein weiteres Wort wurde vom Lachen des Vampirs übertönt. Der Blutsauger schaute zu, wie Jock Gray nach vorn fiel, dumpf auf die Erde schlug und mit dem Gesicht nach unten liegenblieb.

Der Vampir wußte nicht, ob sein Opfer bereits tot war, doch das war ihm egal. Er wollte das Blut, er mußte an den Hals des Mannes. Mit dem rechten Fuß drehte er ihn herum.

Jock Gray war schwer. Auch der Vampir hatte Kräfte, und er schaffte es leicht.

Dann schaute er in das Gesicht, wobei er sich neben den Besiegten gekniet hatte.

Gray war noch nicht tot. Er atmete schwer und röchelnd. Blutbläschen hatten sich in seinen Mundwinkeln gebildet. Sein Gesicht glänzte schweißnaß. Er hatte es versucht, doch der Vampir war stärker gewesen.

Und nun lächelte er. Der Blutsauger zog seine Lippen

zurück. Die spitzen Eckzähne leuchteten wie frisch poliertes Elfenbein. Er würde sie in den Hals des Mannes stoßen und dessen Blut aussaugen.

»Fahr zur Hölle, Verfluchter!« röchelte Jock, der Totengräber. »Beim Satan bist du besser aufgehoben.«

»Ich habe gewonnen, du Wurm. Du kommst gegen einen Vampir nicht an. Was hast du dir nur eingebildet? Dieser alte Friedhof gehört mir, nicht dir. Und ich werde dein Blut trinken, damit es mich stärkt, bevor ich mich wieder zur Ruhe lege. Da!« Er stieß seinen Kopf vor, wollte die Zähne in den Hals des Mannes hacken, doch mit einem gräßlichen Schrei fuhr er zurück.

»Du Hund!« brüllte er, riß seinen Arm hoch und hielt ihn vor das Gesicht. »Du verdammter Hund!« Der Blutsauger winselte und schrie gleichzeitig.

Jock Gray hatte ihn hereingelegt. Er war nicht unvorbereitet in den Kampf gegangen. Seinen Hals und seinen Körper hatte er mit Knoblauch und Weihwasser eingerieben.

Der Geruch war für den Vampir das nackte Grauen. Gerade gegen Knoblauch war er allergisch, denn einem Verwandten hatten Bauern einmal Knoblauchstauden in den Mund gesteckt, wodurch der Vampir elendig vergangen war.

Jock Gray atmete tief ein. »Willst du mich immer noch beißen, du verfluchtes Geschöpf?«

Der Vampir war nach ein paar Schritten stehengeblieben. Er starrte den anderen an. Sein Mund war aufgerissen, das Gesicht zu einer Fratze verzerrt.

An diesen Mann kam er nicht heran. Tierische Laute drangen aus seinem Maul, dann machte er kehrt und verschwand. Er war so geschockt, daß er auch nicht mehr an das Mädchen dachte, das noch immer vor dem steinernen Sarkophag lag.

Jock Gray merkte, wie das Blut aus der Wunde drang, und

mit jedem Tropfen verließ ihn die Kraft. Aber er wollte nicht sterben, nein, dieser Blutsauger sollte ihn nicht tot sehen. Diesen Sieg wollte er ihm nicht gönnen, deshalb durfte er nicht hier liegenbleiben, sondern mußte hoch und die anderen warnen.

Schwerfällig wälzte er sich zur Seite. Glühende Pfeile schienen durch seinen Körper zu schießen. Diese normalerweise einfache Bewegung bereitete ihm ungeheure Schwierigkeiten. Seine Hände krallten sich in dem weichen Untergrund fest, er bohrte die Finger hinein und schaffte es trotzdem noch, sich aufzustützen.

So blieb er.

Sein Körper schien zu explodieren, als er auf einen Baum zurobbte. Es waren nur wenige Schritte, sie erschienen ihm wie lange Meilen. Trotzdem erreichte er sein Ziel, hob seinen Arm und umfaßte den untersten Ast.

Sekundenlang ruhte er sich aus. Er wartete ab, bis die Schmerzen ein wenig nachgelassen hatten, und versuchte es dann.

Jock Gray zog sich hoch.

Der Schwerverletzte gelangte auf die Füße. Breitbeinig blieb er stehen, schwankend wie ein Rohr im Wind, aber er fiel nicht. Es war schon unheimlich, woher dieser Mann die Energie nahm, und noch unheimlicher war es, daß er sich auch in Bewegung setzte und über den alten Friedhof taumelte. Es war wirklich ein Taumeln. Von Gehen oder Schreiten konnte man nicht sprechen. Seine Füße schleiften über den Boden. Sie stießen Steine zur Seite und knickten Gräser. An Grabsteinen stützte er sich ab, sein Atem ging pfeifend wie der einer Lokomotive. Der Friedhof drehte sich vor seinen Augen. Der Boden schien nur noch ein einziges Wellenmeer zu sein, das einmal hoch und dann wieder nieder wogte. Er ging weiter. Stur, unerbittlich. Er mußte Hilfe holen, sonst war alles vergebens.

Ein Grab hatte er an diesem Tag geschaufelt. Es war eine harte Arbeit gewesen, doch er verrichtete sie gern, denn er sah den Friedhof schon fast als sein Eigentum an. Er war der Hüter, dieser Totenacker durfte nicht geschändet werden.

»Nein!« keuchte er. »Nein ...«

Und dann passierte es.

Jock Gray übersah das offene Grab. Plötzlich trat er mit dem rechten Fuß ins Leere. In einer grotesk anmutenden Bewegung riß er noch die Arme hoch, als wolle er versuchen, in der Luft Halt zu finden. Doch da war nichts.

Er fiel.

Schwer schlug der Totengräber auf den Boden des frisch ausgehobenen Grabes und blieb liegen. Er wußte nicht einmal so recht, wo er sich befand, ihm war nur klar, daß er es nicht mehr schaffen würde, Hilfe zu holen.

Der Vampir aber war nicht geflohen. Er hatte Jock Gray beobachtet und gesehen, wie er in das Grab gefallen war.

Seine Chance.

Er näherte sich mit schleichenden Schritten, nahm die Schaufel auf und blieb mit ihr in der Hand am Rand des Grabes stehen.

Sein Lachen war schaurig. Es hallte in den Ohren des Totengräbers wider und wurde zu einem regelrechten Schmerz, der sich in seinen Körper fraß.

Neben dem Grab lag die Erde zu einem braunen Hügel aufgeschüttet. In diesen stach der Blutsauger den Spaten mit dem breiten Schaufelblatt.

Der Vampir rächte sich auf eine furchtbare Art und Weise. Er schaufelte den Schwerverletzten zu.

Jede Schaufel Erde, die er auf den Körper schleuderte, begleitete er mit einem Fluch oder Lachen. Er fand schlimme Worte für den schwerverletzten Totengräber, der nach einigen Minuten kaum noch zu sehen war.

Nur der Kopf schaute noch hervor. Erdkrumen hatten sich

in den grauen Haaren festgesetzt, dann verschwand auch der Schädel des Mannes unter einer Schaufel Lehm.

Jock Gray war nicht mehr in der Lage, etwas zu unternehmen. Sein Lebensfaden riß.

Aber riß er wirklich?

Niemand wußte es genau, auch nicht der Blutsauger, der Schaufel für Schaufel den Lehm in das Grab warf. Er arbeitete verbissen, fluchte hin und wieder und dachte nicht daran, wie die Zeit verging.

Als der Haufen auf dem Grab groß genug war, stieß er die Schaufel mit seiner ungeheuren Kraft so tief in die Erde, daß nur noch der Griff hervorschaute. Mit dem Fuß rammte er auch ihn hinein, so daß nichts mehr von der Schaufel zu sehen war ...

Inzwischen war die blonde Judith aus ihrer Bewußtlosigkeit erwacht.

Sie wußte im ersten Moment nicht, wo sie sich befand, setzte sich aufrecht und blickte sich um.

Düstere Grabsteine, ein dunkler Himmel, fluchende und keuchende Laute, eine Gestalt, von der sie nur den Rücken sah.

Die Erinnerung kehrte zurück.

Nun hatte Judith sagenhaftes Glück. Sie schrie nicht einfach los, sondern kam auf die Füße und schlich sich in die entgegengesetzte Richtung fort. Dabei raffte sie ihr Kleid über der Brust zusammen, sah den hinter dem Friedhof beginnenden Wald und tauchte zwischen den Bäumen unter. Sie fand eine Erdhöhle, in der sie sich die Nacht über versteckte.

Erst als der Tag graute, wagte sie sich aus ihrem Versteck. Ein paarmal noch hatte sie während der Dunkelheit den Vampir gehört. Vor Angst war sie fast vergangen, doch der Blutsauger hatte sie nicht entdeckt. Vielleicht hatten auch ihre Gebete geholfen.

Beim ersten Sonnenstrahl verließ sie das Versteck und floh. Nie wieder hat man etwas von ihr gehört. Von dem Totengräber, der so plötzlich verschwunden war, ebenfalls nicht.

Daß er selbst auf dem Friedhof begraben sein würde, darauf kam niemand.

Aber 100 Jahre später sollten die Menschen an die Ereignisse der Vergangenheit auf grausame Art und Weise erinnert werden ...

Der Schuß krachte!

Die Kugel verließ den Lauf des Jagdgewehres und fand ihr Ziel.

Sie hieb in den Körper des Keilers, der unbeweglich wie ein Denkmal dastand und dann zusammensackte, als hätte man ihm die Beine weggerissen.

»Getroffen«, sagte der Mann stolz. Seine Augen blitzten.

Der Mann neben ihm nickte. »War auch kein Kunststück«, erwiderte er kratzig.

»Nun tun Sie mal nicht so, Conolly. Dieser Keiler mußte weg. Wollen Sie mit und ihn wegschaffen?«

»Nein, Morton, da gehen Sie mal allein.«

»Wie Sie wollen.« Morton hob die Schultern und brach durch das sperrige Gebüsch.

Er war ein Unternehmensberater, machte viel Geld und galt in der Branche als harter Geschäftsmann. Bill Conolly mochte ihn nicht, aber er hatte ihn auch nicht eingeladen, und deshalb durfte er sich über die Zusammensetzung der Jagdgesellschaft auch nicht beschweren. Ein Bekannter, der Duke of Quinnthorpe, hatte ihn eingeladen. Bill kannte die Feste und Gesellschaften im Landhaus des Herzogs, er war immer gern hingegangen, nur die Jagd auf unschuldige Tiere bereitete ihm keinen Spaß. Bill trug zwar auch ein

Gewehr, allerdings nicht, um zu schießen. Es war mehr eine Attrappe.

Bill Conolly war nicht allein gekommen. Er hatte seine Frau Sheila und seinen besten Freund mitgebracht.

Das war John Sinclair, der Geisterjäger.

Bill hatte sich von ihm getrennt. Johns Jagdlust war auch nicht gerade die größte, und so war er mit Sheila am Grillplatz zurückgeblieben.

Bill hörte die Schüsse und die Kommandos der übrigen Jäger. Er hatte keine Lust mehr. Der Reporter wollte zum Grillplatz zurückkehren und dort einen Schluck nehmen. Vielleicht hatte das Personal auch schon die ersten Fleischstücke fertig gegrillt.

Das Land hier gehörte den Quinnthorpes. Sie hatten es einstmals als Lehen vom König erhalten, und die Familie lebte bereits seit Hunderten von Jahren hier. Beziehungen zu den Windsors, dem Königshaus, unterhielten sie nicht mehr, deshalb waren sie auch nicht zur Hochzeit des Jahres eingeladen worden, als Prinz Charles Lady Di ehelichte.

So etwas störte die Quinnthorpes nicht. Sie hatten genug mit ihrer eigenen Familie zu tun und auch große geschäftliche Interessen. Die Familie gehörte zu den größten Holzlieferanten des Landes. Besitztümer befanden sich nicht nur in England, sondern auch in Schottland sowie in Übersee.

Kennengelernt hatte Bill sie vor Jahren, als er einen Bericht über den Waldbestand seiner Heimat schrieb. Die Quinnthorpes hatten sich damals sehr kooperativ gezeigt.

Geleitet wurde das Holzimperium von einem Mann. Nach dem Tode des alten Herzogs hatte Sheldon Quinnthorpe die Geschäfte übernommen, und sie florierten gut, denn der Mann kannte sich nicht nur in der Holzverarbeitung aus, sondern auch im modernen Management, das man ihm auf einer Wirtschaftsfachschule eingepaukt hatte. Weitere Kinder hatte der Alte nicht hinterlassen, dafür hatte

Sheldon zwei Söhne, so daß ein Fortbestehen der Familie gesichert war. Die Kinder studierten in Eaton. Gregory, der Ältere, hatte sein Studium schon bald abgeschlossen.

Sheldons Frau hieß Anne. Sie war eine sehr attraktive Person, der man ihre 43 Jahre wirklich nicht ansah. Und sie gab sich natürlich, war bei den Mitarbeitern und beim Personal beliebt, während Sheldon doch manchmal grantig sein konnte. Wer Sorgen hatte, ging zu ihr, und meist fand sie auch eine Lösung. Zudem verstand sie sich mit Sheila sehr gut, die beiden Frauen trafen sich hin und wieder zum Bummeln und Einkaufen in London.

Bill ging einen schmalen Weg entlang. Er wand sich schlangengleich durch die Büsche und war mit hohem Gras bedeckt. Ein Hase flüchtete, als er von den Schritten des Reporters aufgeschreckt wurde. Bill lächelte und ließ ihn laufen.

Drei Sekunden später krachte ein Schuß.

Der Reporter blieb stehen. Er verzog das Gesicht. Also hatte es den kleinen Hasen doch erwischt.

Dann sah er den Schützen. Es war einer von Quinnthorpes Leuten. Er arbeitete als Führer, durchbrach die Büsche und hielt den toten Hasen an den Ohren gepackt.

»Sind Sie stolz darauf?« fragte Bill.

»Nein, aber die Tiere nehmen Überhand, Sir«, erklärte der Jäger.

»Wie Sie meinen.«

»Wollen Sie denn nicht schießen?«

»Ich brauche keine Aggressionen abzuladen, Mister.« Bill tippte an seinen grünen Jägerhut und ging.

Schon bald hörte er Stimmen und auch Gelächter. Der Grillplatz lag hinter der nächsten Biegung auf einer kleinen Lichtung, die vom Buschwerk und Bäumen umsäumt wurde. Von der Lichtung aus führte ein Weg zum Landhaus der Quinnthorpes.

Gelacht hatte Sheila. Sie stand mit Lady Anne zusammen und unterhielt sich. Beide Frauen waren jagdmäßig gekleidet. Sie trugen grüne Lodenkostüme, Halbschuhe mit griffigen Sohlen und Jägerhütchen, die einmal das schwarze Haar der Lady verbargen und zum anderen Sheilas blonde Mähne.

»Da bist du ja endlich!« rief Sheila, als sie ihren Mann sah. »Hast du was geschossen?«

Bill grinste beim Näherkommen. »Ja, mein Liebling.«

»Was denn?«

»Böcke, nichts als Böcke.«

Zuerst zeigte Sheilas Gesicht Erstaunen. Dann verstand sie und begann zu lachen. Auch Lady Anne stimmte in das Lachen mit ein.

»Sie müssen meinen Mann verstehen«, sagte Sheila. »Er macht sich nicht viel aus der Jagd.«

»Dann geht es Ihnen wie mir, Bill.«

»Und warum sind Sie dabei?« fragte der Reporter. Er legte seinen Arm um Sheilas Schultern.

»Wegen der Geselligkeit. Es wird immer viel getrunken und auch gegessen.«

»Das sieht man«, sagte Bill. Mit dieser Antwort hatte er nicht unrecht, denn die Vorbereitungen für ein kräftiges Abendmahl waren in vollem Gange.

An einem hohen Dreibein hing ein großer Kessel, in dem sich das kleingeschnittene Fleisch und die zahlreichen Zutaten befanden. Es wurde ein prächtiges Wildgulasch, denn der Koch der Quinnthorpes war dafür bekannt, daß er die Zubereitung dieses Gerichts ausgezeichnet verstand. Er ließ auch keine Helfer heran, sondern rührte selbst um und schmeckte ab. Dabei verdrehte er die Augen, und sein buschiger Schnauzbart zitterte. Seine beiden Gehilfen mußten ihm hin und wieder Gewürze reichen, und sie schnitten auch noch Fleisch klein. Ein appetitlicher Duft lag über der

Lichtung. So manchem Gast lief bereits jetzt das Wasser im Munde zusammen.

»Da kriegt man einen unheimlichen Hunger«, sagte Bill und schielte in den Topf, unter dem ein Feuer brannte, dessen Flammen das Gefäß von allen Seiten erhitzten.

»Reiß dich zusammen«, meinte Sheila und stieß ihren Mann in die Seite. »Ich werde schon nicht naschen.«

»Das will ich dir auch geraten haben.«

Bill schaute sich um.

»Wen suchst du?« fragte seine Frau.

»Wo steckt John?«

»Ich glaube, der wollte mal austreten«, erwiderte Sheila leise.

Bill mußte grinsen, dann hellte sich sein Gesicht auf, denn er sah einen hochgewachsenen Mann mit blonden Haaren über den Weg kommen.

Der Mann war ich. Und ich wirkte wie ein Fremdkörper, weil ich als einziger keine Jägerkluft trug. Dafür war ich bewaffnet. Allerdings nicht mit einer Jagdflinte, sondern mit einer Beretta, deren Magazin mit Silberkugeln gefüllt war.

Ich war mitgegangen, weil Bill mich gedrängt hatte. Außerdem hatten wir Sonntag. Jane Collins wollte Schreibkram erledigen, Suko und Shao waren irgendwo unterwegs, und so hatte ich die Einladung angenommen.

»Na, du alter Eisenfresser!« rief Bill Conolly. »Hast du auch ein paar Böcke geschossen?«

»Und wie.«

Ich ging auf Sheila und Bill zu. Auch die Dame des Hauses gesellte sich zu uns.

»Wie gefällt denn einem Oberinspektor von Scotland Yard die Jagd so?« wurde ich gefragt.

»Ist nicht so mein Fall. Aber ich amüsiere mich trotzdem.«

»Sie jagen doch auch?« Die Lady lächelte, und ich sah winzige Fältchen in den Augenwinkeln.

»Wenn Sie es im übertragenen Sinne meinen, dann ja«, gab ich zurück.

»Und Ihr Beruf ist gefährlicher.«

»Es geht«, stapelte ich tief.

»Nein, nein, Mr. Sinclair. Man hört so einiges. Wie ich vernommen habe, sollen Sie sich mit Gespenstern und Geistern beschäftigen. Stimmt das?«

»Manchmal.«

»Das muß ungeheuer aufregend sein.«

»Es geht.«

Die Lady war zwar sehr nett, aber auch sehr neugierig. Das gefiel mir nicht, denn ich war privat hier. Bill grinste dazu, und auch Sheila lächelte. Da hatten die beiden mich richtig reingelegt.

Lady Anne Quinnthorpe faßte meinen Arm. »Kommen Sie, Mr. Sinclair, setzen wir uns. Sie müssen mir etwas erzählen.«

Was sollte ich tun? Abweisen konnte ich sie schlecht. Also machte ich gute Miene zum bösen Spiel und nahm zusammen mit der Lady auf einem Baumstamm Platz, der als Sitzgelegenheit diente.

»Welchen Fall haben Sie zuletzt bearbeitet?« wollte sie wissen.

O je, es fing an. »Eine Rauschgiftsache«, wich ich aus.

Lady Anne war etwas enttäuscht.

»Ich hatte gedacht, Sie jagen Geister?«

»Nicht nur.«

Sie winkte einem Mitarbeiter und bat um einen Drink. »Möchten Sie auch etwas, Mr. Sinclair?«

»Was können Sie denn empfehlen?«

»Unseren Hauscocktail. Von mir erfunden.«

Ich lächelte. »Den nehme ich sofort.«

»Und wir auch!« rief Bill. Er und Sheila setzten sich ebenfalls. »Kann man nach dem Genuß noch autofahren?« erkundigte ich mich.

»Natürlich. Außerdem essen Sie zwischendurch.«

»Das stimmt.«

Anne Quinnthorpe wandte sich an Bill Conolly. »Ihr Freund ist aber heute nicht sehr gesprächig.«

»Wieso?«

»Nun, ich fragte ihn nach einigen Abenteuern, und er berichtete von irgendeiner Rauschgiftsache, die er durchgestanden hat.«

»Das stimmt sogar«, meinte Bill. »John hat sich in Frankreich herumgetrieben.«

»Sagen Sie nur Paris?« Die Lady schaute mich an.

»Nein.« Ich lachte. »Nicht einmal in der Nähe. Es war bei Calais. Dorthin führte die Spur.«

»Waren Sie denn erfolgreich?« Bevor ich eine Antwort geben konnte, brachte der Mann die Getränke. Vier Longdrinkgläser waren bis zur Hälfte gefüllt. Dem Anlaß entsprechend schimmerten die Drinks grün.

»Cheerio«, sagte die Lady. Wir tranken.

Das Zeug schmeckte – ja, wonach eigentlich? Ich dachte nach. Tannennadeln, Haarspray, ein Schuß Whisky, Bitter Lemon auch noch, und alles gut umgerührt.

Mein Fall war es nicht, und ich hatte auch das Gefühl, als würde das Zeug auf halbem Weg zum Magen hängenbleiben.

Bill hatte auch kaum einen Schluck getrunken, er kannte das Mixgetränk wohl und grinste mich an.

»Hat es Ihnen geschmeckt?« erkundigte sich die Lady.

Ich wollte nicht unhöflich sein und erwiderte: »Doch, ja, man kann es trinken.«

»Also kippen Sie es weg, Mr. Sinclair.«

»Warum?«

»Soll ich Ihnen einen Spiegel geben? Da können Sie ihr Gesicht sehen.«

»Sorry.«

»Macht nichts. Aber wir sind vom Thema abgekommen. Haben Sie den Fall abgeschlossen?«

»So einigermaßen.« Dabei dachte ich an Lupina, die mir entwischt war.

Der Butler kam und nahm die Gläser wieder mit. Ich hatte kaum getrunken.

»Da Sie sich jedoch mit übersinnlichen Fällen beschäftigen, Mr. Sinclair, möchte ich Ihnen etwas erzählen. Erinnern Sie sich noch an Ihren Geschichtsunterricht?«

»Das ist lange her.«

»Auf jeden Fall existieren die Quinnthorpes schon einige Jahrhunderte. Und vor ungefähr hundert Jahren ist etwas Seltsames geschehen. Wir beschäftigten einen Totengräber, vielmehr die damalige Familie beschäftigte ihn. Dieser Totengräber war sehr angesehen, er verrichtete seine Arbeit zur vollsten Zufriedenheit des Herzogs, aber eines Tages war er verschwunden. So mir nichts dir nichts. Wir haben nie wieder etwas von ihm gehört. Das soll mit einem Vampir zusammengehangen haben, der auf dem Friedhof sein Unwesen getrieben hat.«

»Gibt es hier einen Friedhof?«

»Ja, er gehört sogar zum Jagdgebiet. Allerdings kümmert sich keiner mehr um ihn. Er ist ziemlich verfallen, die Gräber sind im Laufe der Zeit eingeebnet worden.«

»Gab es den Vampir denn?«

»Mr. Sinclair, jetzt werden Sie mir richtig sympathisch. Natürlich gab es ihn. Einer der Ahnherren, ein William Quinnthorpe, hat ihn sogar gesehen. Und er schlief danach nie mehr ein, ohne vor sein Fenster Knoblauch gehängt zu haben. Manchmal hing dort auch ein Kreuz.«

»Den Vampir hat man nicht gestellt?«

»Nein, und man hat auch von dem Totengräber keine Spur gefunden. Er war ebenso verschwunden wie seine Schaufel. Ist doch seltsam, nicht wahr?«

»Das ist es in der Tat.«

»Und was sagen Sie dazu?«

Ich hob die Schultern. »Liebe Lady Anne. Meiner Ansicht nach hat jede Familie mit Tradition ihre kleine Spukgeschichte aufzuweisen. So ist das nun einmal.«

»Ja, das kann schon sein.« Sie lächelte und hob die Augenbrauen hoch. »Nur gibt es da einen kleinen Unterschied zwischen den Geschichten.«

»Und welchen?«

»Die meine ist echt.«

»Ich habe nicht behauptet, daß Sie lügen, Lady Anne.«

»Nein, aber Sie glauben mir nicht.« Sie hob die Schultern. »Auch egal. Wenn der Vampir noch einmal auftaucht, darf ich Ihnen dann Bescheid geben?«

»Gern.« Lady Anne stand auf. Ich schaute ihr nach, wie sie zum Koch ging und mit ihm sprach.

»Die Geschichte kenne ich auch«, sagte Bill.

»Was hältst du davon?«

»Ebensoviel wie du.«

»Danke, das hätte mir auch einer mit langen Ohren sagen können«, erwiderte ich grinsend.

Noch lachten wir. Doch das sollte uns sehr bald vergehen ...

Der Mann, der den Keiler erlegt hatte und Morton hieß, lachte fett und irgendwie widerlich. Er schob seinen Hut in den Nacken, weil er auf dem Kopf schwitzte. Gerade er hatte dieses Biest erwischt, und er wollte es den anderen zeigen und die Arbeit keinen Treibern überlassen, sondern einen Teil der Beute selbst zum Lagerplatz schaffen.

Morton brach durch das Unterholz. Er trampelte alles nieder und stieß seinen Fuß dabei an einem aus dem Boden ragenden hohen Stein.

»Shit!« fluchte er, wobei er nach unten schaute. »Ein Grabstein, auch das noch.« Er schüttelte den Kopf. »Wo gibt es denn so etwas?« Morton konnte nicht ahnen, daß er auf dem alten Friedhof gelandet war, der noch zum Jagdgelände gehörte.

Der Keiler lag ein paar Schritte weiter. Die Kugel hatte eine große Wunde gerissen. Das graue Fell war rot von Blut. Einiges war in die Erde eingesickert, wo es das hier wachsende Gras gefärbt hatte.

Als Morton neben dem Keiler stand und auf das tote Tier schaute, schüttelte er den Kopf. Nein, da hatte er sich doch wohl ein wenig zuviel vorgenommen. Den konnte er nicht tragen. Allein auf keinen Fall.

Ohne Trophäe wollte er auch nicht zum Grillplatz zurückkehren, und er entschloß sich, die beiden langen Hauer des Tieres aus dem Gaumen zu brechen.

Ein Messer trug er immer bei sich. Hirschfänger sagte man auch dazu, eine scharfe Klinge, die so ziemlich alles zerschnitt. Der Griff bestand aus einem Stück Geweih, das einmal einem kapitalen Zwölfender gehört hatte. Morton zog die Klinge hervor. Er ging noch einmal um den Keiler herum. Er wollte sich davon überzeugen, daß er auch wirklich nicht mehr lebte.

Die Kugel hatte ihn getötet. Morton, an sich ein Feigling, war zufrieden.

Er ließ sich auf die Knie nieder und wog die Waffe in der rechten Hand. Dieser Hirschfänger war schon gut. Dann begann er damit, die Zähne aus dem unteren Kiefer des Keilers herauszubrechen. Er hatte das Messer kaum angesetzt, als er gestört wurde. Zuerst durch den kühlen Windzug, der über den alten Friedhof strich, und dann glaubte er, der Boden neben ihm würde sich bewegen.

Er schaute genauer nach und wäre fast dabei aus der Hocke auf den Rücken gefallen.

Da war nichts, das Ganze mußte eine reine Einbildung gewesen sein. Er machte sich wieder an die Arbeit, schielte jedoch zur Seite.

Wieder bewegte sich der Boden.

Morton wurde blaß. Das sah direkt schaurig aus, wie sich die Erde wellte, als würde jemand von unten dagegen drücken.

Sie brach auf.

Morton rechnete damit, daß ein Maulwurf hervorkommen würde, doch er täuschte sich.

Finger erschienen!

Dicke, mit Erdkrumen behaftete Finger, zur Klaue gekrümmt und mit kurzen, wie abgefressen wirkenden Nägeln.

Morton stöhnte. Trotz seiner Leibesfülle sprang er blitzschnell auf, blieb gebückt stehen und starrte auf die Hand, die sich immer weiter vorschob und der jetzt der untere Teil eines Armes folgte.

Morton fiel ein, daß er sich hier auf einem alten Friedhof befand. Die Toten lagen noch unter dieser Erde, aber sie waren verfault, vermodert, zu Staub verfallen.

Da konnte keiner aus dem Grab steigen. Zudem gab es so etwas nur in Horror-Filmen, aber nicht in Wirklichkeit.

Morton stierte auf die Hand. Sein fleischiges Gesicht glänzte, so dick lag der Schweiß auf der Haut.

Das hatte auch mit seiner Angst zu tun. Er fühlte sich verdammt unwohl, und seine große Klappe war ihm buchstäblich im Hals steckengeblieben, jedenfalls stieß er nur noch krächzende Laute aus.

Die Erde brach weiter auf.

Und nicht nur die Hand und der Arm erschienen, sondern auch eine Schulter.

Morton stöhnte. Er wischte mit dem Handrücken über die nasse Stirn, schluckte, flüsterte sinnlose Worte und sah, wie sich die Hand drehte, wobei die Finger in seine Richtung deuteten.

Wie ein Tuch lag die Stille über dem kleinen, verwilderten Friedhof. Morton hörte auch nicht die Stimmen der anderen Jäger, selbst die Vögel zwitscherten nicht mehr, nur ein dicker Rabe hockte auf einem Zweig, beobachtete den unheimlichen Vorgang und stieß einen krächzenden Schrei aus, der auf Morton wie ein Startsignal wirkte.

Er hatte das Gewehr und das Messer.

Die Schußwaffe lag zu weit entfernt, aber den Hirschfänger hielt er in der Faust.

Und damit wollte er die Hand des Unheimlichen abtrennen!

Der Gedanke war kaum in Mortons Hirn aufgezuckt, als er ihn schon in die Tat umsetzte.

Zwei Schritte brachten ihn bis an die aufgebrochene Erde, er bückte sich und führte das Messer von rechts nach links.

Da packte die Klaue zu. Es war ein eisenharter Griff, den Morton plötzlich spürte. Fünf Finger hielten sein Gelenk umklammert und ließen es nicht mehr los. Der Griff war ungeheuer stark. Morton verzog das Gesicht und wollte zurück, doch die Hand hielt ihn fest.

Der Mann rutschte aus. Seine Sohlen fanden keinen Halt mehr. Er fiel aufs Gesicht, während die Klaue aus dem Grab seine eigene Hand festhielt.

Sie drehte sie sogar herum. Morton stöhnte, weil der Schmerz bis zum Ellbogen hochzuckte und seine Schulter in Flammen zu setzen schien. Wenn er sich nicht den Arm brechen wollte, mußte er die Bewegung mitmachen, die der Unheimliche aus der feuchten Erde ihm aufzwang.

Morton wand sich am Boden.

Er keuchte dabei, stöhnte und röchelte. Seine Augen hatte er weit aufgerissen, die Hacken stemmte er in den Boden, trampelte, aber er schaffte es nicht.

Sein Gegner stieg weiter aus dem Grab.

Schon sah Morton den Kopf. Kleinere Dreckkrumen rieselten rechts und links des Gesichts entlang, das bleich war wie Hammelfett. Dreck hatte sich auch in den Haaren verfangen. Verfilzt umrahmten sie den eckigen Schädel und ein Gesicht, in dem die Augen wie leblose Steine wirkten.

Kalt und grausam ...

Auch die Kleidung war verschmutzt. Der Unheimliche trug eine alte Jacke, die ehemals schwarz gewesen sein mußte. Jetzt war sie verdreckt und halb zerrissen.

Dann erschien auch der linke Arm des Zombies.

Morton erschrak, denn er sah, was der lebende Tote da in seiner anderen Hand hielt.

Eine Schaufel!

Stück für Stück kroch er aus dem feuchten Erdreich, während Morton am Boden lag und sich wand wie eine Schlange. Urplötzlich ließ der Unheimliche ihn los.

Morton war so überrascht, daß er zuerst überhaupt nicht reagierte. Erst als er merkte, daß er seine Hand wieder bewegen konnte, zog er sich zurück.

Er kroch über den Boden, wimmerte und hielt seinen Blick starr auf den unheimlichen Totengräber gerichtet.

Mit dem Fuß stieß er gegen etwas Hartes.

Morton drehte den Kopf und zuckte zusammen, als er erkannte, wogegen er da gestoßen war.

Sein Gewehr.

Mit dem Fuß hatte er den Schaft der Waffe berührt. Eine Patrone steckte noch in der Kammer. Wenn es ihm gelang, das Gewehr an sich zu reißen, konnte er die Gestalt aus dem Grab vielleicht in Stücke schießen.

Morton warf sich schwerfällig herum. Er rollte so, daß er das Gewehr greifen konnte. Mit beiden Händen hielt er es fest und suchte das Ziel.

Dann richtete er die Mündung auf den lebenden Toten.

Der starrte ihn an. Unbewegt blieb sein Gesicht. Bis zu den Hüften stand er noch im Grab, ein untotes Monster ohne Gefühl und ohne Seele.

Den Spaten hielt er fest, quer vor seinem Körper.

»Ich schieße dich in Stücke!« keuchte Morton. »Ich mache aus dir Hack...«

Nie hätte er damit gerechnet, daß der andere so schnell sein würde.

Bevor Morton die Finger krümmte, schlug der Untote mit dem Spaten zu.

Komisch, daß dieser verdammte Spaten so blank ist, dachte Morton noch, dann traf ihn die flache Seite mit ungeheurer Wucht. Das Gewehr wurde von dem Aufprall aus seiner Hand katapultiert. Es flog weg, als hätte er es nie festgehalten, und landete irgendwo auf dem Boden, für ihn unerreichbar.

Er schrie.

Sein rechter Ellbogen schien nicht mehr vorhanden zu sein. Als er Arm und Finger bewegen wollte, schaffte er das nicht, der Arm war wie gelähmt.

Er schluchzte auf.

Der Untote stieg weiter aus seinem Grab, als wäre nichts geschehen. Er schüttelte sich nur, und Dreckkrumen rieselten von seinem Körper. Neben dem Grab blieben sie liegen.

Dann zog er das rechte Bein an.

Morton starrte auf die Kniescheibe, und er sah, wie der Unheimliche den Spaten als Stütze benutzte. Er quälte sich förmlich in die Höhe.

Dem Jäger war klar, was der andere mit ihm vorhatte. Er würde ihn nicht am Leben lassen. Morton dachte an die gesehenen Krimis, an Zeugen, die etwas verraten konnten und so.

Noch lebte er.

Und, verdammt noch mal, das sollte auch so bleiben. Der

dicke Geschäftsmann wußte selbst nicht, woher er plötzlich die Energie nahm, aber sie schoß wie ein Strom durch seinen Körper, und er dachte an sein Messer.

Den Hirschfänger hatte er noch.

Er zog ihn hervor.

Mit der Waffe konnte er wirklich umgehen, das hatte er im Laufe der Jahre gelernt, und er würde es dieser verdammten Gestalt schon zeigen.

Die rechte Hand war kaum noch zu gebrauchen, weil sich die Finger nicht bewegen ließen, aber er hatte noch die linke.

In sie wechselte er das Messer.

Die Finger umkrampften den Geweihgriff. Am liebsten hätte er die Waffe sofort geschleudert, doch er wartete, bis der Unheimliche vollends aus dem Grab gekrochen war. Noch stand er gebückt, doch wenn er etwas von ihm wollte, dann mußte er sich aufrichten.

Und er tat es.

Morton holte aus.

Der Totengräber wandte ihm das Gesicht zu. Es sah aus wie eine fahle Leichenmaske. Eine Gänsehaut kroch über Mortons Rücken. Warum tut er denn nichts? Er kann sich doch verteidigen – er müßte doch ...

Morton dachte nicht mehr weiter. Es war ihm auch egal. Er wollte ihn sich nur vom Hals schaffen.

Der Jäger schleuderte die Waffe. Ein schwerer Hirschfänger, gut ausgewogen, der sich einmal in der Luft überschlug und mit tödlicher Präzision sein Ziel fand.

Bis zum Heft hieb er in die Brust des Untoten.

Der Totengräber wurde durchgeschüttelt. Seine Mundwinkel verzogen sich für einen Moment nach unten.

Jetzt muß er fallen! dachte Morton.

Der Zombie fiel nicht.

Aufrecht blieb er stehen und schaute den Mann an, der das Messer geschleudert hatte.

»Nein!« ächzte Morton. »Nein, verdammt, das kann nicht sein, das gibt es nicht ...« Er glaubte seinen Augen nicht zu trauen, denn der Untote hob den rechten Arm, packte den Griff und zog den Hirschfänger aus seiner Brust.

Kein Tropfen Blut quoll hervor, und wie von Geisterhänden berührt, schloß sich die Wunde sofort wieder.

Das Messer aber schleuderte der Unheimliche zu Boden.

Dann ging er vor.

Morton wußte nichts von Jock Gray und dessen Aufgabe. Er sah in ihm eine Mordmaschine, die sein Leben wollte. So schnell kam er nicht auf die Füße. Seine Leibesfülle machte ihm zu schaffen. In der Ferne hörte er den Klang der Hörner. Sie bliesen die Jagd ab, doch die auf ihn war soeben eröffnet worden.

Das Monster wollte sein Leben!

Morton rollte sich herum, kam auf dem Bauch zu liegen und stemmte sich in die Höhe, indem er beide Hände flach auf den Boden stützte.

Er wollte weg.

Mehr stolpernd als gehend gelang es ihm. Er hörte hinter sich die dumpfen, gefährlich klingenden Schritte des unheimlichen Verfolgers.

Schaffte er es?

Morton riskierte den Zeitverlust und warf einen Blick über seine Schulter.

Jock Gray hatte den Spaten hochgehoben.

Er schlug zu.

Morton stand erstarrt. Er schien im ersten Augenblick danach zu wachsen, sein Gesicht verzerrte sich und wurde vom nackten Entsetzen gezeichnet, als er plötzlich die roten Flecken auf seiner Kleidung sah.

Sein Blut!

Wieder hob der Totengräber den Spaten. Er wollte ein für allemal ein Ende machen.

Wie Morton es schaffte, sich trotz seiner Verletzungen herumzuwerfen, wußte er selbst nicht. Auf jeden Fall verfehlte ihn der zweite Hieb.

Dann rannte er. Morton floh schreiend vom Ort des Grauens ...

Die Leute schienen gerochen zu haben, daß es bald Essen gab. Aus sämtlichen vier Himmelsrichtungen strömten die Mitglieder der Jagdgesellschaft zum Grillplatz.

Einige hielten ihre Trophäen in den Händen, andere Tiere wurden von den Treibern gebracht und in Reih und Glied zu Boden gelegt. Irgendwo ertönten die Jagdhörner, die auch noch die Nachzügler zusammenbliesen.

Auch Sheldon Quinnthorpe traf ein. Er saß hoch zu Roß, stieg ab und warf die Zügel einem Helfer zu, der das Tier wegführte. Quinnthorpe sah so aus, wie man sich einen englischen Adeligen vorstellt. Grauhaarig, schlank, hochgewachsen, ein längliches Gesicht, leicht gebogene Nase und ein Oberlippenbart. Sein Haar war graublond und immer sorgfältig gescheitelt.

Ich hatte mit ihm erst ein paar Worte gewechselt. Auch jetzt hielt ich mich abseits. Irgendwie war ich kein Freund von diesem Trubel. Ich hätte mich lieber in einen Pub gesetzt und so drei bis acht Bierchen zur Brust genommen, um danach selig dem Montag entgegenzuschlummern.

Man sprach über die Jagd. Auch die Conollys beteiligten sich an der Unterhaltung, während Lady Anne die Zubereitung des Essens überwachte.

Der Koch gab dem Wildgulasch noch den letzten Gewürzpfiff. Er schmeckte ein paarmal ab, zischte seinen Helfern Anweisungen zu und war noch nicht ganz zufrieden.

Inzwischen wurden Getränke gereicht. Man konnte Bier trinken und auch Rotwein.

Ich entschied mich für Bier. Es war gut gekühlt und löschte den Durst.

Bill kam zu mir. Auch er hielt einen Bierkrug in der Hand. »Und?« fragte er.

»Ich habe Hunger.«

»Das glaube ich.«

»Also für die Jagd werde ich mich nie begeistern können«, sagte ich ehrlich.

»Ich gehe auch nur mit, weil wir die gesellschaftlichen Formen wahren müssen. Die Quinnthorpes haben uns schon so oft eingeladen, immer konnte ich mich drücken, und dann konnte ich dich überreden, mitzugehen. Das gab den Ausschlag.«

Man blies zum großen Halali. Eine heilige Handlung der Jäger. An mir ging sie vorbei, ohne daß mir Tränen der Rührung in die Augen stiegen. Sitzplätze waren genug vorhanden. Man nahm auf den Baumstämmen Platz, und der Koch schlug gegen ein Eisendreieck, das einen Triangel ersetzte. Trotzdem schallte der Ton über die Lichtung, und ein Raunen ging durch die Jäger.

Es gab Essen!

Sie stürzten herbei. So war es immer. Da gab es bei Arm und Reich keinen Unterschied. Wenn es etwas umsonst gab, kannte man keine Verwandten, da wurde rücksichtslos aufgeräumt. Das hatte ich schon bei einigen Gelegenheiten kennengelernt und hielt mich deshalb zurück. Es war genug da.

Auch Bill blieb bei mir, während Sheila zusammen mit Lady Anne bei zwei mir unbekannten Frauen standen, die hin und wieder einen schrägen Blick zu uns warfen.

Bill, der alte Hundesohn, grinste schief. »Wahrscheinlich hat Sheila ihnen soeben erzählt, daß du Junggeselle bist, John. Deshalb schauen die Ladies so interessiert her.«

»Hör ja auf.«

»Aber die sind doch nett.«

»Ja, vielleicht fürs Altersheim.«

»Du kannst doch in deinem Alter keine Ansprüche mehr stellen«, beschwerte sich der Reporter.

»Und warum nicht?«

»Na, ich …«

»Hör mal, Bill. Mit 'ner Sechzigjährigen habe ich ja keine …« Nein, ich sprach nicht mehr weiter, denn ich hörte plötzlich Schreie und sah, daß zwei Männer aufgesprungen waren.

»Das ist Morton!« gellte eine Stimme.

»Mein Gott, wie sieht er aus!«

»Der blutet!« kreischte eine Frau.

Ich wußte nicht, wer Morton war, aber ich hatte aus den Kommentaren herausgehört, daß dies kein Spaß war, sondern bitterer Ernst. Drei Jäger stieß ich zur Seite, hatte danach freien Blick und sah diesen Morton.

Er taumelte aus dem Gebüsch, hatte den Weg erreicht und wankte ihn entlang auf die Lichtung zu. Seine Hände hatte er gegen die Brust gepreßt. Zwischen seinen Fingern schimmerte es rot, aber auch an der Seite und sogar am Rücken. Es sah aus, als hätte jemand quer über seinen Körper mit einem Schwert ein Zeichen gezogen.

Morton schien mehr tot als lebendig zu sein. Es war ein Wunder, daß er überhaupt noch laufen konnte. Wie ein Kleinkind bewegte er sich voran. Sein Mund war aufgerissen, die Augen drangen ihm fast aus den Höhlen, und dann stolperte er über seine eigenen Beine.

Er fiel nicht hin. Bill Conolly hatte die Situation erfaßt und war als erster bei ihm. Bevor Morton mit dem Gesicht zu Boden fallen konnte, fing Bill ihn auf.

Sekunden später stand ich neben dem Reporter, umringt von den anderen Mitgliedern der Jagdgesellschaft.

Ich schaute in fassungslose Gesichter. Staunen und Entsetzen paarten sich dort. Einige Frauen hatten sich abgewandt. Zwei Männer waren Ärzte. Sie kümmerten sich sofort um den Schwerverletzten, den Bill und ich neben dem Weg ins Laub gebettet hatten.

Die Wunde war nicht tief, dafür sehr groß, und sie blutete stark. Zum Glück hatten die Quinnthorpes vorgesorgt und einen großen Erste-Hilfe-Kasten mitgenommen.

Sofort wurde der Kasten herbeigeschafft. Die Ärzte gaben schmerzstillende Mittel und kümmerten sich um die Wunden.

Ich schaute ihnen zu, während um mich herum die Menschen murmelten und flüsterten.

»Das ist doch kein normaler Unfall«, sagte Bill Conolly.

Da gab ich ihm recht.

»Hast du einen Verdacht?«

»Sieht mir nach Kampf aus. Selbst hat er sich die Verletzungen nicht beigebracht, und von einem Tier scheinen sie mir auch nicht zu stammen.«

»Hoffentlich kann er noch reden.«

Da hatte mir der Reporter aus der Seele gesprochen. Morton erhielt einen Notverband. Man hatte ihm das Hemd ausgezogen. Er war bei Bewußtsein. Dick lag der Schweiß auf seiner Stirn, und der Atem drang röchelnd aus seinem Mund. Ich fragte einen der beiden Ärzte. »Kann man mit ihm reden?«

Scharf fuhr er mich an. »Wo denken Sie hin, Mister? Dieser Mann ist verletzt, er muß in ein Krankenhaus.«

»Das weiß ich auch. Mich interessiert der Grund seiner Verletzung.«

»Ist das so wichtig?«

Ich zeigte dem Arzt meinen Ausweis.

»Scotland Yard?« Der Doc war erstaunt.

»Ja. Kann ich jetzt mit ihm sprechen?«

Die beiden Mediziner tauschten einen Blick und nickten synchron. Sie waren einverstanden.

Ich kniete mich neben den Mann, dessen Augen weit aufgerissen waren. Starr schaute er mir ins Gesicht.

»Mr. Morton«, sagte ich, »können Sie mich hören?«

»Ja.«

»Bitte, reißen Sie sich jetzt zusammen. Ich habe einige Fragen an Sie.«

»Reden Sie.«

»Wie ist es passiert?«

Morton verzog das Gesicht. Der Schmerz spiegelte sich in seinen Zügen wider. »Ich – ich hatte den Keiler erledigt und wollte mir die Zähne als Trophäen ausbrechen, als es geschah. Aus der Erde kam eine Gestalt. Sie – sie trug eine Schaufel bei sich und wollte mich umbringen. Ich – ich habe meinen Hirschfänger geschleudert, aber der Kerl war unverletzlich …«

»Wo ist das passiert?«

»Im – Wald.« Er atmete pfeifend die Luft ein. »Da ist ein Friedhof, glaube ich, und dort habe ich ihn gesehen. Er ist kein Mensch mehr, sondern eine Bestie.«

Ich hörte die Worte, und in meinem Gehirn überschlugen sich die Gedanken. Dann spürte ich die Berührung an der Schulter und vernahm die Stimme des Mediziners.

»Es reicht, Mr. Sinclair. Der Verletzte braucht jetzt unbedingt Ruhe.«

»Ja, natürlich.« Ich stand auf.

Auch der Arzt hatte die Worte vernommen. »Der Mann scheint zu phantasieren«, meinte er.

»Wahrscheinlich.« Ich zündete mir eine Zigarette an und schaute zu, wie Morton abtransportiert wurde. Man bettete ihn vorsichtig auf den Rücksitz eines Fahrzeugs.

Bill Conolly kam zu mir. Auch er hatte die Ohren gespitzt und die Worte gehört. »Das scheint dich anzugehen, John.«

»Glaube ich auch.«

Bill blickte sich um. »Ich war ja schon zweimal hier, aber einen Friedhof habe ich hier noch nie gesehen.«

»Wir können ja mal Lady Anne fragen.«

Bill fand meinen Vorschlag gut, und wir gingen zu den Frauen, wo wir auch Sheila fanden. Fragend schaute sie uns an, und ich nickte. Durch einen Blick bat ich Lady Anne, zu uns zu kommen. Sie entschuldigte sich bei den anderen und ging mit mir ein paar Schritte zur Seite, während Bill mit Sheila sprach.

Lady Anne war bleich. Dieser Vorgang hatte auch bei ihr Spuren hinterlassen.

Ich bot ihr eine Zigarette an, sie schüttelte den Kopf und senkte den Blick. Leise sagte sie: »Mr. Sinclair, Sie haben mit dem Verletzten gesprochen. Konnte er etwas Konkretes sagen?«

»Ja.«

»Und?«

»Darüber möchte ich mit Ihnen reden, Lady Anne.« Ich ging bewußt nicht sofort in die vollen, sondern redete ein wenig um den heißen Brei herum. »Es sieht nicht so aus, als hätte Mr. Morton einen Unfall gehabt. Wie man erkennen kann, ist er attackiert worden, und zwar nicht von einem Tier.«

»Sondern?« flüsterte die Frau und schaute mir ins Gesicht.

»Haben Sie mir nicht die Geschichte von dem Totengräber erzählt?« erinnerte ich sie.

»Natürlich, das ist eine Familienlegende.«

»Gibt es hier tatsächlich einen alten Friedhof in der unmittelbaren Nähe?«

»Ja, im Wald.«

»Von dort kam der Verletzte. Und er hat von einer unheimlichen Gestalt mit einem Spaten gesprochen, die ihn angegriffen hat, Lady Anne.«

Die Frau preßte ihre Hand dorthin, wo in der Brust das Herz schlägt. »Ist das Ihr Ernst, Mr. Sinclair?«

»Leider.«

»Aber dieser Totengräber lebt nicht mehr. Er ist gestorben. Schon vor hundert Jahren.«

»Wirklich?«

»Wie meinen Sie das, Mr. Sinclair?«

»Wissen Sie genau, daß der Totengräber gestorben ist? Hat man sein Grab gefunden? Wurde er beerdigt?«

»Nein.«

»Sehen Sie.«

»Aber er kann nicht mehr leben. Niemand wird so alt, Mr. Sinclair. Wirklich nicht.«

»Im Prinzip haben Sie recht, Lady Anne.«

»Aber?«

Ich lächelte. »Kein Aber. Ihnen das alles zu erklären ginge ein wenig zu weit. Würde es Ihnen etwas ausmachen, wenn ich mich bei Ihnen einquartiere?«

»Sie wollen den Fall übernehmen?«

»Ja, Lady Anne. Sollte der Totengräber existieren, bedeutet dies eine nicht zu unterschätzende Gefahr für uns alle.«

Sie schüttelte den Kopf. »Mein Gott, ich kann es gar nicht fassen, daß es so etwas gibt.«

»Erinnern Sie sich daran, wie Sie mich fragten, ob ich Ihnen nichts von meinem Beruf erzählen könnte?« Als sie nickte, sagte ich: »Jetzt erleben Sie es hautnah.«

»Das stimmt.«

»Und um noch etwas möchte ich Sie bitten. Sprechen Sie mit niemandem darüber, wenn es sich eben vermeiden läßt.«

»Das ist selbstverständlich, Mr. Sinclair. Haben Sie sonst noch einen Wunsch?«

»Ja, ich möchte mir den Friedhof ansehen. Wie komme ich dorthin?« Sie erklärte nur den Weg, und ich bedankte mich. Dann ging sie zurück zu ihrem Mann.

»Wir stecken ja wieder mittendrin«, sagte Bill.

»Scheint so.«

»Was hast du vor?«

»Einen Friedhof besichtigen.«

»Habe ich mir gedacht, und deshalb komme ich mit. Sheila und ich haben zudem beschlossen, noch bei den Quinnthorpes zu bleiben. Ich will sehen, wie sich die Sache entwickelt.«

»Das war auch meine Idee.«

»Dann können wir gehen?«

»Meinetwegen.«

»Ich sage nur noch Sheila Bescheid.« Bill Conolly verschwand.

Sheldon Quinnthorpe hatte in Anbetracht der Umstände die Jagdgesellschaft aufgelöst, was ihm auch niemand übelnahm. Nacheinander verschwanden die Leute.

Bill kehrte zurück. »Alles klar, wir können gehen.«

»Bist du bewaffnet?« fragte ich.

»Nicht mit Silberkugeln.«

»Ich ja.«

Der Reporter grinste. »Dann bin ich beruhigt.«

Bis zu unserem Ziel war es wirklich nicht weit, aber der Weg gestaltete sich als unangenehm. Es gab keinen breiten Pfad, sondern wir mußten quer durchs Gelände. Dieser Teil des Waldes wurde nicht gepflegt, hier ließ man die Pflanzen und Bäume wachsen, die Natur wucherte förmlich über.

Dann sahen wir den Friedhof. Oder das, was von ihm übriggeblieben war.

Ein paar alte Grabsteine standen noch schief im Boden. Sie waren mit Moos überwuchert und zeigten einen grünen Schimmer. Einige freie Flächen waren ebenfalls vorhanden. Dort wuchs das Unkraut kniehoch.

Bill entdeckte den erlegten Keiler zuerst. Ausgeblutet lag er auf dem Boden.

Und dicht daneben sahen wir es.

Unwillkürlich blieben wir stehen. Bill warf mir einen

scheuen Blick zu. Ja, ich kannte die Zeichen genau, die entstehen, wenn Tote aus kühlen, feuchten Gräbern klettern. Dort war die Erde immer aufgewühlt, als wäre ein riesiger Maulwurf bei der Arbeit gewesen. Zwangsläufig dachte ich an meinen ersten Fall überhaupt, der mich damals auf die Spur des Hexers Orgow gebracht hatte. Dieser Mann hatte mit Hilfe eines Mediums die Toten eines Friedhofs aus den Gräbern steigen lassen. Und die Leichen hatten anschließend die Einwohner eines ganzes Dorfes in Panik versetzt.

Hier schien nur ein Zombie aus dem Grab geklettert zu sein, denn weitere Spuren entdeckten wir nicht.

Ich suchte nach Fußabdrücken und fand sie auch bald. Vom Grab her mußte der geheimnisvolle Totengräber im Wald verschwunden sein. Er hatte sich ohne Rücksicht seinen Weg gebahnt, wobei er Zweige und kleinere Äste abgeknickt hatte.

»Wie ist der wieder zum Leben erweckt worden?« fragte Bill.

Ich hob die Schultern. »Da kann ich nur vermuten. Dieser erlegte Keiler liegt direkt auf dem Grab. Blut ist in die Erde gesickert, vielleicht hat es den Anstoß gegeben.«

Bill war mit mir einer Meinung.

Er drehte seine Runden und durchsuchte das in der Nähe wachsende Unterholz.

Plötzlich stieß er einen überraschten Ruf aus. »Mensch, John, komm her.« Ich war schnell bei ihm.

Bill hatte tatsächlich eine seltsame Entdeckung gemacht. Es war ein uralter Steinsarkophag, der in der Nähe zweier hoher Ulmen stand und fast zugewachsen war.

Wir gingen auf den Steinsarg zu. Bill drückte die Pflanzen zur Seite.

Keine Inschrift deutete darauf hin, wer in diesem Sarkophag lag. Er paßte auch nicht hierher, und ich fragte mich, wieso man ihn hier hingestellt hatte.

»Öffnen?« fragte Bill.

Die Idee hatte ich auch gehabt.

Wir machten uns beide an die Arbeit.

Selbst zu zweit benötigten wir viel Kraft, um den schweren Deckel zu bewegen. Er schien mit dem Unterteil irgendwie festgewachsen zu sein, aber in gemeinsamer Anstrengung schafften wir es, das Ding ein Stück zur Seite zu schieben.

Von nun an ging es leichter.

Als fast die Hälfte des Sarkophags freilag, konnten wir einen Blick hineinwerfen.

Die Bäume standen hier sehr dicht. Ihr Laub filterte den größten Teil des Sonnenlichts. Deshalb war es schwer, innerhalb des Sarkophags etwas zu erkennen.

Ich nahm die Lampe.

Viel brachte der dünne Strahl auch nicht, doch wir konnten sehen, daß der Steinsarg leer war.

»Da schläft keiner«, meinte Bill. »Nicht einmal ein Vampirbaby.« Er grinste.

»Mich würde interessieren, ob hier überhaupt jemals jemand gelegen hat«, sagte ich.

»Vielleicht diente er nur als Schmuckstück«, vermutete Bill.

»Ein sehr seltsames, wenn du recht hast.«

Wir ließen das Ding offen und wollten uns erst einmal bei Lady Anne oder ihrem Mann erkundigen. Noch einmal schritten wir den Friedhof ab und suchten auch in der näheren Umgebung. Keine Spur von dem geheimnisvollen Totengräber.

Allerdings konnte man erkennen, welchen Weg er genommen hatte. Nach den wenigen Fußabdrücken zu urteilen und wenn man die gedachte Linie weiterzog, mußte er sich dem Landhaus des Herzogs nähern.

Ich teilte Bill die Vermutung mit.

»Wenn das stimmen sollte, können sich die Quinnthorpes auf etwas gefaßt machen.«

»Sicher, aber wir haben auch eine Chance, ihn zu erwischen«, erwiderte ich.

»Was hält uns dann noch hier?«

»Nichts.«

Er schlich durch den Wald!

Eine unheimliche Gestalt, ein seelenloser lebender Toter. Bewaffnet mit einem gefährlichen Spaten und dem Hirschfänger eines Fast-Opfers. Er hatte das Messer aus dem Boden gezogen und es eingesteckt. Instinktiv spürte er, daß diese Waffe ihm noch nützen konnte.

Jock Gray war tot, und doch lebte er.

Eine nicht faßbare Kraft hielt ihn am Leben, sie sorgte dafür, daß er weiter existierte, denn er hatte sich in seinem normalen Leben nicht umsonst mit einem gefährlichen Totenkult beschäftigt. Nun erntete er die schaurigen Früchte.

Jock Gray machte es nichts aus, wenn sperrige Äste oder Zweige sein Gesicht streiften und peitschten. Schmerzen verspürte er nicht mehr. Die Zeiten waren vorbei. Er hatte lange im feuchten Grab gelegen, war nicht gestorben, sondern hatte auf das Ereignis gewartet, das ihn ins Leben zurückrufen sollte.

Es war eingetreten. Blut hatte den Boden über dem Grab benetzt, war in die Erde eingedrungen und hatte ihn erreicht. Einige Tropfen in seinem Mund waren der Katalysator gewesen.

Der unheimliche Totengräber erwachte. Er kletterte aus dem Grab und hatte seinen Friedhof sehen müssen. Schwer traf ihn der Schock. Was war daraus in den letzten hundert Jahren geworden? Man hatte ihn verwildern und verkommen lassen, niemand war dagewesen, der ihn pflegte und hütete.

Und dafür waren Menschen verantwortlich. Menschen, die er suchen, finden und töten würde.

Seltsamerweise existierte in seinem untoten Gehirn die Erinnerung noch. Er wußte sogar die Namen, erinnerte sich an den Herzog, dessen beide Söhne, und er war sicher, daß dieses Geschlecht nicht ausgestorben war.

Dann hatten sie den Niedergang des Friedhofs zu verantworten. Und dafür sollten sie büßen.

Zuvor jedoch wollte er ein anderes Ziel ansteuern. Nicht weit vom Friedhof entfernt hatte früher eine Hütte gestanden, die ihm als Behausung diente. Jock Gray hoffte, die Hütte noch zu finden. Mit dem Spaten schlug er sich den Weg frei, wenn das Unterholz allzu sperrig wurde. Die Kanten waren noch immer so scharf wie vor langen Zeiten, sie hatten nichts von ihrer Gefährlichkeit verloren. Er konnte nach wie vor mit einem Schlag jemandem den Kopf vom Körper trennen.

Jock Gray blieb stehen.

Er drehte den Kopf und schaute aus seinen blicklosen Augen in die Runde.

Hier irgendwo hatte er sich früher herumgetrieben. Und ganz in der Nähe mußte sich auch seine Hütte befinden.

Für einige Zeit hatte er die Orientierung verloren. Er ging nach rechts, links und auch wieder zurück, aber einen Hinweis fand er nicht.

Sollte die Hütte zerstört sein?

Als dieser Gedanke in seinem Hirn aufwallte, drang ein drohendes Knurren aus seiner Kehle. Dann lauschte er, denn er hatte die Jagdhörner gehört.

Als dünne, verwehende Laute drangen sie an seine Ohren. Ihm war es egal.

Er ging weiter und brach jetzt noch stärker und schneller

durch das Unterholz. Aufgeschrecktes Wild floh vor ihm. Durch das Blätterdach der Bäume sickerte wenig Licht. Es erreichte kaum den Boden.

Die Hütte.

Auf einmal sah er sie, und abrupt blieb der unheimliche Totengräber stehen.

Noch war sie von den an die Wand heranwachsenden Bäumen verdeckt, aber durch das Grün schimmerte bereits das dunkle Holz der Außenfassade.

Sie stand noch.

Jetzt hielt ihn nichts mehr. Er brachte die letzten Yards hinter sich, zertrampelte Büsche und Farnkraut, fegte sperrige Zweige zur Seite und stand vor seinem Ziel.

Schrecklich sah die Hütte aus.

Niemand hatte sich in den letzten hundert Jahren die Mühe gemacht und sie gepflegt. Die alten Holzschindeln hatten die Zeit am wenigsten überdauert. Zum Teil waren sie vom Wind abgedeckt worden und lagen irgendwo im Gelände verstreut, wo sie verfaulten und zu Humus wurden.

Was noch als Rest auf dem Dach geblieben war, daran hatten Wind und Wetter ebenfalls genagt. Über der Eingangstür war durch irgendeinen äußeren Einfluß das Dach so weit vorgeschoben worden, daß die Schindeln nur noch wie an dünnen Fäden hingen.

Die Tür war zwar noch vorhanden, jedoch hing sie völlig schief in den Angeln. Das gleiche war mit den hölzernen Fensterläden geschehen. Sie waren sogar zum Teil abgefallen.

Silberfarben schimmerten Spinnweben an den Wänden, und der kleine Stall an der Rückseite des Hauses existierte überhaupt nicht mehr. Reste lagen auf dem Boden, wo sie verfaulten.

Um das Haus herum wucherte der Wald dicht. Da gab es

Bäume, die Stürmen nicht standgehalten hatten und jetzt quer lagen. Sie wurden vom Unterholz überwuchert und zeigten auf ihrer Rinde hellen Schimmel als auch grünes, fleckiges Moos.

Aber sie stand noch, und das allein zählte.

Der unheimliche Totengräber näherte sich der Tür. Seine schwieligen, kalten Finger legten sich um den Rand und zogen die Tür auf. Sie knarrte häßlich. Das Geräusch schreckte einige Vögel hoch, die schrill pfeifend auf höchsten Zweigen Schutz suchten.

Jock Gray betrat sein Heim.

Feuchter, muffiger Geruch empfing ihn, den er jedoch nicht wahrnehmen konnte, da er keine Sinne mehr besaß. Und doch spürte er das Fremde, das Andere, das vor einhundert Jahren noch nicht gewesen war. Etwas hatte sich verändert.

Dicht hinter der Schwelle blieb Jock Gray stehen. Witternd wie ein Tier hob er den Kopf, ohne allerdings begreifen zu können, was ihn störte.

Es war einfach da, mehr nicht.

Seine leblosen Pupillen bewegten sich, als er mit Blicken den düsteren Raum durchsuchte. Da stand noch das alte Regal, auch der Tisch. Allerdings waren die Stühle zerbrochen. Der Wind pfiff durch das zerstörte Dach in die Hütte.

Sehr hoch lag der Staub. Grauweiß waren die Fäden der Spinnweben. Auf dem festgestampften Lehmboden wuchs Unkraut. Die Tür zum Anbau existierte nicht mehr. Dafür aber die gemauerte Feuerstelle dicht daneben.

So etwas wie eine Erinnerung blitzte im Hirn des lebenden Toten auf. Die Feuerstelle war von je her für ihn von besonderer Bedeutung gewesen, genau wie das alte Holzbett, das ebenfalls die Jahre überdauert hatte.

Vor der aus rohen Steinen gemauerten Feuerstelle ging der Zombie in die Knie. Er legte den Spaten zur Seite und zog das erbeutete Messer. Mit der Spitze fuhr er zwischen die Ritzen und hatte beim zweiten Versuch Glück.

Er berührte den Kontakt. Mit Leichtigkeit ließ sich ein Stein herausnehmen.

Die linke Hand des Totengräbers suchte in der Öffnung, und er fand das alte Tongefäß. Es war noch immer verschlossen. Vorsichtig hob er den Deckel ab.

Ein Knurrlaut drang über seine Lippen, als er in die Schale starrte. Der Teufelstrank, der ihn zum Zombie gemacht hatte, war nicht mehr vorhanden.

Er sah nur noch eine dunklere Kruste, auf der Kristalle glänzten. Doch damit zeigte er sich zufrieden. Wenn er Menschenblut hatte, konnte er den Trank vielleicht wieder herstellen. Er stellte die Schale wieder weg und drückte auch den Stein in die Öffnung.

Jetzt wußte er mehr.

Von seinem ursprünglichen Plan, die Familie des Herzogs zu bestrafen, hatte er nicht Abstand genommen. Er mußte sich nur entscheiden, wie er es anstellen sollte.

Früher hatte er immer auf dem alten Bett gelegen und nachgedacht. Das hatte er auch nach der langen Zeit im Grab nicht vergessen. Als er vor dem Bett stehenblieb, spürte er wieder die Gefahr. Jetzt deutlicher.

Etwas lauerte hier.

Ein Feind!

Er hatte seinen Spaten mitgenommen. Auf diese Waffe wollte er nicht verzichten.

Jock Gray sah nichts. Niemand außer ihm hielt sich in der Hütte auf. Von Spinnen, Käfern und anderen Kriechtieren einmal abgesehen.

Der Totengräber setzte sich auf das Bett. Eine alte, feuchte Matratze war noch vorhanden, aber nicht die, die er einmal gehabt hatte. Sie mußte nachträglich auf das Bett gelegt worden sein, von irgend jemandem, der hier übernachtet hatte.

Jock sah auch die feuchten Flecken auf der Matratze. Sie sahen fast aus wie Blut.

Dann legte er sich hin.

Es war ein gutes Gefühl, so wie damals, und der Untote grunzte vor Wohlbehagen. Er legte sogar den Spaten aus der Hand und vergaß für einen Moment die drohende Gefahr.

Sie war noch vorhanden.

Und zwar stärker als zuvor.

Nur sah oder bemerkte Jock sie nicht, denn sie befand sich nicht vor oder neben ihm, sondern unter dem Bett.

Plötzlich spürte er einen scharfen Ruck im Nacken, der sich fortpflanzte, und als er an seinem Gesicht entlangschielte, sah er die rostige Degenspitze, die aus seiner Kehle ragte. Jemand hatte sie ihm von unten her durch den Hals gestoßen!

Der rote Wein sah aus wie Blut, und er befand sich in schweren Kristallgläsern, die wir in den Händen hielten.

Wir, das waren Lady Anne, Sheila Conolly, der Herzog, Bill und ich. Wir hatten uns im Arbeitszimmer des Herzogs zusammengesetzt, einem großen rechteckigen Raum, der sicherlich 60 Quadratmeter und mehr maß. Die Wände waren mit Bücherregalen vollgestellt. Es gab eine lederne Sitzgruppe und einen Schreibtisch, für den jeder Antiquitätenhändler ein Vermögen gezahlt hätte.

Der Duke hatte die Vorhänge zugezogen und dafür die Wandlampen eingeschaltet. Ihr Schein fiel auch auf die leicht grünlich schimmernde Seidentapete und berührte mit seinen Ausläufern noch den Kronleuchter unter der Decke.

Wir tranken.

Die übrigen Gäste der Jagdgesellschaft waren gefahren. Morton lag bereits im Krankenhaus. Sheldon Quinnthorpe erkundigte sich soeben nach seinem Befinden.

»Ja, danke, dann rufe ich später noch einmal an«, sagte er zum Abschluß und legte auf. Er drehte sich um. Gespannt schauten wir ihn an.

»Wie geht es ihm?« fragte Lady Anne.

Sir Sheldon holte ein Tuch aus der Innentasche und tupfte den Schweiß von der Stirn. »Nicht gut, die Ärzte sind ein wenig pessimistisch. Er hat zuviel Blut verloren.«

Lady Anne wurde bleich und faltete die Hände. »Mein Gott, hoffentlich kommt er durch.«

Wir nickten betreten.

Der Herzog schaute mich an. »Mr. Sinclair, wie kommt es, daß gerade unsere Familie diese Schrecken erleiden muß?«

»Den Grund weiß ich auch nicht. Er muß in der Vergangenheit liegen.«

»Sie denken an den Totengräber?«

»Ihn jedenfalls hat Mr. Morton erwähnt.«

»Könnten das nicht Fieberphantasien gewesen sein?«

»Das glaube ich nicht. Zudem haben wir selbst ein – sagen wir ruhig – aufgebrochenes Grab gesehen.«

Lady Anne hatte die Augen weit aufgerissen. »Das kann ich nicht begreifen. Wie können Tote lebendig werden?«

Ich hob die Schultern. »Verlangen Sie bitte keine konkrete Antwort von mir, Mylady. Ich weiß es selbst nicht genau. Außerdem ist es nicht der richtige Zeitpunkt, nach Gründen zu suchen. Wir müssen uns fragen, was wir dagegen unternehmen können. Aber erst einmal müssen wir uns mit den Tatsachen abfinden.«

Lady Anne nippte an ihrem Glas. »Ich dachte immer, daß die Geschichte mit diesem Totengräber nur eine Legende ist.«

»Wie sehen denn die genauen Fakten aus?« fragte Bill Conolly.

Er erntete erst einmal Schweigen. Schließlich räusperte sich Sheldon Quinnthorpe. »So genau weiß das niemand von uns. Die Geschichte verliert sich immer im Netz der Fabel und Legende. Ich kann Ihnen Konkretes nicht mitteilen.«

»Doch!«

Zu unser aller Überraschung widersprach Lady Anne. Sie hatte den Arm angewinkelt und ihren rechten Zeigefinger gegen die Stirn gedrückt. »Es gibt da ein altes Buch, eine Art Chronik. Dort müßte etwas über den Fall stehen.«

»Das kann sein«, gab der Herzog zu.

»Haben Sie das Buch denn greifbar?« wollte ich wissen.

»Ich glaube ja.« Der Herzog trat an eines der Regale. Es war mehr ein Schrank, denn eine verglaste Tür schützte die alten Bücher und Folianten vor dem Zahn der Zeit.

Sir Sheldon schloß die Tür auf und ließ seine Blicke über die dunklen Buchrücken wandern. »Da ist es ja«, sagte er und zog ein Buch hervor, das ziemlich abgewetzt und auch zerlesen aussah, was man beim Aufklappen sehen konnte.

Der Herzog begab sich zu seinem Schreibtisch, nahm Platz und blätterte.

»Auf Anhieb werde ich es wohl kaum finden können«, murmelte er. »Sie müssen mir schon etwas Zeit geben.«

»Natürlich.«

Er knipste eine Lampe an. Es wurde still im Arbeitszimmer. Nur unser Atmen war zu hören. Hin und wieder blätterte der Herzog vorsichtig weiter, er wollte das sehr alte Papier nicht zerstören. »Ja«, sagte er, »hier ist es.« Neugierig traten wir näher, und der Herzog las den Text vor, der noch in einem alten Englisch abgefaßt worden war.

Ich fasse hier nur zusammen. Die Quinnthorpes hatten damals tatsächlich einen Totengräber namens Jock Gray eingestellt. Er war ein sehr guter Mann, der sich mit viel Fleiß um den Friedhof kümmerte. Er erledigte seine Arbeit ausgezeichnet und war stets bemüht, den Gottesacker von finsteren Gestalten freizuhalten. Das gelang ihm auch, bis er eines

Tages wie vom Erdboden verschluckt war. Zuvor jedoch hatte der Sohn des damaligen Herzogs auf dem Friedhof ein einschneidendes Erlebnis. Er berichtete von einem Vampir, der in dem alten Steinsarkophag gelegen und sein Mädchen angegriffen hatte. Beide waren im letzten Augenblick entkommen. William lebte bis zu seinem Tod in einer panischen Angst vor Vampiren. Was aus Jock Gray geworden war, das wußte niemand. Der Friedhof verfiel und war auch nicht mehr für eine Bestattung benutzt worden.

»Jetzt wissen Sie alles«, sagte der Herzog.

»Ja, die Basis ist vorhanden. Dennoch bleiben einige Fragen offen.«

»Bitte.«

»Dieser Sarkophag steht immer noch auf dem Friedhof. Wie kam er überhaupt dorthin?«

»Das geschah noch vor der Zeit des Totengräbers«, erklärte mir der Herzog. »Einer meiner Ahnherren war von dem Steinsarg sehr angetan. Er hat ihn von einer Reise aus dem Balkan mitgebracht. In ihm sollte angeblich ein Vampir gehaust haben, und mein Ahnherr fand dies besonders originell, auf seinem Friedhof so einen Sarkophag stehen zu haben.«

»Mit dem Vampir hat er wohl recht gehabt.«

»Das kann ich nicht glauben«, sagte Lady Anne. »Es gibt in England viele Gespenstergeschichten, auch Schlösser, in denen es spuken soll, aber das ist doch mehr für Touristen gedacht.«

»In diesem Fall, Mylady, müssen Sie sich damit abfinden, daß es echt ist«, sagte ich. »Fragen Sie Mrs. Conolly, auch sie hat am eigenen Leibe erfahren, daß es Vampire und auch noch schlimmere Wesen als sie gibt.«

»Schlimmere?« hauchte die Frau.

»Ja, leider.«

Sie wurde blaß und ballte die Hände. »Was – was können wir denn jetzt tun?«

»Zweierlei«, erwiderte ich. »Zunächst müssen wir davon ausgehen, daß wir es hier nicht nur mit einem Gegner zu tun haben. Da ist der Totengräber und wahrscheinlich auch dieser Vampir, der in dem Sarkophag gelegen haben soll: Wir können jetzt warten, bis der Totengräber erscheint, oder aber ihm entgegengehen. Zu versuchen, ihn zu stören, daß er erst gar nicht ins Haus eindringen kann. Auf jeden Fall rate ich Ihnen, sich zu schützen.«

»Wie meinen Sie das?« fragte der Herzog.

»Haben Sie Kreuze im Haus?«

»Ja.«

»So nehmen Sie die Kreuze und hängen Sie sie möglichst sichtbar um. Dann können Sie auf ein Allheilmittel wie Knoblauch zurückgreifen. Es hat die Vampire schon vor Hunderten von Jahren abgeschreckt und hat auch heute seine Wirkung nicht verloren.«

»Muß das wirklich sein?« fragte Mylady.

»Ja, es muß.« Diese Antwort gab nicht ich, sondern Sheila Conolly.

»Und was werden Sie unternehmen, Mr. Sinclair?« wollte der Herzog wissen.

»Ich gehe zum Friedhof. Bestimmt treffe ich dort diesen Totengräber.«

»Allein?«

»Ja.«

»Das kommt überhaupt nicht in Frage«, mischte sich Bill Conolly ein. »Ich begleite dich.«

»Und läßt die Frauen hier allein, wie?«

»Sorry.« Bill senkte den Kopf.

»Nein«, sagte ich, »so geht es auf keinen Fall. Sie müssen hier zusammenbleiben. Niemand darf das Haus verlassen. Wer außer uns befindet sich noch hier?«

»Küchenpersonal und Harry, der Butler.«

»Schärfen Sie den Leuten ein, das Haus nicht zu verlassen«, wandte ich mich an den Herzog. »Aber verschweigen Sie um Himmels willen den Grund.«

»Sicher.«

»Werden Vampire nicht erst um Mitternacht wach?« erkundigte sich Lady Anne mit zittriger Stimme. Ich lächelte. »Nur im Film, Mylady.«

»Na ja, ich dachte nur.«

»Auch Vampire sind zum großen Teil mit der Zeit gegangen. Ich kenne welche, die existieren sogar am Tage. Ihnen macht das Licht nichts aus. Sie haben sich gewissermaßen der veränderten Umwelt angepaßt, ohne dabei ihre ureigensten Fähigkeiten verloren zu haben. Nach wie vor sind Särge und Grüfte ihre bevorzugten Übernachtungsstätten, aber man findet sie auch in normalen Häusern. Sogar auf dem Meeresgrund hat ein Vampir gelegen, bis er von einem Menschen erweckt worden ist.« Ich dachte dabei an Vampiro-del-mar, der zu Dr. Tods Mordliga gehörte. Uns war es noch immer nicht gelungen, diese dämonische Bande zu zerschlagen.

»Das ist ja fürchterlich, Mr. Sinclair«, flüsterte die Herzogin.

Ich lächelte sparsam. »Man gewöhnt sich im Laufe der Zeit daran.«

»Sie vielleicht, Oberinspektor. Ich nicht.«

»Das ist möglich.«

Ich schaute auf meine Uhr. Draußen mußte es bald dunkel werden. Durch die geschlossenen Vorhänge konnte man leider nicht viel sehen, doch die Zeit war reif.

Ich zog meine Beretta aus dem Holster. »Nimm sie, Bill«, sagte ich.

»Und du?«

»Die Ersatzwaffe liegt im Wagen.«

»Okay, danke.«

Ich schärfte allen Anwesenden noch einmal ein, sehr vorsichtig zu sein und zusammenzubleiben. Auch das Personal mußte Bescheid wissen. Diese Aufgabe wollte Sir Sheldon Quinnthorpe übernehmen. Er begleitete mich auch bis zur Tür. Dort reichte er mir die Hand. »Viel Glück, Mr. Sinclair«, sagte er. »Räumen Sie mit dieser Pest auf.«

»Ich werde es versuchen.«

Dann ging ich.

Zuerst blieb er ruhig liegen, als wäre überhaupt nichts geschehen. Er stierte auf die Klinge und spürte keinen Schmerz, sah auch kein Blut, aber dafür überfiel ihn die Erinnerung.

Schon einmal hatte er die Klinge gesehen. Das war, als er sich dem Vampir gestellt hatte. Da war der Blutsauger mit einem Degen bewaffnet gewesen und er nur mit seiner Schaufel. Der Vampir war schneller gewesen, hatte ihm den Degen in den Leib gestoßen, ihn dann in das Grab geworfen und es danach zugeschaufelt. Zum Glück hatte er die Schaufel ins Erdreich gestoßen, so daß Jock Gray sie hatte an sich nehmen können, als er aus dem Grab gestiegen war.

Nur etwas war anders.

Damals war der Totengräber ein Mensch gewesen, da hatte der Degenstoß für ihn tödliche Folgen gehabt, jetzt allerdings existierte er als Zombie.

Und heute machte ihm ein Stoß mit der Degenklinge nichts mehr aus. Das schien der Vampir nicht zu wissen.

Er lag unter dem Bett. Der Totengräber hörte genau das Hecheln und ein häßliches Kichern.

Dann verschwand die Klinge. Der Blutsauger hatte sie wieder zurückgezogen. Er schien wohl anzunehmen, daß sein Rivale nicht mehr lebte.

Der unheimliche Totengräber bestätigte ihn in der Annahme. Er rührte sich nicht.

Steif blieb er liegen.

Unter dem alten Bett hörte Jock Gray ein Schaben. Dann lachte jemand häßlich, und als der Totengräber den Kopf zur Seite drehte, sah er einen Arm, einen Teil der Schulter und einen Kopf unter dem Bett hervortauchen.

Er kannte die Gestalt.

Es war der Vampir!

Auch er hatte die vergangenen 100 Jahre überlebt, genau wie der Totengräber. Er kroch unter dem Bett hervor, und Gray schaute auf seinen Rücken.

Dann schlug er zu.

Wie ein Hammer fiel die schwere Hand des Zombies nach unten und traf den Rücken des Vampirs. Der hatte damit nicht gerechnet, stieß einen grunzenden Laut aus und knickte zusammen.

Blitzschnell war Gray vom Bett. Kaum einer hätte dieser Gestalt die Schnelligkeit zugetraut, er trat gegen den Kopf des Blutsaugers, und der Tritt schleuderte den Vampir auf den Rücken. Schmerzen verspürte er nicht, Jock Gray wollte ihn nur nicht zur Ruhe kommen lassen, um sein Vorhaben ausführen zu können.

Bevor der Vampir zur Gegenwehr ansetzen konnte, bückte sich Gray und packte seinen Spaten. Das blanke Schaufelblatt blitzte, als er das Gerät drehte, und im nächsten Augenblick setzte er die Spitze gegen die Kehle des Vampirs.

Der Blutsauger blieb steif liegen. Er wußte genau, was das zu bedeuten hatte, und Jock Gray sagte es ihm auch knallhart. »Ich brauche nur zuzustoßen, dann ist dein Kopf vom Rumpf getrennt!«

Ohne sich zu rühren, blieb der Blutsauger liegen. Er hatte den Mund aufgerissen. Deutlich waren seine beiden Zähne zu sehen, die weit vorstanden und mit ihren Spitzen die Unterlippe berührten. Er starrte in das Gesicht des Zombies, sah auch dessen Hals und suchte vergebens die Wunde, die sein Degen eigentlich hinterlassen haben mußte.

Es gab sie nicht mehr. Die Wunde war wieder zugewachsen.

Zombie und Vampir standen sich gegenüber. Wer von beiden würde siegen? Oder würden sich beide zerfleischen?

Wut und Haß loderten in den Augen des Totengräbers. Zum ersten Mal spürte er dies, am liebsten hätte er zugestoßen, doch er wußte auch, daß der Vampir und er im Prinzip zusammengehörten. Sie waren beide Geschöpfe der Finsternis, und eine Krähe hackt der anderen kein Auge aus.

»Warum tötest du mich nicht?« krächzte der Blutsauger.

»Ich sollte es tun.«

»Jetzt hast du die Chance.«

»Ja, damals hast du mich umgebracht. Das habe ich nie vergessen, aber heute sieht es anders aus, ganz anders. Heute sind wir beide keine Menschen mehr, im Gegenteil, die Menschen sind unsere Feinde.«

»Das stimmt.«

»Deshalb werde ich dich nicht umbringen, Blutsauger!« Jock Gray hatte sich entschlossen und zog den Spaten zurück.

Der Vampir rollte sich sofort zur Seite und stand auf. Er trug zerfetzte Kleidung. Hager und eingefallen war sein bleiches, blutleeres Gesicht. Man sah ihm an, daß er lange keinen Lebenssaft mehr getrunken hatte, ihn dürstete danach, an den Hals eines Opfers zu gelangen.

Das merkte auch der Zombie. »Dir geht es schlecht, wie?«

»Ja.«

»Wieso?«

»Die letzte Zeit war schrecklich. Ich mußte mich nur verstecken. Hin und wieder habe ich ein Opfer gefunden, an dem ich mich laben konnte, aber es wurden immer weniger, die in dieser Hütte übernachten wollten, und ich traute mich nicht, mir die Leute vom Schloß zu holen. Wenn ich sie leergesaugt hatte, habe ich sie verbrannt, ich brauchte sie nicht, sie hätten mir nur Blut weggenommen, und so habe ich die Zeiten überstanden.«

»Das ist nun vorbei.«

»Wie meinst du das?«

»Ich habe nicht vor, den Herzog und seine Familie zu schonen«, erklärte der Totengräber.

»Du willst sie töten?«

»Ja.«

»Was haben sie dir getan?«

»Sieh dir den Friedhof an. Sie haben ihn verkommen lassen, meinen Platz! Keiner hat sich darum gekümmert. Dafür müssen und werden sie büßen.« Er lachte. »Denk mal zurück, wie ich dich gejagt habe. Da hocktest du auf dem Friedhof, und deshalb wollte ich dich töten, Blutsauger.«

Der Vampir grinste hämisch. »Was du nicht geschafft hast.«

»Du auch nicht, denn ich hatte ein Abkommen mit dem Teufel geschlossen. Nach einer Beschwörung hat er mir den Trank der Hölle zubereitet. Ihn nahm ich, und ich wußte, daß ich irgendwann einmal erwachen würde. Doch es war schlimm. Die lange Zeit in der kalten, feuchten Erde, ich habe gezittert und gebebt, ich wußte, daß über mir etwas geschah, aber ich konnte nicht heraus, sondern lag gefangen in der verdammten Starre. Dann schlug das Schicksal zu. Plötzlich schmeckte ich Blut und wurde wieder wach.«

Als Jock Gray das Wort Blut erwähnte, leuchteten die Augen des Vampirs.

»Blut«, flüsterte er, »wann kriege ich es?«

»Noch in dieser Nacht. Das verspreche ich dir. Von nun an wird dieser Friedhof wieder uns gehören. Du kannst zurück in den Sarkophag, ich werde dich beschützen. Wie heißt du eigentlich?«

»Kargov.«

»Ein seltsamer Name.«

»In meiner Heimat Rumänien nicht.«

»Und wie bist du hierher gekommen?«

»Mit einem Schiff. Ich habe mich versteckt, denn der Herzog holte sich den Sarg aus Stein, der mir als Ruhestätte gedient hatte. Ich wollte mit ihm, und niemand merkte, daß ich mich auf dem Schiff befand.« Er lachte grell.

Jock ging vor.

»Wo willst du hin?« fragte Kargov.

»Auf den Friedhof. Komm mit!«

Der Vampir folgte ihm. Es paßte Kargov zwar nicht, daß er hier die zweite Geige spielte, aber was sollte er tun? Er konnte froh sein, daß ihn der Totengräber am ›Leben‹ gelassen hatte. Die Warnung war deutlich genug gewesen.

Und dann die Gier nach Blut. Zu lange schon hatte er ohne den Lebenssaft auskommen müssen. Bald würde er frisches Blut trinken, das war sicher.

Jock Gray ging vor. Er hatte es verdammt eilig und schritt quer durch das Unterholz, ohne auf irgend etwas Rücksicht zu nehmen. Sein Gesicht war verzerrt, er wollte auf seinen Friedhof. Wütend schlug er Zweige und Äste zur Seite, sprang über einen Baumstamm und blieb stehen.

Fast wäre der Vampir gegen ihn gelaufen. Im letzten Augenblick konnte er noch stoppen.

»Was ist los?« fragte der Blutsauger.

»Da!« sagte Jock. Er streckte die Hand aus und deutete auf einen dunklen Sarg. »Wem gehört er?«

»Mir«, sagte Kargov. »Ich habe ihn gestohlen.«

Da drehte sich der unheimliche Totengräber um. Er tat es langsam, doch er schlug blitzschnell zu. Der Vampir konnte nicht mehr ausweichen, das Schaufelblatt klatschte voll in sein Gesicht, und die Wucht des Schlages schleuderte ihn zu Boden, wo er sich fast noch überschlug. »Du verfluchter

Hund!« schrie er. »Ich will einen sauberen Friedhof haben. Es reicht, daß die anderen ihn verkommen lassen. Nicht auch noch du!«

Jock Gray war außer sich, während der Blutsauger am Boden lag und sich das Gesicht hielt. Zu seinem Glück hatte Gray die Eckzähne nicht abgeschlagen, ansonsten sah der Vampir ziemlich ramponiert aus.

Wild schaute sich der Totengräber um. Er schüttelte den Kopf, ein Knurren drang aus seiner Kehle, und er sagte: »Jetzt zeige ich dir, was ich tun werde, um den Friedhof wieder sauber zu bekommen.« Er hob seine Schaufel an.

Der Vampir hatte Angst, daß Jock Gray durchdrehen und ihn doch noch erschlagen würde. Instinktiv legte er seine Hand auf den Degen, doch der Totengräber hatte ihn schon wieder vergessen.

Er sah nur den Sarg.

Es war eine gespenstische Szene in der hereinfallenden Dämmerung, wie er dastand, den Spaten hob und mit seiner Arbeit begann. Voller Wut drosch er auf den Sarg ein. Er zerstückelte ihn regelrecht, hieb gegen das Holz, schrie dabei und haute den Sarg in zahlreiche Einzelteile.

Splitter flogen ihm um die Ohren. Einige lattenartige Holzteile wirbelten durch die Luft und blieben irgendwo in den Büschen hängen.

Der Sarg war leer.

Und Jock Gray schlug weiter. So lange, bis er die Totenkiste vollständig zertrümmert hatte.

»So, Kargov«, keuchte er, »jetzt hast du gesehen, wie ich meinen Friedhof aufräume. Er wird für dich zu einem Blutplatz, aber halte ihn in Ordnung.«

Der Vampir hatte sich aufgerichtet. Sein Gesicht wies jetzt einige Schönheitsfehler auf. Da stand die Nase schief, und an einigen Stellen unterhalb der Augen war Haut aufgeplatzt, so daß bleiche Knochen hervortraten.

»Ich hole mir jetzt den Herzog und seine Familie!« versprach der Totengräber. »Bleib du hier.«

Kargov nickte. Er schaute Jock Gray so lange nach, bis die Dämmerung ihn verschluckt hatte ...

Harry, der Butler, war das, was man als den guten Geist des Hauses bezeichnen konnte. Über zwanzig Jahre diente er jetzt bei den Quinnthorpes. Er hatte die Kinder groß werden sehen und früher manchmal ihre Streiche gedeckt. Das hatten sie Harry bis heute noch nicht vergessen, entsprechend gut war ihr Verhältnis.

Doch Harry hatte immer darauf geachtet, daß sein Verhältnis zum Arbeitgeber nie plump vertraulich wurde. Er hielt stets auf Distanz, war verschwiegen, sah viel, registrierte es und lächelte höchstens still in sich hinein.

Harry war auch der Chef des Personals. Er hatte seine Augen überall, sorgte dafür, daß regelmäßig das Familiensilber geputzt wurde, und schaute nach, daß der Gärtner auch die Blumen einpflanzte, die Mylady so sehr liebte.

Harry war wirklich eine Perle. Er war unverheiratet und konnte sich daher um seine Arbeit kümmern, wobei er Tag und Nacht dienstbereit war. Urlaub hatte er an sich nie genommen, nur hin und wieder mal einen Tag frei, wenn er seine Schwester in London besuchen wollte.

An diesem Abend hielt sich Harry beim Küchenpersonal auf, als Sir Sheldon seinen Butler zu sich rufen ließ.

Harry kam sofort. Wie immer trug er eine dunkle Hose, die gestreifte Weste und das weiße Hemd. Ein Jackett hatte er nicht übergestreift. Das graue, über der Stirn bereits licht gewordene Haar war sorgfältig gescheitelt.

»Sie wünschen, Sir?«
»Ich muß mit Ihnen reden, Harry.«
»Sehr wohl, Sir.«

Sie nahmen in der Halle Platz. Eigentlich kam sich der Herzog ein wenig dumm vor, aber er hatte nun einmal versprochen, das Personal zu warnen, und er wollte das Versprechen halten.

»Harry, ich möchte Sie und die anderen vom Personal bitten, das Haus nicht zu verlassen.«

Harry war überrascht. Er zeigte dies, indem er seine Augenbrauen anhob. Fragen stellte er nicht.

»Sagen Sie doch was!« forderte der Herzog.

»Sir, es ist nicht meine Art, Anordnungen Ihrerseits durch Fragen zu …«

»Schon gut, Harry, aber ich möchte Ihre Meinung hören.«

»Es wird mit der Verletzung des armen Mr. Morton zusammenhängen, wie ich annehme?«

»Genau.«

»Und vorhin hat jemand das Haus verlassen.«

»Das war Oberinspektor Sinclair, Harry. Er will den Täter finden. Wir müssen davon ausgehen, daß ein Mörder versuchen wird, in dieses Haus hier einzudringen.«

»Sir?« Harry räusperte sich und tastete unwillkürlich nach seiner Kehle.

»Ja, leider ist es so. Deshalb möchte ich Sie bitten, darauf zu achten, daß sich das Personal nur in einem Raum aufhält und nicht durchs Haus geht. Ich will nicht, daß jemand dem Totengräber in die Klauen läuft.«

»Totengräber, Sir?«

»Ja, Harry. Dieser Mörder ist ein Totengräber. Aber einer, der schon seit hundert Jahren unter der Erde liegt.«

»Oh.«

Der Herzog lachte, stand auf und schlug seinem Diener auf die Schulter. »Harry, auch ich war so überrascht wie Sie. Aber glauben Sie mir, es gibt ihn tatsächlich.«

»Natürlich, Sir, ich habe keinen Grund, an Ihren Worten zu zweifeln.«

»Um so besser.« Der Herzog verschwand wieder und ließ seinen Butler zurück.

Harry zog die Schöße seiner Weste glatt. Er atmete durch die Nase ein und dachte über die Worte des Mannes nach. Wenn er seinen Brötchengeber nicht lange genug gekannt hätte, hätte er ihn glatt für einen Spinner gehalten. Zudem hatte sich der Herzog immer korrekt verhalten, und wenn er jetzt von einem Totengräber sprach, der eigentlich vor hundert Jahren gestorben war, dann konnte dies durchaus seine Richtigkeit haben. Obwohl Harry so recht nicht daran glauben wollte. Ihm stand jedoch nicht das Recht zu, die Worte seines Arbeitgebers zu kritisieren. Wenigstens ging Harry davon aus, der von moderner Mitbestimmung noch nicht einmal etwas gelesen hatte.

Im kleineren Rahmen war er der Chef. Das galt für das übrige Personal.

Zumeist hielten sich die Leute in der Küche auf. Das Personal war sowieso für diesen Tag verstärkt worden, denn der Herzog hatte vorgehabt, die Jagdgesellschaft einzuladen. Aus dem Fest oder dem Abend wurde nichts, ein unheimlicher Totengräber hatte ihn torpediert.

Vier Frauen und ein Mann hockten in der Küche beisammen. Die Mädchen trugen schwarze Kleider und weiße Schürzen, der Mann die Kluft eines Obers.

Harry hielt eine kurze Ansprache und teilte dem Personal die Wünsche seines Chefs mit. Natürlich wurde er mit Fragen bestürmt, doch Antworten gab er nicht.

Er war zur Verschwiegenheit vergattert worden. »Bitte, bleiben Sie zusammen«, sagte er immer wieder. »Es ist das einzige, was ich Ihnen sagen kann.«

»Sind wir in Gefahr?« wollte der Ober wissen.

»Ja.«

Betretenes Schweigen folgte, bis ein Mädchen meinte: »Wie wäre es, wenn die Polizei geholt wird?«

»Die ist schon alarmiert worden.«

»Davon haben wir nichts gehört.«

»Es wurde nicht offiziell gemacht.« Mit dieser Antwort war für den Butler das Thema erledigt. Er wandte sich um und ging davon. Natürlich hätte auch er beim Personal bleiben sollen, doch als pflichtbewußter Mensch hatte er sich vorgenommen, noch einmal alles zu kontrollieren. Vor allen Dingen die Fenster. Er wollte nicht, daß irgendeins offenstand, was dem Totengräber ein Eindringen erleichtern würde.

Harry wußte, wo sich der Herzog mit seinen Gästen aufhielt. Er wandte sich dem Westflügel des großen Landhauses zu und kontrollierte hier die Räume.

Es waren meist Gästezimmer. Acht an der Zahl. Manche mit mehreren Fenstern versehen. Von den meisten hatte Harry einen Blick in den gepflegten Park, der das Landhaus umgab. Die wohlgestutzten Bäume kamen ihm an diesem Tage direkt unheimlich vor. Überall konnte der geheimnisvolle Totengräber lauern, und Harry beschlich ein ungutes Gefühl.

Die Fenster waren allesamt verschlossen. Da konnte er aufatmen. Aber das Haus hatte auch mehrere Eingänge. Und zwar an der Rückseite. Hier war es für einen Einbrecher besonders einfach, das Haus zu betreten.

Über eine Hintertreppe näherte sich der Butler dem Erdgeschoß. Seine Schritte waren kaum zu hören, weil ein auf den Stufen liegender Teppich sie dämpfte.

Er gelangte in einen Flur, der gekachelt war. Er führte auch zum Keller und zu den Wirtschaftsräumen.

Der Butler ging ihn entlang. Stille umgab ihn, er hörte nur seine eigenen Schritte. An der Decke brannten einige Lampen, so daß der Butler den Weg nicht erst im Dunkeln suchen mußte.

Der Gang endete in einen quadratischen, dielenartigen

Vorflur. Hier führten zwei Türen in den Keller. Sie waren eigentlich nie abgeschlossen, doch Harry wollte sie an diesem Abend verschließen.

Er blieb vor der ersten Tür stehen und kramte sein Schlüsselbund hervor. Das Metall klimperte gegeneinander, und der Butler wollte gerade den Schlüssel ins Schloß führen, als es geschah.

Plötzlich flog die Tür auf.

An der Innenseite mußte jemand gelauert haben, und er hatte genau abgepaßt, bis der Schlüssel im Schloß steckte, um dann zu reagieren. Harry wurde von der Heftigkeit überrascht. Er wollte noch zurückspringen, was ihm allerdings nicht gelang. Die Tür hatte einfach zuviel Schwung.

Sie krachte gegen seinen Körper und schleuderte ihn nach hinten. Der Butler riß die Arme hoch, preßte seine Hand in die Seite, wo die Klinke ihn getroffen hatte, und holte pfeifend Luft. Gebückt stand er da und starrte auf die Tür.

Bis zum Anschlag war sie herumgeschwungen.

Und auf der Schwelle stand eine Gestalt.

Der unheimliche Totengräber!

Der Parkplatz befand sich links vom Haus. Ich hatte erst daran gedacht, mit dem Wagen zu fahren, doch einen direkten, befahrbaren Weg gab es nicht bis zum Friedhof. Deshalb entschloß ich mich, zu Fuß zu gehen. Zudem querfeldein, denn der Herzog hatte mir den Weg beschrieben.

Draußen hatte die Dunkelheit die Dämmerung abgelöst. Wenn ich einen Blick zurückwarf, sah ich die erleuchteten Fenster des Hauses wie einen letzten Gruß.

Dann hatte mich der Wald verschluckt. Aus dem Wagen hatte ich nicht nur meine Ersatz-Beretta mitgenommen, sondern auch eine lichtstarke Taschenlampe, die so viel Helligkeit abgab, daß ich den Weg gut fand.

Der weiße Strahl tanzte auf und nieder, als ich ging. Unterholz und Büsche sahen aus, als würden sie leben. Leider war ich nicht in der Lage, mich leise zu bewegen. Unter meinen Füßen raschelte und knackte es bei jedem Schritt. In der abendlichen Stille des Waldes hörten sich die Geräusche doppelt so laut an.

Ich kam gut voran, und auch die Richtung mußte stimmen, denn ich traf auf den schmalen Weg, von dem der Herzog gesprochen hatte.

Er führte unter anderem zum Grillplatz. Ich schlug jedoch die entgegengesetzte Richtung ein und blieb mitten im Lauf stehen, denn meine Ohren hatten ein anderes Geräusch vernommen, das nicht so dazu passen wollte.

Ebenfalls Schritte!

Oder?

Ich lauschte. Fast eine Minute verging. Die Lampe hatte ich sicherheitshalber ausgeschaltet. Dabei dachte ich sofort an den Totengräber, und ich fieberte danach, daß er mir über den Weg laufen würde, was jedoch nicht der Fall war.

Die Geräusche verstummten. Ein letztes Brechen der Zweige, dann war es vorbei.

Ich wischte über meine Stirn. Schweiß hatte sich dort angesammelt, und ich dachte ernsthaft darüber nach, ob ich nicht doch zurückkehren sollte.

Aber ich war mir nicht sicher, daß es der Totengräber gewesen war. Ebensogut hätte sich auch ein Tier seinen Weg bahnen können.

So ging ich weiter.

Diesmal blieb ich auf dem Weg, der mehr ein Wildpfad war, mich jedoch zu meinem Ziel brachte. Es dauerte nicht lange, da hatte ich den Friedhof erreicht.

In Deckung eines Baumstamms blieb ich stehen. Zudem hatte ich die Lampe ausgeschaltet und wartete darauf, daß sich meine Augen an die Dunkelheit gewöhnt hatten.

Dieser alte, verwilderte Friedhof wirkte schon unheimlich. Ein sanfter Wind strich über das hohe, wuchernde Gras und kämmte es nach einer Seite hin.

Die Grabsteine wirkten bei diesem Licht noch gespenstischer. Bäume und Büsche warfen lange Schatten, die dunkle Flecken schufen und auf mich wie schwarze Inseln wirkten.

Ich dachte nach.

Links von mir mußte sich der Sarkophag befinden. Da wollte ich nicht hin, sondern in die andere Richtung, wo der tote Keiler lag. Ohne die Lampe einzuschalten, bewegte ich mich voran und hatte die Stelle bald erreicht.

Abermals sah ich den aufgeworfenen Boden, und mich beschlich ein eigenartiges Gefühl. Als ein schwarzer Vogel dicht über meinen Kopf hinwegflog, zuckte ich zusammen. Das Tier verschwand in irgendeinem Baum.

Mit angespannten Sinnen bewegte ich mich weiter. Ich ging den alten Friedhof ab, unter dessen Erde Tote lagen, die schon vor mehr als hundert Jahren hier begraben worden waren. Von ihnen würde man kaum noch etwas finden.

Einige Grabsteine waren umgekippt. Zum Teil hatte das Unkraut sie überwuchert. Einmal wäre ich fast über einen gestolpert. Ein paar Yards weiter blieb ich überrascht stehen.

Vor mir befand sich ein Sarg. Vielmehr das, was von ihm übriggeblieben war.

Daß es ein Sarg war, konnte ich erst beim zweiten Hinsehen erkennen, denn er war mit einem harten Gegenstand zertrümmert worden und lag in seinen Einzelstücken vor mir. Ich schüttelte den Kopf. Wer tat so etwas und vor allen Dingen, warum?

Ich bückte mich und schaute mir die Teile etwas näher an. Neu war der Sarg bestimmt nicht, ich entdeckte keine hellen Bruchstellen. Die Totenkiste hatte wirklich ihre Jahre auf dem Buckel. Ein steinerner Sarkophag auf diesem Friedhof und ein Sarg aus Holz. Paßte das überhaupt zusammen?

Die Lösung konnte mir sicherlich der unheimliche Totengräber geben, aber der ließ sich nicht sehen. Bisher war er für mich ein Phantom.

Darüber ärgerte ich mich. Ich erhob mich wieder und schaltete die Lampe an.

Der Strahl teilte vor mir die Dunkelheit, glitt an einem Baumstamm vorbei und traf auf ein Hindernis. Ich schaute genauer hin und bemerkte, daß der helle Lichtfinger auf dem Hindernis zu einem Kreis mit ausgefaserten Rändern geworden war.

Ich bewegte ihn hin und her. Ein Stamm war es nicht, den ich getroffen hatte, sondern eine Wand.

Es wurde interessant. Ich mogelte mich mit zwei langen Schritten an einem Baum vorbei und pfiff leise durch die Zähne. Mit einer Hütte hatte ich wirklich nicht gerechnet. Zudem hatte der Herzog davon kein Wort erwähnt.

War diese Hütte vor mir vielleicht der Schlupfwinkel des Totengräbers?

Das wäre wirklich gut gewesen. Als ich die Lampe hin und her bewegte und die Wand in größeren Abschnitten ausleuchtete, mußte ich feststellen, daß diese Hütte ebenfalls ihre Jahre auf dem Buckel hatte. Sie war verfallen, das Dach fehlte zum Teil, da hingen die Fensterläden schief, und die Tür sah nicht besser aus.

Und doch konnte diese Hütte, so alt sie auch war, noch als Unterschlupf dienen, falls man nichts anderes hatte.

Es schien sich niemand hier aufzuhalten, jedenfalls hörte ich nichts. Allerdings brauchte das nicht zu bedeuten, daß auch keiner in der Nähe war, ein Gegner konnte sich sehr leicht im Innern der Hütte verborgen halten.

Nach allen Seiten sichernd, schaute ich mich um, als ich langsam auf die Behausung zuschritt. Irgendwo im Dunkel konnte die Gefahr lauern, und mich beschlich ein unangenehmes Gefühl, wie es jedem anderen Menschen auch ergangen wäre, denn so abgebrüht war ich noch längst nicht geworden. Vor der Tür blieb ich stehen. Sie hing nicht nur schief in den Angeln, sondern war zudem offen.

Ich hob den rechten Arm. Der Strahl bewegte sich und stach jetzt in die Hütte hinein.

Um besser sehen zu können, ging ich vor bis zur Schwelle. Staub tanzte. Ein altes Bett fiel mir auf, ebenso ein Tisch, ein Regal und auch ein Stuhl.

Nur ein Mensch befand sich nicht hier.

Vorsichtig bewegte ich mich weiter. Dabei ging ich auf Zehenspitzen. Dreck und kleinere Steine knirschten unter meinen Sohlen. Spinnweben fuhren über mein Gesicht.

Ich blies sie weg.

Schließlich blieb ich stehen. Ungefähr zwei Schritte hinter der Türschwelle. Die Lampe hatte ich in die linke Hand gewechselt, damit ich mit der rechten schneller an meine mit Silberkugeln geladene Waffe herankam.

So vorsichtig ich auch gewesen war, es hatte nichts genützt. Der Gegner überraschte mich doch.

Ich zuckte wie unter einem Peitschenhieb zusammen, als ich den Druck in meinem Nacken spürte. Eine zischende Stimme befahl mir: »Beweg dich nicht!«

Harry, der Butler, war entsetzt!

Bisher hatte er nicht so recht glauben wollen, daß tatsächlich eine Gefahr bestand, und nun sah er diesen Unheimlichen mit eigenen Augen.

Es war eine große, eckige Gestalt mit gewaltigen Händen. Die Finger der Rechten hielten den Griff eines Spatens umklammert, die Linke war zur Faust geballt. Erbarmungslos starrten die grauen Augen des Totengräbers den Butler an. Kein Leben zeigte sich in den Pupillen, und der schmale Mund bildete nur eine Kerbe im Granitgesicht des Zombies.

Harry war an sich ein mutiger Mensch. Doch als er diesen Gegner sah, da zitterten ihm doch die Knie. Er hatte sogar Mühe, Luft zu holen, und es kostete ihn eine schier übermenschliche Überwindung, die Frage zu stellen.

»Wer – wer sind Sie?« keuchte er.

Der Totengräber gab keine Antwort. Er ging allerdings einen Schritt vor.

Sofort wich Harry zurück. Er hob die Hand. Jetzt hätte er gern eine Waffe gehabt, aber er stand diesem Monstrum mit bloßen Fäusten gegenüber.

»Was – was wollen Sie?« stammelte der Butler.

»Dich!«

Die Antwort war klar, und Harry zuckte zusammen, wobei er für den Bruchteil einer Sekunde die Augen schloß.

»Und den Herzog«, vollendete der Totengräber den Satz.

»Weshalb? Was haben wir euch getan?«

»Ihr habt mein Reich zerstört und es verkommen lassen. Dafür werde ich mich rächen.«

»Welches Reich?« fragte der Butler.

»Den Friedhof.«

Nun machte Harry einen Fehler, indem er sagte: »Ach dieser alte Totenacker, wir hätten ihn längst einebnen sollen, damit ...«

Der Totengräber stieß einen Laut aus, wie Harry ihn noch nie gehört hatte. Eine Mischung zwischen menschlichem Schrei und tierischem Grunzen.

Dann sprang er vor.

Harry wurde überrascht. Er riß zwar noch seine Arme hoch, doch dem Hieb konnte er nicht entgehen. Jock Gray schlug mit dem Schaufelblatt zu.

Die Wucht trieb den Butler um die eigene Achse. Er prallte gegen die Wand, konnte sich wieder fangen und kassierte den nächsten Schlag. Der schleuderte ihn zu Boden. Mit dem Rücken zuerst schlug er auf, sein Hinterkopf prallte noch auf die Steine, er spürte einen stechenden scharfen Schmerz im Schädel und wollte schreien, doch der erste Laut blieb ihm bereits in der Kehle stecken.

Der unheimliche Totengräber stand vor ihm. Den Spatenstiel hielt er jetzt mit beiden Händen fest, die Spitze des Schaufelblatts schwebte eine Handbreit über der Kehle des Butlers.

Harry überfiel die Todesangst. Er schaute hoch, und der Totengräber erschien ihm aus seiner Perspektive noch unheimlicher und grauenvoller.

»Du hast auch zu denen gehört, die den Friedhof zerstört haben oder zerstören wollten, deshalb wirst du dafür bezahlen.« Dumpf drangen die Worte aus dem Mund des Zombies, und Harry begriff.

Er sollte sterben.

»Bitte«, flüsterte er und raffte all seinen Mut zusammen. »Bitte, tun Sie es nicht. Ich verspreche Ihnen, daß ich in Zukunft anders denken werde. Ich pflege den Friedhof, Sie sollen keinen Grund mehr haben, sich zu beschweren. Wirklich, ich ...«

»Zu spät!« unterbrach der Totengräber ihn. Und wie er die Worte sagte, hörten sie sich an wie ein Todesurteil.

Was es auch war!

Jock Gray stieß zu.

Es war eine ruckhafte, gedankenschnelle Bewegung, die Harry, der Butler, kaum wahrnahm.

Er spürte auch nichts und starb.

Ich verhielt mich ruhig.

Nicht einmal den kleinen Finger wagte ich zu rühren, geschweige, zur Beretta zu greifen. Erstens wußte ich nicht, wer hinter mir stand, und zweitens war mir die Waffe nicht bekannt, die dieser Kerl in der Hand hielt.

War es der Totengräber?

Nachdem ich meinen ersten Schreck überwunden hatte, stellte ich die diesbezügliche Frage.

»Nein, ich bin nicht Jock Gray.« Immerhin etwas. »Wer bist du dann?«

»Wirst du schon noch sehen.« Wieder das komische Kichern, das allerdings auch verdammt gefährlich klang. »Du kannst dich jetzt umdrehen!«

Das tat ich auch, wobei ich mich hütete, mich zu schnell zu bewegen, denn mein Gegner hinter mir sollte keine falschen Schlüsse ziehen. Dann schaute ich ihn an. Die Überraschung war ihm wirklich gelungen. Nicht der unheimliche Totengräber stand vor mir, sondern ein Vampir.

Ich muß wohl gezuckt haben, denn der Blutsauger lachte. »Damit hast du nicht gerechnet, wie?«

»Nein«, erwiderte ich ehrlich und schaute auf seine Waffe. Es war ein Degen mit verrosteter Klinge. Die Spitze wies jetzt genau auf meine Brust.

»Hast du keine Angst?« zischte der Vampir und entblößte seine beiden Eckzähne.

»Nein.«

»Aber ich werde dir dein Blut aussaugen!«

»Das haben schon viele versucht«, antwortete ich gelassen. »Bis jetzt lebe ich noch.«

Damit hatte ich wirklich nicht übertrieben, denn gegen Vampire war ich schon des öfteren angetreten. Der Blutsauger vor mir war sicherlich gefährlich, ich durfte ihn auch nicht unterschätzen, aber er schien auch nicht nur Freunde zu haben, wenn ich mir so sein Gesicht anschaue.

Da saß die Nase schief, sie schien sogar gebrochen zu sein, und an einigen Stellen im Gesicht war die Haut kurzerhand weggeplatzt, so daß seine bleichen Knochen durchschimmerten. Er trug lumpige, schmutzige Kleidung und stank nach Moder und Grab.

»Wo steckt der Totengräber?« fragte ich. Eine Antwort darauf brannte mir auf dem Herzen.

Der Vampir verzog sein Maul. »Du suchst ihn, nicht?«

»Ja.«

Jetzt lachte der Blutsauger meckernd. »Das habe ich mir gedacht. Aber er ist gegangen, er will dem Herzog und seiner Familie einen Besuch abstatten. Sicherlich ist er schon beim Haus. Und er hat seinen Spaten mitgenommen. Kannst du dir denken, für wen er ist?«

Das war ein Tiefschlag. Ich machte mir die schwersten Vorwürfe und dachte an die Geräusche, die ich im Wald gehört hatte. Es war kein Tier gewesen, sondern der Totengräber. Er war durch das Dickicht gestampft.

»Und ich hätte nie gedacht, so schnell ein neues Opfer zu bekommen«, erklärte mir der Vampir. »Dein Blut wird mir besonders gut schmecken.«

»Wer bist du?«

»Kargov.«

»Lebst du schon lange hier?«

»Über hundert Jahre. Ich bin aus Rumänien gekommen, nachdem einer der Ahnherren des Herzogs den Sarkophag hat herbringen lassen. Da steckte ich in einem Laderaum auf dem Schiff.

Niemand hat mich bemerkt, und ich gelangte ungesehen nach England, wo ich mir meine Opfer holte.«

»Dann gibt es noch mehr Vampire hier in der Nähe?«

»Nein, ich habe die blutleeren Leichen verbrannt.«

Kargov war ein Teufel. Das merkte ich immer deutlicher. Daß ein Vampir seine Opfer verbrannte, hatte ich noch nie erlebt, so etwas war ungeheuerlich.

»Und dich, Fremder, werde ich auch verbrennen, nachdem ich dein Blut getrunken habe!«

Er starrte mich an.

Den rechten Arm hielt er vorgestreckt. Die Spitze der

Klinge zeigte etwas schräg nach oben. Sie zielte genau auf meinen Hals.

Er würde zustoßen, dessen war ich mir sicher.

Da zuckte die Klinge schon vor!

Sir Sheldon Quinnthorpe kehrte zu den anderen zurück und schloß die Tür.

Gespannte Gesichter schauten ihn an. Der Herzog lächelte. »Es ist alles in Ordnung«, gab er bekannt. »Ich habe dem Personal Bescheid gegeben.«

»Und wie haben die Leute reagiert?« wollte Bill Conolly wissen.

Der Duke hob die Schultern. »Das kann ich Ihnen nicht genau sagen, denn ich habe Harry, dem Butler, Bescheid gesagt. Er sollte es den anderen mitteilen.«

»Können Sie sich auf Harry verlassen?«

»Hundertprozentig, Mr. Conolly. Harry ist seit über zwanzig Jahren bei uns angestellt und absolut vertrauenswürdig, sonst hätte ich ihn schnell entlassen.«

»Hat er dir geglaubt?« fragte Lady Anne.

»Das weiß ich nicht. Ich an seiner Stelle hätte mich allerdings auch schwergetan.«

»Wir sollten einen Teil des Parks im Auge behalten«, schlug Sheila vor. »Vielleicht ist dieser Totengräber, falls er überhaupt kommt, so abgebrüht und von sich überzeugt, daß er einfach durch den Haupteingang marschiert.«

Bill lächelte. »Die Möglichkeit halte ich für unwahrscheinlich, aber wir können trotzdem nachsehen.«

Sie stellten sich an den Fenstern auf. Die Vorhänge wurden ein wenig zur Seite geschoben, so daß sie eine bessere Sicht hatten.

Links und rechts neben dem Eingang standen zwei Laternen. Sie hatten Kugelleuchten, die einen milchigen Schein verbreiteten und so zwei helle Inseln in der Luft schufen. Restlicht erreichte den Lack der abgestellten Wagen und belegte ihn mit einem gelblichen Schimmer. Zu sehen war nichts. Hinter der Kiesauffahrt begannen die Bäume. Sie lagen in absoluter Dunkelheit.

Die Warnung des Butlers an das übrige Personal schien gefruchtet zu haben, vor dem Haus ließ sich jedenfalls kein Mensch blicken.

Fünf Minuten verstrichen. Niemand der Anwesenden redete. Alle hingen ihren Gedanken nach. Den Frauen war am stärksten anzusehen, wie sehr sie sich fürchteten. Ihre Augen zeigten einen ängstlichen Ausdruck, während Bills Gesicht und das des Herzogs unbewegt blieben.

»Ich sehe nichts.« Sheila Conolly sagte dies und ließ den Vorhang wieder in seine alte Lage rutschen.

Auch Lady Anne wandte sich um. »Man könnte ja mal auf dem Gang nachsehen«, schlug der Herzog vor.

»Das ist zu gefährlich!«

Lady Anne hatte die Antwort gegeben. Ihr Mann lächelte. »Ich finde es sehr lieb, daß du so um mich besorgt bist, aber es hilft uns nichts, wenn wir hier herumstehen.«

»Ich sehe nach«, sagte Bill.

Sheila wollte ebenfalls etwas sagen, verstummte jedoch, als sie Bills Blick sah. Es gab Situationen, da sagte sie nichts mehr, sondern hielt sich zurück. Sheila wußte genau, wie weit sie gehen durfte.

Bill zog die Beretta. Mit schußbereiter Waffe näherte er sich der Tür, lauschte einen Moment und zog die Tür mit einem heftigen Ruck auf.

Dahinter begann ein breiter Flur, der bis zur Treppe führte. Der Herzog hatte das Licht brennen lassen. Der Flur war leer. In seinem Rücken hörte Bill Schritte, und Sir Sheldon Quinnthorpe blieb neben ihm stehen.

»Er scheint den Weg doch nicht gefunden zu haben«,

meinte der Herzog und fuhr dabei mit Daumen und Zeigefinger über seinen Schnäuzer. Eine Geste, die von seiner Nervosität zeugte.

»Hoffentlich bleibt er da. Oder sind Sie scharf darauf, dem Totengräber zu begegnen?« fragte der Reporter.

»Gott behüte.«

»Eben.« Bill drehte sich um und schloß die Tür. »Wir haben ihn nicht gesehen und auch nichts gehört«, sagte der Reporter.

»Was nicht heißen muß, daß er sich unbedingt außerhalb des Hauses befindet«, meinte Sheila.

»Sehen Sie das nicht ein wenig zu pessimistisch?« erkundigte sich Lady Anne.

»Vielleicht. Doch ich habe leider zu viele unangenehme Erfahrungen machen müssen. Sie können mich ruhig als ein gebranntes Kind bezeichnen, das das Feuer scheut.«

»Wenn Sie sich im Dunstkreis eines John Sinclair bewegen, kein Wunder.«

Daraufhin lachten die anderen. Es klang allerdings nicht echt. Zu groß war die Nervosität.

Sir Sheldon ging mit festen Schritten auf das Telefon zu. »Ich werde Harry anrufen«, erklärte er, den Hörer bereits in der Hand haltend.

Er wählte eine zweistellige Nummer, den Hausanschluß. Da es still war, vernahmen die Anwesenden das Tuten. Es läutete ein paarmal durch. Niemand hob ab.

»Das ist seltsam«, murmelte der Herzog. »Harry befindet sich sonst immer auf seinem Zimmer. Das habe ich ihm ausdrücklich zu verstehen gegeben.«

»Vielleicht instruiert er noch das Personal«, vermutete Bill.

»Jetzt noch? Seit meinem Gespräch mit ihm ist ziemlich viel Zeit vergangen.«

»Rufen Sie trotzdem an«, sagte Bill.

Das tat der Herzog auch.

Diesmal wurde abgehoben. Der Herzog atmete auf und fragte: »Sind Sie es, Lawrence?«

»Ja, Sir.«

»War Harry bei Ihnen?«

»Natürlich, Sir. Er ist aber wieder gegangen. Er hat uns nur mitgeteilt, daß wir zusammenbleiben sollten. Ist etwas passiert, Sir?«

»Nein, nein, keine Sorge.«

»Soll ich Ihnen Bescheid geben, wenn ich Harry sehe?«

»Das wäre gut.«

»Geht in Ordnung, Sir.«

Der Herzog schaute die anderen an. »In seinem Zimmer ist er nicht. Beim übrigen Personal ebenfalls nicht. Verflixt, wo kann er denn stecken?«

Sir Sheldon erhielt keine Antwort. Die Anwesenden wußten nicht, was sie ihm sagen sollten. Mit gesenkten Köpfen starrten sie auf ihre Schuhspitzen.

»Es kann ja sein, daß er noch durch das Haus patrouilliert«, meinte Bill Conolly.

»Harry ist doch nicht lebensmüde«, sagte seine Frau.

»Vielleicht hat er Ihnen nicht so recht geglaubt«, vermutete Bill Conolly.

»Ich habe eindringlich mit Harry gesprochen, habe ihn auf alles hingewiesen, aber ich kenne ihn. Er nimmt seine Aufgabe sehr ernst, manchmal zu ernst. Unter Umständen …«

Da klingelte das Telefon.

Bill stand zwar näher am Apparat, aber er überließ es dem Hausherrn, abzunehmen. Es war der Mann, mit dem er vorhin gesprochen hatte. Sir Sheldon hielt den Hörer so weit vom Ohr ab, daß jeder die Stimme verstehen konnte.

Sie überschlug sich fast. Panik, Entsetzen und Angst schwangen darin. »Sir – Sir – wir haben Harry gefunden. Tot …«

Gedankenschnell nahm ich den Kopf zur Seite. Es war wirklich eine instinktive Bewegung, nicht einmal vom Gehirn bewußt gesteuert.

Die Klinge verfehlte mich!

Um Haaresbreite wischte sie an mir vorbei. Die Spitze berührte mich nicht, aber die Seite dieser verrosteten Degenklinge strich über meinen Hals.

Eine Sekunde später lag ich am Boden. Ich war nach rechts gehechtet. Diese Aktion fiel mit dem Wutschrei des Vampirs zusammen. Er schlug nach mir, und ich kam nicht dazu, meine Beretta hervorzureißen, sondern mußte mich aus dem Gefahrenbereich rollen. Neben mir hackte die Degenklinge in den festgestampften Lehmboden. Dann hatte ich einen Stuhl gepackt, riß ihn hoch und benutzte ihn als Deckung, um den nächsten Schlag abzuwehren.

Er hieb in die Sitzfläche. Sie war zwar morsch, aber sie brach nicht entzwei. Nur ein Splitter wirbelte durch die Luft.

Kreischend sprang der Vampir vor. Er hatte es sich so einfach gedacht, jetzt wurde er von einem Wutanfall geschüttelt. Ich schleuderte ihm den Stuhl entgegen. Kargov wollte das Sitzmöbel mit dem Arm abwehren, doch so schnell brachte er die Hand nicht hoch.

Der Aufprall schleuderte ihn zurück.

Ich zog die Beretta. Dabei lag ich noch auf dem Boden und zielte auf ihn.

Der Vampir reagierte reflexhaft. Plötzlich warf er seinen verdammten Degen.

Ich drückte nicht mehr ab, sondern rollte zur Seite. Neben meiner Hüfte hackte die Degenspitze in den Lehmboden, wo die Waffe zitternd steckenblieb.

Kargov drehte fast durch, als er sah, daß er mich abermals verfehlt hatte. Dann warf er sich herum, und bevor ich feuern konnte, wischte er aus der Hütte.

Das fehlte mir noch, wenn der Blutsauger entkam. Ich war

sofort wieder auf den Beinen, packte den Degen und nahm die Verfolgung des Blutsaugers auf.

Er war nach links gerannt. Wahrscheinlich wollte er im Unterholz ein Versteck suchen. Dabei beging er einen großen Fehler und blickte sich nach mir um.

Die nächsten Sekunden erschienen mir wie in einem Zeitlupenfilm. Ich will sie der Reihe nach schildern, denn es war wirklich eine sagenhafte Sache.

Warum ich den Degen und nicht die Beretta nahm, wußte ich selbst nicht. Jedenfalls schleuderte ich die Waffe auf den Blutsauger zu, der seinen Rücken einem Baumstamm zugedreht hatte.

Und ich traf.

Ich sah, wie er beide Arme hochriß, einen schrillen Schrei ausstieß und plötzlich nicht mehr weg konnte.

Nach zwei Schritten war mir alles klar.

Der eigene, von mir geschleuderte Degen hatte ihn an den Baumstamm genagelt. Seine Hände umklammerten den Griff, sie wollten die Waffe wieder aus seinem Körper ziehen, doch da stand ich bereits vor ihm und drückte die kalte Mündung der Beretta gegen seine Stirn.

»Laß es bleiben, Blutsauger!«

Der Vampir gehorchte tatsächlich. Für einen Moment war er überrascht. Dann überzog ein finsteres Grinsen sein Gesicht. »Willst du mich tatsächlich töten?« hechelte er.

»Ja.«

»Versuch es nur. Versuch es, du Hund. Du schaffst es nicht. Was sind schon Kugeln?« Er kreischte, hatte sein Maul weit aufgerissen und zeigte mir seine Zähne.

»Ja«, sagte ich, »was sind schon Kugeln? An und für sich nichts. Aber meine Waffe ist mit geweihten Silberkugeln geladen ...«

Er ließ mich nicht mehr weiterreden. »Neiiiinnnn!« brüllte er, und sein Schrei zitterte über den alten Friedhof.

Ich schoß.

Dabei hatte ich die Augen geschlossen, denn so etwas ist kein schöner Anblick. Ich wandte ihm sogar meinen Rücken zu, und als ich mich dann wieder umdrehte, sackte soeben ein in Lumpen gehülltes Skelett zu Boden, dessen Knochen sich langsam, aber sicher auflösten und zu Staub wurden.

Zurück blieb der rostige Degen. Ich zerbrach ihn. Beide Teile schleuderte ich in den Wald. Die brauchte ich nicht mehr.

Dann hatte ich es eilig!

Tot!« flüsterte der Herzog, und der Hörer rutschte ihm aus den schweißnassen Fingern. »Er ist tot …«

Bills Gesicht wurde zur Maske. Die beiden Frauen begannen zu zittern. Sie hatten gehört, daß der Totengräber im Haus war und keine Gnade kannte.

»Und jetzt?«

»Wir müssen auf jeden Fall zusammenbleiben.« Bill Conolly hatte den Schock als erster überwunden. »Wenn wir uns trennen, könnte es uns so ergehen wie Harry.«

»Dann bleiben wir hier?« fragte Lady Anne.

»Es wird das Beste sein.«

»Wollen Sie sich immer noch umsehen?« erkundigte sich Sir Sheldon Quinnthorpe.

»Ja, Sir. Ich schaue nach. Und wenn ich ihn sehe, werde ich ihm eine Kugel verpassen.«

»Bill!« Sheila wollte ihren Mann aufhalten.

Der Reporter schüttelte den Kopf. Er wußte genau, was er jetzt zu tun hatte.

Entschlossen schritt er auf die Tür zu, von den ängstlichen Blicken der anderen begleitet.

Bill brauchte die Tür nicht mehr zu öffnen. Das besorgte ein anderer.

Der unheimliche Totengräber!

Blut tropfte von seiner Schaufel und bildete auf dem lindgrünen Teppich rostrote Flecken. Die Augen waren zu Schlitzen verengt, das Gesicht eine Maske. In seiner Hand hielt er die Schaufel, schlag- und wurfbereit.

Was hatte Bill Conolly versprochen?

Er wollte sofort schießen, doch das plötzliche Auftreten dieser unheimlichen Figur hatte ihn so überrascht, daß es seine Reaktionen lähmte.

Bis Lady Anne schrie. Und da explodierte Bill Conolly. In seinem Innern schien die Sehne zu zerreißen, die ihn bisher festgehalten hatte, er riß seine Waffe hoch und drückte ab.

Kurz nur zuckte die Feuerblume aus dem Lauf. Ein fahlgelber Blitz, aber ebenso rasch reagierte der Totengräber. Er riß seine Schaufel hoch, und die geweihte Silberkugel prallte gegen das breite, metallene Blatt, von wo sie als singender Querschläger davonjaulte und in die Wand hieb.

Der Fluch blieb Bill im Hals stecken. Dafür feuerte er ein zweites Mal. Abermals hatte er Pech. Auch diese Kugel traf das Schaufelblatt.

Und dann reagierte der Totengräber. Plötzlich sprang er vor und entledigte sich seiner Waffe. Er schleuderte die Schaufel auf den Reporter zu.

In Hüfthöhe wischte sie durch die Luft und hätte Bill in der Körpermitte getroffen, doch der Reporter drehte ab und hechtete mit einem riskanten Rückwärtssprung aus der Flugrichtung.

Die gefährliche Schaufel verfehlte ihn knapp, und auch die anderen hatten unwahrscheinliches Glück, daß sie nicht getroffen wurden. Das Instrument hieb in den alten Schreibtisch, wobei es ihn regelrecht zertrümmerte.

Der Schreibtisch krachte auseinander. Ein altes Erbstück, das innerhalb von Sekunden seinen Wert verlor. Zwischen dem noch echten Holz wirkte das Kunststoffgehäuse des Telefons deplaziert. Federhalter, Schreibpapier und eine

Lampe fielen in die Holztrümmer, wobei der Kopf der Lampe in zahlreiche Teile zersplitterte.

»Weg hier!« brüllte der Herzog die beiden Frauen an. Sie hörten nicht, sondern blieben stehen.

Bill lag noch am Boden. Er wollte hoch, den Arm herumschwenken und Jock Gray mit einer Kugel stoppen, doch der Totengräber war einfach schneller. Zudem schien er einen regelrechten Riecher für Gefahrenmomente zu besitzen, denn ein Sprung brachte ihn in Bills Nähe, und sein Tritt schleuderte dem Reporter die Beretta aus der Hand.

Bills rechter Arm wurde nach oben katapultiert. Bill schrie vor Wut und Schmerz, er rechnete damit, daß der Totengräber ihn mit der Schaufel köpfen würde.

Gray hatte anderes im Sinn.

Er wollte den Herzog.

Und dessen Frau.

Das merkte auch Sheila. Sie hatte sich schon des öfteren in haarsträubenden Situationen befunden, und sie las in den Augen des Zombies den Vernichtungswillen.

Starr war der Blick auf den Herzog und dessen Frau gerichtet.

Sheila reagierte goldrichtig. Sie riß Anne an der Schulter herum und stieß sie auf das Fenster zu, so daß die Frau aus der unmittelbaren Reichweite des mörderischen Totengräbers gelangte.

Der ließ sich aber nur kurz ablenken. Er warf Lady Anne einen knappen, aber erbarmungslosen Blick zu, wobei er die Mundwinkel verzog, als wolle er sagen: »Du entkommst mir doch nicht«, dann schritt er weiter und hielt unbeirrt auf sein Ziel zu.

Sir Sheldon Quinnthorpe!

Der Herzog stand im Augenblick allein. Niemand konnte ihm helfen. Die beiden Frauen nicht und auch nicht Bill Conolly, weil der Reporter mit sich selbst genug zu tun hatte. Seine rechte Hand konnte er kaum mehr gebrauchen, der Tritt des Zombies hatte sie so gut wie gelähmt.

Der Herzog wußte, was ihm bevorstand, und er suchte fieberhaft nach einem Ausweg. Vornübergeneigt stand er da, breitbeinig, den Blick starr auf seinen Todfeind gerichtet, der sich bückte, ohne seinen Lauf zu unterbrechen, und dabei die Schaufel aufhob.

Er hielt sie so, daß die Schneide genau auf den Herzog zeigte. Zwei Schritte trennten die beiden noch, als der Zombie stehenblieb. »Du warst es«, sagte er.

»Was war ich?«

»Du hast mein Reich verkommen lassen, Verdammter. Der Friedhof wurde durch dich geschändet. Ich lag in der feuchten Erde, und ihr habt das veruntreut, was ich euch hinterlassen habe. Aber ich schloß schon vor meinem Tod mit dem Satan einen Pakt, weil ich für alle Zeiten über den Friedhof wachen wollte. Das wurde mir verwehrt. Ich mußte über hundert Jahre untätig im Grab liegen, bis ich zurückkehren konnte, und wie fand ich mein Reich vor? Verkommen, einem Acker gleich, und dafür sollst du büßen!«

Der Herzog glaubte, nicht richtig verstanden zu haben, als er das Motiv des Totengräbers hörte. »Deshalb wollen Sie mich und meine Familie töten?«

»Ja!«

Ich werde wahnsinnig! dachte Sir Sheldon. Das kann doch nicht angehen! Dieses Wesen muß irre sein, verrückt, total durcheinander.

Für einen verkommenen Friedhof, auf dem jahrelang niemand begraben worden war, wollte er Menschen töten! »Ist das wirklich Ihr Ernst?« flüsterte der Herzog.

Jock Gray bewegte seinen kantigen Schädel nickend. »So ist es!«

Nicht nur der Herzog hatte die Worte vernommen, auch

dessen Frau. Lady Anne war vor Grauen und Angst nicht fähig, einen Ton hervorzubringen. Sie und Sheila standen nahe am Fenster, die Lady hatte ihre Hände in Sheilas Arm gekrallt. Ihre Augen waren verdreht, der Mund aufgerissen, und Speichel tropfte über die Unterlippe.

Auch Sheila wußte keinen Rat. Sie stand ebenfalls unter Schock.

Wer konnte noch helfen? Bill?

Er versuchte es. Obwohl er seinen rechten Arm kaum bewegen konnte, robbte er vor und stützte sich dabei mit dem linken ab. Der Reporter biß die Zähne zusammen. Er wollte nicht aufgeben. Sein Gesicht war verzerrt, es glänzte schweißnaß, aber er hatte ein Ziel.

Die Beretta!

Sie war ihm zwar aus der Hand geschlagen worden, doch nicht so weit gerutscht, wie es sich der Totengräber vielleicht gewünscht hätte. Sie lag etwa auf halbem Wege zwischen Bill und Jock Gray.

Der Reporter wollte sie haben.

Der Totengräber wandte ihm den Rücken zu. Er starrte den Herzog noch immer an, als wolle er sein Bild ein letztes Mal in sich aufsaugen, bevor er ein Ende machte.

Bill kämpfte sich vor. Es war verflucht schwer, sich so voranzubewegen, und vor allen Dingen auch so lautlos wie möglich, denn der andere sollte nichts davon bemerken.

Für den Bruchteil einer Sekunde trafen sich Bills und Sheilas Blicke.

Beide zeigten ein gewisses Einverständnis.

Und Sheila reagierte.

Sie durfte nicht nur an Lady Anne denken und mußte sie für einen Moment allein lassen. Wenn es ihr gelang, die Beretta zu nehmen, war dies vielleicht die entscheidende Wende.

Sie lief vor.

Viel zu hastig.

Bill wollte noch schreien und seine Frau zurückscheuchen, da war es bereits zu spät.

Jock Gray fuhr herum und schlug aus der Drehung zu.

Bill hörte das Klatschen, sah die blonden Haare in einem furiosen Wirbel zur Seite fliegen und bekam mit, wie Sheila quer durch den Raum taumelte, bevor sie lang zu Boden fiel, wo zum Glück der Teppich ihren Fall dämpfte.

Da drehte Bill durch.

»Du Hund!« brüllte er, sprang auf, spürte noch den scharfen Schmerz im Gelenk, aber er achtete nicht darauf. Mit vollem Gewicht warf er sich dem Zombie entgegen.

Diesmal reagierte Jock Gray zu spät. Bevor er mit der Schaufel zuschlagen konnte, unterlief Bill den Arm des Zombies und rammte ihm den Kopf in den Leib.

Jock Gray verspürte zwar keine Schmerzen, aber er wurde zurückgeschleudert und an seinem grausamen Vorhaben erst einmal gehindert. Er krachte gegen die Wand, zusammen mit Bill Conolly, dessen Schädel den Aufprall weit weniger gut überstanden hatte und in mehreren Explosionen auseinanderzufliegen drohte.

Wie ein Ertrinkender seinen Retter, so umklammerte der Reporter den Untoten.

»Flieht!« brüllte er dabei. »Haut ab!«

Der Zombie stieß ein wüstes Knurren aus. Er beugte sich vor, aber Bill ließ nicht los. Er hatte seine zehn Finger in das kalte Totenfleisch des Zombie-Körpers gekrallt und drückte Jock Gray gegen die Wand.

Dann hatte sich der Totengräber wieder gefangen. Er packte die Schaufel kürzer und schlug über Bills Rücken hinweg zu.

Der Reporter hatte das Gefühl, sein Kreuz würde in der Mitte geteilt.

Nicht einmal schreien konnte er. Ihm wurde einfach

schwarz vor Augen, und er merkte nicht mehr, wie Jock Gray ihn wie ein lästiges Insekt von sich stieß.

Bewußtlos fiel der Reporter zu Boden.

Der Totengräber jedoch kümmerte sich um die anderen, mit Bill und Sheila wollte er sich später beschäftigen.

Wild schaute er sich um.

Der Herzog und seine Frau waren verschwunden!

Beide hatten Bills Schreie gehört.

Während Lady Anne schreckensbleich auf dem Fleck stehenblieb, handelte Sir Sheldon. Der Totengräber kümmerte sich im Moment um Bill Conolly. Der Herzog hatte freie Bahn und sprang mit einem gewaltigen Satz auf seine Frau zu.

Lady Anne wußte kaum, was mit ihr geschah. Sie wurde von ihrem Mann gepackt und mitgezogen. Automatisch setzte sie ein Bein vor das andere, taumelte an seiner Seite weiter und verließ das Arbeitszimmer.

»Komm mit!« schrie ihr Mann.

Sie rannten in den Gang. Hart hämmerten ihre Füße auf den Boden. Flucht war das einzige, was noch half. Und sich dann verstecken. Klar denken konnte keiner mehr von ihnen. Anstatt nach unten zu laufen und zu versuchen, mit dem Wagen zu fliehen, sahen sie die nach oben führende Treppe.

Sie endete im nächsten Stockwerk, wo die Schlafräume des Ehepaars sowie die der Kinder lagen.

Es war Lady Anne, die als erste in ihrer blinden Verzweiflung die Stufen hochrannte, stolperte, hinfiel, wieder hochgerissen wurde und weiterlief.

Sie schluchzte, weinte und keuchte in einem. Dabei flog sie am gesamten Körper. Das Zittern begann bei den Haarspitzen und erreichte die Zehen.

Auf halbem Weg blieb ihr Mann stehen.

Auch sein Gesicht war nur noch eine von Angst und Grauen gezeichnete Maske.

Doch sein Denkapparat funktionierte einigermaßen. Es wunderte ihn selbst, daß er die nächsten Worte hervorbringen konnte. »Wir sind falsch gelaufen, Anne.«

Die Frau starrte ihn mit einem Blick an, in dem sich zahlreiche Gefühle mischten, der aber dennoch völlig unverständlich war. »Und was tun wir jetzt?« hauchte sie.

»Wieder zurückrennen.«

»Zu spät!« flüsterte Lady Anne.

Damit hatte sie recht. Deutlich hörten beide die Schritte ihres Verfolgers.

Der Totengräber kam!

Er hatte es nicht einmal eilig. Seine Tritte hörten sich stampfend an, gleichmäßig wie die eines Roboters. Er war seiner Sache sicher und ließ sich von seinem Ziel nicht abbringen.

»Vielleicht geht er vorbei!« hauchte die Frau.

Ihr Mann hob die Schultern. Er glaubte nicht daran, wollte aber die Hoffnungen seiner Frau nicht zerstören. Sie zogen sich noch ein wenig zurück, blieben jedoch so stehen, daß sie nach unten schielen konnten, wobei der Herzog seine Frau etwas nach hinten drängte und einen Finger auf seine Lippen legte.

Lady Anne verstand das Zeichen. Sie preßte die Lippen aufeinander und nickte heftig.

Die Schritte wurden lauter. Jeden Augenblick mußte der Totengräber erscheinen.

Der Herzog und seine Gemahlin hielten den Atem an, obwohl es beiden schwerfiel.

Ging er vorbei?

Nein, er blieb stehen!

Der lebende Tote schien mit dem Instinkt eines Tieres ausgestattet zu sein. Er wußte genau, wohin er sich zu wenden hatte, denn nach einigen Sekunden des Irritiertseins drehte er den Kopf langsam nach rechts.

Dort lag die Treppe.

Auf dem Absatz zuckten die beiden Menschen zurück. In ihren Augen flammte abermals die Panik auf. Es war eine schlimme Angst, die in ihrem Körper hochstieg.

»Und jetzt?« wisperte die Lady.

Ihr Mann deutete nach oben. Sie mußten die Treppe weiter hoch. In der nächsten Etage, wo sich die Schlafräume befanden, konnten sie sich unter Umständen verstecken.

Vielleicht so lange, bis die Conollys die Polizei alarmiert hatten oder John Sinclair eingetroffen war. Von dieser Überlegung ging der Herzog aus. Vor allen Dingen setzte er seine Hoffnungen auf John Sinclair. Ihm mußte doch einiges klarwerden, wenn er den Totengräber auf dem Friedhof nicht fand.

Ihr Startzeichen war das dumpfe Geräusch, das entstand, als der Totengräber seinen Fuß auf die erste Stufe setzte.

Er kam hoch ...

Sir Sheldon Quinnthorpe drehte sich um, faßte seine Frau unter und zog sie mit.

Lady Anne zitterte am gesamten Leib. So etwas hatte sie noch nie erlebt. Aus Germany hatte sie ihr Mann damals geholt, und sie hatte ein gutes Leben geführt, in das jetzt die Schatten des Grauens mit elementarer Wucht fielen.

Ihre Angst war grenzenlos geworden, und es kostete sie eine ungeheure Überwindung, vor Entsetzen nicht laut loszuschreien.

Die beiden Flüchtlinge ließen die breite Treppe hinter sich und erreichten den langen Flur, von dem die einzelnen Zimmer abzweigten.

Unten vernahmen sie die schweren Schritte.

Er folgte ihnen.

Unerbittlich wie eine ferngelenkte Maschine. Da kannte dieses Wesen keine Gnade, es wollte die Opfer.

Der Herzog streckte seinen Arm vor und krümmte die Hand nach rechts, wobei er auf eine Tür deutete, die zum Schlafzimmer führte. »Da hinein!« hauchte er.

Vor der Tür blieben die beiden einen Moment stehen. Obwohl die Zeit bei ihnen mehr als knapp war, nahm sich der Herzog die Sekunden, um die Klinke behutsam nach unten zu drücken. Zum Glück schwang die Tür lautlos auf.

Sie betraten den großen Raum.

Da standen das alte Bett, der Frisiertisch, eine Liege und der große, bis zur Decke reichende Einbauschrank. Ferner gab es noch eine zweite Tür, die zum Bad führte.

Der Herzog schloß ab.

»Glaubst du, daß er uns hier nicht findet?« flüsterte seine Frau.

Sir Sheldon hob die Schultern. Er ließ Lady Anne los und huschte auf seinen Nachtschrank zu. Die oberste Schublade zog er hervor und holte seine Pistole hervor.

Es war eine Armee-Waffe, Kaliber .45. Der Herzog besaß einen eigenen Schießstand, auf dem er hin und wieder übte. Er war also gut in Form und würde diesen verdammten Totengräber schon in die Hölle zurück befördern, dessen war er sicher.

»Und jetzt?«

Sir Sheldon lächelte seiner Gattin zu. »In den Schrank«, flüsterte er.

»Was?«

»Ja, das ist das beste Versteck. Wenn dieser Zombie ins Zimmer kommt und uns nicht sieht, wird er vielleicht verschwinden. Dann haben wir eine Chance, nach unten zu laufen und zu fliehen.«

Lady Anne ließ sich die Worte durch den Kopf gehen. Ja, da konnte ihr Mann recht haben.

Sie nickte heftig. Sir Sheldon hatte bereits die große Mitteltür geöffnet. Er schob Kleider, Blusen und Röcke zur Seite und schuf so einen freien Platz.

Lady Anne kletterte als erste in den großen Schrank. Sie verbarg sich hinter ihrer Kleidung, als ihr Mann noch davor stand und lauschte.

Er hörte die Schritte sehr deutlich. Jetzt war der unheimliche Totengräber oben. Eine Tür wurde von ihm aufgerissen. Es war der Raum neben dem Schlafzimmer.

»Komm!« flüsterte seine Frau.

Sir Sheldon ließ sich dies nicht zweimal sagen. Er kletterte ebenfalls in den Schrank, zog die Tür zu und drückte sich ein wenig nach links. Lady Anne hatte den Arm ausgestreckt. Sir Sheldon spürte die Finger seiner Frau auf der Haut. »Ich habe Angst, Sheldon«, flüsterte sie. »Und ich werde beten, daß wir es schaffen.«

»Ja, Anne, tu das.« Sir Sheldon wartete mit schußbereiter Waffe. Sie war geladen, und er hatte sie auch entsichert. Er würde diesen Totengräber erschießen, und wenn es eben ging, wollte er ihm die Kugeln in den Kopf setzen.

So mußte er doch zu töten sein.

Obwohl die Schranktür so gut zugezogen war, wie es eben ging, hörten sie noch die Geräusche des Totengräbers. Er hatte sich nicht damit zufriedengegeben, nur in das Zimmer hineinzuschauen, sondern durchsuchte es auch.

Lady Anne zitterte. »Sheldon!« hauchte sie. »Der sieht auch nach.«

»Ich weiß.«

»Mein Gott, dann wird er uns finden!«

»Ich schieße ihm den Schädel entzwei!« versprach Sir Sheldon Quinnthorpe mit finsterer Stimme.

»O Gott, ich habe so eine Angst.«

»Du mußt dich jetzt zusammenreißen, Mädchen«, sagte der Mann eindringlich.

»Ja, ja ...«

Die Tür des Nebenzimmers knallte zu. Es klang wie ein Pistolenschuß. Schritte auf dem Gang.

Jetzt kam er.

»Vielleicht hättest du nicht abschließen sollen«, wisperte Lady Anne. »Wenn er merkt, daß verschlossen ist, wird er vielleicht noch mißtrauischer.« Daran hatte der Herzog auch schon gedacht, jedoch nicht gewagt, mit seiner Frau darüber zu sprechen.

Der Totengräber war an der Tür. Beide vernahmen, wie er an der Klinke rüttelte.

Danach war es ruhig.

Im nächsten Augenblick geschah es. Schwere Tritte krachten gegen das Holz. Der Herzog und seine Frau vernahmen das Wummern. Dumpf klang es an ihre Ohren.

Einmal, zweimal trat der Totengräber gegen die Tür. Sie war sehr stabil, es würde nicht einfach sein, sie zu zertrümmern. Dann nahm er die Schaufel. Die Geräusche änderten sich. Zwar klangen sie auch jetzt noch dumpf, aber zwischendurch vernahmen sie auch ein Splittern und Krachen. Der Totengräber hatte es geschafft. Der Weg würde in den nächsten Sekunden frei sein.

Wie ein Ungeheuer stampfte er ins Zimmer.

Beide hörten seinen röhrenden Schrei, dann ein dreckiges Lachen und seine Stimme.

»Ich weiß, daß ihr hier irgendwo seid, ihr Verdammten. Kommt raus, oder ich hole euch!«

Wieder wurde die Angst übergroß. Lady Anne hatte Mühe, nicht loszuschreien. Für sie war es grauenhaft. Ihre Zähne klapperten aufeinander, sie konnte einfach nichts dagegen tun, und sie krallte sich an ihrem Mann fest.

Beide standen geduckt. Der Herzog hatte dabei seinen Oberkörper leicht vorgebeugt. Die Lippen waren so hart aufeinandergepreßt, daß der Mund nur einen Strich bildete.

Er kam zum Schrank.

Es war daran zu merken, daß seine Schritte lauter wurden. Sie klangen dumpf und hart, wie bei einem Trommler, der auf einem mit Fell überzogenen Instrument spielte und sehr langsam seine Schlagstöcke bewegte.

Würde er den Schrank öffnen? Auf jeden Fall kam er näher, und er behielt auch die Richtung bei. Der Schrank hatte mehrere Türen. Vielleicht würde er bei einer Außentür beginnen und sich dann langsam näher tasten, was die Spannung und die Angst bis zum Siedepunkt erhöhte.

Dann stand er vor dem Schrank.

Und nicht nur davor, sondern auch vor der richtigen Tür.

Mit einem heftigen Ruck zog er sie auf!

Der Vampir war erledigt, doch der gefährlichste Gegner, der Totengräber, existierte nach wie vor.

Ihn mußte ich packen.

Falls es nicht schon zu spät war. Während ich durch den Wald hetzte, machte ich mir selbst die bittersten Vorwürfe. Ich hätte nicht auf den Friedhof gehen sollen, sondern im Haus abwarten, ob sich dort irgend etwas tat.

Es war zu spät, jetzt mußte ich versuchen zu retten, was noch zu retten war.

Der Weg war nicht gerade einfach. Immer wieder griffen sperrige Äste und Zweige nach mir, versuchten sich in der Kleidung festzuhaken oder peitschten durch mein Gesicht. Als ich schließlich den schmalen Weg erreichte, war ich froh. Auf ihm konnte ich ungehindert ein schnelleres Tempo anschlagen, kannte mich nun aus und kam auch in der Dunkelheit gut voran. Natürlich legte ich mich einmal auf die Nase. Ich war über einen Stein gestolpert, der als wirkliche Falle aus der Erde ragte. Ich überschlug mich und drehte mich dabei, so daß ich ins Gebüsch krachte und von den einigermaßen starken Zweigen aufgefangen wurde. Es war eine ziemlich warme Nacht, auch wenn sich der Himmel in einem Wolkenkleid zeigte. Längst klebte mir die Kleidung am Körper, ich dampfte regelrecht und atmete auf, als ich durch die Büsche und das Astwerk Licht schimmern sah.

Das Landhaus.

Endlich!

Mein Lauf wurde langsamer. Es hatte keinen Sinn, völlig ausgepumpt das Ziel zu erreichen, ich mußte wieder zu Atem kommen, um normal reagieren zu können.

Nicht nur hinter den Fenstern schimmerte Licht. Ein breiter Streifen fiel auch aus der offenen Haustür.

Es wurde von mehreren Schatten unterbrochen, die ich unschwer als menschliche Wesen identifizierte.

Sie liefen hin und her und schienen ziemlich aufgeregt zu sein. Ich hörte auch Stimmen.

Wieder begann ich zu rennen. Ein schlimmes Gefühl hatte sich meiner bemächtigt. So etwas wie Angst keimte in mir hoch. Eine Angst, doch noch verloren zu haben.

Mein Gott, wenn ich tatsächlich zu spät kam ...

Man sah mich.

Ein Mann lief auf mich zu. Er trug die Kleidung eines Obers. Einen dunklen Frack, das sah ich auch in der Finsternis. Kurz vor der Treppe trafen wir zusammen.

Beide mußten wir erst Luft holen. »Was ist geschehen?« erkundigte ich mich keuchend.

»Tot, er ist tot ...« Der Mann schluchzte und senkte den Kopf.

Ein Stahlnagel schien durch mein Herz zu fahren. »Wer ist tot?« fragte ich.

»Harry.«

Ich kannte den Namen nicht.

»Der Butler. Wir haben ihn gefunden. Der Mörder hat ihm die Kehle durch ...«

»Schon gut«, sagte ich. Meine Stimme war kaum zu verstehen. »Und wo sind die anderen, die Gäste, meine ich?«

»Wir haben Schüsse gehört.«

Zwei Frauen, die sich in der Nähe aufhielten, nickten als Bestätigung.

»Wo war das?«

»Im Haus, Sir.«

»Wo genau? Reißen Sie sich zusammen, Mann. Wo haben sich der Herzog, dessen Gemahlin und seine Gäste aufgehalten?«

»Im Arbeitszimmer.« Er räusperte sich. »Erster Stock, Sie müssen die Treppe hoch.«

Ich bedankte mich nicht, sondern jagte los. Zuerst die Freitreppe hoch. Als ich in der großen Halle stand, schaute ich mich kurz um.

Rechts ging es in die anderen Etagen. Mit gewaltigen Sprüngen nahm ich die Stufen, erreichte das erste Stockwerk und blickte rechts in einen Gang hinein, an dessen Ende eine Tür offenstand.

Mein Blick fiel in ein Zimmer.

Obwohl ich noch ziemlich weit entfernt war, konnte ich die beiden Personen doch erkennen, die sich in dem Raum befanden. Es waren Sheila und Bill Conolly.

Mein Herz übersprang einen Schlag, denn ich sah die Freunde am Boden liegen.

Waren sie etwa …?

Als ich das Zimmer betrat, hörte ich das Stöhnen, und Sheila richtete sich auf.

Noch nie hatte ich sie so gesehen. Ihre rechte Gesichtshälfte war blutverschmiert. Die beiden Wunden befanden sich an der Stirn und unter dem Auge. Dort mußte sie ein ungemein heftiger Schlag getroffen haben. »Sheila!« rief ich.

»John, mein Gott.« Erleichterung malte sich auf ihrem Gesicht ab. »Wir konnten ihn nicht stoppen. Er ist wie ein

Tier, das alles niederwalzt. Er hat die Schaufel genommen und mich geschlagen.«

»Wo sind die anderen?«

»Ich weiß nicht, ich wurde bewußtlos. Aber Bill ...«

Himmel, an ihn hatte ich kaum gedacht. Ich drehte mich um und schaute auf meinen Freund.

Er war bewußtlos. Sein Rücken sah schlimm aus. Die Kleidung war dort zerfetzt, ich sah zwar kein Blut, dafür einen dicken Bluterguß, der rötlich und grün schimmerte.

»Kümmere du dich um ihn, Sheila. Ich muß den verfluchten Zombie finden. Und du hast nichts gesehen?«

»Nein, vielleicht sind sie nach draußen gelaufen?«

»Dann hätte ich sie entdeckt.«

Da hörte ich die Schüsse und vernahm auch den gellenden Schrei. Das war von oben gekommen!

Mich hielt nichts mehr!

Obwohl der Herzog und seine Frau damit gerechnet hatten, entdeckt zu werden, traf sie der Schock wie eine eiskalte Dusche.

Der Totengräber starrte Sir Sheldon an. Lady Anne konnte er nicht sehen, sie hatte sich seitlich zwischen die Kleider gequetscht. Es waren lange und grausame Sekunden, in denen sich die Blicke der beiden Feinde ineinander verkrallten. Ein böses Grinsen huschte über das Gesicht des Untoten.

Jetzt hatte er ihn.

Sir Sheldon wurde kalkweiß. Jegliches Blut strömte aus seinem Gesicht. Die Schweißtropfen glitzerten auf seiner Haut wie Kugeln aus Perlmutt. Aber der Mann überwand seine Angst und hob den rechten Arm.

In den Kopf werde ich ihn schießen, dachte er.

Er drückte ab. Dies geschah, bevor der Totengräber mit seiner Schaufel zustoßen konnte.

Jock Gray wurde zwar nicht in den Kopf getroffen, dafür in die Brust. Aus kürzester Distanz traf das schwere Geschoß, riß ein Loch, dann der zweite Schuß, wieder in die Brust, der dritte in den Kopf, und jeden Schuß begleitete der Herzog mit einem schrillen Lachen.

Der Totengräber wurde von den Einschlägen zurückgestoßen. Er taumelte bis zum Bett, wo er sich jedoch wieder fangen konnte und ein drohendes Knurren ausstieß.

Die Augen des Herzogs wurden groß. Er wollte nicht glauben, was er sah.

Drei Kugeln hatte er verschossen. Dreimal getroffen, zweimal in die Brust und einmal in den Kopf, dicht über dem Kinn.

Der unheimliche Totengräber lebte noch immer. So konnte man ihn nicht töten, nein, so nicht.

Und er kam.

Sein Kinn war zerschmettert worden. Knochensplitter standen hervor. Sie verwandelten das Gesicht in eine schaurige Fratze.

Der Zombie lebte!

Dieses Wissen grub sich wie ein scharfer Splitter in das Gehirn des Herzogs und lähmte sein Denken. Er brachte den Arm mit der Waffe nicht mehr hoch, sondern starrte den Unheimlichen nur an.

Genau und sehr deutlich sah er, wie der Totengräber seinen Spaten hochriß. Dann hielt er ihn waagerecht. Das Schaufelblatt zeigte genau auf die Körpermitte des Mannes.

Er kam näher.

Drei Schritte waren es noch.

»Sheldon, was ist?« Der Herzog hörte die angsterfüllte Stimme seiner Frau, doch er war nicht in der Lage, eine Antwort zu geben. Sein Mund war wie zugeschnürt. Er konnte nur noch schauen und erwartete die tödliche Attacke des Totengräbers.

Noch ein Schritt.

»Stirb!« brüllte der Zombie und stieß zu.

Ein gellender, markerschütternder Schrei, den Lady Anne ausstieß, übertönte das Röcheln des sterbenden Mannes, der langsam zusammensackte.

Als der Totengräber die Schaufel zurückzog, schimmerte das Blatt hellrot …

Der Revolver polterte auf den Schrankboden. Sir Sheldon hob in einer letzten, verzweifelten Bewegung seinen linken Arm. Erstaunt waren seine Augen aufgerissen. Reflexartig verkrallten sich seine Finger in ein Kleidungsstück und rissen es vom Haken.

Das Jackett fiel auf den Kopf des Mannes und deckte ihn wie ein Leichentuch zu.

Sir Sheldon Quinnthorpe hatte die Rache des unheimlichen Totengräbers voll getroffen.

Er starb …

Aber noch lebte Lady Anne. Auch sie sollte der Rache des Zombies nicht entgehen.

Jock Gray hob die Schaufel und hämmerte darauf zu. Der wuchtige Schlag zerfetzte das Holz der Schranktür und bereitete den Weg vor, der Jock zu Lady Anne bringen sollte.

Die Frau war nur noch ein wimmerndes Bündel aus Angst und Entsetzen. Sie hatte den Tod ihres Mannes miterleben müssen, in ihrem Gehirn hatte etwas ausgesetzt.

Starr blickten die Augen. Wahnsinn schimmerte in den beiden Pupillen.

Der Totengräber hatte freie Bahn. Die Frau wollte er nicht in dem Schrank töten, sondern hervorziehen.

Er streckte seinen Arm aus.

Lady Anne sah die gekrümmte Hand, die grauen Finger mit den langen Nägeln, unter denen noch die feuchte Erde des Grabes klebte, und ein irres Lächeln zeichnete ihr Gesicht.

»Nicht anfassen!« flüsterte sie. »Nicht ...«

Das dreckige Lachen schallte ihr entgegen. »Und ob ich dich anfasse. Du hast den Friedhof auch verkommen lassen, deshalb werde ich dich vernichten!«

Es war ein grausames Versprechen, und der Totengräber würde es einhalten.

Er griff zu.

Kalte Klauen umklammerten die Schulter der vor Angst starren Frau und zogen sie aus dem Schrank mit der zerfetzten Tür. Ein querstehender Splitter fuhr in den Arm der Lady, doch sie achtete nicht darauf und spürte keinen Schmerz.

Ein Ruck, und sie lag in den Klauen des Untoten.

In diesem Augenblick erreichte ich die Stätte des Grauens. Um zwei Sekunden zu spät.

Trotzdem peitschte meine Stimme: »Laß sie los, du Bestie!«

Ich konnte leider nicht schießen. Die Distanz war zwar ausgezeichnet, aber der Zombie hielt die Frau als Deckung vor sich. Ich konnte an den beiden vorbeischauen, sah in den Schrank und erkannte das Blut sowie den Toten.

Es war ein furchtbarer Anblick, und für die Herzogin mußte es das absolute Grauen überhaupt gewesen sein.

Mein Haß auf diesen Totengräber wuchs, er steigerte sich ins Unermeßliche, aber ich durfte mich nicht gehenlassen, sondern mußte die Nerven bewahren, so schwer mir dies auch fiel.

Er hatte Lady Anne an sich gepreßt. Sein linker Arm umspannte ihren Körper. In der rechten Hand hielt er noch die Schaufel, von deren Blatt Blut zu Boden tropfte, das vor dem Bett große Flecken bildete.

Lady Annes Gesicht war eine Maske. Gefühle spiegelten

sich darauf nicht mehr wider. Sie hatte das absolute Grauen erlebt und war nicht mehr fähig, überhaupt noch etwas zu begreifen. Wahrscheinlich war sie schon jetzt für ihr Leben gezeichnet.

Ich schluckte hart. Über den Lauf der Beretta hinweg starrte ich den Zombie an.

Er war eine schreckliche Gestalt. Roch nach feuchter Erde, Moder und Grab. Und er glich einem in die Enge getriebenen Tier, das kaum einen Ausweg sah.

»Geh weg!« keuchte er.

Ich schüttelte den Kopf. »Nein, erst laß die Frau los. Dann tragen wir es aus.«

»Sie wird sterben!« keuchte er. »Ich bringe sie um. Sie hat es nicht anders verdient, genau wie dieser Herzog.«

»Sie hat dir nichts getan!«

»Doch, sie hat meinen Friedhof verkommen lassen, mein Reich zerstört, dafür müssen sie und ihre Familie büßen. Nicht umsonst hat mir der Satan durch seinen Trank die Kraft gegeben, dem Grab zu entsteigen. Er will, daß der Friedhof mein Platz bleibt. Keiner soll sich mehr darauf sehen lassen, keiner. Ich werde ihn mir mit dem Vampir teilen. Wir machen ihn zu einem Stützpunkt des Teufels.«

»Der Vampir ist tot!« erwiderte ich kalt.

Zuerst schien er nicht zu begreifen, was ich damit meinte, denn ich sah keine Reaktion. Er öffnete nur den Mund, ein Wort drang nicht über seine Lippen.

»Ich habe ihn getötet«, erklärte ich.

»Du?«

»Ja. Du siehst, so mächtig war der Blutsauger nicht. Deine Chancen sinken.«

»Aber ich bin stärker!« zischte er. »Ich bin viel stärker als er. Mich wirst du nicht schaffen.«

»Wir werden es sehen. Laß erst die Frau los!«

»Nie!«

Diese Antwort sagte mir genug. Er würde die Geisel wirklich nicht aus der Hand geben.

Langsam schob er sie vor.

Ich spielte mit dem Gedanken, abzudrücken und eine Kugel an der Lady vorbei in seinen Kopf zu jagen, doch da war noch die verdammte Schaufel, die er etwas gekippt hatte, so daß das Schaufelblatt schräg gegen die Kehle der Frau gerichtet war. In einem Reflex konnte er noch zustoßen. Wenn das geschah, hatte ich Lady Anne auf dem Gewissen, und das Risiko wollte ich auf keinen Fall eingehen.

»Weg mit der Pistole!«

Auf diesen Befehl hatte ich gewartet. Vergessen hatte er ihn nicht. Mir blieb nichts anderes übrig, als zu gehorchen.

Die Beretta fiel zu Boden.

»Und jetzt zurück! Aber langsam und Schritt für Schritt!«

Dumm war dieser Zombie nicht. Obwohl man ihn als Hülle oder Körper ohne Seele bezeichnen konnte, er hatte es geschafft, sich den Gegebenheiten sehr schnell anzupassen.

Lady Anne schien von den Vorgängen nichts mitzubekommen. Ihre Augen waren verdreht, die Pupillen ohne jeglichen Glanz. Sie hing in den Armen des Totengräbers wie eine Puppe.

Ich gehorchte. Schritt für Schritt näherte ich mich der Tür und entfernte mich immer weiter von meiner Beretta. Als einzige Waffe stand mir nun noch das Kreuz zur Verfügung. Aber das hing vor meiner Brust und war durch die Kleidung verdeckt. Ob ich je die Chance erhielt, es hervorzuholen, war fraglich.

Fürs erste hatte ich den Zombie zufriedengestellt. Er folgte mir, hielt die Distanz immer gleich. Trat ich einen Schritt zurück, dann ging auch er vor.

Ich hatte mich etwas verkalkuliert und stieß mit dem Rücken gegen das Türfutter.

»Nach rechts!« zischte er.

Ich gehorchte. Jetzt stand ich im Gang – und hörte Schritte.

Verdammt, da kam jemand.

Er lief die Treppe hoch, ich wandte den Kopf und sah den Mann in der Kleidung des Obers.

»Zurück!« brüllte ich. »Hauen Sie ab, Mann!«

Er blieb stehen, schaute mir ins Gesicht und sagte: »Ich habe die Polizei …«

»Verschwinden Sie!« Meine Stimme überschlug sich fast. Wenn der Totengräber das Wort Polizei hörte, würde er vielleicht durchdrehen.

Mein Schreien zeigte Erfolg. Der Mann zuckte zusammen, zog den Kopf ein und machte kehrt. Stolpernd lief er die Stufen der Treppe hinunter.

Ich atmete auf. Dieser Kelch war noch mal an mir vorübergegangen.

Der unheimliche Totengräber hatte nicht genau mitbekommen, was geschehen war, er zeigte sich jedoch irritiert. »Versuchst du einen Trick?«

»Nein.«

»Was war los?«

»Jemand war auf der Treppe.«

»Und?«

»Ich habe ihn wieder weggeschickt.«

»Dein und sein Glück!« zischte er.

Ich rechnete damit, daß er in Richtung Treppe gehen wollte, wurde jedoch enttäuscht. Er wandte sich zur anderen Seite, wo der Gang zu Ende war. Dort gab es an einer Seite nur noch Fenster. Sie alle führten zum Garten.

Was hatte er vor?

»Geh weiter!« zischte er. »Weiter. Oder soll ich ihr die Kehle durchschlagen?«

Das war keine leere Drohung, dieser seelenlose Mordroboter würde es in die Tat umsetzen.

Ich schielte zur rechten Seite. Mit dem ersten Fenster befand ich mich jetzt auf gleicher Höhe, als schon sein scharfer Befehl meine Ohren erreichte.

»Stopp!«

Ich stand sofort.

»Öffnen!«

Er meinte das Fenster. Es war ziemlich hoch, hatte dickes Glas und einen Verschluß, wie man ihn vor langer Zeit gehabt hatte. Wahrscheinlich war das Fenster zum letztenmal vor zehn Jahren geöffnet worden. Mir bereitete es auf jeden Fall Mühe, den Griff herumzudrehen. Er klemmte, ich mußte Kraft einsetzen, ein paarmal kräftig ziehen, und schließlich hatte ich es geschafft.

Das Fenster war offen.

Er lachte rauh. »Jetzt stell dich auf die Fensterbank!«

Nun kannte ich seinen Plan. Wahrscheinlich verlangte er anschließend von mir, hinunterzuspringen. Wer aus dem zweiten Stock dieses Hauses auf die Erde prallte, hatte wenig Chancen, es zu überstehen. Schwere Brüche waren die harmloseste Folge. Dieser verfluchte Zombie hielt wirklich die besseren Karten in der Hand.

Ich kletterte auf die Fensterbank. Weigern konnte ich mich nicht, dann gefährdete ich das Leben der Herzogin. Das Fenster hatte zwei Flügel. Einen hatte ich so weit geöffnet, wie es ging. Er war ganz zurückgekippt und berührte die Hauswand.

Geduckt stand ich da. Meine Gedanken arbeiteten fieberhaft und suchten nach einem Ausweg. Hinter und unter mir war es dunkel. Ich hatte mir das Gelände auch nicht angesehen und wußte nicht, wohin ich fallen würde.

Der Totengräber grinste kalt. Jetzt hatte er mich dort, wo er mich hinhaben wollte. Mit der linken Hand hielt ich mich am hölzernen Fensterkreuz fest, meine Muskeln waren gespannt, der gesamte Körper stand wie unter Strom.

Dann tat er etwas, was mich überraschte. Plötzlich schleuderte er die Frau zur Seite, stieß einen urigen Schrei aus, hob den Spaten an und rannte damit auf mich zu ...

Die Schneide würde mich in zwei Hälften teilen!

Ich sprang vor und hechtete gleichzeitig nach links. Mit meinem gesamten Körpergewicht flog ich in den Gang hinein, erlebte einen Atemzug lang die Todesangst, spürte, wie etwas an meiner Kleidung zerrte, und prallte mit ungeheurer Wucht gegen die Wand.

Ich sah Sterne, krachte zu Boden, hörte einen wilden Schrei, warf mich herum und sah noch, wie die Beine des Totengräbers verschwanden.

Das Fenster war ihm zum Verhängnis geworden. Er hatte seinen Lauf nicht mehr bremsen können und war durch die Öffnung nach draußen gefallen. Ich vernahm das Brechen von Ästen und einen dumpfen Aufprall. Dann war Stille.

Ein Zombie kann auf diese Art und Weise nicht getötet werden! Der Gedanke schoß mir durch den Kopf und sorgte dafür, daß ich wieder auf die Beine kam. Durch den Aufprall gegen die Wand hatte ich mir zum Glück nichts verstaucht oder gebrochen, nur ein paar blaue Flecken würden zurückbleiben.

Ich jagte los. Um die Herzogin konnte ich mich jetzt nicht kümmern. Sie befand sich zudem in Sicherheit.

Mein Spurt zur Treppe war olympiareif. Jetzt kam es wirklich auf jede Sekunde an. Den ersten Absatz nahm ich in zwei gewaltigen Sätzen, hielt mich dabei am Handlauf fest und stolperte auch die nächsten Absätze hinunter.

In der Halle stand das Personal. Ich beachtete es nicht, sondern rannte auf die offene Ausgangstür zu. Die dahinterliegende Treppe ließ ich ebenfalls mit zwei langen Sprüngen hinter mir und blieb dann erst stehen.

Ich brauchte ihn nicht zu suchen, denn der Zombie erschien. Er lief um die Hausecke, geriet in den Schein einer Außenlampe und vernahm meinen Schrei.

»Bleib stehen!«

Er stoppte tatsächlich.

Beide Arme riß er hoch, als er mich sah. Dann schleuderte er mir voller Wut seine Schaufel entgegen. Sie war gut gezielt und hätte mich auch getroffen, doch die Entfernung war zu groß. Ich konnte ohne große Mühe ausweichen.

Das allerdings kostete Zeit, und der unheimliche Totengräber war schon weitergerannt. Er lief nicht direkt in den Wald hinein, sondern blieb auf dem normalen Fahrweg.

Mein Bentley befand sich nur drei Yards entfernt. In Rekordzeit enterte ich den Wagen, startete und fuhr an.

Fernlicht!

Das bläulichweiß schimmernde Halogenlicht schleuderte seine Lichtfülle über den Weg und riß den Flüchtenden aus dem Dunkel der Nacht.

Ich gab Gas.

Angespannt und konzentriert hockte ich hinter dem Lenkrad. Wenn der unheimliche Totengräber so weiterlief, dann hatte ich ihn in ein paar Sekunden.

Er rannte.

Ich war schneller.

Er schien gemerkt zu haben, daß ich ihm auf den Fersen war, denn er drehte sich um.

Gefühl zeigte er nicht. Deutlich sah ich sein blasses, graues Gesicht mit den starren Augen.

Jetzt hatte ich ihn.

Dann ein Sprung. Es sah grotesk aus, wie er zur Seite hüpfte, um dem drohenden Aufprall zu entgehen, aber er schaffte es nicht ganz, weil der Bentley einfach zu schnell war.

Ein Kotflügel erwischte ihn. Im Scheinwerferlicht sah ich,

wie er wie eine Gliederpuppe hochgeschleudert wurde und am Straßenrand verschwand. Er mußte irgendwo im Gras oder in den Büschen liegen.

Ich bremste.

Die Reifen spielten eine schrille Musik, bevor der Wagen endlich stand. Ich hatte bereits die Tür aufgestoßen und stieg aus.

Nur ein paar Yards brauchte ich zurückzulaufen. Seine Waffe hatte er verloren, jetzt konnte er mir kaum noch gefährlich werden. Ich hatte inzwischen mein Kreuz hervorgeholt, es baumelte vor meiner Brust.

Er kam aus dem Graben – und er griff mich an.

Plötzlich sah ich, daß ich einer Täuschung erlegen war. Er besaß noch eine Waffe. In der rechten Hand hielt er einen Hirschfänger, ein gefährliches Messer, das von den Jägern benutzt wurde, um erlegtes Wild aufzubrechen.

Damit wollte er mich töten.

Er war verdammt schnell und stach schon zu, bevor ich ausweichen konnte. Ich brachte soeben noch meinen rechten Arm hoch und hämmerte die Handkante gegen den Unterarm des Zombies.

Der Stoß wurde gebremst. Trotzdem warf mich der Anprall zurück. Ich fiel gegen meinen Wagen und kassierte noch einen Tritt gegen das rechte Schienbein. Tränen schossen mir in die Augen.

Wieder holte er aus.

Blitzschnell tauchte ich zur Seite und achtete dabei nicht auf die Schmerzen. Zwischen Schulter und Ohr wischte die Klinge vorbei, traf den Wagen und riß eine lange Furche in den Lack.

Der Zombie selbst konnte sich nicht mehr fangen und prallte ebenfalls gegen die Karosserie.

Dann konterte ich.

Mit dem Kreuz.

Ich rammte es ihm in die Seite.

Plötzlich stand er steif. Er schien zu wachsen, schlug mit der freien Hand auf das Autodach, und ein Gongschlag ertönte, der sein Ende einläutete.

An der Hüfte begann er schon zu verfaulen. Dort sah die Haut lappig aus, auch seine Kleidung war an der Stelle zerstört worden. Blanke Knochen schimmerten durch letzte Gewebereste. Wild schüttelte der unheimliche Totengräber den Kopf, als könne er nicht begreifen, daß es mit ihm zu Ende war.

Er sackte in die Knie.

Ruckartig geschah dies. Sein Gesicht war zu einer Grimasse verzogen. Er mußte ungeheure Schmerzen haben, denn die Kraft des geweihten Kreuzes zerstörte sein untotes Dasein.

Was ihn dazu trieb, sich das Messer in die Brust zu stoßen, wußte ich nicht. Auf jeden Fall verschwand die Klinge bis zum Heft, bevor er nach vorn fiel und auf dem Gesicht liegenblieb.

Ich wartete noch.

Im Streulicht der Scheinwerfer sah ich sein Ende. Er löste sich auf. Über hundert Jahre hatte er gelebt.

Zurück blieb graues Knochenmehl ...

ENDE

Melinas Mord-gespenster

Dies ist eine schlimme Geschichte!

Sie handelt von einer Rache, die in ihrem Schrecken kaum zu übertreffen ist und mit der Präzision eines Uhrwerks durchgeführt wird. Die Menschen einer kleinen Stadt geraten in den Sog der blutigen Ereignisse, und die Angst dringt wie ein schleichendes Gift in die Häuser und Wohnungen.

Niemand hat den unheimlichen Mörder gesehen, doch jeder weiß, daß er da ist.

Wen holt er sich als nächsten?

Der alte Mann blieb lauschend stehen, beugte seinen Oberkörper vor und spürte die unsichtbare Hand, die seinen Rücken entlang strich und dabei eine Gänsehaut hervorrief.

Er hatte ein Geräusch gehört.

Und zwar ein Geräusch, das nicht in die Stille der Nacht paßte. Kein sanftes Säuseln, wie der Wind es hervorrief, wenn er um das Gemäuer strich, nein, das waren Schritte gewesen, und dann hatte es einen Ton gegeben, als wäre irgend jemand gegen einen der aufgestellten Gegenstände gestoßen.

Jetzt ärgerte sich der Mann, daß er seinen Hund nicht dabei hatte. Harro war krank, er lag in seiner Hütte und würde das Jahr wohl nicht mehr überleben. Er war auch schon sehr alt. Wie der Mann, der nachts das kleine Heimatmuseum bewachte, seit es vor zwei Monaten ungebetenen Besuch bekommen hatte.

Hatte wieder jemand eingebrochen?

Das Geräusch wies darauf hin, und der Nachtwächter wollte nachschauen, denn er hatte seine Angst überwunden. Er straffte sich. Bestimmt waren es Jugendliche, die dem Heimatmuseum einen nächtlichen Besuch abstatteten, vielleicht wollten sie auch nur eine Mutprobe ablegen. Wie dem auch sei, es war nicht gestattet.

Der alte Mann befand sich in dem größten Raum des kleinen Heimatmuseums. Es war der in der Mitte, wo die alten Geräte der Bauern standen.

Damals wurden die Äcker noch mit Holzpflügen bearbeitet und mit den entsprechenden Eggen.

Die Pflüge, Eggen und auch andere Geräte waren ausgestellt. Oft wollten Touristen sehen, wie die Menschen früher gelebt und gearbeitet hatten.

Kichern!

Der Nachtwächter blieb abermals stehen. Dieses Geräusch hörte sich gar nicht nach einem Einbrecher an, es paßte nicht hierher und trieb wieder die Angst in dem Mann hoch.

Seit dem Tode seiner Frau hatte er keine solche Angst mehr gehabt wie in diesem Augenblick.

Wollte sich da jemand über ihn lustig machen? Das Geräusch war aus dem anderen Raum gekommen, der rechts neben dem großen lag. Dort war es schon tagsüber nicht sehr angenehm, denn in diesem Zimmer standen Folterinstrumente und auch Waffen, die früher verwendet wurden.

Sogar eine Guillotine befand sich dort. Dieses Henkerinstrument wurde von den Besuchern immer mit großem Schaudern betrachtet. Es bildete auch den Mittelpunkt des Raumes. Ansonsten hingen an den Wänden nur Ketten oder alte Lanzen und Hellebarden.

Der Nachtwächter faßte sich ein Herz und schlich so weit vor, bis er neben der Tür zum Nachbarraum stehenblieb.

Sie war verschlossen.

Wenn jemand eingestiegen war, dann durch das Fenster, denn wenn der Dieb auf normalem Wege gekommen wäre, dann hätte der Nachtwächter ihn sehen müssen.

Im anderen Raum blieb es ruhig. Der alte Mann hörte auch kein Geräusch, als er sein Ohr an das Holz legte und horchte.

War es doch eine Täuschung gewesen? Hatten ihm seine überreizten Nerven einen Streich gespielt?

Wenn ja, dann würde er es herausfinden, sobald er den Nebenraum betrat. Er warf noch einen Blick über die Schulter, wo an der gegenüberliegenden Wand die beiden Fenster lagen.

Am Himmel stand der Halbmond. Er sah aus wie eine gelbe Sichel. Durch blasse Wolken wurde sein Licht gefiltert, so daß es irgendwie bläulich schimmerte, und da die Wolken sich bewegten, wirkte es auf den Nachtwächter so, als würden Geister ihren unheimlichen Reigen hoch am Himmel aufführen.

Er schüttelte sich.

Selten zuvor war ihm so beklommen zumute gewesen. Sein Herz schien eingeengt zu sein, als würden Hände es zusammenpressen, ja, das war die Angst.

Er erschrak, als die Türklinke nach unten glitt. Unbewußt hatte er sie niedergedrückt, nun mußte er auch den zweiten Teil des Weges gehen, die Tür war offen.

Er schob sie noch weiter auf und trat über die Schwelle. Nur ein Fenster hatte der Raum. Durch die Scheibe fiel kein Mondlicht, entsprechend dunkel war es im Raum.

Und aus der Dunkelheit stieß ein düsterer Schatten in der Mitte des Raumes in die Höhe.

Die Guillotine!

Bewegte sich dort nicht etwas? War da nicht ein zuckender Schatten?

Er wischte sich über die Augen. Seine Nerven spielten ihm wieder einen Streich. Für diese Arbeit war er nicht geboren, und er nahm sich vor, sie an den Nagel zu hängen.

Kein Schatten – nein. Beruhigt atmete er auf, ging einen weiteren Schritt und hörte hinter sich das Pfeifen. Seine Nackenhaare stellten sich aufrecht, dann traf ihn der Hieb.

Wuchtig knallte der Schlag auf seine Mütze, die ihm einiges von der Härte nahm. Die Reaktion traf seinen Körper im Zeitlupentempo. Seine Knie begannen zu zittern, in den Waden schienen Bleigewichte zu hängen, vom Kopf her breiteten sich die Stiche aus, erfaßten den gesamten Körper, und er merkte, daß es ihm nicht mehr möglich war, sich auf den Beinen zu halten.

Er kippte nach vorn.

Der Boden, blankgescheuerte Holzdielen, raste auf ihn zu. Der Aufprall.

Wuchtig, hart. Zwei Zähne splitterten, Blut strömte aus seiner Nase, er stöhnte.

Still blieb der Nachtwächter liegen. Er wünschte sich, bewußtlos zu werden, aber die Mütze hatte den Schlag gedämpft.

Etwas polterte zu Boden, rollte und blieb dicht vor den Augen des Mannes liegen.

Es war eine Eisenstange. Das konnte der Nachtwächter erkennen, weil sein Kopf auf der Seite lag.

Dann hörte er Schritte.

Sie entfernten sich nicht, sondern näherten sich ihm. Der Unbekannte hatte hinter der Tür, dicht an der Wand und damit im toten Winkel gelauert.

Neben dem Niedergeschlagenen verstummten die Schritte. Der Mann hörte heftiges Atmen und dann ein Lied. »My Bonnie is over the ocean …«

Ein Schauer erfaßte den Mann. Er wußte nicht, ob es von einer Männer- oder Frauenstimme gesungen wurde. Sein Gehirn war zu vernebelt, aber er hörte die Melodie, und irgendwie erweckte sie auch in ihm eine Erinnerung.

Während er auf dem Boden lag, dachte er darüber nach. Was war das nur mit diesem Lied? Welche Bedeutung hatte es? Sosehr er auch grübelte, es fiel ihm nicht ein. Und warum dachte er darüber nach? Das war doch Unsinn. Er hatte eigene Probleme, die sich kaum …

Hände packten ihn. Er spürte genau ihren Druck, denn sie waren sehr kräftig. Die Finger tasteten über seine Schultern und griffen unter seine Achseln.

Sie hoben ihn hoch. Sein Oberkörper geriet in eine Schräglage, die Hacken seiner Schuhe schleiften über den Holzboden, als er fortgezerrt wurde.

Wohin?

Auf einmal schien dem Nachtwächter ein Eissplitter ins Herz zu fahren. Die Guillotine. Mein Gott, dieser Unbekannte schleifte ihn direkt auf die Guillotine zu.

Wollte er tatsächlich …?

Der alte Mann spürte sein Herz. Es pumpte, das Blut rauschte in seinem Kopf, förderte die Schmerzen und nahm ihm den Atem. Er konnte nichts sagen, dabei wollte er um Hilfe schreien. Doch aus seiner Kehle drang kein Laut.

Es gelang ihm auch nicht, klar zu sehen. Vor seinen Augen verschwamm alles, zu groß war die Angst, die seine Nerven zu vibrierenden Saiten machte.

»My Bonnie is over the ocean …«

Zum zweitenmal vernahm der Nachtwächter das alte Lied. Aber da lag sein Kopf schon in der Mulde. Die Mütze war ihm abgefallen, und der Mann starrte aus hervorquellenden Augen in den Korb unter ihm, der die Köpfe der Delinquenten auffing.

Jetzt hatte er keinen Zweifel mehr. Man wollte ihn vom Leben zum Tode befördern. Und dies auf eine grausame, schreckliche Art und Weise. Funktionierte sie noch?

Er wußte es nicht, aber manche Leute im Ort behaupteten, daß diese Guillotine völlig in Ordnung war.

Neben ihm bewegte sich etwas.

Sein Henker!

Das Lied war verstummt. Noch immer fühlte der Nachtwächter die Lähmung. Er wollte sich abstemmen, wegrollen, doch er brachte nicht die Kraft auf.

Zu hart war der Schlag gewesen, der ihn paralysiert hatte.

»Jetzt wirst du sterben!« hörte er die flüsternde Stimme. »Sie funktioniert ...«

Nein, nicht! wollte der Alte schreien. Bitte nicht!

Es blieb beim Vorsatz.

Wie zugeschnürt war seine Kehle. »Sie ist blank, sehr blank«, hörte er die Stimme wieder. »Wie früher ...«

Und da wußte er plötzlich, wer sein Henker war. Seine Lippen formten den Namen, er wollte ihn aussprechen, hinausschreien, damit ihn jeder hörte, doch nicht einmal ein Stöhnen drang aus seinem Mund.

Dann sauste die Klinge nach unten.

Ein pfeifendes, schleifendes Geräusch, ein dumpfer Schlag – der Kopf rollte in den Korb.

»Der erste«, sagte die Stimme. »Der erste, und weitere werden folgen. Alle müssen sie dran glauben – alle, die damals ...« Der Rest ging in einem unverständlichen Gemurmel unter.

Schritte, die sich langsam entfernten. Und dann zum drittenmal das Lied.

»My Bonnie is over the ocean ...«

Die Melodie verwehte – der unheimliche Mörder ging ...

Die frische Brise hatte den Dunst nicht vertrieben, sondern ihn nur verlagert. Wie eine dicke Schicht aus Watte lag er in den Tälern und würde erst gegen Morgen von den Sonnenstrahlen aufgelöst werden. Die Southern Uplands waren eben für ihren Nebel bekannt. Außerdem gehörte Nebel zu Schottland wie die Milch zum Kaffee.

Die Einheimischen wußten es, Fremde, meist Touristen vom Festland auf Schottland-Trip, hatten oft Pech. Sie hingen regelrecht im Nebel fest und fanden meist den Weg nicht. Zudem waren die Straßen nicht gerade breit zu nennen. Sie schlängelten sich durch das wilde Bergland, manchmal mit ekligen Schlaglöchern übersät, die besonders in der Dunkelheit zu tückischen Fallen wurden, wenn die Lichtbahnen der Scheinwerfer über sie hinwegglitten.

Vic McGovern gehörte zu den Einheimischen. Er wohnte in Lauder, einem kleinen Ort inmitten der Uplands. Lauder zählte 5200 Einwohner und war ein verschlafenes Nest, in dem eigentlich kaum etwas Aufregendes passierte.

Deshalb fuhr Vic McGovern auch des öfteren nach Coldstream. Diese Stadt lag dicht an der englischen ›Grenze‹, war größer und hatte vor allen Dingen das, was Vic in Lauder vermißte.

Amüsierschuppen.

Da rockte man in Discos und konnte sich auch hin und wieder ein wenig Stoff besorgen. Irgendwie hatte Coldstream schon einen großstädtischen Touch.

Und aufreißen konnte man da. Die Girls waren nicht nur hübsch, sondern auch willig, was besonders zählte, denn Vic sah sich selbst als einen schottischen Casanova an. In seiner Heimatstadt hatte er schon mit fast allen Mädchen geschlafen, und jetzt pflegte er zu sagen: »Ein guter Hirsch muß sein Revier auch mal ausweiten...«

Das tat er.

Aber auch Hirsche haben mal Pech. So erging es Vic McGovern. Er hatte zwar in fremden Revieren wildern wollen, doch einige, sprich einheimische junge Männer, hinderten ihn sehr drastisch daran. Man schlug den Fremdling zusammen.

Mit dem Gesicht hatte er im Staub gelegen, und er hörte jetzt noch das höhnische Lachen der anderen, und auch die Mädchen hatten mitgemacht. Viele gönnten Vic, der ansonsten fast unverschämt gut aussah, die Niederlage. Er hatte die Girls zu sehr betrogen, und so etwas vergaß man eben nicht. Jetzt befand sich Vic auf dem Heimweg. Nur notdürftig hatte er sich gesäubert. Auf der Kleidung waren noch immer Spuren zu sehen, aber das spielte keine so große Rolle. Bis auf einen grünblau schimmernden Fleck hatte wenigstens das Gesicht nichts abbekommen.

Vic trug das blonde Haar modisch geschnitten, fönte es jeden Tag und sah deshalb aus wie ein Dressman aus dem Katalog einer Bekleidungsfirma.

Er hielt sich sowieso für den schönsten, und da sein Vater zudem noch Geld hatte, war es ihm auch vergönnt gewesen, lange genug die Schulbank zu drücken.

Jetzt hatte er die Schule hinter sich und überlegte, was er studieren sollte. Eigentlich konnte er sich nicht für ein Fach entscheiden, zudem hatte er keine Lust, in die Möbelfabrik seines Vaters einzusteigen, denn da mußte er ja arbeiten. Der alte McGovern mochte seinen Sohn sowieso nicht, denn für Faulenzer hatte er nichts übrig. Nur die Mutter hielt zu ihm. Sie steckte ihm auch die Scheine zu.

Noch ein paar Meilen, dann hatte Vic sein Ziel erreicht. Er steckte voller Wut. Das sollten die Kerle ihm büßen. Irgendwann würde er zurückkommen und es ihnen geben. Dann hatten sie nichts zu lachen, das schwor Vic jetzt schon.

Die Zigarette hing zwischen seinen Lippen. Lässig hockte er im Schalensitz, aus den beiden Lautsprechern im Innern des Wagens hämmerte heiße Musik, und die langen Lichtbahnen der Scheinwerfer versuchten vergebens, Streifen in die dicke Nebelsuppe zu schneiden. Irgendwo verliefen sie sich, denn der Nebel war nicht so einfach zu besiegen. Er wogte und tanzte und führte einen wallenden Reigen innerhalb der Lichtstrahlen auf, wurde mal schwächer und nahm wenige Yards weiter an Stärke zu.

Wie gesagt, der Nebel war typisch für diese Gegend. Vic McGovern kannte ihn von klein auf, er fürchtete sich nicht davor und senkte kaum die Geschwindigkeit, denn er glaubte, die Strecke ausgezeichnet zu kennen.

Zudem würde ihm wohl kaum jemand entgegenkommen. Wenn ja, dann hatte der andere selbst schuld. Die Schlaglöcher schüttelten den MG durch. Als Reaktion zeigte der junge Mann ein verzerrtes Grinsen. Sein gelber Schal leuchtete. Er trug dazu ein rotes Hemd und eine blaue Jacke, sein Aufzug für die Disco. Bis auf den Schal war alles schmutzig, den hatten ihm die anderen noch sauber gelassen.

Verdammtes Pack! dachte er. Dabei knirschte er mit den Zähnen. Seine Wut steigerte sich, und er fuhr unwillkürlich schneller. Irgendwann würde er einige von ihnen in die Finger kriegen, und dann konnten sie sich warm anziehen.

Wieder wurde der Wagen durchgeschüttelt. Zum Glück hielten die Stoßdämpfer. Für Sekunden lichtete sich der Nebel. Das war die Stelle über dem Ort. Gleich würde sich die Straße senken und wieder in eine graue Wand hineinstoßen.

Das geschah auch.

Die Schwaden stiegen vom Bach hoch, der dicht an dem alten Friedhof vorbeiführte, über den sich die Alten seltsame Spukgeschichten erzählten, worüber der blonde junge Mann allerdings nur lachen konnte.

Er gab sich modern und tat Spuk- oder Gespenstergeschichten nur mit einer Handbewegung ab.

Alles Kinderkram.

Der Wald auf der linken Seite war nur insofern zu sehen, als daß er sich innerhalb des Nebels als dunklere Wand abhob. Rechts standen die steinernen Begrenzungspfähle, die den Straßenrand markierten. Sie waren helle Schemen im Grau des Nebels.

An dem Mädchen wäre er fast vorbeigefahren.

Vic McGovern bemerkte die Kleine im letzten Augenblick. Sie ging rechts, schritt dicht am Hang entlang und hielt den Kopf gesenkt. Für wenige Augenblicke erfaßten die Scheinwerfer die Gestalt, bevor sie wieder verschwand.

Vic bremste.

Er hörte das Knirschen, als Steine unter den breiten Reifen weggeschleudert wurden, der Wagen wollte noch ausbrechen. Mit eiserner Hand hielt Vic ihn in der Spur.

Er stand.

Ein Blick in den Innenspiegel.

Die Heckleuchten glühten dunkelrot. Sie schienen den wallenden Nebel hinter dem Fahrzeug mit Blut zu besprenkeln, und dann tauchte auch das Girl auf.

Es kam auf den Wagen zu.

Dabei ging es langsam und hielt den Kopf noch immer gesenkt, als würde es den Wagen überhaupt nicht wahrnehmen.

Vic grinste. Die kurze Zeitspanne hatte ihm ausgereicht, um zu erkennen, daß er die Kleine noch nie gesehen hatte. Wohnte sie vielleicht in Lauder, war sie eine Touristin, die mit ihren Eltern Urlaub machte?

Das wäre ja irre gewesen.

Vergessen war die Niederlage in der Grenzstadt, als Vic den Rückwärtsgang einlegte, das Steuer einschlug und dem Girl entgegenfuhr. Natürlich auch rasant.

Dicht neben dem Mädchen stoppte er.

Auch die Unbekannte hatte angehalten. Vic öffnete die linke Tür, wobei er sein bestes Lächeln aufsetzte. »He, schöne Unbekannte. Nachts ist es gefährlich, so allein über Schottlands Straßen zu wandern.«

Das Girl blieb stehen.

Da dies dicht neben dem Wagen geschah, konnte Vic McGovern die Kleine auch anschauen. Was er sah, war durchaus angetan, seinen Blutdruck ansteigen zu lassen.

Das Haar schimmerte rötlichbraun. Es war zu Locken gedreht, fiel in Höhe des Halses nach innen und berührte dort die Haut. Die Figur schien auch okay zu sein, denn unter dem Pullover zeichneten sich die Umrisse eines

Busens ab, von dem Vics Blick wie magisch angezogen wurde. Das Gesicht war vielleicht etwas zu schmal, die Nase um eine Idee zu lang, dafür bildete der Mund einen lieblichen Schwung und ließ die Dreiecksform des Gesichts ein wenig zurücktreten.

»Du kannst mitfahren«, sagte Vic, als er auf die erste Bemerkung keine Antwort erhielt.

»Nein.«

Vic gab sich noch längst nicht geschlagen, obwohl die Kleine eine ablehnende Antwort gegeben hatte. »Ich tue dir schon nichts. Zudem wohne ich hier im Ort. Ich heiße Vic.«

»Ja ...«

Sein Lächeln zerfaserte. »Du kennst mich?«

»Vielleicht.«

»Wo kommst du her?«

»Von weiter weg.«

Die Antwort hätte ich mir auch allein geben können, dachte Vic. Er ärgerte sich, daß er hier Zeit vertrödelte. »Also, was ist? Willst du mitfahren oder nicht?«

»Ich möchte zu Fuß gehen.«

»Mädchen, das ist doch unbequem.«

»Ich liebe es.« Sie hob den Arm und deutete nach rechts, wo der alte Friedhof lag. »Es gibt dort einen Weg, den nehme ich. Da komme ich ebenfalls nach Lauder.«

»Klar, aber du mußt über den Friedhof. Hast du da keine Angst?«

»Wovor?«

Jetzt griff Vic auf die alten Geschichten zurück, die ihm immer erzählt worden waren. »Da gibt es Geister und Gespenster. Auf dem Friedhof spukt es, ehrlich. Man sollte dort nicht allein hingehen, Mädchen.«

Das Girl lächelte. »Ich bin aber schon öfter dagewesen.«

»Das ist so eine Sache. Ich begleite dich lieber. Okay?«

»Wenn du willst ...«

Damit hatte selbst Vic, der große Aufreißer, nicht gerechnet. Das lief ja besser, als er dachte. Vielleicht war der Abend doch noch nicht gelaufen. Die Kleine war zwar nicht haargenau sein Typ, aber man konnte nicht alles haben.

»Klar gehe ich mit. Warte, ich muß nur eben den Wagen zur Seite stellen, sonst ist er morgen Schrott.«

Sie nickte.

Vic McGovern zog die Tür wieder zu und startete. Hinter der Kurve gab es einen schmalen Pfad, wo er seinen MG parken konnte. Zwar mußte er den Hang hochfahren, doch das machte nichts. Der Motor röhrte protestierend, als Vic Gas gab. Reifen wühlten das lockere Erdreich auf, schnitten Furchen hinein, schleuderten Gras und Dreck beiseite, und es dauerte seine Zeit, bis Vic so geparkt hatte, daß der MG kein Verkehrshindernis bildete. Er stand jetzt schräg am Hang. Vic stieg aus, schlug die Tür zu und schloß ab. Dann sprang er auf den Weg und lief dorthin zurück, wo er die Kleine zum erstenmal gesehen hatte.

Der Platz war leer. Überrascht blieb Vic McGovern stehen und trat mit dem rechten Fuß auf. »Verdammt auch«, fluchte er und fühlte sich dabei genarrt. Die Kleine hatte ihn reingelegt.

Er drehte sich einmal im Kreis, doch von dem Mädchen war nichts zu sehen.

Wütend spie er aus. »He!« rief er. »Wo steckst du? Mach kein Theater. Ich finde dich doch.« Bis dicht an den Straßenrand trat er und schaute in die Tiefe.

Da wallte nur der Nebel. In dicken Schlieren zog er durch das Tal und bedeckte auch den am Grund liegenden kleinen Friedhof.

Einen letzten Versuch unternahm Vic. »He, wo steckst du?«

»Hier.«

Er war überrascht, eine Antwort zu erhalten. Damit hatte

er nämlich nicht mehr gerechnet. Er grinste. Die Kleine hatte ihn ganz schön genarrt. »Wo denn?«

»Ich bin schon vorgegangen. Du mußt herunterkommen. Hier gibt es einen Weg.«

Weg war übertrieben. Nicht einmal Pfad war der richtige Ausdruck. Man mußte durch das Gras rutschen, das vom Nebel naß geworden war. Die aufgeweichte Erde bot nur wenig Standfestigkeit, zudem verhinderten die Zweige sperriger Büsche ein rascheres Vorankommen, aber sie hatten auch ihre Vorteile. Vic konnte sich an ihnen festhalten. Die Gefahr eines Falls wurde reduziert.

Das Girl wartete dort, wo tatsächlich der Weg begann. Er sah ihre Gestalt. Irgendwie unheimlich wirkte sie im Dunst. Man konnte meinen, daß ihre Beine keinen Kontakt mit dem Boden hatten.

Das Grinsen fiel bei Vic nicht mehr so locker aus, als er das Mädchen erreichte. »Du hast es aber eilig«, sagte er.

»Es ist auch schon spät.«

»Nee, früh.« Vic lachte. »Schließlich ist Mitternacht seit über einer Stunde vorbei.«

Sie nickte. »Ich weiß.«

»Und wie heißt du?« wollte Vic wissen.

»Melina.«

»Toller Name. Ehrlich. Hört sich irgendwie exotisch an. Wie denn weiter?«

»Melina reicht doch.«

»Im Prinzip ja. Eine Melina habe ich noch nie kennengelernt. Klingt griechisch, wie?«

»Sicher.«

Vic legte seine Hand um ihre Schultern. Sie ließ es geschehen, worüber der junge Mann natürlich froh war. Die Kleine schien einem Abenteuer nicht abgeneigt zu sein.

»Meinen Namen kennst du ja«, meinte er, während sie weitergingen. »Vic und Melina, hört sich gut an, wie?«

»Natürlich.«

Vic runzelte die Stirn. Obwohl sie ihm zugestimmt hatte, klang ihre Stimme doch flach. Als wäre sie mit ihren Gedanken ganz woanders, nur nicht hier.

Eine seltsame Person, dachte der junge Mann. Er war fest entschlossen, sie näher kennenzulernen.

Der Weg führte nicht in direkter Linie seinem Ende entgegen, sondern wand sich wie ein schmaler Wasserlauf durch ein Felsbett.

Es war auch nicht völlig ruhig. Unten, wo der Friedhof lag, hörten beide das Rauschen des Bachs. Er führte momentan ziemlich viel Wasser, was auf die Regenfälle der letzten drei Tage zurückzuführen war.

Vic drückte seine neueste Eroberung enger an sich.

Sie ließ es geschehen, und die Hoffnung des jungen Mannes stieg, doch noch ein heißes Abenteuer zu erleben. Dazu hätte er gern den Wagen gehabt, aber er kannte in der näheren Umgebung so viele lauschige Plätzchen, daß er gut auf den MG verzichten konnte.

»Wo wohnst du eigentlich?« fragte er.

»In Lauder.«

»Da habe ich dich nie gesehen.«

»Ich kam wenig raus.«

»Und wo lebst du genau?«

»Das wirst du schon noch sehen. Vielleicht«, fügte sie hinzu und lachte leise.

»Du machst es spannend.«

Verflixt, dachte Vic. Mit der komme ich nicht richtig in die Reihe. Die ist so seltsam, das habe ich noch nie erlebt. Dabei kenne ich die Weiber.

Er war so in Gedanken versunken, daß er eine Baumwurzel übersah und stolperte.

Plötzlich saß er auf seinem Hinterteil. Dabei schaute er ziemlich dumm aus der Wäsche. Melina lachte.

»Du kennst den Weg wohl doch nicht genau, wie?«

»Im Dunkeln bin ich ihn nie gegangen«, beschwerte sich Vic.

Melina hatte den Arm ausgestreckt. Vic erfaßte die Hand und ließ sich hochziehen. Dabei wunderte er sich, wie groß die Kraft des Mädchens war.

Vorsichtiger als zuvor gingen sie weiter. Da wuchsen erste Bäume, deren Zweige über ihre Gesichter streiften. Wasser tropfte auf ihre Köpfe, näßte die Haare, rann kühl über die Gesichter, und der Boden wurde noch weicher, ein Zeichen, daß sie sich im Tal und in der Nähe des Bachs befanden.

Er floß an der Südseite des alten Friedhofs vorbei. Wenn sie parallel zum Bach gingen, erreichten sie den Totenacker, den sie erst überqueren mußten, um danach ins Dorf zu gelangen.

Seltsam war es schon. Obwohl Vic über Gespenstergeschichten immer gelacht hatte, überkam ihn ein komisches Gefühl, als sie sich dem Friedhof näherten. Da standen die alten Bäume, die ebenfalls von Nebelschwaden umtanzt wurden und deshalb wie Geister aus einer anderen Welt wirkten.

Richtig unheimlich ...

Auf dem feuchten Boden standen Pfützen. Das Wasser war noch nicht verdunstet. Melina und Vic gingen hindurch. Sie bekamen nasse Schuhe und Füße.

Vic hatte das Mädchen wieder an sich gepreßt. Er fühlte genau, daß sie keinen BH trug. Der Pullover endete dicht über dem Gürtel der schmalen Jeans. Als Vic ihn am Rücken anhob und seine Finger auf die Haut legte, zuckte Melina zuerst zusammen, ließ sich die Berührung allerdings dann gefallen.

Auch als die Hand des jungen Mannes auf Wanderschaft ging, sagte sie nichts.

Vic lächelte still. Er hatte seine alte Überlegenheit wiedergefunden und schob die Hand höher. Sie glitt auch zur Seite, lag jetzt über der Hüfte und wollte noch weiterwandern, um die feste Brust des Mädchens zu umfassen.

Da löste sich Melina. »Dort ist der Friedhof«, sagte sie und blieb stehen.

Vic unterdrückte nur mühsam einen Fluch. Die kleine Hexe hatte ihn reingelegt. Erst scharfmachen und sich dann drücken. Warte nur, dachte er, dich kriege ich noch.

»Ja, da ist er.«

Das alte Gitter war längst abgerissen worden, so daß man den Friedhof als Teil der Landschaft bezeichnen konnte. Die meisten Gräber waren eingesunken. Unkraut wucherte auf den eingefallenen Gräbern. Die Grabsteine steckten schief im Boden. Graugrün schimmerte der Stein. Die eingemeißelte Schrift war längst nicht mehr zu lesen. Ein Beweis der Vergänglichkeit, wie alles im Leben vergänglich war.

»Ich bin gern hier«, sagte das Mädchen und drehte den Kopf, um Vic ins Gesicht zu schauen. »Du auch?«

»Schwer zu sagen. Mein Fall ist es nicht.«

»Hast du Angst?«

»Nein!« Die Antwort kam schnell und klang zu überzeugt, um echt zu sein.

»Dann können wir ja gehen.«

»Sicher. Und wohin?«

»Über den Friedhof, mein Lieber.«

»Klar.«

Melina ging vor. Der Nebel wallte heran, umschmeichelte ihre Gestalt, und abermals hatte Vic das Gefühl, die Beine des Mädchens würden den Boden gar nicht berühren.

Sie summte ein Lied vor sich hin, während sie hin und wieder mit ihren Händen die alten Grabsteine berührte, über denen Zweigwerk und Äste ein natürliches Dach gebildet hatten.

Der junge Mann folgte ihr langsamer. Es war ihm auf diesem Friedhof nicht geheuer. Öfter schaute er sich um, hörte ein Rascheln und Schaben, dann schreckte ein Vogel hoch und flog mit klatschendem Flügelschlag dicht über seinen Kopf hinweg. Nein, das war eine Atmosphäre, die ihm überhaupt nicht paßte.

»Wo bleibst du denn, Vic?« rief das Mädchen. »Willst du mich nicht mehr begleiten?«

»Klar, ich komme.«

Er ging schneller.

Melina hatte sich nach rechts gewandt. Der Blick auf sie wurde durch zwei alte Bäume und den wallenden Nebel versperrt. Vic mußte den Kopf einziehen, damit die Äste seine Haare nicht zerwühlten. Als er sich wieder aufrichtete, da sah er seine neueste Errungenschaft.

Im ersten Moment glaubte er zu träumen. Doch wer nur fünf Schritte von Melina entfernt stand und dessen Augen gut waren, der erlag keiner Täuschung.

Sie stand neben einem Sarg!

Der junge Mann schluckte. Es war ein unheimliches Bild. Nebelschlieren umwehten das Mädchen, die eine Hand auf den Sargdeckel gelegt hatte und Vic entgegenschaute.

Sie lächelte dabei.

Irgendwie wirkte ihr Gesicht verzerrt, und das Lächeln kam Vic vor wie das Grinsen eines Teufels.

Am liebsten hätte er in diesem Augenblick kehrtgemacht, doch sein Stolz ließ dies nicht zu. Und was bedeutete schon ein alter Sarg? Er war völlig normal, jeder mußte da einmal hinein, der eine früher, der andere später.

»Komm doch näher«, lockte Melina. »Du stehst da, als wärst du angewachsen.«

Der Kragen wurde Vic eng. Er fuhr mit zwei Fingern hinein und fühlte den kalten Schweiß.

Hatte er Angst?

»Fürchtet sich der große Aufreißer etwa?« fragte das

Mädchen und lächelte. »Das darfst du mir nicht antun, Vic. Ich habe dich immer für einen tollen Burschen gehalten, jetzt erlebe ich das Gegenteil ...«

»Nein, nein, ich komme schon.« Er setzte sich tatsächlich in Bewegung und ging auf Melina zu.

Ruhig schaute sie ihm entgegen. Der junge Mann konnte dem Blick nicht standhalten, er schweifte ab, und Vic McGovern starrte auf den Sarg.

Neu war er nicht, auch schmutzig, aber er zeigte noch keinen Verfall, schien völlig in Ordnung zu sein.

Als er stehenblieb, hob er die Schultern. »Was willst du eigentlich damit?«

»Mit dem Sarg?«

»Klar.« Ihre Stimmen klangen seltsam dumpf. Das Echo wurde vom Nebel verschluckt.

»Der ist nicht für mich.«

Vic lachte blechern auf. »Das habe ich auch nicht angenommen, ehrlich. Doch er ist eine ziemlich unpassende Sitzgelegenheit, findest du nicht auch?«

»Ja, das stimmt, Vic. Als eine Sitzgelegenheit ist er auch nicht gedacht.« Melina drehte sich halb zur Seite und wandte Vic ihr Profil zu. Es schimmerte seltsam bleich. Dann begann sie zu singen. Leise, aber dennoch hörbar.

»My Bonnie is over the ocean ...«

Vic zuckte zusammen. Dieses Lied paßte überhaupt nicht hierher. Eine Gänsehaut strich über seinen Rücken. Die Atmosphäre kam ihm plötzlich noch unheimlicher vor. Der Nebel, die Bäume, das raschelnde, hohe Gras, bewegt vom Wind, die alten Grabsteine – und dann das Lied.

Eine makabre Mischung.

Er räusperte sich.

Urplötzlich verstummte der Gesang. Melina drehte sich wieder um, schaute ihm ins Gesicht.

Kalt wirkten ihre Augen. Und erbarmungslos.

Vic McGovern trat unwillkürlich einen Schritt zurück. Die Melodie hallte noch in seinem Kopf nach. Da wurden Erinnerungsfetzen aus dem tiefen Dunkel des Vergessens wieder an die Oberfläche geschwemmt.

My Bonnie is over the ocean – wo hatte er dieses Lied schon mal gehört? Und in welchem Zusammenhang?

»Du willst wissen, für wen der Sarg ist, Vic?«

»Ja«, hörte er sich krächzen.

»Er ist für dich, mein Lieber. Für dich!«

Nein, das war ein Traum!

Vic stand da, als wäre er angewachsen. Er hatte die Antwort gehört, weigerte sich jedoch, sie zu glauben.

Für dich, mein Lieber, hatte sie gesagt. Für dich. Die ist ja wahnsinnig, die ist nicht normal. Vic atmete tief durch. »Kleiner Scherz, wie?«

Melina schüttelte den Kopf. »Nein, mein lieber Vic. Das ist kein Scherz!« Sie stand auf. »Ich meine es ernst. Wirklich ernst!« Dann drehte sie sich wieder zur Seite, und Vic sah, daß der Deckel nur locker aufgelegt war. Er ließ sich leicht hochheben.

Vic wollte in den Sarg schauen, doch Melina hatte sich so hingestellt, daß er nichts sehen konnte, weil sie die Öffnung mit ihrem Körper verdeckte. Sie bückte sich auch und streckte ihre Hand in den Sarg hinein.

Das war die Chance. Vic dachte nicht daran, noch länger mit dem Mädchen zusammenzubleiben. Er drehte sich auf dem Absatz um und floh.

»Vic!«

Der Ruf klang wie der Knall einer Peitsche. Unwillkürlich zuckte der junge Mann zusammen. Er blieb tatsächlich stehen, ein Phänomen, worüber er sich wunderte.

»Dreh dich um!«

Vic McGovern gehorchte.

Sie stand weiterhin neben dem Sarg. Die Hände hatte sie auf den Rücken gelegt, das Gesicht war zu einem häßlichen Lächeln verzogen. Zudem schien es einen anderen Farbton angenommen zu haben. Es glühte in einem tiefen Rot, das sehr deutlich das Grau der Nebelschleier durchdrang.

»Vic, warum läufst du weg? Du wolltest doch mit mir zusammensein. Du warst so scharf darauf. Jetzt hast du die Chance und nützt sie nicht. Das verstehe, wer will, ich nicht, mein Lieber. Vic, Darling, komm her zu mir!«

McGovern schüttelte den Kopf.

»Du willst nicht?«

»Geh zum Teufel!« zischte der junge Mann.

»Ach, was bist du doch für ein Narr, Vic. Wenn du nicht kommst, dann komme ich zu dir. Gib acht, mein Lieber. Es ist jetzt soweit. Ich komme jetzt.«

Sie kam tatsächlich.

Schritt für Schritt näherte sich Melina dem wie erstarrt dastehenden jungen Mann, der nicht wußte, ob er wachte oder träumte. Dazu war alles zu sehr verschwommen, dieser Friedhof, die Dunkelheit, der Nebel, mit einem Wort – Gefahr!

Und er konnte nicht weglaufen, der Anblick des Mädchens bannte ihn auf die Stelle. Der Boden unter ihm schien aus gierigen Händen zu bestehen, die ihn festhielten.

Wieder strich ein Vogel dicht über seinem Kopf hinweg. Es war ein großes Tier, ein Kauz. Er flog auf einen Baum zu, suchte sich dort einen starken Ast aus, flatterte noch einmal mit den Flügeln und begann sein klagendes Lied.

Das Totenlied …

Wenn das Käuzchen schreit, stirbt jemand. Den Satz hatten die Alten oft genug gesagt. Bisher hatte Vic darüber gelacht, nun sah er die Sache anders.

Er sollte das Opfer sein.

Zwei Schritte noch. »Nun, willst du nicht?« flüsterte Melina und kam noch näher. Fast berührte sie den jungen Mann.

»Nein«, schrie dieser, »du bist ja verrückt!« Auf einmal konnte er sich wieder bewegen, hob seine Arme und legte beide Hände auf die Schultern des Mädchens. »Du bist wahnsinnig, verschwinde, geh weg! Ich will dich nicht mehr sehen.«

»Dann muß ich dich zwingen«, sagte Melina hart. Sie hatte die Worte kaum ausgesprochen, als sie ihre Hände hinter dem Rücken hervornahm. Der Blick des jungen Mannes fiel nach unten und auf die lange, schmale Messerklinge, die bläulich schimmerte.

»Neiinnnn!« schrie er und wollte weg.

Melina stach zu.

Vic McGovern krümmte sich. Er fiel nicht zu Boden, sondern blieb in gebückter Haltung stehen und preßte beide Hände auf die getroffene Stelle, wobei Blut zwischen seinen Fingern hervorsickerte. Aus seinem geöffneten Mund drang ein abgehacktes Stöhnen, und er sah das blutige Messer in der Hand des Mädchens.

Langsam fiel er nach vorn. Während er aufschlug, dachte er noch: Sie hat das Messer aus dem Sarg geholt, es war alles vorbereitet, sie ...

Er konnte nicht mehr weiterdenken, weil der Schmerz zu groß wurde. Laß mich sterben, dachte er. Ich will sterben, ich will nicht mehr leben. Mein Gott, ich ...

Melina bückte sich und packte den jungen Mann. Sie schleifte ihn auf den Sarg zu. Während die ersten Schatten des Todes bereits herannahten, hörte Vic das leise Singen.

»My Bonnie is over the ocean ...«

Das Lied. Verdammt, wo hatte er es denn gehört? Da gab es einen Zusammenhang.

»My Bonnie is over the sea ...«

Die Schmerzen wurden stärker. Er merkte kaum, daß Melina ihn hochzerrte. Den Sarg hatte sie inzwischen erreicht. Nach wie vor war er offen.

Sie kippte den Körper.

Dumpf schlug Vic McGovern in die Totenkiste. Melina nahm den Deckel hoch und setzte ihn auf das Unterteil. Für einen Moment war Vic wieder klar. Er lag auf dem Rücken, konnte nach oben schauen und sah das blasse Gesicht des Mädchens. Es war nicht mehr rot, sondern seltsam bleich.

Bleich wie die Hände, die den Sargdeckel umklammert hielten. Ein dumpfer Schlag, und der Deckel saß fest.

»Ab in die Hölle!« lachte Melina und schraubte ihn zu.

Dann ging sie.

Die Mörderin verschmolz mit den Nebelschwaden, und zum letzten Mal wehte die Melodie über den alten Friedhof.

»My Bonnie is over the ocean …«

Der Kaffee schmeckt nicht, das Essen noch weniger, zudem herrschte Durchzug, und die Musik aus den Lautsprechern gefiel mir auch nicht besonders.

Trotzdem mußte ich eine Pause einlegen und etwas essen sowie trinken. Schließlich war ich von London aus quer durch England gefahren und hatte bereits die Grenze zum benachbarten Schottland überschritten.

Dicht dahinter befand sich dieser Schnellimbiß oder das Schnellrestaurant. Ich hatte mir einen gefüllten Pfannkuchen bestellt, der schon fast kalt war. Bei mir trieb es nur der Hunger rein, auch den Kaffee.

Allein saß ich an einem Tisch, und der stand in der Nähe des Fensters. Ich hielt einen Brief in der Hand. Er war geschrieben worden von einem gewissen Horace F. Sinclair, meinem Vater.

Jawohl, Freunde, Sie haben richtig gelesen. Mein Vater

hatte mir einen Brief geschrieben. Bisher hatte er sich aus meinem Job völlig herausgehalten. Nachdem er, der Rechtsanwalt, London den Rücken gekehrt hatte, waren meine Eltern wieder nach Schottland gezogen. In ihre alte Heimat, wo sie sich in einem Ort namens Lauder niedergelassen hatten.

Dort kannte man die Sinclairs, denn mein Vater war in Lauder geboren. Jetzt hatte er sich zwar zur Ruhe gesetzt, doch hin und wieder übernahm er einen Fall, so ganz konnte er die Gerichtssaal-Atmosphäre doch nicht missen. Zudem unterstützte er den Bürgermeister und den Stadtrat bei wichtigen Entscheidungen und war auch deren juristischer Berater, was dem Ort Lauder gut getan hatte, denn mein Vater hatte dafür gesorgt, daß so manche Einrichtungen – wie ein Jugendzentrum und eine Altenbegegnungsstätte – geschaffen wurden. Das hatte ich aus Briefen erfahren, denn hin und wieder trafen welche ein.

Ich beantwortete sie immer unregelmäßig, denn ich hatte ein schlechtes Gewissen, weil ich nicht das geworden war, was mein Vater eigentlich für mich vorgesehen hatte.

Anwalt.

Ich war zur Polizei gegangen und im Laufe der Jahre zu einem Spezialist für übersinnliche Fälle geworden, dem man den Spitznamen Geisterjäger gegeben hatte.

Hin und wieder rief ich meine Eltern an und erfuhr, daß es ihnen gutging. Leider war ich bisher durch meinen Job nicht dazu gekommen, ihnen einen Besuch abzustatten.

Das sollte sich heute ändern.

Wie ich zu meiner Schande gestehen muß, war ich auch nicht aus freien Stücken gefahren, denn mein Besuch bei den alten Sinclairs hatte einen triftigen Grund.

Es war ein Brief meines Vaters gewesen, der mich aufgeschreckt hatte. Während ich eine Zigarette rauchte, nahm ich den Brief noch einmal hervor und las ihn durch.

Mein lieber John,

ich weiß, daß Du ein vielbeschäftigter Mann bist, und Deine Mutter und ich haben auch von Deinen Erfolgen und Mißerfolgen gehört. Wir waren – obwohl räumlich getrennt – eigentlich immer auf dem laufenden.

Soviel als Einleitung, damit Du meinen Wunsch verstehen kannst, den ich an Dich herantrage. Man hat in den letzten drei Tagen in unserem kleinen Ort Lauder zwei Tote gefunden. Einmal wurde der Nachtwächter unseres Heimatmuseums von einer Guillotine geköpft. Besucher haben ihn gefunden. Als nächstes Mordopfer fand man den Sohn des Holzfabrikanten McGovern. Seine Leiche lag in einem Sarg, der auf einem alten Friedhof stand.

Die Verantwortlichen hier im Dorf sind der Meinung, daß weitere Mordfälle folgen werden. Irgend jemand hat es anscheinend auf gewisse Personen abgesehen und tötet mit einer Brutalität, die erschreckend für uns alle ist. Lieber John, falls es Deine Zeit zuläßt, möchte ich Dich bitten, nach Lauder zu kommen, damit Du uns mit Deiner Erfahrung zur Seite stehen kannst, um die Fälle zu lösen. Wenn Du keine Zeit hast, laß es mich bitte so rasch wie möglich wissen.

Es grüßen Dich sehr herzlich Mum und Daddy

So lautete der Brief. Natürlich hatte ich Zeit. Ich kannte meinen Vater. Der schrieb nicht ohne Grund. Wenn er sich hinsetzte, mußte ihm das Wasser bis zum Halse stehen, dann hatte er auch Furcht. Nicht so sehr um sich, sondern um die anderen Bewohner des Dorfes. Er rechnete damit, daß diese beiden Morde nicht die letzten gewesen waren.

Entweder hatte mein Chef, Sir James Powell, gute Laune,

oder er war wirklich ein so verständnisvoller Mensch, jedenfalls stimmte er sofort zu, als ich mit meinem Wunsch an ihn herantrat, nach Schottland zu reisen. Er rechnete sogar damit, daß es ein Fall für mich sein könnte, denn wie die Menschen ermordet worden waren, das konnte man zumindest als ungewöhnlich bezeichnen. Normale Gangster nahmen eine Pistole oder Revolver und schossen. Hier jedoch hatte man einen Mann geköpft, und den zweiten hatte man in einem verschlossenen Sarg auf einem alten Friedhof gefunden.

Sehr ungewöhnliche Fundorte, wie auch ich zugeben mußte. Ich drückte meine Zigarette in dem Aschenbecher aus, der auf dem Plastiktisch stand. Der Wischlappen einer Kellnerin hatte graue Streifen auf der Platte hinterlassen. Sauber war es hier nicht gerade, und das Personal lief mit Gesichtern herum, die genau zeigten, daß die Leute keine Lust hatten zu arbeiten.

Vielleicht lag es am Wetter. Für Anfang August war es verflixt mies. Es regnete zwar nicht, aber der Himmel war wolkenverhangen. Zudem konnte man die Sicht als trübe bezeichnen. Vor den Bergen schien eine milchige Wand zu stehen.

Die Menschen trugen schon wärmere Kleidung. Auch zahlreiche Touristen, die einen Trip durch Schottland machten, hatten sich der Witterung entsprechend angezogen.

Mein Wagen parkte so, daß ich ihn sehen konnte. Der Lack glänzte feucht. Daneben stand ein hochbepackter Opel Rekord. Die Familie hatte ihr Gepäck zumeist auf dem Dach verstaut.

Eine der Kellnerinnen passierte meinen Platz mit einem gefüllten Tablett. Ich winkte ihr zu, sie nickte und versprach, gleich vorbeizuschauen.

Aus dem gleich wurden fünf Minuten. Erst als eine Familie mit zwei Kindern meinen Tisch ansteuerte, addierte sie zusammen. Ich zahlte den Betrag und gab kein Trinkgeld. Mit Kopfnicken grüßte ich die Familie und verließ das Restaurant.

Ich schloß den Bentley auf, stieg ein und rangierte aus der Parklücke. Bis zu meinem Ziel war es nur ein Katzensprung. Die nächstgrößere Stadt hieß Coldstream, und von dort aus gab es dann eine direkte Verbindung nach Lauder. Ich fuhr nach Coldstream hinein und kaufte einen Strauß Blumen. Den war ich meiner Mutter schuldig, weil ich mich doch so selten bei den alten Herrschaften sehen ließ.

Auf der Karte hatte ich einen Schleichweg entdeckt, den ich nehmen wollte. Schottlands Straßen waren mir durch zahlreiche Aufenthalte in diesem Land bekannt, deshalb wunderte ich mich auch nicht über die Enge und die oft miserablen Zustände.

Der Weg führte in die Uplands.

Ich sah viel Wald, große Weideflächen und auch hohe Felsen, auf denen kärgliches Gras wuchs. Hin und wieder schimmerte die Oberfläche eines Sees, und wenn ich mir die Landschaft so betrachtete, wurde ich unwillkürlich an Bruder Ignatius erinnert, der meine Silberkugeln herstellte und in einem einsamen Kloster hoch oben in den Bergen lebte. Allerdings weiter nördlich, wo die Winde noch schärfer und rauher waren.

Noch acht Meilen waren es bis zu meinem Ziel. Ich konnte Schottland nicht als Heimat ansehen, denn als ich geboren wurde, lebten meine Eltern schon in London. Irgendwie freute ich mich darauf, sie wiederzusehen, viel zu lange hatten wir uns nicht gesehen. Das hatte auch einen Grund. Ich lebte ziemlich gefährlich, und ich wollte die beiden nicht in die Fälle mit hineinziehen, denn Dr. Tod oder Asmodina hätten sich zu leicht an ihnen vergreifen können, was ich unter allen Umständen vermeiden wollte.

Je tiefer ich in die Berge hineinfuhr, um so mehr klarte es

auf. Es war zwar noch dunstig, aber dahinter schimmerte schwach der runde Sonnenball.

Ich dachte an den Brief und die beiden Toten. Wer konnte eine solche Tat begangen haben? Menschen? Dämonen? Eigentlich kamen beide in Frage. Ich hatte im Laufe meiner Arbeit Menschen kennengelernt, die oft ebenso schlimm waren wie Dämonen. Auch sie kannten nur den Haß, die Vernichtung oder das Chaos.

Ich fuhr ziemlich langsam, denn größere Geschwindigkeiten ließ die Straße nicht zu. Sie schlängelte sich wie ein Wurm um die hohen Hügel herum. Einmal fiel das Gelände rechts von mir ab, dann, nach einer Kehre, wieder auf der linken Seite.

Da sah ich das Mädchen!

Es stand links von mir auf einem Hügel. Der Wind spielte mit dem rotbraunen Haar, glitt darunter und hob die lockigen Strähnen an. Als das Mädchen meinen Wagen sah, machte es kehrt und ging davon.

Ich dachte mir nichts dabei und fuhr weiter. Den Hügel umrundete ich, mir kam ein Lieferwagen entgegen, und es wurde knapp. Bis hart an den Rand mußte ich, um vorbei zu können, denn der Lieferwagen hatte schon angehalten. Der Fahrer schaute aus dem Fenster und verfolgte mit stoischem Blick, wie ich den Bentley an seinem Fahrzeug vorbeimanövrierte. Ich schaffte es und hatte danach Schweißperlen auf der Stirn.

Weiter.

Jetzt konnte ich ins Tal schauen. Da lag Lauder. Ein kleiner Ort, malerisch aus meiner Perspektive anzuschauen. Das Haus meiner Eltern befand sich nicht direkt im Ort, sondern stand am Hang. Aber erkennen konnte ich es nicht, zudem mußte ich mich zu sehr auf die Straße konzentrieren.

Was links und rechts von mir geschah, bekam ich nicht mit. Das war ein Fehler.

Urplötzlich hörte ich einen Knall, trat instinktiv auf die Bremse, und im nächsten Augenblick traf mich ein ungemein harter Schlag gegen die Schläfe.

Ich kann viel einstecken, das aber war zuviel. Die Wogen der Bewußtlosigkeit rollten an, und ich merkte, daß der Wagen weiterrutschte.

Nach rechts.

Auf den Abhang zu.

Ich wollte mich hochstemmen, aber ich fand einfach nicht die Kraft. Riesengroß wurde die Gefahr eines Absturzes, und direkt vor dem Abhang, zwischen zwei Begrenzungssteinen, kam der Bentley zum Stehen.

Das merkte ich nicht mehr. Ich war bereits nach vorn gefallen und lag mit dem Kopf auf dem Lenkradring ...

Melina war blitzschnell verschwunden, nachdem sie den silberfarbenen Bentley entdeckt hatte.

Er stimmte also. Die Worte, die sie im Ort aufgeschnappt hatte, waren nicht gelogen gewesen.

Aus London sollte ein Polizist kommen.

Melina lachte, als sie daran dachte. Dieser Mann sollte sich wundern. Er würde Lauder nicht lebend erreichen, dafür wollte sie Sorge tragen.

Sie hatte sich das Gelände genau angesehen. Während der Fahrer die Straße nehmen mußte, konnte sie die Abkürzungen gehen, die sie schneller zu ihrem Platz brachten, den sie sich schon vorher ausgesucht hatte.

Dort mußte er vorbei, und damit fuhr er genau in die Falle. Niemand sah Melina, als sie einen mit Gras und Klee bewachsenen Hang hinunterrutschte, über einen schmalen Bachlauf sprang und den großen Felsen erreichte, der ihr als Deckung dienen sollte.

Der Platz war gut gewählt.

Melina ging in die Hocke. Sie trug nicht mehr dieselbe Kleidung wie in der Mordnacht, sondern hatte sich eine derbe Jacke übergezogen, die bis über die Oberschenkel reichte. In der Innentasche der Jacke bewahrte sie den Gegenstand auf, mit dem sie so perfekt umgehen konnte.

Es war eine Gummifletsche.

Das Gummiband war nagelneu und in der Mitte durch eine Lederlasche verstärkt. Der Griff, in der Form eines Ypsilons, bestand aus bestem Eichenholz, lag gut in der Hand und brach selbst bei starker Belastung nicht.

Spezielle Kieselsteine, nach denen sie lange gesucht hatte, drückten in ihrer rechten Jackentasche. Es waren ovale Kiesel, sehr hart und blank gewaschen. Sie schimmerten gelblich grau, und wenn sie abgeschossen wurden, hatten sie fast die Wucht einer Pistolenkugel.

Melina holte einen Stein hervor und legte ihn in die Lasche. Es war der dickste Stein, und sie wollte mit dem ersten Schuß bereits voll treffen.

Mit der rechten Hand hielt sie den Griff fest, mit der linken spannte sie das Gummi. Der Bentley fuhr so leise, daß sie das Motorengeräusch kaum hörte. Aber sie vernahm das Rollen der Reifen, wenn sie über den Straßenbelag fuhren.

Das gab typische Geräusche, die besonders in der herrschenden Stille auffielen.

Melina schaute um den Felsen.

Von ihrem Platz aus konnte sie sehr gut die Straße einsehen, sie war hier nicht kurvig, sondern führte ein kurzes Stück geradeaus weiter.

Schon schob sich die silberfarbene Schnauze des Wagens um die letzte Kurve.

Melina spannte ihre Fletsche. Ein Auge kniff sie zu, zielte genau und zog langsam das Gummi zurück. So weit, daß es fast riß und mit größtmöglicher Geschwindigkeit den Stein aus der Lasche schleudern würde.

Sie ließ los.

Ein singendes Geräusch entstand. Es war noch nicht verklungen, als die Frontscheibe des Bentley bereits platzte. Sie konnte nicht mehr sehen, was geschah, das Spinnenmuster der Scheibe nahm ihr den Blick, aber sie bekam genau mit, wie der Wagen abgebremst wurde und noch ein Stück vorrutschte.

Genau auf die Straßenkante zu.

»Fall!« flüsterte sie. »Fall in die Tiefe. Ich gönne es dir. Du sollst verrecken!« In ihren Augen loderte es. Das Gesicht lief abermals rötlich an, und sie war enttäuscht, daß der schwere Bentley nicht in die Tiefe krachte, sondern mit beiden Vorderrädern dicht am Rand stehenblieb.

»Wenn es so nicht geht, dann eben anders«, flüsterte Melina. Sie verließ die Deckung und lief die paar Yards zur Straße hinunter. Während sie ging, zog sie unter ihrer Jacke das Messer hervor, mit dem sie vor drei Nächten einen jungen Mann namens Vic McGovern getötet hatte.

An der Klinge klebte noch sein Blut …

Es war ein verdammtes Gefühl.

Ich war nicht richtig bewußtlos, aber auch nicht voll bei Sinnen, sondern hing in einem Zwischenstadium, wobei ich äußere Eindrücke wahrnahm, sie aber nicht umsetzte und dementsprechend reagierte. Ich sah vor mir die Scheibe, auch das Lenkrad, aber beides verschwamm im Nebel.

Und ich spürte die Wunde an meiner Stirn. Blut lief daraus hervor und rann über mein Gesicht. Ein langer, klebriger Streifen, der über meine Wange lief, nachdem er zuvor das Auge passiert hatte. Es bereitete mir auch Mühe, klar zu denken, meine Aufnahmefähigkeit war einfach nicht gut genug. Die Gedanken, die ich zu ordnen versuchte, waren schwer wie Blei.

Verdammt, was war nur passiert? Hatte jemand auf mich geschossen? Alles sprach dafür, doch ich hatte nicht den Klang einer Pistole oder eines Revolvers gehört.

Das mußte etwas anderes gewesen sein. Vielleicht ein Stein oder irgendwas in der Richtung.

Ich atmete schwer, nur mühsam waren die Gedanken zu ordnen, doch irgendwie bemerkte ich, wie die Seitenscheibe von einem Schatten verdunkelt wurde.

Kam der heimtückische Bursche jetzt, um sich zu überzeugen, daß ich ausgeschaltet war?

Ein Ruck an der Fahrertür. Sie war natürlich nicht verschlossen. Der andere hatte keine Mühe, sie zu öffnen.

Frische Luft strömte in den Wagen und wirbelte winzige Splitter hoch.

Eine Hand umfaßte meine Schulter und zog mich zurück. Mit dem Rücken fiel ich wieder in den Sitz.

Einen Augenblick später hörte ich das Lachen. »Blut, er blutet!« Lachen, Kichern. »Und bald wird er noch mehr bluten. Nein, tot ist er nicht. Ich werde ihn töten!«

Und dann hörte ich ein Lied. »My Bonnie is over the ocean…«

O verdammt, wenn es mir nur nicht so dreckig gehen würde. Da wollte mich jemand killen, und ich war hier wehrlos, hing angeschnallt in meinem Sitz und konnte den Kopf nicht drehen.

Aber ich mußte es schaffen.

Um eine Idee drehte ich ihn nach rechts, so daß sich mein Blickfeld jetzt besserte.

Ich sah sie.

Es war das Mädchen, das auch schon oben auf der Hügelkuppe gestanden hatte und so schnell verschwunden war, als es den Bentley bemerkt hatte.

Jetzt war es wieder da.

Mit einem Messer.

Mein Gott, war das eine Klinge! Lang und mit Blutflecken darauf. Sie hielt das Messer in der Hand, hatte es aber noch nicht stoßbereit.

Mir blieben wirklich nur Sekunden, in denen ich etwas unternehmen konnte.

Fragte sich nur, was?

Zeitlupenhaft wirkten meine Bewegungen, als die Finger die Taste des Sicherheitsgurts fanden. Es war nicht so einfach, den nötigen Druck auszuüben.

Schließlich rollte der Gurt hoch.

Dieses Geräusch erschreckte das Mädchen. Es zuckte zurück und riß dabei den Arm mit der Waffe hoch.

Ich tat das Beste, was ich in dieser Situation überhaupt tun konnte. Ich warf mich nach rechts, bekam den inneren Türgriff zu fassen und rammte die Tür zu.

Damit hatte meine blutjunge Gegnerin nicht gerechnet. Sie schrie vor Wut.

Mein Finger fand den Knopf der Zentralverriegelung. Das war auch nötig, denn die Rothaarige rüttelte am Griff und wollte die Tür unbedingt aufreißen.

Ich spürte wieder die Schmerzen. Die letzten Aktionen, so minimal sie auch gewesen waren, hatten mich echt gefordert. Rote Kreise tanzten vor meinen Augen, und ein erneuter Schwächeanfall drohte, mich in die Bewußtlosigkeit zurückzuschleudern.

Nur nicht aufgeben. Dieses Mädchen war gefährlich. Es hatte ein Messer und konnte damit umgehen.

Aber es zog sich zurück.

Etwa vier Schritte vom Wagen entfernt ging es in die Hocke und legte das Messer neben sich.

Was hatte es vor?

Ich sah die Rothaarige durch einen Schleier. Dabei wogte sie noch hin und her, da ich Schwierigkeiten mit dem Gleichgewichtssinn hatte. Sie holte etwas aus ihrer Tasche, und ich konnte nicht erkennen, was es war, richtete mich jedoch darauf ein, daß sie eine Waffe gezogen hatte. Eine Schußwaffe!

Auch ich tastete nach der Beretta, obwohl es mir sehr schwerfiel, den Arm zu heben.

Ich war langsam, zu langsam, und in mein umnebeltes Gehirn drang die Vorstellung, ihr nur kein Ziel zu bieten.

Deshalb kippte ich auf den Beifahrersitz zu.

Genau im rechten Moment, denn mit einem satten Laut hieb etwas durch die Seitenscheibe.

Der Gegenstand pfiff über meinen Kopf hinweg, schlug auch noch gegen die andere Scheibe und hinterließ bei ihr ebenfalls ein Loch, um das sich bis an den Rand das Muster eines Spinnennetzes ausbreitete.

Ich lag jetzt auf dem Rücken. Meine Hand war im Jackettauschnitt verschwunden und tastete sich weiter vor bis zur Achsel, denn dort steckte die Beretta.

Dann sah ich den Schatten vor dem rechten Fahrerfenster. Das Mädchen war wieder da.

Es gab nicht auf, sondern wollte meinen Tod.

Und sie nahm das Messer.

Verschwommen sah ich ihre Bewegung. Vielleicht wirkte sie gerade deshalb so unheimlich und gespenstisch hinter der blinden Scheibe.

Das Mädchen war wie von Sinnen. Es hackte mit dem Messer zu. Ich vernahm die dumpfen Schläge, als die lange Klinge gegen die Scheibe hieb. Sie zerstörte das Fenster, erweiterte die Öffnung, die das Geschoß gerissen hatte, und fegte die Splitter nach innen, wo sie auf dem Sitz liegenblieben.

Immer mehr Glasreste wurden nach innen gestoßen. Zwischen dem Knirschen und Mahlen hörte ich das Keuchen des Mädchens. Sie stammelte dabei Worte und strengte sich ungemein an.

Dann sah ich ihr Gesicht.

Für wenige Augenblicke kam es mir wie eine teuflische Fratze vor. Die Augen lagen tief in den Höhlen, und sie schienen von innen heraus zu glühen.

Die Rothaarige war gefährlich. Sie hielt den rechten Arm halb erhoben, schaute am Griff des Messers vorbei und stierte mich an.

Mich und die Beretta.

Inzwischen hatte ich die Waffe ziehen können. Es war eine große Anstrengung gewesen, aber letzten Endes hatte ich es doch geschafft. Die Beretta lag in meiner rechten Hand, ich mußte den Arm nur noch ein wenig anheben, um genau zu zielen.

»Laß es sein!« zischte ich.

Das Mädchen wollte wieder zuschlagen, doch in der Bewegung verharrte es.

Hatte meine Warnung gefruchtet? Ja, meine Gegnerin tauchte weg. Sie duckte sich und war plötzlich verschwunden. Ich hörte ihre Schritte.

Floh sie?

Es ging mir nicht mehr so schlecht wie noch vor einigen Minuten. Den linken Arm streckte ich aus, und meine Finger umklammerten den Lenkradring.

An ihm zog ich mich hoch.

Steif war mein Körper, und ich schrammte mit den Beinen über den Sitz, wo die Splitter lagen.

Dann öffnete ich die Tür.

Mit schußbereiter Waffe fiel ich nach draußen. Jawohl, Freunde, ich fiel, denn auf den Beinen halten konnte ich mich nicht. Aber ich fing mich, so daß ich nicht lang hinschlug. Stolpernd und wankend überquerte ich die schmale Straße, bis ich an der gegenüberliegenden Seite gegen den Hang lief, der mich stoppte.

Schwer holte ich Atem, drehte mich um und blieb mit

angeschlagener Pistole stehen. Von dem Killer-Mädchen sah ich nichts mehr. Es hatte sich aus dem Staub gemacht.

Ein paarmal atmete ich tief durch. Hinter meiner Stirn pochte und hämmerte es. Als ich darüber fühlte, ertasteten die Fingerspitzen eine Beule und das klebrige Blut, das auch weiterhin über mein Gesicht rann. Mit einem Taschentuch reinigte ich mir notdürftig die Stellen um die Augen herum.

Erst jetzt fiel mir auf, wie nahe der Bentley am Straßenrand stand. Eine Handbreit weiter, und ich wäre samt Fahrzeug in die Tiefe gerauscht.

So war ich noch nie in meinem Leben empfangen worden. Es mußte sich also herumgesprochen haben, daß ich mich im Anmarsch befand. Und hatte ich tatsächlich schon die Mörderin der beiden Männer vor Augen gehabt?

Ich glaubte daran. Und auch, daß der Fall schon so gut wie gelöst war, denn es würde eine Kleinigkeit sein, sie in einem Ort wie Lauder zu finden.

Das dachte ich damals wirklich und ahnte nicht, wie sehr ich mich getäuscht hatte.

Dieses Mädchen sollte mir mehr Kopfzerbrechen bereiten als so mancher Dämon, das kann ich schon vorwegnehmen ...

Normalerweise hätte ich nicht fahren dürfen. Mein Zustand war noch immer sehr labil, und die Straße führte weiterhin in die Tiefe. In sehr engen Kurven wand sie sich der Ortschaft entgegen.

Durch die zerstörten Scheiben pfiff der Wind. Er schleuderte letzte Glaskrümel in den Fahrgastraum. Zum Schutz meiner Augen hatte ich die Sonnenbrille aufgesetzt. Die größeren Splitter hatte ich aus der Fassung herausgeschlagen.

Im Verbandskasten befand sich alles, was ich für eine Verpflasterung brauchte. Zusätzlich hatte ich zwei Tabletten gegen Kopfschmerzen geschluckt, denn langlegen konnte ich mich nicht.

Mein Vater hatte also recht gehabt. In diesem Ort lauerte ein gefährlicher Killer.

Ein weiblicher.

Ich schüttelte den Kopf, als ich daran dachte. Kaum vorstellbar, daß ein so junges Mädchen Menschen auf grausame Art und Weise vom Leben in den Tod beförderte. Ich hätte das auch nicht geglaubt, doch nun hatte ich am eigenen Leibe erfahren, zu was es fähig war. Bestimmt hatte sie mit ihrem Messer schon mehrere Menschen getötet. Das Blut auf der Klinge redete eine deutliche Sprache.

Die Straße wurde breiter und mündete dann in die normale Verbindungsstraße zwischen Coldstream und Lauder. Ich konnte etwas aufdrehen, nahm den Fuß aber schnell wieder vom Gas, denn der hereinpfeifende Wind war unangenehm.

Das Wetter hatte sich nicht gebessert. Der Dunst war stärker gewesen als die Sonne. Man konnte es auch nicht als kühl bezeichnen, es war eher feucht und schwül.

Ja, vor allen Dingen schwül. Und diese Schwüle drückte auch auf die Gemüter der Menschen.

Lauder lag im Tal.

Ein schönes Fleckchen Erde. Eingerahmt von sanften Hügeln und hochsteigenden Berghängen. Sie waren mit dichten Wäldern bewachsen. Es gab Nadelhölzer und auch Laubbäume, ein gesunder Mischwald, der sich hier ausbreitete.

Ich sah die ersten Häuser. Im Landhausstil waren sie errichtet worden und lagen abseits des Wegs. Das schienen mir Wochenendhäuser zu sein.

Und dann war ich überrascht von der Größe des Ortes. Das war kein Dorf mehr, sondern eine richtige kleine Stadt.

Mit einer Geschäftsstraße, einem Einkaufszentrum, mehreren Kirchen und Schulen. Alles sah sehr neu aus. Wie ich wußte, wohnten meine Eltern nicht in dem neuen Teil. Sie hätten sich hier überhaupt nicht wohl gefühlt, sie liebten das Alte, Häuser, die eine Vergangenheit aufzuweisen hatten.

Ich fragte mich durch.

Man schickte mich quer durch die Stadt. Meine Güte, war das eine Kurverei. Auf der Hauptstraße konnte ich nicht bleiben. Dicht vor dem Ortsende, wo an der Ecke die große Apotheke stand, mußte ich rechts ab und den Weg nehmen, der in die Berge führte. Es waren auch Straßen gebaut worden, allerdings schmaler als die Main Street und auch kurviger. Mein Wagen wurde bestaunt. Wer fährt auch schon mit zerstörten Scheiben durch die Gegend?

Ich überquerte einen Bach, sah alte Häuser dicht am steinigen Ufer stehen, fuhr den Weg an Gärten vorbei, erreichte eine Kreuzung und mußte mich scharf links halten, wo die Gebäude langsam zurücktraten und der Wald fast bis an die rechte Straßenseite heranwuchs, während sich auf der anderen Seite Felder ausbreiteten.

Die Straße, ziemlich eng geworden, schlug einen Rechtsbogen, der Wald trat zurück, und dann sah ich das Haus, in dem meine Eltern lebten.

Ich fuhr noch langsamer, beugte mich etwas vor und peilte durch die Scheibe.

Es sah gut aus. Alt, aber gepflegt. Ein schottisches Landhaus, erbaut aus dicken Steinen, die Kälte als auch Wärme abhielten. Die Rahmen der zahlreichen Fenster glänzten hell. Blumenkästen standen auf den Bänken, und an den Mauern rankte dunkelgrün der Efeu hoch.

Der Platz vor dem Haus war ziemlich groß. Mehrere Bäume boten Schatten, und ich sah einen kleinen Morris, der hellblau angestrichen war und einen großen roten Punkt auf dem Dach hatte.

Ich rollte mit meinem Bentley an der Treppe vorbei und stoppte wenige Yards weiter.

Dann stieg ich aus.

Ein komisches Gefühl war es doch, zum erstenmal nach langer Zeit meine Eltern wiederzusehen. Vater hatte öfter in London zu tun gehabt, aber dann war ich wieder nicht da gewesen, und so ging das hin und her. Nun hatte uns ein dienstlicher Fall zusammengeführt.

Das Schlagen der Wagentür mußte wohl im Haus gehört worden sein, denn kaum hatte ich mich umgedreht und wollte zur Haustür gehen, als Mary Sinclair, meine Mutter, die Tür aufdrückte.

»John, mein Junge!« rief sie und erinnerte mich in diesem Moment an Sarah Goldwyn, denn die rief auch immer »mein Junge«.

»Mum!«

Wir flogen uns entgegen.

Meine Güte, war das eine Umarmung. Ja, wir hatten uns lange nicht mehr gesehen. Meine Mutter hatte Tränen in den Augen, sie freute sich wie ein kleines Kind, und auch ich spürte einen Druck in der Kehle. Schließlich löste sie sich von mir, schaute mich an und wurde blaß.

»Was ist?« fragte ich.

»Bist du gesund?«

»Ja, wieso nicht?«

»Das Pflaster auf deiner Stirn.«

»Ach so.« Ich winkte ab. »Da habe ich mich verletzt, Mum.«

Sie schüttelte den Kopf. »Junge, ich kenne dich lange genug. Schon früher habe ich bemerkt, wenn du lügen wolltest. Das ist bis heute geblieben …«

Ich lachte. »Schon gut, Mutter, aber wie du weißt, habe ich einen gefährlichen Beruf.«

»Leider, mein Junge, leider.« Ihre Stimme war leiser

geworden. Sie machte sich Vorwürfe. »Aber jetzt gehen wir ins Haus«, sagte sie. »Vater wartet schon.«

»Okay.«

Meine Mutter hakte sich bei mir ein, und gemeinsam stiegen wir die Treppe hoch.

Ich war überrascht, wie gut sie sich gehalten hatte. Ihr Haar war grau geworden, doch eine moderne Frisur verlieh ihr einen gewissen Chic. Wenig Falten zeigten sich in ihrem Gesicht. Sie hatte die gleichen Augen wie ich. Graublau, und ich ähnelte meiner Mutter mehr als Vater. Auch an Mund und Kinnpartie sah man, wessen Sohn ich war, wenn wir nebeneinander standen.

Wir betraten die Diele und blieben stehen.

Ja, so hatte ich einen Teil der Möbel noch in Erinnerung. Die alte Standuhr, das Sideboard aus Mahagoni, und obwohl die Möbel alt waren und meist dunkel gebeizt, strahlte diese Diele eine gewisse Freundlichkeit und Helligkeit aus, was auch an den hellen Tapeten lag.

Eine Treppe führte nach oben. Auf der zweitletzten Stufe stand mein Vater.

»Willkommen zu Hause, John!« sagte er.

Ich hatte ihn erst gar nicht gesehen. Jetzt drehte ich den Kopf und schaute meinen Vater an.

Das war Horace F. Sinclair, wie er leibte und lebte. Noch immer hatte er eine Vorliebe für leicht karierte Anzüge aus bestem Tuch und auch für dezente Krawatten. Er trug eine sportliche Jacke, die an den Ärmeln mit Leder abgesetzt war. Aus der Reverstasche schauten die Stiele zweier Pfeifen. Auch sein Haar war grau geworden, doch es zeigte eine sehr hohe Dichte, so daß es wie ein Helm um seinen Kopf lag. Der Mund in dem braungebrannten Gesicht war zu einem Lächeln verzogen, in den Augen blitzte die Freude über das Wiedersehen.

»Dad, du alter Rechtsverdreher!« rief ich, lief auf ihn zu,

und dann umarmten wir uns. Auch er fragte mich nach meiner Verletzung, und ich benutzte wieder eine Ausrede.

Mein Vater lächelte auf eine gewisse Art und Weise, die mir klarmachte, daß er mir die Notlüge ebenfalls nicht abnahm. Er legte mir seine Hand auf die Schulter und führte mich an den runden Tisch, der in einem Erker stand. Kleine, bequeme Sessel standen um den Tisch herum, und ich nahm Platz, wobei ich die Beine ausstreckte.

Kinder, das tat gut.

»Was möchtest du trinken?« fragte mich mein Vater, der neben mir stehengeblieben war und eine Hand auf meine Schulter gelegt hatte.

Ich hatte zwar zwei Tabletten geschluckt, aber einen kleinen Whisky konnte ich nehmen.

»Der Scotch ist sehr alt«, erklärte mein Vater und hob die Flasche hoch.

»Dann gib mir einen kleinen.«

»Was ist los, John? Bist du unter die Abstinenzler gegangen?«

»Nein, aber ich habe zwei Tabletten geschluckt.«

»Ah, so ist das.«

Ich nahm trotzdem einen kleinen Schluck. Meine Mutter trank nichts. Das hatte sie schon früher nicht getan.

»Cheers«, sagte mein Vater und hob sein Glas. »Auf die Heimkehr des verlorenen Sohnes.«

Ich lachte. »So schlimm ist es ja nun auch nicht, Dad.«

»Aber fast.«

Ich stellte das Glas weg. Und schon unterstützte mich meine Mutter. »Der Junge hatte eben wenig Zeit.«

Mein Vater zog die Stirn kraus. »Ich weiß nicht so recht, ob das stimmt. Du warst doch sicherlich öfter in Schottland. Deine Mutter hat sich so manche Nacht …«

»Ach, laß das doch.«

Ich senkte den Kopf. Klar, daß man mir Vorwürfe machte.

Zu recht, ich hatte auch kaum ein Argument, um sie zu entkräften. Und doch wollte ich eine Antwort geben.

»Sicher, Dad, ich war in Schottland. Sogar mehrere Male, aber ich habe dir auch von meinem Job geschrieben und wie gefährlich er ist. Ich wollte euch nicht mit hineinziehen, verstehst du? Meine Gegner sind Dämonen und finstere Mächte. Ich habe Dinge erlebt, Dad, wenn ich die erzählen würde, dann hieltest du mich für verrückt. Aber sie sind passiert. Ich bin mit dem Grauen konfrontiert worden. Und zwar in allen Varianten. Ich habe sogar Zeitreisen gemacht, bin in der Vergangenheit gelandet und habe dort Vampire getötet. Das mußt du dir mal vorstellen. Dann bin ich durch sogenannte Dimensionstore in andere Welten gelangt, in Dämonenreiche, die nie eines Menschen Auge gesehen hat, sogar ins alte Atlantis hat es mich verschlagen, und ich habe den Untergang des Kontinents miterlebt...«

Meine Mutter hatte noch immer ihre Hand auf meiner Schulter liegen. Als ich schräg hochschaute, sah ich ihr blasses Gesicht. Sie bemerkte meinen Blick und flüsterte: »Aber das ist ja schrecklich, John, mein Junge.«

»Laß nur, Mum, irgendwie gewöhnt man sich daran.«

Mein Vater nickte. »Ich weiß, John, denn man hat mich auf dem laufenden gehalten.«

Jetzt war ich überrascht. »Wer?«

»Dein Chef, Sir James. Ich habe ihn oft angerufen. Mindestens zweimal im Monat.«

Das war wirklich ein Ding. »Davon wußte ich nichts, Dad.«

»Solltest du auch nicht, John.« Er nahm noch einen Schluck Whisky. »Wir sind deine Eltern, du bist der einzige Sohn, und wir wollten informiert darüber sein, wie es dir geht. Verständlich?«

»Klar.«

»Und wie steht es mit einer Heirat?« fragte mich meine

Mutter. »Alt genug bist du ja. Da gibt es doch eine gewisse Jane Collins, wie ich hörte.«

Ich lachte. »Ja, Jane ist in Ordnung, aber heiraten? Nein, ich bleibe lieber Junggeselle, die Ehe wäre eine zu große Fessel für mich.«

Mein Vater nickte.

Die Mutter sah das. »Grins nicht so, Horace. Ihr Männer seid alle gleich.«

Ich lachte und leerte mein Glas. Ein zweites lehnte ich ab, zündete mir dafür eine Zigarette an, und mein Vater stopfte sich eine Pfeife, während Mutter ebenfalls Platz nahm.

»Jetzt aber mal zu den eigentlichen Problemen«, sagte ich. »Deinen Brief habe ich erhalten, und mir scheint, daß hier einiges im argen liegt.« Vater paffte blaugraue Wolken und nickte dazu. »Das stimmt, John. Hier liegt einiges im argen. Es hat zwei Tote gegeben, wie ich dir schon erzählte. Den alten Nachtwächter und einen jungen Mann. Beide sind auf schreckliche Art und Weise umgekommen, und die Polizei hat keine Verbindung zwischen diesen beiden Mordfällen feststellen können. Es scheint die Tat eines Wahnsinnigen zu sein.«

»Möglicherweise.«

»Sicher, John. Für jedes Verbrechen gibt es ein Motiv. Nur haben wir keins gefunden.«

Von meinem Erlebnis hatte ich noch nicht gesprochen, bewußt nicht. Des halb fragte ich: »Habt ihr denn einen Verdacht?«

»Nein.«

»Ihr wißt also nicht, ob es ein Mann oder eine Frau gewesen ist?«

»Eine Frau?« flüsterte meine Mutter.

»Ja, Mum.«

»Aber, John. Frauen begehen doch keine …«

»Das denkst du, Mary«, sagte mein Vater. »Ich war lange

genug Anwalt und habe in menschlichem Schmutz herumwühlen müssen. Du glaubst gar nicht, was alles möglich ist.«

»Trotzdem, eine Frau ...«

»Ihr denkt also an einen Wahnsinnigen«, nahm ich den Faden wieder auf.

»Genau, John. Wahnsinnig jedoch nur begrenzt. Kein Amokläufer, der um sich sticht oder schießt, sondern jemand, der sehr gezielt vorgeht.«

»Wer leitet denn die Ermittlungen?«

»Die Polizei hat sich erst einmal aus Lauder zurückgezogen. Wir haben hier sowieso keine Mordkommission, zudem habe ich erwähnt, daß ein Yard-Beamter eintrifft.«

»Du setzt viel Vertrauen in mich, Dad.«

»Das ist doch gerechtfertigt, oder?«

»Mal sehen.«

»John, stell dein Licht nicht unter den Scheffel. Gemeinsam packen wir es.«

»Du hältst dich heraus, Horace«, sagte meine Mutter sofort.

»Wieso?«

»Horace, du bist zu alt. Laß das den Jungen machen. Außerdem ist es mir gar nicht recht, daß John sich einmischt. Wenn ihm etwas passiert, würde ich mir für den Rest meines Lebens ...«

»Mum.« Ich legte meine Hand auf ihren Arm. »Es ist mein Beruf, Verbrecher zu fangen. Und vielleicht geht mich dieser Fall sogar direkt etwas an. Denk mal nach. Diese Morde sind auf eine sehr ungewöhnliche Art und Weise ausgeführt worden, so daß man das Gefühl haben kann, hier spielen wirklich Kräfte mit, die wir momentan noch nicht begreifen.«

»Ja, aber so ganz paßt mir das nicht.«

»Laß gut sein, Mary«, sagte mein Vater. »John wird schon wissen, was er zu tun hat.«

Ich nickte.

»Wir haben hier im Ort natürlich auch Polizeistationen. Zwei an der Zahl. Sergeant McDuff leitet sie. Wir sind gute Bekannte, und ich habe ihn gebeten, heute zu kommen. Es ist dir doch recht, John? Er bringt nämlich die Protokolle mit.«

»Sicher, Dad, ich hätte dich sowieso danach gefragt.«

Mein Vater lächelte. »Das ist fast wie in alten Zeiten. Nur mußte ich da keine Mörder fangen, sondern oft welche verteidigen.«

»Dein Job wäre nichts für mich gewesen«, gab ich ehrlich zu.

»Das habe ich auch gemerkt.«

»Mir geht das Motiv nicht aus dem Kopf«, wechselte ich das Thema. »Es muß doch etwas geben, das einen Menschen dazu veranlaßt, diese Morde zu begehen.«

»Tja, John, du glaubst nicht, wie lange wir schon überlegt haben. Die Toten hatten nichts gemeinsam. Der Nachtwächter, ein älterer Mann, der sich noch ein kleines Zubrot verdiente, dann dieser stadtbekannte junge Playboy, der sich wie der große Aufreißer fühlte und es auch war, wenn man seinen Worten glauben darf. Beide sind schrecklich gestorben, und jeder im Ort hat natürlich Angst, daß er als nächster an die Reihe kommt.«

»Weil jeder ein schlechtes Gewissen hat?« fragte ich.

»So darfst du das nicht sehen. Der tote Nachtwächter wird wohl kaum ein schlechtes Gewissen gehabt haben. Er hat in seinem Leben keiner Fliege etwas zuleide getan.«

Ich hob die Schultern und dachte an das rothaarige Mädchen. Ich wollte meinen Vater danach fragen und hatte schon angesetzt, als oben eine Tür schlug.

Alle drei zuckten wir zusammen.

»Habt ihr Besuch?«

Meine Mutter schüttelte den Kopf. »Nein, John. Das ist

Mrs. Carrington, unsere Zugehfrau. Sie hat die oberen Zimmer und auch deines gesäubert.«

»Aha.«

Schritte erklangen auf der Treppe. Ich hörte zwei Personen heraus. »Sie ist nicht allein?«

Mutter schüttelte den Kopf. »Ihre Tochter, sie ist siebzehn und hilft hin und wieder. Ein ruhiges, bescheidenes Mädchen. Man kann es richtig lieb gewinnen. Earl Carrington ist vor einigen Jahren gestorben, die Rente ist schmal, und so haben wir die Frau eben eingestellt. Vater steckt ihr so manches zu.«

Wir saßen im Licht, die Treppe lag etwas im Halbdunkel, so daß ich die beiden Personen erst spät sah.

Zunächst Mrs. Carrington. Eine etwas verhärmt aussehende Frau, die das braunrote Haar im Nacken zu einem Knoten gebunden hatte. Sie ging etwas gebeugt und nickte uns zu.

Die Tochter blieb für einen Moment stehen, während die Mutter weiterschritt.

Ich sah das Mädchen.

Fast traf mich der Schlag.

Es war genau die Person, die mich auf dem Weg hierher hatte umbringen wollen!

Wie ein Blitz war ich aus meinem Sessel und zog ebenso schnell die Beretta.

Meine Mutter schrie leise auf, mein Vater saß stumm da, während ich auf die beiden Carringtons zulief und die Tochter mit der Waffe bedrohte.

Sie zitterte vor Angst. Auch ihre Mutter wurde kalkblaß und atmete schneller. Sie hatte die Finger um den Handlauf des Geländers gekrallt und wußte nicht, was sie sagen wollte.

Ich ließ die Waffe sinken. Plötzlich kam ich mir lächerlich vor, als ich die beiden sah. Dann stand mein Vater neben mir. »John, was ist los mit dir? Was hast du?«

Die Beretta verschwand wieder. Wie sollte ich meinen Eltern alles erklären? Im Moment nicht, so wandte ich mich an die Zugehfrau. »Sie sind Mrs. Carrington?«

»Ja – ja, Sir.«

»Und das ist Ihre Tochter?«

»Sicher, Sir.«

»Wie heißt sie?«

»Iris.«

»Ich bin John Sinclair«, erklärte ich. »Soweit ich gehört habe, hilft Iris Ihnen hin und wieder?«

»Das stimmt, Sir.«

»Und heute hat sie Ihnen auch geholfen?«

»Ja.«

»Von wann bis wann?«

Mrs. Carrington schaute an mir vorbei. »Wie lange waren wir denn hier, Mr. Sinclair?«

Mein Vater antwortete. »Zwei Stunden mindestens.«

Ich drehte mich um. »Stimmt das?«

»Wenn ich es sage. Was ist überhaupt los, John? Du reagierst so komisch, daß man Angst kriegen kann.« Ich winkte ab. »Also zwei Stunden.«

»Ja.«

»Okay, Mrs. Carrington. Entschuldigen Sie mein Benehmen, aber Sie können jetzt gehen.«

»Danke, Sir.« Sie faßte ihre Tochter unter, überwand die restlichen Stufen und schritt mit dem Mädchen zur Tür. Ich schaute den beiden nach. Verflixt, das war doch die Kleine, die mich hatte killen wollen. Der gleiche Gang, die Haare, das Gesicht, es gab keinen Zweifel – sie war es.

An der Tür drehten sich Mutter und Tochter noch einmal um und bedachten mich mit einem letzten Blick.

Ich lächelte, doch es fiel hölzern und verkrampft aus. So ganz war ich nicht überzeugt ...

Meine Eltern sagten kein Wort, auch ich schwieg. Erst als draußen ein Motor aufbrummte, unterbrach mein Vater das Schweigen. Seine Stimme klang etwas scharf, was verständlich war.

»Könntest du uns dein Benehmen jetzt endlich erklären, John?«

»Natürlich.« Ich drehte mich um, ging zur Sitzgruppe und ließ mich in den Sessel fallen.

Meine Eltern blieben stehen. Die Mutter schaute zu Boden, der Vater hatte die Augenbrauen zusammengezogen und blickte mich fest an. Er wartete.

Ich enttäuschte ihn nicht und begann mit meinem Bericht. Schweigend hörten meine Eltern mir zu.

Zum Schluß fragte ich: »Wie hättest du in diesem Fall reagiert?«

»Well, John, das ist schwer zu sagen. Zunächst einmal möchte ich mich bei dir entschuldigen.« Er hob die Hand, weil ich einen Einwand machen wollte. »Nein, nein, das muß sein. Und ich hätte auch nicht anders gehandelt, John, aber ...« Er hob die Schultern. »... ich kann das nicht begreifen. Dieses Mädchen war in meinem Hause. Deine Mutter und ich sind Zeugen, daran geht kein Weg vorbei.«

»Alles richtig, Dad. Ich werde mich hüten, an deinen Worten zu zweifeln. Zwei Stunden sind eine lange Zeit. Kann es nicht doch möglich gewesen sein, daß Iris zwischendurch mal verschwunden ist?«

»Nein.«

»Bist du dir da so sicher?«

»Ja, denn ich habe mich oben aufgehalten und die beiden sprechen hören. Zudem hat Iris auch in meinem Arbeitszimmer geputzt, und ich habe ihr von dir erzählt.«

»Hast du ihr gesagt, daß ich die Mordfälle aufklären soll?«

»Nein, wo denkst du hin?«

»War nur eine Frage, Dad.« Ich schüttelte den Kopf. »Dieser Fall wird uns noch Schwierigkeiten bereiten, davon bin ich fest überzeugt«, erklärte ich.

»Ich kann mir trotzdem nicht vorstellen, daß ein Mädchen diese Verbrechen begangen hat«, sagte meine Mutter.

»Ja, es ist schwer zu glauben«, gab ich ihr recht. »Nur bin ich selbst angegriffen worden.« Ich räusperte mich. »Sie muß gewußt haben, daß ich erwartet werde, um den Fall aufzuklären. Das würde auch ihren Angriff erklären.«

»Also doch ein Motiv«, sagte mein Vater.

»Wie bei den anderen. Daran habe ich nie gezweifelt. Ich habe mit den Mächten der Finsternis zu tun. Und auch Dämonen morden nicht nur aus Spaß an der Freude, wenn ich das einmal so leger sagen darf. Sie haben ebenfalls ein Motiv.«

»Wenn wir das finden, hätten wir den Fall gelöst«, meinte mein Vater.

»So gut wie.«

»Wir bekommen Besuch.« Mutter stand an einem der Fenster und blickte hinaus.

»Der Sergeant?« fragte mein Dad.

»Ja.«

Vater sah mich an. »Jetzt bin ich gespannt, John. Vielleicht finden wir nun dein berühmtes Motiv.«

Ich lächelte. »Wir wollen es zumindest hoffen ...«

Die St. Patrick Church stand etwas abseits. Es war die älteste Kirche von Lauder. Die Menschen damals hatten sie dort gebaut, wo der Wald anfing, einiges an Land gerodet und gleichzeitig hinter der Kirche auf dem freien Platz den Friedhof angelegt. Vom Kirchhof aus hatte man einen Blick ins Tal, und bei klarem Wetter sah man auch die Höhenzüge im Süden. Messen fanden nur Sonntags statt. Die Kirche, schon mehr eine Kapelle, diente dem stummen Gebet. Sie wurde hin und wieder von Menschen – meist älteren – besucht, die stille Stunden in dem kleinen Gotteshaus verbringen wollten.

Zudem hatte die Kirche keinen eigenen Pfarrer. Der Geistliche der Nachbargemeinde betreute die Kapelle mit, und er las auch am Sonntag einmal hier die Heilige Messe.

Trotzdem wohnte in dem kleinen Anbau jemand. Es war Mike Burger, der Küster. Er läutete nicht nur die Glocken, sondern kümmerte sich auch um den schriftlichen Kram. Er war mehr Büroangestellter als Gottesdiener. Wenn jemand eine Hochzeit vorbereiten wollte, ging er zu Burger, auch die Eltern, die ihr Kind taufen lassen wollten, fanden den Weg zu ihm. Bevor jemand auf dem Friedhof bestattet wurde, erledigte man beim Küster die schriftlichen Formalitäten.

Morgens und abends läutete er die Glocken. Einmal um sechs und beim zweitenmal um 18 Uhr.

Es war ein Rhythmus, an den sich Mike Burger gewöhnt hatte. Auch ohne Uhr hätte er gewußt, wann die Glocken zu läuten waren. Im Laufe der Zeit war ihm das in Fleisch und Blut übergegangen.

Um zehn Minuten vor 18 Uhr klappte Mike seine Akte zu, über der er gebrütet hatte, und schob den Schreibtischstuhl zurück. Er stand auf und reckte sich. Das lange Sitzen hatte seine nicht mehr ganz so jungen Knochen doch müde gemacht.

Im nächsten Jahr wurde er 60. Eigentlich hätte er dann in Pension gehen können, doch Mike dachte nicht daran. Er wollte weiter arbeiten, nur für das Läuten der Glocken hätte er gern eine Hilfe gehabt. Die körperlichen Kräfte ließen langsam nach. Mike Burger bewohnte zwei Zimmer in dem kleinen Anbau, wo sich auch die Sakristei befand. Das Arbeitszimmer, auch Büro genannt, lag extra.

Eine Tür führte von hier aus nach draußen. Mike Burger ließ die Schreibtischleuchte brennen, als er sein Büro verließ. Ein Zeichen, daß er bald zurück war, falls ein Besucher ihn sprechen wollte.

Die Kirche hatte einen nicht sehr hohen Turm, doch die Treppe dort war ziemlich steil. Zudem aus Holz gefertigt, das gut eine Restaurierung vertragen hätte, aber dafür hatte die Gemeinde kein Geld. Man konnte den Glockenturm von der Kirche aus betreten oder auch von außen. Der Küster entschloß sich für die Kirche. Dabei konnte er noch nachsehen, ob alles in Ordnung war.

Die Eingangstür der Kapelle knarrte wie immer, als er sie aufzog. Kühle empfing den Küster. Der Geruch von Weihrauch und Kerzen schwängerte die Luft.

In der letzten Reihe und ganz links saß eine Frau im Gebet vertieft. Mike kannte sie. Vor wenigen Wochen erst hatte sie ihren Mann verloren. Sie selbst zählte ebenfalls schon 80 Lenze.

Auf Zehenspitzen bewegte sich Mike Burger voran. Er wollte die Frau nicht stören, das Glockengeläut würde sie schon früh genug aufschrecken.

Der kleine Altar lag im Halbdämmer. Burger brauchte nicht bis vorn hin, er ging an der Seite entlang, wo die Bilder des Kreuzwegs an den Wänden hingen, und öffnete eine schmale Holztür, die neben einer Nische lag, in der eine einsame Kerze ihr blasses Licht verstreute.

Der Küster warf keinen Blick in die Nische hinein, sondern stieg die alte Holztreppe hoch.

Die Stufen knarrten erbärmlich. Es hörte sich schlimm an, man konnte direkt Angst bekommen, daß die Treppe jeden Augenblick zusammenkrachte.

Allen Unkenrufen zum Trotz hatte sie die Jahre gehalten, und sie würde auch weitere Jahre überstehen.

In vier Etappen führte sie hoch.

Licht gab es im Glockenturm nicht. Im Winter nahm der Küster Kerzen mit hoch, im Sommer fiel das Licht durch drei schmale Fenster. An diesem Abend konnte der Küster noch genug sehen, und als er sein Ziel erreichte, mußte er erst einmal verschnaufen.

Drei Minuten blieben ihm noch.

Ein paarmal holte er tief Luft. Ja, die Anstrengung schaffte ihn, man war eben nicht mehr der Jüngste. Über dem Mann befand sich das stabile Dachgebälk. Dort hingen die beiden alten Glocken. Sie stammten aus dem letzten Jahrhundert und waren die Spende eines schottischen Edelmanns. Das Seil, das gleichzeitig beide Glocken in Bewegung setzte, endete etwa in Brusthöhe des Küsters.

Langsam hatte sich sein Atem beruhigt. Mike Burger rieb seine Hände mit einer Creme ein, damit sie griffiger waren und er das Seil besser packen konnte. Durch die drei offenen Fenster fuhr der Wind und wirbelte das noch immer dunkle Haar des Mannes hoch.

Jetzt war es soweit.

Der Küster umklammerte mit beiden Händen das Seil und zog kräftig. Die erste Glocke schwang zur Seite. Sie stieß gegen den Klöppel, der wiederum gegen die Innenwand schlug und die Glocke zum Klingen brachte.

Auch andere Kirchenglocken läuteten, und im Turm der Kapelle schwang die zweite Glocke mit.

Der Küster zog noch einige Male, damit die Glocken richtig in Schwung kamen, und trat dann aufatmend zurück.

Jetzt läuteten sie erst einmal von allein weiter. Er ging vor bis zu einem Fenster und schaute hinaus.

Dieser Blick entschädigte ihn oft für den langen Aufstieg. Er glitt in den Talkessel hinunter, strich über die Dächer der Häuser und verlor sich in den Hügeln, wo bereits der allabendliche Dunst lag, abgesehen von wenigen Tagen im Jahr.

Es hatte zwei Morde gegeben. Die Nachricht hatte sich

blitzschnell verbreitet, jeder im Ort war entsetzt gewesen, und man suchte fieberhaft nach dem Mörder. Der Pfarrer hatte Mike Burger versprochen, in seiner nächsten Predigt auf die Morde einzugehen, und der Küster war gespannt, was der Geistliche dazu sagen würde.

Er drehte sich wieder um, weil er den beiden Glocken noch einmal Schwung verleihen wollte.

Da sah er das Mädchen.

Der Glockenklang hatte seine Schritte übertönt, als es die Treppe hochgekommen war, und jetzt stand es da und schaute den Küster an. Das rötliche Haar machte das Gesicht sehr schmal. Dafür wurden die Augen betont, sie schienen in einem düsteren Feuer zu glühen.

»Was willst du denn hier?« fragte der Küster. Er mußte schreien, damit ihn das Mädchen verstand.

Es gab keine Antwort, sondern lächelte nur.

Mike Burger deutete mit der rechten Zeigefingerspitze zu Boden. »Du kannst unten warten.«

Sie schüttelte den Kopf.

Burger hob die Schultern. »Gut, wie du willst. Wenn du mir zuschauen willst.« Ohne seine Besucherin aus den Augen zu lassen, zog er zweimal kräftig am Seil.

Abermals verstärkte sich das Läuten. Der Ruf der Kirche schallte den Gläubigen entgegen.

Jetzt schwieg auch Mike Burger. Das Läuten war zu laut, er hätte schreien müssen. Allerdings fragte er sich, was die Kleine bei ihm wollte.

Er kannte sie. Mit ihrer Mutter wohnte sie nicht weit von der Kirche entfernt, praktisch zwischen dem neuen und dem alten Friedhof. Ihr Vater lebte nicht mehr. Er hatte als Holzfäller gearbeitet und war von einem fallenden Baum erschlagen worden. Seit der Zeit lebte Mrs. Carrington mit ihrer Tochter allein.

Das Mädchen war immer sehr still gewesen, es machte

einen sympathischen Eindruck und war keine Disco-Biene wie andere in ihrem Alter. Auch die Mutter arbeitete fleißig, um die schmale Rente aufzubessern.

»Möchtest du mal läuten?« fragte Mike Burger.

Sie schüttelte den Kopf.

Der Küster wunderte sich. So schweigsam hatte er die Kleine nicht in Erinnerung gehabt. Sie stand da und sagte keinen Ton. Komisch, irgend etwas schien sie zu haben, ein Problem. Sicher, das war es bestimmt. Darüber wollte sie bestimmt reden. Sie hatte gehört, daß der Küster auch manchmal ein regelrechter Seelendoktor war, zu dem viele Menschen kamen, weil sie ihn lange kannten und ihm vertrauten. Manchmal mehr als dem Pfarrer, der noch relativ neu im Ort war. Erst zwölf Jahre, doch bis die Schotten Vertrauen faßten, dauerte es.

Der Küster spürte das Unbehagen. Es war wie ein Hauch, der ihn streifte, über seine Haut glitt und dort einen Schauder erzeugte. Das Mädchen erschien ihm seltsam fremd, zwar nicht vom Äußeren her, doch anders als sonst.

Um sie herum schien es eine Aura zu geben, die nicht in die Kirche paßte.

Was hatte sie überhaupt vor?

Diese Frage beschäftigte den Küster, allerdings traute er sich nicht, sie zu stellen. Etwas hielt ihn davon ab. Er gab sich einen innerlichen Ruck, wollte lächeln, doch es zerfaserte, bevor es überhaupt seine Lippen erreicht hatte.

Das Mädchen warf einen Blick nach oben. Die beiden Glocken schwangen nicht mehr so stark hin und her, wie es zu Anfang der Fall gewesen war. Sie pendelten langsam aus.

Zwar hallten noch die Schläge, nur so leise, daß man wieder fast normal reden konnte.

»So«, sagte der Küster, »ich habe hier nichts mehr zu tun. Wir können nach unten gehen.«

»Nein!«

Mike Burger war sichtlich irritiert. »Was soll das heißen?«
»Wir bleiben.«

Jetzt wurde der Küster ärgerlich. »Bestimmst du das, Mädchen?«

»Ja.« Noch einmal schlug die Glocke an, und mit dem letzten Schlag zog die rothaarige kleine Hexe ihr Messer.

Pfeifend saugte der Küster die Luft ein. Er starrte auf die lange Klinge, die aus einem Holzgriff hervorstach. Ihre Spitze wies auf seinen Körper.

Das Mädchen trat vor. »Ich bestimme, wann wir hinuntergehen«, sagte es. »Ich ganz allein. Und ich habe mich entschlossen, dich zu töten, Küster. Du wirst als Leiche unten ankommen …« Sie lachte dunkel und rauh.

»Bist du verrückt? Hast du nicht alle Tassen im Schrank?« Mike Burger begriff noch immer nicht, was das Girl von ihm wollte. Er konnte nicht fassen, daß er sterben sollte.

Da spitzte die Rothaarige die Lippen: Sie pfiff eine Melodie. Dann begann sie zu singen: »My Bonnie is over the ocean …«

Mike Burger hörte die Worte. Sie hallten in seinem Gehirn regelrecht nach, und schlagartig kam ihm die Erkenntnis.

Natürlich, das Lied. Jetzt wußte er alles. Dieses Lied hatte seine Bedeutung, seine grausame Bedeutung, es war Schicksal und Lösung zur gleichen Zeit.

»Du bist …«

Die anderen Worte erstickten. Der rechte Arm seiner unheimlichen Besucherin stieß gedankenschnell nach vorn. Der Küster spürte einen heißen, brennenden Schmerz in der Brust und schmeckte das Blut.

Er öffnete den Mund, während er wankend auf das Mädchen zuging.

Nicht rechtzeitig genug glitt die Rothaarige zur Seite. Der Küster berührte sie noch, torkelte weiter, erreichte die Treppe und kippte die Stufen hinunter. Er überschlug sich mehrere Male, bevor er in der Treppenmitte liegenblieb und starb.

Die Mörderin aber stand auf der letzten Stufe, das Messer noch in der Hand haltend.

Auf ihrem Gesicht lag ein grausames Lächeln, und die Hände waren rot vom Blut des Opfers ...

Sergeant McDuff!

Fehlte nur noch der Kilt, und der Bilderbuchschotte wäre perfekt gewesen. Er war groß, hatte breite Schultern, sein Vollbart schimmerte rötlich, und der Mund bildete eine kleine Höhle. Als er mir die Hand reichte, hatte ich das Gefühl, meine Knochen würden brechen, so hart drückte er zu. Vor dem nächsten Händedruck würde ich die Knochen lieber numerieren. »Ha, der Mann aus London«, sagte McDuff. »Sie wollen es den Dörflern mal zeigen, wie?«

»Kaum, ich bin mehr privat hier.«

McDuff wandte sich an meinen Vater. »Eine gute Einstellung hat der Junge, Horace. Man merkt, von wem er abstammt.« Er lachte dröhnend. »Wie wäre es mit einem Schluck? Bin ja allein hier. Mein Kollege hockt draußen im Wagen.«

»Whisky?«

»Etwas anderes trinke ich nicht.« Sergeant Ian McDuff schüttelte sich. »Stell dir mal vor, ich trinke Wasser. Davon bekommt man doch Läuse in den Bauch. Reicht schon, wenn ich sie auf dem Kopf habe.« Wieder lachte er und kraulte sich das rotbraune Haar. Dann nahm er das Glas entgegen, leerte es, verdrehte die Augen und leckte mit der Zunge über seine Lippen, um auch noch den letzten Tropfen zu schmecken. »So«, sagte er und stellte das Glas wieder weg. »Jetzt sind Seele und Körper im Gleichgewicht. Auf geht's.« Er rieb sich die Hände und ließ sich in einen Sessel fallen.

Meine Eltern lächelten, und auch ich konnte mir ein Grinsen nicht verkneifen. Der Sergeant wandte sich mir zu. »Es ist zu vermuten, daß Sie die weite Reise aus London umsonst gemacht haben, John.«

»Wieso?«

»Nachdem die Schlaumeier von der Mordkommission verschwunden waren, haben wir uns intensiv um den Fall gekümmert und auch nichts herausgefunden. Das kann Ihr Vater bestätigen. Wir haben fast alle Einwohner befragt, aber da war nichts.«

»Da hatte ich mehr Glück.«

Der Sergeant riß seine kleinen Augen so weit auf, daß sie mir wie Untertassen vorkamen. »Ach ja?«

Ich grinste. »Sicher. Auf dem Weg hierher wollte man mich umbringen.«

»Deshalb die zerstörten Scheiben bei dem Bentley.«

»Genau.«

»Und wer wollte Sie umbringen?«

»Ein siebzehnjähriges Mädchen!«

Ich hätte nie gedacht, daß seine Augen noch größer werden konnten, aber sie wurden es. »Ehrlich?«

»Ja.«

»Sie heißt Iris Carrington«, sagte mein Vater.

»Das kann ich nicht glauben.« Die Antwort kam spontan.

»Ich auch nicht«, erwiderte mein alter Herr, »denn für die fragliche Zeit hatte Iris ein Alibi. Sie und ihre Mutter säuberten bei uns das Haus.«

»Das wird ja immer komplizierter!« stöhnte der Sergeant. »Ich verstehe das nicht.« Fünf Finger steckte er in die Haare und kratzte auf seiner Kopfhaut herum.

»Wir haben beide das gleiche Mädchen gesehen«, sagte ich.

Ian McDuff nahm sein Glas und hielt es meinem Vater hin. »Schenk mir noch einen Kleinen ein.«

»Er kann viel vertragen«, sagte mein Vater. Es klang irgendwie entschuldigend.

Ich nickte, denn ich wußte, daß auf dem Land oft einiges anders war als in der Stadt.

McDuff nahm einen kleinen Schluck. Dann legte er seine Zeigefingerspitze an die breite Nase. »Wir haben also zwei Aussagen. Und müssen davon ausgehen, daß beide stimmen. Sollte es tatsächlich der Fall sein, dann ist Hexerei im Spiel. Vielleicht kann sich das Mädchen verdoppeln.« Er schaute uns an, als erwartete er eine Bestätigung für seine Vermutung.

Ich hob die Schultern und machte es so meinem Vater nach.

»Das gibt es doch – oder?«

»Möglich«, sagte ich, »obwohl es mir in dieser Form noch nicht begegnet ist.«

»Sind Sie nicht Spezialist für komische Fälle, John Sinclair?«

»Wenn Sie es so ausdrücken wollen, ja.«

»Dann müssen Sie auch eine Lösung finden.«

»Ich werde mich zumindest bemühen.«

»Und wo wollen Sie beginnen?«

Ich warf meinem Vater einen Blick zu. »Bei den Carringtons fange ich an. Ich werde Ihnen einen Besuch abstatten, denn ich möchte wissen, woran ich bin. Unter Umständen muß ich auch deren Haus durchsuchen.«

»Hast du eine richterliche Vollmacht?« Mein Vater fragte. Aus seinen Worten sprach der Anwalt.

»Nein, dafür einen Sonderausweis, den ich aber nur ungern einsetze. Hier bleibt mir nichts anderes übrig.«

»Wenn du meinst, John. Es ist ja dein Fall geworden.«

»Soll ich mit?« fragte McDuff.

»Ich möchte lieber allein gehen. Sie könnten mir nur den Weg beschreiben.«

»Da brauchen Sie nicht einmal einen Wagen. Das Haus können Sie gut zu Fuß erreichen.«

Er kam allerdings nicht dazu, mir den Weg zu erklären, denn es schellte.

»Ich öffne«, sagte meine Mutter und lief zur Tür.

McDuffs Kollege hatte geklingelt. Er stürzte förmlich in das Haus, kreidebleich im Gesicht.

Der Sergeant sprang auf. »Was ist los, Lester?«

»Man hat – man hat ...« Er holte tief Luft. »Man hat die dritte Leiche gefunden. Es ist Mike Burger, der Küster ...«

Wir standen da wie vom Donner gerührt!

Auch an einer anderen Tür klopfte es. Allerdings war dies eine Hintertür. Mrs. Carrington öffnete sofort. Sie brauchte die Tür nicht ganz aufzuziehen, die Person schlüpfte bereits durch den Spalt.

»Bist du wahnsinnig?« zischte die Frau. »Du kannst doch nicht einfach so verschwinden.« Ihr Blick glitt an dem Mädchen hinab, und sie sah die blutigen Hände, von denen es jetzt noch tropfte und dunkle Flecken auf dem Holzboden zurückließ.

»Was hast du getan?«

»Ich habe mir den dritten geholt!«

»Bist du denn verrückt? Du kannst doch nicht einfach hingehen und die Leute ...«

»Doch, ich kann. Denk daran, ich tue es für dich, und auch für uns, Mummy!«

»Ich werde noch wahnsinnig. Hätte ich dich doch nur nicht ...«

»Halt den Mund!«

Edna Carrington schwieg erschrocken. Mit ihrer Tochter war nicht gut Kirschen essen. Sie deutete auf die schmale Tür. »Los, verschwinde in den Keller!«

Das Mädchen zögerte noch. »Ich gehe«, sagte es. »Doch sobald es dunkel wird, komme ich wieder. Dann hole ich mir nämlich die nächste.«

»Und wer wird es sein?«

Da lächelte die Rothaarige. »Wer war denn noch dabei?«

»Ich weiß es nicht mehr.«

»Aber ich. Die nächste ist – Mary Sinclair ...«

Stumm standen wir vor der Leiche.

Sie lag auf der Treppe. Das Gesicht des Mannes war nicht zu sehen, und so schauten wir auf seinen Rücken. Mein Vater war mitgekommen. Er hatte die Hände geballt und schüttelte den Kopf, begreifen konnte er nichts.

»Wer tut so etwas?« fragte McDuff. Er hatte die Stimme gesenkt und wischte mit dem Handrücken über seine Stirn.

Ich hob die Schultern, wobei ich an das Mädchen mit den roten Haaren dachte.

Gefunden worden war der Tote von einer alten Frau, die in der Kirche gebetet hatte. Sie war nach dem Glockenläuten von dem Gepolter aufgeschreckt worden, hatte sich zuerst nichts dabei gedacht und später nachgesehen.

Da hatte der Mörder die Zeit schon für die Flucht genutzt. Abermals hatte niemand etwas gesehen.

Aus der Kapelle hörten wir hastige Schritte. Wenig später stürmte der Pfarrer die Stufen hoch. Neben uns blieb er schwer atmend stehen, flüsterte: »Mein Gott« und faltete die Hände. Er sprach ein leises Gebet.

Wir ließen ihn. Als das letzte Wort über seine Lippen gedrungen war, hob er den Kopf und schaute uns der Reihe nach an. »Warum?« fragte er. »Warum mußte er sterben?«

»Wir wissen es nicht«, antwortete McDuff.

»Er hat nur Gutes getan. Niemand kann etwas Schlechtes über ihn behaupten. Weshalb mußte er sterben?«

»Wenn wir den Mörder haben, werden wir ihn fragen, Herr Pfarrer.«

Der Geistliche lächelte bitter. »Wenn, Sergeant. Wie viele Menschen sollen noch sterben, bis es soweit ist?« Darauf gab niemand eine Antwort.

Der Sergeant hatte die Mordkommission rufen wollen. Ich war dagegen. Der geheimnisvolle Mörder sollte jetzt nicht aufgeschreckt werden, ich wollte ihn in Sicherheit wiegen. Ich hatte Zeit gehabt zu überlegen, und in mir hatte sich ein Verdacht aufgebaut, über den ich allerdings noch nicht sprechen wollte, weil ich erst etwas abklären mußte. Auch meinem Vater sagte ich nichts von dem Verdacht, da ich nicht unnötig Aufregung säen wollte.

»Ja, John«, wandte sich McDuff an mich. »Holen wir die Mordkommission wirklich nicht?«

»Nein.«

»Und wohin mit dem Toten?«

»Haben Sie ein Schauhaus?«

»Wir könnten ihn in der Leichenhalle des Friedhofs aufbahren«, schlug mein Vater vor.

Die Idee war nicht schlecht. Der Sergeant stimmte zu. »Aber ich lasse mir nichts anhängen, von wegen Spurenverwischung und so.«

»Nein, nein, da brauchen Sie keine Angst zu haben«, entgegnete ich und beruhigte ihn gleichzeitig. »Außerdem bleibt es bei meinem Vorhaben, Sergeant.«

»Sie wollen tatsächlich den Carringtons einen Besuch abstatten?«

»Das hatte ich vor.«

»Wieso?« Der Pfarrer mischte sich ein. »Haben Sie die Carringtons in Verdacht?«

»Nein, nicht direkt«, schwächte ich ab. »Ich gehe nur einigen Spuren nach.«

»Es wäre auch absurd.«

»Sicher, Herr Pfarrer, sicher.« Ich wandte mich um und ging die Stufen hinunter. Hinter mir hörte ich Tritte. Als ich die Treppe verlassen hatte, drehte ich mich um.

Mein Vater war mir gefolgt. »John, ich sehe dir an, daß hinter deiner Stirn etwas schmort. Hast du einen Verdacht?«

»Darüber kann ich jetzt nicht reden, Dad.«

»Aber ich bin dein Vater.«

»Trotzdem, versteh mich bitte. Später sage ich dir mehr. Ich möchte mir nur Gewißheit verschaffen.«

»All right, John. Du bist alt genug und hast genügend Erfahrungen gesammelt.«

Hätte ich nur etwas gesagt, dann wäre mir manches erspart geblieben. Aber irren ist nun mal menschlich. Auch für einen Oberinspektor von Scotland Yard ...

Zwischen dem alten und dem neuen Friedhof lag das Haus, in dem die Familie Carrington wohnte. Die Strecke hatte ich mir zwar beschreiben lassen, aber mittlerweile war es dunkler geworden, so daß ich den Weg nicht sofort fand.

Zweimal mußte ich fragen. Ich sprach jeweils mit den Leuten über ihre Gartenzäune hinweg. Schließlich ging ich auf dem richtigen Weg. Er war so breit, daß ein Wagen darauf fahren konnte, dafür nicht asphaltiert, sondern mit grauem Sandstaub und kleinen Steinen bedeckt.

Das Haus stand ziemlich allein. Nur rechts davon sah ich einen Bauernhof und die Rückseite einer großen Scheune. Ich blieb stehen und schaute mir den Bau an.

Hinter zwei Fenstern schimmerte Licht. Es war also jemand zu Hause. In der Nähe floß ein Bach vorbei, ich vernahm das typische Rauschen. Man hatte mir auch gesagt, daß der Bach den alten Friedhof berührte. Dort war bekanntlich der zweite Tote gefunden worden. Ob der alte Friedhof eine besondere Rolle spielte, wußte ich nicht.

Ich näherte mich dem Haus, wobei ich mich des öfteren umsah. Alles blieb ruhig und friedlich. Hier drohte keine Gefahr, wenn man von den Äußerlichkeiten ausging.

Der Weg führte nicht direkt zum Haus, sondern schlug einen Bogen, den ich erst gehen mußte. Zwei Minuten später stand ich vor der Tür. Die Fassade wirkte alt und brüchig. Hier mußte mal etwas getan werden, sonst stürzte der Bau irgendwann zusammen. Links daneben sah ich einen Garten. Es gab in der Türnische einen Klingelknopf, den jedoch brauchte ich nicht zu drücken, denn die Tür wurde bereits geöffnet. Warmer Lichtschein fiel nach draußen, traf mich und wurde von einer Gestalt verdunkelt.

Mrs. Carrington stand vor mir.

»Guten Abend«, grüßte ich. »Dürfte ich eintreten? Ich habe einige Fragen ...«

»Kommen Sie, Mr. Sinclair. Ich habe Sie erwartet.«

»Wirklich?«

»Ja. Ihr Blick sagte eigentlich genug, als wir das Haus Ihres Vaters verließen.«

Edna Carrington machte Platz, und ich trat über die Schwelle. Dabei mußte ich den Kopf einziehen, so niedrig waren die Türen. Es roch nach Essen. Rechts befand sich eine Tür. Ich stand in einem Gang und mußte zwei Stufen hochgehen, um durch die Tür in die Wohnstube zu gelangen.

Es war mehr eine Küche. Ein großer Kohleofen, mehrere alte Schränke, ein Tisch, eine Bank, ein Radio, kein Fernsehapparat.

Am Kopfende des Tisches saß Iris. Vor ihr stand ein Teller, der mit Eintopf gefüllt war. Als das Mädchen mich sah, ließ es die Hand mit dem Löffel sinken. Die Korblampe unter der Decke war vom Luftzug bewegt worden und schaukelte hin und her. Einmal warf sie ihren Schein über das Gesicht des Mädchens, dann wieder verschwand es im Schatten.

»Möchten Sie etwas essen?« fragte mich Mrs. Carrington.

»Nein, danke.« Ich hatte zwar Hunger, aber so weit ging es doch nicht. Mrs. Carrington räumte den Topf und ihren Teller ab. Sie hatte sich umgezogen, trug ein buntes Kittelkleid und hatte das Haar gelöst. Im Licht der Lampe wirkte ihr Gesicht weicher, als ich es vom ersten Zusammentreffen in Erinnerung hatte.

Mit Zigaretten und einem Aschenbecher kam sie zurück. Sie steckte sich ein Stäbchen zwischen die Lippen, ich spendierte ihr Feuer. Tief saugte sie die Luft in die Lungen und ließ sie durch die Nasenlöcher ausströmen.

»Sie glauben mir nicht, Mr. Sinclair?«

Ich lächelte und schaute dabei Iris an. Aufmerksam saß sie am Tisch und sagte nichts. Sie hörte nur zu. »So sollten Sie das nicht sehen, Mrs. Carrington, aber inzwischen ist ein dritter Mord passiert.«

»Was?«

Ich wußte nicht, ob ihr Erschrecken echt war, wenn nicht, war sie eine ausgezeichnete Schauspielerin.

»Ja, es hat einen Mann namens Mike Burger getroffen.«

»Der Küster!« flüsterte Iris. Ich sah selbst bei diesem Lichtschein, daß ihr ein Schauer über die Haut lief.

»Sie kannten ihn?« fragte ich.

»Wer kannte ihn nicht? Er war sehr nett und freundlich zu uns. Wir mochten ihn alle.«

»Und jetzt hat ihn jemand umgebracht.«

»Meine Tochter war es nicht!« schnappte Mrs. Carrington sofort.

»Das habe ich nicht behauptet.«

»Aber gedacht.« Sie drückte die Zigarette aus. »Sonst wären Sie ja nicht gekommen. Zudem hat Iris ein gutes Alibi, wenn Sie das meinen, Mister.«

»Aber Mum, reg dich doch nicht auf. Mr. Sinclair hat ja gar nichts gesagt.«

»Ha, ich kenne die Bullen.«

Hoppla, das klang aus ihrem Munde gar nicht fein, sondern nach einer gewissen Erfahrung. Sofort hakte ich nach. »Dann haben Sie Ihre Erfahrungen gesammelt, Mrs. Carrington?«

Sie schaute mich lauernd an. »Wie meinen Sie das denn?« Jetzt war nichts mehr von der devoten Haltung zu merken, die sie noch bei meinen Eltern gezeigt hatte.

»Ich meine das Wort Bullen aus Ihrem Mund.«

»Das liest man oft genug.«

»Oder man hört es.«

»Auch das, Herr Polizist.« Sie lächelte spöttisch. »Ich weiß, daß Sie uns etwas anhängen wollen, aber das können Sie nicht.« Die Frau beugte sich vor und deutete auf ihre Tochter. »Sieht so eine Mörderin aus, Mr. Sinclair? Sieht so wirklich eine Mörderin aus? Das glauben Sie doch selbst nicht, Mister.«

»Mit dem Aussehen hat das nichts zu tun, Mrs. Carrington«, stellte ich richtig.

»Ja, ich kenne euch. Ihr habt immer eine Ausrede, und ihr findet auch immer einen Grund, einem etwas anzuhängen. Wäre ja nicht das erste Mal.«

»Wie soll ich das verstehen?«

»Hat man Ihnen das nicht gesagt?«

»Nein.«

»Mein Mann ist gestorben. Unfall, hieß es offiziell. Aber ich bin sicher, daß es kein Unfall gewesen ist. Man hat ihn kurzerhand ausgeschaltet. Eiskalt, ohne Erbarmen. Der Baum fiel, und mein Mann lag darunter.« Sie schnaufte hörbar. »So geht das, Mr. Sinclair. So verdammt einfach.«

»Hat die Polizei Nachforschungen angestellt?«

»Nein, das hielten die Bullen nicht für nötig. Wenn es Ihr Vater gewesen wäre, Sinclair, dann ...«

»Mutter, hör doch auf.«

»Ja, ja, ist schon gut. Der Unfall liegt einige Jahre zurück. Sorry.«

Ich wechselte das Thema. »Ist Iris Ihr einziges Kind?« erkundigte ich mich.

Sie schaute auf. »Sehen Sie noch eins?«

»Ich habe mich nur erkundigt, mehr nicht.«

»Ja, sie ist mein einziges.«

Ich nickte. Mit dieser Antwort hatte ich gerechnet, aber sie hatte mich nicht überzeugt, deshalb fragte ich, ob es gestattet sei, das Haus zu durchsuchen.

Hörbar zog die Frau die Luft ein. »Was wollen Sie?« erkundigte sie sich.

»Das Haus durchsuchen, Mrs. Carrington, Sie haben richtig verstanden.«

»Das lasse ich nicht zu!«

»Sie müssen«, erwiderte ich ruhig.

»Da kommt so ein widerlicher Scheißbeamter in die Wohnung anständiger Bürger und will sie auf den Kopf stellen. In welch einem Staat leben wir eigentlich?«

»Haben Sie etwas zu befürchten?«

»Nein.«

»Dann kann ich mich ja umsehen.«

»Nein, es geht hier ums Prinzip. Ich will keinen Bullen in meine Wohnung lassen.«

»Sie werden es nicht ändern können, Mrs. Carrington. Machen Sie es mir nicht unnötig schwer.«

Sie stand vor mir. Das Gesicht leicht verzerrt, mit einem lauernden Ausdruck darin. Die Hände öffneten und schlossen sich krampfhaft. Allein die Haltung bewies mir, daß sie vor mir etwas verbarg. Ich brauchte es nur noch zu finden. Dann nickte sie. »Okay, Polizist, Sie können suchen und das Haus auf den Kopf stellen, aber sie werden nichts finden.«

»Um so besser für sie.«

»Darf ich wenigstens dabei sein?«

»Ich bitte darum.«

»Wie großzügig von einem Bullen.« Das letzte Wort spie sie mir ins Gesicht. Kein Zweifel, diese Frau kam aus dem Milieu und hatte ihre Erfahrungen gesammelt.

»Wo fangen wir an?« wollte ich wissen.

»Das ist mir egal.«

»Dann gehen wir nach oben.«

Sie nickte. »Darf ich wenigstens vorausgehen?«

»Auch das.«

Ich drehte mich um. Iris hockte am Tisch und schaute uns starr an. Die Lampe ließ einen Teil ihres Gesichtes im Schatten. Ich sah eigentlich nur den Mund und die Kinnpartie. Die Lippen zuckten, als hätte das Mädchen Mühe, ein Weinen zu unterdrücken. Wußte die Kleine vielleicht doch mehr? »Ich werde hier sitzenbleiben, Mr. Sinclair«, gab sie zur Antwort.

»Das steht Ihnen frei, Miss Iris.«

»Mein Gott, was sind die Bullen bei den jungen Dingern großzügig«, kicherte die Mutter.

Darauf erwiderte ich nichts. Wir gingen in den ersten Stock. Die hölzerne Treppe war schmal. Jede einzelne Stufe knarrte zum Steinerweichen.

Am Ende der Treppe, hier waren die Wände bereits schräg, befand sich ein schmaler Gang. Die Decke war nicht sehr hoch, so daß ich sicherheitshalber den Kopf einzog. Glatt war sie ebenfalls nicht, sie lief in kleinen Wellen.

Und trotzdem gab es hier oben vier Zimmer. Das Wort war eigentlich übertrieben, es waren mehr Kammern. Ich öffnete die erste. Ein Schlafzimmer. Hinter der nächsten Tür lag ein Bad. Aber keins, wie ich es kannte, sondern noch ein Badezimmer von Anno soundso.

Eine alte Zinkwanne, ein Ofen, dessen Rohr im Dach mündete, und eine Leine, über der Wäsche hing. Die Wände waren mit graugrüner Ölfarbe gestrichen.

»Na, zufrieden?« höhnte die Frau.

»Sicher.« Ich schloß wieder die Tür. »Merken Sie sich eins, ein Polizist ist immer zufrieden, wenn er einen Verdacht aus dem Weg räumen kann.«

»Das sagen Sie nur so.«

Bevor ich die nächste, gegenüberliegende Tür öffnete, fragte ich: »Sie scheinen unangenehme Erfahrungen mit der Polizei gemacht zu haben?«

»Wie kommen Sie darauf?«

»Das spürt man, Mrs. Carrington.«

»Ja, ich bin kein Freund der Bullen. Mein Mann hat mich damals aus dem Dreck geholt. Als ich noch drinsteckte, da habe ich die Bullen kennengelernt, und es war wirklich kein Spaß, das kann ich Ihnen flüstern. Ihre Kollegen haben mich schikaniert und behandelt wie den letzten Dreck.«

»Das ist sicherlich Jahre her.«

»Stimmt, doch wenn ich Sie so sehe, steigt die Erinnerung wieder hoch.« Sie lächelte schief. »Iris weiß nichts davon. Und hier im Ort ist auch nichts bekannt geworden.«

»Dann werde auch ich meinen Mund halten.«

»Ist mir egal.«

Die Frau war verbittert. Irgendwie verstand ich sie sogar. Sie hatte vor ihrer Hochzeit ein mieses Leben geführt, dann war ihr Mann umgekommen, jetzt stand sie wieder allein da und hatte Angst, daß ihre Tochter etwas erfahren konnte.

Ich öffnete die anderen Türen.

Zwei Zimmer, die kärglich möbliert waren. In einem standen ein altes Feldbett und ein Schrank. Bei ihm fehlte das vierte Bein. Das Fenster war winzig. Es führte zum Hof. Durch die schmutzige Scheibe konnte ich kaum etwas erkennen.

Der zweite Raum diente als Abstellkammer. Hier standen ein altes Bügelbrett, Wäschekörbe und Eimer.

»Genug gesehen?«

»Wir können gehen«, erwiderte ich auf die Frage.

Als wir unten ankamen, saß Iris noch am Tisch. Nur hatte sie ihren Teller abgeräumt.

»Dann ist Ihr Verdacht also entkräftet worden?« fragte Mrs. Carrington.

»Fast.«

»Wie meinen Sie das?«

»Dieses Haus hat doch sicherlich noch einen Keller.«

Plötzlich funkelte es in ihren Augen.

»Wollen Sie ihn auch noch durchsuchen?«

»Ja.«

»Was suchen Sie überhaupt?«

»Das müssen Sie schon mir überlassen, Mrs. Carrington.«

»Bitte«, erwiderte sie steif. »Tun Sie meinetwegen, was Sie nicht lassen können.« Sie ging vor. Allerdings nicht in Richtung Haustür, sondern zum Hinterausgang.

Mir war es zu dunkel, und ich fragte nach Licht.

»Nur im Flur.« Sie stand neben einem Schalter und drehte ihn herum. »Im Keller haben wir kein Licht.«

»Dann lassen wir die Tür offen.« Ich hätte eine stärkere Birne in die Lampe gedreht. Es wurde zwar hell, aber schon an der Hintertür zeigte der Schein nur noch ein schwaches Leuchten. Ihr gegenüber lag die Tür zum Keller. Ebenfalls schmal, aus rohen Holzlatten zusammengenagelt. Licht gab es unten keins, ich mußte mich auf den dünnen Strahl meiner Bleistiftlampe verlassen.

Trotz der mäßigen Beleuchtung fielen mir dicht neben der Tür die dunklen Flecken auf dem Boden auf. Die Frau wandte mir momentan den Rücken zu, sie hatte nicht bemerkt, daß ich die Flecken sah.

Ich bückte mich.

Während ich mit der Zeigefingerspitze über die Flecken fuhr, schloß die Frau die Tür auf. Klebrig wie Farbe war das Zeug. Ich kam wieder hoch und roch.

Blut!

Ja, das war Blut. Es gab keinen Zweifel. Und es war noch nicht eingetrocknet.

Die Frau drehte sich um. »Sie können gehen«, sagte sie und zuckte zusammen, als sie mich ansah, denn ich hatte noch immer den Finger erhoben.

»Was ist los?« fragte sie.

Mit der freien Hand deutete ich auf die Flecken am Boden. »Die Flecken«, sagte ich, »das ist Blut.«

Sie schaute mich an. »Wahrscheinlich.«

»Haben Sie eine Erklärung?«

»Nein, aber das Zeug kann von unserem Hund stammen, er hatte sich verletzt.«

»Wann war das denn?«

»Heute.«

»Danke.«

Ich schaute in den Keller. Der Lichtschein verlor sich sehr schnell. Nach drei Stufen begann wieder die Dunkelheit. Aber die Kellertreppe war im Gegensatz zu der nach oben führenden aus Stein. Zwar keine gegossenen Stufen, sondern nur rohe, unbehauene Steinklötze, schon mit Moos bedeckt, wie ich im Licht meiner kleinen Lampe sah.

Es gab allerdings auch etwas anderes auf den Stufen. Nicht nur Moos, sondern die dunklen Flecken.

Blut!

An den verletzten Hund glaubte ich nicht. Ich dachte an etwas ganz anderes.

Auf der vierten Stufe drehte ich mich um.

Mrs. Carrington stand in der offenen Tür. Beide Arme hielt sie vor der Brust verschränkt. Ihr Gesicht lag im Schatten, ich konnte es nicht genau erkennen, glaubte jedoch, daß sie lächelte. War dieser Keller eine Falle? Ein unbestimmtes Gefühl breitete sich in mir aus, ich spürte den Druck im Magen und auch das kratzige Gefühl in der Kehle.

Der Keller erschien mir nicht geheuer. Fand ich hier vielleicht die Lösung des Rätsels?

»Warum gehen Sie nicht weiter?« fragte die Frau.

»Keine Angst, Mrs. Carrington. Ich durchsuche ihn schon.«

Ich nahm die restlichen Stufen und stand in einem Gang mit niedriger Decke, von der Spinnweben herabhingen und mein Gesicht streiften. Ich pustete sie weg.

Viel sah ich nicht, dazu war die Leuchtkraft meiner Lampe nicht stark genug. Es gab auch keine Kellerräume, sondern nur Verschläge, die durch billige Lattentüren gesichert waren. Zwischen den einzelnen Latten befanden sich Zwischenräume, durch die ich leuchten konnte.

In einem Verschlag lagen Kohlen, daneben standen Eimer. Im nächsten entdeckte ich zusammengefaltete alte Säcke.

Der dritte Verschlag war leer.

Aber ich hörte ein Geräusch.

War es das Atmen eines Menschen oder vielleicht ein Lachen? Genau konnte ich es nicht unterscheiden. Meine Nackenhaare juckten, als sie sich hochstellten.

Dieser Keller war gefährlich. Das nahm ich mit jeder Faser meines Körpers wahr. Hier lauerte etwas.

Mit dem Fuß stieß ich die Tür auf. Sie war sehr leicht, knallte gegen die Wand, prallte wieder zurück, und ich mußte sie mit der Schuhspitze stoppen.

Ich leuchtete in den Verschlag, dabei ließ ich den Strahl kreisen und zuckte zusammen.

Dort stand jemand.

Ein Mädchen.

Ein blasses Gesicht, rote Haare, zu Locken gedreht.

Iris Carrington!

War sie es wirklich?

Iris saß oben im Zimmer. Hätte sie den Raum verlassen und wäre in den Keller gegangen, so hätte ich sie sehen müssen.

Also doch nicht Iris.

Wer dann?

Ich ärgerte mich, daß ich nicht eine stärkere Lampe mitgenommen hatte, denn viel konnte ich nicht erkennen. Nur das Gesicht, das dem von Iris glich.

Und zwar aufs Haar.

Ich hatte die Lösung.

Iris und dieses Mädchen hier waren Zwillinge! Wahrscheinlich ahnte keiner in der Stadt etwas von der Existenz eines zweiten Mädchens. Es hatte alle narren können, auch mich. Ich verglich die Gesichtszüge der beiden. Kam mir dieses Mädchengesicht nicht böser, nicht grausamer vor? Waren die Augen nicht anders, kälter und härter?

»Wer bist du?« wollte ich wissen.

»Melina.« Sogar die Stimme klang so wie die des anderen Mädchens. Sagenhaft, wirklich.

Diesmal hatte ich es mit keinem Dämon zu tun, sondern mit einem normalen Fall, der in seiner Grausamkeit trotzdem erschreckend war.

»Komm her!« forderte ich sie auf.

Sie schüttelte den Kopf, und die roten Locken flogen, wobei sie ihr Gesicht streichelten.

Ich warf einen schnellen Blick über meine Schulter. Von Mrs. Carrington sah ich nichts. Mein Rücken war also frei. Okay, wenn sie nicht freiwillig kommen wollte, dann würde ich sie mir eben holen.

Im Keller stank es. Es roch nicht nur muffig, sondern irgendwie faulig und brackig.

Aber dem Geruch maß ich keine Bedeutung bei, was ein sehr großer Fehler war.

Ich wollte sie packen, machte den ersten Schritt – und fiel.

Es war so überraschend, daß ich überhaupt nicht mehr reagieren konnte. Schon oft war ich in heimtückischen Fallgruben gelandet, doch dies hier war keine, sondern ein mit Wasser gefüllter Sickerschacht, der mich regelrecht verschlang, denn ich tauchte unter. Im nächsten Augenblick erwachte Melina zu einer fieberhaften Aktivität …

Ich hörte den Schrei, als ich mit dem Kopf die Oberfläche durchstieß. »Ich habe ihn, Mummy!«

»Kind, ich komme!«

Das Wasser stank erbärmlich. Es war mir in den Mund gedrungen, in die Nase und in die Augen, die sofort brannten. Dann hörte ich schnelle Schritte, und für mich wurde es Zeit, diese mit Wasser gefüllte Grube zu verlassen.

Sie war nicht sehr groß, maß vielleicht anderthalb Yards im Quadrat. Ich brauchte nur die Arme auszustrecken, um den Rand packen zu können.

Das tat ich auch.

Im nächsten Moment schrie ich auf.

Dieses Mädchen mußte die Augen einer Katze haben, denn sie hatte sich auf meine rechte Hand gestellt und dabei den Absatz gedreht. Hastig ließ ich los und erhielt einen Tritt gegen die Stirn, der mich zurückschleuderte.

Ich sah Sterne und verschwand wieder im dreckigen Wasser. Grund hatte ich nicht, so tief war die verfluchte Sickergrube. Automatisch machte ich Schwimmbewegungen, und als ich zum zweitenmal auftauchte, da stand auch die Mutter in der Tür. Sie hielt eine Taschenlampe in der Hand, deren Strahl mein Gesicht traf und mich blendete.

Ich schloß die Augen für einen Moment, hörte jedoch, wie Mrs. Carrington zu ihrer Tochter sagte: »Schlag zu! Hau ihm den Schädel ein, dem verdammten Bullen!«

Trotz der Blendung sah ich die Bewegung. Schattenhaft nur. Ich versuchte zu reagieren, warf mich zur Seite und hatte Glück. Dicht neben mir klatschte die Stange ins Wasser und schleuderte mir den schmutzigen Schaum ins Gesicht.

Ich spie, schrie und spuckte.

»Weiter!« keifte die Alte. »Weiter!« Sie bewegte ihre Hand, und der Lampenstrahl vollführte einen bizarren Tanz auf der Wasseroberfläche.

Melina hielt den Gegenstand. Sie schrie und schlug, war völlig von Sinnen, und ich mußte zwangsläufig in die Brühe tauchen, sonst hätte mir die Wahnsinnige den Schädel eingeschlagen.

Wieder kam ich hoch.

Schatten, Licht, wieder Schatten. Edna lief um die Sickergrube, sie leuchtete ihrer Tochter, damit diese mich töten konnte. An der Schulter traf sie mich. Mein rechter Arm war wie gelähmt. Auf einmal konnte ich ihn kaum mehr bewegen.

Ich ließ mich nach unten sacken.

Meine Kleidung hatte sich vollgesogen. Sie war doppelt so schwer geworden, zerrte an mir, als würden mich unsichtbare Hände in die Tiefe reißen.

Ich spürte Grund.

Meine Schuhe wühlten ihn auf. Schmutzwolken quollen hoch, umspielten meine Beine und drangen bis zur Hüfte vor. Gern hätte ich geflucht, doch mir wäre dabei zuviel Wasser in den Rachen gelaufen. Ich trat auf der Stelle, drückte meinen Körper zur Seite und spürte den Rand. Dann kam ich wieder hoch.

Sie hatten darauf gelauert.

»Jetzt!« Ich hörte die sich fast überschlagende Stimme der Mutter, dazwischen ein kreischendes Gelächter, und der Hieb kam.

Es war ein Volltreffer.

Zum Glück hatte Melina eine Holzlatte genommen und keine Eisenstange. Letztere hätte mir den Schädel regelrecht eingeschlagen, und ich wäre gestorben.

Auch so reichte der Hieb.

Sterne blitzten vor meinen Augen auf. Ich spürte den scharfen Schmerz, der sich wie eine Explosion ausbreitete, und dann die herannahenden Wogen der Bewußtlosigkeit.

Langsam sackte ich tiefer. Das Wasser umspülte meinen Mund, die Nase.

Zuletzt vernahm ich noch die triumphierende Stimme des Mädchens.

»Jetzt hole ich mir die Alte!«

Mutter und Tochter waren wie vom Satan besessen. Edna Carrington hatte das Eisenblech über die Sickergrube gelegt. »Darin kann er verrecken!« keuchte sie.

Melina nickte. »Er wollte uns Ärger machen, Mummy, aber nicht mit mir. Ich kriege sie alle, sie sollen für das büßen, was sie mir angetan haben.«

Sie stand neben der Grube und starrte auf die Platte. Das Rot ihrer Haare schimmerte auf dem Gesicht. Sie war wirklich ein kleiner Teufel. Der Satan persönlich mußte sie geleitet haben, um all die Morde zu begehen.

»Der wird da nicht mehr rauskommen!« flüsterte Edna Carrington. »Komm, wir gehen.«

Die beiden Frauen verließen den Keller. Edna hatte die Führung übernommen. Melina schleuderte ihre Holzlatte weg. Die brauchte sie nicht mehr, denn sie hatte noch das lange Messer. Aus einer Fleischerei in der Nähe hatte sie es entwenden können, und sie hielt es stets unter ihrer Kleidung versteckt.

Auf der Treppe blieb ihre Mutter stehen. So abrupt, daß Melina fast gegen sie geprallt wäre.

»Was machen wir mit Iris?« fragte sie.

Das Mädchen lächelte satanisch, winkelte ihren Arm an und fuhr mit dem Handrücken über ihre Kehle.

»Töten?«

»Ja.«

Edna war abgebrüht. Es machte ihr nichts aus, andere umzubringen, aber Iris war ihre Tochter, wie auch Melina. Nein, das brachte sie einfach nicht fertig.

»Wir werden sie so lange einsperren, bis wir zurückkommen«, erklärte sie. Melina wollte widersprechen, doch im Gesicht ihrer Mutter las sie, daß sie sich entschieden hatte.

»Gut«, sagte sie. »Machen wir es so.« Wenig später standen sie in der Küche.

Der Platz, wo Iris gesessen hatte, war leer!

Edna stieß einen Fluch aus, und ihre Tochter knurrte wie ein Raubtier.

»Wo kann sie sein?« flüsterte Mrs. Carrington.

Melina hob die Schultern.

»Iris?« Die Stimme der Frau hallte durch das Haus.

»Vielleicht ist sie zur Polizei gelaufen«, vermutete das Teufelsmädchen.

»Nein, das traut sie sich nicht.«

»Aber wir können nicht bleiben, Mummy. Ich will sie töten. Sie und noch einen.«

»Gut, gehen wir.« Die Frau nickte. »Iris wird sich irgendwo verkrochen haben. Wir sind ja bald wieder zurück.« Dann trat sie an den Schrank und zog eine Schublade auf. Darin lag eine alte Pistole. Ihr Mann hatte sie mal im Wald gefunden. Die Waffe stammte noch aus dem letzten Krieg, war aber sehr gepflegt.

Edna steckte sie ein. »Jetzt geht es mir besser«, sagte sie. Zusammen mit ihrer Tochter verließ sie das Haus.

Zwei Menschen, die die folgende Nacht zu einer blutigen machen wollten ...

Ob es Glück war, daß ich nicht bewußtlos wurde, würde sich erst später herausstellen.

Jeder Mensch besitzt einen Willen, meiner war ebenfalls vorhanden und im Laufe der Jahre ungemein gestärkt worden. Ich kämpfte wie wahnsinnig gegen die verfluchte Bewußtlosigkeit an, wollte nicht, daß mich die langen Schatten der Ohnmacht hineinrissen in den tiefen Schacht des Todes.

Ich mobilisierte meine Kräfte. Vielleicht wäre es leichter gewesen, wenn ich hätte Luft holen können, doch wenn ich den Mund aufriß, würde ich elendig ersticken.

Manchmal hatte ich das Gefühl, in der endlosen Leere zwischen den Dimensionen zu treiben. Dabei war ich immer nur für wenige Sekunden weggetreten.

Nicht aufgeben!

Dieser Befehl hämmerte ebenso stark hinter meiner Stirn wie das Blut, das in den Adern rauschte. Noch lebte ich, und ich wollte, verdammt noch mal, nicht sterben.

Ich trieb wieder hoch. Dabei half ich ein wenig mit, indem ich Wasser trat. Mit dem Kopf stieß ich gegen etwas Hartes. Das mußte die Platte sein, die Edna Carrington auf die Öffnung des Sickerschachts gelegt hatte.

Wieder wurde ich unter Wasser gepreßt.

Abermals drückte ich mich hoch, stieß erneut gegen die Platte, diesmal jedoch nicht so fest, und plötzlich merkte ich, daß ich Luft bekam.

Eine Täuschung?

Nein Freunde, keine Täuschung. Zwischen der Platte und dem Wasserspiegel befand sich ein mit Luft gefüllter Raum. Er hatte die Ausmaße des Sickerschachts, und in diesem Zwischenraum war soviel Platz, daß ich durch die Nase atmen konnte, denn der Wasserspiegel begann erst in Höhe meiner Unterlippe.

Zufall? Fügung? Ich hatte keine Ahnung, versuchte erst

einmal, das beste aus meiner Lage zu machen, wobei ich vorsichtig durch die Nase atmete.

Ich hielt mich in dieser Lage, trat Wasser und bewegte die Beine nur so wenig wie möglich, damit keine großen Wellen entstanden, die über meinen Kopf schwappten.

Es war stockfinster. Ich sah nicht, wann kleine Wellen auf mich zuliefen, und als sie dann über mein Gesicht leckten, hatte ich zum Glück die Luft angehalten.

Ich wartete einen Moment, bis sich die Wellen wieder verlaufen hatten, und atmete durch.

Ein paar Wassertropfen drangen in meine Nase, ich schluckte sie runter.

Noch immer schmerzte mein Schädel, doch der Schlag hatte meinen Denkapparat nicht ausgeschaltet. Ich konnte wieder klare Gedanken fassen und überlegte, wie ich aus diesem verdammten Gefängnis herauskam.

Über mir befand sich die Eisenplatte. Das war der Grundgedanke, von dem ich ausgehen mußte. Ich zog die Beine an und legte mich dabei vorsichtig auf den Rücken, damit ich mit dem Gesicht auf der Wasserfläche lag, und öffnete den Mund, um etwas mehr Luft zu schnappen, was mir unwahrscheinlich guttat.

Die quadratische Luke war nicht so breit und lang wie ich. Ich zog die Beine an und klemmte mich so an den Seiten mit Füßen und Schultern fest.

Das ging einigermaßen.

Dann hob ich die Hände.

Sie fanden unter der Platte Platz, und ich drückte dagegen. Es war eine ungewohnte Lage für mich, deshalb konnte ich meine Kräfte nicht voll entfalten.

Es wurde ein verzweifeltes Bemühen. Zwar bewegte sich die Platte ein wenig, doch hochstemmen konnte ich sie nicht. Dazu war sie zu schwer.

Plötzlich kam es mir zu Bewußtsein, daß es vielleicht gar

nicht so ein Glück gewesen war, diesen Zwischenraum zu finden. Denn wie es aussah, würde sich die wenige Luft schnell verbrauchen, und im Jenseits konnte man sich die Hände reiben, denn bald hatten sie einen Gast mehr ...

Sie gingen zu Fuß.

Und sie nahmen Schleichwege, damit ihnen niemand in die Quere kam.

Mutter und Tochter, ein gefährliches Mörderpaar, waren unterwegs, um einen vierten Mord zu begehen.

Die Dunkelheit war in das Tal gefallen und begrub auch die kleine Stadt unter ihrem finsteren Mantel. In den Häusern brannte Licht, fast jeglicher Lärm, wie er sonst um diese Zeit auf den Straßen noch zu hören war, versandete.

Eine seltsame Stille hielt den Ort umfangen.

Dreimal hatte der Killer zugeschlagen, und die Menschen fragten sich, wer als nächster an der Reihe war. Jeder hatte Angst, niemand ging mehr auf die Straße. Die Fahrzeuge standen in den Garagen oder Schuppen, nur zwei Streifenwagen fuhren auf und ab.

Sie interessierten Mutter und Tochter nicht. Die beiden konnten ihnen schnell ausweichen.

Melina hatte es eilig. Sie lief hastig über den schmalen Weg, und es störte sie auch nicht, daß die Zweige der nahe wachsenden Büsche gegen ihren Körper hieben, sich manchmal festhakten und nur durch Zerren gelöst werden konnten.

Sie wollte so schnell wie möglich an ihr Ziel gelangen.

Melinas Mordgespenster! dachte ihre Mutter. Sie waren zu einer Realität geworden. Zuvor hatte sie nur davon gesprochen, immer wenn sie von Edna besucht worden war, hatte sie in ihrer Zelle gesessen und über die Morde geredet.

Flüsternd, aber mit einer nicht zu überhörenden Schärfe in der Stimme.

Noch jetzt klang sie in Ednas Ohren nach.

»Mordgespenster, Mummy. Mordgespenster. Ich rufe sie. Sie holen die anderen. Mordgespenster, sie kommen, Mummy, sie kommen ...«

Schrecklich hatten ihre Augen ausgesehen. Erfüllt von einem unheilvollen, düsteren Feuer, das tief in den Schächten der Pupillen aufglomm und weitergetragen wurde, um direkt zu brennen.

Zuerst hatte sich Edna dagegen gewehrt, doch dann hatte sie zugestimmt. Ja, Melina sollte das tun, wovon sie immer nur geträumt hatte, weil sie bisher zu feige dazu gewesen war.

Jetzt waren die Mordgespenster frei. Dreimal schon hatten sie zugeschlagen.

Ein viertes Mal sollte folgen!

Diesmal eine Frau. Auch die war damals dabeigewesen, und wie Edna ihre Tochter kannte, würde es der ein großes Vergnügen bereiten, Mary Sinclair vom Tod ihres Sohnes zu berichten.

Endlich bekamen sie das, was ihnen zustand. Zu arrogant waren sie gewesen, obwohl sie immer nett und freundlich taten, aber das war nur Tünche. Tatsächlich dachten sie anders über die Carringtons, wie auch die übrigen Einwohner in der kleinen Stadt.

Dafür sollten sie sterben. Vor allen Dingen die Frau.

Das Rauschen wurde lauter. In der Nähe floß der Bach vorbei. Seine Quelle befand sich irgendwo in den Hügeln. Auf dem Weg ins Tal füllte er sich immer mehr und schäumte dann über die Steine seines Bachbetts hinweg.

Wie oft hatte Melina hier am Bach gesessen, direkt neben dem Friedhof. Sie hielt stumme Zwiesprache mit den Toten, denn sie waren ihre besten Freunde.

Vor allen Dingen hatte sie das Grab des Vaters besucht. Dort befand sich auch ihr Versteck, und von ihrem grausamen Geheimnis wußte nur die Mutter.

Sie selbst war nicht dabeigewesen, als sie sich den Sarg geholt hatte, um die Leiche darin zu verstecken. Ja, sie wußte genau, was sie wollte, und Iris, die Schwester, ahnte von nichts. Sie wußte nicht einmal, daß sich Melina im Haus aufhielt. Tagsüber lebte das Mord-Mädchen im Keller, und nachts, wenn Iris durch das heimliche Zugeben von Schlaftabletten ins Essen fest schlief, dann kam sie hervor und unternahm ihre Streifzüge.

Der Weg wurde besser. Er führte leicht bergan. Die vor ihrer Mutter laufende Melina änderte ihr Tempo nicht. Eine unbändige Kraft trieb sie voran.

Noch eine Kurve, dann konnten sie das Haus der Sinclairs bereits erkennen.

Melina war stehengeblieben. Ihre Gestalt verschwamm in der Dunkelheit. Sie hob den Arm und deutete auf das Haus. »Es brennt Licht«, flüsterte sie.

»Die Sinclairs sind da«, sagte ihre Mutter.

Melina kicherte hohl. »Und sie ahnen nicht, was ihnen alles bevorsteht.«

»Nein, mein Kind, das tun sie nicht.«

»Wir sollten den normalen Weg nehmen, denn sie werden denken, ich wäre Iris.«

Edna nickte. Sie war voll und ganz mit dem Vorschlag einverstanden. Ihre Hand verschwand in der rechten Tasche des Anoraks, den sie sich kurz vor dem Verlassen des Hauses noch übergeworfen hatte. Fünf Finger umspannten den Griff der Armee-Pistole. Das Magazin war mit Kugeln gefüllt. Nichts konnte mehr schiefgehen. Die Frau war dem Tod geweiht, aber sie sollte nicht im Haus sterben, für sie hatte sich Melina einen besonderen Ort ausgesucht.

Sie erreichten den Platz vor dem Haus. Dort stand der

Bentley aus London. Die Scheiben waren noch zersplittert, sie brauchten nicht neu eingesetzt zu werden, der Fahrer würde sein Auto sowieso nicht mehr benutzen. Er war bereits ertrunken.

Sie schritten die Treppe hoch. Nebeneinander gingen sie. Die Lampe über dem Eingang warf ihren Schein auch auf ihre Gesichter. Obwohl das Licht einen warmen Ton zeigte, konnte es die harten Linien in den Mienen der beiden Frauen nicht übertünchen.

»Willst du?« fragte Melina.

»Ja, ich werde schellen.«

Edna Carrington legte ihren Daumen auf den Knopf der Klingel und drückte kräftig. Sie hörte die Glocke im Innern, auch die festen Schritte, und lächelte.

Horace F. Sinclair zog die Tür auf. Sein Gesicht zeigte Überraschung, denn mit dem Besuch hatte er wirklich nicht gerechnet, sondern mit der Rückkehr seines Sohnes.

»Sie?« fragte er erstaunt.

»Ja, Sir«, erwiderte Edna Carrington artig. »Ich hoffe, wir kommen nicht allzu ungelegen.«

»Nein, nein, bitte.« Sinclair gab den Weg frei.

Mutter und Tochter betraten das Haus.

»Wer ist es denn?« rief Mary von oben.

»Die Carringtons«, antwortete Sinclair.

»Wieso? Ich ...« Schritte, die lauter wurden, als Mary Sinclair die Stufen nahm.

Edna und Melina waren in der großen Diele stehengeblieben. Bewußt gaben sie sich ein wenig verlegen und hatten die Blicke gesenkt.

»Sicherlich hat Ihr Besuch etwas mit dem Fall zu tun«, begann Horace F. Sinclair.

»Das ja.«

»Leider ist mein Sohn noch nicht zurück. Er muß doch bei Ihnen gewesen sein – oder?«

»Das war er«, gab Edna zu.

»Und?«

»Er ist wieder gegangen, Sir.«

»Wissen Sie, wohin?« fragte Sinclair, wobei in seinen Augen Sorge stand.

»Das wissen wir auch nicht, Sir. Er hat nur gesagt, wir sollten zu Ihnen kommen, weil er die Lösung des Rätsels inzwischen gefunden hätte.« Die Worte flossen der Mutter glatt über die Lippen, während das rothaarige Mädchen daneben stand und sich aus allem heraushielt. Melina ließ ihre Mutter reden.

»Wenn mein Sohn das gesagt hat, wird es wohl seine Richtigkeit haben«, meinte Sinclair und deutete auf die Sitzgruppe. »Nehmen Sie doch Platz. Es wird nicht lange dauern.«

»Dann wissen Sie schon, wann er kommt?«

»Nicht genau.«

Edna schaute auf ihre Uhr. »Aber wir haben nicht viel Zeit.«

»Das verstehe ich nicht. Wenn mein Sohn Ihnen gesagt hat, daß Sie warten mögen, dann ...«

»Sie verstehen vieles nicht, Sinclair«, sagte Edna und gab ihrer Tochter ein Handzeichen.

Das Mädchen trat zur Seite.

Sinclairs Stirn legte sich in Falten. »Was verstehe ich nicht, Mrs. Carrington?«

»Das«, erwiderte sie, zog ihre Pistole und richtete die Mündung auf Horace F. Sinclair ...

Der war völlig perplex. Er schüttelte den Kopf, schaute zuerst die Frau an und dann das Mädchen.

In Ednas Gesicht zuckte nicht ein Muskel, doch das Mädchen hatte sich verändert. Es hob den Kopf, und sein Gesicht war nur noch eine Mordmaske.

»Iris!« stöhnte Horace F. Sinclair.
»Sie ist nicht Iris«, sagte Mrs. Carrington.
Und dann pfiff ihre Tochter das Lied. Zuerst nur die Melodie. Nach einigen Takten sang sie den Text.
»My Bonnie is over the ocean ...«
In diesem Augenblick fiel die Klappe. Und Horace F. Sinclair begriff. »Du bist nicht Iris«, flüsterte er, »sondern Melina, die Zwillingsschwester.«
»Genau« sagte die Mutter.
»Mein Gott, warum bin ich nicht früher darauf gekommen? Aber Melina muß in der Anstalt sein.«
»Nein, das ist sie nicht. Ich habe sie herausgeholt. Ich kenne einen Arzt. Früher, als er noch nicht so bekannt war, da hat er mich immer besucht. Er zahlte für mich. Als man meine Tochter einlieferte, sah ich ihn wieder. Von der Vergangenheit wollte er nichts mehr wissen, aber ich. Vergessen hatte ich nichts. Früher habe ich ihm jeden dreckigen Gefallen getan, nun präsentierte ich ihm die Rechnung, denn jetzt war er an der Reihe, alles zurückzuzahlen. Und das tat er.«
Tief atmete der Anwalt durch. Dann drehte er den Kopf und schaute auf seine Frau.
Mary stand dicht vor der Treppe. Sie hatte die Hände ineinander verkrampft, totenbleich war das Gesicht.
»Ja«, flüsterte Melina, »sieh sie dir nur genau an, Sinclair, denn du wirst sie jetzt zum letzten Mal sehen.«
»Wollen Sie uns töten?«
»Genau das«, erwiderte Edna Carrington. »Sie werden sterben, alle beide. Vor allen Dingen Ihre Frau. Denn sie war dabei gewesen, als man meine Tochter in die Anstalt schickte.«
»Zu Recht«, sagte der Anwalt, »sie war wahnsinnig und zu einer Gefahr für die Allgemeinheit geworden. Das mußte geschehen, denn sie hatte den Tod ihres Vaters nicht verkraftet.«

Dumpf klang die Stimme der Frau, als sie sagte: »Damals habt ihr mir meine Tochter genommen. Heute habe ich euch den Sohn entrissen.«

»John!« schrie Mary. »Was ist mit ihm?«

»Er ist ersoffen wie eine elende Ratte, dieser dreckige, miese Bulle!«

»Neiinnn!« Der Schrei der alten Dame zitterte durch die Halle. Mary Sinclair schwankte. Sie preßte ihre Hände gegen die Brust, wo das Herz schlug

»Mary!« rief ihr Mann. »Mary, ich …«

Er wollte zu seiner Frau eilen, doch Ednas Befehl stoppte ihn. »Ich bin noch nicht fertig, Horace F. Sinclair. Du sollst alles wissen. Denk mal nach. Wer war alles damals dabei? Wer hat dafür gestimmt, daß Melina in die Anstalt kam?«

Mein Vater antwortete mit tonloser Stimme. »Der Nachtwächter, dann McGovern, der Küster und meine Frau.«

»Genau vier Personen!«

»Aber warum habt ihr dann Vic getötet und nicht seinen Vater?«

»Der Alte ist nicht greifbar. Er befindet sich auf einer Geschäftsreise. Wir nahmen ihm den Sohn, denn er hat dafür gesorgt, daß man mir die Tochter wegholte.«

Der Anwalt schüttelte den Kopf. »Das kann man doch alles nicht so sehen …«

»Wir können es!« Die Antwort klang hart, unerbittlich und endgültig. Horace Sinclair wurde bewußt, daß er mit Gnade nicht zu rechnen hatte. Wie brutal die beiden waren, hatten die drei Morde schließlich bewiesen.

Horace F. Sinclair war ein mutiger Mann. Das hatte er in seinem Leben schon des öfteren unter Beweis gestellt. Er reckte sich und fragte mit fester Stimme: »Was haben Sie vor?«

Edna zog die Lippen zurück, grinste wölfisch und erwiderte: »Wir werden Sie töten. Ich gebe Ihnen die Kugel, aber Ihre Frau nehmen wir mit. Sie wird Melinas Geheimnis kennenlernen und einen netten Platz auf dem Totenacker bekommen.«

»Sie sind verrückt!« stieß mein Vater hervor.

Edna Carrington lachte böse.

Und Melina sang das kleine Lied. »My Bonnie is over the ocean ...«

Ja, Sinclair kannte es. Sie hatte es auch gesungen, bevor sie in die Anstalt eingeliefert wurde. Es war das Lieblingslied des verstorbenen Vaters gewesen. Er hatte es ihr beigebracht, sie den Text gelehrt, und zusammen hatten sie es gesungen.

»My Bonnie is over the ocean ...«, sagte Edna hart. »Für Sie, Sinclair, wird es die letzte Reise ...«

»Nein, bitte, ich ...«

Die Frau schoß.

Mein Vater sah die kleine Flamme vor der Mündung. Er wollte es nicht glauben, hörte den Schrei seiner Frau und spürte den Einschlag der Kugel.

In die Brust traf ihn das Geschoß. Er erhielt einen furchtbaren Stoß, der ihn durchschüttelte, dabei riß er den Mund auf und holte röchelnd Luft. Plötzlich konnten seine Beine die Last des Körpers nicht mehr tragen. In den Knien knickte er ein, Schwindel erfaßte ihn, und das Zimmer drehte sich vor seinen Augen. Schwer krachte er zu Boden und blieb auf der Seite liegen.

Aus der Schußwunde quoll Blut und versickerte im Jackett.

Mary Sinclair hatte den Vorgang mit weit aufgerissenen Augen verfolgt. Jede Einzelheit prägte sich bei ihr ein. Sie zitterte vor Angst, dann, als sie ihren Mann fallen sah, öffnete sich ihr Mund. Der Schrei drang nicht hervor. Zum erstenmal bekam meine Mutter zu spüren, wie kalt und erbarmungslos Melina Carrington reagieren konnte.

Mit zwei Sprüngen hatte sie die ältere Frau erreicht. Dabei fauchte sie wie eine Wildkatze und zog ihr gefährliches Messer, dessen Klinge noch die Reste des getrockneten Blutes aufwies. Im nächsten Augenblick zitterte die Messerspitze nur eine Daumenbreite vor der Kehle von Mary Sinclair.

»Sei ruhig, Alte«, flüsterte das Mädchen, »sonst zerschneide ich dir die Kehle!«

Wie sie das sagte, ließ keinen Zweifel aufkommen, daß sie es auch ernst meinte.

Meine Mutter hatte Angst. Sie stand stocksteif da und wagte nicht, sich zu bewegen.

»Alles okay?« fragte Edna.

»Ja, wir können.«

»Dann laß sie vorgehen.«

Steinern war Mary Sinclairs Gesichtsausdruck, als sie auf die Tür zuschritt. Sie passierte ihren am Boden liegenden Mann und spürte in ihrem Rücken den Druck der Messerklinge.

Horace war tot, John, ihr Sohn, ebenfalls. Lohnte es sich für sie überhaupt noch, am Leben zu bleiben?

»Öffne die Tür!« befahl Edna. Sie ging neben Mary Sinclair und hielt ihre Waffe schußbereit.

Meine Mutter gehorchte. Kühle Luft traf ihr Gesicht, und der Wind brannte in den von Tränen umflorten Augen ...

Ich hatte alles versucht – umsonst.

Jede Möglichkeit wurde von mir ausgeschöpft. Ich tauchte in die Tiefe, gab mir anschließend selbst Schwung, um wieder an die Oberfläche zu schießen. Dabei hielt ich dann die Arme ausgestreckt und rammte die Hände unter die Platte.

Ohne Erfolg.

Sie blieb liegen, bewegte sich zwar etwas, aber ich konnte sie nicht in die Höhe stemmen.

Der Luftmangel nahm zu. Klar, daß dieser Vorrat nicht ewig hielt. Der vorhandene Sauerstoff verbrauchte sich eben zu schnell, so daß ich schon die erste Atemnot hatte, als ich es noch einmal versuchte.

Diesmal nahm ich nicht nur die Hände zu Hilfe, sondern auch die Knie.

Ein tiefes Einatmen, das letzte Zusammensuchen der Kräfte, dann los!

Der Eisendeckel bewegte sich. Ich vernahm das Knirschen. Spaltbreit wurde er hochgehoben. Ich steigerte meine Bemühungen noch mehr – und schaffte es nicht.

Der Deckel fiel zurück.

Gleichzeitig tauchte ich unter. Kraftlos, erschöpft. Noch rechtzeitig hatte ich den Mund geschlossen, so daß kein Wasser in meinen Rachen drang.

Noch mit angezogenen Knien trudelte ich dem Grund des Sickerschachtes entgegen. Als meine nach unten ausgestreckte Hand im Schlamm versank, war das so etwas wie ein Anstoß.

Ich mußte wieder hoch.

Aufgeben! Gib doch auf. Während mich matte Schwimmbewegungen an die Oberfläche brachten, hämmerte die Versuchung in meinem Schädel. Der innere Schweinehund wurde stärker.

Sollte ich in diesem verdammten Schacht wirklich mein Leben aushauchen? Was Dämonen und Geister nicht geschafft hatten, das sollte eine normale Frau fertigbringen? Mich zu ertränken wie ein Tier, das nicht schwimmen konnte?

Ich schwamm noch. Atemnot peinigte meine Lungenflügel. Ich glaubte schon, sie würden platzen.

Ich tauchte auf, öffnete den Mund und schnappte verzweifelt nach Luft ...

Fast wäre ich wieder in die Tiefe gesackt, so überrascht war ich. Soeben noch gelang es mir, die Arme vorzustrecken und mich mit den Fingern am Rand der Grube festzuklammern.

Ich war gerettet. Jemand hatte den verfluchten Eisendeckel von der Schachtöffnung entfernt.

Ich atmete durch. Herrlich, wie gut das tat. Meine Lungenflügel schmerzten dennoch entsetzlich. Von allein war die Platte sicherlich nicht zur Seite geschoben worden. Ich schaute nach links und sah sie.

Iris Carrington!

Sie stand da und starrte auf mich nieder. Sie hatte die Eisenplatte hochgekantet und weinte.

»Okay, Kleines«, sagte ich, »keine Bange, ich bin wieder fit.« Ich redete bewußt so lässig und gab meine Schwäche nicht zu.

Im nächsten Augenblick erschrak ich, denn Iris trat zur Seite und ließ die Platte kurzerhand fallen. Dann ging sie in die Hocke und half mir aus dem Wasser.

Es gelang erst beim zweiten Versuch. Völlig ermattet blieb ich liegen und erholte mich nur mühsam. Zuerst mußte ich meinen Atem unter Kontrolle bringen. Als das einigermaßen gelungen war, stand ich auf. Ich schwankte wie ein Betrunkener nach einer durchzechten Nacht.

Iris stützte mich. Dabei sprach sie.

»Ich habe es nicht gewußt«, schluchzte sie. »Erst heute ist mir klargeworden, welche Bestien sie sind. Ich wußte auch nicht, daß meine Schwester hier ist. Sie hat sie vor mir versteckt, und nachts habe ich immer geschlafen. Vorhin erst entdeckte ich die Tabletten, die mir meine Mutter jeden Abend in das Essen tat. Es ist schrecklich. Bitte, Mr. Sinclair, Sie müssen mir glauben.«

»Ich glaube dir, Mädchen.« Mittlerweile hatte ich mich soweit erholt, daß ich wieder allein stehen konnte. »Weißt du, wo sie hingegangen sind?« wollte ich wissen.

»Ich glaube schon. Zu Ihren Eltern!«

Erst jetzt fielen mir die letzten Worte der Frau ein, die ich vernommen hatte, bevor die Klappe zufiel.

Sie wollte die »Alte« töten.

Damit war meine Mutter gemeint.

Ich wußte nicht genau, wieviel Zeit vergangen war, aber große Hoffnung hatte ich nicht. Nur noch Angst um meine Eltern!

»Bleib du hier«, sagte ich zu Iris. »Ich muß zu ihnen.«

»Aber Sie können nicht ...«

»Doch, ich kann!«

Das letzte Wort war kaum ausgesprochen, da rannte ich bereits mit eingezogenem Kopf durch den Keller. Noch immer fühlte ich mich wie gelähmt, war in meinen Bewegungen eingeschränkt, doch das Gehirn arbeitete. Ich spielte mit dem Gedanken, die Polizei anzurufen, ließ es jedoch sein. Bis Sergeant McDuff und seine Leute da waren, hatte ich das Haus auch erreicht.

Die kühle Luft ließ mich allmählich wieder munter werden. Zum Glück hatte ich mir den Weg gemerkt, den ich gekommen war. So brauchte ich wenigstens nicht lange zu suchen.

Ich rannte los.

Leider kannte ich keine Abkürzungen, so mußte ich auf dem Weg bleiben und konnte nicht quer durchs Gelände laufen.

Schließlich sah ich das Haus. Licht brannte in den unteren Räumen und über der Eingangstür.

Ich hastete die Treppe hoch. Ein schrecklicher Verdacht stieg in mir hoch, als ich sah, daß die Tür offenstand.

Ich drückte sie noch weiter auf, bildete selbst einen Schatten im herausfallenden Lichtschein, übertrat die Schwelle und stand in der Diele.

Der Schock traf mich mit der Wucht eines Keulenschlags.

Mein Vater war gar nicht zu übersehen. Er lag am Boden, hatte mir sogar das Gesicht zugedreht, und ich sah das Blut, das aus einer Wunde an der Brust sickerte und sich im Jackett verlief. Blaß war das Gesicht meines Vaters, leichenblaß ...

Ich unterdrückte einen Aufschrei, war mit zwei großen Schritten bei ihm und ging neben ihm in die Knie.

War er tot?

Die Einschußwunde saß ziemlich hoch, zudem an der rechten Seite, aber trotzdem in der Brust. Ich traute mich kaum, nach seinem Herzschlag zu fühlen.

Das Herz schlug!

Wirklich, Freunde, es schlug. Mein Vater war nicht tot. Die Kugel hatte ihn nur schwer verletzt.

Ich jagte zum Telefon, denn ich brauchte einen Arzt. Der Kloß, den ich vorher im Hals gehabt hatte, war weg.

Unter dem Telefon lag ein Verzeichnis mit Nummern. Ich fand auch die eines Arztes und drückte mit zitternden Fingern die Knöpfe des Tastenapparats.

Der Mann meldete sich schnell. Ich sagte meinen Namen und wer ich war. Der Doc zeigte sich überrascht und war noch überraschter, als ich ihm erzählte, was vorgefallen war.

»Ich bin in wenigen Minuten bei Ihnen«, erklärte er.

Mir blieb die Wartezeit. Meine Mutter fiel mir ein. Himmel, was war nur mit ihr geschehen? Im Haus hatte ich sie nicht gesehen, sie mußte vielleicht verschleppt worden sein – oder?

Ich jagte die Treppe nach oben. Leider kannte ich mich nicht aus, öffnete Türen, warf sie zu, doch meine Mutter fand ich nicht.

Ich lief wieder nach unten.

Mein Vater lag jetzt auf dem Rücken. Hatte er sich von selbst herumgerollt?

Sofort war ich an seiner Seite, kniete mich nieder, schaute

in sein Gesicht und sah das Erstaunen in den noch klar blickenden Augen.

»John?« flüsterte mein Dad. »Du bist nicht tot?«

»Nein, ich habe es geschafft.«

»Deine Mutter …«

»Was ist mit ihr?«

Das Gesicht meines alten Herrn verzog sich. »Sie – sie haben deine Mutter verschleppt.«

»Wohin, Dad?«

»Zum Friedhof, glaube ich. Es sind Zwillinge. Das Mädchen – hat – ein …« Mein Vater öffnete den Mund. Röchelnd sog er die Luft ein.

»Bleib ruhig, Dad«, sagte ich. »Der Arzt ist bereits unterwegs. Ich habe ihn angerufen.«

»Ja, John …«

Das waren seine letzten Worte.

Plötzlich verfiel er, sein klarer Blick verschwamm, und für Sekunden glaubte ich, einen Toten vor mir zu haben. Als ich genauer nachschaute, stellte ich fest, daß er nur bewußtlos war.

Ich stand auf, griff zur Zigarettenschachtel, merkte, daß sie feucht war, und schleuderte sie weg. Auch mein Anzug klebte mir am Leib. Es war nur noch ein Lappen. Ich würde mir sicherlich eine Erkältung einfangen, falls ich sie nicht schon hatte.

Endlich hörte ich das Knirschen der Reifen draußen auf dem Belag. Ein Wagen fuhr an und drehte die Runde, bevor er neben dem Eingang stoppte.

Ich riß die Haustür auf und sah, wie ein älterer Mann das Fahrzeug verließ. Elastisch eilte er die Stufen hoch, nickte mir kurz zu und kümmerte sich sofort um meinen Vater.

»Kann ich gehen, Doc?«

Er schaute mich an und blieb neben der Leiche liegen. »Sie sind der Sohn, nicht?«

»Ja.«

»Es sieht nicht gut aus für Ihren Vater, und da wollen Sie verschwinden?«

»Genau.«

»Und warum?«

»Es geht um meine Mutter, Doc. Ich will nicht, daß sie vielleicht auch noch stirbt. Reicht das als Antwort?«

»Entschuldigen Sie.«

Ich ging und hoffte, daß beide Eltern es überleben würden ...

Früher war er mal benutzt worden. Damals hatte Lauder auch nur die Hälfte der Einwohnerzahl aufzuweisen gehabt, da hatte ein Friedhof ausgereicht. Als dieser jedoch zu klein wurde, errichtete man hinter der Kirche den zweiten Gottesacker.

Der alte Friedhof wurde nie planiert, obwohl die Stadtväter das sogar vorgesehen hatten. Irgend etwas kam immer dazwischen, und später hatte man ihn einfach vergessen.

Als letzter war ein gewisser Earl Carrington dort begraben worden. Ednas Mann und Vater der Zwillinge, an dem Melina so abgöttisch gehangen hatte.

Seinen Tod hatte sie nie überwinden können. Sie war wahnsinnig geworden, hatte bei der Beerdigung durchgedreht und wurde weggebracht. Später kam sie dann in die Anstalt. Dort hatte sie in einer Zelle gesessen und immer nur stumpf brütend die Wand angestarrt. Sie aß gerade soviel, um nicht zu verhungern, doch ihr Gehirn arbeitete zu der Zeit furchtbare Rachepläne aus.

Vier Leute hatten dafür gestimmt, daß man sie in die Anstalt brachte.

Diese vier sollten sterben.

Allein schaffte sie es nicht, das war ihr klar, deshalb hatte sie ihre Mutter eingeweiht. Sie redete intensiv und lange auf Edna Carrington ein, bis diese schließlich zustimmte. Das Mädchen hatte es geschafft, auch ihre Mutter gegen die Bewohner der kleinen Stadt Lauder aufzuhetzen. Gemeinsam schmiedeten sie einen Plan, den sie bis zur letzten Konsequenz durchführten. Melina änderte ihr Verhalten. Sie wurde gehorsamer, fügte sich und verschaffte sich so Vergünstigungen. Sie konnte im Park spazierengehen, durfte mal in der Küche aushelfen, und selbst die Ärzte wunderten sich über die rasche »Heilung«.

Dabei ahnten sie nicht, daß sich in Melina ein viel größerer Haß aufgestaut hatte als früher.

Schließlich war es soweit. In einer dunklen Nacht sorgte Edna dafür, daß das Mädchen die Zelle verlassen konnte. Natürlich hatte man Melina gesucht, doch Edna hatte für ein gutes Versteck gesorgt, so daß ihre Tochter nicht zu finden war.

Die Polizisten zogen wieder ab. Und Melina konnte ihren Rachezug beginnen.

Jetzt befand sie sich wieder dort, wo sie Vic McGovern getötet hatte.

Auf dem Friedhof!

Bei ihr waren Edna und das letzte Opfer. Mary Sinclair, die Frau, die ebenfalls dafür gestimmt hatte, sie in eine Anstalt zu stecken. Mit dem Tod sollte sie dafür büßen.

Sie hatten das Grab erreicht. Zu dritt waren sie davor stehengeblieben, und Mary spürte den Druck der Mündung in ihrem Rücken. Edna hielt die Waffe fest, während Melina ihr langes Messer ebenfalls nicht aus der Hand gelegt hatte.

»Sieh genau hin!« flüsterte sie und deutete auf das Grab, das nicht eingeebnet, sondern aufgewühlt war. Als hätte jemand auf dem Grab herumgetrampelt.

»Da hat er gelegen!« zischte Melina. »Da hat er gelegen, und ihr seid schuld daran.«

Mary Sinclair hob den Blick. Sie schaute das Mädchen an und auch die gefährliche Messerklinge, die sich nicht weit von ihrem Gesicht entfernt befand.

»Nein, Melina«, erwiderte sie. »Wir tragen nicht die Schuld am Tod deines Vaters. Er ist verunglückt.«

»Ihr hättet ihm eine andere Arbeit geben sollen.«

»Er hat sie sich ausgesucht.«

»Es ist doch egal!« ließ sich Edna vernehmen. »Du kannst Dad nicht mehr lebendig machen, aber wir werden ihn rächen. Hier, heute und jetzt. Auch die letzte muß sterben.«

»Ja, ja, ja!« Melina grinste wölfisch. »Sie wird sterben. Ich will es so!«

Obwohl meine Mutter Angst hatte, hielt sie sich tapfer. Hochaufgerichtet stand sie da. Ihr Blick glitt an Melina vorbei und erfaßte die hohen Bäume, durch deren Kronen der Nachtwind fuhr. Der Himmel war dunkel. Er hatte eine schwarzgraue Farbe angenommen. An den Hängen lag der nächtliche Dunst. Nicht ein Stern blinkte am Himmel. Auch der Mond war nicht zu sehen, dafür türmten sich Wolken auf, die wie dunkle Ungeheuer aussahen und von den hohen Winden langsam weitergetrieben wurden, hinweg über die Berge in Richtung Meer.

Der Friedhof war ziemlich verwildert. Das Gras wuchs fast kniehoch, Buschwerk hatte sich ausgebreitet, von den meisten Gräbern war kaum etwas zu sehen. Der Boden war feucht. In der Nähe gurgelte der Bach. Hinter den Gräbern fiel das Gelände etwas ab. Ein Hang führte zum Bachufer hin.

»Hier hat er gelegen«, murmelte das Mädchen und schluchzte auf. »In diesem feuchten Grab, aber ich wollte es nicht. Wirklich nicht. Ich wollte ...«

»Sei ruhig, Melina, denk an deine Aufgabe.« Ednas Stimme unterbrach das Mädchen.

Melinas Kopf ruckte herum. »Ja, Mummy«, erwiderte sie.

»Daran denke ich immer.« Ihre rechte Hand, die das Messer hielt, stieß vor. Die Spitze deutete auf die Brust meiner Mutter, »Du kommst jetzt mit. Für dich habe ich eine besondere Überraschung!«

Edna Carrington wußte Bescheid, wohin sich ihre Tochter wenden wollte. Sie stieß mit der Mündung härter zu. Mary Sinclair schritt an dem vor ihr liegenden Grab vorbei.

Dahinter lag ein blühender Unkrautgürtel, jenseits davon fiel der Hang zum Bach hin ab.

Melina ging vor. Sie hatte es auf einmal eilig, weil sie es kaum erwarten konnte, früh genug den Platz zu erreichen, der ihr Lieblingsort war.

Schon bald standen sie am Ufer. Das Wasser hüpfte über hochkant stehende Steine, wurde gebrochen, und auf seiner Oberfläche bildete sich heller Schaum. In Streifen lief er davon, und die kleinen Blasen zerplatzten irgendwann. Der Boden war naß. In den Trittstellen sammelte sich das Wasser.

Sie wandten sich nach rechts. Parallel zum Ufer gingen sie, und bereits nach wenigen Schritten war der etwas dunklere Hügel zu erkennen, der sich wie ein gewaltiger Ameisenhaufen vom Boden abhob.

Melina lief vor, denn sie hatte es jetzt noch eiliger. Fast wäre sie ausgerutscht. Mit den ausgebreiteten Armen fand sie das Gleichgewicht zurück.

Mary Sinclair ging langsamer. Eine Fluchtchance hatten ihr die beiden Frauen nicht gelassen. Zu nahe war ihr Edna Carrington auf den Leib gerückt.

»Kommt, kommt!« flüsterte Melina heiser. Sie stand neben dem Hügel und konnte es kaum erwarten. Ihr Gesicht leuchtete in der Dunkelheit wie ein blasser Fleck.

Als Mary Sinclair näher kam, sah sie, daß es kein normaler Hügel war, vor dem sich Melina aufhielt, sondern ein selbst erstellter, gebaut aus Buschwerk, Zweigen und starken Ästen. Ähnlich den Behausungen der Naturvölker.

Sogar einen Eingang gab es. Vor der Öffnung hing ein altes Stück Sackleinen, das sich im Nachtwind bewegte und dabei seltsame Schatten warf.

Melina hatte ihre rechte Hand in den Stoff gekrallt. Als die beiden Frauen zwei Schritte entfernt waren, riß sie ihn zur Seite und gab eine düstere Öffnung frei.

»Da hinein!« flüsterte sie.

Edna Carrington reagierte. Mit der linken Hand stieß sie Mary Sinclair vor, so daß diese auf die Öffnung zutaumelte.

Dann verschwand sie in der primitiven Behausung.

Im nächsten Augenblick gellte ihr Schrei auf!

Bisher hatte sich meine Mutter beherrschen können, doch nun war es damit vorbei. Denn was sie sah, war so schrecklich, daß ihr Gehirn es nicht fassen konnte.

Trotz der Dunkelheit konnte Mary Sinclair erkennen, daß das Wesen vor ihr ein Mensch war.

Nein, gewesen war, denn nur die Augen schimmerten seltsam hell wie zwei kleine Birnen.

Es war ein Monster, ein Skelett!

Oder?

Melina huschte an ihr vorbei. Sie war kaum zu hören, nur ihr Atem flog.

»Gleich«, flüsterte sie, »gleich wirst du ihn genau sehen können. Warte noch, du kannst ihn begrüßen!« Sie kicherte irr.

Ja, sie war wahnsinnig. Sehr deutlich kam dies nun zum Vorschein. Und Edna Carrington sagte kein einziges Wort. Sie stand stumm hinter Mary Sinclair und hielt die alte Armee-Pistole in der rechten Hand.

Melina bewegte sich. Etwas ratschte, ein winziges Flämmchen zuckte auf und wanderte weiter, bis es größer wurde und an einem Kerzendocht weiterbrannte.

Meine Mutter konnte nicht viel sehen, denn Melina schritt vor der Kerze her. Abermals zündete sie ein Streichholz an, das gleiche Spiel begann von vorn, und rechts neben dem grausamen Spukbild brannte der zweite Kerzendocht.

Melina Carrington warf das Zündholz zu Boden und drehte sich um. Sie breitete die Arme aus.

»Da!« rief sie. »Sieh ihn dir genau an. Es ist der, den ihr begraben habt. Mein Vater!«

Wieder rannte ich.

Meine Kleidung war noch längst nicht trocken. Feucht klebte sie an meinem Körper, aber das waren Kleinigkeiten, um die ich mich jetzt nicht kümmern konnte. Ich mußte retten, was noch zu retten war.

Mein Atem ging keuchend. Es war kühler geworden, und ich sah die Wolke vor meinem Mund. Manchmal rutschte ich aus, wobei ich mit beiden Armen ruderte, um das Gleichgewicht zu halten, doch ich blieb auf den Beinen.

Bisher hatte ich den alten Friedhof noch nicht gesehen, sondern nur von ihm gehört.

Ich jagte weiter.

Nach weiteren zwei Minuten hatte ich den Rand des Friedhofs erreicht. Ich hörte auch den Bach. Er lag links von mir. Vor mir befand sich der Totenacker.

Am liebsten hätte ich ihn gestürmt, denn ich machte mir schreckliche Sorgen um meine Mutter, und auch das Schicksal meines Vaters wollte mir nicht aus dem Kopf. Deshalb war es schwer für mich, nicht einfach loszustürmen, sondern erst einmal die Lage zu sondieren.

Zur Hälfte hatte ich hinter einem Baumstamm Deckung genommen. Ein schief nach unten wachsender Zweig strich gegen meine Stirn, und ich bog ihn zur Seite.

Mein Blick tastete sich vor, er glitt über den Friedhof, und ich sah nichts. Weder von meiner Mutter noch von Melina und Edna Carrington war eine Spur zu entdecken.

Enttäuschung fraß in mir. Hatte sich mein Vater vielleicht verhört? Waren die drei gar nicht auf diesen Friedhof gegangen? Wenn das zutreffen sollte, dann war alles umsonst gewesen, denn ich wußte nicht, wo ich sonst noch suchen sollte.

Hinter dem Baumstamm wollte ich nicht mehr bleiben, und so ging ich weiter vor.

Das Gras war feucht und berührte meine Hosenbeine. In der rechten Hand hielt ich die Beretta, hatte den Arm allerdings gesenkt, und die Mündung zeigte zu Boden.

Es war still.

Keine Stimmen, kein fremder Laut, der nicht in diese unheimliche Atmosphäre paßte.

Nur der Nachtwind strich über den alten Totenacker. Er bewegte die Zweige der Bäume, spielte mit den Blättern und rieb sie gegeneinander.

Geräusche, wie sie normal waren, nicht ungewöhnlich und auch nicht verdächtig.

Es gab noch Grabsteine. Sie waren vermoost und überwachsen, manchmal ragten sie aus der Erde, andere wiederum hatten sich nicht halten können und waren umgekippt.

Die Holzkreuze waren längst verwittert. Wenn überhaupt sah ich von ihnen nur Fragmente.

Wo konnten sie sein?

Als ich die andere Seite des Totenackers erreichte, hatte ich noch immer keine Spur gefunden.

Enttäuscht blieb ich stehen. Mein Vater schien sich geirrt zu haben. Meinte er vielleicht doch den anderen Friedhof?

Ich bewegte mich ein paar Schritte auf die Rückseite des Friedhofs zu und blickte einen kleinen Hang hinab, an dessen Ende der Bach floß.

Dunkelheit.

Bizarre Schatten von Büschen und Sträuchern wurden zu unheimlichen Gebilden. Nichts für ängstliche Gemüter.

Dann sah ich das Licht.

Genau rechts von mir schimmerte es. Ein schwacher, flackernder Schein.

Auch glaubte ich Stimmen zu hören.

Ich lauschte.

Nein, das war keine Halluzination, sondern echt.

Ich hatte sie gefunden!

Es war Melinas Vater!

Mary Sinclair zitterte plötzlich. Sie wäre am liebsten in den Boden versunken, nur weg von der Stätte des Schreckens, denn was sie hier erlebte, war schlimm. Dieses Mädchen war dem Wahnsinn verfallen, sie spielte mit dem Grauen und konnte nicht mehr unterscheiden, was real und Traum war.

Ihr Vater, Earl Carrington, war ein realer Alptraum!

Das Kerzenlicht fiel von zwei Seiten auf die schaurige Gestalt und leuchtete sie an. Die Flammen brannten nicht ruhig, durch die Ritzen dieser primitiven Hütte flüsterte der Wind, bewegte das Feuer und schuf ein gespenstisches Wechselspiel zwischen Licht und Schatten, das auch auf das Skelett fiel.

Es war ein Skelett, kein Zombie.

Aber ein verändertes.

Melina hatte ihren Vater angezogen. Der Tote trug seine Sonntagskleidung, einen schwarzen Anzug mit feinen, hellen Nadelstreifen. Er war noch nicht völlig verwest, und an manch tiefer liegenden Stellen des Gesichts waren Klumpen zu erkennen, die einen widerlichen Verwesungsgeruch abgaben.

Melina hatte den Toten auf einen Stuhl gesetzt, die knöchernen Klauen lagen auf den Lehnen, und die blanken Knochenfinger hatten sich um deren Rand gekrallt.

Mary Sinclair schien es, als würde das Skelett sie angrinsen. Das lag an der Mundform und an den noch immer im Oberkiefer steckenden Zähnen.

Mary stöhnte vor Angst und Grauen, während Melina kicherte. Sie war neben dem Skelett stehengeblieben und wiegte ihren Kopf, als würde sie eine ferne Melodie hören.

»Siehst du ihn?« hauchte sie. »Das ist er. Das ist mein Daddy. Auch wenn er nicht mehr mit mir sprechen und singen kann, ist er noch schön.« Sie nickte. »Ja, er ist sehr schön. Ich singe ihm jetzt immer mein Lied vor. Willst du es hören?«

Mary Sinclair schwieg, während eine Gänsehaut über ihren Rücken jagte und sie vor Angst anfing zu zittern.

»My Bonnie is over the ocean – my Bonnie is over the sea ...« Das Mädchen sang, und es tanzte dabei, drehte einen Reigen vor dem Skelett, wobei ihr Gesicht einmal vom Licht berührt wurde und dann wieder im tiefen Schatten lag, so daß der glänzende Augenausdruck dabei verschwand. Auch ihre Arme bewegten sich. Das Messer hatte sie nicht losgelassen. Die Finger der rechten Hand umklammerten es, und wenn die lange Klinge vom Lichtschein getroffen wurde, dann blitzte sie auf.

Melina sang und tanzte. Die Haare flogen dabei, sie wurden regelrecht abgehoben, und das Mädchen befand sich in einer gewissen Euphorie. Es war die überschäumende irreale Freude einer Wahnsinnigen.

Urplötzlich verstummte der Gesang. Gleichzeitig blieb sie stehen, verbeugte sich vor der Leiche und drehte sich um.

Ihr flackernder Blick traf Mary Sinclair. »Jetzt bist du dran!« sagte sie mit fester Stimme. »Nun wirst du für das büßen, was du mir angetan hast. Komm näher, Mary Sinclair, er und ich erwarten dich mit großer Freude.« Die Frau blieb stehen.

»Mach schon!« zischte Edna Carrington und verstärkte den Druck der Mündung.

Das gab den Anstoß. Mary Sinclair schritt auf Melina zu, die sie mit stoßbereitem Messer erwartete. Sie war eine Teufelin, den Maßstab für Recht und Unrecht hatte sie verloren, sie lebte in ihrer eigenen, gefährlichen Welt.

Mary spürte die Angst. Zum erstenmal in ihrem Leben hatte sie Todesangst. Ihre Knie zitterten, wollten nachgeben, und das schien auch die hinter ihr gehende Edna Carrington zu merken, denn sie stieß Mary härter an.

»Warum so langsam?« fragte Melina flüsternd. »Freust du dich nicht darauf, ihn in die Arme schließen zu können? Er wartet auf dich.« Sie griff mit der linken Hand zu und hob einen skelettierten Arm des Toten an.

Die knöcherne Klaue fiel nach unten. Es sah aus, als würde der Tote winken. »Da, er grüßt dich. Er heißt dich willkommen, Mary Sinclair. Umarme ihn!«

Es waren nicht einmal zwei Schritte, die Mary Sinclair von dem Skelett trennten. Stocksteif blieb sie stehen, als sie die Worte vernahm. Es störte sie auch nicht, daß Edna die Mündung hart in ihren Rücken drückte.

»Umarme ihn!« zischte Melina.

»Nein!«

»Hast du nicht gehört?« Edna lachte kalt. »Oder willst du eine Kugel, verdammtes Weib?«

Da senkte Mary den Kopf. Sie schaute auf ihre Zehenspitzen, alles verschwamm vor ihren Augen, und ein Faustschlag traf ihren Rücken, der sie auf das Skelett zutrieb.

Sie fiel gegen den Stuhl, streckte ihre Arme unwillkürlich aus und legte ihre Hände auf die Schultern des Skeletts.

Rauh fühlte sich der Stoff an, und sie sah das halbverweste Gesicht des Toten dicht vor ihren Augen.

Mary Sinclair wurde fast wahnsinnig.

Kreischend lachte Melina. Sie hob einen Arm der Leiche an und legte ihn auf Marys Schulter. Dann lief sie hastig um die Frau herum und tat das gleiche mit dem rechten Arm.

»Sie hat ihn umarmt!« schrie sie in ihrem Wahn. »Sie liebt ihn, sie liebt ihn wirklich …«

Edna Carrington war zurückgetreten. »Jetzt!« keifte sie. »Los, tu es, Melina!«

Das Mädchen fuhr herum. Gebückt blieb es stehen, funkelte seine Mutter an, ein raubtierhaftes Knurren drang aus ihrem halboffenen Mund, die Augen glänzten in einem irren Wahn.

»Jaaaa …!« brüllte sie, hob den rechten Arm und wollte das Messer in den Rücken der Frau stoßen …

Ich schoß.

Melina zuckte zusammen. Blut sprudelte aus ihrer rechten Schulter und rann den Rücken hinab. Der Arm mit dem Messer fiel nach unten, ohne daß die Klinge meiner Mutter auch nur die Haut ritzte.

Ich war im rechten Augenblick erschienen. Die Stimmen hatten mir letztendlich den Weg gewiesen, und so hatte ich diesen schrecklichen Mord an meiner Mutter verhindern können.

Auch ich war geschockt von diesem grauenhaften Anblick, der sich meinen Augen bot.

Meine eigene Mutter in den Armen eines halbverwesten Toten! Das war kaum zu verkraften.

Edna Carrington erfaßte als erste, daß sich die Situation zu ihren Ungunsten verändert hatte. Sie fuhr herum und schwang die Armee-Pistole. Auf einmal schaute ich in die Mündung und sah das verzerrte Gesicht der Frau.

Sie drückte ab.

Ich war zur Seite gesprungen, die Kugel verfehlte mich, aber sie hätte mich wahrscheinlich auch so nicht getroffen. Edna hatte wohl nie in ihrem Leben geschossen. Sie kalkulierte den Rückstoß der Waffe nicht ein, und beim Abschuß wurde ihr die Hand mit der Waffe hochgerissen, so daß die Kugel durch das dünne Dach der primitiven Hütte in den dunklen Himmel pfiff.

Aber sie schwenkte die Pistole. Diesmal richtete sie die Mündung nach unten.

Nahe genug stand sie ja. Mein gezielter Karatetritt hämmerte ihr die Waffe aus der Hand. Das Schießeisen landete irgendwo, dann war ich bei der Frau, packte sie und schleuderte sie herum. Ich hatte soviel Wucht in die Aktion gelegt, daß Edna Carrington aus der Hütte katapultiert wurde und draußen liegenblieb.

Um sie konnte ich mich jetzt nicht kümmern. Meine Mutter und Melina waren wichtiger.

Das rothaarige Mädchen mußte einen Schock erlitten haben. Es stand neben der linken Kerze, hatte den Messerarm gesenkt und starrte wie abwesend zu Boden, auf dem sich das Blut aus seiner Schulterwunde sammelte.

Meine Mutter hing starr vor Angst in den knöchernen Klauen des Skeletts. Ich schleuderte die Totenfinger von ihren Schultern, packte die alte Dame und wollte sie nach draußen schaffen.

Den Ausgang erreichten wir nicht mehr, denn Melina hatte sich von ihrem Schrecken erholt.

Mit einem irren Schrei auf den Lippen kreiselte sie herum. Das Messer hatte sie in die linke Hand gewechselt.

»Daaaddd!« schrie sie. Und noch einmal. »Daaadd!«

Der Schrei ging mir durch Mark und Bein. Ich zuckte zusammen und sah, wie das Mädchen auf ihren toten Vater zusprang.

Sie hatte zuviel Wucht in den Sprung gelegt. Der Stuhl mit

dem Toten kippte um, und auch die Kerzen blieben nicht mehr stehen. Sie fielen auf die Erde, gleichzeitig geriet ein Teil der Hüttenwand ins Wanken, trockene Zweige lösten sich von der Decke, gerieten mit dem Feuer in Berührung und fingen augenblicklich an zu brennen.

Ich ahnte die Katastrophe und sprang vor.

»Daddy!« Ich hörte ihre Schreie, und plötzlich puffte vor mir eine Feuerwand hoch.

Sie schnitt mir praktisch den Weg zu Melina ab. Ich wollte um die Wand herum, als das Feuer bereits bis zur Decke reichte und die Hütte ein einziges Flammenmeer war.

Jetzt galt es, meine Mutter und meine eigene Haut zu retten.

Fluchtartig verließen wir das Inferno.

Draußen empfingen uns dicke, beißende Qualmwolken, die uns fast den Atem raubten. Wir husteten und keuchten, liefen ein paar Schritte, drehten uns dann um und sahen die brennende Hütte.

Es knisterte und knackte. Flammende Scheite flogen in die Luft, begleitet von nachleckenden Feuerzungen und einem glühenden Regen.

Und wir hörten die Schreie.

»Daddy ...!« Immer wieder brüllte Melina. Wir sahen sie für einen winzigen Moment in dem Flammenmeer auftauchen. Auch sie brannte, aber sie hatte den Toten nicht losgelassen, sondern sich bei ihm in einer letzten Umarmung festgeklammert.

Dann brachen die Reste der Zweighütte über den beiden zusammen, und die Schreie des Mädchens verstummten.

Ich hielt meine Mutter fest. Sie hatte ihr Gesicht gegen meine Schultern gedrückt, weinte und bebte am ganzen Körper. Sie brachte es nicht fertig, in die Flammen zu schauen.

Zwei Schritte neben uns hockte Edna Carrington. Mit leerem Blick starrte sie auf das langsam zusammenfallende Feuer. Und leise sang sie ein altes Lied.

»My Bonnie is over the ocean ...«

Melinas Mutter war dem Wahnsinn verfallen ...

Mein Vater würde durchkommen. Zwei Tage später konnten wir ihn im Krankenhaus besuchen.

Mutter und ich standen neben seinem Bett. Der alte Herr lächelte schon wieder. »Ich habe mir gedacht, daß du so leicht nicht unterzukriegen bist, Junge. Gratuliere.«

»Fast hätten sie mich geschafft. Wenn Iris nicht gewesen wäre, mein Gott ...«

»Was geschieht eigentlich mit ihr?« fragte mich meine Mutter. Sie hielt die Hand ihres Mannes.

»Der Pfarrer kümmert sich um sie. Vielleicht kann er ihr eine Lehrstelle beschaffen.«

»Das wäre gut«, sagte mein Vater leise. »Und was ist mit Edna Carrington?«

»Sie ist dort, wo zuvor ihre Tochter war.«

Meine Mutter schüttelte sich. »Schrecklich«, flüsterte sie. »Ich hätte nie gedacht, daß Menschen zu so etwas fähig sind.«

Dazu gab ich keinen Kommentar, denn ich hatte in der Hinsicht meine schlimmen Erfahrungen gesammelt.

Vater wechselte das Thema. »Und wann besuchst du uns mal wieder, Junge?«

»Öfter als früher.«

Der alte Herr kniff ein Auge zu. »Soll ich dir das glauben?«

Ich schaute meine Mutter an und strich ihr über das Haar.

»Doch, das könnt ihr mir glauben, ich verspreche es ...«

ENDE

Der grüne Dschinn

Ich hatte seine warnende Stimme noch im Ohr. »Du mußt ihn töten, Oberinspektor. Sonst passiert ein Unglück ...«

»Wen muß ich töten?« Automatisch hatte ich das Band eingeschaltet, das unser Gespräch aufnahm.

»Ihn. Er wird kommen.« Der Unbekannte redete in einem sehr harten Dialekt.

»Wer wird kommen?« Langsam wurde ich ungeduldig.

»Der grüne Dschinn!«

Ich dachte nach. Im Orient wurden die Geister als Dschinns bezeichnet. Und nun sollte ich es mit so einem Dschinn zu tun bekommen, falls der Anrufer recht hatte.

»Bist du noch dran, Oberinspektor?«

»Ja, natürlich.«

»Hast du mich verstanden? Der grüne Dschinn.«

»Klar, mein unbekannter Freund, ich habe verstanden. Aber ich hätte gern mehr gewußt.«

»Das sage ich dir später.«

»Und wann?«

»Komm in Kelim's Kaffeehaus, du findest es in Soho. Setze dich dort an einen Tisch und warte. Aber laß dir nichts anmerken. Seine Spione sind überall, und der Grüne ist sehr gefährlich, Oberinspektor. Hast du verstanden?«

»Klar. Wann soll ich kommen?«

»Sofort. Aber warte.« Damit hatte er aufgelegt.

Es war kurz vor Feierabend gewesen, als mich der Anruf erreichte. Glenda Perkins, meine Sekretärin, war mit irgendwelchen Akten unterwegs, und so legte ich ihr einen Zettel hin. Allerdings sagte ich Suko vorher Bescheid. Er sah das Ganze als Falle an, ich eigentlich auch, aber hingehen wollte ich trotzdem. Diesen Begriff »grüner Dschinn« saugte sich meiner Ansicht nach niemand aus den Fingern.

Der Anrufer hatte verlangt, daß ich allein kam. Ich würde mich daran halten und mich allein in das Kaffeehaus setzen. Suko sollte draußen warten und mir Rückendeckung geben.

Seit einer geschlagenen halben Stunde hockte ich nun in dieser Miefbude. Ein anderer Vergleich fiel mir für dieses Lokal wirklich nicht ein.

Es war nicht nur proppenvoll, sondern auch so mit Rauch und Qualm gefüllt, daß ich die Gäste nur schemenhaft erkennen konnte. Und sie mich auch. Vielleicht war das gut so, denn hier verkehrten nur Türken. Ich fühlte mich wirklich wie ein Eskimo am Äquator. Die Umgebung war völlig fremd für mich, orientalisch eben, obwohl sich nur ein paar Schritte weitet der Touristenstrom durch die engen Straßen von Soho schob.

Die Tische waren sehr klein und quadratisch. Sie paßten gut zu den Stühlen mit den schmalen Sitzflächen. Jeder freie Platz in dem Lokal war ausgenutzt worden. In Sitzhöhe waren Bretter an die Wände genagelt worden, damit noch mehr Gäste Platz hatten.

Hier rauchten alle. Wenn es nicht die Wasserpfeife war, dann Zigaretten, deren Tabake selbstverständlich aus dem Orient stammten und dementsprechend rochen. Jeder redete hier mit jedem. Das Stimmengewirr war wirklich sagenhaft, und ich fragte mich, ob der eine seinen Nachbarn überhaupt verstand.

Das alles hätte ich mir noch gefallen lassen, wenn nicht zu allem Überfluß noch diese Musik gewesen wäre. Die wirkte auf mein Trommelfell wie eine Säge. Wenn ich hier wieder rauskam, war ich sicherlich hörgeschädigt.

Mit Vorurteilen hatte das nichts zu tun, aber türkische Musik ist wohl nur für die wenigsten europäischen Ohren bestimmt. Zudem gefiel mir mein Platz nicht. Wenn ich schon in solche Lokale ging, dann setzte ich mich gern mit dem Rücken zur Wand und in die Nähe der Tür. Das war hier nicht möglich gewesen. Ich mußte ganz durch und konnte links der Theke Platz nehmen, wo ein freier Tisch mit zwei Stühlen gestanden hatte. Als hätte man ihn bewußt für mich freigehalten. Hinter mir befand sich ein Vorhang. Er hing von der Decke herab, stank nach Gewürzen, Rauch und Kaffee und verwehrte mir den Blick auf das, was jenseits des Vorhangs lag.

Dafür befand sich ein Ventilator an der Decke. Er drehte sich nur müde und war beklebt mit Fliegendreck, denn man hatte die drei Flügel mit irgendeinem Zeug beschmiert, das die Fliegen anzog, sie dann jedoch nicht mehr wegließ. Jetzt waren die Flügel schwarz.

Ich hatte Mokka bestellt und die Tasse geleert. Eine Zigarette rauchte ich nicht. Was ich von den anderen mitrauchen mußte, das reichte mir.

Hin und wieder wurde die Tür geöffnet. Zwischen ihr und dem Lokal befand sich ein Vorhang. Wenn jemand ihn zur Seite schob, drang frische Luft in das Kaffeehaus und quirlte einen geringen Teil des Rauches durcheinander, so daß ich für wenige Sekunden die ansonsten vernebelten Gesichter der Gäste erkennen konnte.

Als ein Schatten über meinen Tisch fiel, schaute ich auf. Ich rechnete damit, den unbekannten Anrufer zu Gesicht zu bekommen, sah mich allerdings getäuscht, denn nur der Wirt stand neben mir.

Er war ein Bär von Mann. Eine spiegelblanke Glatze und ein buschiger Schnäuzer waren seine Markenzeichen. Er trug ein weißes Hemd und eine schwarze Hose. Unter dem Stoff sah ich das Spiel seiner Muskeln. Ich war sicher, daß er mal als Ringer sein Brot verdient hatte.

Ein Zeigefinger mit Trauerrand unter dem Nagel deutete auf meine leere kleine Tasse. »Noch einen Mokka?«

Viel Auswahl blieb mir nicht. Ich konnte zwischen Tee und Kaffee wählen.

»Ja, bringen Sie noch einen.«

»Gut.« Der Wirt verzog sich. Er und ein jüngerer Mann bedienten. Frauen sah ich hier nicht. Sie gehörten, nach türkischen Maßstäben gerechnet, an den Herd, nicht ins Kaffeehaus.

Der Mokka wurde serviert. Zwischen seiner schwarzen Oberfläche und dem Tassenrand bewegte sich der Dampf. Der Wirt hielt die Hand auf, und ich zahlte. Er traute mir wohl nicht.

»Dauert es noch lange?« fragte er.

Der Stimme nach hätte er sogar der Anrufer sein können, aber die klangen sowieso alle gleich.

»Wie meinen Sie?«

»Sie warten doch auf wen.«

»Ja.«

»Wer ist es?«

»Keine Ahnung, Meister. Den Namen hat er mir nicht genannt.« Ich hatte den Wirt bei diesem Dialog angeschaut und glaubte, ein wissendes Grinsen um seine Unterlippe streichen zu sehen. Die Oberlippe war leider nicht zu erkennen, weil sie von dem buschigen Schnäuzer verdeckt wurde.

Ich machte keep smiling. »Dann werde ich eben noch warten, Meister.«

»Es gefällt Ihnen bei uns, nicht?«

Ich nippte an dem Mokka, um mir die Antwort zu überlegen. »Ja, ganz nett, nur die Musik …«

Der Wirt breitete die Arme aus. »Was wollen Sie? Wir sind nicht in der Oper.«

»Da wird auch nicht so geraucht.«

Der Wirt lachte, weil er meine Antwort für einen Witz hielt, dann zog er sich zurück.

Ich schielte auf den Mokka. Das Zeug war heiß und süß. Mich wunderte es eigentlich, daß der Löffel nicht darin stand, so stark war er.

Was man bestellt hat, soll man nach Möglichkeit auch austrinken. Ich griff zu einem Trick und stellte mir vor, daß es Whisky war, was ich zu mir nahm.

Das war natürlich schwer. Ich nahm einen Schluck, setzte die Tasse langsam ab und hörte das Sirren.

Da war es schon zu spät. Dem mörderischen Ruck um meinen Hals hatte ich nichts entgegenzusetzen. Mitsamt dem Stuhl kippte ich um und schlug hart zu Boden. Zum Glück lag hier ein Teppich, der meinen Aufprall dämpfte.

Dann ging alles blitzschnell. Sogar so rasch, daß ich keine Zeit hatte, zu reagieren.

Von einer Sekunde zur anderen schnürte man mir die Luft ab. Und dann zog dieser heimtückische Widerling in meinem Rücken an dieser verdammten Schlinge. Wenn ich mich mit den Füßen gegen den Zug stemmte, würde er mich erdrosseln, so gab ich nach, bog meinen Rücken durch und bewegte beide Füße in die Richtung, in die ich gezogen wurde.

Genau auf den Vorhang zu.

Den Spalt hatte ich vorhin nicht gesehen, jetzt wurde ich hindurchgezerrt. Ein letzter Blick war mir noch auf das Lokal vergönnt. Verschwommen schimmerten die Gesichter der Gäste in dem mit Rauch und Qualm geschwängerten Laden. Sie alle mußten mich sehen, doch niemand machte Anstalten, sich von seinem Platz zu erheben und mir zu Hilfe zu eilen.

Ich würgte und krächzte. Mir wurde gleichzeitig schlecht, zudem litt ich unter der Luftknappheit.

Man hatte mir also doch eine Falle gestellt, und ich war wie ein Anfänger hineingetappt.

Sie zogen mich in einen Gang. Er war nur spärlich beleuchtet. Links befand sich eine Tür. Dort gingen wir jedoch nicht hin, sondern wandten uns nach rechts, wo der Gang weiterführte.

Wir – das waren drei Männer. Einer hielt die Kordel fest, von ihm sah ich nichts. Dafür von den anderen beiden. Sie schritten zu beiden Seiten neben mir her, trugen lange

Gewänder, die bis zu den Knöcheln reichten und in ihrer rötlichbraunen Farbe Ähnlichkeit mit Mönchskutten aufwiesen. Ihre Gesichter waren kaum zu erkennen, weil die Kapuzen weit bis in die Stirnen fielen, zudem war mein Blick bereits getrübt. Trotzdem erkannte ich, daß sie seltsame Gegenstände in den Händen hielten. Lange Holzstangen, an deren Ende sich goldene Kugeln befanden. Aus den Kugeln wuchs jeweils eine goldene Spitze. Ich hatte keine Ahnung, was das für Waffen waren.

Trotz dieser Bewachung wollte ich mich nicht fertigmachen lassen. Unter meinem Jackett steckte die Beretta. Während ich stark unter dem Luftmangel litt, verschwand meine Hand dorthin, wo sich die Beretta befand.

Im nächsten Augenblick schrie ich auf. Meine Bewacher hatten die Spitzen ihrer seltsamen Lanzen auf meine Oberschenkel gedrückt, und ich spürte, wie weh es tat.

Augenblicklich zog ich die Hand zurück.

Die beiden Männer hoben die Lanzen wieder an. Wir hatten inzwischen unser Ziel erreicht. Es war eine Tür, die auf der rechten Seite lag.

Derjenige, der das Seil festhielt, öffnete sie auch. Ein düsterer Raum lag dahinter. Völlig dunkel, ohne Fenster.

Der Druck um meinen Hals verschwand, dafür griffen Hände in meine Haare und zerrten mich hoch. Ich biß die Zähne zusammen, um nicht zu schreien.

Dem Tritt ins Kreuz hatte ich nichts entgegenzusetzen. Ich flog in den dunklen Raum und hörte noch, wie die Tür zugeknallt wurde, dann krachte ich gegen die Wand. Zum Glück hatte ich die Arme dabei vorgestreckt, so daß ich den Aufprall lindern konnte.

Ich ging erst einmal in die Knie und ruhte mich aus. Verflucht, diese Hundesöhne hatten mir eine gefährliche Falle gestellt. An diesem grünen Dschinn schien doch etwas dran zu sein, kein Märchen oder eine Fabel aus Tausendundeiner

Nacht. Getötet hatte man mich noch nicht, weil man mit mir etwas vorhatte.

Aber was?

Es war müßig, darüber nachzudenken, zunächst einmal wollte ich mein Gefängnis durchleuchten, um zu sehen, wo ich mich überhaupt befand.

Meine Bleistiftlampe trug ich bei mir. Die rechte Hand steckte bereits in der Tasche, als sich der Raum langsam erhellte. Allerdings nicht durch irgendeine Lampe, sondern auf eine seltsame Art und Weise. Die vier Wände begannen zu leuchten. Nicht, wie ich es schon bei indirekten Lichtphänomenen erlebt hatte, sondern auf eine völlig andere Art und Weise.

Gesichter erschienen.

Genau vier an der Zahl.

Jede Wand zeigte das gleiche Gesicht, von dem ein grünes Leuchten ausging, das den Raum so weit erhellte, um sehen zu können.

Viermal das gleiche Gesicht!

Obwohl ich es noch nie gesehen hatte, wußte ich Bescheid. Dieses Gesicht gehörte dem grünen Dschinn.

Ich hatte schon Fratzen gesehen, die schlimmer aussahen. Dieses Gesicht war groß, größer als das eines Menschen. Es hatte ein etwas affenartiges Aussehen, und durch die grünen Falten in der Haut liefen rote Streifen. Der Mund stand offen, die Unterlippe, die wie Leder wirkte, war nach vorn geschoben.

Mein Informant hatte nicht gelogen. Es gab den grünen Dschinn tatsächlich.

Nur – was würde er tun? Weshalb hatte man mich in diese Kammer geschleppt? Ich drehte mich um und schaute jetzt auf die Tür. Auch dort schimmerte das Gesicht, nahm fast die gesamte Breite ein.

Und dann sah ich ihn.

Ein Mann lag auf dem Boden vor der Tür. Seine Haltung war zu verkrümmt, um normal zu sein. Er hatte dunkles Haar, und als ich ihn auf den Rücken drehte, zuckte ich zurück.

In seinem Hals steckte ein goldener Halbmond!

Der erste Mord in diesem Fall. Für mich gab es keinen Zweifel, daß dieser Mann umgebracht worden war. Von selbst hatte er sich den Halbmond bestimmt nicht in den Hals gedrückt.

Als ich in sein Gesicht blickte, sah ich die Angst auf den Zügen. In den letzten Sekunden seines Lebens mußte er unsagbar gelitten haben.

War er der Mann, der mich hatte treffen wollen? Ich war fast davon überzeugt, denn welchen Grund sollten unsere Gegner – und davon mußte man ja jetzt ausgehen – gehabt haben, den Mann umzubringen?

Er trug normale Straßenkleidung. Ich faßte in seine Tasche. Eine Waffe hatte er nicht bei sich, dafür aber eine Brieftasche, in der Papiere steckten.

Ich sah sie durch. Der grüne Lichtschein erlaubte es kaum, die Buchstaben zu entziffern, doch ich leuchtete die Dokumente mit meiner Bleistiftleuchte an.

Sie waren sehr aufschlußreich, denn ich entnahm ihnen, daß der Tote zur Botschaft seines Landes gehörte. Wahrscheinlich war er sogar ein Agent gewesen und dieser Bande des Dschinns auf der Spur, bis man ihn gekillt hatte.

Mit einem goldenen Halbmond!

So schrecklich das Bild auch war, ich betrachtete den Hals des Mannes genauer. Der Halbmond hatte dieselbe Farbe wie die Kugeln, die auf den Lanzen steckten. Gehörten diese Dinge vielleicht zusammen?

Ich fragte mich, weshalb sie den Toten noch nicht weggeschafft hatten. Sie ließen mich bewußt mit ihm allein. Wollten sie mir vielleicht Angst einjagen?

Bis jetzt verspürte ich noch keine, dafür ein ungutes Gefühl, wenn ich ehrlich war.

Und dann hatte ich die Idee mit dem Kreuz. Wahrscheinlich würde ich nichts erreichen, aber ich wollte es trotzdem versuchen. Es schien mir, als wären die Gesichter um das Doppelte gewachsen. Die Münder stand halboffen, dieser Dschinn sah aus, als wollte er jeden Moment zubeißen.

Er sollte sich den Appetit verderben, denn ich nahm das Kreuz und preßte es gegen ein Gesicht.

Keine Reaktion.

Ich hatte auch nicht damit gerechnet und war nicht enttäuscht. Kreuz und Dschinn entstammten zwei verschiedenen Religionen, obwohl das Böse an sich ja unteilbar ist. Ob man das nun aus christlicher, mohammedanischer oder buddhistischer Sicht betrachtete. Meines Erachtens mußte das Kreuz auch bei diesen Religionen und Mythen reagieren. Daß es dies nicht tat, war für mich ein Phänomen, das ich näher untersuchen wollte, falls mir die Zeit dazu blieb.

Der Versuch mit dem Kreuz war also fehlgeschlagen. Sicherheitshalber ließ ich das Kruzifix vor meiner Brust hängen. Man konnte ja nie wissen, was noch kam.

Und so wartete ich ab.

Es ist nicht gerade angenehm, sich die Wartezeit mit einem Toten zu teilen, aber mir ließ man keine andere Wahl. Ich mußte so lange in diesem Gefängnis hocken bleiben, bis man mich ab- oder herausholte.

Zudem hielt ich noch einen Trumpf in der Hinterhand.

Der hieß Suko.

Auf den Chinesen setzte ich meine Hoffnungen. Wenn ich zu lange ausblieb, würde er nachschauen und den Türken sicherlich einige unangenehme Fragen stellen. Dabei dachte ich an die Übermacht. Suko war zwar ein Baum von einem Kerl, und er besaß auch die dementsprechenden Kräfte, nur gegen zwanzig Gegner oder noch mehr würde auch er nicht ankommen. Ich war mir sicher, daß die Gäste im Kaffeehaus alle unter einer Decke steckten. Zumindest hatten sie Angst. Dieser Treffpunkt schien mir eine Art Zentrale für diese geheimnisvolle Sekte zu sein.

Gab es denn keinen Ausweg?

Abermals schaute ich mich im Raum um. Mein Blick glitt auch in die Höhe.

Vorhin hatte ich die Decke natürlich auch gesehen, aber jetzt war sie besser zu erkennen.

Wieso?

Der Grund wurde mir schnell klar, und plötzlich klopfte auch mein Herz schneller.

Ich war in einem Gefängnis mit beweglicher Decke gelandet. Das Ding da oben stand nicht mehr still, sondern kam langsam, aber sicher auf mich zu.

Tief atmete ich ein.

Jetzt wurde es wirklich gefährlich. Eigentlich war es nur eine Frage der Zeit, wann mich die verfluchte Decke zerquetschen würde.

Gab es einen Ausweg?

Mein Blick huschte durch den Raum. Die Wände waren glatt. Da stand keine Kante vor, keine Ecke, da existierte kein Vorsprung, der die Decke aufhalten könnte.

Und die Tür?

Als ich mich umdrehte und sie anschaute, fiel mir auf, daß sie weder eine Klinke noch einen Knauf hatte. Sie war völlig glatt und nur von außen zu öffnen.

Das paßte mir nicht.

Ich stellte mich auf die Zehenspitzen und streckte beide Hände hoch. Die Decke war bereits so tief gesunken, daß ich meine Handflächen dagegen pressen konnte. Dabei spürte ich das leichte Vibrieren, das sich durch meine Arme fortpflanzte und dabei auch den ganzen Körper erfaßte.

Herkules hätte es vielleicht geschafft, die sich langsam senkende Decke aufzuhalten, doch ich war zu schwach. Meine Arme wurden weiter eingedrückt, und es hatte keinen Zweck, hier noch lange zu stehen, ich mußte mich mit meinem Schicksal abfinden.

Ich hatte nichts, womit ich die sich langsam senkende Decke aufhalten konnte.

Da berührte sie meinen Kopf.

Zuerst nur das leise Streicheln an den Haaren, dann spürte ich den Druck.

Mir wurde noch flauer.

Hinstellen konnte ich mich nun nicht mehr, bücken wollte ich mich auch nicht, so setzte ich mich kurzerhand auf den Boden.

Und die Decke senkte sich weiter.

Sehr langsam, aber für mich doch zu schnell. Es war wirklich eine verdammte Sache, immer weiter, immer tiefer, und meine Angst steigerte sich.

Ich spürte ein Kratzen im Hals, der tödliche Mechanismus der sich senkenden Decke befand sich außer meiner Sichtweite, so daß ich ihn nicht abstellen konnte.

Es war eine teuflische und erbarmungslose Methode, Zeugen verschwinden zu lassen.

Ich konnte mir ausrechnen, was von mir übrigblieb, nämlich nichts.

Wie hoch war sie noch?

Ich legte den Kopf in den Nacken. Es sah böse aus, fast konnte ich sie mit den ausgestreckten Armen erreichen, auch wenn ich sitzenblieb.

Verdammt, wo blieb denn Suko? Er mußte doch etwas gemerkt haben, der alte Knabe.

Ich schwitzte. Das kam nicht nur von der Wärme, sondern

von der Angst, die sich wie ein schleichendes Gift in meinem Körper ausgebreitet hatte und seine Dosis immer weiter verstärkte. Unaufhörlich näherte sich der Tod.

Ein mattes Grinsen überzog mein Gesicht, als ich daran dachte, daß es noch eine zweite Möglichkeit für mich gab. Ich konnte mir eine Kugel durch den Kopf schießen, wenn ich nicht zerquetscht werden wollte.

Selbstmord also!

John Sinclair erschießt sich mit seiner eigenen Waffe! Darüber durfte man gar nicht erst nachdenken. Denn ich, Freunde, war dazu zu feige. Ich wußte jetzt schon, daß ich es nicht fertigbringen würde, mir eine Kugel durch den Kopf zu schießen.

Voller Panik irrte mein Blick durch das tödliche Gefängnis. Vielleicht gab es doch noch eine Chance?

Nein, es gab sie nicht.

Die Wände waren zu glatt. Keine Vorsprünge, nichts, was die Decke aufhalten konnte.

Sie würde mich töten. Mit der Präzision eines gefühllosen Roboters. Meine Chancen hatten die Nullgrenze erreicht.

Wie viele Minuten blieben mir noch? Eine oder zwei.

Da war nichts mehr zu machen, ich mußte mich damit abfinden, umgebracht zu werden.

Verdammt, wo blieb denn Suko?

Er kam nicht. Auf ihn hatte ich meine Hoffnungen gesetzt, mußte jedoch feststellen, daß der Trumpf nicht stach.

Suko zeigte sich nicht. Vielleicht hatten sie ihn auch schon geschnappt? Wer konnte das sagen?

Und die Decke senkte sich weiter.

Ich konnte bereits nicht mehr sitzen, sondern hatte mich hingelegt und dabei den Kopf eingezogen.

Eine wirklich erbärmliche Angst hielt mich umfangen, es war diese Chancenlosigkeit, der ich ausgesetzt war. Es ging nicht mehr weiter, ich sah keine Möglichkeit. Hätte man mich gefesselt und in irgendein Verlies gesteckt, so hätte ich noch die Möglichkeit gehabt, die Fesseln zu lösen.

Hier nicht.

Es war immer dunkler geworden. Je mehr sich die Decke senkte, um so weniger war von den vier grünlich schimmernden Gesichtern zu sehen. Nur noch ein schwaches Leuchten geisterte durch den auf ein Minimum verkleinerten Raum.

Dann berührte die Decke meinen Kopf.

Ein leichter Anstoß nur, doch mir zeigte er, daß ich mich nicht mehr hinknien konnte, sondern auf den Boden legen mußte.

Das tat ich.

Allerdings legte ich mich auf den Bauch. Ich wollte den tödlichen Mechanismus nicht verfolgen.

Und die Decke senkte sich weiter. Höchstens noch eine Minute, dann war es vorbei ...

Vielleicht mußte man schon splitternackt herumlaufen, um in Soho aufzufallen. Ansonsten konnte man anziehen, was man wollte, dort kümmerte sich niemand um den anderen. Da war man tolerant. So konnte es durchaus passieren, daß sich ein Gentleman alter englischer Schule neben einem Punker stehend die Auslagen eines Pornoshops anschaute und man es überhaupt nicht »shocking« fand.

Auch Suko wurde keine besondere Aufmerksamkeit geschenkt. Das genau hatte der Chinese gewollt. Nur nicht auffallen, auch wenn er seine Lederkleidung trug – er war mit seiner Harley hergekommen.

Die schwere Maschine stand auf einem kleinen Parkplatz in der Nähe, und Suko hatte es sich auf einem Blumenkübel bequem gemacht, den irgend jemand auf den Kopf gestellt hatte, so daß er als Sitzfläche zweckentfremdet worden war.

Der Chinese hockte nicht allein dort. Zwei Mädchen, langbeinig und mit einem Schuß Negerblut in den Adern, lutschten Eis. Dabei kicherten sie und erzählten sich gegenseitig von ihren heißen Abenteuern, von denen sicherlich kaum die Hälfte stimmte.

Suko hörte hin und wieder einige Satzfetzen, ansonsten ging er seiner Aufgabe nach und beobachtete das Kaffeehaus. Viel war da nicht zu sehen. Der Besitzer hatte nämlich die Scheiben mit einer grauen Farbe zugepinselt und einen roten Halbmond als Erkennungszeichen darauf gemalt. Jeder Türke wußte, daß er bei Kelim's an der richtigen Adresse war. Und es war ein reines Türkenlokal. Suko hatte keinen Engländer hineingehen oder herauskommen sehen, sondern nur Türken.

Und doch mußte sich ein Fremder bei Kelim's aufhalten. John Sinclair.

Suko machte sich Sorgen um seinen Freund. Seiner Berechnung nach war John schon fast eine Stunde in dem Laden und gewissermaßen überfällig.

Der Chinese hatte der Sache noch weniger getraut als der Oberinspektor. Er war davon überzeugt, daß man John eine Falle gestellt hatte, und er wollte nicht mehr lange warten. Suko würde nachschauen, wenn die Stunde vorbei war.

Zwei Bobbys kamen ihm entgegen. Sie waren an dem Kaffeehaus vorbeigegangen, hatten der Fassade einen mißtrauischen Blick zugeworfen und überquerten die Straße.

Der eine stieß seinen Kollegen an und deutete mit dem Kopf auf Suko. Dann sagte er irgend etwas, und als die beiden Polizisten den Gehsteig erreicht hatten, blieben sie vor dem Chinesen stehen und grüßten.

Suko grüßte zurück.

»Wieder mal ein Fall in Soho?« fragte der Bobby, der Suko erkannt hatte. Bei der Polizei hatte es sich herumgesprochen, wer oft an John Sinclairs Seite kämpfte, und Suko verstand sich mit den Polizisten gut. Allerdings kannte er kaum welche mit Namen, und diese hier nicht einmal vom Ansehen.

»Sorry, Sir«, erwiderte Suko. »Ich kann mich leider nicht an Sie erinnern.«

»Ist ja auch schon lange her. Damals ging es um den Maler, diesen Golerian ...«

Suko lächelte. »Ich erinnere mich. Sie waren sicherlich bei dem Polizeieinsatz dabei.«

Der Bobby strahlte. »Genau.« Dann wurde sein Gesicht ernst. »Erwartet uns vielleicht etwas Ähnliches?«

Suko wollte den Mann nicht unnötig aufregen. »Kaum, Officer.«

»Dann sind Sie privat hier?« Der Mann war wirklich neugierig.

»Das nicht, ich beobachte nur.«

Der Bobby drehte sich um. »Das Kaffeehaus?«

»Möglich.«

Da winkte der Polizist ab. »Kelim ist harmlos. Die Türken trinken wirklich nur Kaffee. Kein Rauschgift oder so, der Besitzer hat seine Gäste im Griff. Er arbeitet gut mit der Polizei zusammen, was man von manch einheimischem Wirt nicht gerade sagen kann.«

»Das stimmt.«

»Sollten Sie Hilfe brauchen ...«

»Komme ich darauf zurück«, vollendete Suko.

»Genau, Sir.« Die Bobbys verschwanden. Sie blieben jetzt auf dieser Straßenseite.

Der Chinese warf einen Blick auf seine Uhr.

Die Stunde war um!

Suko hatte keine Lust, die Wartezeit zu verlängern. Seine innere Stimme sagte ihm, daß etwas passiert war. John hätte sich bestimmt gemeldet und ein Zeichen gegeben, wenn alles in Ordnung gewesen wäre. So aber sah es böse aus.

Der Mann aus China wartete, bis die beiden Bobbys im Strom der Passanten untergetaucht waren. Er erhob sich von seinem Sitz. Er ließ erst zwei Fahrzeuge passieren, bevor er die Straße überquerte.

Links neben dem Kaffeehaus befand sich ein Trödlerladen. Der Besitzer hatte seine Ware sogar draußen ausgestellt, meist billigen Kram wie Tücher, Stoffe, getragene Schuhe oder Kleider.

An der rechten Seite wurde das Kaffeehaus ebenfalls von einem hohen Gebäude begrenzt. Im Erdgeschoß befand sich auch ein Geschäft. Ein kleiner Laden nur, wo der Eigentümer im Schaufenster hockte und Modeschmuck produzierte. Seine Arbeit unterbrach er nur, wenn ein Kunde das Geschäft betrat und etwas kaufen wollte.

Suko hatte die andere Seite erreicht und steuerte die Tür an. Sie wurde aufgestoßen und spie einen Gast aus, der an Suko vorbeiging und sich nach rechts wandte.

Die Tür war noch nicht zugefallen. Suko hielt sie auf, schlüpfte durch den Spalt und teilte den Vorhang in der Mitte.

Er erlebte das gleiche wie John. Auch ihm drang die Wolke aus Qualm und Ausdünstungen entgegen. Sie raubte ihm fast den Atem. Suko konnte zuerst nichts erkennen, sondern hörte nur die Musik, die auch nicht für seine Ohren bestimmt war. Nur schemenhaft erschienen die Gesichter und die Umrisse der Gäste aus dem blaugrauen Dunst. Fast alle saßen. Ein Schatten wieselte zwischen den Sitzbänken und Tischen einher, um zu bedienen.

Links neben Suko saß ein alter Mann. Nur der Fez unterschied ihn von dem iranischen Revolutionsführer. Der Mann rauchte eine Wasserpfeife, wobei das Mundstück irgendwo im Bartgestrüpp verschwand.

Der Mann hob kurz den Blick, als Suko erschien, sagte aber nichts und rauchte weiter.

Suko ging durch den Qualm zum Tresen. Das Prunkstück war eine große, silberne Kaffeemaschine. Sie glänzte. Hinter ihr stand ein glatzköpfiger Mann mit Ringerfigur, bediente die Maschine und produzierte Kaffee und Dampf.

Der Chinese klopfte auf das Holz, und der Wirt hob den Kopf, wobei er die Stirn krauste. Sein Schnauzbart zitterte, als er sagte: »Setz dich an den Tisch.«

»Es ist kein Platz mehr frei.«

»Dann geh in ein anderes Lokal.«

Suko merkte, daß man ihn loswerden wollte, was ihm allerdings nicht gefiel. Er wollte bleiben. Und zwar so lange, bis er wußte, wo sein Partner steckte.

»Was ist?« fragte der Wirt.

»Ich bleibe hier«, erwiderte Suko. »Wir leben in einem freien Land, jeder kann sein Bier trinken, wann und wo er will. Hast du das verstanden?«

»Hau ab! Das Hausrecht übe ich aus.«

Da hatte er recht. Suko wollte keinen Streit. Eine passende Antwort fiel ihm rechtzeitig ein. »Ich hörte, wie sich zwei Polizisten miteinander unterhielten. Sie sprachen sehr gut von deinem Schuppen hier. Sieh zu, daß es so bleibt.«

Da grinste Kelim. »Du bist ein durchtriebener Hund, Chinese, wirklich.«

»Man muß zusehen, wo man bleibt.«

»Was willst du trinken?«

»Tee.«

»Gut.« Der Wirt gab seinem Helfer ein mit Kaffeetassen gefülltes Tablett, und der Mann zog damit los.

Suko drehte sich um. Mit dem Rücken lehnte er an der Theke und ließ seinen Blick durch das Lokal schweifen. Obwohl sich seine Augen inzwischen an den Rauch gewöhnt hatten, sah er nicht viel. Auch die Türken beachteten ihn nicht weiter. Er hatte sogar das Gefühl, daß sie bewußt zu Boden schauten, wenn sie Sukos Blick traf.

Zufall? Absicht?

Suko tendierte eher zum letzteren. Zudem machte er sich Sorgen, weil er von John Sinclair noch keine Spur entdeckt hatte. Soweit er sehen konnte, befand sich außer ihm kein Fremder im Lokal. John wäre ihm sicherlich aufgefallen, denn blonde Türken hatte der Chinese noch nicht gesehen.

»Dein Tee.« Suko hörte in seinem Rücken die Stimme des Wirtes und drehte sich um.

Der Mann schob ihm eine kleine Tasse zu, in der das Getränk dampfte.

»Danke.«

»Hoffentlich schmeckt er dir.«

Suko lächelte. »Wird schon. Wenn du kein Schlafmittel oder Gift hineingetan hast.«

Da grinste der Wirt. »Hast du nicht Freunde bei der Polizei?«

»Irrtum, ich hörte nur zufällig ein Gespräch.« Suko trank noch nicht, sondern griff in die Tasche. Er holte ein Foto hervor, auf dem er mit John Sinclair abgebildet war. »Du hast nicht zufällig diesen blonden Mann hier gesehen?«

Der Wirt schaute auf das Foto und lachte falsch. »Bißchen viel Zufälle auf einmal.«

»Ja, manchmal kommt es knüppeldick. Kennst du ihn oder nicht?«

»Nie gesehen.«

»Schade«, meinte Suko.

»Was ist schade?«

»Wenn ein Wirt blind ist. Dann verrechnet er sich auch oft beim Addieren.«

Kelim atmete tief ein. »Du nennst mich einen Lügner, Chinese?«

»Habe ich das gesagt?«

»Ich faßte es so auf.«

»Deine Sache.«

Kelim legte das Tuch zur Seite, das bisher über seinem linken Arm gehangen hatte. Seine Augen verengten sich, er stützte beide Hände auf die Theke, und die Sehnen an seinen Armen sprangen noch deutlicher hervor. »Ich gebe dir einen guten Rat, Chinese. Zahle deinen Tee und verschwinde.«

Suko hatte die Warnung verstanden und nickte. »So manche Fragen sind unangenehm, wenn man mit in der Sache drinhängt, das kann ich verstehen, aber ich will herausfinden, was mit meinem Freund geschehen ist. Du kannst mich nicht daran hindern.«

»Er war nicht hier.«

»Ich habe ihn das Lokal betreten sehen.«

»Dann mußt du dir eine Brille kaufen.« Mit der Antwort blies ihm Kelim eine Knoblauchwolke ins Gesicht.

»Oder die Wahrheit hören.« Suko nahm seine Tasse und trank, während er den Wirt über den Rand hinweg anblickte. Dessen rechte Hand war unter der Theke verschwunden. Daß sie dort keinen Lollipop umklammerte, war Suko klar. Er fragte sich, ob dieser Mann es wagen würde, ihn hier mit der Waffe zu bedrohen. Eigentlich hatte er zuviel zu verlieren, denn sein Schuppen war bisher sauber geblieben, wie die Bobbys sagten. Falls hier etwas unter der Oberfläche gärte, sollte es auf keinen Fall entdeckt werden.

Suko stellte die Tasse weg. »Du hast gewonnen, Kelim. Ich werde verschwinden.«

Irgendwie erleichtert atmete der Wirt auf. Suko versetzte ihm aber gleich einen Dämpfer. »Allerdings möchte ich zuvor noch zur Toilette. Das ist doch gestattet – oder?«

Der Wirt hatte eine ablehnende Antwort auf der Zunge, doch er nickte. »Ja, du kannst gehen.«

»Wie großzügig. Wo ist der Weg?«

Kelim deutete mit dem Daumen über seine Schulter. »Es gibt nur eine Tür.«

»Danke.«

Suko brauchte nur ein paar Schritte zu gehen. Er stieß die Tür auf und erreichte einen kahlen Gang. Die Wände waren nicht verputzt. Rötlichbraun schimmerten die Ziegelsteine, dazwischen liefen waagerecht und senkrecht die hellen Mörtelstreifen. Und es gab eine Lampe. Sie hatte eine halbrunde Form. Ein schwarzes Kabel lief von ihr aus über die nackte Wand und verschwand im Boden.

Neben der Lampe befand sich eine Tür. Zur Toilette führte sie nicht, denn Toilettenräume brauchte man nicht mit Blech zu verstärken. Suko drückte die Klinke trotzdem.

Das Ding war abgeschlossen. Gern hätte er gesehen, was sich dahinter befand, doch er konnte hier nicht auf bloßen Verdacht hin fremde Türen aufbrechen.

Dafür suchte er weiter. Rechts ging es zur Toilette. Suko war empört. Die hygienischen Verhältnisse waren unter aller Sau. Es gab zwei Räume. Suko warf einen Blick in beide. Sie waren leer. Höchstens Ungeziefer und Bakterien breiteten sich hier aus. Er ging wieder zurück. Keine Spur von John Sinclair. Sukos Sorgen wurden größer.

Da war noch der Hinterausgang. Bestimmt ging es dort auf irgendeinen Hof. Dort wollte sich der Chinese ebenfalls umsehen. Er dämpfte seine Schritte, als er das nächste Ziel ansteuerte. Zum Glück ging er leise, deshalb vernahm er auch das Sirren in seinem Rücken.

Suko kreiselte herum.

In Halshöhe raste ein flirrender, goldener Halbmond direkt auf ihn zu ...

Ich stand Todesängste aus!

Bisher hatte ich noch die Hoffnung gehabt, daß die Decke irgendwann einmal stoppen würde, doch diesen Gefallen tat sie mir nicht.

Sie sank weiter ...

Ich lag etwa in der Mitte des Raumes flach auf dem Boden. Arme und Beine ausgebreitet, die Handflächen berührten den glatten Boden, mein Körper zitterte, die Angst wurde unerträglich, denn der teuflische Mechanismus über mir kannte kein Erbarmen.

Ich drückte mich etwas hoch. Und schon spürte ich den Widerstand. Aus, es konnte sich nur noch um Sekunden handeln, dann war es vorbei.

Tief holte ich Luft.

Und dann begann ich zu schreien. Ich brüllte meine Angst, meine Not, mein Entsetzen heraus, und meine Stimme kippte dabei über. Warum half mir denn niemand? Man konnte mich doch hier nicht zu Brei zerquetschen.

Ich spürte die Berührung!

Jetzt hatte mich die verdammte Wand erreicht. Abrupt hörte mein Schreien auf.

Schluß ...

Wirklich das Ende?

Ich glaubte fest daran, konnte mich nicht mehr mit dem Gedanken vertraut machen, noch einmal gerettet zu werden, und da geschah etwas Unglaubliches ...

Es blieb Suko keine Zeit mehr, um noch großartig zur Seite zu springen, er ließ sich kurzerhand auf die Knie fallen. Der Halbmond änderte seinen Kurs nicht. Wie ein Blitzstrahl rasierte er über den Kopf des Chinesen hinweg und hieb mit einem dumpfen Schlag hinter ihm in das Holz der Tür.

Suko drehte sich um.

Er wurde blaß. Dieser Halbmond war mit solch einer Wucht geschleudert worden, daß er fast völlig im Holz der Tür verschwunden war. Nur noch ein kleines Stück ragte hervor.

Das war höllisch knapp gewesen. Aber wer, zum Henker, hatte die Waffe geworfen?

Als Suko den Gang entlang blickte, sah er keine Spur. Niemand hielt sich außer ihm hier auf.

Und doch mußte jemand da gewesen sein. Aus der Toilette war der Unbekannte sicher nicht gekommen, blieb nur noch die mit Eisenblech verstärkte Tür.

Suko hielt jetzt nichts mehr. Er wollte endlich wissen, wem er diesen heimtückischen Angriff zu verdanken hatte. Bis zur Mitte kam er, dann erschien die Gestalt.

Suko blieb stehen.

Zum erstenmal sah er seinen Gegner. Er war in der Tat aus der offenen Eisentür getreten, eine hochgewachsene Gestalt, die eine braungrüne Kutte trug und ein seltsames, grünbraun schimmerndes Gesicht hatte, als wäre es aus Holz geschnitzt und im nachhinein gebeizt worden.

Die Gestalt hielt einen langen Stab in der rechten Hand, an dessen Ende sich eine goldene Kugel befand.

Wiederum Gold.

Auch der Halbmond war golden gewesen. Gab es da vielleicht einen Zusammenhang?

Es war müßig, sich jetzt darüber Gedanken zu machen, vorerst mußte sich der Chinese um seinen Gegner kümmern, denn diese Gestalt sah aus, als wäre sie ihm nicht gerade freundlich gesonnen. Was der Halbmond nicht geschafft hatte, wollte dieser Kerl vollenden.

Suko konnte wählen. Nahm er die Beretta, oder verteidigte er sich mit der Dämonenpeitsche? Die Peitsche war lautlos, einen Schuß hätte man zu leicht gehört.

Die Gestalt hatte sich Suko als Ziel ausgesucht. Sie kam langsam näher, wobei die Kutte über den Boden schleifte, wenn sie sich bewegte.

Die Lanze kippte sie jetzt so, daß die goldene Kugel auf den Chinesen wies. Aus der Kugel stach noch eine Spitze hervor, die wie ein Messer wirkte. Suko zog die Dämonenpeitsche. Schnell schlug er einen Kreis über dem Boden, und aus der Röhre fielen die drei Riemen. Sie waren schwarzmagisch aufgeladen. Der Chinese hatte mit dieser Peitsche schon einige Erfolge erzielt. Sie tötete und vernichtete Vampire und andere Horrorwesen, und Suko war sicher, daß sie auch dieser Gestalt den Garaus machen würde.

Je näher der Gegner kam, um so deutlicher erkannte Suko das Gesicht. Es wirkte tatsächlich wie geschnitzt, und Suko konnte sich kaum vorstellen, daß dieses Wesen Worte produzieren und sich mit ihm unterhalten konnte.

Locker hielt der Chinese die Peitsche in der rechten Hand. Er verspürte keine Angst, nur eine gewisse Spannung. Suko verließ sich auf seine Kräfte und auf die der schwarzmagischen Waffe.

Noch einen Schritt wollte er die Gestalt vorkommen lassen und dann angreifen.

Doch der andere griff an.

Der Stab mit der goldenen Kugel war auf Sukos Gürtellinie gezielt. Es war ein überraschender, schneller Stoß, womit der Chinese allerdings gerechnet hatte, abdrehte und noch in der Bewegung mit der Peitsche zuschlug.

Er traf gut.

Die drei Riemen wickelten sich nicht nur um den Stab, sondern auch um die goldene Kugel. Suko rechnete damit, daß er dem anderen die Waffe aus der Hand reißen konnte. Selten hatte er sich so geirrt und war so reingefallen.

Das Gegenteil geschah, denn die goldene Kugel reagierte. Suko sah zuerst den gelblichen Blitz, dann schossen magische Kräfte wie elektrischer Strom in die drei Peitschenriemen und erreichten weiter durch den Griff Sukos Hand und den Arm. Suko ließ die Peitsche los, als wäre sie glühend heiß geworden. Sein Arm wurde geschüttelt, und im nächsten Moment fühlte er sich wie taub an.

Das Wesen aber ging weiter vor. Es hatte sich nicht beirren lassen und ließ sich auch jetzt nicht aus der Ruhe bringen. Es wollte den Gegner vernichten.

Suko zog die Beretta. Mit der linken Hand mußte er sie nehmen, kippte die Waffe und legte an. Jetzt war es ihm egal, ob man den Schuß hörte oder nicht, es ging um sein Leben.

Er feuerte.

Auch wenn er Rechtshänder war, auf diese Distanz konnte er gar nicht fehlen. Die Kugel hieb in den Körper des unheimlichen Wesens. Es gab ein trockenes Geräusch, ein Kugelloch entstand, etwas Rauch wölkte auf, mehr Schaden richtete die Kugel nicht an. Sie konnte das Wesen nicht stoppen. Mit einem zweiten Schuß fehlte Suko. Er hatte auf den Kopf gezielt, doch es war zu schwierig, ihn mit der ungewohnten linken Schußhand zu treffen.

Dann war der andere an der Reihe.

Abermals zuckte der Stab mit der Kugel vor. Suko warf sich nach rechts, wo er gegen die Wand prallte.

Ihm war klar, wenn die verdammte Waffe ihn traf, dann würde sie seine Aktivitäten lähmen.

Welche Chance blieb ihm noch?

Der Stab!

Es mußte ihm gelingen, an den von Buddha ererbten Stab zu kommen.

Suko trug ihn immer bei sich. Vielleicht konnte er seinen unheimlichen Gegner damit schocken.

Der andere ließ ihn nicht dazu kommen. Er schien zu ahnen, daß Suko noch einen gefährlichen Trumpf besaß. Immer wieder stieß er seine Lanze vor, und Suko hatte große Mühe, den heimtückischen Stößen auszuweichen.

Er schaffte es nur, weil er ausgezeichnete Reflexe besaß, die in zahlreichen Auseinandersetzungen immer wieder geschult wurden. Ein paarmal knallte die goldene Kugel gegen die Wand. Bei jedem Aufprall gab es ein singendes Geräusch, und als der Unheimliche seine Taktik änderte, hatte Suko ihr kaum etwas entgegenzusetzen.

Der Kuttenträger hielt die Waffe mit beiden Händen. Er drosch seitlich zu, es war nur eine Frage der Zeit, wann er Suko endgültig treffen würde.

Sogar in Kopfhöhe schlug er. Zweimal tauchte Suko ab und entging den Hieben, dann entschloß er sich zur Flucht. Wenn er die Hintertür erreichte, war das die halbe Miete.

Der Chinese kam nicht so weit. Er hatte bereits den Arm ausgestreckt, als ein Schlag seinen zwangsläufig ungeschützten Rücken traf. Suko sprang regelrecht hoch, ein heiserer Aufschrei entrang sich seiner Kehle, dabei wurde er nach vorn katapultiert und krachte gegen die Hintertür.

Wie eine Bänderpuppe fiel er zusammen. In den Beinen als auch in den Armen war keine Kraft mehr. Suko blieb vor der rettenden Tür liegen, so daß der Vergleich mit dem Häufchen Elend gar nicht so weit hergeholt war.

Er war erledigt. Der Kuttenträger näherte sich. Neben Suko blieb er stehen und schaute auf den Besiegten hinab.

Deutlich sah der Chinese das Einschußloch des silbernen Geschosses. Die Kugel hatte nichts genutzt. Dieser Gegner zeigte sich völlig immun dagegen.

In dem hölzernen Gesicht regte sich kein Muskel. Zum erstenmal sah Suko die Augen.

Entweder waren sie pechschwarz oder überhaupt nicht vorhanden. So kamen sie ihm wenigstens vor. Innerhalb des Gesichts befanden sich zwei dunkle Höhlen. Ohne Iris und auch ohne jegliche Pupillen, einfach nur schwarz.

Was würde der Kuttenträger tun? Wenn er eine Chance hatte, Suko endgültig auszuschalten, dann jetzt. Der Chinese rechnete auch fest damit und war um so überraschter, daß dies nicht geschah. Der Unheimliche reagierte ganz anders.

Er drehte sich um und ging.

Suko starrte ihm nach. Er nahm jede Einzelheit wahr, und er hatte das Gefühl, die Beine des Kuttenträgers würden den Boden gar nicht berühren.

Er schwebte ...

Das ist meine Chance! dachte Suko. Er wollte aufstehen, doch sein Körper gehorchte ihm nicht. Er konnte seine Hand zwar aufstützen, doch sie knickte sofort weg, weil in seinen Muskeln und Sehnen keine Kraft mehr steckte.

Statt dessen fiel er zur Seite und blieb liegen.

Suko war nur noch ein hilfloses Bündel. Ausgebrannt, leergepumpt, besiegt ...

Die Magie der anderen war zu stark. John mußte auch in deren Falle gelaufen sein, sonst hätte er ihn schon längst gefunden. Was hatten sie mit ihm angestellt? Getötet? Wenn ja, würde das gleiche auch ihm geschehen?

Schritte unterbrachen seine deprimierenden Überlegungen.

Sie kamen!

Und sie nahmen den Weg, den schon der Kuttenträger gegangen war.

Kelim ging an der Spitze. Ihn begleiteten drei Kuttenträger. Einen Schritt versetzt neben ihm die ersten beiden, der andere ging dahinter. Nur die Tritte des Mannes klangen überlaut.

Kelim grinste böse und triumphierend, als er neben Suko stehenblieb und sich zu ihm hinabbeugte.

»Da bist du ja, Chinese«, sagte er und lachte. »Wärst du mal lieber verschwunden. Jetzt ist es zu spät.« Es war bezeichnend für unsere Freundschaft, daß Suko zuerst an mich dachte. »Wo ist John Sinclair?«

»Du meinst den Blonden?«

»Ja.«

»Darauf komme ich später zurück. Eins nach dem anderen, Chinese. Du wirst ihn noch sehen.« Wie dieser Mann das sagte, rief bei Suko einen Schauer hervor.

Bisher hatte Kelim die Hände geschlossen gehabt. Jetzt öffnete er die rechte. In ihr lag ein flacher, grüngrauer Stein, der Suko an die Gemme erinnerte, die auch John Sinclair besaß.

»Siehst du ihn?« fragte der Türke.

»Ja.«

»Damit könnte ich dich erlösen, aber nur, wenn du mir Fragen beantwortest.«

Suko dachte sehr rasch nach. Er glaubte Kelim, daß der Stein es schaffen würde. Da seine Gegner sehr von sich überzeugt waren und Suko jedoch an seinen Stab dachte, war es vielleicht nicht verkehrt, wenn er auf die Bedingungen des anderen einging. Deshalb fragte er: »Was willst du wissen?«

»Warum seid ihr in meine Kaffeestube gekommen?«

»Man hat meinen Freund angerufen.«

Kelim lächelte. »Das stimmt. Wie gut für dich, daß du nicht gelogen hast. Der Anrufer ist übrigens tot. Er war uns schon lange ein Dorn im Auge. Wir haben ihn beobachten lassen und auch erwischt. Deinen Freund ebenfalls.«

»Sag, was mit ihm geschehen ist!«

Kelim richtete sich wieder auf. Mit Daumen und Zeigefinger fuhr er durch seinen Schnauzbart. »Ja«, murmelte er. »Du kannst uns nicht mehr gefährlich werden, Chinese, warum sollst du ihn eigentlich nicht sehen? Wenn er dein Freund ist, bitte sehr ...« Wie er das sagte, ließ Schlimmes befürchten.

Kelim wartete noch. Es schien, als müßten seine drei Begleiter erst ihr Einverständnis geben.

Als von dieser Seite nichts kam, bückte sich der Türke und legte den flachen Stein auf Sukos Stirn.

Es war wie ein Strom, der den Chinesen durchfloß. Plötzlich fühlte er sich befreit. Er konnte aufatmen, aber sich großartig zu wehren, das war nicht drin.

Die drei Kuttenträger hielten ihn mit ihren gefährlichen Lanzen in Schach. Suko wollte nicht das gleiche noch einmal erleben.

»Komm hoch!«

Der Chinese stemmte sich auf die Beine. Das ging glatt und ohne Schwierigkeiten. Er hatte das Gefühl, überhaupt nicht ausgeschaltet gewesen zu sein.

Von den Kuttenträgern wurde Suko in die Mitte genommen. Sie berührten ihn nicht, aber sie waren sehr wachsam. Suko durfte keine unbedachte Bewegung machen

Sie schritten auf die jetzt offenstehende und mit Eisenblech verstärkte Tür zu. Dahinter fand sich Suko in einem Gang wieder, und er vernahm auch gedämpft das Stimmengewirr aus dem Kaffeehaus. Wohl keiner der Gäste ahnte, was hinter den verschlossenen Türen vor sich ging.

Kelim ging voran.

Er schritt leicht gebeugt und breitbeinig, man sah es ihm an, daß er einmal einen Kampfsport betrieben hatte. Bei einer Auseinandersetzung würde selbst Suko seine Mühe haben.

Es war reine Zeitverschwendung, so weit zu denken. Er mußte sich auf die Realität konzentrieren, und die war bitter genug. Dieser Gang war zwar auch leer, doch es zweigten immerhin mehrere Türen ab. Vor einer blieben sie stehen.

Kelim öffnete noch nicht. Er drehte nur den Kopf und lächelte Suko teuflisch an.

»Mach dich auf etwas gefaßt!« flüsterte er. »Du wirst dich wundern!« Er lachte, streckte den Arm aus und legte die rechte Hand auf die Klinke.

Bewegungslos stand der Chinese auf der Stelle. Kein Muskel zuckte in seinem Gesicht, die beiden Kuttenträger hatten ihn eingerahmt. Aus ihren schwarzen Augen beobachteten sie ihn.

»Jetzt!« sagte Kelim und drückte die Tür auf. Er hatte ihr

Schwung gegeben, aber sie schwang nicht nach innen, sondern nach außen auf. Und das hatte seinen Grund.

Suko schaute in einen Raum ohne Decke. Die war jedoch noch vorhanden, allerdings in Bodenhöhe, wo sie sich mit dem Beton fast vereinigte.

Allerdings nur fast.

Durch eine Ritze nahe der Tür hatte sich eine rote Flüssigkeit ihren Weg gebahnt.

Blut!

Wie hypnotisiert schaute der Chinese auf die längliche Lache, die fast seine Schuhspitzen berührte. Es gab keinen Zweifel, das war Blut.

Johns Blut!

Suko ballte die Hände. Hart preßte er die Lippen zusammen, die Kieferknochen traten deutlich hervor, und er hörte neben sich das Lachen des Türken.

»Weißt du nun, was mit deinem Freund geschehen ist?«

Suko hörte die Worte zwar, aber er nahm sie nicht bewußt wahr. Er erfaßt ihren Sinn kaum und merkte nur, wie sich in seinem Innern ein Gefühl ausbreitete, das nur mit Zorn, Wut und einer unendlichen Trauer umschrieben werden konnte.

War John tot?

»Du sagst ja nichts«, lachte Kelim. »Hat es dir die Sprache verschlagen, Chinese?«

Suko wandte sich um. Er schaute den Türken mit einem Blick an, der Kelim erschauern ließ. »Du hast ihn getötet«, sagte er rauh.

Hastig schüttelte Kelim den Kopf, als wollte er sich verteidigen. »Ich nicht.«

»Wer dann?«

Da grinste der Türke wieder. »Die Decke, Chinese. Sie hat ihn umgebracht. Sie ist von oben runtergekommen. Langsam, aber sicher, und dann war es vorbei!« Kelim rieb sich die Hände. »Eine todsichere Methode im wahrsten Sinne des Wortes.«

»Warum mußte er sterben?« Suko kannte seine Stimme selbst kaum wieder.

»Er wollte den grünen Dschinn vernichten!«

»Dann gibt es ihn?«

»Fast erraten, Chinese. Noch ist er gefangen, aber er wird befreit, darauf kannst du dich verlassen. Jahrtausende hat er in seinem Gefängnis verbracht, doch das ist nun vorbei. Einige seiner Diener haben es schon geschafft. Sie sind auferstanden. Als der große Kontinent Atlantis versank, da hatte sich der grüne Dschinn schon gerettet. Er war in das Land gegangen, das die Menschen heute die Türkei nennen.«

Bei dem Wort Atlantis war Suko hellhörig geworden. Der grüne Dschinn, dazu die Magie seiner Diener, die selbst Silberkugeln trotzten und der Dämonenpeitsche, das wies auf eine uralte Geschichte hin. Er hätte selbst darauf kommen müssen.

Atlantis!

Suko dachte an Myxin und Kara. Warum hatten sie sich nicht gemeldet? Wußten sie denn nicht, was hier geschah? Denn sie waren doch auf der Suche nach Resten dieses versunkenen Kontinents, der eine von den Großen Alten vererbte Magie in sich barg, die überhaupt noch nicht erforscht war.

Die Stimme des Türken unterbrach Sukos Gedanken. »Überlegst du, wie du hier herauskommst?« höhnte er.

»Möglich.«

»Es gibt keinen Ausweg, Chinese. Nicht für dich, denn du wirst ebenso sterben!«

Da hatte er Suko an sich nichts Neues gesagt. Nach dem, was geschehen war, konnte er Suko nicht am Leben lassen. Wahrscheinlich würden ihn die drei Kuttenträger töten.

Suko hatte noch eine winzige Hoffnung. Wenn es ihm gelang, an den Stab zu gelangen und wenn der seine Kraft entfalten konnte, dann gab es noch eine hauchdünne Chance.

Zu viele Wenns ...

»Was ist mit dir?« Kelim stieß Suko an. Und der gab sich schwächer, als er war. Er sackte in die Knie. Dabei fiel er direkt vor die Füße des Türken, der die Gelegenheit ausnutzte und Suko einen Tritt verpaßte.

Mein Freund stöhnte auf. Sehr glaubwürdig, so daß Kelim seinen Spaß hatte. »Du vergehst vor Angst, Chinese, aber das soll so sein. Ich will dich schreien hören wie deinen Freund. Der hat auch geschrien.« Wieder trat er zu. »Ich hätte es auf Band aufnehmen und dir vorspielen sollen. Aber die Zeit bleibt nicht, und auch nicht die Zeit, um dich so in den Tod zu schicken wie den anderen. Die Diener des Dschinns sollen dich töten!«

Suko hatte jedes Wort verstanden. Er war auch froh, daß Kelim zweimal zugetreten hatte, so hatte er jedesmal seine Stellung verändern können.

Jetzt lag er gekrümmt am Boden, die Beine leicht angezogen und die Hand unter dem Jackett versteckt.

Die Finger umklammerten bereits den von Buddha geschaffenen und weitergegebenen Stab, dessen Kräfte Suko schon manches Mal gerettet hatten.

Würden sie es auch hier schaffen?

»Macht ihn fertig!« peitschte der Befehl.

Da riß Suko den Stab hervor!

Die Decke stoppte nicht. Sie glitt weiter, um mich mit ihrem Gewicht langsam zu zerquetschen.

Aber unter mir veränderte sich der Boden. Hatte ich zuvor auf diesen grauen Beton gestarrt, so verschwamm er jetzt, wurde gewissermaßen auseinandergezogen, und ich sah helle Flecken, die gläsern wirkten. Glas, in und durch das ich schauen konnte.

Eine fast endlose Tiefe lag unter mir. Ich hatte das Gefühl, bis zum Mittelpunkt der Erde schauen zu können. Gleichzeitig dachte ich an die Decke, die sich weiterhin senkte und mich eigentlich schon hätte töten müssen.

Das war nicht der Fall.

Wieso?

Ich wollte mich auf die Seite drehen, vielleicht auch auf den Rücken, um mich zu überzeugen, aber das ging nicht. Ich war nicht in der Lage, mich zu bewegen. Etwas hielt mich fest. Ich fühlte mich als Teil eines Ganzen. Allerdings eines seltsamen Ganzen, denn da war etwas, das mich immer weiter in die Tiefe zog und mich dabei nicht losließ. Ja, Freunde, ich schwebte tatsächlich unter der Oberfläche und wurde von seltsamen Kräften weitergezogen, der unauslotbaren Tiefe entgegen.

Dabei fühlte ich mich frei, irgendwie leicht und auch von einem Druck befreit. Die Erklärung war ganz einfach. Es gab keine Angst mehr. Das schreckliche Gefühl, das ich in den letzten Sekunden erlebt hatte, war verschwunden.

Ein Druck wurde von meiner Seele genommen, und irgendwie war ich gespannt, wie es weitergehen würde.

Es zog mich weiter.

Hinunter in die Tiefe, die wie ein Raubtier wirkte, das alles in sich hineinschlang, was ihm in die Quere kam.

Auch mich?

Bestimmt – aber da war noch etwas. So endlos schien diese Tiefe doch nicht zu sein.

Irgendwo hatte sie ein Ende, irgendwo würde ich landen. Vielleicht in einer fremden Welt?

Unter mir sah ich ein rötliches Leuchten. Man konnte es mit dem Wort Glosen beschreiben, es flimmerte, ich sah einen rötlichen Himmel und einen großen Ball, der gelb schien und mich dabei an eine Sonne erinnerte.

Auf einmal wußte ich, wo ich gelandet war. Wenigstens konnte ich meine Umgebung ungefähr erfassen. Ich befand mich, wenn mich nicht alles täuschte, in einer anderen Dimension, im Reich eines oder mehrerer Dämonen. Das Zimmer mit der gefährlichen Decke war gewissermaßen nur die Startbahn gewesen, um das Land hier unter mir zu erreichen.

Frei und leicht fühlte sich mein Körper an. Schwebend glitt ich tiefer, die große Todesangst lag hinter mir und hatte einem anderen Gefühl Platz gemacht.

Erwartung!

Spannung und Erwartung. Ich war wirklich neugierig auf das, was mich da in Empfang nehmen würde.

Ich hatte bereits mehrere Dimensionssprünge hinter mir. Alle waren gleich gewesen – bis auf diesen hier. Bei den vorherigen Dimensionssprüngen waren meine Gefühle ausgeschaltet gewesen, da hatten nur die äußeren Einflüsse gezählt, ich war gewissermaßen zu einem Spielball fremder, unerklärlicher Kräfte geworden, aber hier konnte ich die Eindrücke voll aufnehmen. Ich bekam einen Überblick von dem, was mich erwartete.

Unter mir lag ein Land.

Es erinnerte mich an eine Wüste. Allerdings war sie nicht flach, wie man es oft von Sandwüsten gewohnt ist oder auf Bildern sieht. Diese Wüste hier zeigte ein Gesicht, das aus Steinen und Felshaufen gebildet wurde.

Die Steine hatten eine graue Farbe. Selbst aus dieser Entfernung sah ich, wie verwittert sie waren, als hätte jemand mit gewaltigen Hämmern oder Meißeln gegen sie geschlagen.

Ein Stein fiel mir besonders auf.

Schon in seiner Farbe stach er von den anderen ab. Er war

nicht braun wie die anderen, sondern bläulich, und er sah aus wie ein großer Würfel oder Quader.

Quadratisch die Form, mit abgeschliffenen Ecken, lag er auf einem Felssockel und wurde von dünnen, grünen Adern durchzogen.

Dieser Stein, das wußte ich sofort, mußte irgendeine Bedeutung haben. Allerdings konnte ich mir nicht vorstellen, welche, aber es war typisch, daß ich mir bereits jetzt darüber Gedanken machte. Man ist eben zu sehr Polizist.

Von meiner Perspektive sah es aus, als würde ich genau auf den Stein zufallen.

Das täuschte.

Neben ihm erreichte ich den Boden und sank fast bis zu den Knöcheln ein, denn über dem Fels lag eine Sandschicht, fein wie Staub. Von oben hatte ich sie nicht gesehen.

Ich blieb stehen.

Zunächst interessierte mich die Umgebung. Von oben her hatten die Steine wesentlich kleiner ausgesehen. Jetzt, wo ich neben ihnen stand, sah ich ihre wahre Größe.

Sie waren nicht so groß wie die ›flaming stones‹, diese magischen Steine irgendwo in England, deren Geheimnis ich bisher noch nicht ergründet hatte. Auch ihre Form war anders. Sie sahen schlanker aus, und manchmal konnte man das Gefühl haben, zwischen zu Stein gewordenen Riesen zu stehen.

Ich blickte auch nach oben. Vielleicht sah ich die Decke, irgendeinen Hinweis, aber da war nichts.

Nur der Himmel.

Hellblau schimmerte er, nicht mehr rötlich, wie ich beim Eintauchen gesehen hatte. Es war ein völlig normales Firmament, wie man es überall auf der Welt findet und besonders in den südlichen Ländern.

Befand ich mich vielleicht gar nicht in einer anderen Dimension? Hatte ich nur eine Reise mit ungewöhnlichen

Mitteln gemacht? Vielleicht in die Vergangenheit? Das wäre nicht das erste Mal gewesen, da brauchte ich nur an den Vampir Fariac zu denken. Als ich gegen ihn und seinen Bruder kämpfte, war ich in der Vergangenheit gelandet. Aus diesem Grunde war meine Vermutung gar nicht so weit hergeholt.

Mein Blick glitt weiter. Ich orientierte mich dabei am Stand der Sonne und merkte, daß ich nach Norden schaute. Und dort, in einer kaum wahrnehmbaren Ferne, hob sich etwas aus dem Dunst ab.

Es waren Berge.

Genau erkannte ich sie nicht, doch ich sah einen blaugrauen Streifen, leicht gewellt und im Sonnenlicht schimmernd.

Zur anderen Seite, also in Richtung Süden, fiel das Land irgendwie ab, als würde ich mich auf einem gewaltigen Plateau befinden. Da wuchsen der Horizont und die Erde zusammen, wobei sie eine flimmernde Linie bildeten.

Wo befand ich mich?

Diese Frage quälte mich, und ich empfand sie sogar als eine Folter. Ich tastete meinen Körper ab.

Das Kreuz trug ich ebenso bei mir wie die Beretta. Ansonsten war ich unbewaffnet, die Dämonenpeitsche hatte ich Suko überlassen, er besaß auch noch seinen Stab, den Buddha ihm vererbt hatte.

Ich fragte mich, wie es Suko wohl ergangen sein mochte. Der würde große Augen machen, wenn er wüßte, wo ich gelandet war.

Aber das wußte ich selbst nicht.

Auf jeden Fall war es heiß. Die Sonne brannte mir auf den Kopf, aber trotz der Hitze wollte ich weiter. Es hatte schließlich keinen Zweck, hier sitzenzubleiben und darauf zu warten, daß etwas geschah.

Noch einen Blick warf ich in die Runde.

Meine Augen wurden groß. Ich hatte mir auch den viereckigen Stein angesehen und war überrascht, denn auf seinen Kanten flimmerte es leicht grünlich.

Es war das gleiche grüne Leuchten, das ich schon einmal gesehen hatte.

In dem Raum, dessen Decke von oben herabgekommen war. Und das Flimmern nahm Gestalt an.

Eine Gestalt, die mir bekannt vorkam.

Ich hatte das Gesicht schon einmal gesehen. Es war noch gar nicht so lange her, und es hatte mir von den vier Wänden meines Gefängnisses entgegengeschimmert.

Die Fratze des Dschinns!

Hier sah ich sie wieder. Und abermals schimmerte sie in oder auf einem Stein. Ihn selbst, den Dschinn, sah ich nicht. Nur eben das Gesicht, das eine entfernte Ähnlichkeit mit einem Affen aufwies, grün schillerte und von schmalen, roten Streifen durchzogen war. Eine widerliche Visage.

Ging ich allein von dem Anblick aus, so konnte ich mir vorstellen, wie brutal dieser Dämon in Wirklichkeit war. Brutal und gefährlich.

Noch war er gefangen.

Aber war er das wirklich?

Je länger ich darüber nachdachte, um so komischer wurde mir zumute. Ich glaubte nicht so recht an eine ewige Gefangenschaft. Irgendwie lag etwas in der Luft. Trotz der Hitze rieselte mir eine Gänsehaut über den Rücken, die unsichtbare Gefahr spürte ich mit jeder Faser meines Körpers. Angst empfand ich trotzdem nicht.

Wer so etwas hinter sich hatte wie ich, der konnte eigentlich kaum noch Angst empfinden, nicht vor Dingen, wie ich sie sah.

Längst hatte sich in mir ein Entschluß gefestigt. Ich wollte hier weg. Wenn ich mich wirklich irgendwo auf der Erde befand, dann würde ich wahrscheinlich auch auf eine

Ansiedlung stoßen. Dabei war es egal, in welche Richtung ich schritt.

Einen letzten Blick gönnte ich dem Quader und auch den seltsamen Steinen. Automatisch zählte ich sie.

Es waren fünf an der Zahl.

Fünf?

Irgend etwas machte »Klick« in meinem Gehirn, und ich begann nachzudenken. Dabei vergaß ich, daß ich den Ort eigentlich verlassen wollte.

Bei den »flaming stones« waren es vier Steine. Deren Bedeutung kannte ich nicht, aber die Zahl fünf hatte eine völlig andere magische Basis.

Ursprünglich war sie die Symbolzahl für die altbabylonische Göttin Ischtar, zudem ist sie die Zahl des Pentagramms, fünf Sinne hat der Mensch nach herkömmlicher Rechnung: Sehen, Hören, Riechen, Schmecken und Tasten, zudem gibt es fünf Seelenvermögen: das belebende, begehrende, empfindende, erregende und verständige, fünf Finger hat die Hand, fünf Wandelsterne stehen am Himmel, fünf Gruppen von Gattungen hat die Natur: Steine, Metalle, Pflanzen, Halbtiere und Tiere, und letztere haben fünf Klassen: Menschen, Vierfüßler, fliegende, schwimmende und kriechende Tiere. Fünf ist aber auch die Zahl des Kreuzes, entsprechend den fünf Wunden Christi.

Das letzte konnte ich wohl streichen, denn mein Kreuz hatte nicht reagiert.

Und doch mußten diese fünf Steine eine magische Bedeutung haben. Ich führte meine Gedanken fort.

Da mir praktisch die Sonne auf den Pelz brannte und ich davon ausging, mich in einem südlichen Land zu befinden, konnte es durchaus möglich sein, daß ich irgendwo im Orient gelandet war. Das ehemalige Babylon lag ja auch nicht in Europa. Sollte hier vielleicht eine Gedenkstätte der altbabylonischen Göttin Ischtar erschaffen worden sein?

Von der Hand zu weisen war es im Prinzip nicht, es widersprach jedoch dem Auftauchen des Dschinn.

Wie paßten ein Dschinn und eine Göttin zusammen? Möglich war natürlich alles, und was ich über die Zahl fünf wußte, war mehr als wenig. Sicherlich gab es noch weitere Geheimnisse, die hier eine Rolle spielten und die ich noch längst nicht ergründet hatte und wohl nie ergründen würde.

Jetzt hatte ich so lange nachgedacht und dabei mein eigentliches Vorhaben vergessen. Ich wollte ja weg.

Kaum hatte ich mich umgedreht, als ich die Gestalt sah. Sie stand genau dort, wo ich hatte hingehen wollen, und sie schien mich die ganze Zeit über schon beobachtet zu haben ...

Entweder oder!

Eine andere Alternative gab es nicht.

Suko schrie das magische Wort, das alles verändern sollte und die Zeit anhielt.

»Topar!«

Vier Gegner hatte er.

Einen normalen Menschen und drei Wesen, die sicherlich nicht von dieser Welt stammten. Bisher hatte die Magie versagt, jetzt mußte es sich zeigen.

Die vier – erstarrten!

Der Chinese hätte gern einen Jubelschrei ausgestoßen, doch er hielt sich vornehm zurück. Dicht über ihm schwebten die gefährlichen Waffen der Monsterwesen, so daß Suko noch nicht aufstehen konnte, ohne von ihnen berührt zu werden. Er mußte sich zur Seite rollen und sprang dann auf.

Fünf Sekunden nur.

Zwei davon waren sicherlich schon vergangen. Suko hätte diese drei gern entwaffnet, dazu blieb ihm jedoch nicht die Zeit. Er mußte weg und Hilfe holen.

Wo gab es den einfachsten Weg?

Durch das Lokal. Dabei dachte der Chinese auch ein wenig an sich. Er glaubte nämlich nicht, daß die anderen ihn verfolgen würden bei so vielen unbeteiligten Zeugen.

Er fand sich auf dem Gang wieder, orientierte sich während des Laufens, sah den Vorhang und auch den Spalt, der ihn in der Mitte teilte. Aus ihm quoll Rauch. Für Suko ein Zeichen, daß hinter dem Vorhang das Lokal liegen mußte.

Er riß die rechte Hälfte zur Seite und hatte sich nicht getäuscht. Suko stürmte in den Gastraum hinein, und zwar so heftig, daß er den kleinen Tisch umriß, der dicht am Vorhang stand. Dort spielten zwei Gäste trotz der miesen Beleuchtung Domino. Die Männer kippten von ihren Stühlen. Sukos Ellbogen hatte sie gestreift.

Hinter sich, also vom Gang her, vernahm der Chinese den gellenden Wutschrei. Kelim hatte ihn ausgestoßen. Er sah seine Felle sicherlich davonschwimmen, und Suko war auch hier im Schankraum noch nicht in Sicherheit.

Wenn es Kelim gelang, die Gäste zu alarmieren, dann konnte er einpacken. Sie würden sich mit Vergnügen auf ihn stürzen. Dieser Gefahr wollte Suko entgehen.

Suko hatte einen Vorteil. Sein Erscheinen war zu überraschend erfolgt. Es hatte eingeschlagen wie eine Bombe. Bevor die Gäste überhaupt richtig begriffen, war Suko bereits in Nähe der Tür. Nur wenige Schritte trennten ihn noch davon. Auf seinem Weg hatte er abgeräumt. Die schlechte Sicht und den schmalen Platz zwischen den einzelnen Tischen hatten einige Gäste mit Bodenkontakt bezahlen müssen. Sie fluchten und schrien.

Dann sprangen die ersten auf.

Und Suko hörte auch Kelims Stimme. Sie überschlug sich fast, als er kreischte: »Haltet ihn fest, diesen verdammten Ungläubigen. Er will fliehen …!«

Zwei Kerle stellten sich dem Chinesen tatsächlich in den Weg. Sie waren ziemlich kräftig. Einer hatte bereits ausgeholt, als Sukos Karateschlag ihn von den Beinen riß. Er fiel gegen seinen Kumpan. Beide gingen zu Boden und behinderten auch einen dritten, der deshalb nicht eingreifen konnte.

»Nehmt die Messer!«

Dieser Befehl war wirklich das Letzte. Kelim mußte das Wasser bis zum Hals stehen.

Da wurde die Tür aufgezogen.

Ein neuer Gast wollte das Lokal betreten. Er öffnete Suko unbewußt den Fluchtweg.

Als die erste Klinge flog, hatte Suko den überraschten Mann schon zur Seite gestoßen und war draußen. Das Messer hieb rechts neben der Tür in den Rahmen. Dort blieb es zitternd stecken.

Suko hatte es geschafft.

Zum Glück sah er eine Lücke im Verkehr und jagte rasch über die Straße. Erst auf der anderen Seite drehte er sich um.

Man verfolgte ihn nicht. In der offenen Tür zeigte sich zwar eine Menschentraube, Fäuste wurden geschüttelt, aber niemand machte Anstalten, die Straße zu überqueren. Es waren eben zu viele Zeugen in der Nähe.

Kelim ließ sich nicht sehen. Der Anführer hielt sich im Hintergrund. Er hatte schließlich einiges zu befürchten, und Suko war fest entschlossen, noch einmal in dieses Kaffeehaus zurückzukehren. Allerdings nicht allein, sondern mit einem Polizeiaufgebot.

John Sinclair war verschwunden oder tot. Allein diese Nachricht würde Sir James Powell, den Superintendenten und Johns Chef, auf die Barrikaden treiben.

Es gab natürlich einen Fehler in der Rechnung. Die Gegner hatten Zeit genug, das Weite zu suchen. Sie konnten fliehen, Suko und die Polizisten würden das Nachsehen haben.

Aber daran war nichts zu ändern. Auf dem Weg zum Parkplatz, wo der Chinese seine Harley abgestellt hatte, passierte er eine Telefonzelle. Das rote Häuschen war leer. Vor einem Teenager, der Suko vor Wut die Zunge rausstreckte, enterte er die Kabine.

Die Durchwahlnummer hatte er im Kopf. Er hoffte, Sir James noch im Büro anzutreffen. Wie an vielen Tagen, so arbeitete der Superintendent auch an diesem Abend länger.

Er selbst hob ab.

Suko meldete sich. Seine Stimme klang ruhig, obwohl er innerlich nervös war, was bei ihm selten vorkam. Er schilderte die Begebenheiten, und Sir James hörte genau zu.

»Wie viele Leute brauchen Sie?« fragte er.

»Man muß das Kaffeehaus abriegeln. Zudem weiß ich nicht, wie es an der Rückseite aussieht.«

»Ich werde eine halbe Hundertschaft anfordern.«

»Das wird sicherlich reichen, Sir.«

»Und was ist mit John? Sind Sie sicher, daß er nicht mehr lebt?« Sir James' Stimme klang belegt.

»Sicher nicht.«

»Sie haben ihn nicht gesehen?«

»Das war nicht möglich, Sir. Die Decke hatte den Boden berührt. Ich sah nur das Blut.«

»Das reicht, Suko. Bleiben Sie in der Nähe. Ich werde auf jeden Fall selbst vorbeikommen.«

»Bis dann, Sir.«

Suko hängte ein. Als er die Zelle verließ, giftete ihn der Teenager an. Der Chinese hörte gar nicht hin, er hatte jetzt andere Sorgen. Es ging um das Leben seines besten Freundes. Suko schritt den gleichen Weg zurück, den er gekommen war. Von den zahlreichen Passanten hatte niemand etwas bemerkt. Völlig normal lief der Betrieb weiter. Auch das Kaffeehaus fiel nicht auf. Keiner ahnte, was sich hinter der Fassade alles abspielte, welch ein Horror dort lauerte.

Bald würde es hier anders sein. Eine halbe Hundertschaft Polizisten, Männer, die ihr Handwerk verstanden, das hatten sie in den letzten Wochen unter Beweis stellen müssen, als Demonstrationen London erschütterten.

Der Chinese dachte nicht daran, eine passive Rolle zu spielen. Er wollte mit dabei sein. Zudem war er jetzt gewarnt. Auch sah er nicht ein, das Kaffeehaus auf dem offiziellen Weg zu betreten, sondern von der Rückseite aus.

Er suchte sich das Nachbarhaus aus, wo der Meister immer noch im Schaufenster hockte und auf seinem angeblich echten Silberschmuck herumhämmerte.

Der Eingang zum Geschäft befand sich im Flur und nicht direkt neben dem Schaufenster.

Gemeinsam mit zwei Frauen betrat Suko den schmalen, düsteren Flur. Während sich die Frauen nach links wandten und in das Geschäft gingen, schritt Suko geradeaus weiter.

Er hatte die Hoftür schon gesehen. Sie lag am Ende des Flurs, und in der oberen Hälfte befand sich eine schmale Milchglasscheibe, durch die Licht schimmerte.

Niemand achtete auf den Chinesen, als er durch den Flur und bis zur Tür ging. Er hoffte nur, daß sie nicht verschlossen war. Sie war es nicht.

Mein Freund zog sie auf und schaute in einen Hinterhof. Typisch Soho. Zwei Yards hinter der Tür endete das holprige Kopfsteinpflaster. Die Mülltonnen standen links. Ein alter Mann hockte auf einer Gemüsekiste, schaute Suko aus kleinen Augen an und schnitzte an einem Stück Holz.

Er hockte im Schatten einer Mauer, die den Hof vom Nachbargrundstück trennte.

Suko grinste dem Mann zu und sprang neben ihm in die Höhe, wobei er den Rand der Mauer umklammerte.

»Du kannst auch die Tür nehmen«, sagte der Alte.

»Mach dich lieber dünn!« rief Suko. »Hier erscheinen gleich fünfzig Bullen.«

»Was?«

Suko hockte schon auf der Mauer. »Keine Lüge, Alter. Die räumen bestimmt auf.«

»Danke.« Der Mann ließ das Messer verschwinden, nahm die Kiste und lief, als wäre seine Frau mit schwingendem Kochlöffel hinter ihm her.

Der Chinese sprang in den Hof.

Man merkte, daß sich in der Nähe ein türkisches Lokal befand. Es roch dementsprechend. Knoblauch und anderes Zeug, das Suko nicht kannte, vermischten sich zu einem penetranten Gestank.

Zum erstenmal sah Suko die Hintertür von außen. Früher waren hier auch mal Fenster gewesen, doch die hatte man zugemauert. Die Steine waren heller als das Mauerwerk.

Eigentlich wies nichts auf eine überstürzte Flucht der Türken hin. Es war alles ruhig. Als Suko sein Ohr gegen die Tür legte, hörte er auch keinerlei Geräusche, sondern nur die für seine Ohren schrille Musik.

Alles ging normal weiter.

Die Tür war allerdings verschlossen. Da eine Polizeiaktion geplant war, hatte der Chinese keinerlei Hemmungen, sich den Weg mit Gewalt zu bahnen. Er mußte zweimal Anlauf nehmen, um freie Bahn zu haben. Dann krachte die Tür nach innen.

Diesen Gang kannte der Chinese.

Er führte an der schmutzigen Toilette vorbei und anschließend in das Lokal, wo die Männer hockten, Kaffee und Tee tranken und so gar kein Wässerchen trüben konnten.

Die Musik wurde lauter, auch das Stimmengewirr hörte Suko, und dann betrat er die Gaststube.

Es war wie immer.

Kelim stand an der Kaffeemaschine. Gäste hockten an den Tischen. Rauch schwängerte die Bude, die Musik malträtierte Sukos Ohren.

Der Chinese wandte sich sofort der Theke zu und lehnte sich dagegen. Kelim schaute auf.

Suko grinste. »Kennen wir uns nicht?« fing er an.

»Wieso?«

»Ich hätte gern das gleiche wie vorhin!« bestellte Suko.

»Was war das?«

»Du kannst dich also nicht erinnern?«

»Wieso sollte ich? Waren Sie schon mal hier? Ich hätte mich bestimmt erinnert. Fremde kommen selten hier rein. Das ist mehr was für Landsleute, wissen Sie.«

»Klar, aber ich war trotzdem hier. Und mir gefällt es auch. Ebenfalls wird es der Polizei gefallen, die nämlich auf dem Weg hierher ist. Was sagen Sie dazu?«

Kelim hob die schrankbreiten Schultern. »Ich bin mir keiner Schuld bewußt, und mit der Polizei habe ich ein gutes Verhältnis. Wirklich, da kann man mir nichts nachsagen.«

»Du bist sowieso ein Unschuldsengel!« zischte Suko durch die Zähne.

»Nein. Keiner von uns ist ohne Schuld.« Kelim grinste feist. »Aber wenn man den Geboten des Korans folgt, so wird es schwerfallen, Schuld auf sich zu laden.«

»Du solltest als Sprücheklopfer auftreten!« konterte Suko und wandte sich ab.

Die Tür wurde aufgestoßen. Gleichzeitig drang der Lärm von draußen mit herein. Da brandeten Stimmen, und über Megaphon wurden Befehle gegeben. Sie klangen nach einer Durchsuchung und einer Abriegelung des Gebäudes.

Suko schaute Kelim an. Der Türke schien keine Nervosität zu kennen, er hatte sich ausgezeichnet in der Gewalt, und Suko beschlich langsam ein ungutes Gefühl.

Als einer der ersten betrat ein Mann das Kaffeehaus, den Suko kannte. Chiefinspektor Tanner, der Leiter der Mordkommission. Sein Markenzeichen war ein alter Filz, den sicherlich schon sein Großvater getragen hatte. Ohne diesen

Hut konnte man sich Tanner überhaupt nicht vorstellen. In seinem Mundwinkel klebte die Pfeife, und wie immer trug er den für seine Größe viel zu langen grauen Mantel. Er bahnte sich mit beiden Händen einen Weg.

»Laßt die Tür auf, damit der Gestank mal rauszieht!« rief er.

Suko winkte ihm zu.

Tanner blieb neben dem Chinesen stehen und deutete auf Kelim. »Ist das der Besitzer?«

»Ja.«

Tanner wechselte den Blick zu Suko. »Und wo ist Sinclair? Sir James persönlich rief mich an und sagte ...«

Suko unterbrach ihn durch eine Handbewegung. »Kommen Sie mit, ich werde Ihnen alles zeigen.«

»Und der bleibt auch bei uns.« Damit meinte der Chiefinspektor den Türken Kelim.

Inzwischen hatten sich die Beamten im Lokal verteilt. Keiner kam mehr raus, die Männer kannten ihren Job.

Suko ging vor. Er nahm nicht die Tür, sondern lenkte seine Schritte auf den Vorhang zu, weil er direkt in den Gang wollte, wo das Zimmer lag, in dem sich der Tote befand. Der Chinese und der Chiefinspektor hatten Kelim in die Mitte genommen. Sie wollten ihm keine Chance zur Flucht geben. Zusätzlich hatten sich noch zwei weitere Beamte angeschlossen.

»Hier ist es«, sagte Suko und blieb vor der entsprechenden Tür stehen.

»Sollen wir öffnen?« fragte Tanner zu Kelim gewandt.

Kelim zuckte nur mit den Schultern.

Suko zog die Tür auf. Sie schwang nach außen, und die beiden Männer schauten in ein leeres Zimmer.

Das seltsame Gefühl, das Suko gespürt hatte, war also keine Täuschung gewesen. Die Gegenseite hatte blitzschnell reagiert, und es sah nach einer Blamage aus.

Tanner und der Chinese schauten in den Raum. Kein Blut auf dem Boden, eine normale Decke. Nur in einer Ecke standen ein paar hellbraune, prall gefüllte Säcke.

»Was ist darin?« fragte Tanner.

»Kaffee.«

Chief Tanner überzeugte sich. Kelim hatte nicht gelogen. Es befanden sich tatsächlich Kaffeebohnen darin.

Suko starrte den Türken von der Seite an. Er sah das Grinsen in dessen Gesicht, diesen unverhohlenen Triumph, und er wußte Bescheid. Aber beweisen konnte man ihm nichts, und für Chiefinspektor Tanner zählten eben nur Beweise.

»Wo ist Chief Tanner?« Vom Flur her hörten beide eine markante Stimme. Sie gehörte Sir James Powell.

Suko winkte dem Superintendenten zu. »Kommen Sie, Sir, dies ist das Zimmer.«

Powell blieb in der Tür stehen. Die beiden hatten ihm Platz geschaffen, so daß Sir James einen Blick in das Zimmer werfen konnte.

»Da ist nichts«, murmelte Suko.

Sir James drehte sich um. »Sind Sie sicher, daß es dieser Raum gewesen ist?« fragte er Suko.

»Natürlich.«

»Leer«, stellte Sir James fest. »Bis auf diese Säcke.« Er streckte den Arm aus. »Sind sie schon untersucht worden?«

»Ja, Sir«, sagte Chief Tanner. »In den Säcken befindet sich Kaffee.«

Der Superintendent hatte sich bereits zu Kelim umgedreht. Der Türke duckte sich regelrecht, als ihn ein harter Blick traf. Sir James sah heute irgendwie gefährlich aus. »Was oder wer befindet sich noch in dem Haus?« wollte er wissen.

»Wohnungen.«

»Und wer wohnt da?«

»Landsleute von mir.«

»Wem gehört das Haus?«

»Mir, Sir.«

»Sie haben es gekauft?«

»Ja, Sir.«

»Woher hatten Sie das Geld?«

»Geliehen, Sir.«

»Wer hat Ihnen das Geld geliehen?«

Sir James stellte die Fragen knallhart.

»Ich habe es aus meiner Heimat. Ein Onkel …«

»Keine Terror-Organisation?«

»Nein. Von so etwas habe ich keine Ahnung.«

Sir James hatte Kelim genug gefragt. Er wandte sich wieder an Chief Tanner. »Wird das Haus durchsucht?«

»Meine Leute sind dabei.«

»Jedes Zimmer soll unter die Lupe genommen werden, haben Sie verstanden?«

»Klar, Sir.«

»Sie bleiben in der Nähe«, wies Sir James den Türken an.

»Natürlich. Ich habe mir nichts vorzuwerfen.«

»Das ist noch nicht sicher.«

Kelim schwieg und senkte den Blick. Er führte die Männer anschließend nach oben. Die Holztreppe hatte Suko zuvor nicht gesehen. Sie war bedenklich steil.

Schon in der ersten Etage fielen die zahlreichen Wohnungen auf. Der Geruch wurde hier eher schlechter als besser, die warme Luft staute sich hier.

Zahlreiche Mieter lagen in den Betten. Vier Liegen pro Zimmer, das konnte man schon als menschenunwürdig bezeichnen. Kelim machte hier das große Geschäft. Ein Türke nahm seine Landsleute aus.

Jeden Raum betraten Sir James und Tanner. Zwar hatten die Polizisten hier schon nachgesehen, aber Chief Tanner und Sir James wollten sich selbst überzeugen. Suko begleitete sie.

Der Chinese hielt sich neben dem Superintendenten. »Ich verstehe das nicht, Sir, die können doch die Beweise nicht so schnell verschwinden lassen!«

»Normalerweise nicht, aber hier stecken alle unter einer Decke. Da hält jeder dicht.«

»Und auch dieser Mechanismus, mit dem man die Decke in Gang setzen kann, muß doch zu finden sein.«

»Wir werden ihn suchen.« Der Mut und die Zuversicht des Superintendenten waren ungebrochen.

Suko rechnete nach. Das Zimmer, das direkt über dem bewußten lag, wo Suko das Blut gesehen hatte, mußte sich auf der rechten Seite befinden.

Suko machte Sir James darauf aufmerksam.

»Sehen wir nach«, sagte der Superintendent und nickte. Mit dem Fuß drückte Suko die schon offene Tür weiter auf.

Eine Überraschung erwartete die Männer zwar nicht, aber sie wunderten sich trotzdem. Hier standen nur zwei Betten, zudem war der Raum kleiner.

Dicht hinter der Tür blieben die Männer stehen. Die drei Polizisten hatten sich gewundert, und es war Sir Powell, der die entsprechende Frage stellte.

»Wie ist es möglich, daß dieser Raum nur die Hälfte der sonstigen Ausmaße hat?«

»Das weiß ich nicht, Sir«, erwiderte Kelim devot. »Es war schon so, als ich das Haus kaufte.«

Suko hatte den Türken bei dieser Antwort genau beobachtet. Deutlich sah er das Zucken der Wangenmuskeln und auch die winzigen Schweißperlen auf der Stirn. Kelim machte einen nervösen Eindruck. Hier stimmte etwas nicht. Dieses Zimmer kam auch Suko sehr verdächtig vor. Die Polizisten hatten den Raum bereits durchsucht, aber nichts gefunden. Suko wollte daran nicht glauben, auch Chief Tanner und Sir James hatten gewisse Zweifel, was man ihren Gesichtern durchaus ansah.

Tanner verließ das Zimmer, ging in den Flur und war wenig später wieder da. Seinem knautschigen Gesicht war nicht anzusehen, was er dachte. »Etwas ist faul«, stellte er fest. »Da dieses Zimmer kleiner ist, müßte auch der Abstand zur nächsten Tür geringer sein. Doch das ist nicht der Fall. Etwas stimmt hier nicht.«

»Ich wüßte nicht, was.« Kelim hob die Schultern. »Gentlemen, ich bin mir keiner Schuld bewußt. Dieses Zimmer ist kleiner, sicher, aber ich habe doch ...«

Suko ließ ihn nicht ausreden. Er ging auf die Wand zu und klopfte dagegen.

Dumpf hörte es sich an. Dumpf, aber nicht hohl.

»Eine Mauer«, murmelte er, »wie auch bei den anderen Räumen. Scheint wirklich in Ordnung zu sein.« Als er den letzten Satz sprach, schielte er mit einem Auge Kelim an.

Der atmete sichtlich auf.

Genau das war für Suko der Beweis, daß doch etwas faul war im Staate Dänemark. Kelim sollte sich wundern. Suko würde ihm nicht auf den Leim gehen.

Er klopfte weiter.

Kelim stand auf dem Sprung, und plötzlich zuckte er ebenso zusammen wie der Chinese.

Hohl ...

Sukos Finger war auf eine Stelle gestoßen, wo es hohl klang. Hinter der Wand mußte sich irgendein Raum befinden, der für Fremde nicht zugänglich war.

Der Chinese beeilte sich. Er klopfte die Stelle genauer ab, tastete sich dabei von oben nach unten vor und nickte zufrieden, als er die Umrisse einer Tür herausfand.

»Eine Geheimtür!«

Jeder schaute Kelim an und wartete auf eine Erklärung. Tanner ging zur Tür und winkte zwei seiner Männer heran, die vor der Schwelle Aufstellung nahmen.

Sie blieben dort stehen wie Zinnsoldaten und beobachteten nur. Sir James Powell jedoch drehte sich zu Kelim um. Er musterte ihn eine Weile, dann sagte er: »Erzählen Sie nur nicht, Mr. Kelim, Sie hätten von dieser Tür nichts gewußt.«

»Nein, Sir, wirklich ...«

»Was befindet sich dahinter?« Sir James' Stimme klang scharf.

»Keine Ahnung, Sir!«

»Aufbrechen!« verlangte der Superintendent.

Chief Tanner winkte seinen Beamten. Suko stand noch an der Tür. Durch die Tapete war sie gut verdeckt. Man sah die Umrisse nur, wenn man direkt davorstand. Wirklich raffiniert gemacht.

Die beiden Beamten nahmen Anlauf.

»Zu – gleich ...«

Sie warfen sich vor, krachten gegen die Tür, und schon beim ersten Anlauf gab sie nach.

Kelim wollte sich in Richtung Ausgang verdrücken, doch Suko vertrat ihm den Weg.

Der Türke grinste nur schief.

Der Raum hinter der Tür war etwa ebenso groß wie das Zimmer, in dem sie standen. Es gab sogar einen Lichtschalter. Sir James kippte ihn um, während sich die beiden Polizisten vom Boden erhoben und Staub von ihren Uniformen klopften.

Es gab keine Betten oder Schränke in dem Raum. Dafür eine technische Einrichtung, eine Maschine, die aussah wie ein Generator oder ein großer Elektromotor. Rot leuchtete ein Schalter.

»Das ist der Mechanismus für die Decke«, sagte Suko bestimmt. Er hatte keine Zweifel mehr.

Die anderen nickten.

Kelim war blaß geworden. Er kaute auf seiner Unterlippe. Mt einemmal schwammen ihm die Felle weg. Seine Sicherheit bröckelte ab wie alter Putz von einer Hauswand.

»Da liegt ein Toter!« Chief Tanner hatte den Satz hervorgestoßen, und die Männer hielten den Atem an.

Jeder dachte sofort an einen Mann.

John Sinclair!

Während die beiden Beamten an der Tür zum Gang standen, drängten sich Sir James, Chief Tanner und Suko in dem neu entdeckten Raum und sahen sich um.

Die Leiche lag in der linken Ecke, dicht neben der Wand. Sie sah schrecklich aus, und selbst Suko hatte plötzlich Schweißperlen auf der Stirn.

»Ist er das?« murmelte Chief Tanner.

Sir James persönlich bückte sich. Er schaute genau nach. Sekunden verstrichen in atemlosem Schweigen. Sukos Gesicht wirkte wie eine Plastik aus Granit.

Endlich erhob sich der Superintendent. Er schaute die Männer an und schüttelte den Kopf. »No, Gentlemen«, stellte er fest. »Das ist nicht John Sinclair. Man kann es anhand der Kleidung erkennen und auch der Haare.«

Ein Beobachter hätte die Steine sicherlich poltern hören können, die den Männern vom Herzen fielen.

»Wenn es nicht John ist«, meinte Suko, »wer ist es dann?«

»Wir fragen den Türken«, sagte Chief Tanner. Er drehte sich zu Kelim um.

Der reagierte blitzschnell. Er drehte förmlich durch, weil sein Lügengebilde wie ein Kartenhaus zusammengestürzt war. Der Türke schüttelte das Messer aus dem Ärmel, und bevor jemand eingreifen konnte, hatte er Sir James gepackt und drückte ihm die Schneide genau gegen die Kehle ...

Der Alte war nicht stehengeblieben, sondern langsam vorgegangen. Aus diesem Grunde konnte ich sehen, daß er seine Jahre auf dem Buckel hatte.

Er ging gebeugt, seine Gestalt war zudem noch zusammengesunken, und er trug einen langen Mantel, dessen Kapuze er trotz der Hitze oder vielleicht deswegen über seinen Kopf gestreift hatte. Er hielt genau auf mich zu, und ich gab mein Vorhaben erst einmal auf. Vielleicht konnte mir dieser Mann weiterhelfen. Kriegerische Absichten schien er nicht zu haben, sonst hätte er sich anders verhalten.

Ein heißer Wind fuhr ihm entgegen, packte den Mantel und ließ ihn flattern. Auch mir trieb der Wind kleine Körner und Staub ins Gesicht, ich schloß die Augen und öffnete sie erst wieder, als der Windstoß vorbei war.

Bis auf gut fünf Schritte hatte sich der Alte genähert. Die Sonne stand hinter ihm. Ihre Strahlen brannten auf seinen Rücken. Ich ging ein wenig zur Seite, damit ich etwas Schatten hatte und nicht in den grellen Ball zu schauen brauchte.

Grüßend hob der Mann die rechte Hand.

Ich grüßte zurück.

Alles kam mir so unwirklich vor. Wenn ich daran dachte, daß ich noch vor kurzem in dem türkischen Kaffeehaus gesessen hatte und mich jetzt in einer wüstenähnlichen, fast menschenleeren Einöde befand, dann war es fast leicht, an einen Traum zu glauben.

Es war kein Traum. Die Steine waren existent, ebenso wie ich oder der alte Mann.

»Wer bist du?« fragte er mich.

Ich verstand ihn, obwohl er ein schreckliches Kauderwelsch sprach. Eine Mischung aus mehreren Sprachen.

»Mein Name ist John Sinclair.«

»Dann bist du es.«

Jetzt war ich überrascht. Hier in einem letzten Winkel der Welt schien man mich zu kennen. Es kam mir plötzlich so vor, als hätte der Mann auf mich gewartet.

»Wer soll ich sein?«

Da lächelte er wissend und weise, bevor er antwortete: »Das ist eine sehr lange Geschichte.« Er kam noch näher und ließ sich auf dem Boden nieder, wobei er im Schneidersitz Platz nahm.

Ich konnte ihn mir genauer anschauen. Sein Alter zu schätzen war schwer. Er konnte hundert oder auch nur siebzig Jahre alt sein. Sein Gesicht war übersät von Falten und Runzeln, die sich in seine sonnenverbrannte Haut eingegraben hatten. Doch die kleinen Augen blickten klar und hell. Sie sagten mir, daß dieser alte Mann längst nicht senil oder ein Greis war.

Bevor ich seine Geschichte erfuhr, wollte ich doch wissen, wo wir uns hier befanden, und danach erkundigte ich mich.

Da hob er die Schultern und sagte: »Was sind schon Länder und Orte, wenn es um die schreckliche Macht des Dschinns geht. Noch ist er gefangen, aber die Zeit ist reif, um ihn zu erwecken, und dich hat man dazu ausersehen.«

Ich ging nicht weiter auf den Dschinn ein, sondern fragte noch einmal nach dem Land.

»Ihr nennt es Türkei, dieses große, herrliche Land. Wir befinden uns im Süden, in der Provinz Toros. Bis zum Meer ist es nicht weit, aber für dich spielt dies keine Rolle. Du bist hier im Tal der Steine, dem Begräbnisplatz des Dschinns, und ich werde als der Hüter der Steine bezeichnet. Ich habe sie zu überwachen, wie es mein Vater und meine Vorväter getan haben. Seit undenklichen Zeiten sind wir die Hüter der Steine und geben gleichzeitig darauf acht, daß er in seinem Gefängnis gefangen bleibt.«

Ich deutete auf den Quader. »Steckt er dort?«

»Ja, das ist sein Gefängnis. Es ist wie die Geschichte vom Flaschengeist, die du sicherlich kennst. Wer den Dschinn aus seinem Gefängnis holt, in dem er die Jahrtausende gesessen hat, der wird mit dem Tode bestraft. Dich hat man dazu ausersehen, ihn zu befreien.«

»Ich denke gar nicht daran«, sagte ich forsch.

Der alte Mann hob die Hand. »Du bist jung, mein Freund.

Deine Reaktion ist verständlich. Und du kannst nicht alles allein schaffen, die anderen sind zu mächtig. Ich habe vorausgesehen, daß es so kommen wird und deshalb um Hilfe gebeten. Ich hoffe, daß mich diese Hilfe erreichen wird. Kommt sie früh genug, dann bist auch du gerettet. Kommt sie zu spät, werden wir beide ein Opfer des Dschinns.«

Die Worte hatte ich genau verstanden. »Wie alt ist der Dschinn, hast du gesagt?«

»Uralt.«

»Kannst du mir keine Zahl nennen?«

»Doch, aber nicht direkt. Es gab ein Land, das in ferner Zeit vom Meer verschlungen wurde und nie wieder aufgetaucht ist. In diesem Land hat der Dschinn bereits gelebt, sich vor dem Untergang aber abgesetzt und ist an diese Küste gekommen.« Er schwieg und gab mir die Zeit, meine Gedanken zu ordnen. Der alte Mann hatte von einem versunkenen Land gesprochen. Da gab es eigentlich nur eines, was er gemeint haben konnte.

Atlantis!

Dieser gewaltige Kontinent war in den Fluten versunken, doch inzwischen gab es Anzeichen, daß einige Menschen überlebt und sich fortgepflanzt hatten. Alte Atlanter, die irgendwo auf der Erde verstreut lebten und durch deren Adern noch das Blut ihrer Vorfahren floß. Ich selbst hatte den Untergang dieses gewaltigen Kontinents miterlebt und hatte mich im letzten Moment retten können. In Atlantis war ich auf den Schwarzen Tod getroffen, ich war alten Feinden begegnet und hatte festgestellt, daß es in diesem Land eine Magie gab, die unfaßbar, ungeheuer und auch noch unerforscht war.

Atlantische Magie bestand noch immer, doch bisher war nur ein Zipfel ihres Geheimnisses bekannt.

Aus diesem Atlantis mußte auch der grüne Dschinn stammen, und irgend jemand hatte ihn in einen Stein verbannt.

»Wer hat den Dschinn in sein Gefängnis gesteckt?« wollte ich wissen.

»Es war ein Weiser, ein Heiliger. Er hat hier an dieser Küste gelebt und meditiert. Ihn wollte der gefährliche Dschinn auf seine Seite ziehen, doch er hat sich nicht mit ihm eingelassen. Er ging seinen eigenen Weg, und die Götter unterstützten ihn, wobei es ihm gelang, den Dschinn zu besiegen. Das war nicht einfach. Er benötigte Jahre und mußte große Vorbereitungen treffen, denn man konnte den Dschinn nicht überlisten. Zudem hatte er seine Diener mitgebracht. Fünf waren es an der Zahl, die fünf Riesen. Auch sie mußten ausgeschaltet werden, was der Einsiedler schaffte. Er höhlte die großen Steine hier aus, die du siehst, und so gelangten die fünf Diener des Dschinns in die Steine hinein, wo sie für alle Ewigkeiten gefangen bleiben sollten. Dann erst schloß der Einsiedler mit dem Dschinn eine Wette ab. Es ging um Leben und Tod. Wenn der Dschinn es trotz seiner Größe fertigbrachte, in diesen Stein hineinzukriechen und dort einige Tage blieb, dann wollte der Einsiedler für immer sein Diener sein und dem Geist sogar das Leben schenken. Der Dschinn ging auf dieses Geschäft ein, er wurde zu einem nebelhaften Gebilde und verschwand in den Poren des Gesteins. Allerdings wußte er eins nicht. Das Blut eines Gerechten würde es ihm unmöglich machen, den Stein wieder zu verlassen. Als er in den Quader hineintauchte, da nahm der Eremit einen scharfen Stein und schnitt seinen eigenen Arm auf. Das Blut tropfte auf den Quader, drang in die Poren und verschloß so das Gefängnis des Dschinns. Der Geist hat alles versucht, um den Stein wieder zu verlassen. Es gelang ihm nicht. Das Blut eines Gerechten war stärker als er. Der grüne Dschinn blieb gefangen. Bis heute.«

Ich hatte aufmerksam und gespannt zugehört. Diese Geschichte faszinierte mich. Wieder einmal bestätigte es sich, daß alte Legenden und Sagen sehr oft der Wahrheit entsprachen, wie ich es auch hier erlebte.

»Wer war denn dieser Eremit?«

»Der Stammvater meiner Familie, denn er hat sich für die Welt geopfert. Er blutete völlig aus und starb, während der Dschinn gefangen war.«

»Und warum kann er jetzt freikommen?« wollte ich wissen.

»Moment, mein Freund«, sagte der Alte, »ich bin mit meiner Geschichte noch nicht am Ende. Dieser Eremit hatte einen Bruder. Er war der Gründer unserer Familie und kannte die Geschichte, denn der Eremit hatte alles auf eine Rolle geschrieben. Jeweils der älteste mußte mit seinem Blut dafür sorgen, daß der grüne Dschinn für immer gefangen blieb. Es war ein schweres Erbe und nicht leicht durchzuführen, doch in meiner Familie war man sich der Verantwortung bewußt. Immer fand sich jemand, der sich opferte. Er spendete sein Blut für den Stein und auch für die fünf gefangenen Diener des Dschinns. Nun bin ich an der Reihe, mein Blut zu spenden, aber ich weiß jetzt schon, daß ich es nicht schaffe. Ich bin alt und krank. Widrige Umstände ließen mich erst jetzt dazu kommen, diesen Platz hier zu besuchen. Mein Blut ist wenig geworden, es ist alt, kraftlos, und ich glaube nicht, daß ich es schaffen kann. Der Beweis bist du.«

»Wieso?«

Der alte Mann lächelte. »Weil geschrieben steht, daß irgendwann jemand kommen wird, der den Dschinn befreit. Ich ahnte es, habe auch Gegenmaßnahmen getroffen, doch sie reichen nicht, wie ich jetzt feststellen muß.«

»Dann kann ich doch mit meinem Blut ...«

»Nein, dein Blut wird nichts nützen. Es ist edel von dir, dich anzubieten, doch du gehörst nicht zu unserer Familie. Ich bin der letzte. Meine drei Söhne sind gestorben, weil die Zeiten sich geändert haben. Sie wurden hingerichtet, da sie gegen das System und die herrschende Klasse waren. Sie wollten auf meine Warnungen nicht hören, ich habe sie immer an ihre Verantwortung erinnert, aber sie lachten nur und mußten mit ihrem Leben bezahlen. Inzwischen war noch etwas geschehen. Es gibt eine Gruppe von Menschen, die sich der alten Legende erinnerte. Und sie wollen dem Dschinn dienen, sie wollen ihn befreien und seine Macht vergrößern. Einen Teil haben sie geschafft. Drei Diener sind frei, zwei noch gefangen. Aber schon die drei besitzen eine ungeheure Macht, und sie halten sich irgendwo auf der Welt versteckt. Niemand kennt den Ort.«

»Doch, ich!«

Jetzt war es der Alte, der Überraschung zeigte. »Du kennst ihn, mein Freund?«

»Ja.« Ich hatte Vertrauen gefaßt und berichtete, was mir widerfahren war.

Schweigend hörte der alte Mann zu, hin und wieder nur nickte er, wobei sein Gesicht einen noch ernsteren Ausdruck annahm, denn er wußte um die Gefahren, die drohten.

»Daß es schon so weit gekommen ist, hätte ich nie gedacht«, flüsterte er. »Können wir noch etwas tun?«

»Möglich. Wir müßten versuchen, ein Entkommen der letzten beiden Diener zu verhindern.«

»Wie?«

»Es existiert eine Waffe, mit der du nicht nur sie töten kannst, sondern vielleicht auch den Dschinn. Das allerdings weiß ich nicht so genau.«

»Was für eine Waffe ist das?«

»Das Schwert mit der goldenen Klinge!«

Ich mußte den Alten wohl wie ein Kalb angesehen haben, denn er lächelte. »Was hast du, mein Freund? Die Waffe ist sehr ungewöhnlich.«

»Das ist sie in der Tat«, erwiderte ich, und meine Gedanken schlugen wahre Purzelbäume.

Ich dachte an ein Mädchen. Schwarze lange Haare, über

zehntausend Jahre alt, auf der Suche nach dem Trank des Vergessens, durch dessen Einnahme es ihm ermöglicht wurde, das Totenreich zu durchwandern. Dieses Mädchen war bereits einmal gestorben und lebte trotzdem weiter. Es stammte aus dem Totenreich und war seit einigen Monaten die Begleiterin von Myxin, dem Magier.

Ihr Name: Kara.

»Was hast du?« fragte der Alte. »Welche Gedanken schwirren in deinem Kopf herum und plagen dich?«

Tief holte ich Luft. Es war ungeheuerlich, was ich aussprechen wollte, aber ich mußte es dem Mann sagen. »Ich glaube die Waffe zu kennen, Alter.«

In den Augen las ich Erstaunen. Der Mann schüttelte den Kopf. »Das ist unmöglich, es käme einem Wunder gleich.«

»Befindet sie sich in der Hand einer Frau?« Ich tastete mich an das Ziel heran.

»Ja, das stimmt.«

»Und heißt diese Frau zufällig Kara?«

»Das stimmt auch.«

»Dann ist es die, die ich meine. Sie und den Magier Myxin kenne ich sehr gut. Die beiden haben oft genug mit mir zusammengearbeitet. Wir haben so manches Mal gegen die gefährlichen Dämonen gekämpft und sind gegen die Mächte der Finsternis angetreten.«

Der Alte hörte die Worte, schaute mich an und erhob sich. Er reichte mir kaum bis zur Schulter. Er hob den Kopf, um mir ins Gesicht zu blicken. »Wer bist du, John Sinclair?«

»Das habe ich dir doch schon gesagt.«

Er schüttelte den Kopf. »Nein, mein Freund, so einfach mache ich es dir nicht. Du bist ein besonderer Mann, das weiß ich genau. Du bist ein ...«

»Geisterjäger«, vollendete ich.

»Geisterjäger John Sinclair«, wiederholte er. »Gehört habe ich von dir noch nichts.«

»Das ist nicht weiter tragisch. Ich meine, unsere Gegner haben sich den Falschen ausgesucht. Ich bin nicht gewillt, den grünen Dschinn zu befreien. Sie haben den Bock zum Gärtner gemacht.«

Der Alte schüttelte den Kopf. »Daran kann ich einfach nicht glauben. Sie begehen keine Fehler.«

»In diesem Fall ja. Alles war vorbereitet, bis einer die Sache verraten hat. Vielleicht sollte er derjenige sein, der den Dschinn erweckt.«

Der weise Mann nickte. »Das ist möglich. Der Mann scheint in letzter Sekunde einen Rückzieher gemacht zu haben, und jetzt sind die Diener des Dschinns an den Falschen geraten. Trotzdem haben wir nicht gewonnen, sondern sie.«

Der Mann zeigte sich sehr pessimistisch. Ich teilte seine Auffassung nicht. »Noch schmort der Dschinn in seinem Stein. Und dort soll er auch weiter hausen, bis ihn jemand erweckt, aber der werde nicht ich sein. Vielleicht können wir den Stein auch ins Meer schaffen oder an eine andere ungefährdete Stelle.«

»Du kennst ihn nicht«, sagte der Alte. »Du kennst ihn wirklich nicht. Ich weiß nicht, mit welchem Zauber du bisher zu tun gehabt hast, aber der des Dschinns ist sehr mächtig. Mächtiger als jeder, den du kennst, Geisterjäger.«

»Das wird sich herausstellen.« Mich hatte so etwas wie Tatendrang erfaßt.

Ich drehte mich auf der Stelle um und sah mir die Steine an. Drei von ihnen mußten leer sein. Das wollte ich genau wissen. Ich ging auf den ersten Stein zu und entdeckte an der Rückseite tatsächlich eine Öffnung. Sie sah so aus, als hätte jemand mit Gewalt den Stein aufgesprengt, die Brocken kurzerhand aus dem Gefüge gerissen, so daß Platz genug geschaffen worden war, um aus dem Stein zu klettern. Ich schaute hinein.

Ja, er war leer. Um das zu erkennen, brauchte ich keine Lampe, weil genügend Tageslicht hineinfiel. Trotzdem wollte ich Einzelheiten sehen.

Die Neugierde trieb mich dazu, in das offene Innere des Steins zu klettern. Ich wollte sehen, wie es da drinnen aussah. Unter Umständen fand ich einen Hinweis, eine Spur, nach der ich mich richten konnte.

Diese Diener waren ziemlich groß, das erkannte ich sofort. Größer als ich, denn erst wo sich das Ende meines Kopfes befand, sah ich die Ausbuchtungen für die Schultern.

Die Wesen hatten den Stein verlassen und waren nach London gekommen, wo sie mich begleitet hatten, als man mich in das bewußte Zimmer schleppte.

Dann hörte ich die warnende Stimme des Alten. »John Sinclair!« schrie er. »Sie kommen, es ist soweit – der Untergang beginnt!«

Kelim war so schnell gewesen, daß er mit seiner Aktion selbst Suko überrascht hatte. Nun hatte er eine Geisel, dazu eine verdammt gute, denn eine bessere hätte er sich kaum wünschen können. Und dieser ehemalige Ringer hatte Kraft, Sir James hing hilflos in seinem Griff.

Der Türke hatte den Superintendenten mit dem linken Arm umklammert und den Körper zurückgebogen. Als zusätzliches Druckmittel hatte er das rechte Knie in das Kreuz des Polizisten gestemmt, so daß sich Sir James in einer wahrlich unangenehmen Lage befand. Dicht vor seiner Kehle lag die blanke Schneide. Eine falsche Reaktion, eine winzige Bewegung von Seiten des Superintendenten, und er war ein toter Mann.

Der Schreck stand in Sir James' Gesicht geschrieben. Er war völlig überrascht worden. Verzerrt waren seine Züge, auf der Stirn glänzte der Schweiß.

Die Brille war verrutscht. Sir James bot einen Anblick, wie Suko ihn noch nie erlebt hatte, aber dem Chinesen stand der Sinn nicht danach zu lachen, die Situation war verdammt ernst.

Chief Tanner, die beiden Polizisten und Suko bewegten sich nicht. Sie hatten sogar die Arme abgespreizt, um nur keinen falschen Verdacht aufkommen zu lassen. Vom Flur her hörten sie Lärm. Dort diskutierten die Polizisten mit den übrigen Türken.

Kelim grinste teuflisch. »Jetzt seht ihr, was geschieht, wenn man mich reinlegen will.«

»Noch sind Sie nicht draußen«, sagte Tanner.

»Soll er sterben?«

Zum erstenmal öffnete Sir James den Mund. »Nehmen Sie auf mich keine Rücksicht!« keuchte er. »Tun Sie, was getan werden muß. Ich bin nur Statist.«

Kelim kicherte hohl. »Ein Held. Wahrhaftig, ich habe einen Helden gefangen. Was meinst du, was geschieht, wenn ich mit der Klinge an deiner Kehle entlangfahre? Aber nicht schnell, sondern sehr, sehr langsam. Du wirst jammern und schreien, vor Angst zittern und dir in die Hose machen.«

»Was willst du?« fragte Suko.

»Nicht viel, du Chink. Ich will nur, daß ihr verschwindet. Und zwar alle. Nehmt sämtliche Bullen mit und raus hier. Das ist wirklich nicht zuviel verlangt.«

Suko und Chief Tanner warfen sich einen Blick zu. Der Polizist nickte, er wollte also abziehen.

»Geht nicht auf die Bedingungen ein!« flüsterte Sir James. »Hier geht es um mehr als um mein Leben. Ich habe euch doch gesagt, daß ihr auf mich keine Rücksicht nehmen sollt. Los, verdammt, ich werde schon allein fertig.«

»Nein, Sir!« sagte Suko.

»Das ist ein Befehl!«

»Ich bin nicht Ihr Untergebener, Sir!« Es kostete Suko Überwindung, die Worte zu sagen.

Kelim lachte.

»Und Sie, Tanner?«

Der Chiefinspektor senkte den Kopf. »Es tut mir leid, Sir, aber wir können Sie nicht opfern. Wir müssen auf die Bedingungen des Mannes eingehen.«

»Sehr vernünftig«, lobte Kelim.

»Das ist Befehlsverweigerung, Tanner!«

»Ich weiß, Sir, und ich nehme die Schuld auf mich, auch die Verantwortung.«

»Ich bin Polizist wie Sie, Tanner. Uns ist klar, welches Risiko wir eingegangen sind, als wir den Beruf ergriffen. Denken Sie daran und machen Sie ...«

Sir James verstummte, weil Kelim das Messer um eine winzige Idee bewegt hatte. Plötzlich befand sich ein winziger roter Halbkreis an der Kehle des Superintendenten.

Die Männer schwiegen entsetzt.

Auch Sir James schwieg. Er preßte die Lippen zusammen, um nicht aufzustöhnen. Es mußte schmerzen. Aus dem Halbkreis lösten sich Tropfen, die in dünnen Bahnen langsam nach unten rannen und vom Hemd aufgefangen wurden.

»Reicht das, um eure Diskussion abzukürzen?« erkundigte sich Kelim höhnisch.

»Es ist gut«, sagte Chief Tanner mit belegter Stimme. Er drehte sich halb um und schaute die beiden Polizisten an. »Verlassen Sie den Raum, Gentlemen!«

Die beiden gingen. Staksig waren ihre Schritte, bleich die Gesichter.

»Und jetzt Sie, Suko.«

Der Chinese zögerte. Sein Blick fraß sich in den des Türken. Dann nickte Suko. »All right, ich gehe«, sagte er, »aber wir werden uns wiedersehen, Kelim, das schwöre ich dir.«

»Mal sehen.«

Suko verließ den Raum. Jetzt war nur noch Chief Tanner da. Er folgte wenige Sekunden später.

Sein Gesicht wirkte hart. In den Augen loderte es. Wie in Sukos Innerem mußte auch in seinem eine Hölle toben. Hart schluckte er, und sein Adamsapfel bewegte sich dabei. »Dieser Hund«, zischte er, »dieser verdammte Hund, aber wir packen ihn – irgendwann …«

»Pfeifen Sie die Bluthunde zurück!« rief Kelim aus dem Zimmer. »Ich warte nicht mehr lange.«

»Sie kommen damit nicht durch, Mann. Seien Sie doch vernünftig!«

»Verschwindet!«

Tanner zog ein Walkie-talkie aus seiner Manteltasche. Er schaltete es ein, und als sich einer seiner Stellvertreter meldete, gab er den Befehl zum Rückzug.

»Aber Sir, wir …«, quäkte es aus den Rillen.

»Kein Aber, Mann. Tun Sie, was ich gesagt habe.«

»Yes, Sir!«

Chief Tanner ging. Suko schloß sich ihm an. Von oben hörten sie hastige Schritte. Die Polizisten kamen zurück. Sehr schnell jetzt. Sie polterten die Stufen herab.

Im Lokal sammelten sie sich. Kein Gast hockte mehr an seinem Platz. Die Männer waren aufgestanden und drängten sich an der Wand zusammen. Sie hatten ihr den Rücken zugedreht, die Gesichter waren bleich, die Lippen fest aufeinandergepreßt.

Nacheinander kamen die Polizisten. Chief Tanner zählte sie. Er wollte nicht, daß jemand zurückblieb. Kelim bestimmte einen Vertrauten, der den Abzug überwachte. Es herrschte ein ziemliches Durcheinander, das Suko ausnutzte und sich absetzte. Ohne von irgend jemanden gesehen zu werden, verließ er das Kaffeehaus und begab sich auf die Straße.

Er sah überhaupt nicht ein, Kelim das Feld zu überlassen. Erst John Sinclair, von dem man nicht wußte, was mit ihm geschehen war, dann Superintendent Sir James Powell. Wenn das so weiterging, legte Kelim noch halb Scotland Yard lahm.

So konnte es auf keinen Fall weitergehen, und Suko hatte sich bereits einen Plan zurechtgelegt. Den Weg über den Hof kannte er. Er würde ihn noch einmal gehen.

Als die Polizisten das Kaffeehaus verließen, da war er bereits verschwunden. Er hatte sich zu den Neugierigen gesellt, die im Eingang des Nebenhauses standen und zuschauten, was es da auf der Straße gab.

Sogar der Ladenbesitzer war aufgestanden und drückte sich die Nase an der Schaufensterscheibe platt. Für Suko hatte niemand der Leute einen Blick.

Der Chinese hatte den Hof schnell erreicht. Die Hintertür stand noch immer offen, und im nächsten Moment huschte Suko in den schmalen, düsteren Flur.

Dort blieb er stehen.

Lärm herrschte im Haus. Zahlreiche Stimmen schnatterten durcheinander. Suko hörte Schritte auf der Treppe und auch Kelims Organ. Er scheuchte seine Männer zurück. Sie sollten sich in der Gaststube versammeln und nur ihren Mund halten. Wahrscheinlich wollte er die obere Etage frei haben.

»Sie sind weg!« schrie ein Mann nach oben.

»Gut!« rief Kelim zurück. Suko konnte den Schreier erkennen. Er stand vor der Treppe, hatte den Kopf in den Nacken gelegt und den Mund aufgerissen. Suko wurde von ihm nicht gesehen, weil er sich in den Schatten preßte.

»Sieh auch hinten nach!« befahl Kelim.

Beide hatten nicht in ihrer Heimatsprache gesprochen, so daß Suko die Sätze verstehen konnte.

Jetzt wurde es gefährlich. Wenn der Mann Suko entdeckte

und Alarm schlug, war sein Plan geplatzt. Suko mußte schnell sein wie selten.

Der Türke kam.

Er ging schleichend, vorsichtig, weil er dem Frieden noch nicht traute.

Suko ließ ihn kommen.

Zwei Schritte war er noch von ihm entfernt, als der Chinese handelte. Plötzlich sprang er vor, tauchte wie ein Geist vor dem Mann auf, der zu überrascht war, um noch einen Warnschrei ausstoßen zu können. Die Handkante raste nach unten, sie traf ihn hart.

Der Türke verdrehte die Augen. Er sah aus wie eine Puppe, die jemand gegen die Wand geworfen hatte.

Dort klappte er zusammen.

Suko atmete auf. Dieses Hindernis war überwunden. Er packte den Mann und zog ihn in den Schatten der Treppe.

Obwohl er es eilig hatte, wartete er noch. Das Ausschalten des Mannes war nicht bemerkt worden, aber der Kerl war nur ein kleines Hindernis auf dem Weg nach oben gewesen.

Der Chinese ließ ihn liegen und sah zu, daß er zur Treppe gelangte. Sie war leer. Die Türken hatten sich dem Befehl ihres Anführers nicht widersetzt und waren verschwunden.

Freie Bahn für Suko?

Er hoffte es.

Die Stimme überschlug sich fast. Der Alte mußte sich in einer wahren Panik befinden. Ich gab nicht acht und stieß mir den Kopf, als ich den Stein verließ.

Dann stand ich in der Sonne, war für einen kurzen Moment geblendet und mußte mich erst einmal umsehen.

Ich hörte Schritte. Der alte Mann wollte fliehen. Ich sah seine Gestalt, aber auch eine andere, größere.

Sie packte zu, bekam den Mann zu fassen und schleuderte

ihn in den heißen Staub, der aufwallte und für mich die Sicht auf den Mann vernebelte.

Dann war ich heran, und ich sah die beiden aus dem Stein getretenen Wesen. Es waren die gleichen, die ich schon einmal gesehen hatte. Die langen Umhänge, die Kapuzen, aber hier herrschte kein Halbdunkel, hier war es hell, und ich konnte ihre Gesichter erkennen.

Es waren unheimliche Fratzen. Menschliches hatten sie nicht an sich. Sie sahen aus, als wären sie aus Holz geschnitzt und dann versteinert. Ein braunschwarzes Gewebe, in dem besonders die noch dunkleren Augen auffielen.

Ich schüttelte mich.

Von diesen Wesen ging ein Geruch aus, der mich an den Moder der Jahrtausende erinnerte.

Sie wollten mich. Daran gab es nichts zu rütteln. Und sie waren bewaffnet. Wieder sah ich in ihren Händen die langen Lanzen, die an ihren Enden mit Kugeln bestückt waren. Aus der einen ragte ein Pfeil hervor und aus der anderen ein Halbmond.

Es mußten magische Waffen sein, vor allen Dingen auch Waffen, gegen die ich mit meinem Kreuz nichts ausrichten konnte, weil sie einer anderen Mythologie entstammten.

Der alte Mann hatte sich aufgesetzt. Er starrte die beiden an. Weit aufgerissen waren seine Augen. Angst und Entsetzen spiegelten sich in seinem Blick. Er wußte von der Stärke der Riesen und jammerte. Vergeblich hatte er versucht, Hilfe zu holen, doch bis jetzt war sie noch nicht eingetroffen. Also mußte ich allein kämpfen.

Und das war ich gewohnt.

Meine Hand verschwand unter der Kleidung und kam mit der Beretta wieder zum Vorschein. Ich wollte ihnen die Kugeln in den Schädel jagen, verzichtete auf großes Geschrei, sondern zielte und feuerte sofort.

Das Silbergeschoß hieb in das Gesicht des ersten Wesens. Ich hörte und sah den Aufprall. Staub quoll aus dem Einschußloch. Splitter des Gesichts flogen nach allen Seiten weg.

Hoffnung keimte in mir hoch, und ich grinste grimmig.

Das Grinsen sollte mir bald vergehen, denn die Kugel hatte bei meinem Gegner keinen Schaden angerichtet. Er stand weiterhin auf beiden Beinen. Nicht nur das, er setzte sich sogar in Bewegung.

So etwas wie eine Depression überfiel mich. Ich hatte es nicht geschafft, einen der beiden auszuschalten. Sie waren stärker als meine Magie.

Wie sollte ich kämpfen?

Mit den Fäusten! Ja, Freunde, denn eine andere Chance gab es für mich nicht.

Bevor es soweit war, erlebte ich noch eine kleine Hölle. Der Alte hatte mit seiner Prophezeiung recht gehabt. Diese Wesen kannten kein Pardon.

Das Monster mit dem Halbmond an der Lanze hob seine Waffe an und hielt sie so, daß sie auf den am Boden liegenden alten Mann zeigte.

Der schien zu erstarren.

Er hatte noch die Arme hochgerissen, seine Augen weiteten sich, denn er ahnte, was ihm bevorstand.

Ich kannte die Funktion der tückischen Waffe nicht und wurde von ihr überrascht.

Als hätte das Monster einen Knopf betätigt, so löste sich der Halbmond von der Stange und raste auf den Alten zu. Die Sonne traf das Metall und warf einen blitzenden Reflex. Zwischen den hochgerissenen Armen des alten Mannes hindurch wischte der Halbmond und traf ihn in den Hals.

Für eine Sekunde saß der Alte steif. Dann kippte er nach hinten, als hätte ihn jemand angestoßen. Blut rann aus der Wunde und versickerte im Sand.

Ich war geschockt.

Geschockt und entsetzt von diesem heimtückischen Mord, der vor meinen Augen geschehen war. Und ich hatte nicht eingreifen können. Dann geschah etwas Seltsames.

Der Halbmond erneuerte sich.

Auf der Kugel erschien abermals einer, so daß die Waffe wieder einsatzbereit war.

Gegen wen?

Natürlich gegen mich, denn ich stand als nächster auf der Liste. Was sollte ich tun? In meiner Verzweiflung schoß ich wieder, traf auch, diesmal die Brust, doch ich erzielte den gleichen Effekt wie schon beim ersten Treffer.

Nämlich keinen.

Das Wesen steckte die Kugel weg, ohne überhaupt eine Reaktion zu zeigen.

Wie sollte das enden?

Beide schritten jetzt vor. Und beide hatten ihre Waffen halb erhoben, so daß die Spitze einerseits und der Halbmond andererseits auf mich wiesen.

Ein doppelter Mord, danach stand ihnen der Sinn. Etwas anderes konnte ich nicht annehmen.

Ich bewegte mich zur Seite. Die einzige Chance bestand darin, hinter den Steinen Deckung zu finden. Das würde mir zwar nicht viel helfen, aber meinen Tod vielleicht hinauszögern.

Die Gegner waren schnell.

Der erste schleuderte die Waffe. Schräg zischte sie auf mich zu, hieb in den Boden und blieb darin stecken. Fast hätte die gefährliche Lanze noch meinen Fuß getroffen. Es war ein reiner Glücksfall, daß die Waffe vor meiner Fußspitze in den Boden hieb und dort steckenblieb.

Ich stand sofort still. Es war das einzige, was ich tun konnte, denn aus den Augenwinkeln hatte ich die Bewegung wahrgenommen. Die zweite Lanze zeigte auf meinen

Hals. Ich wollte auf keinen Fall das gleiche Schicksal erleiden wie der alte Mann.

Sie näherten sich mir.

Ich vernahm ihre Schritte und hörte auch, wie sie sich bewegten. Dabei schabten Teile ihres Körpers gegeneinander. Sie erzeugten Geräusche, die bei mir eine Gänsehaut hervorriefen. Ein Schauer schüttelte mich.

Dann standen sie neben mir.

Eine knorrige Klaue griff zu, umklammerte den Schaft und zog die Lanze aus dem Boden. Der Diener des Dschinns ging einen kleinen Bogen und blieb vor mir stehen, während sich der andere in meinem Rücken aufhielt.

Das Wesen vor mir hob seinen rechten Arm. Ich schielte in das schreckliche Gesicht. Man konnte das Gefühl haben, daß es jeden Moment auseinanderfallen würde. Meine Kugel hatte den Riesen an der Schläfe getroffen. Dort fehlte ein Teil des Schädels. Er war einfach weggefetzt, bis dicht unter dem Auge.

Dann spürte ich die Spitze auf meiner Brust.

Das war ein schlimmes Gefühl, und in meinem Inneren krampfte sich einiges zusammen.

Ich hielt die Luft an.

Würde er zustoßen?

Eine winzige Bewegung nur, dann hatte er es geschafft und mich erledigt. Die Hölle würde ihm auf ewig dankbar sein. Er tat es nicht. Er blieb aber auch nicht ruhig, sondern griff zu einem anderen Trick. Mit der scharfen Lanzenspitze fuhr er von unten nach oben und fetzte mir mein Hemd auf, ohne die Haut auch nur zu ritzen. Gleichzeitig drückte er die Lanzenspitze unter die Kette, die mein Kreuz festhielt, und hob sie an. Das gleiche geschah mit dem Kreuz. Bevor ich mich versah, streifte er mir die Kette über den Kopf. Dann schüttelte er sie von der Lanze ab wie ein lästiges Insekt. Mein wertvollster Besitz blieb auf dem Boden liegen.

Mit der freien Hand griff das Monster nach mir. Zielsicher fand die Klaue meine Beretta. Auch sie landete auf der Erde neben dem Kreuz.

Dann machte er weiter.

Mit einem Schnitt trennte er mir den Hosengürtel auf und zerschnitt gleichzeitig die Hosenbeine, so daß sie als streifige Lappen zu Boden fielen.

Eine andere Hand griff über meine Schulter und fetzte mir die schon zerstörten Kleidungsstücke vom Leib, die zu meinen Füßen liegenblieben.

Eigentlich eine lustige Situation. Striptease in der Wüste. Aber mir, Freunde, war verdammt nicht zum Lachen zumute. Die Sonne brannte auf meinen nackten Oberkörper. Es würde nicht lange dauern, dann hatte sie die Haut versengt. Die Schuhe durfte ich anbehalten, auch meine Unterhose. Ansonsten war ich nackt.

Ich hatte schon vieles erlebt, aber so etwas noch nicht. Anstatt mich zu töten, zogen mich die Wesen aus. Welchen Sinn ergab das?

Ich sollte es bald erfahren, und auch die Worte des alten Mannes würden dann in Erfüllung gehen.

Als ich noch dastand, hilflos und irgendwie beschämend, reagierte das andere Monster.

Es warf ein Seil über mich. Ich hatte es nicht gesehen, weil dies in meinem Rücken geschah. Ich bemerkte nur die Schlinge um meinen Hals und wie sie zugezogen wurde.

Jetzt hatten sie mich endgültig.

Wie einen Sklaven im Altertum konnten sie mich abführen, was sie auch taten.

Von der Schlinge hing noch ein Stück Seil bis zum Boden und schleifte im Staub. Eines der Wesen hob es an, behielt es in der Klaue und zog.

Wenn ich nicht erdrosselt werden wollte, dann mußte ich dem Diener des Dschinns folgen.

Wir schritten zum Stein.

Da wurde mir einiges klar.

Wie hatte der Alte noch gesagt? Sie suchten jemanden, der den Dschinn befreien sollte.

Das war ich und kein anderer.

Sie führten mich auf den Quader zu. Ich kam mir vor wie ein Galeerensträfling. Das Seil hatte sich eng um meinen Hals gewickelt. Es würde mich nicht erdrosseln, aber ich bekam nur schwerlich Luft. Deshalb mußte ich das Tempo des Unheimlichen einhalten, wenn ich nicht erwürgt werden wollte.

Vor dem Quader blieben wir stehen.

Er lag erhöht auf einem Stein, wie ich schon beschrieben habe. Diesmal sah ich kein Gesicht auf den Seiten schimmern, jedoch sehr deutlich die roten Adern, die – vom Blut der Gerechten gezeichnet – den Quader durchzogen.

Ich schluckte hart. Meine Kehle schien aus Sandpapier zu bestehen, so rauh war sie.

Worte brachte ich nicht hervor. Ich schwieg, die Sonne knallte auf meinen fast nackten Körper, und der Schweiß lief mir in salzigen Strömen über die Haut.

Das andere Wesen war uns gefolgt. Es ging um uns herum und blieb vor mir stehen. Nicht nur die gefährliche Lanze trug es in der Hand, sondern ebenfalls einen Strick, der allerdings nicht so lang wie der andere war.

Ich schätzte meine Chancen ab.

Vorhin, als das Seil noch nicht um meinen Hals gelegen hatte, da hätte ich es vielleicht schaffen können, doch nun war die Zeit abgelaufen. Wenn ich einen Angriff wagte, brauchten sie nur das Seil zu packen und es strammzuziehen. Zudem deutete die Spitze einer Lanze auf mich. In der anderen Klaue hielt das Monster das Seil.

Ich mußte die Arme ausstrecken. Und jetzt sah ich, was man mit mir vorhatte.

Meine Hände wurden gefesselt.

Geschickt wickelte das Monster das Seil um die Gelenke, drehte es ein paarmal, und dann waren auch meine Hände gefesselt, allerdings noch durch das Seil miteinander verbunden.

Ich konnte sie auch zusammenlegen, aber nicht weit auseinandernehmen, soviel Spielraum hatte ich nicht.

Die beiden Diener waren noch nicht fertig. Ich mußte auf den Stein steigen und stand nun hinter dem Quader. Breitbeinig stellte ich mich hin, so daß sich der Stein zwischen meinen Füßen befand.

Dann drehte das Monster das Seil so, daß der Knoten an der hinteren Seite meines Halses lag.

Ich konnte nicht erkennen, was hinter mir geschah, ahnte es jedoch. Wahrscheinlich band mein Gegner den Rest des Seils um den Quader. Er wickelte ihn wie ein Geschenk ein.

Ich merkte es auch an dem Druck, als sich das Seil straffte und mich nach hinten ziehen wollte. Dabei hatte ich Mühe, das Gleichgewicht zu bewahren, da das Seil bereits straff gespannt war. Ich mußte etwas zurück und ging in die Knie, die Belastung war zu groß.

Die beiden Diener schritten um den Stein herum. Ich hatte die Augen halb geschlossen, damit nicht der salzige Schweiß in sie hineinrann. Angst schüttelte mich. Es war in diesen Augenblicken schwer, die Nerven zu behalten.

Und dann sah ich das Flimmern.

Es entstand vor mir. Ein bräunliches Leuchten in der heißen Luft. Im nächsten Augenblick erschienen drei Gestalten.

Keine Retter, sondern genau das Gegenteil.

Die drei restlichen Diener des Dschinns, die ich bereits einmal gesehen hatte.

Sie waren gekommen, um zu erleben, wie ihr großer Götze aus seinem magischen Schlaf geholt wurde.

Gegen zwei hätte ich vielleicht noch etwas ausrichten können, gegen fünf aber nicht.

Die drei neu Hinzugekommenen bildeten zusammen mit den beiden anderen einen Kreis. Sie bauten sich rund um den Stein auf, auf dem ich stand und mit dem Quader verbunden war.

Plötzlich spürte ich die Gedanken in meinem Hirn. Ich wußte nicht, wer sie gesprochen hatte, sie waren jedoch unbestritten an meine Adresse gerichtet.

Wer diesen Quader hochhebt, befreit den Dschinn!

Nun wußte ich haargenau, was ich zu tun hatte. Ich sollte den Stein heben, der durch das Seil mit meinem Hals verbunden war. Eine teuflische Methode, bei der ich mich sogar strangulieren und selbst umbringen konnte.

Es war die Hölle!

Fünf Riesen umstanden mich. Hölzern wirkende Gesichter aus nachtdunklen Augen starrten auf mich nieder.

Fünf Speerspitzen sah ich auf mich gerichtet. Wenn ich es nicht schaffte, würden sie mich töten. Wenn ja, ließ mich der Dschinn dann leben?

Auf diese Frage wußte ich keine klare Antwort, deshalb mußte ich es probieren.

Jemand drückte mir die Speerspitze in den Rücken.

Das Zeichen!

Ich begann ...

So lautlos es eben ging, bewegte sich der Chinese die Treppe hoch. Sämtliche Geräusche konnte er nicht vermeiden, da spielte ihm das alte Holz einen Streich, weil es knarrte, sich bewegte und auch ächzte. Er hoffte nur, daß es von Kelim nicht richtig gedeutet wurde und im allgemeinen Lärm, der von unten hochdrang, unterging.

Suko erreichte die erste Etage. Er preßte sich dort gegen

die schmutzige Wand und schaute in den Flur hinein. Zum Glück war er leer, die hier wohnenden Türken hatten sich in ihre Zimmer verkrochen und würden hoffentlich vorerst nicht herauskommen.

Der Chinese wußte, welches Risiko er einging. Ein Fehler von ihm, und Sir James Powell lebte nicht mehr. Dieser Kelim war entschlossen, den Mann umzubringen, das hatte er deutlich genug zu verstehen gegeben.

Die dritte Tür auf der rechten Seite, das war das bewußte Zimmer, in dem sich Kelim und seine Geisel aufhielten. Suko hörte deutlich ihre Stimmen.

Der Türke genoß den Triumph, einmal einen der höchsten Londoner Polizeibeamten in seinen Klauen zu haben. Deutlich vernahm Suko seine Worte.

»Es wird mir ein besonderes Vergnügen bereiten, dich zu töten, du Oberbulle«, sagte er leise. »Du kommst hier nicht mehr lebend raus, das kann ich dir versprechen.«

»Und was haben Sie davon?« fragte Sir James.

»Man wird mir in der Unterwelt einen gewissen Respekt zollen. Zudem kommt noch eine ungeheure Macht hinzu, die ich bald besitzen werde, denn ich allein habe dafür gesorgt, daß eine alte Legende wieder ausgegraben wurde. Der grüne Dschinn wird leben. Ich habe Getreue um mich versammelt und bin zu dem Ort gefahren, wo er in einem Stein gefangen liegt. Leider war mir die genaue Magie seiner Erweckung nicht bekannt, aber ich konnte seine drei Diener aus ihrer totenähnlichen Starre holen und hierher bringen. Sie schufen auch das Dimensionstor, durch das ich mit dem Dschinn in Verbindung stehe. Ich kann von diesem Haus aus den Platz genau beobachten.«

Sir James ging im ersten Moment nicht auf die Worte des Türken ein. Er erkundigte sich nach John Sinclair.

»Alle nehmen an, daß er tot ist«, sagte Kelim und lachte. »Aber er lebt.«

»Wie?«

»Noch«, fügte er hinzu. »Noch lebt John Sinclair, denn er ist derjenige, der den Dschinn befreien wird, nachdem der Mann, der es eigentlich hatte übernehmen sollen, zu einem Verräter geworden war. Er wurde von der Decke zerquetscht, doch für Sinclair öffnete sich das Dimensionstor, um ihn dorthin zu bringen, wo der Dschinn auf seine Befreiung wartet. Du kannst ihn sogar sehen, Oberbulle. Willst du?«

»Ja.«

»Dann müssen wir beide den Raum verlassen.«

Suko hörte, was der Türke sagte. Zum Glück hatte er laut genug gesprochen, und der Chinese konnte sich darauf einstellen. Er drehte sich um und huschte zurück.

Auf Zehenspitzen lief er die Treppe hinunter, suchte nach einem Versteck und dachte an die Toilette. Dort konnte er sich am besten verbergen.

Es stank noch immer erbärmlich, wenn nicht schlimmer als beim erstenmal. Doch Suko konnte sich seinen Platz nicht aussuchen. Er mußte sich mit den Gegebenheiten abfinden.

Sein großer Vorteil war die Ortskenntnis. Er konnte sich von einem Fleck zum anderen bewegen, ohne sich groß orientieren zu müssen. Allerdings war es ihm nicht möglich, Sir James und Kelim zu sehen, wie sie die Treppe herunterkamen. Suko mußte warten, nachrechnen und eingreifen, wenn seiner Meinung nach die Zeit reif und günstig für eine Aktion war.

Das Warten fiel ihm schwer. Kelim war eine menschliche Bestie. Wenn der irgend etwas merkte, würde er durchdrehen, soviel stand fest.

Eine Minute verging.

Reichte die Zeit? Konnte Suko es jetzt vielleicht wagen? Nein, er wartete noch weiter. Er gab dreißig Sekunden zu und entschloß sich erst dann, etwas zu unternehmen. Jetzt mußten Kelim und Sir James den Raum erreicht haben.

Suko verließ die Toilette. Das heißt, er wollte sie verlassen, doch plötzlich standen zwei Gäste aus dem Kaffeehaus vor ihm. Sie waren ebenso überrascht wie er und trafen im Eingang zusammen. Leider war er zu eng, so daß Suko zwischen den beiden nicht durchkonnte. Zudem wußten sie, was mit ihm los war. Sie durften auf keinen Fall die anderen warnen.

Knie und Faust schossen vor.

Der Chinese machte es hart und schmerzlos. Der rechts von ihm Stehende riß noch den Mund auf, dann wurde er schlaff und brach zusammen. Sein Kumpan reagierte schneller. Er sprang zurück und zog blitzschnell ein Messer hervor. Dabei zischte er durch die Zähne wie eine gereizte Schlange.

Er kam nicht auf die Idee, einen Warnschrei auszustoßen. Das beruhigte Suko. Mit dem Messerhelden würde er sicherlich fertig, da vertraute er voll auf seine Kampftechniken.

Der Knabe stieß zu. Er war schnell, sehr schnell sogar, aber viel zu überhastet. Suko wich aus und konterte.

Der Tritt gegen die Brust ließ den Türken bleich werden. Seine Knie wurden gleichzeitig weich, und die Augen quollen aus den Höhlen. An das Messer dachte er nicht mehr, dafür jedoch Suko. Er nahm es dem Türken aus der Hand.

Gleichzeitig trat seine Handkante in Aktion, und die beendete die Auseinandersetzung. Der Türke meldete sich ab. So rasch es ging, zog Suko die beiden Türken in den Toilettenraum und legte sie dort in eine Kabine. Ihre Haltungen waren zwar unbequem, doch darauf konnte Suko keine Rücksicht nehmen.

Dieser Zwischenfall hatte dem Chinesen erneut bewiesen, wie gefährlich für ihn ein Aufenthalt in diesem Haus war. Er war noch längst nicht aus dem Schneider.

Jetzt mußte er so rasch wie möglich dorthin, wo er schon

einmal gewesen war und das Blut gesehen hatte. Suko nahm an, daß Kelim Sir James auf eine ähnlich teuflische Art und Weise umbringen lassen würde wie diesen Verräter.

Er hörte den Lärm aus der Gaststube. Als er den Vorhang passierte, bewegte der sich, doch niemand schritt durch den Spalt. Suko konnte ungesehen weiter.

Wieder ein Flur.

Er brauchte nicht mehr nach der Tür zu suchen, Suko hörte die Stimmen.

Kelim sagte soeben: »Hier ist er gestorben, dieser verdammte Verräter. Und Sinclair wäre fast auch soweit gewesen, aber wir brauchten Ersatz und haben ihn genommen. Und jetzt rate mal, du Oberbulle, wie du krepieren wirst?«

»Fangen Sie schon an!« sagte Sir James. Seine Stimme klang sehr fest. Suko bewunderte den Alten. Wenn er Angst hatte, dann zeigte er sie wenigstens nicht.

»So eilig? Willst du sehen, wie es ist, wenn die Decke immer näher kommt und du kannst nicht weglaufen, Opa? Nein, das schaffst du nicht. Du wirst erst um Hilfe schreien, aber da ist keiner, der dir hilft. Und dann, wenn die Decke immer tiefer gesackt ist, schreist du vor Todesangst. Ich habe heute schon zwei Leute schreien hören. Erst den Verräter und dann Sinclair.«

»Hören Sie auf.«

»Nerven, wie?«

Suko war beruhigt. Trotz der wirklich schlimmen Drohungen bestand für Sir James vorerst keine Gefahr. Noch hielt sich Kelim mit Selbstbeweihräucherung auf.

Suko drückte sich eng an der Wand entlang. Es gab ein schleifendes Geräusch. Er hoffte, daß es von Kelim nicht gehört wurde. Wenn er den Chinesen zu früh bemerkte, konnte er durchdrehen. Es war auch schwierig für Suko, sofort einzugreifen. Er mußte erst die Lage peilen. Wenn der Türke günstig stand, dann konnte er seinen Stab einsetzen.

Bei der direkten Geiselnahme hatte Suko nicht gewagt, ihn einzusetzen. Er hätte ihn erst ziehen müssen, und diese Bewegung hätte der andere vielleicht falsch verstanden und reagiert.

Jetzt mußte es gehen.

Suko hatte seinen Platz erreicht. Das Wort lag ihm bereits auf den Lippen, als er einen Blick um die Türöffnung warf.

Es sah günstig aus.

Kelim und Sir James standen nicht allzu dicht beieinander. Zwar wurde der Superintendent noch bedroht, Kelim hielt das Messer in der Hand, aber er befand sich drei Schritte von Sir James entfernt, der mit dem Rücken an einer Wand lehnte.

Suko holte noch einmal tief Luft. Dann gab er sich einen innerlichen Ruck und sprang vor.

»Topar!« rief er.

Nichts geschah!

Alles blieb, wie es war, und der Chinese machte in diesem Augenblick eine enttäuschende und bitterböse Erfahrung. Dieser von Buddha übernommene Stab reagierte nicht so schnell zweimal hintereinander. Er mußte erst neue Kräfte tanken.

Das schoß Suko durch den Kopf, als Kelim zu ihm herumwirbelte, den Chinesen sah und sich sein Gesicht vor Wut verzerrte. Suko nahm an, daß Kelim sein Messer auf ihn schleudern würde, doch der Türke drehte sich um und hob den rechten Arm. Er wollte Sir James die Klinge in die Brust werfen.

Suko stieß sich ab.

Ein nicht trainierter Mensch hätte diesen Sprung aus dem Stand nicht geschafft, doch der Chinese wuchtete seinen Körper durch die Luft, warf den Stab dabei weg, um die

Hände frei zu haben, und umklammerte mit den Armen die Hüfte des breitschultrigen Türken.

Den Messerwurf konnte Suko nicht mehr verhindern, aber durch seine plötzliche Attacke geriet das Messer aus der Richtung und klirrte neben Sir James in die Wand, von wo es zu Boden fiel und liegenblieb.

Die Männer stürzten zu Boden.

Auch Sir James reagierte. Er selbst wollte in den Kampf nicht eingreifen, er konnte jedoch dafür Sorge tragen, daß Kelim nicht noch einige Helfer bekam. Zumindest wollte der Superintendent es ihnen schwermachen, indem er die Tür schloß.

Suko und der Türke kämpften.

Es wurde ein Fight, wo jeder alles gab.

Ringer gegen Karatekämpfer – wer würde gewinnen?

Im Augenblick hielten sich die beiden Gegner umklammert. Sie rollten über den Boden. Einmal auf die Wand zu, wo das Messer lag, dann wieder weg.

Kelim kämpfte mit allen Tricks. Er hob den Kopf an und stieß mit der Stirn in Sukos Gesicht. Der Chinese zuckte kurz zusammen, ließ aber nicht los, sondern winkelte ein Bein an und drückte sein hartes Knie vor.

Es senkte sich in die Magengrube des Türken, der wütend knurrte.

Dann klatschten Schläge.

Jeder gab alles. Im Liegen schlugen die beiden aufeinander ein, und schließlich war es Suko, der sich von dem anderen löste, auf die Beine gelangte und zurücktaumelte.

Auch Kelim stemmte sich hoch, allerdings etwas schwerfälliger, und er mußte mit ansehen, wie Sukos Karatetritt ihn am Hals treffen sollte. Kelims Reflexe waren in Ordnung. Seine Arme fuhren gedankenschnell in die Höhe und griffen zu.

Damit hatte nun Suko nicht gerechnet. Sein Fuß schien

von einem Schraubstock umklammert zu sein, eine Drehung, und Suko mußte zu Boden, wenn der andere ihm nicht den Fuß brechen sollte.

Mit den Händen fing der Chinese den harten Aufprall ab und trat mit dem freien Fuß zu. Er wollte den Mann treffen, Kelim jedoch hatte sich geduckt.

Womit Suko nicht gerechnet hatte, geschah. Kelim ließ den Fuß des Chinesen los. Er dachte nur an sein Messer, das noch immer an der Wand lag. Das wollte er haben!

Ein Hechtsprung katapultierte den Türken auf das Messer zu. Aber da war Sir James.

Es schien ihm Spaß zu machen, den Türken an der Nase herumzuführen. Als er die Klinge umfassen wollte, kickte der Superintendent sie weg. Er hatte den richtigen Moment abgewartet. Die Finger des Türken hackten auf den Boden, das Messer verfehlte er.

Wütend schrie er auf.

Sir Powell trat zu.

Mit der Fußspitze traf er die Schulter des Mannes, der sich herumwälzte und auf die Beine kam.

Suko war blitzschnell bei ihm.

Diesmal wurde der Türke von einem Karateschlag getroffen, der ihn durchschüttelte. Kelim hatte mit sich zu kämpfen. Er riß den Mund auf und holte schwer Luft. Suko hatte bereits bei dem Treffer gemerkt, daß Kelim mehr aus Fett bestand als aus Muskeln. Die Handkante war in dem weichen Leib fast versunken, und der Türke schüttelte den Kopf, als hätte ihm jemand eine Ohrfeige gegeben.

Die bekam er auch.

Es klatschte, sein Kopf flog zur rechten Seite. Dann fing er sich einen weiteren Schlag ein, und sein Schädel wurde wieder herumgeworfen. Der nächste Hieb war ein klassischer Boxhieb. Suko pflanzte seine Faust über den Gürtel, und Kelim wurden langsam die Knie weich.

Der Chinese trat zurück. Er hielt den rechten Arm schlagbereit, doch er brauchte ihn nicht einzusetzen. Der dicke Kelim hatte genug. Wie ein nasser Sack plumpste er zu Boden und blieb dort ächzend liegen. Bewußtlos wurde er nicht. Er keuchte und stöhnte. Sein Mund stand halb offen. Er lag auf der Seite, und heller Speichel rann aus seinem Mundwinkel.

»Wie geht es Ihnen, Sir?« erkundigte sich Suko.

»Danke der Nachfrage«, erwiderte Sir James, bückte sich und hob das Messer des Türken auf, das er einsteckte. »Sie sind etwas spät gekommen, Suko.«

Der Chinese hob die Schultern und zeigte ein verwundertes Gesicht. »Woher wußten Sie, Sir ...?«

»Ich kenne Sie, das reicht.«

»Ja, Sir.«

Der Superintendent deutete auf den am Boden liegenden und stöhnenden Türken. »Er hat vorhin einige interessante Dinge gesagt, die ich mir gut gemerkt habe. Vielleicht sollte er sie uns praktisch beweisen.«

Suko nickte. »Und wie er das tun wird. Schließlich habe ich seine Worte auch gehört. Es geht um John, und dieser nachgemachte Tarzan scheint zu wissen, wo er sich befindet!«

Suko bückte sich. Seine Hände umklammerten den Kragen des Türken. Dann hievte er den Mann auf die Beine. Kelim konnte nicht stehen, wenigstens nicht von allein. Er war grün im Gesicht und würgte.

»Du kannst wohl nicht mehr viel einstecken, wie?« fragte Suko ätzend und lehnte ihn gegen die Wand, wobei er den Mann noch immer festhalten mußte.

Kelim gab keine Antwort. Sein Blick war leicht glasig.

»Viel Zeit haben wir nicht.« Sir James drängte. Kein Wunder in Anbetracht der Umstände.

»Das stimmt.« Suko hielt den Mann fest. »Also raus mit der Sprache, Kelim. Was ist mit Sinclair?«

»Keine Ahn…«

Suko hatte die freie Hand erhoben. »Wenn du uns Lügenmärchen erzählen willst, setzt es was.«

»Verdammt, ich …« Er hustete.

»Wo ist er?«

»Nicht mehr hier.«

»Das sehen wir selbst.« Suko schüttelte den Türken durch, der nur noch ein Häufchen Elend war. »Aber du hast vorhin etwas von einer Dimension gesagt – und von einem grünen Dschinn, der von John Sinclair erweckt werden soll.«

»Das stimmt.«

»Phantastisch, dann zeig uns mal die Dimension, mein Freund.«

»Ich – ich kann nicht.«

»Aber wir können, und zwar sehr gern.«

Kelim verstand die Drohung. Er hob die Schultern und deutete auf den Boden. »Dort kann man es sehen.«

»Wollen Sie uns auf den Arm nehmen?« Sir James' Stimme klang scharf und ätzend.

»Man muß gewisse Vorbereitungen treffen.«

»Dann treffen Sie die.«

Suko ließ Kelim los. Der dicke Türke taumelte ein paar Schritte. Sicherheitshalber zog der Chinese die Beretta und baute sich vor der Tür auf, falls Kelim versuchen sollte, irgendwelche Dummheiten zu machen.

Daran dachte er nicht. Dafür ließ er sich auf die Knie fallen und griff mit der Hand in die Tasche.

»Mach keinen Unsinn!« warnte Suko.

»Nein, nein. Ich muß die Verbindung herstellen. Ihr wollt ihn doch sehen.«

»Und wie.«

Kelim holte einen Gegenstand aus der Tasche, der einem Halbmond glich. Ihn legte er auf den Boden, ging in eine kniende Stellung, schloß die Augen und begann in einer fremden Sprache zu reden. Weder Sir James noch Suko verstanden ein Wort.

Aber es tat sich etwas.

Der Boden, vor Sekunden noch eine durchgehende Betonschicht, veränderte sich. Es sah aus, als würde sich der Beton zusammenziehen und zu einer gläsernen Schmelze werden, die wie Glas wirkte und damit durchsichtig war.

Sir James und Suko staunten.

Die gläserne Fläche nahm nicht den gesamten Boden ein, sondern nur einen Teil.

Aber der reichte.

Suko und Sir James, die an ihrem Rand standen, konnten in die Tiefe schauen.

Unauslotbar erschien sie ihnen. Sie sahen Farben. Rot, gelb, braun, wie Gestein.

Ja, es waren Steine.

Steine in einer wüstenähnlichen Landschaft, die trotzdem nicht ohne Leben war, denn da gab es fünf Gestalten, die Suko sehr bekannt vorkamen. Er hatte schon gegen sie gekämpft. Diesmal allerdings hatten sie sich ein anderes Opfer ausgesucht. Der Mann war halbnackt und gefesselt. Er war mit einem quadratischen Stein zusammengebunden und versuchte, diesen hochzuheben.

»Das ist John!« flüsterte Suko und spürte die Gänsehaut, die über seinen Rücken lief ...

Es war die Hölle!

Jedoch eine andere, wie ich sie normalerweise kannte. Keine Dunkelheit um mich herum, kein kaltes, verzehrendes Feuer, keine Vampire, Ghouls oder Werwölfe.

Nur Hitze, Staub und die fünf geisterhaften Wesen, die von einem unseligen Fluch befreit worden waren und mir zuschauten, wie und ob ich den Stein in die Höhe bekam.

Sein Gewicht war ungeheuer. Ich war sicher, ihn mit beiden Händen kaum vom Boden lüften zu können, und jetzt sollte ich ihn mit den Schultern in die Höhe stemmen.

Schultern und Hals.

In beides schnitt das Seil wie mit einem Messer. Meine Haut wurde gequetscht, Streifen entstanden, und wenn ich mich nur eine Idee weiter nach hinten lehnte, hatte ich das Gefühl, stranguliert zu werden.

Schwindel packte mich, hinzu kam die mörderische Hitze, die mir jeden Tropfen Flüssigkeit aus dem Körper saugte.

Jetzt war ich froh darüber, nicht mehr in meine Kleidung gezwängt zu sein. So konnte ich mich besser bewegen, denn ich hatte mich entschlossen, die Befehle zu befolgen.

Ich wollte den Stein heben.

Es war mörderisch. Die fünf Diener umstanden mich. Ich sah ihre dunklen Augenhöhlen auf mich gerichtet, für sie war es ein wichtiger Zeitpunkt. Der grüne Dschinn würde freikommen, erlöst von einem Menschen, der den Mächten der Finsternis den Kampf bis aufs Messer angesagt hatte.

Ein Wahnsinn, wirklich!

Der Stein war schwer. Ich setzte all meine Kräfte ein. Noch enger zogen sich die Fesseln zusammen. Ich hätte schreien können, so hart schnitten sie in meine Haut.

Aufgeben?

Ich war nahe daran, aber das hätte meinen endgültigen Tod bedeutet. Vielleicht hatte ich doch noch eine winzige Chance.

Tränen schossen in meine Augen, weil die Anstrengung einfach zu groß war. Ich bekam kaum Luft, holte pfeifend Atem und würgte ihn wieder hervor. Am ganzen Körper begann ich zu zittern, für mich wurde es ein nahezu unerträglicher Horror.

Dann riß ich den Mund auf.

Noch ein Atemzug, ein letzter verzweifelter Schrei, weil

die Kraftanstrengung mich fertigmachte – und der Stein hob sich vom Boden ab. Jawohl, ich schaffte es, brachte ihn in die Höhe.

Da merkte ich das Teuflische an der Methode. Als der Stein über seiner Unterlage schwebte, zog sich die Schlinge um meinen Hals zusammen. Ich sollte mich selbst strangulieren.

Meine nächste Reaktion lief unbewußt ab.

Ich ließ mich kurzerhand fallen, prallte auf den Quader und spürte das Brennen in meinem Rücken. Dann rollte ich herab und blieb neben dem Quader auf der steinernen Unterlage liegen.

Fertig und ausgelaugt. Und doch fand ich noch die Kraft, die Schlinge um meinen Hals zu lockern. Niemand hinderte mich daran, als ich die Arme hob und an der Schlinge zog.

Ich, John Sinclair, hatte meine Pflicht und Schuldigkeit getan. So hoffte ich wenigstens.

Völlig erledigt lag ich auf dem Boden, aber ich hatte mit meiner Tat irgend etwas in Bewegung gesetzt, denn ich spürte plötzlich die magische Sphäre, die mich umgab. Etwas war anders, und als ich mühevoll meinen Kopf drehte, sah ich dicht vor mir eine Seite des Quaders.

Sie flimmerte.

Grünlich, wie ich es schon einmal gesehen hatte. Aus dem Flimmern schälte sich ein Gesicht hervor, eine schreckliche Fratze mit affenähnlichen Zügen, einem offenstehenden Mund und einer Kapuze, die den größten Teil des Kopfes bedeckte.

Der grüne Dschinn erschien!

Und er verließ den Stein.

Es begann mit einem leichten Windzug, der sich sehr schnell steigerte und zu einem Brausen wurde, als würde ein Wüstensturm über das Land fegen und alles hinwegfegen.

Auch ich wurde getroffen, spürte den Wind, der erst angenehm war, dann jedoch warm und zum Schluß heiß wurde, so daß er mir fast die Haut verbrannte.

Der Dschinn verließ sein steinernes Gefängnis. Er tat dies mit einem gewaltigen Heulen und Brausen, wie es seiner Stellung würdig war. Sand und Staub flogen hoch, als der Dschinn, einer gewaltigen Wolke gleich, gegen die Sonne stieß. Er strebte hinaus in den Himmel, verdüsterte die Sonne, und ich hatte das Gefühl, als würde sich die Dämmerung über das Land senken.

Mühsam wälzte ich mich auf den Rücken, riß die Augen weit auf und starrte in den Himmel.

Von ihm war nicht mehr viel zu sehen. Meine Augen wurden noch größer, mein Magen zog sich schmerzhaft zusammen, denn ich war beeindruckt und verängstigt zugleich von der immensen Größe des grünen Dschinns.

Einem Sturm gleich war er aus seinem Gefängnis gefahren, hatte sich gedankenschnell ausgebreitet und seinen Platz am Firmament gefunden. Diesmal erinnerte mich die Szene wirklich an das Märchen vom Flaschengeist, der aus ihr gefahren war, um sich an seinem Befreier zu rächen.

Riesig schimmerte sein Gesicht und auch der Körper, der wie ein gewaltiges Tuch aufgeflattert war und die Sonne verdunkelte. Dann sah ich seine Hände.

Was heißt Hände?

Das waren Pranken, gefährliche Klauen, immens groß, mit langen, kräftigen Fingern versehen und spitzen, hellgrünen Nägeln. Diese Hand war so groß wie zehn normale Menschenhände. Überhaupt war der Dschinn ein gewaltiger Riese, und als ich jetzt genauer hinschaute, mußte ich feststellen, daß auch seine Diener gewachsen waren. Sie umstanden mich, und sie kamen mir wesentlich größer vor als zuvor.

Oder war ich kleiner geworden?

Nein, sicherlich nicht, denn die Proportionen in meiner Nähe hatten sich nicht verändert.

War der Dschinn ein Geist, oder bestand er aus einer festen Materie? Genau konnte ich es nicht erkennen.

Der grüne Dschinn stand nun wie eine Wand über mir.

Ich spürte noch immer die Schlinge um meinen Hals und lag auch weiterhin auf dem Stein, der von den Sonnenstrahlen erwärmt wurde. Mühsam lockerte ich den Knoten. Man ließ mich in Ruhe. So ermutigt, schaffte ich es, mir die Schlinge über den Kopf zu ziehen, so daß sie mich nicht mehr malträtierte.

Endlich konnte ich frei atmen.

Ein paarmal saugte ich die Luft ein, dabei fiel mein Blick auf den Stein, der dem Dschinn noch bis vor kurzem als Gefängnis gedient hatte. Nichts hatte sich verändert. Nicht einmal der Quader. Aber er hatte den Dschinn freigelassen, und das stellte mich vor neue Probleme.

Wenn man nach der Legende ging, dann brachte der Dschinn seinen Retter um.

Also mich!

Reizende Aussichten. Da hätte ich auch schon vorher zu Tode kommen können.

Die Diener hatten für mich keinen Blick mehr. Von einer Fessel hatte ich mich bereits befreit. Es wäre doch gelacht, wenn es mir nicht gelang, auch die verdammten Handfesseln loszuwerden. Sie waren eh nur ein Provisorium.

Ich konnte sie tatsächlich entknoten. Das bereitete keinerlei Schwierigkeiten, denn es gelang mir mit Leichtigkeit, meine Hände dicht aneinanderzubringen.

Die Finger waren beweglich, und dann hatte ich es geschafft. Die Fesseln fielen.

Endlich!

Wieder warf ich den fünf riesenhaften Dienern des Dschinns einen Blick zu. Sie beachteten mich nicht, sondern hatten sich um den Dschinn gruppiert, der sich in ihrer Mitte aufhielt.

Zum ersten Mal hörte ich sein Lachen.

Ich zuckte zusammen, als es wie Donnerhall über das wüstenähnliche Land schallte. Die Steine schienen zu zittern, Sand wurde aufgeworfen, Windstöße fegten ihn zu Spiralen.

Das Lachen des Dschinns war seine erste Reaktion auf die neu gewonnene Freiheit.

Aber er wollte etwas anderes.

Mich?

Schon in der Legende war das so gewesen, und als er sich umdrehte, seinen gewaltigen Körper dabei herumwühlte und mit dem Finger auf mich zeigte, hatte ich schon Angst.

Wir schauten uns an.

Über den Finger hinweg trafen sich unsere Blicke. Ich sah in das Gorillagesicht, das verzerrt war und in dem die Unterlippe affenartig und weit vorsprang. Unendlich klein kam ich mir vor. Allein der Kopf des Dschinns war groß wie ein Felsen.

Er trug auch diese braune Kleidung wie seine Diener, und eine Kapuze bedeckte den Schädel.

Wieder einmal hatte ich erlebt, daß eine orientalische Geschichte, ein orientalisches Märchen Wahrheit wurde. Oft lachten die Menschen über Legenden und Sagen, dabei vergaßen sie, daß in diesen gesammelten Geschichten manchmal mehr als ein Fünkchen Wahrheit steckte. Was sich über Jahrhunderte gehalten hatte, das konnte einfach nicht nur erfunden sein. Natürlich, vieles war reine Spekulation, aber wenn man dann mit einer Legende konfrontiert wurde wie ich und feststellen mußte, daß diese in ihrem Kernpunkt in Erfüllung ging, dann sah man die Sache ganz anders.

Wie bei Atlantis! Mir war drastisch bewiesen worden, daß dieser Kontinent existierte.

Und als ich an den versunkenen Kontinent dachte, da kam mir wieder etwas in den Sinn.

Hatte der Alte kurz vor seinem Tod nicht von Hilfe gesprochen, die unterwegs war?

Gab es nicht eine Waffe, gegen die auch der grüne Dschinn machtlos war? Ja, ich erinnerte mich genau.

Karas Schwert!

Das Schwert mit der goldenen Klinge. Ich selbst hatte es bereits in der Hand gehabt. Diese Klinge mußte etwas gegen den Dschinn ausrichten können, wogegen meine Magie versagte, denn der Dschinn war älter. So alt wie Atlantis, und besonders auf diesem Kontinent hatten Menschen gelebt, die sich mit Weißer und mit Schwarzer Magie beschäftigten.

Die auf der einen Seite, Menschen wie Kara oder ihr Vater, hatten versucht, die Schwarze Magie zu stoppen, doch sie war stärker gewesen und hatte Atlantis in den Abgrund gerissen. Mir kam es manchmal so vor, als könnte man unsere Welt mit dem alten Kontinent vergleichen. Auch auf der Erde spielten sich gewaltige Machtkämpfe ab. Es gab wenige Menschen, die das erkannt hatten. Zu denen zählte ich mich. Zusammen mit meinen Freunden kämpfte ich gegen die Schwarze Magie und dabei nicht nur gegen die Erben von Atlantis, sondern auch gegen Asmodina, Dr. Tod und die Mordliga. Es war ein Kampf nach zwei Seiten, und bereits mehr als einmal hatte ich mich gefragt, ob wir eine reelle Chance hatten, ihn zu gewinnen.

Wenigstens hatte ich Hoffnung, die auch durch harte Rückschläge nicht erschüttert werden konnte.

Im Augenblick jedoch sah es ziemlich mies aus. Die Hoffnung schwand langsam dahin, sie war trügerisch wie die Sonnenstrahlen an einem Februartag.

Meine Gedanken wurden unterbrochen, als ich auf den Dschinn schaute.

Er hatte seine Arme ausgebreitet und sah jetzt noch größer

aus, als er tatsächlich war. Dabei schien es mir, als wollte er die Diener um sich sammeln und sie umfangen.

Sie gehorchten auch.

Fünf Riesen standen ihm zur Seite, bewaffnet mit magisch aufgeladenen Lanzen, die jeden Gegner töteten, der nicht die entsprechenden Gegenmagien besaß.

Dann streckte der Dschinn seinen rechten Arm aus. Dabei öffnete er seine Faust, und ich sah die grünlich schimmernde Hand zum erstenmal dicht vor mir.

Gefährlich wirkte sie.

Sein Mund öffnete sich. Ich schaute hinein. Er sah aus wie eine Höhle, und abermals drang das Lachen über seine Lippen. Donnernd schallte es mir entgegen. In meinen Ohren schien ein wahres Donnerwetter zu toben, ich verzog das Gesicht, und ich wußte, was der Dschinn mit mir vorhatte.

Ich sollte mich nicht täuschen.

Auf einmal schwebte die gewaltige Hand dicht über mir, und im nächsten Moment packte der Dschinn zu.

Ein großer Schatten hüllte mich ein, dann öffnete sich die Klaue wie ein Trichter, wurde über mich gestülpt und packte zu. Ich schrie, weil ich den Druck spürte, denn die Klaue hielt mich umfangen.

Arme und Beine wurden zusammengedrückt, nur noch meine Schultern und der Kopf schauten aus der Faust hervor. Dabei zitterte ich vor Angst. Ja, es war Todesangst, die mich umklammerte.

Der Dschinn brauchte nur ein wenig zu drücken, und er brach mir sämtliche Knochen.

Dann hob er mich hoch ...

Sir James Powell und Suko starrten in den Dimensionsschacht und sahen eine Szene, wie sie die beiden ansonsten nur aus Märchen oder alten Legenden kannten.

Aus dem Stein war ein gewaltiger grüner Dschinn erschienen, ein Geist wie aus der Flasche.

»Mein Gott!« stöhnte Sir James.

Er war der Mann, der sich bisher immer im Hintergrund gehalten hatte und von seinem Schreibtisch aus alles organisierte. Einige Male war er direkt mit heißen Fällen konfrontiert worden, hatte auch um sein Leben bangen müssen, ansonsten jedoch alles nur aus zweiter Hand erfahren.

Hier erlebte er zum ersten Mal mit, wie schwer es ein Mann wie John Sinclair hatte, gegen einen übermächtigen Feind anzugehen. Und dieser John Sinclair befand sich in einer tödlichen Klemme. Er war ein Gefangener. Der Dschinn hatte ihn sich geholt. Der Geist, den John Sinclair unter Zwang aus seinem Gefängnis befreit hatte. Aus Dankbarkeit würde der Dschinn ihn töten.

Obwohl die Szene seine volle Konzentration erforderte, warf Sir James doch einen Blick auf Suko und sprach den Chinesen an.

»Kann man denn nichts für John Sinclair tun?«

»Was denn, Sir?«

»Können wir nicht zu ihm?«

»Nein, Sir. Dieser Weg wird uns wohl versperrt bleiben.«

Als Beweis seiner Antwort tastete Suko mit der Hand über die durchsichtige, gläserne Fläche.

Sie war so hart wie zuvor der Beton. Es gab kein Durchkommen.

Sir James wollte es nicht glauben. Wenn sie schon nicht wußten, wie sie es schaffen sollten, dann vielleicht Kelim.

»Fragen Sie ihn!« sagte er zu Suko.

Der Chinese versuchte es. Er zog Kelim zu sich heran, indem er ihn an der Schulter packte.

Der Türke zuckte ängstlich zusammen. Er erwartete Hiebe, doch Suko dachte nicht daran. »Warum gelingt es uns nicht, zu ihm zu kommen?« zischte er.

»Es geht nicht.«

»Ich will den Grund wissen.«

»Weil die Magie nicht gegeben ist. Die Diener sind nicht hier, deshalb kann man zwar in die anderen Dimensionen hineinschauen, aber nicht in sie hineingelangen, das ist es.«

Suko schaute erst Kelim an, dann Superintendent Powell. »Was sagen Sie dazu, Sir?«

»Wir müssen ihm glauben.«

»Leider, Sir!«

»Der grüne Dschinn wird siegen«, krächzte Kelim. »Man kann ihn nicht überwinden, er ist für einen Menschen zu stark. Wer ihn befreit hat, der stirbt. So steht es geschrieben, und danach müssen wir uns richten.«

»Solche Worte habe ich schon oft gehört«, erwiderte Suko. »Und doch gab es einen Ausweg.«

»Diesmal nicht.« Suko wollte es ja nicht zugeben, doch alles wies darauf hin, daß Kelim recht behielt. Gegen den Dschinn kam niemand an, auch nicht John Sinclair, um den sich die gewaltige, grün schimmernde Klaue des Dschinns geschlossen hatte.

John wurde hochgehoben.

Gleichzeitig öffnete der Geist seinen Rachen.

Jetzt stöhnte selbst Sir James Powell auf. Er und Suko brauchten sich nicht abzusprechen. Jeder von ihnen wußte, was der Dschinn mit John Sinclair vorhatte.

Er wollte ihn verschlingen!

Ich war hilflos wie ein kleines Kind. Dem Dschinn hatte ich nichts entgegenzusetzen. Er hob mich hoch, als wäre ich nur eine Feder und kein Mensch, der schließlich auch Gewicht auf die Waage brachte. Für diesen Geist war ich nicht mehr als ein Spielball, mit dem er tun und lassen konnte, was er wollte.

Das war teuflisch.

Ich sah, wenn ich den Blick senkte, unter mir den Boden und auch die Steine, die immer kleiner wurden, je höher ich gehoben wurde. Wenn mich der Dschinn jetzt fallen ließ, war ich verloren.

Aber er hielt mich weiterhin fest, dafür öffnete er seinen Rachen und führte mich dicht an seinen Mund.

Wollte mich dieser grüne Dschinn etwa verschlingen?

Ich konnte in seine Augen schauen. Was heißt Augen? Das waren dunkle, gewaltige Höhlen, erfüllt von einer unauslotbaren Tiefe, wie ich sie bei seinen Dienern ebenfalls schon gesehen hatte.

»Was willst du von mir?« Ich hatte meine Kräfte zusammengenommen und schrie ihm die Frage ins Gesicht.

»Deinen Tod!« Es donnerte mir entgegen. Ich verstand ihn und spürte den Luftzug, der über meine Haare fuhr.

»Aber ich habe dich befreit!«

Da lachte er nur. Abermals schallte es mir wie ein Donnerhall entgegen.

»Kennst du die Geschichte nicht? Ich bin zwar kein Flaschengeist, aber habe lange genug in diesem Stein gelebt. Zu lange, so daß ich mir geschworen habe, den zu töten, der mich irgendwann einmal befreit. Wärst du früher gekommen, so hätte ich dich belohnt. Nun aber werde ich dich töten, weil ich mein Versprechen, das ich mir selbst gegeben habe, einhalten muß.«

Das waren Tatsachen, an denen ich nicht vorbei konnte. So tragisch sie sich auch bei mir auswirkten.

Der grüne Dschinn würde mich verschlingen!

Was konnte ich tun? Nichts, gar nichts. Ich war ein Gefangener und würde einer bleiben. Meine Waffen besaß ich nicht, sie hätten auch kaum etwas genützt, und das Schwert mit der goldenen Klinge hatte Kara. Die befand sich irgendwo, nur nicht hier.

Oder?

Irrte ich mich, oder hörte ich tatsächlich ihre Stimme?

»Laß ihn los, Dschinn! Stell dich und kämpfe?«

Ein Traum!

Das konnte nur ein Traum sein. An etwas anderes wollte ich nicht glauben. Ich bildete mir nur ein, die Stimme zu hören. Kara war sicherlich nicht hier.

Der Dschinn reagierte. Auch er mußte die Stimme gehört haben, denn er drehte den Kopf. Dies geschah sehr langsam. Er bewegte ihn nach rechts, denn aus dieser Richtung war die Stimme aufgeklungen, dort mußte also Kara stehen.

Da er nur meinen Körper umklammerte, konnte auch ich den Kopf drehen und blickte ebenfalls in die Richtung.

Ich sah unter mir die Diener des Dschinns, dann die weite, unendlich erscheinende Wüste, aber von Kara nichts. Es war also doch eine Einbildung gewesen.

Ich irrte mich, denn die Sonne warf schräg unter mir in der Weite der Wüste einen blitzenden Reflex.

Das Schwert!

Ja, ein Sonnenstrahl war auf die goldene Klinge gefallen und reflektiert worden.

Als ich genauer nachsah, erkannte ich auch die schmale, kleine Gestalt. Kara stand dort und wartete.

Mein Gott, wie winzig wirkte sie neben der Gestalt des riesenhaften Dschinns! Der Vergleich zwischen Elefant und Maus fiel mir ein, wobei Kara die Maus und der Dschinn der Elefant war.

So konnte sie ihn nie besiegen.

Niemals!

Aber sie hatte das Schwert. Und schon im alten Atlantis hatte man dieser Waffe wahre Wunderdinge nachgesagt. Weshalb sollte Kara es eigentlich nicht schaffen?

Mein Problem war damit noch nicht gelöst. Nach wie vor befand ich mich in der Klaue des Dschinns und schwebte hoch über dem Boden. Wenn er die Klaue öffnete und ich fiel, dann ...

Er senkte jetzt die Hand. Vielleicht tat er es unbewußt. Es konnte auch sein, daß er sich einen besseren Blickwinkel verschaffen wollte. Jedenfalls öffneten sich dabei die Finger.

Hatte ich noch vorhin über den harten Druck geklagt, so fehlte er mir jetzt. Wenn ich aus seiner Hand rutschte, war es aus. Ich würde mir sämtliche Knochen brechen.

Verzweifelt klammerte ich mich an seinen Fingern fest, rutschte jedoch ab und gelangte Finger für Finger immer tiefer. Ich schrie, und meine Stimme kippte über, als ich schließlich an seinem kleinen Finger hing wie ein Turner am Reck.

Auch ihn bewegte er, als wollte er ein lästiges Insekt abschütteln. Ich hielt verzweifelt fest, wurde hin- und hergeschüttelt, meine Beine pendelten, ich schielte nach unten und sah die Erde leider noch so weit entfernt.

Der Dschinn stieß ein drohendes Knurren aus.

Irgendwie kam es mir wie ein Startsignal vor, denn ich ließ einfach los.

Das war mein Glück. Ich befand mich noch in der Luft, als der Dschinn seine Hand wild schüttelte. Hätte ich jetzt noch an seinem Finger gehangen, wäre ich wie ein welkes Blatt im Herbstwind zur Seite geschleudert worden und wahrscheinlich mit dem Kopf zuerst zu Boden geprallt, wobei ich mir das Genick gebrochen hätte.

Dann prallte ich auf. Mit den Füßen zuerst, was ich wiederum als großes Glück bezeichnen konnte. Trotzdem warf mich die Wucht um. Ich spürte die Nachwirkungen des Aufpralls im Gehirn, wurde nach vorn geschleudert, überschlug mich einige Male und blieb dicht neben einem der ausgehöhlten Steine endlich liegen.

Mein Mund hatte sich mit Sand gefüllt, ich spie ihn aus und stemmte mich auf die Knie.

Da fiel ein Schatten über mich. Als ich den Kopf hob, vernahm ich auch die Stimme.

»Sei ganz ruhig, John Sinclair. Sie wird es schon schaffen. Sie muß es einfach!«

»Myxin!« flüsterte ich.

»Ja, John!«

Keine Halluzination, keine Einbildung, kein Wunder – Myxin stand tatsächlich neben mir. Eigentlich war es logisch, denn Myxin konnte man als Karas Begleiter bezeichnen. Im alten Atlantis waren sie noch Feinde gewesen. Als Kara dann von Myxins Wandlung erfuhr, da schlug sie sich auf seine Seite. Jetzt kämpften sie gemeinsam, und sie würden den Kampf auch gegen den Dschinn aufnehmen.

Ich ergriff die Hand des kleinen Magiers. Myxin zog mich auf die Beine. Ich hatte Mühe, stehenzubleiben, denn mir taten von dem Aufprall sämtliche Knochen weh.

Der kleine Magier sah aus wie immer. Er trug seinen langen Mantel, das Gesicht war schmal, leicht grünlich schimmerte die Haut, und seine dunklen Augen blickten ernst.

»Schafft ihr es?« fragte ich.

»Wir müssen, denn wenn der grüne Dschinn frei ist, wird er durchdrehen. Das war schon damals so. Er galt als ein unberechenbarer Geist und Dämon. Man konnte ihn nicht ausrechnen. Er ließ manchmal Feinde am Leben und tötete Artgenossen. Der grüne Dschinn ist wirklich brandgefährlich, und er gehörte damals zu denen, die nur einen Herrn und Meister anerkannten.«

»Laß mich raten«, sagte ich. »Der Schwarze Tod?«

»Genau, John!«

»Aber der ist tot.«

»Sicher, das weiß auch der Dschinn, zumindest spürt er es ...«

Ich ahnte Myxins Gedanken und formulierte sie nur ein wenig anders.

»Wenn er ein Getreuer des Schwarzen Tods war, dann weiß er sicherlich auch, wer ihn umgebracht hat – oder?«

»Möglich.«

»Er wird mich unter allen Umständen töten wollen, da ich den Schwarzen Tod vernichtet habe.«

»Vorerst muß er mit Kara fertig werden«, erwiderte Myxin trocken und stellte sich vor mich. Er blieb jedoch nicht stehen, sondern ging dorthin, wo meine Waffen lagen. Die hob er auf.

Kreuz und Beretta!

Ich hängte mir das Kreuz um. Normalerweise hätte ich ein Gefühl der Befreiung verspürt, hier jedoch nicht. Dieses wertvolle Kruzifix konnte nichts gegen den Dschinn ausrichten, weil der einfach zu alt und mächtig war.

»Ich muß dich jetzt allein lassen«, sagte Myxin.

»Warum?«

Als Antwort deutete er nach vorn, wo die fünf Diener des Dschinns Aufstellung genommen hatten.

Kara stand allein.

»Sie wird erst die Diener besiegen müssen, bevor sie gegen den Dschinn kämpfen kann.«

Ich verzweifelte fast, und das Gefühl spiegelte sich auch auf meinem Gesicht wider. »Kann man denn wirklich nichts tun?«

»Du nicht, John Sinclair. Drück uns nur die Daumen, daß es klappt. Wir müssen gewinnen, der grüne Dschinn darf nicht mehr dazu kommen, seine schreckliche Macht auszuspielen.«

Das waren harte, aber wahre Worte. Myxin ließ mich stehen. Waffenlos näherte er sich den fünf Dienern des Dschinns, und er gelangte in deren Nähe.

Ich aber fühlte mich nur als Statist. Zum erstenmal seit

langer Zeit war es mir nicht vergönnt, in eine Auseinandersetzung zwischen Gut und Böe mit einzugreifen.

Das Schicksal nahm ohne mich seinen Lauf ...

Es gab Leute bei Scotland Yard, die bewunderten Sir James Powell wegen seiner Ruhe, die ihn auch in Streßsituationen nicht verließ. Stets behielt er die Übersicht und einen klaren Kopf. Doch was er hier zu sehen bekam, das verkrafteten auch seine Nerven nicht so leicht.

Wie auf einer Kinoleinwand wurde ihm das präsentiert, was mit seinem besten Mann geschah.

John Sinclair gefangen!

Die Klaue des grünen Dschinns umklammerte ihn, und sie würde ihn zerquetschen.

Auch Suko war schockiert. Er murmelte Worte, die er selbst nicht verstand. Die Hände hatte er geballt. Wie kleine Messer stachen die Fingernägel in das Fleisch.

Sir James und er waren hilflos ...

»Da«, flüsterte Suko, »jetzt läßt er ihn fallen. John wird sich alles brechen ...«

Gemeinsam beobachteten die Männer die verzweifelten Bemühungen des Geisterjägers, sich weiterhin an der sich öffnenden Faust festzuhalten. John fiel von Finger zu Finger, klammerte sich an die einzelnen Glieder und rutschte schließlich vom letzten ab.

Er fiel zu Boden.

Unwillkürlich schlossen beide Männer die Augen, als sie das mitbekamen. Sie öffneten sie erst wieder, als eine kleine Gestalt neben John Sinclair stand.

»Verdammt, das ist Myxin!« flüsterte Suko. »Wo kommt der denn her?«

»Und eine Frau«, sagte Sir James. »Sie trägt ein Schwert mit goldener Klinge.«

»Kara!« flüsterte der Chinese.

Auch Kelim hatte die Worte vernommen. Seine Benommenheit war schlagartig vergangen.

»Goldene Klinge?« echote er.

Suko fuhr herum. »Ja, du Hundesohn. Was weißt du davon?«

»Nichts, nichts!« kreischte der Türke, doch der Blick seiner Augen sagte genau das Gegenteil.

Suko wischte über sein Gesicht. »Es ist möglich«, murmelte er, »daß der Spieß jetzt umgedreht wird ...«

Ich lächelte.

Es war Irrsinn, in dieser Situation zu lächeln, aber ich konnte nicht anders. Die Spannung, die sich in mir bisher festgekrallt hatte, brach sich nun Bahn in einem Lächeln.

Myxin sah ich besser als Kara, denn sie wurde durch die Rücken der fünf Monster verdeckt. Myxin schritt auf die Diener zu. Wenige Schritte hinter ihnen blieb er stehen. Er sah noch kleiner, noch verlorener aus, aber ich wußte, daß er dabei war, seine alten Kräfte zurückzugewinnen.

Und über allen schwebte der Dschinn.

Riesig, unheimlich, gefährlich ...

Ein gewaltiges Monstrum, Jahrhunderte gefesselt, nun endlich freigelassen.

Seine großen Arme fuhren durch die Luft, es entstand ein Wirbel, der bis zum Boden reichte, Sand aufwühlte und mich sogar durchschüttelte.

»Tötet sie!«

Es war ein uriger Schrei, der weit über das einsame Wüstenland hallte und irgendwo in der Ferne verklang.

Und noch einmal. »Tötet sie ...«

Einen dritten Befehl brauchten die Wesen nicht. Sie griffen an.

Ich, John Sinclair, fieberte vor innerer Spannung, obwohl man mich zu einem Zuschauer degradiert hatte, der nur eins tun konnte: Kara und Myxin die Daumen drücken ...

Die Schöne aus dem Totenreich hatte keine Angst. Sie stand dort wie eine fleischgewordene Göttin. Das Schwert mit der goldenen Klinge hielt sie in der rechten Hand, der heiße Wüstenwind fuhr in ihr langes schwarzes Haar und ließ es hochflattern wie eine dunkle Fahne.

Sie wollte kämpfen.

Als erster griff Myxin ein.

Beide Arme hatte er erhoben, die Hände gespreizt. Ein grünes Flimmern legte sich um seine Gestalt, die von einer starken Magie aufgeladen wurde. Myxin spielte mit den Kräften der Natur. Hier in dieser Gegend, wo sich Vergangenheit und Gegenwart trafen, wo es keine Asmodina gab, die ihm magische Fesseln auflegte, da konnte der kleine Magier seine wiedererstarkten Kräfte voll wirken lassen.

Wie von unsichtbaren Händen angestoßen, bewegten sich die gewaltigen Steine, die den fünf Dienern als Zufluchtsstätte gedient hatten. Sie wurden buchstäblich aus dem Boden gerissen, sprangen hoch, wobei gleichzeitig eine gewaltige Staubwolke gegen den Himmel stieg, die Steine einhüllte und auch mir die Sicht auf die fünf Diener nahm.

Ich sah, wie die ersten beiden wankten. Sie waren von den Steinen getroffen worden, die raketenartig nach allen Seiten wegstoben, sich dabei drehten und die Riesen von den Beinen rissen. Sie waren leichter zu treffen als Kara, und das hatte Myxin, der kleine Magier, auch so gewollt.

Freie Bahn für Kara!

Sie sah den ersten Riesen stürzen. Hoch schwang sie ihr Schwert und senkte die Klinge genau in den wie hölzern wirkenden Schädel des Wesens.

Das goldene Schwert spaltete ihn.

Ich hörte einen Schrei, als ich für eine Sekunde freie Sicht hatte. Da sah ich, wie der erste Dschinndiener in der Mitte auseinanderbrach und auf dem Boden liegenblieb.

Sofort kreiselte Kara herum und mußte die Stellung wechseln, denn ein Dämonenriese kippte ihr entgegen.

Schwer schlug er neben ihr zu Boden.

Kara wuchtete mit dem Schwert zu.

Diesmal traf sie die Brust, und der Körper des Wesens, eine Mischung aus Stein und Holz, so jedenfalls sah ich es, wurde restlos zerstört.

Noch drei!

Kara war zu einem wirbelnden Schatten geworden. Sie duckte sich unter den fliegenden Steinen hinweg, die so schnell waren, daß die Monster nicht ausweichen konnten und auch nicht dazu kamen, ihre gefährlichen Waffen einzusetzen.

Sie behinderten sich gegenseitig. Einmal gelang es einem, Kara zu bedrohen. Bevor die Lanze jedoch treffen konnte, schlug die Schöne aus dem Totenreich zu.

Sie teilte die Waffe in zwei Hälften.

Kara trug eine eng anliegende Kleidung, die hell schimmerte, nun aber von einer rötlichen Staubschicht bedeckt war, ebenso wie ihr Haar.

Als der dritte Gegner merkte, daß er seine Waffe nicht mehr benutzen konnte, war er so überrascht, daß Kara ihm die Beine wegschlagen konnte. Schwer krachte er zu Boden. Gleichzeitig fiel ein Stein auf ihn und begrub das Monster.

Myxin stand noch immer mit erhobenen Armen auf dem Fleck. Hoch am Himmel tobte der Dschinn.

Er schrie, brüllte, und es gelang ihm, die Wolke aus Staub und Sand wegzublasen.

Da lagen schon drei seiner Diener am Boden. Aufgelöst, erledigt. Zwei standen noch und – und Kara!

»Das Heilige Schwert aus Atlantis!« schrie sie dem Dschinn entgegen. »Es wird auch dich vernichten. Es hat dich damals geschafft und wird es heute ebenfalls!«

Sie hatte sich zu sehr auf den Dschinn konzentriert und einen Augenblick nicht auf die Diener geachtet.

Das rächte sich.

»Kara!«

Mein Warnruf erreichte sie fast zu spät. Denn ein goldener Halbmond befand sich bereits unterwegs und zielte auf ihren schlanken Hals.

Kara duckte sich. Gleichzeitig hechtete sie zur Seite, doch sie war nicht schnell genug. Der goldene Halbmond hackte in ihre Schulter. In die rechte.

Gellend schrie Kara auf. Sie mußte starke Schmerzen haben, denn ihr gelang es nicht, das Schwert zu halten. Es rutschte ihr aus der Hand.

Das sah auch der Dschinn, während Myxin laut aufstöhnte.

Der Grüne aber lachte.

»Jetzt tötet sie für alle Zeiten!« brüllte er seinen Dienern zu.

Myxin hörte den Befehl, und auch ich vernahm ihn. Es kam jetzt auf Sekunden an, und ich reagierte als erster.

Wie ein Blitz startete ich, lief dorthin, wo Kara lag, und packte das Schwert.

Tatenlos hatte ich bisher zusehen müssen, das war nun vorbei. Ich wollte die Monster vernichten.

Noch immer waren sie gewaltig, und da jagte bereits der zweite Halbmond auf mich zu. Er kam schräg von oben. Ich wich nicht aus, sondern setzte alles auf eine Karte.

Mit dem Schwert schlug ich zu.

Halbmond und Klinge prallten aufeinander. Es gab ein

klingendes Geräusch und dann einen Blitz. Als er verschwunden war, sah ich auch von dem Halbmond nichts mehr.

Das Monster war überraschter als ich. Deshalb konnte ich ungehindert an es herankommen und stach zu.

Die Klinge verschwand im Leib des Wesens. Ich vernahm ein knirschendes Geräusch, als würde jemand Papier durchschneiden, und der Riese wankte.

Sofort zog ich das Schwert wieder zurück, denn da war noch der andere.

Auf seiner Lanze steckte kein Halbmond, sondern nur die Kugel mit dem Pfeil.

Er wollte die Lanze schleudern.

In diesem Augenblick fiel der von mir getroffene Dschinndiener gegen ihn. Die Aufprallwucht war so stark, daß der andere das Gleichgewicht verlor.

Sofort war ich zur Stelle.

Ich konnte mir sogar Zeit lassen, tat dies auch und schlug erst dann zu.

Der Hieb mit der goldenen Klinge teilte das unheimliche Riesenwesen fast in zwei Hälften. Auf jeden Fall hielt es sich nicht mehr auf den Beinen und kippte.

Schwer schlug es auf, und es verging wie auch die anderen, denn zurück blieb nur bröselnder Staub.

Fünf Gegner hatten wir besiegt. Es blieb noch einer.

Der grüne Dschinn! Ich schaute hoch zum Himmel. Blau, fast kitschig spannte er sich über dem weiten Land. Vom Dschinn sah ich nichts mehr – oder?

In der Ferne, schon fast am Horizont, war ein grünes Flimmern zu erkennen. Das war er, und er hatte die Flucht ergriffen. Das Schwert war einfach zu stark gewesen. Mein rechter Arm sank nach unten. Die Schwertspitze berührte den Boden und drang in den Sand ein.

Von rechts kam Myxin heran. Er schüttelte den Kopf. »Ich

habe ihn nicht halten können, John Sinclair«, sagte er, »es tut mir leid.«

Ich nickte. »Warum ist er geflohen?«

»Er war noch nicht stark genug«, erwiderte der kleine Magier. »Aber er wird zurückkommen, darauf kannst du dich verlassen. Der grüne Dschinn gibt nicht auf, der nicht.«

Da hatte Myxin wohl recht, und wir besaßen einen gefährlichen Feind mehr …

Anschließend kümmerten wir uns um Kara.

Ihre Verletzung war nicht sehr schwer, die Wunde würde schnell verheilen, doch dieser goldene Halbmond war nicht irgendeine Waffe, sondern magisch aufgeladen. Aus diesem Grund hatte sie Kara auch so hart treffen können.

»Ich muß mich bei dir bedanken, John«, sagte sie und lächelte mich an. »Du hast dich gut geschlagen.«

Ich winkte ab. »Es war wenig genug, was ich tun konnte. Du hast mich schließlich gerettet, ich konnte es schon selbst nicht mehr glauben, aber der Alte hatte recht gehabt.«

»Welcher Alte?« fragten Kara und Myxin wie aus einem Mund.

Ich deutete auf den Toten. »Er war der Hüter der Steine. Dabei kannte ich nicht einmal seinen Namen, aber er war ein guter Mensch, daran besteht kein Zweifel. Er und seine Vorfahren haben dafür gesorgt, daß der Dschinn in dem steinernen Gefängnis blieb. Und fast hätten sie es geschafft.« Ich wischte mir den Schweiß von der Stirn. Er war vermischt mit Staub und Dreck. »Ein anständiges Begräbnis hat er verdient. Es ist das letzte, was ich für ihn tun kann.«

Niemand hielt mich auf, als ich Steine über den Toten häufte und ein kurzes Gebet sprach. Dann wandte ich mich um. Irgendwie fühlte ich mich deprimiert, das merkten auch meine Freunde.

»Was ist mit dir?« fragte Myxin.

»Ich bin enttäuscht. Bisher habe ich mich stark auf mein Kreuz verlassen können, aber in letzter Zeit versagt es oft. Wie kommt das? Sind die Gegner stärker geworden?«

»Das auch«, antwortete Myxin. »Ich bin jedoch sicher, daß das Kreuz nicht versagt hat, John.«

»Wieso?«

»Du hättest es aktivieren müssen. Meiner Ansicht nach schlummern dort ungewöhnliche Kräfte, du mußt nur einen Weg finden, sie zu befreien. Ich glaube nämlich, daß dir das Kreuz auch gegen andere Feinde und Mythologien hilft.«

Myxins Worte munterten mich auf. »Wie kann ich das herausfinden?«

»Das ist deine Sache, John. Wir müssen sehen, daß wir von hier verschwinden.«

»Steht uns ein Fußmarsch bevor?«

Myxin lächelte. »Keine Sorge, wir werden auf die Art und Weise reisen, wie Kara und ich gekommen sind.«

Das taten wir auch. Myxins und Karas Magie machten es möglich. Wir bildeten ein Dreieck und faßten uns an, und schon bald verschwammen die Umrisse vor unseren Augen.

Ich erschien dort, wo ich auch in das Dimensionstor hineingetaucht war und präsentierte mich dem überraschten Sir James und auch Suko. Mein Chef faßte mich sogar an.

»Ja, Sie sind es wirklich«, sagte er.

»In Lebensgröße, Sir.«

Suko grinste und schlug mir auf die Schulter, wobei ich aufschrie, denn der Sonnenbrand, den ich mir zugezogen hatte, war nicht von schlechten Eltern.

Kelim hockte nur stumm da und staunte. Er begriff die Welt nicht mehr. Für ihn war einiges zusammengebrochen.

Sir James konnte es nicht lassen, mir noch eine Spitze unterzujubeln. »Wenn Sie das nächste Mal auf so eine Reise gehen und zurückkehren, dann bitte ein wenig mehr bekleidet. Bisher hat man die Beamten des Yard für zivilisierte Leute gehalten. Ich möchte nämlich nicht, daß Sie diese Annahme in Frage stellen ...«

Ich war sprachlos, mußte aber grinsen, denn an Sir James' Gesicht las ich ab, daß er den letzten Satz nicht ernst gemeint hatte. Mein Chef hatte eben seinen eigenen Humor ...

ENDE

Spuk im Leichenschloß

»Raus! Ich will hier raus! Laßt mich …!«

Obwohl die Worte nur leise gesprochen waren, verstand Cathy Barker sie dennoch. Und sie rissen sie sogar aus dem Schlaf.

Cathy fuhr hoch. Automatisch tastete ihre Hand zum Lichtschalter, fand ihn aber nicht, bis ihr einfiel, daß sie sich ja nicht zu Hause in London befand, sondern auf Highgrove Castle. Und die Konsole mit der Lampe stand auf der anderen Seite des breiten Bettes.

Sie wälzte sich über die Matratze und hatte den rechten Arm bereits ausgestreckt, als sie abermals die Stimme hörte.

»Raus! Ich will hier raus!«

Cathy zuckte zusammen. Sie fieberte plötzlich, ihr Körper schien unter Strom zu stehen.

Doch keine Täuschung, wie sie gehofft hatte. Das war eine Stimme gewesen. Und jedes einzelne Wort hatte sie genau verstanden. Aber wer sprach so? Wer jagte ihr da Angst ein? Einer von der Gruppe? Hatten sich die Jugendlichen einen Scherz erlaubt? Zuzutrauen wäre es ihnen, schließlich sollte es in diesem Schloß spuken. Sie hatte auch nichts gegen einen Geist, der nachts durch die Gänge turnte und lachte, wenn man ihm das weiße Laken vom Körper riß. Aber diese Stimme hatte sich echt angehört, so verdammt echt.

»Laßt mich raus!«

Da, wieder. Jetzt bekam es Cathy Barker doch mit der Angst zu tun. Die zweiundzwanzigjährige Sozialarbeiterin wollte endlich sehen, wer ihr da diesen Streich spielte. Sie wollte schon das Licht einschalten, da ertönte ein Surren. Gleichzeitig durchschnitt von der Tür her ein heller Strahl die Dunkelheit und traf die freie Wand über dem Kopfende des Bettes, wo früher einmal Bilder gehangen hatten.

Cathy setzte sich aufrecht. Eine schreckliche Szene lief vor ihren Augen ab. Sie sah eine junge Frau, die in einem halb offenen Sarg lag und von einem gräßlichen Wesen angegriffen wurde. Das Wesen war eine Mischung zwischen Mensch und Tier, hatte messerscharfe Krallen und schlug damit auf die entsetzte junge Frau ein, die keine Chance hatte. Blutend brach sie zusammen, wobei sie endgültig in den Sarg rutschte. Doch damit war die Szene noch nicht beendet. Das Monster folgte ihr, riß seinen Rachen auf, und Cathy sah die hellweißen, äußerst spitzen Zahnreihen. Dann beugte sich das Wesen über die Frau.

Geschockt wandte sich Cathy ab, indem sie den Kopf drehte und beide Hände vor ihre Augen legte.

In diesem Moment erlosch das Bild.

Unter der Decke erstrahlten dann die künstlichen Kerzen eines Kronleuchters, und das herzliche Gelächter zweier Jungen schallte Cathy entgegen.

Verdattert starrte die Erzieherin die beiden an. Es waren Ralph und Gary Sorvino, zwei aus der Gruppe, die immer zu besonderen Späßen aufgelegt waren, davor hatte man Cathy bereits vor der Reise gewarnt. Jetzt standen die beiden in der Tür und grinsten. Sie freuten sich über Cathys Schrecken und auch darüber, daß die junge Frau sehr spärlich bekleidet war. Das hellblaue Nachthemd bedeckte so eben die Brust und war denkbar kurz.

»Seid ihr denn verrückt!« fuhr Cathy Barker die beiden Jungs an. »Mich so zu erschrecken!«

»War doch schön – oder?«

Ralph und Gary standen in der offenen Tür. Direkt neben dem Filmprojektor, den sie mitgebracht hatten.

»Super-8-Filme«, sagte Ralph. Er hatte schwarze Haare, war 15 und damit ein Jahr älter als sein Bruder. »Unser Hobby. Vor allen Dingen Horror-Filme, wo wir doch in einem Gruselschloß sind – oder nicht, Frau Lehrerin?« Er legte den Kopf schief und grinste impertinent, wobei er noch auf Cathys Beine schaute. »Toll sehen Sie aus, Frau Lehrerin. Wird bestimmt irre, kann ich Ihnen sagen.«

Gary, der Kleinere, hatte hellere Haare, sagte gar nichts, sondern lächelte nur.

Erst jetzt wurde Cathy bewußt, was Ralph wahrscheinlich damit gemeint hatte. Sie raffte die Decke zusammen und zog sie hoch.

»Macht nur, daß ihr rauskommt«, sagte sie. »Einmal lasse ich den Spaß noch durchgehen, beim nächstenmal melde ich euch Mrs. Frominghton, und was dann geschieht, könnt ihr euch vorstellen.«

»Nun seien Sie mal nicht so, Miss Cathy. Sie sind doch sonst ganz in Ordnung.« Ralph, der fünfzehnjährige, zeichnete mit beiden Händen den Umriß einer Frau in die Luft.

»Wie meinst du das?« fragte Cathy streng.

»So und auch anders.«

»Ab jetzt mit euch.«

»Klar, Frau Lehrerin, wir verschwinden.« Ralph verbeugte sich. »Und eine gute Nacht noch, kleine Cathy.«

»Also, ich …« Cathy Barker holte tief Luft, kam aber nicht mehr dazu, etwas zu sagen, denn die beiden Jungs waren verschwunden.

Pfff! Cathy atmete tief durch. Da hatte sie sich etwas aufgeladen. Ferienbegleiterin für jugendliche Schüler. Da war es schon besser, man hütete einen Sack voller Flöhe als diese dreizehn Jungen und Mädchen. Ausgerechnet noch dreizehn. Nicht, daß Cathy abergläubisch gewesen wäre, aber diese Zahl störte sie doch ein wenig. Vielleicht war es auch die unterschwellige Angst, die sie dabei empfand.

Mit beiden Händen fuhr sie durch ihr kurzes, dunkelbraunes Haar. Da sie für Lady Di schwärmte, die junge Frau des Prinzen Charles, hatte sie sich auch ihr Haar so schneiden lassen, wie es Diana trug. Nur konnte sie nicht so oft zum Friseur gehen wie ihr großes Vorbild, dazu fehlte ihr das nötige Kleingeld. Wenigstens hielt die Frisur eine halbe Woche. Danach war sie dann wieder die echte Cathy Barker.

Sie schüttelte den Kopf. Plötzlich war sie hellwach. Wie die beiden Bengel sie angesehen hatten, das konnte man schon mit dem Wort unverschämt bezeichnen. Wirklich ungezogen, so etwas. Dieser Ralph schien sowieso der große Aufreißer zu sein, auch bei den vier Mädchen in der Gruppe führte er das große Wort. Cathy wartete förmlich auf die erste Beschwerde, dann mußte der Knabe mal zurechtgestutzt werden. Aber nicht von ihr, sondern von Mrs. Frominghton. Die verstand sich auf so etwas.

Mrs. Geraldine Frominghton galt als großer Schrecken. Sie war die Hauptbegleiterin und hatte alles unter Kontrolle. Ihr unterstand nicht nur Cathy Barker, sondern auch Billy Elting. Er war zwei Jahre älter als Cathy und ebenfalls ein Begleiter. Billy schlief im anderen Trakt, wo die Jungen ihre Zimmer hatten.

Highgrove Castle hatte sich darauf spezialisiert, Gäste zu haben. Der alte Graf, er lebte woanders, hatte sein Stadtschloß verpachtet. Er sorgte für die Instandhaltung und brachte junge Gäste aus den Großstädten unter, damit sie auch mal etwas erleben konnten und ganz nebenbei während der Ferien noch einiges über die englische Geschichte erfuhren.

Lernen und ausspannen, so lautete die Devise.

Das alles schwirrte Cathy durch den Kopf, als sie mit angezogenen Beinen im Bett hockte. Sie war auf einen Scherz hereingefallen, mehr nicht.

Und die Stimme ...

Moment mal! Plötzlich stockten Cathys Gedanken. Da stimmte etwas nicht. Diese Stimmen oder vielmehr die Stimme war aber nicht vor der Tür aufgeklungen, sondern kam von woanders her. Von hinten.

Aber hinter Cathy befand sich die Wand.

Du spinnst, dachte Cathy, du spinnst wirklich.

»Hol mich hier raus!«

Da war es wieder. Cathy erschrak heftig, und sie begann zu zittern. Keine Täuschung, die Stimme war vorhanden. Die beiden Jungen hatten sie nicht nachgeahmt.

Die gab es.

Hinter ihr!

Cathy lief ein Schauer über den Rücken. Obwohl sich dort nur die Wand befand, hatte sie Angst, sie anzuschauen.

»Unsinn«, flüsterte sie, »da kann niemand sein. Da ist nur eine Mauer, mehr nicht.«

Sie drehte sich ruckartig um.

Eine Sekunde brauchte sie, um den Schrecken zu erfassen, dann öffnete sich ihr Mund zu einem gellenden Schrei, der jedoch auf halbem Wege steckenblieb.

Aus der Wand quoll Blut!

Blut – echtes Blut!

Und es drang aus der Wand.

Unvorstellbar.

Cathy Barker schüttelte sich. Noch immer konnte sie nicht schreien, sondern starrte in stummem Entsetzen auf die Wand über dem Bett, wo das Blut hervorquoll. Es bildete dort kleine Perlen, die sich zu Tropfen verdichteten, schwer wurden und als Rinnsale an der Wand entlang liefen.

Es kam noch schlimmer. Cathy, die entsetzt und wie festgewachsen in ihrem Bett hockte, machte eine fürchterliche Entdeckung. Auf einmal bewegte sich die Wand.

Sie schien zu einem Vorhang zu werden, der sich in der Mitte teilte und sich dabei langsam nach rechts und links öffnete. Ein Riß entstand.

Erst nur haarfein, kaum zu erkennen, dann aber größer werdend. Von Sekunde zu Sekunde. Das dabei entstehende häßliche Knirschen ging der jungen Frau durch Mark und Bein. Jetzt war der Spalt schon so breit wie eine Hand.

Und er wurde noch größer.

Wie in Trance hob Cathy ihren Arm. Dabei preßte sie den Handballen gegen den Mund, die Augen wurden übergroß und drohten sogar, aus den Höhlen zu treten.

Jetzt bewegte sich etwas innerhalb des Spalts. Erst schattenhaft nur, dann deutlicher zu erkennen.

Ein Gesicht!

Nein, eine widerliche Fratze. Schrecklich anzusehen. Sie schimmerte bräunlich. Hautfetzen hingen nur noch über den Knochen. Die Augen wirkten wie zwei große Löcher, auch den Mund konnte man nicht mehr als solchen bezeichnen.

Spitz stach die Nase hervor. Ein heller Knochen schimmerte dort, wo sich das Nasenbein befand.

Das Gesicht war halb verwest!

Dann wieder die Stimme. Dumpf jetzt, als würde sie aus einer tiefen finsteren Gruft hallen.

»Hol mich hier raus ...«

Es war der eine Satz, der bei Cathy eine Panikreaktion auslöste. Sie schrie plötzlich wie von Sinnen, dabei schloß sie die Augen und riß den Mund so weit auf, daß sie sich beinahe ihre Kiefer ausrenkte.

Ihre Angst war grenzenlos ...

Ralph Sorvino rieb sich die Hände. »Der haben wir es aber gezeigt, wie?«

Sein Bruder nickte. »Die wäre doch was für dich. Du stehst ja auf Ältere.«

»Klar. Hast du den Vorbau gesehen?«

»Und wie. Mann, das war irre. Aber das Fahrgestell war auch nicht zu verachten. Die hatte Beine, mein lieber Mann ...«

Die beiden Jungen räumten den Projektor weg. Sie waren

Anwaltssöhne. Ihr Vater arbeitete für Logan Costello, den mächtigsten Mafia-Boß der Millionenstadt London. Costello war ein Mann, der seine Finger in jedem dreckigen Geschäft stecken hatte. Seit kurzem auch in Dingen, die normalerweise nicht in sein Metier fielen.

Er arbeitete für einen Mann, der Solo Morasso hieß und auch Dr. Tod genannt wurde. Morasso hatte Costello als Spion eingesetzt, er selbst hatte sein Hauptquartier woanders aufgeschlagen, und niemand außer seinen Getreuen wußte, wo.

»Los, pack endlich mit an!« Ralph war leicht sauer.

Gary wollte zugreifen, als beide Jungen den Schrei hörten. Zuerst standen sie still, blickten sich an, dann hob Gary die Schultern.

»Das war Cathy«, flüsterte Ralph.

»Wirklich?«

»Ja.«

»Und was machen wir jetzt?« wollte Gary wissen.

»Wir müssen nachsehen!«

»Wie du meinst.«

Gary ließ Ralph den Vortritt, der nur ein paar Schritte zu gehen brauchte. Sicherheitshalber klopfte er gegen die Tür, doch da war nichts zu hören. Auch als er sein Ohr gegen das Holz legte, wiederholte sich der Schrei nicht.

Gary stieß seinen Bruder an. »Geh doch rein, Mensch!«

»Ja, das tun wir auch.« Ralph öffnete. Zuerst zog er die Tür nur einen Spalt breit auf, damit er einen Blick in das Zimmer werfen konnte.

Er sah das Bett und auch Cathy. Sie kniete darauf, hatte ihr Gesicht jedoch in das Kopfkissen versenkt. An den Bewegungen ihres Oberkörpers war zu erkennen, daß sie schluchzte. Die beiden Brüder warfen sich gegenseitige Blicke zu und zuckten mit den Schultern.

Die Szene verstand niemand von ihnen.

»Frag sie doch mal«, wisperte Gary.

»Du meinst …?«

»Sicher. Irgend etwas muß sie doch haben. Kannst ruhig den Beschützer spielen.« Ralph kam der Aufforderung seines Bruders nach. Auf Zehenspitzen näherte er sich dem Bett. Wohl war ihm nicht in seiner Haut, aber Gary stand in der Tür und hielt Wache. Zudem schien niemand anderer das Schreien gehört zu haben.

Neben dem Bett blieb Ralph stehen. Er schluckte zweimal, holte danach tief Luft und streckte seinen Arm aus. Mit den Fingerspitzen berührte er die Schulter der jungen Frau.

Cathy zuckte zusammen, als hätte ihr jemand einen Schlag versetzt. Dann schrie sie auf, fuhr herum und starrte Ralph Sorvino an. Ihre Augen waren weit aufgerissen, kalkweiß das Gesicht, und Ralph ging sicherheitshalber einen Schritt zurück, wobei er beide Arme vorstreckte. »Ich bin es doch nur, Miss Cathy.«

Sie schüttelte den Kopf. Die Haare flogen.

»Was ist denn, Miss Cathy?«

Die Frau hob den Kopf. Tränen hatten nasse Spuren in ihrem Gesicht hinterlassen. »Das Blut«, flüsterte sie. »Ich habe das Blut gesehen – es quoll aus der Wand …«

Ralph bekam eine Gänsehaut. »Was haben Sie gesehen? Blut?«

»Ja. Es drang über mir aus der Wand. Und dann sah ich das Gesicht. Halb verwest …«

»Das haben Sie geträumt.«

»Nein, Junge, es war kein Traum!« Cathy reagierte heftig. »Ich habe es deutlich gesehen. Und so rasch schläft man wohl nicht ein, nach dem, was ihr mir hier vorgeführt habt.«

»Sorry, aber wir wußten nicht, daß Sie so ängstlich sind und gleich von Blut träumen, das aus der Wand quillt. Ehrlich, wir haben Ihnen nur einen Film gezeigt, da war nichts Echtes dran.«

»Aber das Blut war echt!«

»Natürlich, Cathy, es war echt.« Ralph grinste ein wenig verzerrt. »Soll ich Mrs. Frominghton Bescheid sagen?«

»Unnötig, Ralph.« Sie gab sich einen Ruck. Dann hob sie den Kopf. »Es war wohl doch nur Einbildung.«

»Sicher, Cathy, sicher.« Ralph grinste. »Und wenn noch mal Blut aus der Wand kommt, stellen Sie lieber einen Eimer auf.«

»Jetzt aber raus.«

Cathy hockte im Bett. Sie lauschte und wartete, bis die Brüder verschwunden waren. Sie mußten wieder zurück in ihren Trakt, wo sie mit den anderen schliefen.

Das Licht ließ die junge Frau brennen. Sie hatte Angst vor der Dunkelheit, was sehr verständlich war. In dieser Nacht fand Cathy Barker keinen Schlaf. Es passierte nichts mehr. Der erste Schrecken war für sie Warnung genug gewesen ...

Auch Billy Elting hatte in dieser Nacht ein seltsames Erlebnis. Es begann damit, daß er durch ein Stöhnen aus dem Schlaf gerissen wurde. Zuerst glaubte Billy, daß er es war, der so stöhnte und davon wach geworden war, dann jedoch änderte er seine Meinung, denn als er im Bett saß, hörte das Stöhnen nicht auf.

Er lauschte.

Eigentlich war Billy Elting kein Angsthase. Von ihm war auch der Vorschlag gekommen, einige Tage in einem Geisterschloß zu verbringen, doch als er nun das Stöhnen vernahm, da wurde ihm ein wenig komisch zumute.

Natürlich glaubte er an einen Scherz, stand auf und machte Licht. Er rechnete damit, einen oder mehrere aus seiner Gruppe im Zimmer zu sehen, sah sich jedoch getäuscht. Niemand hatte sich heimlich in den großen Raum geschlichen, Elting war allein.

»So was«, murmelte er und griff nach den Zigaretten. Er setzte sich auf die Bettkante und zündete ein Stäbchen an. Vom Abend stand noch eine Flasche Bier auf dem Nachttisch. Sie war nur zur Hälfte geleert worden.

Elting nahm einen Schluck und verzog das Gesicht, weil die Brühe lauwarm war.

»Widerlich«, knurrte er.

Im Zimmer war alles ruhig. Elting lauschte, rauchte und trank trotzdem aus der Flasche.

Das Stöhnen wiederholte sich nicht.

Er nannte sich selbst einen Spinner und dachte daran, daß man sich schließlich in einem Geisterschloß befand. Da kam so etwas hin und wieder vor.

Er drückte die Zigarette aus und legte sich wieder hin. Billy Elting gehörte zu den Typen, die schon einiges hinter sich hatten. Er hatte selbst mal gehascht, auch getrunken und kannte somit die Spielregeln und auch die Szene, in die Jugendliche sehr leicht hineinrutschen konnten. Ihm war der Absprung gelungen, die Gesellschaft hatte ihn dabei unterstützt, deshalb hatte er sich nach seiner Berufsausbildung vorgenommen, auch für die Gesellschaft zu arbeiten. Er wollte andere Menschen warnen, vor allen Dingen junge Menschen, damit sie nicht in einen so schlimmen Teufelskreis hineingerieten, in dem er einmal gesteckt und die Hölle erlebt hatte.

Es waren Diskussionen vorgesehen, und Billy Elting machte keinen Hehl daraus, daß er auch zu den Haschern gehört hatte und zum Glück nicht auf härtere Drogen umgestiegen war. Deshalb wollte er die anderen warnen.

Elting löschte das Licht.

Kaum war es wieder dunkel, als er das Stöhnen erneut vernahm. Es hörte sich schlimm an. Billy kannte Schwerverletzte, die kurz vor dem Schritt ins Jenseits standen. Sie hatten auch so gestöhnt.

Er schluckte.

Scharf und hart traten seine Wangenknochen hervor. Auf seiner Stirn hatte sich ein dünner Schweißfilm gebildet. Das Stöhnen hörte sich so verdammt echt an.

Zu echt ...

Ob nicht doch einer im Raum war?

Billy Elting machte Licht. An der Wand rechts von ihm hing ein Spiegel. Darin sah er sich selbst, als er die Beine über die Bettkante schwang. Ein schweißnasses Gesicht, schwarze Haare und einen Blick in den Augen, den man mit dem Wort Angst umschreiben konnte.

Ja, er fürchtete sich.

Billy konzentrierte sich auf das Geräusch. Von wo war es nur aufgeklungen?

Wieder hörte er das schwere Ächzen und Stöhnen. Billy runzelte die Stirn. Seine Augenbrauen zogen sich zusammen. Ja, jetzt hatte er es. Das Geräusch erreichte ihn weder von rechts noch von links, sondern kam von der Decke.

Unglaublich ...

Billy legte den Kopf in den Nacken, und seine Blicke tasteten die Decke ab.

Da war nichts zu sehen.

Die Decke war nicht glatt. Damit brauchte man in diesen Burgen oder Schlössern auch nicht zu rechnen. Sie zeigte an den Rändern, wo sie mit den Wänden abschloß, eine Stuckverzierung, über die beigefarbene Holzleisten liefen.

Und dort oben befand sich die Geräuschquelle!

Billy Elting schleuderte die Decke zur Seite und stand auf. Das konnte es doch nicht geben, da wollte ihn jemand auf den Arm nehmen. Er wußte nicht, welches Zimmer sich über der Decke befand, dazu kannte er die Räumlichkeiten nicht gut genug, aber seiner Meinung nach mußte sich dort einer der Jugendlichen aufhalten und sich diesen etwas makabren Scherz erlauben.

Billy Elting wollte es genau wissen. Er setzte seine Brille auf und öffnete einen Schrank. Bei der ersten Untersuchung hatte er dort einen Besenstiel entdeckt. Mit ihm wollte er den Stöhnern mal unter die Füße klopfen.

Billy nahm den Stiel und stellte sich aufs Bett. Elting trug sein schwarzes Haar noch ziemlich lang. Ein Oberlippenbart bedeckte fast den halben Mund. Billy war nicht sehr groß und eher schmächtig zu nennen, aber sehr zäh. Deshalb konnte er mit den meisten Jugendlichen gut mithalten, was Ausdauer und Leistung anging. Auf extremen Wanderungen machte er nicht so leicht schlapp.

Billy packte den Stiel mit beiden Händen und hämmerte gegen die Decke.

Es waren dumpfe Schläge, die auch von dem gehört werden mußten, der da über ihm stöhnte.

Dreimal klopfte Billy gegen die Decke.

Und beim dritten Mal verstummte das Stöhnen.

Elting grinste. Diese Burschen hatten sich bestimmt gewundert. Wahrscheinlich dachten sie, er würde in Panik verfallen, schließlich befand man sich hier in einem Geisterschloß, und der Spuk war im Preis mit inbegriffen. Doch so leicht wollte er es den anderen nicht machen. Nein, da mußten sie schon früher aufstehen.

Billy ließ sich fallen.

Die dicke Matratze fing ihn auf. Den Besenstiel legte er neben sein Bett und löschte das Licht.

Er hoffte, ab jetzt eine ruhige Nacht verbringen zu können. Trotzdem konnte er nicht einschlafen. Er schaute auf die Decke, die sich als hellgrauer Fleck über ihm abhob.

Es war nicht völlig dunkel im Zimmer. Der zunehmende Mond leuchtete fahl. Sein Licht sickerte durch die Vorhänge. Die Möbel waren in ihren Umrissen zu erkennen. Da gab es einmal den Schrank, die Kommode und die Bilder an den Wänden. Die Gemälde waren durchweg alt und zeigten Porträts der früheren Burgbesitzer. Es gab in dem Schloß auch Ritterrüstungen und sogar finstere Keller sowie Folterkammern. Gesehen hatte er sie noch nicht, aber für den folgenden Abend war eine Besichtigung vorgesehen. Um es richtig stilecht zu machen, hatten sie beschlossen, Keller und Folterkammern erst in der Dunkelheit zu betreten.

Zudem gab es dort unten kein elektrisches Licht, wie man ihm gesagt hatte.

Dort lagerten auch die Vorräte, die sie mitgebracht hatten. Der Koch und zwei seiner Gehilfinnen hatten die Dinge eingeräumt. Der Koch fungierte gleichzeitig als Verwalter des Schlosses. Er kannte hier jeden Stein, wie er sagte.

Mit der Zeit wurde Billy müde. Die Augen fielen ihm fast von selbst zu, und er versank in einen Halbschlaf.

Da traf ihn der erste Tropfen.

Billy Elting schreckte hoch, denn etwas war auf seine Stirn geklatscht. Er schüttelte sich, war noch nicht voll da, aber seine Hand fuhr hoch, und mit dem gekrümmten Finger wischte er über die Stelle, wo ihn der Tropfen berührt hatte.

Sie war feucht ...

Nur – Wasser fühlte sich anders an. Nicht so dickflüssig oder klebrig. Elting wurde wieder an das Stöhnen erinnert, und er brachte es sofort in Zusammenhang mit den fallenden Tropfen, denn der zweite hatte ihn bereits getroffen.

Auf die Nase.

Da sprang Elting hoch. Mit dem Ärmel seiner Schlafanzugjacke wischte er über sein Gesicht und klatschte seinen rechten Handballen gegen die Lichtschalter.

Es wurde hell.

Elting schaute zur Decke.

Ein dritter Tropfen hing dort. Nein, Wasser war das nicht. Wasser hat keine rote Farbe, es sei denn, man färbt es. Dort oben unter der Decke klebte ein Blutstropfen ...

Jetzt fiel er.

Entsetzt beobachtete Billy Elting den Weg des Tropfens. Er klatschte auf das Kopfkissen und hätte ihn sicherlich getroffen, wenn er noch da gelegen hätte.

So berührte er das weiße Laken, wo er sich verteilte und vom Stoff aufgesaugt wurde.

Blut tropfte von der Decke. Verdammt, das war kein Scherz mehr, schimpfte Elting innerlich. Irgendwo gab es eine Grenze. Wenn die Jugendlichen so etwas als Scherz betrachteten, mußte man ihnen den Marsch blasen.

Elting war wie gelähmt. Neben seinem Bett stand er und starrte gegen die Decke. Er hatte dabei das Gefühl, immer mehr Blut zu sehen. Intervallweise klatschte es auf das Bett.

Längst hatte es dort ein makabres Muster gebildet, und plötzlich sah Elting den Spalt.

Dort, wo das Blut aus der Decke quoll, bildete sich ein Riß. Lautlos, ohne daß Putz nach unten fiel.

Und der junge Mann sah eine Hand.

Zuerst nur die Finger. Sie hielten etwas umklammert, das nicht genau zu erkennen war, bis Billy Elting das Messer mit der breiten Klinge sah.

Seine Augen wurden groß, denn er sah, daß auch die Klinge einen roten Schimmer zeigte.

Wie Blut ...

Da schüttelte er den Kopf. Pfeifend holte er Atem, fuhr mit den gespreizten Fingern durch seine Haare und rannte zur Tür. Er mußte an dem Spiegel vorbei und entdeckte erst jetzt das Blut auf seiner Stirn, das eine lange Spur hinterlassen hatte und sein Gesicht zu einer Fratze verunstaltete.

Elting schluchzte auf. Er fiel gegen die Tür. Ohne es zu merken, suchte er die schwere Klinke, fand sie nach einiger Zeit, drückte sie herunter und taumelte in den Gang, wo er ebenfalls geschockt wurde, denn eine Ritterrüstung sah aus, als würde sich jemand darin befinden.

Hinter dem Visier glaubte er, Augen zu sehen, die ihn kalt und lauernd anstarrten.

Elting schrie.

Zum erstenmal brach sich seine Angst Bahn. Und sein Schrei hallte durch den Gang, wo er ein schauriges Echo warf, das die anderen Schläfer aus ihren Träumen riß.

Türen wurden aufgestoßen. Verschlafene Gesichter schauten in den Gang. Die Mitglieder der Jugendgruppe wußten nicht, was geschehen war.

Sie sahen ihren Begleiter am Boden knien und leise vor sich hin wimmern.

Schritte klangen auf.

Mrs. Frominghton schlief ebenfalls in der Nähe. Sie hatte sich einen schwarzen Morgenmantel übergeworfen, und das graue Haar, ansonsten zu einem Knoten zusammengebunden, hing ihr wirr ins Gesicht.

»Was ist geschehen?« Ihre Stimme hörte sich an wie das Kreischen eines Vogels.

»Da, schauen Sie«, sagte einer der Jungen. »Was ist mit Billy los?«

Mrs. Geraldine Frominghton hatte den Begleiter mit wenigen Schritten erreicht. Sie ging neben ihm in die Knie und rüttelte ihn an der Schulter. Sie wußte, was der junge Mann hinter sich hatte, und sie war im Prinzip dagegen gewesen, daß er mitfuhr, doch man hatte sie überstimmt.

»Billy! Mr. Elting! Reißen Sie sich doch zusammen. Denken Sie an die Kinder!«

Elting schüttelte nur den Kopf. »Blut!« flüsterte er, und seine Stimme klang überlaut in der Stille. »Mein Gott, das ist Blut. Überall ist Blut. Ich habe es gesehen. In meinem Gesicht ...«

Er hob den Kopf.

Durch die Nase holte Mrs. Frominghton Luft. »Es tut mir leid«, sagte sie steif, »ich sehe kein Blut.«

»Aber ...«

»Am besten ist es, wenn Sie sich wieder hinlegen, Mr. Elting. Sie scheinen geträumt zu haben.«

»Geträumt?« schrie Billy. »Verdammt, ich habe nicht geträumt. Das Blut ist von der Decke getropft. Mir ins Gesicht und auch auf das Bett. Überzeugen Sie sich doch.«

»Das werde ich auch.« Die Erzieherin betrat das Zimmer, während Billy im Flur blieb, beobachtet von den Schülern, von denen einige schon wieder grinsten.

»Mr. Elting!« Die Stimme der Verantwortlichen klang scharf, und sie drang aus Billys Zimmer.

»Ja?«

»Kommen Sie doch mal her!«

Billy Elting stemmte sich hoch. Er sah nicht das Lächeln der Schüler, sondern taumelte in das Zimmer hinein.

Mrs. Geraldine Frominghton stand in der Raummitte. Beide Hände hatte sie in die Hüften gestützt und schaute sich um.

»Blut«, bemerkte sie spöttisch. »Mein lieber Mr. Elting, wo soll hier Blut sein? Sehen Sie sich um. Sie haben geträumt.«

Billy stand neben der Frau und erinnerte in seiner Haltung an den begossenen Pudel. Mrs. Frominghton hatte ja recht. Es gab kein Blut. Weder auf der Decke noch auf dem Bett. Und auch nicht mehr in seinem Gesicht, wie er mit einem schnellen Blick in den Spiegel feststellte. Alles war verschwunden.

»Nun?«

»Sorry«, erwiderte Billy Elting. »Es stimmt, Mrs. Frominghton. Ich sehe ebenfalls kein Blut.«

»Das wollte ich nur hören.« Sie ging zur Tür und schloß sie, weil dort die Kinder standen und grinsten. »Wenn Sie noch einmal diese schrecklichen Dinge träumen, dann bitte leise. Behalten Sie diese für sich und schreien Sie nicht herum. Sie, Mr. Elting, sollten sich besonders zusammenreißen, denn Sie haben es gerade nötig. Sie wissen, daß ich dagegen war, Sie mitzunehmen. Jetzt haben wir den Salat, wie man so schön sagt.«

»Aber ich ...«

»Widersprechen Sie mir nicht, Mr Elting. Dieses eine Mal werde ich noch ein Auge zudrücken. Sollte so etwas wieder passieren, trage ich dafür Sorge, daß Sie diesen Job los sind, dann muß ich Sie leider als ungeeignet einstufen.«

»Ich habe verstanden.« Billy senkte den Kopf.

»Hoffentlich, Mr. Elting, hoffentlich.« Geraldine Frominghton sprach's und verschwand.

»Alte Zimtzicke«, murmelte er und schlug mit der Faust auf das Bett. »Und es war doch Blut, da kann sich die Alte auf den Kopf stellen. Was ich gesehen habe, das habe ich gesehen.«

Wütend warf sich Billy Elting aufs Bett.

Der letzte Fall steckte mir noch in den Knochen. Sicherlich erinnern Sie sich. Es ging um den grünen Dschinn, einen gefährlichen Geist, der in einem Steinquader versteckt war. Ich hatte ihn erweckt. Mit Myxins und Karas Hilfe war es mir gelungen, fünf seiner Diener zu töten, er selbst entkam.

Und das war schlimm.

Myxin hatte mich ja gewarnt. Er war sicher, daß der grüne Dschinn zurückkehren würde, und so waren Suko und ich mit einem mulmigen Gefühl losgefahren.

Aber nicht nur wir allein. Ein dritter Mann hockte im Fond des Bentley. Er war gefesselt und hörte auf den Namen Kelim. Durch ihn war der ganze Fall überhaupt in Bewegung gebracht worden, denn er und seine Leute hatten intensiv die Erweckung des grünen Dschinns betrieben. Nun, wir hatten Kelim festgenommen und ihn durch eine Verhörmühle gedreht.

Nach langem Zögern hatte er uns dann erzählt, daß es so etwas wie ein Lager gab, wo Aufzeichnungen existieren sollten, die sich mit dem grünen Dschinn befaßten. Und zwar in einem kleinen Museum, das sich in einer Stadt befand, die östlich von London in der Grafschaft Kent liegt. Wie die Unterlagen dorthin gekommen waren, das wußte Kelim auch nicht. Er war auch nicht sicher, ob sie sich noch dort befanden. Wir wollten uns auf jeden Fall davon überzeugen.

Der Ort hieß Faversham. Ich war noch nie in meinem Leben dort gewesen und hatte den Weg erst auf der Karte suchen müssen. Wir waren gegen Mittag losgefahren, der Morgen war noch mit Verhören verstrichen, und wir gelangten erst am Nachmittag zu unserem Ziel.

Faversham war gar nicht mal so klein. Eine richtige Stadt, die sogar einige Vororte hatte. Wir kamen von Süden und hatten die Stadtgrenze kaum passiert, als wir eine Straßensperre erreichten. Dort staute sich der Verkehr, er wurde nach links umgeleitet und wieder aus dem Ort hinaus. Rechts war die Straße gesperrt.

Ich stoppte.

»Auch das noch«, stöhnte Suko neben mir. »Als hätten wir nicht schon genug Zeit vertrödelt.«

Ich lehnte mich zurück und hob die Schultern. »Was willst du? Mit des Geschickes Mächten ist kein ewger Bund zu flechten.«

»Das ist zu hoch für mich.«

Ich griff zur Zigarettenpackung. Die Fahrt über hatte ich nicht geraucht, jetzt wollte ich mir ein Stäbchen anzünden, kam aber nicht dazu, denn Suko sagte: »Verdammt, da brennt es.«

»Wo?«

Suko deutete schräg durch die Scheibe. Ich duckte mich etwas, legte den Kopf schief und steckte gleichzeitig die Schachtel weg. Jetzt sah ich über den Hausdächern auch die

Rauchwolke. Schwer und träge hing sie in der Luft. Sie sah grau aus, aber helle Wolken drangen bereits von unten in sie ein. Wasserdampf, ein Zeichen, daß die Männer der Feuerwehr den Brand unter Kontrolle hatten. Um Platz für die Löschwagen zu schaffen, hatten sie sicherheitshalber die Straße, wenn nicht sogar das Viertel, gesperrt.

Ich öffnete den Wagenschlag.

»Wo willst du hin?« fragte Suko.

»Mich mal umhören. Gib du solange auf unseren Freund acht, damit er keine Dummheiten macht.«

»Worauf du dich verlassen kannst.«

Ich schlug die Tür zu, betrat den Gehsteig und ging mit zügigen Schritten vor bis zur Kreuzung, wo ich nach rechts schaute und bereits den ersten Wagen der Feuerwehr sah. Zwei Schläuche liefen über Kopfsteinpflaster und verschwanden um eine Kurve.

Man roch den Brand. Ätzend biß der Rauch in meine Nase. Drei Polizisten sah ich. Und natürlich Neugierige. Sie standen auf der anderen Straßenseite.

Einem der Polizisten war ich wohl aufgefallen. Er kam auf mich zu, hielt die Hände hinter dem Rücken verschränkt und schaute mich mit fragendem Blick an, wobei er die linke Augenbraue in die Höhe gezogen hatte.

»Sir«, sagte er. »Ich glaube, es gibt hier für Sie nichts zu sehen. Sie können gleich weiterfahren.«

»Was brennt denn?«

»Kein Wohnhaus.«

»Sondern?«

»Weshalb interessiert Sie das? Ein Betroffener scheinen Sie nicht zu sein.«

Ich holte meine Ausweis hervor und hielt ihn dem Polizisten unter die Nase.

Der Mann wurde direkt verlegen. »Scotland Yard, Sir?«

»Ja.«

»Das ist natürlich etwas anderes. Wir wissen ja auch noch nicht, ob eine Brandstiftung vorliegt, aber in der Eile konnten wir noch keinen Experten erreichen.« Er schaute mich an. »Wenn Sie vielleicht oder ...«

»Zuerst möchte ich einmal wissen, was da überhaupt abgebrannt ist.«

»Ein Museum.«

Ich schluckte und mußte wohl weiß im Gesicht geworden sein, denn der Beamte musterte mich verwundert. »Ist Ihnen nicht wohl, Sir?«

»Doch, Officer. Sie sagten also, daß ein Museum abgebrannt wäre.«

»Ja. Das alte. Da lagerten keine großen Schätze, mehr heimatverbundene Dinge, aber es ist doch schade, daß alles zerstört worden ist. Nur die Grundmauern stehen noch. Sogar im Keller hat das Feuer gelodert. So etwas habe ich selbst im Krieg nicht erlebt. Das war eine regelrechte Hölle, als hätte der Teufel in die Flammen geblasen und sie immer wieder von neuem entfacht.«

Der Teufel war es wohl nicht, sondern der grüne Dschinn. Das sprach ich jedoch nicht aus. Der Dämon hatte also mitgedacht und auch die letzten Spuren verwischt.

Da konnte man nichts machen.

»Kann ich mir den Brandherd einmal ansehen?« erkundigte ich mich freundlich.

»Selbstverständlich, Sir. Soll ich Sie führen?«

»Das ist nicht nötig. Nur habe ich meinen Wagen da in der Schlange stehen ...«

»Sie können über den Gehsteig fahren.«

»Danke, Officer.«

Ich lief zurück, riß den Schlag auf und ließ mich in den Sitz fallen. Zwei Sekunden lang hockte ich bewegungslos und atmete nur durch die Nase.

»He, was ist mit dir?«

Ich schaute Suko an. »Weißt du, was da abgebrannt ist? Das Museum, in dem wir die Aufzeichnungen finden sollten.«

»Nein!«

»Doch, Suko, es stimmt.«

Hinter uns lachte Kelim. »Der grüne Dschinn«, kicherte er. »Er ist stärker als ihr. Ich wußte es. Er verwischt die Spuren, aber er ist noch nicht tot, das könnt ihr mir glauben. Er wird zurückkehren, und dann geht es euch an den Kragen.«

Das Gefühl hatte ich auch, sprach es jedoch nicht laut aus, sondern startete den Motor, den ich zuvor abgestellt hatte.

Der Bentley rollte an. Ich schlug das Lenkrad sofort scharf ein. Der Platz zu meinem Vordermann reichte aus, daß ich den Silbergrauen an der hinteren Stoßstange vorbeimanövrieren konnte.

Die schweren Reifen wurden etwas eingedrückt, als sie über die Gehsteigkanten hüpften, dann kurbelte ich das Steuer nach links und rollte auf dem Gehsteig weiter, vorbei an den Vorgärten kleiner Einfamilienhäuser.

Der Polizist winkte mich ein. Ich grüßte mit der Hand, passierte in der Querstraße noch den Feuerwehrwagen und fuhr im Schrittempo auf den eigentlichen Brandherd zu, bis ein Mann von der Feuerwehr mitten auf der Straße stand und mit beiden Armen winkte.

Ich hielt. Gleichzeitig ließ ich die Scheibe nach unten surren und vernahm schon die wütende Stimme.

»Wer hat Sie überhaupt durchgelassen? Die Straße ist gesperrt. Sie können nicht ...«

Wieder zeigte ich meinen Ausweis.

»Sind Sie Brandexperte?«

»Wie man's nimmt, Meister. Kann ich jetzt weiter?«

»Ja, selbstverständlich. Fahren sie bis an die Einmündung der kleinen Gasse.«

»Danke.«

Ich rollte an. Die Einmündung der Gasse war verstopft. Zwei rote Wagen standen hintereinander. Auf der Straße sah ich große Wasserlachen. Männer in Feuerwehrkleidung liefen auf und ab. Einige hielten die Spritzen fest und schossen armdicke Wasserstrahlen in das völlig niedergebrannte Gebäude.

Wir stiegen aus.

Das Feuer loderte nicht mehr. Wasser hatte es erstickt. Als ich einen Blick in den Fond warf, sah ich den grinsenden Kelim. Klar, daß der Typ seinen Spaß hatte.

Suko blieb zurück, als ich mir den Leiter des Einsatzes herauspickte. Er wollte mich wütend anfahren, beruhigte sich aber, und ich konnte ihm mein Anliegen vortragen.

»Ist vielleicht noch etwas zu retten gewesen?« fragte ich.

»Nein, nichts.«

»Auch nicht aus dem Keller?«

»Alles verbrannt, Oberinspektor. So etwas habe ich noch nicht erlebt, und ich bin zwanzig Jahre bei der Feuerwehr. Unwahrscheinlich, kann ich Ihnen sagen. Das Feuer hat sich mit einer sagenhaften Geschwindigkeit ausgebreitet. Wir kamen viel zu spät. Auf die Nachbargebäude hat es zum Glück nicht übergegriffen, was mich auch gewundert hat. Dieses Feuer, diese Hitze, normalerweise hätten auch links und rechts die Häuser in Flammen aufgehen müssen.«

»Ja, das stimmt«, sagte ich.

»Was haben Sie denn für ein Interesse an dem Brand?« wollte er wissen.

»Ich wollte dem Museum eigentlich einen Besuch abstatten.« Ich räusperte mich, weil Rauch in meine Kehle geraten war. »Leider ist das jetzt zwecklos geworden.«

»Wollten Sie sich etwas Bestimmtes ansehen?«

»Einige Unterlagen, die hier im Museum ihren Platz gefunden haben sollten.«

»Das ist jetzt alles verbrannt.«

»Gibt es Kopien?«

»Nein.«

»So etwas sollte man sich anlegen«, erklärte ich.

Der Feuerwehrchef hob die Schultern. »Das kostet Geld, Oberinspektor, und wer hat das schon?«

»Da haben Sie recht.«

Es war ein niederschmetterndes Bild. Ich brauchte hier nicht länger zu warten. Die Unterlagen gab es nicht mehr. Sie waren verbrannt. Deshalb machte ich kehrt und ging zum Bentley zurück.

»Ab nach London«, sagte ich.

»Das war also alles?«

Suko hatte gefragt, und ich nickte. »Ja, das war es. Der grüne Dschinn hat gründlich aufgeräumt.«

Im Innenspiegel sah ich Kelims Gesicht. Der Türke grinste von Ohr zu Ohr. Ihm würde es noch vergehen, denn in London warteten die Richter. Schließlich war er für einen Mord verantwortlich. Er hatte einen Menschen von einer Decke zerquetschen lassen. Fast wäre ich auch auf diese scheußliche Art und Weise ums Leben gekommen.

Ich wendete auf der Straße und rollte den Weg wieder zurück. Der Polizist winkte mir freundlich zu und leitete uns an dem Stau vorbei, so daß wir freie Fahrt hatten.

»Außer Spesen nichts gewesen!« kommentierte der Chinese neben mir sehr richtig.

»Der Steuerzahler wird es verkraften können.« Ich war ziemlich sauer. Da fuhr man durch die Gegend und erreichte nichts. Nur Energie wurde nutzlos vergeudet.

Vor uns lagen einige Meilen. Wir mußten quer durch die Grafschaft Kent. Eine wunderschöne Landschaft. Sehr typisch und auch sehr, sehr englisch.

Ich ließ den Bentley rollen. Der Aufenthalt in Faversham hatte kaum eine halbe Stunde gekostet. Hätte ich alles vorher gewußt, dann wäre uns die Reise erspart geblieben.

Kelim hatte seinen Spaß. Immer wieder drohte er mit dem grünen Dschinn, der uns bald alle vernichten würde.

Suko drehte sich um und erwiderte trocken: »Schau lieber aus dem Fenster, Türke. Es wird wohl das letzte Mal sein, daß du etwas Grünes siehst. Das nächste Grün wird dir unter die Augen kommen, wenn du deine Runde auf dem Gefängnishof drehst.«

Da schwieg er. Nicht nur Kelim wußte, wie recht Suko hatte. Ich nahm an, daß ihn der Richter lebenslänglich hinter Gitter stecken würde. Mitleid hatte ich mit dem Mann nicht. Ich brauchte nur an die herabsinkende Decke zu denken, da wurde mir ganz anders.

Der Himmel war bedeckt. Wir sahen lange Wolkenstreifen, die manchmal regelrechte Figuren bildeten, wenn sie flach am Himmel lagen. Dahinter und auch zwischen ihnen schimmerte das Hellblau des Sommerhimmels. Es war ein angenehmer Tag, obwohl die Nächte inzwischen länger wurden. Die heißen Tage schienen vorbei zu sein.

Im Westen sahen wir eine Hügelkette. Über ihren sanften Wellen stand der gewaltige Sonnenball. Noch einmal glühte er auf.

Eine Kutsche kam uns entgegen. Wir mußten dicht an den Straßenrand, um das Gefährt vorbeizulassen.

Ich konnte einen raschen Blick durch die Scheiben werfen und sah ein Hochzeitspaar. Sie trug einen weißen Schleier und lächelte.

Wenig später erreichten wir eine Abzweigung. Dort stand eine Tafel mit der Aufschrift Highgrove Castle.

Die Umrisse der Burg schimmerten auf der linken Seite.

Hoch am Himmel kreisten Vögel. Ich fuhr langsam und hatte deshalb Zeit, die Tiere zu beobachten. Es waren wahrscheinlich Falken oder Sperber, die dort flogen und sich dabei von den Aufwinden tragen ließen, denn ihre Flügel standen still.

Irgendwie sah es majestätisch aus. Vielleicht interessierten mich die Vögel aus diesem Grund, denn einen anderen konnte ich wirklich nicht nennen.

Dabei war es mein Glück, daß ich die Tiere beobachtete. Denn plötzlich trudelte einer ab.

Unwillkürlich ging ich vom Gas. Es sah so aus, als hätte ein Blitzschlag den Vogel getroffen. Senkrecht und mit angelegtem Flügelpaar jagte er auf den Boden zu.

Ich sah nicht mehr, wie er aufschlug, etwas anderes hatte meine Aufmerksamkeit in Anspruch genommen.

Ein grüner Schimmer zeigte sich am Himmel. Und er packte auch den zweiten Vogel.

Mit ihm geschah das gleiche, nur daß er sich in der Luft auflöste und als Staubfahne dem Boden entgegenschwebte.

Ein schrecklicher Verdacht stieg in mir auf.

»Suko, der grüne Dschinn!«

Kaum hatte ich die Worte ausgesprochen, als es geschah. Aus dem Nichts tauchte das riesige affenähnliche Gesicht auf, der Rachen wurde weit aufgerissen, und die dem Gesicht folgende Gestalt bedeckte fast den gesamten Himmelsausschnitt.

Das Heulen war selbst im Wagen zu hören. Der Dschinn griff uns an!

»Raus!« brüllte ich Suko zu und trat auf die Bremse. Ich öffnete die Tür an meiner Seite, wollte den Sicherheitsgurt lösen, schaffte es jedoch nicht mehr.

Der Dschinn war schneller!

Ich hatte die Tür ganz aufgestoßen. Suko nur halb. Mit der Gewalt eines Ungeheuers kam der Dschinn über unseren Wagen. Der Bentley wurde geschüttelt, als hätte ihn eine Sturmbö gepackt. Plötzlich befand sich ein furioser Kreisel im Innern des Wagens, jagte umher, riß und zerrte an uns, und ich sah, wie Suko von unsichtbaren Händen gepackt wurde und aus dem Wagen flog. Er wirbelte durch die Luft. Ein Mensch, der mich in diesen Augenblicken an ein Laubblatt erinnerte, das von ungemein starken Kräften bewegt wurde.

Auch mich packte die Gewalt.

Sie zerrte an mir, wollte mich aus dem Gurt reißen. Ich kämpfte dagegen an, klammerte mich am Lenkrad fest und hatte das Gefühl, als würde der Sturm unter meinen Sitz fahren und ihn in die Höhe heben. Noch saß ich fest.

Dann hörte ich den Schrei.

Kelim hatte ihn ausgestoßen.

»Neiinnnn!« brüllte er immer wieder. »Neiinn ...« Der Rest ging in einem Gurgeln unter. Etwas heulte und wimmerte, umtoste mich, schrie, jammerte und besaß die Kraft eines Taifuns. Auch der Bentley erlebte eine wahre Hölle. Er wurde geschüttelt, bockte, ächzte, wurde hochgedrückt, fiel wieder auf die Räder, und etwas traf mich mit ungemein starker Wucht in den Nacken. Darauf war ich nicht vorbereitet. Ich kippte nach vorn und wäre mit der Stirn gegen den Lenkradring geprallt, doch der Gurt hielt mich auf.

Ich wurde nicht zurückgeschleudert, denn abermals traf ein Schlag mein Genick, und dann drückte sich etwas hinter mir vorbei. Das Röcheln raubte mir fast den Verstand, die jämmerlichen Schreie, das Winseln.

Ich sah rechts an der Tür den Schatten, der menschliche Umrisse hatte.

Das war Kelim. Die ungeheure Wucht schleuderte ihn aus dem Wagen. Sie riß ihn durch die Tür, und ich sah mit Schrecken, daß sein Körper blutig war.

Dann wurde er hochgerissen. Der grüne Dschinn ließ an ihm seine Wut aus. Er schleuderte ihn herum wie eine Puppe. Längst hatte Kelim keine Stimme mehr. Der Dschinn rächte sich furchtbar an dem Versager.

Kelim war nicht gerade mein Freund, er war sogar ein Feind. Trotzdem konnte ich ihn nicht in den Klauen des Dschinns lassen. Das ging einfach nicht, denn der Türke war ein Mensch. Ich mußte ihm helfen. Zudem war er noch gefesselt. Für die stählerne Acht an seinen Händen war ich verantwortlich.

Es gelang mir, auf das Schloß des Gurts zu schlagen. Endlich war ich frei.

Der mörderische Sturm hatte etwas nachgelassen, weil sich der Dschinn mit seinem Opfer zurückgezogen hatte. Allerdings zerrte er nach wie vor an mir, und als ich aus dem Wagen klettern wollte, hatte ich das Gefühl, gegen eine unsichtbare Wand zu laufen.

Ich wurde zurückgestoßen und prallte mit den Schultern gegen das Wagendach.

Aber ich gab nicht auf. So klein wie möglich machte ich mich, duckte mich zusammen, bot dem verfluchten Wind wenig Widerstand und versuchte, mich näher an den Dschinn heranzukämpfen. Dabei hob ich den Kopf und sah abermals sein schreckliches Gesicht am Himmel.

Eine widerliche Fratze. Grün schillernd, dabei riesengroß und dicht davor eine Gestalt.

Kelim!

Aus der Entfernung gesehen, wirkte er klein wie eine Puppe. Kaum zu erkennen, wie er mit Armen und Beinen um sich schlug. Für mich unerreichbar.

Mühsam brachte ich die Beretta aus dem Holster. Und das Kreuz hielt ich in der anderen Hand.

Mit beiden Dingen konnte ich nichts anfangen. Wenn ich Sukos Stab gehabt hätte, vielleicht, aber der Chinese lag viel zu weit entfernt. Unerreichbar für mich in diesen Augenblicken.

Myxins Worte fielen mir ein, die er mir noch am gestrigen Tage gesagt hatte.

Er war der Meinung, daß mein Kreuz auch auf Dämonen fremder Mythologien reagierte, allerdings mußte ich es erst aktivieren, und diesen Schlüssel hatte ich noch nicht gefunden, sosehr ich auch in der letzten Nacht darüber nachgedacht hatte.

Kelim behielt ich im Auge – und erlebte sein Ende mit.

Der Dschinn riß plötzlich seinen gewaltigen Rachen noch weiter auf. Im nächsten Moment war Kelim darin verschwunden.

Der grüne Dschinn hatte ihn verschluckt!

Für einen Moment war ich starr vor Grauen. Dann packte mich eine Bö, die mich erst gegen den Wagen warf, abermals erfaßte und herumschleuderte.

Ausgerechnet auf einen Baum zu.

Im nächsten Augenblick erfolgte der Zusammenprall.

Ich sah Sterne, Sonnen, ein halbes Weltall, bis etwas in meinen Nacken donnerte, so daß auch bei mir der Faden riß …

Den Morgen hatten sie schlichtweg vergammelt. Beim Frühstück war über die Ereignisse der vergangenen Nacht nicht geredet worden, nur Mrs. Geraldine Frominghton hatte Cathy Barker eine spitze Bemerkung zugerufen.

»Sie sehen so blaß aus. Haben Sie schlecht geschlafen?«

»Leider, Mrs. Frominghton.«

»Dann gehen sie am heutigen Abend mal früher zu Bett.«

»Vielleicht.« Auch die Jugendlichen verhielten sich ziemlich still. Sogar die Brüder Sorvino, die sicherheitshalber in Mrs. Fromingtons Nähe saßen.

Sie saßen im Rittersaal des Schlosses an der großen Tafel zusammen. Durch die schmalen, aber sehr hohen Fenster schien Sonnenlicht. Unter der Decke hatte sich ein Maler in gewaltiger Farbenpracht ausgelassen.

Die Szene zeigte eine Schlacht. Und mit der Farbe Rot hatte der Mann nicht gegeizt. Überall war Blut zu sehen. Auf den Rüstungen der Soldaten und Ritter, auf dem Boden, und selbst der Himmel zeigte einen blutigroten Schein.

Cathy hatte hin und wieder einen Blick zur Wand geworfen. Sie dachte dabei an das Blut, das in ihrem Zimmer aus der Wand herausgetropft war, und sie hatte bemerkt, daß es Billy ebenso ging.

Auch er warf hin und wieder einen verstohlenen Blick hoch zur Decke. Entweder faszinierte ihn das Gemälde so, oder er hatte Ähnliches erlebt wie Cathy.

Sie beschloß, Billy später darauf anzusprechen.

Als die ersten gefrühstückt hatten, konnten auch die beiden Serviererinnen ihr Essen einnehmen. Die anderen mußten so lange sitzen bleiben, bis die Mädchen fertig waren. Aus Rache aßen sie sehr langsam.

Wer murrte, wurde von Mrs. Frominghton mit einem scharfen Blick bestraft.

Sie sah aus wie immer.

Glatt nach hinten hatte sie das graue Haar gekämmt. Dort bildete es einen Knoten. Wegen dieser Frisur wirkte das Gesicht noch schmaler, und auch die Nase trat spitzer hervor. Bei ihr konnte man wirklich von strichdünnen Lippen sprechen, und die Augen blickten scharf wie die eines Raubvogels.

Sie war unverheiratet. So manche Witze grassierten über sie, und sogar Billy hatte einen aufgebracht, einen unanständigen. Wenn Mrs. Frominghton das gewußt hätte, wäre etwas losgewesen.

»Wann können wir denn endlich los?« maulte Ralph Sorvino und verzog mürrisch das Gesicht.

»Wenn die beiden Mädchen gegessen haben.«

»Ich muß aber mal aus der Hose«, bemerkte Ralph mit todernstem Gesicht.

Scharf holte Mrs. Frominghton Luft. »Es ist uns allen klar, daß du ein dringendes menschliches Bedürfnis verspürst, aber das kann man auch anders ausdrücken.«

»Klar«, grinste Ralph. »Und zwar so. Ich muß mal ...«

»Hör auf!« Die Stimme der Erzieherin klang schrill. Sie wurde noch schriller, als die anderen lachten.

Schließlich standen sogar die ersten auf.

Da konnte auch die Frau nichts mehr machen. Sie ließ die Schüler gehen. »Und seid pünktlich zum Mittagessen!« rief sie noch. Johlend stürmte die Horde aus dem Rittersaal. Die Kinder und Jugendlichen wollten sich die Burg ansehen. Am Tisch saßen noch Mrs. Frominghton, Cathy Barker und Billy Elting.

»Was haben Sie vor?« fragte die Erzieherin.

»Nichts Besonders«, erwiderte Cathy.

»Ihnen würde ich vorschlagen, sich ein wenig hinzulegen, meine Liebe. Sonst sind Sie am Nachmittag zu müde.«

»Mal sehen.«

Mrs. Frominghton stand auf. Hocherhobenen Hauptes verließ sie den Rittersaal.

»Die gehört ins vorige Jahrhundert«, sagte Cathy.

»Oder in die Hölle.«

Cathy lächelte. »So eine will selbst der Teufel nicht. Die würde sofort das Kommando an sich reißen.«

»Das Gefühl habe ich auch.«

»Und was machen wir?« fragte Cathy.

Billy hob die Schultern. »Keine Ahnung. Vielleicht lege ich mich wirklich aufs Ohr.«

»Hast du schlecht geschlafen?«

»Kann man wohl sagen.«

Cathy lächelte. »Du hast doch hier in der Nähe keine kleine Freundin wohnen?«

»Unsinn, ich habe nur schlecht geträumt.«

»Was denn?«

Billy Elting winkte ab. »Alles nur Blödsinn. So ein komisches Zeug. Durcheinander.« Cathy legte den Kopf schief und schaute Billy Elting von der Seite an.

»Was ist?« fragte der junge Mann.

»Sei doch nicht so nervös, mein Junge. Ich wollte dich nur fragen, ob du auch von Blut geträumt hast.«

»Blut?«

»Ja, Blut.« Sie senkte ihre Stimme und spreizte die Hände. »Blut ...«

»Ach, hör auf.« Billy Elting wollte sich erheben, doch Cathy legte eine Hand auf seinen Arm.

»Bleib hier, Billy. Ich will wissen, ob du auch von Blut geträumt hast. Rede!«

»Nein.«

»Das glaube ich dir nicht.«

Billy setzte sich tatsächlich. Er stützte sein Kinn auf die Handfläche. »Du hast vorhin das Wort auch benutzt. Dann hast du es ebenfalls gesehen.«

Das Mädchen nickte. »Und wie, Billy. Ich habe es nicht geträumt, sondern gesehen.«

Nach diesem Geständnis senkte Billy Elting den Kopf. »Wir beide also«, murmelte er.

»Du auch?«

»Sicher, Cathy. Und wie.« Flüsternd erzählten sich die beiden ihre gegenseitigen Abenteuer. Noch im nachhinein rann ihnen ein Schauer über den Rücken.

»Was können wir da machen?« fragte Cathy Barker.

Billy warf seinen Blick hoch zur Decke, wo sich das Rittergemälde ausbreitete. »Ja, was können wir machen?« murmelte er. »Eigentlich gar nichts. Wäre ich allein hier gewesen, dann hätte ich mich verzogen. Ich wäre einfach verschwunden. Aber so haben wir unsere Verantwortung den Jugendlichen gegenüber zu tragen. Und wir waren ja wohl die einzigen, die das Blutdrama erlebt haben.«

»Und du hast die Frominghton noch reingezogen«, sagte Cathy.

»Ich war ja fertig mit den Nerven. Ich drehte fast durch, als ich das sah.«

»Kann ich mir vorstellen.«

Es war noch etwas Saft da. Billy nahm die Kanne und schenkte sich ein Glas ein. Cathy schaute ihm dabei zu. Das Gesicht des Mädchens war sorgenumwölkt. Ihre Stirn hatte sie in Falten gelegt. Sie schaute in die Runde und vergaß ebenfalls nicht, einen Blick zur Decke zu werfen.

Das Gemälde widerte sie irgendwie an. Sie mochte diese Kolossalschinken nicht, wo Menschen starben oder in den Tod geschickt wurden. Nein, das war nichts für sie, vor allen Dingen nicht das Blut.

Blut?

Cathy hielt den Atem an. Billy hatte nichts gesehen, aber sie sah es. An einer Stelle hatte sich das Blut gesammelt, war zu einer Lache geworden und tropfte ...

Cathy Barker sprang hoch.

»Was hast du denn?« fragte Billy.

Da klatschte der erste Tropfen auf den Tisch. Genau zwischen den beiden, und fast wäre er sogar noch in das Saftglas gefallen. Der junge Mann zuckte zurück. Er sprang so heftig auf, daß er den Stuhl umkippte. Beide Arme hob er, sein Gesicht verzog sich, die Augen waren weit aufgerissen.

»Blut!« flüsterte er. »Verdammt, da ist es wieder. Dieses verfluchte Blut ...«

Cathy sagte nichts. Sie hatte die Hände ineinander verschlungen und schaute zur Decke hoch.

Wieder fiel ein Tropfen. Cathy verfolgte seinen Weg und sah, wie er dort landete, wo auch der andere schon den Tisch berührt hatte.

Diesmal schrie das Mädchen nicht. Cathy dachte nach. Sie sprach die Gedanken auch aus. »Da muß unter der Decke Blut sein«, flüsterte sie.

Billy Elting fühlte sich angesprochen. »Ist das Blut vielleicht gewandert?«

»Wieso?«

Der junge Mann deutete auf die Wände und bewegte seinen Arm im Kreis. »Ich meine von der Wand unter die Decke gewandert.«

»Quatsch.«

Ein dritter Tropfen fiel. Man hatte eine dünne Decke über den großen Tisch gelegt. Der Fleck breitete sich immer mehr aus und färbte die Decke rot. Ein makabres Bild, zwischen dem Geschirr das Blut zu sehen. Cathy schüttelte sich.

»Und ich habe noch etwas gesehen«, sagte Billy leise. »Auch gehört.«

»Stöhnen?«

»Nein, aber aus der Wand, die sich plötzlich öffnete, kam ein Gesicht. Es war halb verwest, ein Messer sah ich auch ...«

»Ich dasselbe.«

Billy Elting schaute Cathy an. Er sah die Gänsehaut auf ihrem Gesicht und hob die Schultern.

Die beiden waren ratlos.

»Wir könnten von hier verschwinden«, schlug das Mädchen nach einer Weile vor.

»Und welchen Grund geben wir an?«

»Die Wahrheit.«

Billy lachte auf. »Du hast nicht erlebt, wie die Frominghton reagierte, als ich sie auf das Blut ansprach. Einen Spinner hat sie mich genannt und mir meine Vergangenheit vorgehalten. Ich wäre noch nicht völlig geheilt oder so ähnlich.«

»Das ist gemein.«

»Sag es ihr, nicht mir.«

Cathy Barker hob die Schultern.

»Was wir gesehen haben, glaubt uns sowieso keiner. Ehrlich gesagt, ich habe schreckliche Angst vor der nächsten Nacht.«

»Frag mich mal.«

»Vielleicht schleiche ich mich aus dem Schloß und übernachte irgendwo draußen.«

»Wäre nicht das Schlechteste.« Elting starrte auf die rote Lache. Sie war größer als eine Männerhand. Wieder fiel ein Tropfen und klatschte in die Lache hinein, wobei winzige Spritzer in die Höhe flogen.

Schritte.

»Die Frominghton«, sagte Cathy, denn sie hatte den typischen Gang erkannt. Schon tauchte die Frau in der großen Tür auf.

»Ach, Sie sind ja immer noch hier«, bemerkte sie spitz.

»Ja, wir haben uns noch etwas unterhalten«, erwiderte Cathy.

»Wissen Sie, wohin sich die Kinder zurückgezogen haben?«

»Nein.«

»Dann sehen Sie mal nach. Der Morgen steht zwar zur freien Verfügung, ich hätte trotzdem gern gewußt, wo ich meine Pappenheimer finden kann.«

»Natürlich, Mrs. Frominghton«, sagte Bill Elting und sah Cathy an. »Kommst du mit?«

Cathy nickte. Sie ging sehr langsam und warf noch einen Blick auf den langen Tisch. Mrs. Frominghton war neben ihm stehengeblieben. Sie mußte das Blut sehen, aber sie reagierte nicht. Entweder war sie blind oder ...

Cathy ging noch einmal zurück. Sie griff nach dem Stuhl. Dann schaute sie auf die Tischplatte.

Das Blut war verschwunden.

»Ist noch etwas?« fragte die Erzieherin. Sie war wieder streng angezogen, trug ein Tweedkostüm und darunter eine grüne Bluse mit beigen Streifen.

»Es ist nichts, Mrs. Frominghton. Ich wollte nur den umgekippten Stuhl richtig hinstellen.«

Ein scharfer Blick traf das Mädchen. »Sie benehmen sich sehr seltsam, Miss Barker.«

»So?«

»Ja. Und auch Mr. Elting erscheint mir ein wenig komisch. Denken Sie an Ihre Aufgabe. Wir sind für die Jugendlichen verantwortlich. Wenn etwas passiert, geht das auf unsere Kappe.«

»Natürlich, Mrs. Frominghton, daran denken wir immer.« Cathy lächelte der Xanthippe noch einmal zu und ging. Billy Elting schloß sich ihr an.

Die beiden verließen das Schloß. Es lag auf einem Hügel, hatte zwei Türme, und wenn das Wetter klar war, konnte man bis hinüber zur nächsten Ortschaft blicken.

Mal schien die Sonne, mal wurde sie von Wolken verdeckt. Es war ein ewiges Wechselspiel. Dazu wehte ein frischer Wind. Eigentlich war das Wetter gar nicht so schlecht.

Die Burgmauer stand noch. Sie war nicht sehr hoch, dafür um so breiter. Die beiden jungen Menschen lehnten sich an sie und schauten weit über das Land. Über ihnen ertönte das herzliche Lachen eines jungen Mädchens. Dann war Ralph Sorvinos Stimme zu vernehmen. Was er sagte, konnte man nicht verstehen, aber das Lachen verstummte.

Der Morgen verging.

Um Punkt zwölf wurde gegessen. Es gab einen Eintopf, der jedem schmeckte.

Nach dem Essen war der allgemeine Spaziergang angesetzt. Mrs. Frominghton wollte über die Grafschaft Kent und deren Bewohner ein paar Worte sagen.

Mürrisch zogen die Jungen und Mädchen ab. Sie mußten

den in Schlangenlinien verlaufenden Weg hinuntergehen, der von der Burg aus ins Tal führte.

Die Sorvino-Brüder hatten wieder nichts als Unsinn im Kopf und wurden von Mrs. Frominghton zweimal scharf zurechtgewiesen. Von da an ging es besser.

Ralph Sorvino ließ Cathy nie aus den Augen. Zudem ging er in ihrer Nähe, und manchmal strich er wie unbeabsichtigt über ihren Rücken. Wenn Cathy sich umdrehte, lächelte er frech. Einmal sagte er: »Einen BH haben sie wirklich nicht nötig.« Cathy wurde rot und schluckte die Erwiderung herunter, die ihr auf der Zunge lag.

Nicht weit von Faversham gab es einen kleinen Weiher. Seine Ufer waren mit Schilf bewachsen. Es wuchs hohes Gras, in das sich die Gruppe niederlegen konnte.

Die Jugendlichen ließen sich einfach hinfallen. Mrs. Frominghton hatte eine Decke mitgenommen, die sie ausbreitete und auf der sie sich erst dann niederließ.

Anschließend begann der Unterricht. Mrs. Frominghton sprach über die Historie Englands und die der Grafschaft Kent. Sie zählte auch Verbindungen zum Königshaus auf, was die meisten überhaupt nicht interessierte.

Die Gedanken der Jugendlichen waren woanders. Als die Lehrerin Fragen stellte, wußten nur zwei Mädchen eine Antwort.

Es gab ein Donnerwetter. Die meisten grinsten nur müde, als die Erzieherin anfing sauer zu werden.

Die Sorvino-Brüder hatten eine Mischung zwischen liegender und sitzender Stellung eingenommen und sich dabei auf ihre angewinkelten Arme gestützt.

Sie schauten in den Himmel, und es war Gary, der seinen Bruder anstieß.

»He, guck mal.«

»Klappe, ich träume gerade.«

»Von Cathy?«

»Sicher.«

»Trotzdem kannst du in den Himmel schauen, der ist so komisch.«

Ralph öffnete die Augen. »Was soll an einem Himmel schon komisch sein, Mensch?«

»Der schimmert grün.«

Ralph hatte schon eine scharfe Bemerkung auf der Zunge liegen, als er es auch sah.

Gary hatte recht.

Der Himmel schimmerte tatsächlich grün. Und wenn man genauer hinsah, dann waren sogar die Umrisse eines gewaltigen Gesichts zu erkennen. »Wirklich«, flüsterte Ralph. »Das ist ein Ding. Hast du auch das Gesicht gesehen?«

»Ja.«

»Was ist da los?« Mrs. Frominghton war aufmerksam geworden. »Muß ich euch wieder auseinander setzen?«

»Nein«, erwiderte Gary, »wir haben nur etwas gesehen, Mrs. Frominghton.«

»Und was, bitte?«

»Einen grünen Himmel.«

Die Augen der Lehrerin blitzten. Tief holte sie Luft. »Wollt ihr mich auf den Arm nehmen?«

»Wirklich, der Himmel ist grün.«

Mrs. Frominghton stand sogar auf und schaute selbst nach. Aber sie sah nichts Grünes. Scharf drehte sie den Kopf. »Ihr wollt mich also doch an der Nase herumführen. Das werde ich mir merken. Euer Minuskonto steigt langsam an.«

»Aber wir haben es gesehen, wirklich.«

»Haltet jetzt den Mund.«

Alle anderen schauten ebenfalls hoch, ohne allerdings einen grünen Schimmer zu erkennen.

Mrs. Frominghton unterrichtete weiter. Nach zehn Minuten beendete sie die Lehrstunde. »Wir werden jetzt zum Schloß zurückkehren und uns für das Abendessen vorbereiten. Danach ist Freizeit, und um zehn Uhr wird das Licht gelöscht.«

Allgemeines Murren, doch die Erzieherin ließ sich nicht erweichen.

Die Jugendlichen trotteten los. Ralph und sein Bruder waren ziemlich still geworden. Des öfteren warfen sie einen verstohlenen Blick zum Himmel hoch, um zu sehen, ob sich der Schein wiederholte. Doch da war nichts zu erkennen.

Es blieb normal.

Sie befanden sich bereits in der Nähe des Schlosses, als es geschah.

Jetzt sahen es nicht nur die Sorvino-Brüder, sondern auch die anderen. Ein Mädchen schrie zuerst: »Das ist eine grüne Wolke!«

Sie blieben stehen.

Selbst Mrs. Frominghton mußte jetzt die Tatsache anerkennen. Und sie wunderte sich, denn mit normalen Naturgesetzen war das nicht zu erklären.

Die Wolke wurde größer. Sogar ein Gesicht schälte sich daraus hervor. Eine gewaltige, an einen Affen erinnernde Fratze.

Cathy Barker lief zu Billys hinüber. »Verstehst du das?« flüsterte sie.

»Nein.«

Das Gesicht schwebte am Himmel. Dann verschwand es kurz hinter einer Wolke und erschien abermals.

»Ich habe Angst«, sagte das Mädchen, das die Wolke als erste gesehen hatte.

Da stand sie nicht allein. Auch die Gesichter der anderen zeigten Furcht.

»Ob das etwas mit dem Blut zu tun hat?« wisperte Cathy Barker.

»Möglich.«

Mrs. Frominghton räusperte sich. »Wie dem auch sei, es

ist ein unerklärliches Naturereignis. Wir sollten uns davon nicht beirren lassen und den Weg fortsetzen. Vielleicht täuschen wir uns auch. Da haben sich Wolken zusammengeballt, die wie ein Gesicht aussehen. Möglich, daß wir ein Gewitter bekommen. Deshalb möchte ich, daß wir so rasch wie möglich zurück ins Schloß gehen.«

Diese Aufforderung brauchte sie wirklich nicht zu wiederholen. Die Jungen und Mädchen waren sofort dabei. Sie liefen so schnell, daß Mrs. Frominghton kaum mit ihnen Schritt halten konnte.

Bevor sie die Straße erreichten, in deren Nähe das Schloß lag, mußten sie noch einen Wald durchqueren. Er war zwar nicht groß, doch das dichte grüne Dach der Bäume ließ es nicht zu, daß sie einen freien Blick auf den Himmel hatten.

Vögel stoben kreischend in die Höhe, als die Gruppe den Wald durchquerte.

Dann hörten sie das Heulen.

Sofort blieben sie stehen. Wie eine Horde Lämmer drängten sie sich schutzsuchend zusammen, denn das Heulen hatte sich gesteigert und war zu einem gewaltigen Brausen geworden.

Sturmesbrausen ...

Sie merkten auch was davon. Der orkanartige Wind streifte den Wald, fuhr in die Kronen der Bäume, schüttelte sie durch, bog Zweige und Äste, drückte sie dem Boden entgegen, hob sie wieder hoch, rüttelte und schüttelte sie.

Blätter wurden abgerissen, Staub vom Boden hochgewirbelt, abgestorbene Zweige knickten weg, und jeder sah das grüne Schimmern, das über ihnen schwebte.

Zwei Mädchen weinten, die Jungen waren stumm. Manche preßten hart die Lippen aufeinander. Auch in Mrs. Frominghtons Augen stand Nichtbegreifen und ein Ausdruck der Angst.

Plötzlich war alles vorbei. So schnell, wie es gekommen

war. Nach einem letzten Windstoß richteten sich die Zweige und Äste wieder auf und blieben zitternd in ihrer alten Lage. Das große Aufatmen begann. Niemand sprach. Vielleicht eine Minute verstrich, als Billy Elting sagte: »Also, ich habe wirklich keine Erklärung dafür.«

Er erntete beifälliges Kopfnicken.

Mrs. Frominghton räusperte sich. Sie sah sich genötigt, ein paar Worte zu sagen. »Hört mal her«, begann sie. »Auch mir ist diese Erscheinung unerklärlich. Ich kann sie nur auf eine Anomalie des Wetters zurückführen, eine Erklärung kann ich euch nicht bieten. Wir werden unseren Weg fortsetzen, und ich rufe vom Schloß aus beim zuständigen Wetteramt an.«

Dieser Vorschlag wurde allgemein akzeptiert und mit beifälligem Nicken angenommen.

Sofort machte sich die Gruppe wieder auf den Weg.

Als sie fast das Ende des Waldes erreicht hatten, sahen sie, daß der rätselhafte Orkan hier schlimmer gewütet hatte. Sogar einige Bäume waren samt Wurzelwerk aus dem Boden gerissen worden. Allerdings nur jüngere Fichten.

Sie mußten über die querliegenden Hindernisse steigen und sahen schon die Straße.

Ziemlich an der Spitze gingen die beiden Sorvino-Brüder. Neben ihnen Mrs. Frominghton. Billy Elting und Cathy Barker bildeten den Schluß. Sie achteten darauf, daß sich die Kinder zwischen ihnen und der Erzieherin befanden.

»Da steht ein Wagen!« rief Gary plötzlich.

Er blieb stehen, was zur Folge hatte, daß ihn die anderen fast umrannten.

Auch sie stoppten jetzt ihren Lauf. Sekundenlang hörte man nur den keuchenden Atem.

»Sogar ein Bentley«, meinte Ralph.

»Und da liegen zwei.« Clara, ein dunkelhaariges Mädchen, hatte die Männer entdeckt.

»Ob die tot sind?« fragte Judy, ihre Freundin.

Mrs. Frominghton griff ein. »Ihr bleibt jetzt zurück!« befahl sie und rief anschließend Billy und Cathy zu sich. Sie sprach leise, als sie sagte: »Wir werden uns die Männer gemeinsam ansehen. Reißen Sie sich bitte zusammen, und zeigen Sie nicht zuviel Angst. Es würde bei den Kindern einen schlechten Eindruck hinterlassen.«

Billy nickte.

Cathy war blaß. Sie tastete nach Billys Arm. Gemeinsam schritten sie durch das hohe Gras und gingen auf einen blonden Mann zu, der dicht neben einem Baum lag. Er mußte von einem abgerissenen Ast getroffen worden sein, denn der lag noch auf seinem Nacken.

Mrs. Frominghton ging in die Knie und fühlte nach dem Pulsschlag. »Der Mann lebt.«

Den dreien fiel ein Stein vom Herzen.

Billy ließ die Hand der jungen Erzieherin los und wandte sich dem zweiten bewußtlosen Mann zu. »Das ist ja ein Chinese oder Japaner!« rief er überrascht. »Den hat's aber erwischt.«

In der Tat sah Suko schlimm aus. Ein hochgewirbelter Stein hatte ihn getroffen und die Kopfhaut aufgerissen, so daß Blut aus der Wunde geflossen war. Tot war er nicht.

»Was machen wir jetzt?« fragte Cathy.

»Wenn ich das wüßte«, erwiderte Mrs. Frominghton. Auf einmal war auch sie ratlos.

Bis eines der Kinder rief: »Da, der eine hat sich bewegt!«

Die drei fuhren herum. Das Mädchen hatte nicht gelogen. Der blonde Mann versuchte tatsächlich, auf die Füße zu gelangen.

»Das kann ja nicht gutgehen«, sagte Mrs. Frominghton und lief auf den Mann zu.

Der Treffer in den Nacken hatte mich wirklich von den Beinen gerissen. Aber so etwas ist Schicksal, da kann man halt nichts machen. Das Erwachen war wie immer.

Böse und schlimm.

Ich spürte den Druck, die Schmerzen, die sich bis in den Rücken zogen, und fühlte Grashalme, die mein Gesicht kitzelten und zwischen die Zähne wollten.

Ich öffnete die Augen.

Vor mir sah ich das Gras und auch die Erde. Also lag ich im Freien. Im ersten Augenblick fiel mir nicht ein, wie ich hierher gekommen war, doch ich wollte unbedingt aufstehen, denn hier liegenbleiben konnte ich nicht.

Beide Arme winkelte ich an, stützte mich dann ab und gelangte langsam in die Senkrechte.

Mir wurde etwas übel und auch schwindlig. Das war wohl doch nichts, und dann hörte ich die Stimme der Frau.

»Es ist am besten, wenn Sie liegenbleiben, Mister«, sagte sie zu mir.

Bevor ich eine Antwort geben konnte, umfaßten mich bereits kräftige Hände und stützten mich.

»Danke«, keuchte ich, »aber so ein Treffer wirft mich nicht von den Beinen. Wenn Sie mir vielleicht behilflich sein könnten, Madam, dann wird es schon gehen …«

»Unbelehrbar sind Sie.«

»Ja, das habe ich so an mir.« Ich sah dicht vor mir den Baumstamm, streckte meine Hand aus und stützte mich dort ab. So kam ich tatsächlich in die Höhe, drehte mich um und lehnte mich mit dem Rücken gegen den Stamm, wobei ich weit die Augen aufriß, um erkennen zu können, wo ich mich befand.

Ich sah den Bentley. Er stand schief, die Türen vorn waren offen, ansonsten sah er unbeschädigt aus. Auch die neuen Scheiben waren nicht zersplittert.

Nicht weit vom Wagen weg lag Suko. Ich hatte noch in

Erinnerung, wie er durch die Luft gewirbelt worden war, jetzt sah ich ihn am Boden liegen und auch das Blut am Kopf.

Es versetzte mir einen Stich.

Die Frau war neben mir stehengeblieben und hatte wohl meine Gedanken erraten, denn sie sagte: »Ihr Freund lebt. Er ist nur bewußtlos, wie Sie es gewesen sind.«

Mir fiel ein Stein vom Herzen.

Rechts von mir standen mehrere Jugendliche und zwei Betreuer. Ein junges Mädchen und ein junger Mann. Es schien eine Wandergruppe zu sein.

»Weiterfahren können Sie natürlich nicht«, sagte die Frau neben mir. »Es ist am besten, wenn Sie sich erst einmal ausruhen oder wenn wir Sie zu einem Arzt bringen.«

»Dazu habe ich keine Zeit.«

»Die müssen Sie sich nehmen.« Ich drehte vorsichtig den Kopf und blickte die Frau an. Die sah richtig gefährlich aus. Ein Typ, wie er oft als Karikatur für Lehrerinnen und Aufpasserinnen diente. Streng schaute sie mich an und entlockte mir ein Grinsen.

»Wenn Sie meinen, Madam.«

»Das meine ich. Es ist nicht mehr weit bis zum Schloß. Dort ruhen Sie sich zusammen mit Ihrem Freund aus, und danach sehen wir weiter.« Der Vorschlag klang nicht schlecht, und ich nahm ihn an.

Ich kümmerte mich um Suko, nachdem ich den Wagen zu ihm gefahren hatte.

Mein Freund hatte eine böse Schramme auf dem Kopf. Er lag noch in tiefer Bewußtlosigkeit. Ich hatte mich vorgestellt, ohne allerdings meinen Beruf zu verraten, und fragte Mrs. Fromington, deren Namen ich inzwischen wußte: »Es existiert doch sicherlich ein Weg zum Schloß, den ich auch mit dem Wagen befahren kann?«

»Natürlich.«

»Danke.«

Ein junger Mann namens Billy Elting half mir, Suko in den Fond zu legen. Die Kinder und Jugendlichen schauten dabei zu. Sie sagten nichts, und als ich hinter dem Lenkrad Platz nahm, stieg auch Mrs. Frominghton ein.

»Wollen Sie wirklich nicht zu einem Arzt fahren?« erkundigte sich die Frau noch einmal.

Ich startete. »Nein, ich kenne meinen Freund. Es ist nicht das erste Mal, daß er einen Schlag über den Schädel erhalten hat.«

Sie warf mir einen erstaunten Blick zu, so daß ich lächeln mußte. »Mein Freund und ich sind Polizeibeamte.« Damit ließ ich die Katze aus dem Sack und bat Mrs. Frominghton gleichzeitig, es für sich zu behalten.

»Selbstverständlich, Mr. Sinclair. Sie sind nicht von hier, wie ich annehme.«

Ich lenkte den Wagen vorsichtig auf den Weg. Ich wollte möglichst Erschütterungen vermeiden, die wollte ich meinem Freund Suko nicht zumuten. »Wir kommen aus London.«

»Scotland Yard etwa?«

»Ja.«

»Oh, dann haben wir ja hohen Besuch.«

»Das hält sich in Grenzen. Müssen wir nicht zurück?«

»Ja, bis an die Abzweigung, wo das Schild steht.«

»Richtig, ich habe es gesehen.« Ich drehte um.

»Bevor Sie der Sturm packte?«

»Genau.« Die Servolenkung unterstützte mich, so daß mir das Wenden ziemlich leicht fiel.

»Haben Sie eine Erklärung, Mr. Sinclair?«

Natürlich hatte ich eine, aber die gab ich nicht preis. Wir rollten an den Jugendlichen und Kindern vorbei, die in den Wagen schauten, dann erreichte ich die Abzweigung und mußte mich rechts halten.

»Ich habe keine«, fuhr Mrs. Frominghton fort. »Vielleicht eine Anomalie des Wetters, so habe ich es jedenfalls meinen Kindern zu erklären versucht, Mr. Sinclair.«

»Das war gut.«

»Dann sind Sie als Polizist der gleichen Meinung?«

»Natürlich.«

»Das gibt mir Mut. Ich dachte auch an eine Windhose. So etwas soll es ja geben.«

Da hatte sie recht. Ich konzentrierte mich auf den Weg. Er war ziemlich schmal, auch nicht asphaltiert und mit hohem Gras bewachsen. Rechts und links sah ich Wiesen und Felder.

Vor mir lag das Schloß.

Auf einem Hügel stand es. Es war nicht sehr groß, aber irgendwie reizvoll anzusehen. Ich konnte mir gut vorstellen, daß es Spaß machte, dort seine Ferien zu verbringen.

»Ein sehr nettes Plätzchen haben Sie sich ausgesucht, Mrs. Frominghton.«

»Finden Sie?«

»Klar, das ist doch etwas für die Jungen und Mädchen. Schloßromantik zieht immer.«

Sie nickte. Dann wurde sie rot.

»Woran denken Sie, Mrs. Frominghton?«

»An den heutigen Abend.«

»Und?«

»Ich weiß, es klingt unverschämt, doch Sie sind Scotland-Yard-Beamter, und wenn Sie bei uns übernachten, könnten Sie doch auch Geschichten erzählen. Ich meine, Fälle, die Sie erlebt haben. Das klingt bestimmt spannend.«

»So schlimm ist es nicht«, stapelte ich tief. »Mal sehen, vielleicht tue ich es.«

»Bitte, fahren Sie noch langsamer«, wies mich Mrs. Frominghton an. »Da kommt ein Schlagloch.«

Und wie es kam. Ausweichen konnte ich nicht, ich mußte

hindurch. Hoffentlich litt Suko nicht unter diesem Stoß. Ich schaffte es. Kaum lag das mit Regenwasser gefüllte Schlagloch hinter uns, hörte ich schon seine Stimme.

»Kannst du nicht mehr Rücksicht nehmen, du Rennfahrer?«

»Ach nee, auch wieder wach?«

»Ja, bei deiner Fahrweise kann man ja nicht ruhig schlafen.«

Mrs. Frominghton war leicht entsetzt. »Aber Sie waren doch vorhin noch bewußtlos!«

»Jetzt nicht mehr.«

»Also wirklich. Sie haben vielleicht Nerven.«

»Wieso? Haben Sie keine?«

Mrs. Frominghton atmete nur durch die Nase. Das mußte als Antwort reichen.

Wenig später lenkte ich den Silbergrauen durch einen Torbogen und gelangte in den Innenhof des Schlosses. Alles sah sehr gepflegt aus, nichts war verfallen, sogar die Schloßmauer, die sich rund um das Gebäude zog und auch die Stallungen, Trakte, Vorratsräume und Schuppen mit einrahmte. Ich stieg aus. Bei einer zu heftigen Bewegung schmerzte mein Nacken wieder und erinnerte mich daran, daß ich auch mit Suko behutsam umgehen mußte.

Mrs. Frominghton ging auf die breite Steintreppe zu, die ihr Ende vor einer dicken Holztür fand.

Ich öffnete den hinteren Wagenschlag.

Suko grinste mich an. Sein Grinsen fiel allerdings verzerrt aus, ein Zeichen, daß er noch nicht völlig auf dem Damm war.

»Soll ich dich tragen oder stützen?« fragte ich den Chinesen.

»Du Schwächling willst mich tragen?« Er lachte. »No, mein Lieber, ich gehe allein, du kannst mir höchstens deinen Arm leihen.«

»Kostet pro Minute drei Pfund Leibgebühr.«

»Halsabschneider.«

Ich streckte die Arme aus und half Suko aus dem Wagen. Es war gar nicht so einfach. Der Chinese hatte seine Schwierigkeiten, er war noch ziemlich wacklig auf den Beinen. Das Blut hatte er sich notdürftig aus dem Gesicht gewischt, und als er schließlich auf den Füßen stand, wäre er fast umgefallen, wenn da nicht meine Schulter als Stütze gewesen wäre.

»Von wegen wieder fit«, bemerkte ich.

»Alles nur Täuschung.«

Mrs. Frominghton stand am Ende der Treppe in der offenen Tür und erwartete uns.

Neben ihr sah ich einen dicken Mann, der rosige Wangen und lustige Augen hatte.

Als wir mühsam die Treppe hinter uns gelassen hatten, stellte mir die Frau den Mann als Harvey Ollik vor. Koch, Hausmeister und Mädchen für alles in einer Person.

»Wohin?« fragte ich.

Mrs. Frominghton verzog das Gesicht. »Leider müssen Sie noch eine Treppe hoch. Hier unten befinden sich nur die Eßräume und die Aufenthaltszimmer.«

»Okay, gehen Sie vor.«

Sie nahm den Koch mit. Gemeinsam stiegen sie nebeneinander die Stufen hoch. Der Mann warf hin und wieder einen Blick über die Schulter und schaute Sukos Gesicht an. So ganz geheuer war ihm die Sache doch nicht.

Der Chinese biß die Zähne zusammen. Nicht nur ich wußte, daß es ihm schlecht ging. Er fühlte sich elend, aber er wollte keine Schwäche zeigen.

»Soll ich nicht doch lieber einen Arzt rufen?« erkundigte ich mich.

»Nein, John, laß es. Die eine Nacht überstehe ich schon. Morgen sieht alles anders aus.«

»Okay, du bist erwachsen.«

Wir mußten durch einen düsteren Gang, in dem kaum Licht brannte. An den Wänden hingen dunkle Gemälde. In kleinen Nischen standen Truhen oder Kästen. Unter unseren Füßen befand sich ein Holzfußboden. Bei jedem Schritt bewegten sich die Dielenbretter, sie knarrten und ächzten.

Ausgerechnet bis zum letzten Zimmer mußten wir. Die Frau öffnete eine Rundbogentür.

Ich mußte mich ducken, um hindurchzugehen. Die Decke war dafür hoch genug. Da es ein Eckraum war, gab es auch zwei Fenster. Die Scheiben, mehrmals unterteilt, zeigten einen Grauschimmer, der von außen auf ihnen klebte.

Ich sah nur das Bett. Dort schaffte ich meinen Freund hin. Suko setzte sich und ließ sich danach langsam nach hinten fallen. Zum Glück befand sich die Wunde nicht am Hinterkopf, sondern weiter vorn, so daß er auf dem Rücken liegen konnte. Harvey Ollik war auf dem Weg zum Zimmer verschwunden. Jetzt kehrte er zurück und hatte einen Verbandskasten mitgebracht.

»Das genau fehlte uns«, sagte ich.

Der Kasten war gut sortiert. Ich fand auch Jod und bepinselte Sukos Wunde damit. Der Chinese zuckte zusammen. Das Zeug brannte, das kannte ich von mir. »Keine Panik«, sagte ich, »ich ja bin bei dir.«

»Als würde mir das etwas nützen.«

Fünf Minuten dauerte die Behandlung. Auf einen Verband verzichtete ich, dafür nahm ich zwei große Pflaster.

»Das wär's«, sagte ich zum Schluß und gab Suko einen Klaps auf die Schulter. »Du kannst jetzt schlafen.«

»Und du?« fragte er.

»Ich spiele Schloßgeist.«

»Dann laß dich aber nicht von einem Geisterjäger erwischen«, riet er mir und hob zum Gruß die Hand.

Wir verließen den Raum. Wenn ich gewußt hätte, was Suko bevorstand, wäre ich bei ihm geblieben ...

Der Chinese war froh, als die anderen die Tür hinter sich geschlossen hatten. Er gab sich zwar lässig, aber fit fühlte er sich noch lange nicht.

Suko lag so, daß er beide Fenster im Blickfeld hatte. Es war nicht sehr hell im Raum. Bald würde die Sonne untergehen, dann sickerte noch weniger Licht durch die schmutzigen Fensterscheiben.

Suko dachte an den grünen Dschinn. Wie einfach hätte es der Dämon gehabt, zwei Gegner auf einmal zu erledigen. Doch er hatte sich nur Kelim, den Versager, geholt und war verschwunden. Und er hatte das Museum in Brand gesteckt, womit er seine letzten Spuren eiskalt auslöschte. Er war schon raffiniert, dieser uralte Dämon.

Suko fragte sich auch, wann er und John wieder etwas von dem grünen Dschinn hören würden. Das konnte Wochen dauern, Monate oder gar Jahre. Für Dämonen spielte die Zeit überhaupt keine Rolle. Sie war ein relativer Begriff, und das nicht nur mathematisch gesehen.

Hinter Sukos Stirn tuckerte und hämmerte es. Es fiel dem Chinesen schwer, einen klaren Gedanken zu fassen, auch mit der Konzentration haperte es, und er wurde erst aufmerksam, als er vom Burghof helle Stimmen hörte.

Die Jugendlichen kamen zurück. Sie hatten den Weg zu Fuß zurücklegen müssen und waren dementsprechend spät dran.

Aus dem Schloß selbst hörte Suko kaum etwas. Die dicken Mauern schluckten fast jedes Geräusch.

Hin und wieder nur knarrte Holz. Das Material lebte und arbeitete. Auch in seinem Zimmer knackte eine Bohle und knarrte der kommodenartige Schrank in der Ecke. Einen Spiegel sah Suko ebenfalls an der Wand. Der Rahmen war mit Blattgold überzogen.

Da er sehr ruhig lag und kaum die Augenlider bewegte, merkte er doch, daß die Schmerzen langsam abklangen. In ein paar Tagen würde von der Wunde nichts mehr zu sehen sein, davon war der Chinese fest überzeugt.

Plötzlich versteifte sich seine Haltung. Er hatte ein Geräusch vernommen.

Irgendwo war es aufgeklungen. Vielleicht unter ihm oder neben ihm, auf jeden Fall war Suko keiner Täuschung erlegen. Das Geräusch hatte sich wie ein Schaben oder Kratzen angehört. Suko mußte daran denken, daß hier eventuell Ratten oder Mäuse zwischen den Räumen und Etagen ihr Unwesen trieben. Sie liefen, trippelten und verursachten die für diese Tiere so typischen Geräusche.

Aber das war es nicht. Das Geräusch von umherlaufenden Mäusen oder Ratten klang anders.

Was war es dann?

Abermals vernahm Suko das Kratzen. Und jetzt wußte er, wo es herkam.

Unter dem Bett!

Suko dachte nach. Keiner von ihnen hatte unter das Bett geschaut. Es wäre auch ein abwegiger Gedanke gewesen, und er glaubte auch jetzt nicht daran, daß sich dort jemand versteckt hielt. Dazu klang es zu dumpf. Seiner Meinung nach mußte sich das Tier oder was immer es auch war, unter den Holzdielen befinden.

Bis er das Stöhnen hörte, da nämlich änderte er seine Ansicht. Es war ein qualvolles, grausam klingendes Ächzen, wie das eines Sterbenden, und selbst Suko schluckte.

»Aaaahhhrrggg ...«

Urlaute, schrecklich anzuhören.

Wäre Suko im Vollbesitz seiner Kräfte gewesen, so hätte er sicherlich nachgesehen. So aber blieb er erst einmal liegen und wartete ab, wie sich alles weiter entwickeln würde, denn noch hatte er keinen Gegner gesehen.

Er lauschte.

Das Stöhnen war verstummt. Suko nahm mit hundertprozentiger Sicherheit an, daß er keiner Einbildung zum Opfer gefallen war. Nun gab es zwei Möglichkeiten. Entweder erlaubte sich jemand einen Scherz, oder aber die Sache war ernst.

An Scherze glaubte Suko nicht gern. Er hatte in seinem Leben schon zuviel erlebt, deshalb maß er auch diesem Ächzen eine Bedeutung bei.

Das Geräusch wiederholte sich vorerst nicht, dafür jedoch vernahm er die Stimme.

Es war ein rauhes, leises, böses Flüstern und dabei deutlich zu verstehen.

»Ich will hier raus. Ich komme raus, das verspreche ich. Laßt mich raus, ihr Bestien ...«

Suko blieb still.

Er zuckte jedoch leicht zusammen, als er das Kichern vernahm. Da schien ihn jemand zu verhöhnen.

Dann wieder die Stimme. »Wo ist mein Sarg? Ich will meinen Sarg haben ...«

Es war schon schaurig und unheimlich, was der Chinese da erlebte. Ein anderer hätte voller Panik reagiert, Suko dagegen blieb liegen. Er spielte sogar mit dem Gedanken, nachzusehen, gestand sich dann selbst ein, zu schwach zu sein.

Er wartete ab. Vielleicht bestand die Möglichkeit, daß er diesen Unheimlichen einmal zu Gesicht bekam. Das wäre nicht schlecht gewesen.

Die Stimme hörte er nicht wieder, dafür ertönte ein anderes Geräusch.

Kratzen, Schaben.

Wie beim erstenmal ...

Doch diesmal durch ein Splittern unterbrochen, als würde jemand die Holzdielen von unten aufreißen.

Der Chinese blieb zwar auf dem Rücken liegen, er hob jedoch seinen Arm, winkelte ihn an und ließ die Hand in den Ausschnitt der Jacke rutschen.

Er holte seine Beretta hervor.

Jetzt war er besser gewappnet, sein Gegner konnte kommen.

Holz riß splitternd, ein Kichern folgte, und dann wieder die rauhe Stimme.

»Jetzt bin ich frei ...«

Die Worte waren kaum verklungen, als der Chinese unter der Matratze eine Berührung verspürte, die sich zum Druck steigerte. Da war tatsächlich jemand!

Suko lag in keinem modernen Bett. Ein dunkel gebeiztes Holzbett war seine Ruhestätte. Es hatte die Ausmaße eines modernen Französischen Bettes und sehr dicke Matratzen.

Und darunter bewegte sich etwas.

Suko spürte es genau, weil er fest mit dem Rücken auflag. Bisher hatte sich der Chinese geschont, doch die Bewegung direkt an der Matratze irritierte ihn.

Er wollte nicht mehr auf dem Rücken liegenbleiben und bewegte sich vorsichtig nach rechts, auf den Rand des Bettes zu, wobei er sich mit der freien Hand abstützte.

Es war klar, daß er jede Bewegung auch in seinem Schädel spürte, doch darauf konnte er jetzt keine Rücksicht nehmen.

Wieder hörte er die Stimme. Diesmal sogar deutlicher, als wäre der Unbekannte näher an ihn herangekommen.

»Im Leichenschloß – wir sind im Leichenschloß. Er hat uns eingemauert, aber wir kommen zurück – wir sind da ...«

Das waren Geisterstimmen, doch Suko hatte sie genau verstanden. Leichenschloß, eingemauert ...! Das waren Worte, die den Chinesen aufmerksam werden ließen. Sollten er und John tatsächlich durch Zufall auf einen neuen Fall gestoßen sein?

Unter ihm bewegte sich die Matratze stärker.

Aber wieso?

Suko lag jetzt am Rand des Bettes. Er biß die Zähne zusammen, um nicht aufzustöhnen, denn in seinem Schädel rumorte und hämmerte es. Sogar schwarz wurde ihm hin und wieder vor den Augen, zudem spürte er die Übelkeit.

Der Chinese war schwer gehandikapt, außerdem wußte er nicht, was sich unter ihm abspielte.

Noch lag er auf der Seite, dicht am Rand, so daß sich die Bettmitte weiter entfernt befand. Was sich dort abspielte, konnte er von seiner Lage aus nicht sehen, doch Suko riskierte es und drehte sich wieder um.

Dabei wandte er auch den Kopf.

Fast wäre er auf den Rücken gerollt, und fast wäre ihm dies zum Verhängnis geworden. Im letzten Moment hielt er sich am Bettrand fest. Das war sein Glück.

Dort, wo sich die Mitte der Matratze befand, stieß urplötzlich die blanke Klinge eines Messers hervor.

Sie wäre Suko genau in den Rücken gedrungen, hätte er noch an derselben Stelle gelegen. So aber verfehlte sie ihn um die Breite einer Hand. Tief atmete Suko durch und starrte auf die Klinge.

Ein höllisches Mordinstrument. Und das Messer blieb nicht an einer Stelle – es wanderte.

In Sukos Richtung.

Dem Chinesen blieb nur eine Chance. Er mußte sich vom Bett fallen lassen, und das in seinem Zustand.

Noch einen Blick warf er auf das Messer.

Es glitt näher. Suko sah die Hand nicht, die es führte, war aber sicher, daß sie sich unter dem Bett befand.

Der Chinese ließ sich fallen.

Eine Schrecksekunde, dann prallte er auf. Und er spürte den Schlag in allen Knochen. Sein Schädel, obwohl er versucht hatte, ihn hochzuhalten, geriet mit dem Boden in Kontakt. Suko spürte den Schlag doppelt und dreifach. Vor seinen Augen tanzten Sterne, die zersprühten. Ihnen folgten die langen Schatten der Dunkelheit.

Eine erneute Ohnmacht drohte den Chinesen zu überfallen.

Mit aller Macht kämpfe Suko dagegen an. Er hielt die Beretta fest. So hart, daß seine Fingerknöchel scharf und spitz hervortraten. Dabei keuchte er und rollte sich um die eigene Achse, weil er vom Bett wegkommen wollte.

Es war Schwerstarbeit, die der angeschlagene Suko in diesen schlimmen Augenblicken verrichtete.

Erschöpft blieb er liegen. In seinem Kopf fanden Explosionen statt, aber er biß die Zähne zusammen und drehte den Kopf, so daß er einen Blick unter das Bett werfen konnte.

Eine Bewegung.

Schattenhaft nur, nicht genau zu erkennen.

Etwas blitzte.

Die Messerklinge!

Und Suko vernahm wieder das böse Flüstern. »Ich bin frei. Ich komme zu dir, ich töte dich …« Kichern. »Die Mauern haben uns freigegeben. All das Blut der Unschuldigen wird über euch kommen und euch ertränken wie Ratten. Du bist der erste …«

Es waren schlimme Worte, die Suko da vernahm. Und er wußte, daß es keine leere Drohung war.

Der Chinese hob den rechten Arm an. Er mußte sich dabei etwas drehen, damit er mit der Waffe unter das Bett zielen konnte. Es hatte keinen Sinn, den Stab hervorzuholen und zu versuchen, die Zeit anzuhalten. Suko fühlte sich zu schwach, um effektvoll eingreifen zu können. Denn töten durfte er seinen Gegner nicht, wenn die Zeit angehalten worden war.

Etwas kroch unter dem Bett hervor.

Eine Gestalt.

Noch schlecht zu erkennen. Doch je weiter sie sich bewegte, um so schlimmer sah sie aus. Der Chinese entdeckte ein Gesicht. Bleich, bläulich schimmernd, irgendwie blutleer, mit großen Augen, deren Blick starr war.

Aus den Haaren floß Blut! Ein schlimmer Anblick.

Hatte der Unheimliche unter dem Bett nicht von dem Blut der Unschuldigen gesprochen? Zählte er sich nicht dazu?

Suko biß die Zähne so hart zusammen, daß es knirschte. Kaum gelang es ihm, den Arm hochzuhalten. Die Waffe wurde zu schwer, sie zitterte regelrecht in seiner Hand, und er hätte sie am liebsten fallenlassen.

Suko riß sich zusammen.

Und dann schoß er.

Normalerweise hätte Suko getroffen, doch bei seiner Schwäche war dies nicht zu schaffen.

Der Chinese verriß.

Die Kugel fuhr über das Bett und hieb klatschend in die Wand, wo sie als deformiertes Etwas steckenblieb. Diese Aktion hatte dem Gegner Zeit gegeben, sich näher an den Chinesen heranzuschieben.

Er kicherte hohl, während Suko verzweifelt bemüht war, die Beretta so zu halten, daß die Mündung auf den Mann unter dem Bett zeigte. Doch der Lauf pendelte zu stark von einer Seite zur anderen, und das Monster schob sich weiter.

Es hatte das Bett hinter sich gelassen. Jetzt versperrte nichts mehr die Sicht auf seinen Gegner.

Suko nahm all seine Kräfte zusammen. Er wälzte sich herum, wollte weg von dem Unheimlichen, der seine Schwäche eiskalt ausnutzen und ihn töten konnte.

Normalerweise wäre diese Gestalt kaum ein Problem für den Chinesen gewesen, aber nicht in seinem Zustand, wo er sich so kraftlos wie ein Kleinkind fühlte.

Die Gefahr für Suko wuchs.

Der andere war schneller.

Wieder berührte Sukos Wunde den Boden. Erneute Schmerzwellen rasten durch seinen Kopf. Der Chinese biß die Zähne zusammen, daß es knirschte, er hob die Waffe und feuerte, ohne zu zielen.

Schräg hämmerte das geweihte Silbergeschoß in die Decke, aber Sukos Gegner war da.

Er brauchte nur noch den Arm zu heben und zuzustoßen. Das tat er auch!

»Ihrem Freund geht es ziemlich schlecht«, sagte Mrs. Frominghton, als wir unten in der Halle standen.

Ich zuckte mit den Schultern. »Wie man es nimmt.«

»Verstehe ich nicht.«

»Ein anderer hätte den Hieb vielleicht nicht verkraftet. Suko hat hingegen einen Schädel aus Eisen. Er steckt so etwas weg.«

»Hoffentlich ist er bald wieder auf den Beinen.«

Ich nickte. »Darauf können Sie sich verlassen.«

»Sollen wir nicht doch lieber einen Arzt rufen, Herr Oberinspektor? Es wäre sicherlich besser. Wir haben hier auch Telefon.«

»Ich schaue gleich mal nach ihm. Mal sehen, wie er reagiert. Aber Sie haben hier wirklich ein modernes Schloß. Sogar mit Telefon.«

»Sonst würden wir hier nicht wohnen. Bis auf den Keller ist hier überall elektrisches Licht. Und dabei hat man uns gewarnt, hier unsere Tage zu verbringen.«

»Ach ja?«

»Irgendein Spinner. Er redete von einem Leichenschloß.«

Ich war interessiert. »Wissen Sie mehr, Mrs. Frominghton?«

»Ja, als das Schloß gebaut wurde, hat der Erbauer, irgendein Graf, das Blut seiner Feinde in die Mauern gemischt. Und er soll auch zwei Landstreicher bei lebendigem Leibe begraben haben, weil sie es gewagt hatten, ihn nicht zu grüßen, sondern lachten. Daraufhin hat er sie eingemauert, aber das ist einige hundert Jahre her. Zudem ist das Schloß zweimal wieder aufgebaut worden, oder ein Teil davon. Kriege hatten es zerstört.«

»Hat man die Leichen der beiden gefunden?« wollte ich wissen.

»Nein, nicht einmal Knochen.«

»Dann sind sie noch im Gemäuer.«

»Sicher, Mr. Sinclair. Aber das sind alte Legenden und Geschichten. So etwas schreckt uns nicht. Was meinen Sie, wie viele Burgen in merry old England eine ähnliche oder sogar noch schlimmere Vergangenheit haben?« Da mußte ich ihr recht geben. Denn diese Erfahrungen hatte ich auch gesammelt.

»Ich sehe mal nach meinem Freund«, sagte ich, stutzte aber, weil ich von draußen helle Stimmen vernahm.

Die Jugendlichen kamen zurück.

»Warten Sie doch einen Moment«, bat mich Mrs. Frominghton. »Ich möchte den Kindern gern erklären, was Sie von Beruf sind.«

»Wenn Sie meinen.« So völlig begeistert war ich von dem Vorschlag nicht. Aber ich wollte nicht undankbar sein. Mrs. Frominghton hatte uns schließlich geholfen.

Ich zündete mir eine Zigarette an und hatte erst jetzt die Muße, mich in der Halle umzusehen.

Die Möbel waren noch in Ordnung und zeigten den Hauch Exklusivität, den ich von Einrichtungen solcher Schlösser gewöhnt war. Sie stammten aus den verschiedensten Epochen und waren ausgezeichnet aufgearbeitet worden.

Ein Sekretär stach mir besonders ins Auge. Er war aufgeklappt. Ich sah in seinem Innern zahlreiche kleine Schubkästen, jeder ein Kunstwerk für sich.

Mrs. Frominghton hatte ihre Schäfchen in die Halle geholt und um sich versammelt. Es war schwer, Ruhe in den Haufen zu bekommen, denn die Jugendlichen waren weit gewandert. Sie hatten keine Lust mehr und waren dementsprechend sauer.

Jetzt noch eine Rede, das war gar nicht nach ihrem Geschmack. So dauerte es, bis Ruhe herrschte. Vielleicht trug auch meine Anwesenheit dazu bei, denn ich hatte mich inzwischen umgedreht und schaute den Jugendlichen in die Gesichter.

»Ich möchte euch etwas mitteilen!« rief Mrs. Frominghton. »Unser Gast hier, auf den wir auf so ungewöhnliche Weise gestoßen sind, heißt John Sinclair. Er ist ein Oberinspektor von Scotland Yard.« Sie verstummte und ließ die Worte wirken.

Mich trafen alle Blicke, und ich machte erst einmal keep smiling. Aber ein Kommentar war nicht zu überhören.

»Mensch, ein Bulle!«

Auch Mrs. Frominghton hatte die Bemerkung gehört. Sie reagierte entsprechend. »Noch einmal so eine Bemerkung, und ich werde dich nach Hause schicken, Ralph Sorvino. Dann kannst du deinen Bruder gleich mitnehmen.«

»Das sagt man eben so.«

»Ich weiß selbst, was man sagt.«

»Lassen Sie, Mrs. Frominghton. Ich habe früher kaum anders reagiert als Ihre Schützlinge.«

»Schmeicheln Sie sich nur nicht ein!« zischte Ralph. »Ich kenne das verdammt gut.«

Mrs. Frominghton wollte etwas sagen. Mit einer Handbewegung stoppte ich sie. »Lassen Sie mal, ich kümmere mich schon selbst darum.« Langsam schlenderte ich auf den dunkelhaarigen Ralph Sorvino zu. »Du scheinst dich ja auszukennen«, sagte ich.

»Ja.«

»Und woher?«

»Mein Alter ist Anwalt.«

»Aha. Und er mag die Polizisten auch nicht.«

»So ist es«, sagte Ralph. Sein Bruder, der neben ihm stand, nickte.

»Hat dein Vater einen besonderen Grund, Polizisten nicht zu mögen?« wollte ich wissen.

»Keine Ahnung. Ist aber so. Er steht schließlich auf der anderen Seite.«

»Dabei sollte er auf der Seite des Rechts stehen«, sagte ich.

»Quatsch. Der arbeitet für ein hohes Tier, da kommen Sie nicht gegen an.«

»Wer ist es denn?« Ich hatte selten ein »Verhör« geführt, das mir so leicht fiel.

»Logan Costello!« Den Namen spie er mir förmlich ins Gesicht, und ich stand auf einmal unter Strom. Das ließ ich mir allerdings nicht anmerken, sondern hob nur gleichgültig die Schultern.

»Sie kennen ihn nicht, wie?«

»Nein, mein Freund.«

»Na ja, kann man von einem kleinen Bullen auch nicht erwarten, daß er die Größen der Unterwelt kennt.«

»Bestimmt nicht.« Ich drehte mich wieder um. Meine Güte, wenn dieser großschnäuzige Junge wüßte, wie oft ich bereits mit Logan Costello aneinandergeraten war. Er schob mir auch den Tod seines Bruders in die Schuhe, obwohl ich damit nichts zu tun hatte.

»So, das reicht jetzt, Ralph«, sagte Mrs. Frominghton. »Du siehst, durch Angabe kann man keinen Eindruck schinden. Es kommt immer nur darauf an, was man leistet. Merke dir das fürs Leben.«

»Klar, Mrs. Frominghton. Wir merken uns alles, was Sie uns sagen. Sie sind ja so schlau.« Er grinste.

Das schien mir ein besonderes Früchtchen zu sein. Aber

was wollte man machen? Der Apfel fiel ja bekanntlich nicht weit vom Stamm.

Die anderen schauten die beiden Brüder nicht gerade mit Hochachtung an. Ihnen schienen die beiden nicht zu gefallen. Der Größere, Ralph, war der Typ, der sofort alles an sich riß. Ich dachte über den Namen Sorvino nach. Gesehen hatte ich den Anwalt noch nicht. Logan Costello brauchte ja einen neuen, der andere war gestorben. An dessen Beerdigung denke ich nur mit Schaudern zurück. Ich hatte zwangsläufig daran teilgenommen.

Meine Gedanken waren so weit abgeschweift, daß ich auf Mrs. Frominghtons Rede nicht mehr geachtet hatte. Sie sprach davon, daß unser Zusammentreffen wirklich ein Glücksfall war und daß ich mich bereit erklärt hätte, am Abend etwas von meinem Beruf zu erzählen.

»Das ist insofern gut«, schloß sie, »als daß ihr euch schon mal informieren könnt, denn zu lange wird es nicht mehr dauern, bis ihr vor eurer Entlassung und damit auch vor der Berufswahl steht. Die Polizei sucht immer gute Leute, und so erhaltet ihr wenigstens einen ersten Einblick in die Arbeit eines Oberinspektors von Scotland Yard.«

Ralph Sorvino konnte es einfach nicht lassen. »Darauf kann ich verzichten«, sagte er. »Von meinem Alten weiß ich, wie es bei den Bullen zugeht.«

»Halte jetzt den Mund!« fuhr Mrs. Frominghton ihn an. Danach wandte sie sich an mich. »Und welche Zeit wäre Ihnen angenehm, Mr. Sinclair?«

»Nach dem Abendessen.«

»Sagen wir um acht?«

Damit war ich einverstanden. Bis zu diesem Zeitpunkt konnte ich auch meine Telefonate erledigt haben. Ich wollte beim Yard anrufen und auch bei Shao, denn man erwartete uns noch am Abend zurück.

Vorerst jedoch interessierte mich Suko. Er hatte einiges

abbekommen, sein Zustand war nicht gerade als befriedigend zu bezeichnen.

Ich nickte den Jugendlichen nebst Betreuern zu und machte mich auf den Weg.

Rasch überwand ich die Treppe nach oben, schritt durch den breiten Gang und blieb vor der letzten Tür stehen.

Wie ein Wilder wollte ich nicht gerade ins Zimmer stürmen, deshalb klopfte ich vorher an.

Keine Antwort.

Suko schien eingeschlafen zu sein, deshalb öffnete ich die Tür so leise es ging, denn ich wollte ihn nicht stören.

Oft knarren alte Türen in Schlössern oder Burgen. Diese hier glitt fast lautlos nach innen.

Ich drückte mich durch den Spalt. Im Zimmer herrschte ein unangenehmes Halbdunkel, deshalb konnte ich nicht alles genau erkennen, sah aber, daß niemand im Bett lag.

Augenblicklich stand ich unter Spannung.

Mein Blick irrte ab.

Und dann sah ich ihn.

Suko lag auf dem Boden, die Beretta hielt er noch in der rechten Hand, er war jedoch zu schwach, sich zu wehren, denn dicht vor ihm kniete eine Gestalt, die mir den Rücken zuwandte.

Ich sah, daß sie den rechten Arm erhoben hatte, und dann entdeckte ich das Messer in ihrer Hand.

Der andere wollte Suko erstechen!

»Wird ja ein langweiliger Abend«, meinte Ralph Sorvino und grinste. Dabei drehte er sich um und suchte bei seinen Kameraden nach Zustimmung.

Bis auf Gary wichen die anderen seinem Blick aus.

Jetzt platzte auch Billy Elting der Kragen. Er stand nicht weit von Ralph entfernt, war mit zwei Schritten bei ihm und hieb seine Hand auf dessen Schulter. Er zog ihn herum, so daß Ralph ihn anschauen mußte.

»Jetzt reicht es!« zischte Billy. »Wir haben kein Interesse daran, daß du die anderen aufhetzt. Du brauchst dir diesen Vortrag nicht anzuhören, aber wir tun es. Und wenn du stören willst, dann fliegst du. Hast du verstanden?«

Ralph verzog verächtlich die Mundwinkel. »Nimm die Hand weg, du Hampelmann.«

In Billys Augen blitzte es.

Gary erkannte, daß sein Bruder zu weit gegangen war. »Laß es doch«, sagte er. »Wir gehen nach oben.«

»Okay«, sagte Ralph grinsend, »wir gehen. Euer Essen könnt ihr euch in die Haare schmieren. Ich habe keinen Hunger. Außerdem vergeht mir in eurer Gesellschaft der Appetit.«

Er machte kehrt und ging. Stolz reckte er sich und warf den anderen keinen Blick mehr zu.

»Warum haben wir die beiden überhaupt mitgenommen?« fragte einer der Schüler.

»Da sagst du was«, meinte Billy.

Selbst Mrs. Frominghton war sprachlos. Gegen diese Blasiertheit und Arroganz kam sie nicht an. Dagegen kämpften Götter selbst vergebens.

Gary folgte seinem Bruder. Die beiden bewohnten einen Raum zusammen. Nicht gerade schnell marschierten sie hoch, wo das Zimmer lag.

»Das ist doch ein dummer Bulle«, schimpfte Ralph. »Dem sollte man was vor das Kinn hauen.«

»Wieso? Ich finde ihn gar nicht so schlecht.«

»Jetzt fang du auch noch an«, beschwerte sich Ralph.

»Ich sage ja gar nichts.«

»Ist auch besser.« Ralph lachte. »Wenn ich das schon höre. Vortrag. Das ist dummes Gelaber, da heben sich die Brüder nur selbst in den Himmel, erzählen, wie toll es bei der Polizei ist, und vergessen völlig die Wahrheit. No, das ist nichts für Papas Sohn. Wirklich, Brüderchen, ich kenne die.«

Vor der Zimmertür blieben sie stehen, und Ralph kramte den Schlüssel aus der Tasche. »Wenn ich das alles dem Alten erzähle, kriegt der einen Anfall.«

»So schlimm ist Daddy auch nicht.«

»Aber er mag keine Polypen.« Ralph schloß auf. Im Zimmer gab es zwei Betten. Sie standen sich gegenüber. Zwischen ihnen befand sich das Fenster.

Ralph blieb davor stehen und schaute nach draußen in den Burghof und auch über das Land. »Heute pack' ich es«, sagte er.

»Was?«

Ralph lachte leise. »Glaubst du denn, ich habe unsere kleine Betreuerin vergessen?«

»Laß die Finger von ihr.«

»Nein, Cathy ist genau mein Fall.«

»Das bringt dir nur Ärger ein.«

»Irgendwie schlägst du aus der Art, Brüderchen.«

»Mag sein, aber ich finde es gut, daß nicht alle so denken wie du. Manchen Spaß mache ich mit, auch den mit dem Film, aber was zuviel ist, das ist zuviel.«

»Dann hau doch ab.«

»Das tue ich auch.«

Ralph drehte sich nicht um. Er hörte nur noch, wie sein Bruder die Tür ins Schloß schlug.

»Mensch, ist das eine Jammergestalt«, murmelte er und schaute auf seine Uhr.

In einer halben Stunde sollten sich die anderen zum Essen versammeln. Ralph sollte es recht sein. Er hatte keinen Hunger.

Ralph warf sich aufs Bett. Aus der Hosentasche holte er eine zerknautsche Zigarettenpackung und zündete sich eine Zigarette an. Als ihm jedoch die Asche auf das Kinn fiel, fuhr er hoch, spie die Zigarette aus und trat mit dem Absatz auf sie. Im Teppich hinterließ er einen Brandflecken.

»Ich komme!«

Mitten in der Bewegung zuckte Ralph Sorvino zusammen. Er hatte plötzlich eine Stimme gehört.

Sorvino lauschte.

»Ich komme ...«

Sie klang flüsternd, trotzdem deutlich, und er hatte sehr wohl den drohenden Unterton vernommen.

Sorvino versteifte sich. Wollte ihn da einer auf den Arm nehmen? Wenn ja, konnte der was erleben. Er haßte es nämlich, wenn man ihn auf diese Art und Weise angriff, bei anderen machte es ihm nichts aus, da war er sowieso derjenige, der die Mitschüler anstiftete, doch selbst konnte er keinen Spaß vertragen.

»He, was soll das?«

Keiner antwortete.

»Idiot«, sagte er. »Wo steckst du, Gary? Los, gib Antwort, ich will dich hören.«

Kichern!

So hämisch, so siegessicher, daß selbst der abgebrühte Ralph ein komisches Gefühl verspürte. Er konnte nicht vermeiden, daß ihm eine Gänsehaut über den Rücken lief.

Er stand auf. Im Zimmer brannte kein Licht, deshalb drehte er sich im Kreis, und seine Blicke tasteten jeden Winkel des Raumes ab.

Wo steckte der Kerl, der ihn da auf den Arm nehmen wollte?

Nichts zu sehen.

Und doch hatte er die Stimme gehört.

Das mußte Gary sein. Wahrscheinlich stand er vor der Tür und sprach durch das Schlüsselloch, damit es sich gefährlich anhörte.

Der würde sich wundern.

Auf Zehenspitzen schlich Ralph durch das Zimmer und steuerte dabei die Tür an.

Als er sie erreicht hatte, wartete er einen Augenblick, legte die Hand auf die Klinke, drückte sie langsam nach unten und riß die Tür dann mit einem Ruck auf.

Der Gang war leer!

Niemand lauerte dort. Keine Spur von seinem Bruder oder von einem anderen aus der Gruppe.

»Verrückt!« zischte er durch die Zähne. »Dabei hätte ich schwören können, daß …«

Er sprach nicht mehr weiter, war aber wegen des Vorfalls ziemlich wütend. Er zog die Tür wieder zu. Heftig fiel sie ins Schloß, und Ralph drehte sich um.

Stocksteif blieb er stehen.

Direkt vor dem Bett stand jemand!

Es war eine Szene, mit der ich überhaupt nicht gerechnet hatte. Ich hatte angenommen, Suko wäre im Bett. Um so überraschter war ich, als ich ihn am Boden liegen sah und die gräßliche Gestalt mit dem Messer über ihm.

»John!« krächzte der Chinese.

Ein Gutes hatte mein Auftauchen.

Der andere ließ von Suko ab, glitt zur Seite und stand auf.

Mir gelang es, die Beretta zu ziehen. Bevor ich auf ihn anlegen konnte, geschah es. Die zweite Überraschung war wesentlich schlimmer als die erste.

Sie kam von der Decke und überraschte mich wie selten zuvor etwas in meinem Leben.

Ich hörte noch das Knirschen, wollte den Kopf heben, schaffte es auch, nur sehen konnte ich nichts.

Ein gewaltiger Blutstrahl schoß mir ins Gesicht. Ich konnte die Augen nicht schnell genug schließen, sah auf einmal nichts mehr, warf mich aber instinktiv zur Seite, damit ich auf meinem Standplatz kein Ziel mehr für einen Messerwurf bot. Ich rollte mich über die Schulter ab und hörte, wie weiteres Blut zu Boden klatschte.

Dazwischen vernahm ich das Lachen und Kreischen und verstand auch die Worte.

»Das Blutschloß holt sich seine Opfer. Die Rache der Toten erfüllt sich.« Ich lag auf dem Boden und wischte mir das klebrige Zeug aus den Augen. Durch einen roten Schleier konnte ich meinen Gegner nur in Umrissen erkennen, und er bewegte sich. Wie ein Schatten huschte er auf die Tür zu, die noch offenstand.

»Die Rache der Toten!« schrie er zum Abschluß. »Sie trifft jeden!« Ein grausames Gelächter folgte seinen Worten, und ich sah noch, daß er selbst auch blutüberströmt war.

Dann war er verschwunden!

Ich sprang auf die Füße, jagte zur Tür und riß sie auf.

Leer lag der Gang vor mir.

Nach rechts und links schaute ich, doch da war niemand. Trotzdem gab ich die Suche nicht auf. Hier befanden sich mehrere Zimmer.

Jede Tür riß ich auf, machte überall Licht, schaute in die zum Teil sehr großen Räume hinein, doch von dem Unheimlichen entdeckte ich nicht einen Zipfel. Er schien sich buchstäblich in Luft aufgelöst zu haben. Daß er sich ganz in der Nähe befand, bemerkte ich nicht. Auch ein Geisterjäger ist nicht allwissend. Ich ging wieder zurück. Schließlich mußte ich mich um Suko kümmern.

Der Chinese lag stöhnend am Boden. Sein Gesicht war verzerrt. Er mußte Schmerzen haben. Und er lag inmitten eines roten Sees. Auch ich sah nicht anders aus, meine Kleidung war blutbefleckt. Mit dem Taschentuch reinigte ich erst Sukos, dann mein Gesicht notdürftig.

»Das war im letzten Augenblick, John!« keuchte er. »Verdammt, dieser Hundesohn hätte mich umgebracht.«

»Wo kam er her?«

»Er lag unter dem Bett und hätte mich erstochen, wenn ich nicht früh genug aufmerksam geworden wäre. In diesem Schloß stimmt einiges nicht.«

»Das Gefühl habe ich auch«, erwiderte ich. »Ich werde dich erst einmal aufs Bett legen.«

Suko wollte sich allein aufrichten. Er hatte seine Schwierigkeiten. Ich half ihm.

Endlich saß er, kam auch mit meiner Hilfe auf die Beine und torkelte zum Bett, wo er sich fallen ließ und dabei stöhnte. »Wenn doch mein Schädel in Ordnung wäre«, schimpfte er. »Ich drehe hier noch durch. Dieses verdammte Liegen ...«

»Laß nur, ich hole mir das Monster schon.«

»Woher weißt du eigentlich, daß es allein ist?«

»Davon habe ich nichts gesagt.«

»Dann denk daran, daß noch mehr von seiner Sorte hier herumgeistern können. Das ganze Schloß scheint mir verflucht zu sein, und wir wissen nichts davon.«

»Ja, es soll ein Spukschloß sein. Mrs. Frominghton berichtete mir davon. Die Grundmauern sind mit dem Blut unschuldiger Menschen errichtet worden.«

»Deshalb also ...«

Ich schaute auf die riesige Lache. »Aber welches Ereignis hat dies ausgelöst?«

»Keine Ahnung, John. Ich kann nur raten.«

»Dann mal los.«

»Vielleicht die Magie des Dschinns. Sie muß dieses Schoß hier auch berührt haben. Das könnte der Aufhänger sein, meine ich jedenfalls.«

Da hatte mein Freund gar nicht so unrecht. Ich stimmte ihm zu.

»Und jetzt?« fragte Suko.

Ich schaute ihn an.

Er grinste leicht. »Ich weiß, was hinter deiner Stirn vorgeht. Aber du kannst mich ruhig hier allein lassen. Ich finde mich schon zurecht. Ein zweites Mal lasse ich mich nicht überraschen. Da zeige ich ihnen die Zähne, darauf kannst du dich verlassen.«

So überzeugt war ich nicht, aber ich mußte an die Jugendlichen und Kinder denken. Eines dieser Monsterwesen reichte schon, aber wenn noch mehr davon im Schloß herumgeisterten, wuchs die Gefahr ins Unermeßliche. Das machte mir Angst.

»Okay, Suko«, sagte ich. »Du sollst deinen Willen haben. Aber gern gehe ich nicht.«

»Ist klar.« Er lächelte wieder. Das Blut auf seinem Gesicht ließ sein Gesicht zu einer schaurigen Fratze werden.

Ich verließ das Zimmer. Man könnte schwermütig werden. Der Dschinn hatte uns einen guten Zeugen entrissen, wir waren dabei in einen mörderischen Tornado geraten, hatten ihn überstanden und waren froh gewesen, auf die netten Menschen zu stoßen. Und jetzt saß ich wieder mitten in einem Fall, der im wahrsten Sinne des Wortes sehr, sehr blutig war.

Als ich an einem Spiegel vorbeikam, blieb ich stehen. Wie sah ich aus? Schlimm, sehr schlimm sogar. Über und über war ich mit Blut besudelt. Wenn die anderen mich so sahen, würden sie durchdrehen, und einen zweiten Anzug hatte ich nicht mit.

Am besten war es, wenn ich mit Mrs. Frominghton sprach und ihr einiges erklärte. Hoffentlich verstand sie mich und drehte nicht selbst durch.

Die Jugendlichen hatten ihre Zimmer ein Stockwerk tiefer. Ich hörte ihre Stimmen. Sie lachten und scherzten. Bisher schien niemand von ihnen etwas bemerkt zu haben. Das war gut so. Vielleicht konnte ich das oder die Wesen stoppen, bevor sie noch weiteres Unheil anrichteten.

Das war ein Trugschluß, wie mir zwei Sekunden später klar wurde.

Ich hörte einen gellenden Schrei. Und dann die sich überschlagende Stimme.

»Ralphiiii …!«

Ralph Sorvino erlebte am eigenen Leib, wie es war, einmal selbst als Zielscheibe im Mittelpunkt zu stehen. Und er sah sich einer Gestalt gegenüber, die einem Alptraum entsprungen war. Sie mußte aus der Wand gekommen sein, denn links von ihm gab es einen Riß in der Mauer, aus dem Blut sickerte und auf der Wand ein makabres Muster hinterließ.

Ralph hielt den Atem an. Er war unfähig, etwas zu sagen, denn die Gestalt vor ihm erinnerte ihn an eine halb verweste Leiche. Trotz der über dem Gesicht sitzenden Kapuze hingen noch Fleischreste im Gesicht des Wesens. An manchen Stellen allerdings schimmerten die blanken Knochen durch. Sie leuchteten gelblich weiß, und die Augen lagen tief in den Höhlen. Die Hände und einen Teil der Arme hatte die Gestalt in den weiten Ärmeln der Kutte verborgen. Sie stand dort wie ein Mönch, der lange im Grab gelegen hatte und durch ein folgenschweres Ereignis aus der feuchten Erde geholt worden war.

Ein grausames Wesen.

Und Ralph Sorvino wußte, daß dies kein Scherz war, denn so konnte sich niemand verkleiden. Hinzu kam das Blut, das aus der Wand drang. Dieses Rinnsal war kaum zu stoppen. Auf dem Boden breitete sich die Lache immer weiter aus.

Noch hatte sich der Unheimliche nicht bewegt. Er starrte Ralph nur an.

Leer war sein Blick. Leer und alt, aber der Junge spürte, daß der andere doch etwas von ihm wollte.

Seinen Tod!

Und er bewies es in den nächsten Sekunden, denn er bewegte seine Arme seitlich voneinander weg, so daß die Hände aus den Kuttenärmeln rutschten und Ralph sie sehen konnte.

Die linke Hand war leer.

Die rechte nicht.

Ralph sah nicht nur die knochigen Finger mit den langen Nägeln, sondern auch das Messer, das diese Hand umklammert hielt. Eine gefährliche Klinge, an deren Spitze noch ein dicker Blutstropfen hing.

Ralph Sorvino begann zu zittern.

»Was – was willst du?« flüsterte der Junge. Dabei kannte er seine eigene Stimme kaum wieder.

»Du mußt büßen!« Dumpf drang die Stimme unter der Kapuze hervor. Und auch drohend.

»Wofür muß ich büßen? Ich – ich habe dir doch nichts getan. Ich will nichts von dir.«

»Für die Taten der Alten!«

»Aber ich ...«

Der Unheimliche setzte sich in Bewegung. Sein Gesicht bewegte sich dabei, und Ralph hatte das Gefühl, als würde er grinsen.

Eine widerliche Aura streifte ihn. Es roch nach Grab, feuchter Erde und Verwesung. Das hier war ein auferstandener Toter. Er mußte in den Mauern gehaust haben, und die alten Warnungen fielen Ralph wieder ein.

Man hatte von einem Leichenschloß gesprochen, von einem Spukschloß, doch sie hatten nur gelacht.

Jetzt war es zu spät, um noch etwas zu bereuen.

Hilfe! Er mußte Hilfe holen. Wenn er schrie, kamen vielleicht die anderen.

Diese Gedanken bewegten sich im Hirn des Jungen. Und er öffnete den Mund zu einem Schrei.

Nicht einen Ton brachte er hervor.

Der Unheimliche schleuderte das Messer!

Ein flirrender Reflex, ein dumpfer Aufprall, ein Röcheln, und Ralph Sorvino wankte zurück. Sein Blick senkte sich und fiel auf den Griff, der aus seiner Brust ragte.

Dann legte sich ein Schleier vor seine Augen. Er merkte nur noch, wie seine Knie nachgaben. Daß er zu Boden fiel, spürte er schon nicht mehr, da war er bereits tot ...

Natürlich machte sich Gary Vorwürfe. Aber es ging nun mal nicht anders. Ralph versuchte immer, den großen Mann zu spielen, dabei übersah er, daß es auch für ihn Grenzen gab und daß der Vater nicht alles decken konnte und würde.

Gary war nicht zu den anderen gegangen, sondern hatte sich auf der Toilette am Ende des Ganges eingeschlossen. Hier befand sich auch die kleine Duschkabine. Man hatte den Raum nachträglich geschaffen, von einem großen abgetrennt und die Wände mit gelben Fliesen belegt. Gary wußte selbst, daß er bei den anderen auch nicht gerade beliebt war, eben weil er zu Ralph gehörte. Deshalb war es sinnlos, daß er sich mit seinem Bruder stritt. Hinterher hatte er überhaupt keine Freunde mehr, und das wollte er auch nicht.

Gary faßte einen Entschluß, als er Wasser über sein Gesicht laufen ließ. Er wollte zurückgehen und vor dem Essen noch einmal mit Ralph reden. Eine Viertelstunde hatte er noch Zeit, vielleicht ließ sich der Bruder überzeugen.

Er schloß auf und betrat den Gang, der leer vor ihm lag. Die anderen waren in ihrem Zimmer.

Zwei Räume weiter wurde die Tür geöffnet. Der rothaarige Jack streckte seinen Kopf durch den Spalt, sah Gary und zeigte ihm die Zunge. Jack war der Jüngste, er wurde in zwei Tagen erst 12 und war immer zu Dummheiten aufgelegt, aber zu keinen bösartigen Streichen, wie man sie von Ralph gewöhnt war.

Die Tür wurde schnell wieder geschlossen. Jack verschwand. Gary aber blieb vor dem gemeinsamen Zimmer stehen.

»He, Ralph!« rief er. »Ich will mit dir reden.«

Gary erhielt keine Antwort.

»Bist du sauer?«

Wieder meldete sich Ralph nicht.

Sein Bruder kannte das Spiel. Wenn Ralph einmal brummte, dann dauerte es seine Zeit, bis er wieder normal wurde. »He, ich stehe doch voll auf deiner Seite.«

Als Ralph sich daraufhin immer noch nicht rührte, war Gary es leid und öffnete die Tür.

Angst, Grauen und Entsetzen packten den Jungen.

Er sah seinen Bruder am Boden liegen. Ein Messer steckte in seiner Brust. Und über ihm gebeugt stand ein schreckliches Wesen, das sich halb gebückt und den Arm ausgestreckt hatte, um das Messer wieder an sich zu nehmen.

Jetzt wurde es gestört.

Der Unheimliche hob den Kopf. Deutlich erkannte Gary das halb verweste Gesicht und das tückische Grinsen.

Da drehte er durch.

Bevor die Gestalt noch etwas unternehmen konnte, warf er sich auf dem Absatz herum und verschwand durch die Tür. Erst auf dem Gang brach sich das Entsetzen freie Bahn.

Mit sich überschlagender Stimme schrie er den Namen seines Bruders ...

Mit wilden Sprüngen jagte ich die Treppenstufen hinunter. Mir war es jetzt egal, ob man mich sah, und es interessierte mich auch nicht, daß ich wie eine Horrorgestalt wirkte, jetzt kam es darauf an, Unheil zu verhüten.

Falls es nicht schon dazu zu spät war.

Natürlich hatte nicht nur ich den Schrei vernommen. Als

ich dort eintraf, wo die Halbwüchsigen ihre Zimmer hatten, waren zahlreiche Türen geöffnet, und die Mitglieder der Jugendgruppe standen auf dem Gang. Entsetzt, sprachlos.

Gary Sorvino entdeckte ich sofort. Er lehnte an der Wand, hatte die Hände hochgerissen und schrie.

Von unten her hörte ich Schritte und die aufgeregten Stimmen der Betreuer. Ich stieß zwei Jugendliche zur Seite und schlug Gary ins Gesicht.

»Was ist geschehen?«

Sein Schreien verstummte. Da ich keine Antwort erhielt, rüttelte ich ihn durch. »Was war los?«

»Ralphie …«

Ich drehte mich um. Die Kinder erschraken, als sie meine blutüberströmte Gestalt sahen. Einige rannten schreiend und fluchtartig weg. Einen größeren Jungen konnte ich gerade noch zurückhalten. »Wo schlafen die beiden Sorvinos?«

»Am – am Ende …«

Ich spurtete hin und riß die Tür auf.

Da sah ich ihn.

Ralph lag auf dem Rücken. Blutüberströmt war seine Brust, und blicklose Augen starrten gegen die Decke.

Jemand hatte ein blutjunges Leben eiskalt ausgelöscht. In mir stieg ein ungeheurer Zorn hoch. Ich stöhnte vor Wut auf, aber auch vor Hilflosigkeit.

Ich sah ihn verschwinden. Die Gestalt verschmolz mit der Mauer und drehte noch den Kopf, um mich anzusehen. Dabei erkannte ich auch das Messer mit der blutigen Klinge.

Sofort riß ich die Beretta hervor und feuerte. Zu spät. die Wand hatte sich wieder geschlossen, und der unheimliche Mörder war verschwunden. Ich ging auf den Toten zu, beugte mich über ihn und drückte ihm die Augen zu.

Ralph Sorvino war nicht mehr zu helfen. Ein Monster hatte ihn getötet. Ich war zu spät gekommen.

»Was ist hier los? Wer hat geschossen?« Zwei Fragen auf einmal, die Mrs. Frominghton stellte.

Ich drehte mich um.

Sie stand in der Tür, blaß im Gesicht, sah mich und fing an zu schreien. Meinen Anblick konnte auch eine Frau wie sie nicht verkraften.

Ich lief an ihr vorbei und knallte die Tür zu. Es hörte sich an wie ein Pistolenschuß, und irgendwie hatte er auch eine Wirkung auf die Frau, denn sie verstummte.

Tief atmete ich durch.

Mrs. Frominghton hatte sich zur Seite gedreht. Sie schluchzte. Ihr Rücken zuckte dabei. Ich ließ sie einige Sekunden in Ruhe, wobei ich mir die Wand anschaute.

Sie hatte sich wieder geschlossen und zwar fugenlos. Nichts wies darauf hin, welch ein Monstrum noch vor wenigen Augenblicken in ihr verschwunden war.

Mrs. Frominghton zog die Nase hoch und hob das Gesicht, um mich anschauen zu können. »Darf ich Sie etwas fragen, Mr. Sinclair?«

»Bitte«, antwortete ich kratzig.

»Warum ist er gestorben?«

Eine schwere Frage, auf die ich leider keine Antwort wußte. Ich hob die Schultern.

»Er war doch noch so jung, mein Gott ...«

Da sprach sie mir aus der Seele. Aber darauf nahmen Dämonen keine Rücksicht. Dieses verdammte Schloß steckte voller Tücken. Es war ein Ort des Schreckens, des absoluten Grauens, wie mir mit drastischer Deutlichkeit vor Augen geführt worden war.

Motive? Wo sollte ich sie finden? Ich konnte es nur auf die Magie des Dschinns schieben, die das Schloß gestreift und dabei das eingemauerte Grauen geweckt hatte.

Eine schreckliche Zukunftsaussicht, und die Halbwüchsigen waren in dieses Karussell des Schreckens hineingeraten.

Ich faßte Mrs. Frominghton sanft am Arm und führte sie zu einem Sessel. Dort ließ sie sich nieder, wobei sie den Kopf drehte, um den Toten nicht ansehen zu müssen.

Ich fand eine Decke und breitete sie über die Gestalt. Da es still war, vernahm ich vor der Tür das Flüstern der Stimmen. Die Jugendlichen wollten natürlich wissen, was geschehen war.

»Jemand muß sich um Gary kümmern«, sagte ich.

Mrs. Frominghton nickte. »Das sollen Billy und Cathy übernehmen.«

»Okay, ich sage es ihnen.«

Beide Betreuer befanden sich auf dem Flur. Sie waren schon bei dem weinenden Gary. Ängstlich wichen die Halbwüchsigen vor mir zurück. Sie schienen mich für den Mörder zu halten. Kein Wunder, so wie ich aussah. Auch Billy Elting und Cathy Barker waren entsetzt, als sie mich sahen.

Ich beruhigte sie mit ein paar Worten. »Wer kümmert sich um den Jungen?« fragte ich dann.

Cathy wollte das übernehmen.

Ich war ihr dankbar und bat Billy Elting, mitzukommen.

Er zögerte. »Wohin?«

»In das Zimmer der Brüder. Dort wartet auch Mrs. Frominghton. Aber erschrecken Sie nicht.«

»Natürlich, Sir.«

Wir betraten den Raum. Der junge Betreuer schaute krampfhaft zur Seite. Obwohl der Tote abgedeckt war, wollte er ihn nicht sehen. Dafür sah er die Blutlache auf dem Boden. »Mein Gott«, ächzte er, »wie bei mir.«

Ich zuckte herum. »Wie meinen Sie das, Billy?«

»In der Nacht. Da – da kam auch Blut aus dem Gemäuer. Und auch heute nach dem Frühstück. Cathy kann es bezeugen, sie hat das gleiche erlebt, nur hat uns niemand geglaubt.« Dabei deutete er auf Mrs. Frominghton.

»Stimmt das?« fragte ich.

»Ja, das stimmt. Aber Sie hätten an meiner Stelle auch nicht anders gehandelt, Mr. Sinclair. Vor allen Dingen nicht, wenn Ihnen das jemand mit einer solchen Vergangenheit erzählt hätte wie ...«

»Sie haben etwas auf dem Kerbholz?« forschte ich und schaute Billy dabei scharf an.

»Nein, ganz bestimmt nicht. Ich habe mal gehascht, aber das ist vorbei. Jetzt bin ich in der Sozialarbeit tätig und versuche, die Jugendlichen zu überzeugen, wie schlecht es ist, wenn sie Rauschgift nehmen.«

Ich nickte: »Das ist anerkennenswert.«

»Aber manchmal hält man mir meine Vergangenheit vor. Besonders die ältere Generation kann es nicht begreifen. Zudem befinde ich mich noch in der Probezeit.«

»Okay«, sagte ich, »vergessen wir das mal. Ich möchte wissen, was Sie in der vergangenen Nacht erlebt haben.«

Er berichtete. Seine Stimme klang dabei leise und stockend. Er wurde noch im nachhinein von Gefühlen geschüttelt, die Angst stand deutlich in seinem Gesicht geschrieben.

Ich hörte genau zu. Im Gegensatz zu Mrs. Frominghton glaubte ich ihm jedes Wort. Man hatte uns leider einen makabren Beweis geliefert. Und er sprach auch von Cathy Barker, die etwas Ähnliches erlebt hatte. »Ich weiß mir keinen Rat, Sir. Wie kann so etwas nur geschehen?«

»Darüber brauchen wir beide uns jetzt nicht den Kopf zu zerbrechen. Wichtig ist nur, daß wir weiteres Unheil verhindern. Und zwar mit allen Mitteln.«

»Sollen wir die Polizei rufen?« fragte Mrs. Frominghton.

Ich trat ans Fenster. Die Sonne war gesunken. Wie mit langen Fingern griff die Dämmerung bereits nach dem Tag, um ihn wegzuschieben. Draußen lag eine fast heile Welt, und hier im Schloß erlebten wir das absolute Grauen.

Ich wollte dafür sorgen, daß die Kinder aus dem Schloß verschwanden. Das sagte ich auch Mrs. Frominghton.

»Und wo sollen wir hin?«

»Gehen Sie nach Faversham. Dort müssen Sie in einem Hotel Unterschlupf finden. Auf keinen Fall können Sie hierbleiben. Das geht nicht, die Gefahr wäre zu groß für Sie und die Jugendlichen.«

»Aber die Polizei …«

»Die lassen wir vorerst aus dem Spiel.«

»Wollen Sie allein …?«

Ich ließ sie abermals nicht ausreden. »Ja, Mrs. Frominghton. Ich werde den Kampf allein aufnehmen. Aber keine Sorge, ich bin so etwas gewohnt. Es ist nicht das erste Mal, daß ich mich mit Spukgestalten oder ähnlichen Wesen herumschlagen muß.«

»Wenn Sie meinen.« Sie stand auf. In der Nähe befand sich ein Lichtschalter. Warum sie ihn drehen wollte, wußte ich auch nicht, auf jeden Fall funktionierte das Licht nicht.

Mrs. Frominghton erschrak, und sie zog die Hand so heftig zurück, als wäre der Schalter glühend heiß.

»Kein Strom da«, sagte sie.

Das hatte uns noch gefehlt. Ich drängte, die Kinder aus dem Schloß zu schaffen.

»Wir gehen gemeinsam auf den Gang und reden mit ihnen«, schlug ich vor.

Mrs. Frominghton nickte. Sie war froh, daß es jemanden gab, der sie entlastete.

Obwohl sich Harvey Ollik und die beiden Frauen des Personals ziemlich weit vom eigentlichen Tatort entfernt befanden, hörten auch sie die Schreie. »Was ist denn da los?« fragte Linda, die Küchenhilfe mit den pummeligen Formen.

Ollik winkte ab. »Die streiten sich bestimmt wieder. Ich hätte das auch nicht gemacht.«

»Was?« fragte die andere Frau. Sie war schon älter und

trug seltsamerweise immer Zöpfe. Sie stammte aus Norwegen und hörte auf den Namen Ingrid.

»Wenn ich der alte Graf gewesen wäre, dann hätte ich das Schloß nicht verlassen.«

»Er wird wohl seine Gründe gehabt haben. Denk doch nur daran, was man so spricht.«

»Ich habe noch keinen Spuk hier gesehen«, sagte Ollik unwirsch.

»Aber gehört«, flüsterte Linda. »Nachts, wenn ich allein im Bett liege und nicht einschlafen kann.«

»Dann kann ich dich ja mal besuchen kommen, und wir können gemeinsam hören«, grinste Harvey.

»Das sieht dir Lüstling ähnlich«, mischte sich Ingrid ein. Dabei schüttelte sie den Kopf, daß ihre Zöpfe flogen. »Du weißt genau, wo du hingehörst. Und jetzt nimm die Tabletts und stelle sie auf den Tisch. Die Kinder haben Hunger.«

»Aye, aye, Sir!« Ollik grinste. Er kannte den Ton der resoluten Ingrid. Sie meinte es meist nicht so. Die beiden großen Tabletts stellte er auf den Wagen. Es gab an diesem Abend eine kräftige Tomatensuppe, danach Eier, Brot und frischen Salat. Letzteren bereiteten die beiden Frauen noch vor.

Ollik fuhr von der Küche in den Rittersaal. Man hatte die Wand aufgestemmt, um einen Durchlaß zu haben. Der Rittersaal lag neben der Halle, und die Tür stand offen.

Die Teller, Tassen und das Besteck klapperten, als Harvey Ollik den Wagen vor sich herschob. Dieses Geräusch wurde von den Halbwüchsigen gehört. Die mit dem größten Hunger rannten dann bereits die Treppe hinunter.

Diesmal jedoch kam niemand, was Ollik sehr wunderte. Nach dem Marsch mußten sie doch regelrecht ausgehungert sein.

»Dann eben nicht«, murmelte er und blieb neben dem langen Tisch stehen, an dem angeblich schon die Ritter getafelt hatten.

Mit der Ruhe eines Mannes, der seiner Aufgabe voll gewachsen war, begann er, den Tisch zu decken. Er stellte die Teller auf, das übrige Geschirr ebenfalls und vergaß auch die Bestecke nicht. Dabei pfiff er ein altes Volkslied, denn Ollik war ein Folklore-Fan.

Er hatte die erste Strophe noch nicht beendet, als etwas auf seine linke Schulter klatschte.

Augenblicklich verstummte das Pfeifen. Ollik wunderte sich und drehte den Kopf.

Zuerst hatte er an einen Wassertropfen gedacht, doch als er jetzt zur Seite schielte, da sah er, was wirklich auf seine Schulter gefallen war.

Blut!

Ein dicker, zäher, klebriger Tropfen, der von oben herabgefallen sein mußte.

Ollik zog den Kopf ein. Er schüttelte sich plötzlich. Eigentlich wollte er nicht daran glauben, daß Blut auf seine Schulter gefallen war, er dachte mehr an rote Farbe, und während er noch über das Phänomen nachgrübelte, fiel der zweite Tropfen.

Diesmal auf seine rechte Hand, die dicht über einem schon aufgestellten Teller lag.

Sofort breitete sich der Tropfen aus und rann rechts und links des Handrückens nach unten.

Nun hatte er keinen Zweifel mehr. Das war Blut. Aber wo kam es her? Ollik schielte hoch zur Decke. Seine Augen weiteten sich. Dort hing – und das war keine Täuschung – inmitten des schaurigen Kolossalgemäldes ein dicker Blutstropfen, der ihm vorkam wie ein dunkelroter, poröser Schwamm, von dem sich bereits der nächste Tropfen löste und nach unten fiel.

Ollik sprang zurück. Der Schrei erstickte auf seinen Lippen. Gebannt verfolgte er den Fall des Tropfens, der auf einen der weißen Teller klatschte und sich ausbreitete. Es sah aus, als hätte jemand Ketchup darauf gekippt. Wäre Harvey Ollik jetzt geflohen, hätte für ihn noch alles gut ausgehen können, so aber blieb er und lief dem Tod in die Arme.

Er wollte weitersehen, ob das gesamte Blut von der Decke fallen würde, als sich diese plötzlich öffnete.

Lautlos geschah dies. Auf einmal war ein Loch entstanden, aus dem ihn ein gräßliches, blutüberströmtes Gesicht anstarrte. Aber nicht nur ein Gesicht, sondern auch eine Schulter und einen Arm sowie eine Hand sah Ollik. Die Klaue hielt ein Messer. »Nein!« flüsterte er. »Nein …«

Zu spät!

Die Gestalt fiel bereits nach unten. Sie hatte sich abgestoßen und sprang.

Ollik sah sie fallen. Sie stürzte mit der Wucht einer Bombe genau auf den Tisch.

Den nächsten Vorgang erlebte der schreckensbleiche Hausmeister wie in einem Zeitlupenfilm. Der Tisch hielt den Aufprall aus, aber nicht das Geschirr. Teller und Tassen wurden hochgehoben, fielen zu Boden, die Schüssel zerbrach, und Ollik sah sich inmitten eines Infernos von Scherben und zerspringendem Porzellan.

Auch die Gestalt wurde noch einmal hochgeworfen, rollte sich herum und gleichzeitig vom Tisch, wobei sie noch ein paar Teller mitnahm, die auf dem Steinboden zerklirrten.

Der Unheimliche war sofort wieder auf den Füßen.

Dabei stieß er ein drohendes Knurren aus. Sein blutbeschmiertes Gesicht war eine Fratze des Grauens, als er um den langen Tisch herumging und auf Harvey Ollik zuschlich.

Der Hausmeister bekam es mit der Angst zu tun.

Er wollte weg, war die ersten Sekunden jedoch wie gelähmt, weil ihm der Anblick des Unheimlichen einen schlimmen Schock versetzt hatte.

Die Gestalt fletschte die Zähne.

Schaurig sah sie aus, ein drohendes Knurren drang aus dem Maul, begleitet von einem hämischen Kichern.

Siegessicher und mordlüstern ...

Dann war da noch das Messer. Ollik duckte sich, als der andere es schleuderte. Viel zu spät. Die Klinge traf ihn hoch in die Brust, und der Hausmeister spürte den beißenden Schmerz, der ihm fast die Besinnung raubte. Langsam kippte er nach hinten und sah, wie das Gesicht des Monsters zerfloß und zu einer blutigroten Masse wurde, bevor die Schatten des Todes Olliks Gesichtsfeld zudeckten.

Tot fiel er zu Boden. Der Unhold hatte sein Ziel erreicht. Geduckt stand er da und wischte sich das Blut aus dem Gesicht. Von oben her hörte er Stimmen und auch Schritte.

Durch beides ließ er sich nicht von seiner makabren Arbeit abhalten. Er schritt auf den Toten zu, hob ihn mit erstaunlicher Kraft hoch und wuchtete ihn auf den Tisch, wo er ihn zwischen den Scherben und den restlichen heil gebliebenen Tellern kurzerhand liegenließ.

Dann rieb er sich die Hände, bevor er das Messer aus der Brust des Toten zog. Seine Augen wirkten wie kleine, glühende Steine. Er und sein Freund hatten sich gezeigt. Zwei Opfer hatten sie bereits gefunden, aber es sollten mehr werden.

Sie wollten, daß alle starben.

Dann vernahm er Schritte. Sie kamen die Treppe herab. Der Unhold zog sich zurück und stellte sich so hin, daß ihn die anderen nicht sehen konnten.

Dann wartete er hinter einem Vorhang ...

Als wir das Zimmer verließen, standen sämtliche Jugendliche zusammen auf dem Gang. Sie erinnerten mich in ihrer Furcht an eine Horde Schafe, die sich bei einem Gewitter zusammengedrängt hatten. Einige weinten, andere brachten vor lauter Entsetzen keinen Ton heraus.

Cathy kümmerte sich um Gary Sorvino. Sie hatte ihn an sich gedrückt, der Junge war mit seinen Nerven am Ende.

Ich überließ Mrs. Frominghton das Wort. Sie würde sich besser verständlich machen können, und sie begann auch sehr bald mit ihrer kurzen Rede. »Es sind sehr schlimme Ereignisse eingetreten, meine lieben Freunde, die uns zwingen, das Schloß zu verlassen. Wir können nicht mehr hierbleiben und werden nach Faversham gehen und dort versuchen, die Nacht in einem Hotel zu verbringen. Ich selbst werde noch heute abend eure Eltern benachrichtigen. Leider geht es nicht von hier aus, da Strom und Telefon ausgefallen sind. Oberinspektor Sinclair hat sich entschlossen, in dieser Burg zu bleiben. Er will mit dem grausamen Spuk aufräumen. Er selbst ist ebenfalls in Mitleidenschaft gezogen worden, wie ihr an ihm erkennen könnt. Wenn ihr Fragen habt, so werde ich sie nicht beantworten. Ich bitte euch nur um eins. Reißt euch zusammen, bleibt beieinander, auch wenn wir gleich das Schloß verlassen haben, und dann bin ich sicher, daß alles gutgeht und uns keinerlei Gefahr mehr droht. Kann ich mich auf euch verlassen?«

Die Kinder nickten.

»Danke. Auch Miss Cathy und Billy Elting werden dafür sorgen, daß euch nichts passiert. Wir stellen uns jetzt in einer Reihe auf und gehen hintereinander die Treppe hinunter, wobei Mr. Sinclair uns begleiten wird. Er ist ein sehr guter Polizist und sorgt für unseren Schutz. Auf ihn könnt ihr euch verlassen.«

Zahlreiche Augenpaare schauten mich vertrauensvoll an. Ich lächelte, obwohl es schrecklich aussehen mußte mit meinem blutverschmierten Gesicht.

Mrs. Frominghton warf mir einen Blick zu. »Können wir dann gehen?« fragte sie.

Ich war einverstanden und nickte.

Die Halbwüchsigen stellten sich tatsächlich nebeneinander auf. Sie hielten sich jeweils zu zweit an den Händen, so hatten sie das Gefühl einer Geborgenheit, von der ich wußte, daß sie mehr als trügerisch war.

Einige weinten jetzt auch. Zwei Mädchen wollten nach Hause und riefen nach ihren Eltern.

Mir gingen ihre Stimmen durch und durch, aber ich konnte ihnen jetzt nicht helfen. Ich streichelte ihnen über das Haar und sagte leise: »Es wird schon alles wieder gut.«

»Wirklich, Mister?«

»Ja, das verspreche ich euch.« Sie nickten.

Die Kinder schenkten mir Vertrauen. Ich hoffte stark, daß ich es auch erfüllen konnte.

Dann gingen wir.

Ich hatte die Führung übernommen und hielt meine Beretta schußbereit in der rechten Hand. Auch mein Kreuz hatte ich so zurechtgelegt, daß ich nur an der Kette zu ziehen brauchte, um es freizulegen. Die Zimmertüren standen auf, aber keine Gefahr lauerte in den Räumen, so daß wir ungestört bis an die nach unten führende Treppe gelangten.

Von dort her hörten wir das Klappern von Geschirr, und ich wandte mich an die neben mir gehende Mrs. Frominghton.

»Was ist das?«

»Ollik deckt den Tisch für das Abendbrot. Er – er weiß ja von nichts, Sir.«

»Ja, das stimmt.« Bevor wir hinuntergingen, warf ich noch einen Blick zurück.

Cathy Barker kümmerte sich nach wie vor um den jungen Gary Sorvino. Billy Elting bildete den Schluß, so daß wir die Kinder und Jugendlichen zwischen uns hatten.

Ich wollte, sie wären schon aus dem Schloß, denn ich hatte ein ungutes Gefühl, und auf meine Gefühle konnte ich mich normalerweise verlassen.

Wir gingen nach unten.

Unsere Schritte waren kaum zu hören, weil jeder versuchte, leise aufzutreten. Es war die Angst vor dem Unbekannten, die fast alle so handeln ließ. Auch ich ging nicht so forsch wie sonst. Ich hatte die Lippen aufeinandergepreßt und war gespannt. Gegessen, das wußte ich, wurde im Rittersaal. Er lag, wenn man von der Treppe kam, links von der Schloßhalle und war auch nicht einsehbar, solange wir noch auf den Stufen standen. Erst unten in der Halle würden wir in den Rittersaal schauen können.

Dort hatte der Hausmeister also die lange Eßtafel aufgebaut. Mich wunderte allerdings, daß es so ruhig war. Zudem hätte er uns eigentlich hören müssen.

Ich sprach Mrs. Fromingthon darauf an. Sie hob nur die mageren Schultern. »Da kann ich Ihnen auch keine Auskunft geben, Sir. Hier ist sowieso alles sonderbar und schrecklich geworden.« Ich wollte doch auf Nummer Sicher gehen und blieb stehen, wobei ich mich an die Frau wandte. »Die Sache gefällt mir nicht, Mrs. Fromingthon, deshalb schlage ich vor, daß Sie mit den Kindern erst einmal zurückbleiben. Ich sehe in der Halle und auch im Rittersaal nach, ob die Luft rein ist.«

Sie nickte.

Einen Teil der Halle hatte ich im Blickfeld, aber viel sehen konnte ich nicht. Durch den Stromausfall konnte ich auch kein Licht machen, und durch die Fenster fiel sowieso nur wenig Helligkeit, denn draußen war die Sonne bereits verschwunden. Ein großer Teil, der Halle verschwamm in düsteren Schatten. Nichts bewegte oder rührte sich, als ich in der Halle stand. Ruhig lag der große Raum vor mir. Die Motive auf den Gemälden waren kaum zu erkennen, alte Möbelstücke wurden von den Schatten zugedeckt, die Vorhänge hingen bewegungslos rechts und links der Fenster und berührten mit ihren Säumen den Boden.

Unnatürlich kam mir die Stille vor. Ich hatte die Beretta gezogen, denn ich spürte, daß die Gefahr hier irgendwo lauerte. Von der Halle aus konnte man in den Rittersaal gehen. Die zweiflügelige Tür war auf der rechten Hälfte geschlossen. Die linke stand halb offen, so daß ich nur einen Ausschnitt des großen Saals erkennen konnte.

Dann hörte ich Schritte. Sie klangen hinter mir auf, und aus dem Dunkel der Halle löste sich eine Gestalt.

Es war eine Frau. Ich sah ihr blondes Haar und erkannte auch die zwei Zöpfe.

»Wir haben keinen Strom mehr«, sagte die Frau, »ich will …« Sie verstummte mitten im Satz und schaute mich an. »Wer sind Sie denn?« fragte sie.

»Mein Name ist John Sinclair, und ich möchte Sie bitten, wieder zurückzugehen.« Sie trug einen weißen Kittel, wahrscheinlich gehörte sie zum Küchenpersonal. Sie sah mir ziemlich resolut aus. Sicherlich stand mir eine Diskussion bevor, die ich auf keinen Fall brauchen konnte.

Da meldete sich Mrs. Fromington. Sie war ein paar Stufen vorgegangen und rief von oben: »Bitte gehen Sie wieder zurück in die Küche, Ingrid.«

Die Frau drehte den Kopf. »Aber wir haben keinen Strom, und außerdem muß ich nach Mr. Ollik sehen.«

»Tun Sie, was ich Ihnen gesagt habe. Bitte!«

Ingrid hob die Schultern, schaute mich noch einmal an und drehte sich um. Murmelnd verschwand sie im Hintergrund der Halle und war bald nicht mehr zu sehen.

Das war noch einmal gutgegangen.

Ich winkte der Erzieherin zu und schritt weiter. In der Halle hielt mich nichts mehr. Hier schien alles normal zu sein. Von den Unheimlichen hatte ich nichts gesehen, was nicht heißen sollte, daß sie sich nicht in der Nähe befanden. Sie konnten sich ebensogut in den Wänden versteckt halten.

Und gerade die Mauern waren es, die für sie den Aufenthaltsort darstellten. Sie mußten mit den Mauern verbunden sein, wenn das stimmte, was man mir erzählt hatte. Vielleicht wären sie für alle Ewigkeiten eingemauert geblieben, wenn die Magie des Dschinns sie nicht gestreift und dadurch erweckt hätte. Ich stand jetzt vor der Doppeltür. Mit dem Fuß drückte ich die linke Hälfte auf, die mir langsam entgegenschwang, so daß ich den Bauch einziehen mußte, um nicht gestreift zu werden.

Dann hatte ich freie Sicht.

Vor mir sah ich den langen Tisch. Eine Tafel, an der die Ritter gegessen und getrunken hatten.

Sicherlich konnte sie Geschichten erzählen. Geschichten von langen, durchzechten Nächten, von Feiern und Gelagen, bestimmt hatte sie viel erlebt. Und so alt sie auch war, das Schlimmste jedoch erlebte sie in der Gegenwart, denn auf dem Tisch lag ein Toter ...

Obwohl mich dieser Anblick schockte, traf er mich doch nicht überraschend. Ich hatte gewissermaßen damit gerechnet, als von dem Hausmeister keine Spur mehr zu sehen gewesen war. Die Leiche lag inmitten von zerbrochenem Geschirr, und trotz der schlechten Sicht sah ich den dunklen Blutfleck auf ihrer Brust.

Hier hatte der Unheimliche wieder zugeschlagen.

Langsam ging ich näher. Meine Schuhsohlen knirschten über Porzellanresten, zertraten sie, und die dabei entstehenden Geräusche trieben mir einen kalten Schauer über den Rücken.

Neben dem Toten blieb ich stehen. Erschrecken, Angst und Staunen standen noch auf den starren Zügen des Hausmeisters. Ich las darin wie in einem Buch. Meine Hand fuhr über sein Gesicht, um die Augen zu schließen.

Da fiel der Tropfen von der Decke.

Bevor ich die Hand zurückziehen konnte, klatschte er auf die Haut. Ich schreckte zusammen, und mein Blick fiel nach oben, wo sich das Schlachtengemälde unter der Decke abzeichnete. Dort hatte der Maler wirklich alles getan, um die Schrecken eines Krieges abzubilden. Ich sah viel Blut. Das Schlimme daran war, daß es jetzt auch noch echtes Blut gab, das sich mit den Farben des Bildes vermischte.

»Mr. Sinclair!« Es war Mrs. Frominghton, die da gerufen hatte. Verständlich, denn sie wollte wissen, was passiert war. Den Anblick konnte ich ihr nicht ersparen, sie stand schon hinter mir, als ich mich umdrehte.

Obwohl sie den Toten noch nicht gesehen haben konnte, weil mein Körper ihn verdeckte, fragte sie: »Mr. Sinclair, Sie haben ihn gefunden, nicht wahr?«

Ich nickte.

»Kann ich ihn sehen?« Ihre Stimme zitterte.

»Es ist kein schöner Anblick ...«

»Trotzdem.«

Da drehte ich mich zur Seite, und Mrs. Frominghton ging an mir vorbei.

Nach zwei Schritten blieb sie stehen.

Ich schaute auf ihren Rücken und sah, wie die Schultern einsanken.

»Mein Gott«, flüsterte sie, »das kann doch nicht wahr sein. Das ist Wahnsinn ...«

Bevor ich sie daran hindern konnte, lief sie vor und beugte sich über die Leiche. »Er hat niemandem etwas getan«, schluchzte sie, »er war immer der netteste Mensch. Ich begreife das alles nicht, Mr. Sinclair, ich kann es nicht verstehen!« Sie richtete sich wieder auf.

Wahrscheinlich hatte ich mich durch sie ablenken lassen. Als ich die Gefahr dann registrierte, war es zu spät, da befand sich das Messer bereits auf dem Weg und schlug mit einem dumpfen Geräusch in den Körper der Frau ...

Zuerst sah ich nur ihr grenzenloses Erstaunen. Sie schaute mich an. Klagend, bitter, vorwurfsvoll. Dann verzog sich ihr Gesicht. Der einsetzende Schmerz verzerrte es zu einer Grimasse. Sie knickte nach links ein, ihre Hand erreichte die Tischplatte, und sie wollte sich abstützen. Dabei fiel ein noch heil gebliebener Teller zu Boden und zerbrach klirrend.

Plötzlich kippte sie um.

Ich war da und fing sie auf. Das Messer hatte sie schräg in die Brust getroffen. Vor ihren Lippen sprühte blasiger Schaum, der sich langsam rot färbte.

Mrs. Frominghton war nicht zu helfen. Ein letzter Blick traf mich. Sie öffnete noch den Mund, als wollte sie etwas sagen, doch sie brachte kein Wort mehr über die Lippen, der Sensenmann war stärker und zog sie mit in sein dunkles, grauenvolles Reich. Mir saß ein Kloß in der Kehle. Meine Gegner schlugen mit einer ungeheuren Brutalität zu. Sie nahmen keine Rücksicht, und ich hatte mich hinter den Tisch geduckt, um so etwas wie Deckung zu haben.

Der Mörder lauerte noch in diesem Raum, davon war ich fest überzeugt, und den Beweis hatte er mir ja auch geliefert.

Nur – wo steckte er?

Meine Blicke tasteten durch den Rittersaal. Viele Verstecke gab es nicht. Möbelstücke standen hier kaum, hinter mir ein großer Schrank, der einen Glasaufsatz hatte. Hinter den Scheiben sah ich kostbares Porzellan.

Der Schrank kam als Versteck für meinen Gegner nicht in Frage. Wo konnte er sich dann aufhalten?

Ich holte tief Luft.

Eigentlich blieben nur die Vorhänge. Ich schaute sie an. Es waren vier an der Zahl. Jeweils zwei für ein Fenster. Sie waren breit und vor allen Dingen lang, so daß sie bis zum Boden reichten. Bewegte sich dort nicht der Stoff? Schwangen die Falten nicht hin und her?

Es war schwer, so etwas feststellen zu können. Das Licht

war zu schlecht, und es wurde noch mieser, je länger ich wartete. Ich erhob mich, behielt die Vorhänge im Auge und blieb geduckt und mit schußbereiter Waffe stehen

Wenn mein Gegner nur eine Waffe besaß, und davon konnte ich eigentlich ausgehen, dann war er jetzt waffenlos, denn sein Messer hatte er bereits geworfen.

Sollte ich es riskieren?

»Mrs. Frominghton?«

Ich hörte die Stimme der jungen Erzieherin und zuckte zusammen. Ausgerechnet jetzt rief sie nach ihr. Zudem vernahm ich Schritte, die sich näherten.

»Bleiben Sie zurück!« schrie ich. »Verdammt, bleiben sie, wo Sie sind!« Die Schritte verstummten.

Das hätte mir noch gefehlt, wenn mir jetzt jemand ins Handwerk pfuschte, aus welchen Motiven auch immer.

»Verschwinden Sie wieder!« rief ich. »Gehen sie zurück!«

Ich aber lief vor. Die Vorhänge des linken Fensters waren mein Ziel, ich wollte es endlich wissen.

Ich riß sie zur Seite.

Nichts.

Beim zweiten das gleiche. Ich schaute nur gegen die Wand. Blieb nur noch ein Fenster.

Wenn sich der Mörder versteckt hielt, dann nur dort. Darauf lauerte ich förmlich. Meine Finger zerdrückten den schweren Stoff. In der rechten Hand hielt ich die Waffe. Ich war fest entschlossen, sofort zu schießen.

Nein, wieder hatte ich Pech.

Blieb noch einer.

Die Spannung steigerte sich, sie wurde auch bei mir fast unerträglich. Mit zwei Schritten überwand ich die Distanz zum nächsten Vorhang. Würde ich diesmal Glück haben?

Ich riß den Stoff zur Seite.

Ja, ich hatte Glück.

Vor mit stand der unheimliche Killer!

Suko konnte es in seinem Bett nicht mehr aushalten. Seine Schmerzen, seine Hilflosigkeit und vor allem die schlimme Lage, in der er sich befand, setzten ihm zu.

Suko hatte sich wieder auf den Rücken gewälzt. Minutenlang lag er still. Er konzentrierte sich.

Er bezeichnete es als innere Kraft, aber es war mehr, viel mehr. Suko kannte Fakire und Gurus, denen es nichts ausmachte, sich auf ein Nagelbrett zu setzen, ohne daß sie Schmerz verspürten, weil sie ihre inneren Kräfte stärker hervorheben konnten. Die psychischen verdrängten die physischen.

Vielleicht hätte Suko dies auch irgendwann einmal in seinem Leben geschafft, doch seine Existenz war in andere Bahnen gelenkt worden, und er hatte auch keine Zeit mehr, sich darauf zu konzentrieren. Die Basis war nach wie vor vorhanden, zwar ein wenig verschüttet, doch Suko schaffte es, sie wieder von dem Schutt zu befreien.

Er lag still und konzentrierte sich.

Der Chinese schien eingeschlafen zu sein. So jedenfalls mußte es für jemanden aussehen, der ihn nicht näher kannte. Doch in Wirklichkeit war er hellwach. Trotz seines tranceähnlichen Zustandes nahm er jedes Geräusch und jede Bewegung wahr, die seine unmittelbare Umgebung berührte.

Es blieb still. Der unheimliche Mörder zeigte sich nicht mehr. Auch unter dem Bett blieb es ruhig, so daß Suko nicht zu befürchten brauchte, noch einmal auf lebensgefährliche Art und Weise gestört zu werden. Die Schmerzen in seinem Schädel waren zwar nicht verschwunden, aber sie hatten etwas nachgelassen. Nicht mehr so stark hämmerte und bohrte es unter seiner Kopfhaut, das Gefühl ließ sich sogar aushalten.

Auch an der Decke und den Mauern tat sich nichts.

Jeder Stein atmete noch Grauen, Angst und Entsetzen. Ein

unheimlicher Fluch lastete über der Burg, die man auch das Leichenschloß genannt hatte. Nicht zu Unrecht, wie der Chinese jetzt zugeben mußte.

Eine Viertelstunde verging.

Völlig ruhig war es nicht, denn Suko hörte schwach die Stimmen der Gäste.

Er wußte John Sinclair bei den Kindern und auch den Betreuern. Aber konnte John es tatsächlich schaffen, die Menschen vor dem brandgefährlichen Schrecken zu schützen?

Das konnte gutgehen, brauchte aber nicht. Ein Risiko war vorhanden, und gerade dieses Risiko schätzte der Chinese als sehr hoch ein. Es gab ihm auch Kraft, seine Verletzung zu überwinden.

Die Schmerzen ließen tatsächlich nach. Der Chinese riskierte es, sich zu erheben. Im ersten Augenblick glaubte er, sich zuviel vorgenommen zu haben, denn ein furioser Schwindel packte ihn und wollte ihn wieder auf das Bett werfen.

Doch Suko war zäh!

Er ignorierte den Schwindel und biß die Zähne zusammen. Dabei dachte er an die Gefahr, in der die Kinder schwebten, und das gab ihm neuen Auftrieb.

Zwar hämmerte und bohrte es noch in seinem Schädel, doch längst nicht mehr so schlimm wie am Anfang.

Suko stand auf.

Es klappte.

Als er die ersten Schritte hinter sich gebracht hatte, ging es sogar besser. Das weiche Gefühl in den Knien war zwar noch vorhanden, ließ sich jedoch ertragen.

Als Suko vor der Tür stand, atmete er kräftig durch. Seine Hand fand die Klinke, und er öffnete die Tür.

Leer war der Gang.

Kein Mensch, kein Blut, nichts ...

Aufmerksam durchquerte Suko ihn und erreichte die Treppe. Jetzt lag das zweite große Hindernis vor ihm. Die Stufen mußte er hinter sich bringen. Normalerweise eine Kleinigkeit für ihn, aber in seinem Zustand doch ein Risiko.

Das Geländer befand sich auf der linken Seite. Suko umspannte mit seinen Fingern den Handlauf. So fühlte er sich besser, denn das war eine gute Stütze.

Es war nicht leicht, die ersten Stufen zu nehmen, abermals erfaßte ihn der Schwindel. Suko mußte sich hart zusammenreißen und schaffte auch dies.

Stufe für Stufe ließ er hinter sich. Dabei bemühte er sich, so wenig Geräusche wie möglich zu verursachen, und erreichte tatsächlich das nächste Stockwerk, wo die Zimmer der Kinder lagen.

Die Kinder standen nicht im Gang, sondern befanden sich auf der Treppe. Dort hatten sie sich zusammengedrängt wie eine Herde ängstlicher Schafe, die wußten, daß irgendwo ein Raubtier lauerte.

Sukos Schritte wurden gehört.

Einige Gesichter wandten sich ihm zu. Der Chinese lächelte, obwohl es ihm schwerfiel.

Von unten kam Cathy Barker hoch. Sie war bleich im Gesicht, dies konnte man trotz der schlechten Beleuchtung erkennen. Sie schaute Suko an.

»Ihr Freund ist unten«, sagte sie.

Suko nickte. »Und? Hat er etwas gefunden?«

»Ich weiß es nicht, er hat mich weggeschickt. Mrs. Frominghton ist auch zu ihm gegangen, doch von ihr habe ich nichts mehr gehört. Das ist sehr seltsam.«

Da hatte sie recht. Suko erwiderte darauf nichts, er machte sich jedoch seine Gedanken. Wenn sie von Mrs. Frominghton nichts vernommen hatte, konnte das verschiedene Gründe haben. An den schlimmsten wollte Suko nicht denken, zog ihn jedoch in Betracht.

»Und was sollen wir jetzt tun?« fragte Billy Elting. Er hatte beide Arme um die Schultern zweier Kinder gelegt.

»Was hat Ihnen denn John Sinclair gesagt?«

»Er wollte erst unten nachsehen, und wir sollten solange auf ihn warten. Bisher hat er sich nicht gemeldet, sondern mich nur zurückgeschickt. Ob da etwas passiert ist?«

»Das glaube ich nicht«, erwiderte Suko entgegen seiner Überzeugung.

Plötzlich rief ein kleiner Junge: »Da oben!« Er streckte auch den Arm aus.

Sofort schauten alle zur Decke hoch. Auch Suko. Die Kopfbewegung löste bei ihm wieder Schmerzen aus.

Über ihnen befand sich die Decke.

Und dort tat sich etwas. Trotz des schlechten Lichts war zu erkennen, wie sie sich öffnete und sich ein langer Riß immer mehr verbreiterte.

Dort lauerte das Grauen.

Und es zeigte sich.

Ein häßliches Lachen ertönte. Ein Gesicht erschien, böse, grauenhaft, eine Fratze. Und im nächsten Augenblick stürzte ein Blutschwall auf die Menschen nieder ...

Aus seinem Kopf sprudelte Blut. Das Gesicht wirkte auf mich wie eine Maske, obwohl sie in Wirklichkeit keine war, sondern ein Abziehbild des Schreckens.

Der Mund stand halb offen, die Augen, falls es wirklich welche waren, erinnerten mich an dunkle Steine.

Und dann das Messer!

Er hielt es in der rechten Hand. Von der Klinge tropfte Blut und bildete auf dem Boden eine kleine Lache.

Sekundenlang starrten wir uns an. Eigentlich waren wir beide überrascht, denn ich hatte nicht damit gerechnet, daß dieses Wesen noch eine zweite Waffe besaß.

Damit hackte es zu.

So schnell, daß ich nicht dazu kam, die Beretta abzudrücken. Ich zuckte hastig zurück und hatte Glück, daß sich der Vorhang in der Nähe befand. So traf der Stahl nicht mich, sondern säbelte in den Vorhang, der schwer genug war und die Klinge abhielt. Dicht an meinem Arm wischte sie vorbei. Ich sprang zurück. Sofort zielte ich auf den Unheimlichen, doch der hatte den Vorhang wieder zurückgeschleudert, so daß mir ein Treffer verwehrt blieb.

Aber ich wußte, wo er war, und ich sah keinen Grund, ihn entkommen zu lassen.

Kraftvoll griff ich zu und riß den Vorhang mit einem Ruck von der Stange. Er fiel zu Boden. Endlich hatte ich freie Sicht.

Der Unheimliche verschwand!

Verdammt, Freunde, er tauchte ein in die Mauer und löste sich dabei buchstäblich vor meinen Augen auf. Seine Gestalt wurde durchscheinend und war schon zum größten Teil mit dem Mauerwerk verschmolzen. Trotzdem schoß ich und hielt dabei auf seinen Arm, der noch zur Hälfte aus der Wand ragte.

Ich traf die Messerhand dicht über dem Gelenk. Aber die Kugel fuhr hindurch, sie hieb in die Mauer, wurde dort deformiert, und ich vernahm ein höhnisches Lachen, das schließlich von der Wand verschluckt wurde.

Ich stand da wie ein begossener Pudel, und mir kam zum Bewußtsein, daß diese Wesen stärker waren, als ich je gedacht hatte.

Es war nicht zu sehen, wo der Unheimliche in das Mauerwerk eingedrungen war.

Ich nahm mein Kreuz und hielt es dagegen. Das Kruzifix reagierte überhaupt nicht, denn der unheimliche Gast war längst verschwunden und würde an anderer Stelle wieder auftauchen.

An anderer Stelle?

Ich dachte an die Kinder. Sie mußten so schnell wie möglich weg.

Die Gefahr war in diesen Augenblicken brennend geworden. Als ich am Tisch vorbeilief, da hörte ich bereits die entsetzten Schreie der Jungen und Mädchen ...

Ein Blutregen klatschte aus der Decke. Das Loch war wieder aufgeklafft, so daß sich das Blut freie Bahn verschaffen konnte.

Die Kinder schrien. Es kam zum Chaos. Die Kinder und Jugendlichen hetzten die Treppe hinunter. Keiner konnte sie jetzt noch halten.

Dieser schaurige Regen war der Funke gewesen, der das Pulverfaß zur Explosion gebracht hatte.

Und aus der Decke ertönte eine grausam klingende Stimme, die wie ein Donnerhall nach unten echote.

»Das ist die Rache der Geknechteten! Die Jahrhunderte sind vergangen, die Rache ist nicht vergessen!«

Jeder hörte die Stimme.

Auch Suko. Er stand noch etwas weiter hinten, die Kinder und Betreuer hatten sich vor ihm auf der Treppe aufgehalten. Nun aber stürzten sie die Stufen hinab. Sie rannten und hetzten, wollten weg vom Ort des Grauens, stießen sich dabei gegenseitig um, fielen, faßten sich wieder an und liefen weiter.

Dabei schrien sie, und es gab nicht einen von ihnen, der nicht einen kleinen Teil des Blutregens abbekommen hätte.

Suko blieb.

Er wollte sich dem Eingemauerten, der auf eine magische Art und Weise wieder zum Leben erweckt worden war, entgegenstellen.

Der Unheimliche zeigte sich an der Decke. Sein Gesicht

war zum Teil verwest, so daß blanke Knochen durch die noch vorhandenen Hautreste schimmerten.

Mehr konnte Suko nicht erkennen, der Rest blieb im Schatten der Kapuze.

Er sprang.

Suko hatte nicht damit gerechnet, daß der andere so schnell reagieren würde. Er ließ sich kurzerhand fallen, knallte auf die Stufen, prallte ab und rollte weiter.

Den Stab oder die Pistole?

Suko wollte schießen.

Bevor der Unheimliche wieder auf den Beinen war, hatte der Chinese die Beretta hervorgerissen und abgedrückt.

Diesmal traf er.

Die geweihte Kugel hieb in den Körper des Gegners und auch hindurch. Er war im Bruchteil einer Sekunde durchscheinend geworden, die Materie hatte sich verändert, aus dem Untoten war ein Geist geworden. Ein geisterhaftes Wesen, das Suko ein höhnisches Triumphgelächter entgegenschleuderte und, ohne die Stufen zu berühren, nach unten ging, so daß dem Chinesen nichts anderes übrigblieb, als ihn ziehen zu lassen.

Der Geist wollte aus Rache die Kinder töten.

Suko holte tief Luft. Er war zwar noch nicht hundertprozentig fit, doch wenn es eben ging, wollte er so lange kämpfen, wie er auf den Beinen stehen konnte.

Der Chinese nahm die Verfolgung auf …

Sie kamen mir entgegen. Und es war ein Anblick, den ich nie in meinem Leben vergessen würde. Ich hatte mal die Aufführung eines Schiller-Schauspiels gesehen, wo der Regisseur seine Alpträume verwirklicht hatte. Dort war die Bühne zum Schluß ein einziges Meer aus Blut gewesen, die Zuschauer waren zum Teil schon vorher gegangen, weil sie sich den auf abstoßend inszenierten Klassiker nicht anschauen konnten.

So ähnlich wie die Schauspieler sahen auch die Kinder aus. Sie boten in der Tat ein Bild des Schreckens. Es gab keinen Jugendlichen, der verschont geblieben wäre.

Das Blut hatte jeden getroffen. Es rann über die Köpfe, die Gesichter, die Körper und entstellte sie zu makabren Gebilden.

Aber sie lebten!

Alles andere war zweitrangig.

Ich sah auch die beiden jungen Betreuer. Dieses Erlebnis verkrafteten weder Cathy Barker noch Billy Elting. Auch für sie zählte nur noch die Flucht.

Raus aus diesem verfluchten Leichenschloß!

Die Angstschreie hallten durch den Saal. Sie brachen sich an der Decke, der Raum war erfüllt von panikartigen Rufen. Zum Glück fanden sie in ihrer Angst den normalen Weg nach draußen. Sie stürzten auf die Tür zu. Der Sorvino-Junge war der erste, der sie aufriß und hinaus in die Dämmerung rannte.

Die anderen folgten, drängten sich zusammen, und den Schluß bildeten die Betreuer.

Ich war stehengeblieben und hatte bewußt nicht eingegriffen. Die Halbwüchsigen sollten den Weg allein nach draußen finden. Ich hätte sie nur behindert.

»John!«

Er sprach nicht laut, trotzdem hörte ich die Stimme und drehte mich um.

Suko stand auf der viertletzten Treppenstufe. Sein Gesicht war verzerrt, auch er war von einigen Blutspritzern getroffen worden, aber er hielt sich auf den Beinen. Mit einer Hand klammerte er sich am Geländer fest.

»Verdammt, du solltest doch liegenbleiben!« fuhr ich ihn an.

»Hättest du das an meiner Stelle getan?«

Nein, das sicherlich nicht. Suko deutete mein Schweigen richtig und ging weiter. »Ich habe ihn gesehen«, sagte er. »An der Decke, aber als ich schoß, löste er sich auf.«

»Warum sollte es dir besser ergehen als mir?« fragte ich sarkastisch.

»Du auch?«

»Ja.« Ich berichtete Suko.

Der Chinese war neben mir stehengeblieben. Er hob den Arm und deutete in die Runde. »Sie stecken irgendwo im Mauerwerk«, murmelte er. »Irgendwo, aber wir können sie nicht kriegen. Gegen diesen Fluch kommen wir nicht an, der ist stärker.« Ich war überrascht. Selten hatte ich Suko so pessimistisch erlebt. Er hob die Schultern.

»Vielleicht zeigen sie sich noch einmal.«

»Und dann?«

»Wir müssen uns eben etwas einfallen lassen.«

Der Chinese nickte. »Sicherlich. Wir müssen verhindern, daß sie sich entmaterialisieren.«

»Die Kinder sind jetzt aus dem Schloß«, sagte ich. »Ich weiß aber nicht, wieviel Personal sich noch in der Küche aufhält, hoffe jedoch, daß es sich versteckt hat. Ich gehe davon aus, daß wir auf der Abschußliste unserer Gegner an oberster Stelle stehen.«

Suko nickte. »Ja, das ist anzunehmen.«

Ich ging zur Tür. Sie stand noch offen. Die Jugendlichen waren nicht geflohen. Sie standen in der Nähe und sahen, daß ich an der Treppe erschienen war.

Zwei Gestalten lösten sich von ihnen. Es waren die beiden Betreuer. Billy Elting hatte seinen Arm um die Schulter der Kollegin gelegt. Es war eine beschützende Geste.

»Wie sieht es aus, Mr. Sinclair?« fragte er mich.

»Bleiben Sie bitte draußen. Ich gehe jetzt zurück und schließe die Tür.«

»Und dann?« Die beiden waren auf der untersten Stufe stehengeblieben und schauten zu mir hoch.

»Wir werden alles versuchen, um diesen Horror zu stoppen.«

»Ja, tun Sie das.« Cathys Stimme klang schrill. »Die Kinder drehen durch, und ich ...«

»Bitte, gehen Sie«, sagte ich.

Der junge Mann war vernünftig. Er zog Cathy mit. Bei den Kindern blieben sie stehen, während ich wieder zurück in das Schloß ging.

Suko wartete in der Halle. »Nichts zu sehen, John«, sagte er. »Die Mauern haben sie verschluckt.«

»Hoffentlich werden sie sie wieder freigeben.«

»Ich habe vorhin einen Blick in den Rittersaal geworfen«, sagte er mit leiser Stimme.

»Ja, ich konnte nichts dagegen tun«, erwiderte ich. »Der Mann war schon tot, und Mrs. Frominghton wurde in meinem Beisein umgebracht. Der Mörder schleuderte das Messer aus dem Hinterhalt.«

Suko schüttelte sich und gab keine Antwort. Ich ahnte, was hinter seiner Stirn vorging.

»Wir warten jetzt auf sie«, schlug ich vor. »Irgendwann werden sie sich zeigen, sie können es bestimmt nicht überwinden, daß sich noch jemand im Schloß befindet. Das wäre wider ihre Existenz.«

»Hoffentlich hast du recht, John.«

Wir teilten uns die Arbeit. Suko wollte sich den Rittersaal vornehmen, ich blieb in der Halle.

Und dann warteten wir.

Es war eine schlimme Zeit. Während es draußen immer dunkler wurde, hockten wir in den unteren Räumen des Schlosses und lauerten darauf, von den gefährlichen Gegnern angegriffen zu werden. Mein Kreuz trug ich jetzt offen. Vielleicht bannte das Kruzifix die beiden grauenhaften

Gestalten. Irgendwann hörte ich draußen Stimmen. Ich stand auf, öffnete die Tür spaltbreit und sah trotz der Dunkelheit zwei Frauen in hellen Kitteln, die sich zu den übrigen Personen gesellt hatten. Eine von ihnen kannte ich. Es war Ingrid, die dralle Person mit den Zöpfen.

Ich schloß die Tür wieder, ging zurück und nahm meinen Platz ein. Dabei hatte ich ihn noch nicht ganz erreicht, als ich Sukos warnende Stimme vernahm.

»John, Achtung! Bei mir!«

Sofort hetzte ich zu ihm.

Suko stand nahe der Tür. Er starrte auf die Wand, wo sich dicht neben einem Bild ein Riß gebildet hatte, aus dem das Blut quoll ...

Sie waren da!

Oder zumindest einer von ihnen. Suko hielt seinen Stab in der Hand. Er stand auf dem Sprung.

»Noch nicht!« flüsterte ich und winkte ihm.

Wir zogen uns zurück. In der Mitte stand noch immer der lange Tisch. Dort konnten wir Deckung nehmen und auch aus sicherer Entfernung schießen.

Wir duckten uns.

Es erwies sich als Nachteil, daß wir kein Licht hatten. Die Wand war zwar zu erkennen, aber nicht der Spalt. Wir konnten ihn nur erahnen. Sekunden verstrichen. Suko und ich hatten den Atem angehalten. Der oder die Gegner brauchten nicht sofort zu erkennen, wo wir uns befanden.

»Ich sehe eine Bewegung«, wisperte Suko. Wenn Suko das sagte, dann stimmte es auch. Er hatte bessere Augen als ich.

»Den hole ich mir«, hauchte mein Partner.

Bevor ich ihn daran hindern konnte, war er schon zur Seite geglitten, war nur noch ein Schatten und entschwand schließlich.

Ich blieb hocken.

Langsam wurde meine Lage unbequem, das Dunkel strengte meine Augen an, und ich glaubte, überall Schatten zu sehen.

Einer war existent.

Suko!

Er tauchte plötzlich in der Nähe des Spalts auf. Ich ließ mich von ihm ablenken, auf jeden Fall bekam ich nicht mit, was unter dem Tisch geschah.

Dort hatte eine zweite Gestalt gelauert.

Die Berührung traf mich völlig überraschend. Eine kalte Hand hieb gegen mein Schienbein und umklammerte es mit eisenharter Kraft. Im selben Augenblick schrie Suko das berühmte Wort.

»Topar!«

Suko hatte sich dicht an die Wand gepreßt. Jetzt merkte er, daß er noch nicht wieder in Form war, denn der Schwindel wollte ihn packen und von den Beinen reißen.

Er mußte sich ungeheuer konzentrieren, und er sah die Gestalt aus der Wand treten.

Der Chinese wollte kein Risiko eingehen. Den von Buddha ererbten Stab hielt er in der rechten Hand, als er das Wort »Topar!« rief.

Sofort erstarrte alles. Kein Lebewesen bewegte sich jetzt, nur derjenige, der den Stab in der Hand hielt.

Klappte die Magie?

Ja, Suko schaffte es. Auch sein Gegner stand wie ein Denkmal. Er war kein Geist mehr, sondern feste Materie. Als Geist hatte er in den Mauern gelauert, jetzt war er ausgetreten, und das ließ sich Suko nicht entgehen.

Fünf Sekunden blieben ihm. Das konnte eine lange Zeitspanne sein, aber auch eine sehr kurze. Zum Glück hatte

Suko es nicht mit mehreren Gegnern zu tun, bei einem konnte er es leicht schaffen.

Ein langer Schritt, ein Griff, und er hatte die Gestalt entwaffnet.

Gleichzeitig setzte Suko ihr die Mündung der Beretta an den Kopf. Töten durfte er das Monster während dieser fünf Sekunden nicht, dann wäre die Wirkung des Stabes aufgehoben.

So wartete Suko.

Dann war die Zeit um.

Der Unheimliche bewegte sich wieder.

Und da drückte Suko ab.

Sein Ziel konnte er nicht verfehlen, und die geweihte Silberkugel zeigte auf der Stelle Wirkung. Sie hatte dort getroffen, wo diese Wesen am verwundbarsten sind.

Am Kopf!

Suko schloß die Augen. Er wollte nicht sehen, was die Kugel genau anrichtete, er vernahm nur ein Stöhnen, schaute nach und sah seinen Gegner fallen. Dumpf schlug der Körper auf. Ein letztes schauriges Röcheln drang aus dem Mund, dann verging das Wesen, das so lange in den Mauern gelebt hatte.

»John?« fragte Suko.

Er erhielt keine Antwort.

Die Erinnerung war sofort wieder da, als die Zeitspanne der Erstarrung hinter mir lag.

Ich spürte den Druck an meinem Bein und wußte, daß sich dort ein Monster, Geist oder Dämon festgeklammert hatte, der zusätzlich noch ein Messer besaß.

Das bereitete mir Angst.

Ich ließ mich fallen und hörte einen Schuß, den Suko abgegeben hatte, doch ich achtete nicht darauf. Ich hatte mit mir selbst genug zu tun, denn das Monster wollte mich unter den Tisch ziehen.

Ich ließ es zu.

Zum erstenmal sah ich es genauer und auch aus der Nähe. Es erschien mir wie ein Zerrbild des Schreckens, dieses halb verweste Gesicht, durch das die Knochen schimmerten.

Eine Hand hatte das Monster frei. Und darin hielt es das Messer.

Damit stieß es zu.

Es ging wirklich um Bruchteile von Sekunden. Den linken Arm riß ich als Deckung hoch, knallte mit dem Ellbogen unter die Tischplatte, und meine rechte Faust, aus der das Kreuz schaute, traf das Wesen mitten in sein verwestes Gesicht.

Es war wie der Einschlag eines Blitzes!

Endlich konnte ich wieder erleben, wie das Kreuz wirkte, nachdem es sich untauglich für den grünen Dschinn gezeigt hatte. Es gab eine regelrechte Explosion, und die weißmagische Wirkung des Kreuzes riß meinen Gegner förmlich auseinander.

Ich sah ihn in einem kurzen, aufzuckenden Lichtblitz. Seine Gestalt löste sich auf. Blut sprudelte aus ihr hervor und versickerte. Knochen und Staub blieben zurück.

Ich keuchte, mir wurde schwindlig, und ich blieb sitzen, das Kreuz weiterhin in der rechten Hand haltend.

So fand mich Suko.

»John!« Seine Stimme riß mich aus der Trance.

»Sorry«, sagte ich und kroch unter dem Tisch hervor. Als ich mich mit dem linken Arm abstützte, spürte ich den Schmerz. Die Klinge hatte mich doch getroffen und eine Fleischwunde gerissen. Sie brannte, als hätte jemand Säure darüber gegossen. Ich kam auf die Füße und schaute Suko an. Der verstand die Frage in meinem Blick.

»Ich habe meinen Gegner auch zur Hölle geschickt.«

Ein Lächeln brachte ich nicht zustande, dazu war ich zu schlapp.

»Laß uns gehen«, sagte ich. »Wir müssen den anderen Bescheid geben.«

Auf dem Weg zur Tür stieß Suko mich an. »John, ich habe das Gefühl, daß dieser verdammte Fall noch nicht beendet ist.«

»Weshalb?«

»Denk mal an Ralph Sorvino. Sein Vater wird bald erfahren, was mit seinem Sohn geschehen ist, und er wird dich dafür hassen. Er arbeitet für Costello, der dir die Schuld am Tode seines Bruders gibt. Die beiden werden alles tun, um uns aus dem Wege zu räumen, und sicherlich die Beziehungen zur Mordliga spielen lassen.«

Sukos Überlegungen waren wirklich nicht so weit hergeholt. Man brauchte nicht einmal länger darüber nachzudenken, um ihm recht zu geben. Von Sorvino würden wir noch hören.

ENDE

Die
Grabstein-
bande

Der Anwalt hielt den Hörer so hart umklammert, daß man Angst haben konnte, er würde das Plastik zerbrechen. Die feinen Haare auf seiner Haut vibrierten, das feiste Gesicht war gerötet, die Nasenflügel bebten, und das schon grau gewordene Haar hing ihm in die Stirn. Er atmete tief ein, mußte husten und fragte noch einmal: »Was haben Sie da gesagt, Miss Barker?«

»Ihr Sohn Ralph ist tot.« Die Stimme klang tonlos und dünn durch den Hörer.

Paul Sorvino mußte sich setzen. Er war fast ohnmächtig vor Entsetzen. »Sind Sie noch dran?« vernahm er wieder die Stimme der Frau.

»Ja, reden Sie.« Während der Anwalt zuhörte, griff er automatisch nach den Zigaretten. Er öffnete den Deckel des Holzkästchens und nahm ein Stäbchen hervor. Mit dem goldenen Feuerzeug zündete er den Glimmstengel an und rauchte. Es war zwei Uhr nachts. Der Anruf hatte ihn aus dem Schlaf gerissen, und er hockte in seinem Arbeitszimmer vor dem wuchtigen Palisanderschreibtisch. Zum Glück war seine Frau nicht zu Hause. Sie war schon seit über zwei Wochen in Deutschland und machte dort eine Kur.

Die Anruferin sprach lange. Sie hieß Cathy Barker und war Betreuerin einer Jugendgruppe, zu der auch die Anwaltssöhne Ralph und Gary gehört hatten. Jetzt lebte nur noch Gary. Ralph war tot. Und der Anwalt hörte, wie es passiert war. Kein Unglück, sondern Mord. Man hatte seinen Sohn mit einem Messer umgebracht.

»Kennen Sie den Mörder?« unterbrach er die Anruferin und wunderte sich selbst, wie ruhig seine Stimme war.

»Das ist etwas kompliziert. Es ist ein Geist gewesen.«
»Was?«
»Ich muß Ihnen da etwas erklären. Wie Sie wissen ...«
»Reden Sie keinen Unsinn, Miss. Ich will wissen, wer ihn umgebracht hat!«

»Ein Wesen, Sir. Ein nichtmenschliches, wirklich. Das hat der Oberinspektor auch gesagt.«

»Welcher Oberinspektor?«

»John Sinclair, Sir.«

Nach dieser Antwort war Sorvino still. Er hörte sein Herz pumpen, denn der Name war ihm ein Begriff. Um sicher zu sein, erkundigte er sich noch einmal: »Wiederholen Sie den Namen, Miss Barker.«

»Oberinspektor Sinclair.«

»Aus London?«

»Ja, ich glaube, Sir. Er fährt einen Bentley und hat einen Chinesen bei sich.«

»Das ist er«, flüsterte der Anwalt.

»Kennen Sie ihn, Sir?«

Auf diese Frage ging Sorvino gar nicht ein. »War er dabei, als man meinen Sohn umbrachte?«

»Nein, aber Oberinspektor Sinclair konnte es nicht verhindern, Mr. Sorvino. Er hat getan, was in seinen Kräften stand, und diese beiden Mordwesen auch getötet, doch zuvor hat es drei Opfer gegeben. Ihr Sohn Ralph befand sich leider auch darunter.«

»Ja, ich weiß. Und Gary?«

»Er ist okay. Wollen Sie mal mit ihm sprechen?«

Sorvino dachte einen Augenblick nach. »All right«, sagte er dann. »Geben Sie ihn mir.« Wenig später hörte er die dünne Stimme seines Sohnes. »Daddy?«

»Gary, mein Junge, wie geht es dir?«

»Gut. Aber Ralphie ...«

»Ich weiß, Gary. Auch mir tut es weh. Aber jetzt sei mal ein Mann, hörst du?«

»Ja, Dad.«

»Wir wollen doch alle, daß Ralphies Tod gesühnt wird. Und deshalb wirst du mir einen Gefallen tun, denn nur so kannst du dir und mir helfen.«

»Was soll ich denn tun, Dad?«

»Es geht um diesen Oberinspektor John Sinclair, Gary. Sag jetzt nichts und hör mir genau zu ...«

Gary gehorchte tatsächlich, während ihm sein Vater einen Plan zurechtlegte. Er sprach etwa fünf Minuten, zuckte zusammen, als die Glut der Zigarette seine Fingerkuppen berührte, und warf sie hastig in den Aschenbecher. Zum Schluß erkundigte er sich: »Hast du alles verstanden, mein Junge?«

»Ja, Dad.«

»Gut, ich bin bald bei dir. Vielleicht noch in dieser Nacht. Spätestens aber am nächsten Morgen. Und gib auf dich acht, mein Kleiner, okay?«

»Geht in Ordnung, Dad. Was ist mit Mum?«

»Ich werde sie noch anrufen. Es wird sie noch schlimmer treffen als mich, denke ich.«

»Bestimmt, Dad.«

Als Paul Sorvino den Hörer auflegte, hatte seine Hand darauf eine dicke Schweißschicht hinterlassen. Der Anwalt dachte gar nicht daran, seine Frau anzurufen. Die hätte nur durchgedreht. Für ihn war ein anderer wichtig.

John Sinclair!

Dieser Name hatte ihn elektrisiert. Sorvino wußte, wer Sinclair war, denn sein Brötchengeber, der Mafioso Logan Costello, hatte ihn eingeweiht. Costello haßte Sinclair, weil dieser am Tod seines Bruders die Schuld trug. Dieser Haß hatte sich auch auf Paul Sorvino übertragen, der erst einige Wochen für Costello arbeitete, aber schon mit allen dreckigen Geschäften seines Mandanten vertraut war. Und er gehörte auch zu den wenigen, die von Costellos Verbindung zu einem geheimnisumwitterten Mann namens Solo Morasso wußten. Sorvino hatte diesen Mann noch nie gesehen, es gab kein Foto von ihm und auch keine Aufzeichnungen, aber er mußte ungeheuer mächtig sein und noch stärkere Verbündete haben. Dieser Solo Morasso haßte John Sinclair ebenfalls, er wollte seinen Tod.

Längst hatte sich der Anwalt entschlossen. Er wollte Logan Costello anrufen, auch wenn es schon nach Mitternacht war. Der Mafioso mußte alles wissen.

Sorvino kannte die Geheimnummer des Mannes. Er tippte sie ein und wußte, daß jetzt neben Costellos Bett das Telefon klingeln würde. Es dauerte etwas, bis der Mafioso abhob, und seine Stimme klang verdammt unangenehm.

»Sorvino«, sagte der Anwalt.

»Was, zum Teufel, willst du denn, Rechtsverdreher?«

»Bist du allein?«

»Ja, dumme Frage.«

»Dann hör zu, denn ich habe dich nicht umsonst angerufen. Mein Sohn Ralph ist tot.« Er ließ seine Worte wirken, und als er keine Reaktion vernahm, fuhr er fort: »Oberinspektor Sinclair war dabei, als er umgebracht wurde.«

»Du bist verrückt, Paul!«

»Nein, völlig normal.« Sorvino begann zu reden. Es wurde ein langes Gespräch, und als er auflegte, da wartete er auf einen Rückruf seines Brötchengebers.

Sorvino stand auf, nahm seinen Bademantel und hängte ihn über. Er öffnete den Barschrank, holte eine Flasche Whisky hervor und auch ein Glas. Fast zur Hälfte schenkte er es voll. Und er trank. Er ließ das scharfe Zeug in seinen Rachen laufen, leerte das Glas bis auf den letzten Tropfen und schleuderte es dann gegen die Wand, wo es klirrend zerbrach.

Ralph war tot! Ein junger Mensch. Ihn würde niemand mehr lebendig machen können, aber die, die es zu verantworten hatten, die wollte er sich holen.

Da war ja nicht nur der verdammte Oberinspektor, sondern noch die sogenannte Aufsicht.

Mrs. Geraldine Fromington, Billy Elting und Cathy Barker, mit der er gesprochen hatte. Im nachhinein wunderte er sich, daß sie und nicht die Frominghton ihn angerufen hatte. Zu diesem Zeitpunkt wußte er noch nicht, daß Geraldine Frominghton ebenfalls ein Opfer des geisterhaften Mordspuks geworden war.

Und Costello hatte sich bereit erklärt, etwas zu unternehmen. Fragte sich nur, was er tun wollte. Die Zeit verging ihm viel zu langsam. Zudem begann der hastig hinuntergekippte Alkohol zu wirken, seine Gedanken zerfaserten. Es fiel ihm immer schwerer, sich zu konzentrieren. Wenn doch Costello endlich anrufen würde!

Da klingelte das Telefon. Wie die Klaue eines Geiers, so heftig schlug der Anwalt auf den Hörer und riß ihn an sich.
»Ja?« meldete er sich.
»Ich bin es.«
»Hast du was erreicht?«
»Reiß dich zusammen, Paul. Wir werden die Sache schon schaukeln, darauf kannst du dich verlassen. Ich habe inzwischen eine bestimmte Nummer angerufen, bekam jedoch nicht die Verbindung, die ich haben wollte. Solo Morasso hält sich nicht dort auf, wo ich ihn vermutete. Aber er ist nicht allein, ich sprach mit Marvin Mondo und habe ihm den Fall erklärt. Es sieht so aus: Sollte es irgendeine Chance für uns geben, diesem Sinclair an die Wäsche zu gehen, dann müssen wir sie auf jeden Fall wahrnehmen. Mondo war sofort dafür. Er will sich selbst um den Fall kümmern und hat auch schon einen Plan entwickelt.«
»Welchen?«
»Darin werde ich dich nicht einweihen, aber dein Junge muß mitspielen. Du bleibst in London und hältst dich zurück. Marvin Mondo wird die Sache schon allein schaukeln, das heißt, nicht ganz allein. Er bringt noch einen Helfer mit.«
»Wieso nur einen? Ich denke, Sinclair ist so stark.«

Da lachte Costello. »Sicher ist er stark, aber dieser Helfer ist es ebenfalls. Er lechzt sozusagen nach Blut, und wenn der Plan klappt, wird es in Faversham, so heißt der Ort in der Nähe, eine reine Hölle geben.«

»Verdammt, Logan, sag mir den Namen! Wen will dieser komische Mondo mitbringen?«

»Du bist mir zu aufgeregt, Paul. Aber ich kann dich verstehen, du hast an deinem Sohn gehangen. Der Name lautet«, und jetzt legte Costello eine Kunstpause ein, bevor er ihn so aussprach, daß jede Silbe fast auf der Zunge verging, »Vampiro-del-mar!«

In der Halle standen drei Särge.

Sie wirkten wie Mahnmale der Toten an die Lebenden, wobei sie einen makabren Anblick boten. Die Särge bestanden nicht aus Holz, sondern aus grauem Kunststoff. Sie waren auch flacher als die normalen, und sie wurden nur von der Polizei verwendet, um Mordopfer abzutransportieren.

Drei Menschen waren ums Leben gekommen. Drei Särge standen in der großen Schloßhalle.

Ich schritt sie der Reihe nach ab. Die aufgehende Morgensonne schien durch die Fenster und malte einen langen Streifen auf den Boden. Sie übergoß auch die Hälfte der Totenkisten mit ihrem Licht.

Vor dem ersten Sarg blieb ich stehen. Ich wußte, wer hier lag. Mrs. Geraldine Frominghton, eine Frau, die sich als Leiterin einer Jugendgruppe sehr eingesetzt hatte, obwohl sie als schrullig und verschroben galt. Im Augenblick höchster Gefahr hatte sie Mut bewiesen, doch gegen ein Messer aus dem Hinterhalt war auch sie machtlos gewesen. Ihr Tod war ebenso sinnlos wie der der beiden anderen.

Ein Schritt nur trennte mich von dem zweiten Sarg. Harvey Ollik hieß der Mann, der darin lag. Ich hatte ihn nur kurz gesehen. Er war der Hausmeister und Mädchen für alles im Schloß gewesen. Auch ihn hatte das Messer umgebracht. Ich hatte ihn mitten auf dem Tisch liegend gefunden, inmitten zahlreicher Scherben, denn als er das Abendbrot vorbereitete, hatte es ihn erwischt.

Verflucht auch.

Der letzte Sarg, vor dem ich stehenblieb, beherbergte einen fünfzehnjährigen Jungen. Das war besonders schlimm.

Der Junge hieß Gary Sorvino, und er war der Sohn eines bekannten Rechtsanwalts, der für die Londoner Unterwelt arbeitete, insbesondere für einen Mann. Logan Costello. Er war ein Feind von mir, und man sagte ihm glänzende Verbindungen zu Solo Morasso nach, dem Mann, der auch Dr. Tod genannt wurde. Ob er diese Verbindung spielen lassen würde, wenn er vom Tod des Jungen hörte, war fraglich. Da mußte man erst einmal abwarten. Ich glaubte jedoch, daß er so hart reagieren würde. Das sagte mir mein Gefühl.

Ralph Sorvino.

Ich kannte ihn. Er hatte etwas gegen die Polizei gehabt und mich als einen Bullen beschimpft. Das taten viele Jugendliche, deshalb brauchten sie nicht schlecht zu sein. Bei Ralph war es zumindest so, daß er sich als der King fühlte. Er wollte andere dirigieren und auch über sie befehlen.

Nun war er tot. Ebenfalls umgekommen durch einen Messerwurf. Die in der Burg hausenden Wesen hatten keine Gnade gekannt. Es war zu einer magischen Entladung gekommen, als die Magie des grünen Dschinns diese Burg hier gestreift hatte.

Die Mordkommission war eingetroffen. Die aus Faversham, der kleinen Stadt, in der das Museum abgebrannt war. Dort hatte es angebliche Hinweise auf den Dschinn gegeben, nur waren wir zu spät gekommen.

Männer in grauen Kitteln betraten das Schloß. Sie sahen mich vor den Särgen stehen und warteten ab.

Ich sprach sie an. »Wollen Sie die Särge abholen?«

»Ja, Sir.«

»Gut, ich habe nichts dagegen. Nehmen Sie sie mit.«

Sie hoben zuerst den Sarg hoch, in dem der Junge lag. Ich blickte ihnen nach. Speiübel war mir zumute.

Aus dem Ort wollte man mir Kleidung besorgen. Sukos Größen hatte ich gleich mit angegeben. Unsere Anzüge konnte man wegwerfen, wir waren von oben bis unten mit Blut befleckt. Die Kleidungsstücke waren nicht mehr zu reinigen. Den Blutgeruch hatte ich noch immer in der Nase, obwohl ich mich in einer kurzen Pause von oben bis unten geduscht hatte. Auch ein Nickerchen hatte ich machen können. Kaum länger als eine Stunde.

Suko allerdings schlief noch. Mein Freund hatte es verdient, denn er war verletzt worden. Die Wunde befand sich am Kopf. Suko war von einem Sturm, den der grüne Dschinn entfacht hatte, gepackt und gegen einen Baum geschmettert worden. Diesen Aufprall hatte selbst sein Eisenschädel nicht ausgehalten.

Ich fühlte mich wie zerschlagen, ging durch die Halle und ließ mich in einen Sessel fallen. Soeben brachten die Männer den letzten Sarg nach draußen.

Ich griff nach den Zigaretten. Zwei Stäbchen steckten noch in der Packung.

Dann roch ich etwas.

Kaffeeduft. Himmel, es gab Kaffee. Und schon sah ich Ingrid, die dralle Person mit den Zöpfen. Ingrid arbeitete in der Küche. Sie trug ein Tablett. Darauf standen eine Kanne und mehrere Tassen. Ingrid hatte verweinte Augen, ihr Gesicht zeigte rote Flecken auf einer blassen Haut. Sie hatte sehr an Ollik gehangen, das wußte ich inzwischen. Es war verständlich, wenn sie trauerte.

Vor mir blieb sie stehen. »Möchten Sie eine Tasse?« fragte sie.

»Ein Königreich würde ich Ihnen dafür geben.«

Sie lächelte schmal und schenkte ein. Ich nahm ihr die Tasse aus der Hand, probierte und nickte anerkennend. »Gut«, lobte ich, »ausgezeichnet, meine Liebe.«

»Danke.«

»Bringen Sie den anderen auch etwas, sie haben es sich verdient.«

»Natürlich, Sir.«

Ich sah ihr nach, wie sie durch die Halle ging. Das Schicksal hatte die Menschen hier schwer getroffen. Abermals hatten Wesen, deren Existenz man kaum begreifen konnte, hart zugeschlagen. Dabei nahmen sie keinerlei Rücksicht, wen sie mit ihren grausamen Taten trafen. Ralph Sorvino war das beste Beispiel.

Ich war nur gespannt, wie sein Vater reagieren würde. Er wußte bereits Bescheid. Allerdings wunderte es mich ein wenig, daß er den Weg noch nicht hierher gefunden hatte. Die Kinder und Jugendlichen waren in den nächsten Ort, nach Faversham, gebracht worden. Im Laufe des Tages sollten sie von ihren Eltern abgeholt werden.

Ich zündete mir die Zigarette an. Während ich trank und rauchte, dachte ich darüber nach, was wir als nächstes unternehmen wollten. Ich mußte wieder zurück nach London. Zuvor jedoch wollte ich nach Faversham fahren, um mich dort einmal umzusehen. Einige zu führende Gespräche brannten mir auf der Seele.

Den Chef der Mordkommission hatte ich zwar ins Vertrauen gezogen, doch ich konnte ihm nicht begreiflich machen, wer die Mörder waren. Er war in seinem Leben bisher mit diesen Dingen nicht konfrontiert worden.

Ich warf die Zigarettenkippe in einen Kamin. In der Halle war es kühl, ich fror ein wenig. Aufgeräumt hatte man noch nicht. Mein Blick fiel in den Rittersaal, wo noch immer die Scherben lagen.

Suko lag oben. Er hatte sich wieder hingelegt, seine Verletzung war zu schwer. Er hätte eigentlich nicht aufstehen sollen. Ich ging zu ihm.

Allein schritt ich durch den Gang, an dem Sukos Zimmer lag. Die große Gefahr war gebannt, es würde wohl kaum mehr Blut aus den Wänden quellen.

Ich rechnete damit, Suko im Bett liegen zu sehen. Als ich das Zimmer betrat, hatte er sich hingesetzt. Das Pflaster wirkte auf seinem Kopf wie ein Fremdkörper.

»Ich dachte, du schläfst«, sagte ich.

»Nein, ich konnte nicht mehr.«

»Und?«

»Es geht so einigermaßen.«

»Ich habe übrigens neue Kleidung bestellt.«

»Danke.«

Neben Suko nahm ich Platz. Beide waren wir deprimiert. Irgendwie hatte die Stimmung zwischen uns einen Tiefpunkt erreicht. Das hatte nichts mit persönlichen Gefühlen zu tun, es war nun einmal so. Beide hatten wir eine regelrechte Horrornacht hinter uns.

»Wann fahren wir nach Faversham?« fragte der Chinese.

»Meinetwegen sofort.«

Suko nickte. »Ja, mich hält hier auch nichts mehr.« Dann verzog er das Gesicht.

»Zu schnell bewegt, wie?«

»Genau.«

»Willst du in ein Krankenhaus?«

»Nein. Ich werde mich in London verarzten lassen. Lange bleiben wir ja nicht.«

»Klar.«

»Und Sorvino?« fragte er.

»Das ist der große Unbekannte in meiner Rechnung«, gab

ich zu. »Er wird reagieren, denn wenn sein Brötchengeber mir die Schuld am Tode seines Bruders gibt, wird Sorvino mir auch die Schuld am Tod seines Sohnes in die Schuhe schieben.«

»Du konntest es nicht verhindern, John.«

»Sag ihm das mal. Ob er's glaubt?«

»Kaum.«

»Eben.«

»Meinst du, wegen Ralph mobilisiert der alte Sorvino die Mordliga?«

»Wir müssen mit allem rechnen, auch mit normalen, gedungenen Killern. Da bin ich fast sicher.«

»Man sollte ihn überwachen lassen.«

»Es wird nichts bringen. Sorvino und Costello sind schlau. Denen kannst du nicht an die Wäsche.«

»Möglich.«

Suko erhob sich. Er stemmte beide Hände auf die Bettkante und drückte sich in die Höhe. »Manchmal habe ich das Gefühl, ohne Kopf herumzulaufen«, sagte er, »dann wieder denke ich, er würde zerspringen, der gute.«

»Du wirst es überleben.«

»Hoffentlich.«

Ich begleitete Suko nach unten in die Halle. Dort blickten wir uns um.

»Mein Gott, wie es hier einmal ausgesehen hat«, murmelte der Chinese. »Schrecklich.«

Draußen hielt ein Wagen. Ich war rasch an der Tür und sah, daß ein Mann mit schlohweißen Haaren ausstieg. Ein weiterer blieb in dem Rolls sitzen, vielleicht der Chauffeur.

Der Neuankömmling blickte sich um und stützte sich schwer auf einen Stock. Der Wind zerzauste sein Haar. Auf der Treppe trafen der Mann und ich zusammen.

»Darf ich fragen, wer Sie sind?« sprach er mich an. Seine

Stimme klang wie die eines Schauspielers. Volltönend und irgendwie respekteinflößend.

»Mein Name ist John Sinclair.« Ich fügte auch noch meinen Beruf hinzu.

»Scotland Yard, das ist gut. Kommen Sie, wir gehen hinein. Ich bin Sir Matthew Bingham. Mir gehört das Schloß.«

»Dann wissen Sie, was passiert ist?« fragte ich.

»Natürlich, sonst wäre ich nicht hier.« Er ging an mir vorbei. Die Stockspitze war mit einer Stahlkappe verstärkt. Sie knallte jedesmal, wenn sie auf den Boden stieß.

In der Halle machte ich ihn mit Suko bekannt.

Der Schloßbesitzer sah sich um. »Ja«, meinte er nach einer Weile, »ich habe sie immer gewarnt, aber sie wollten nicht hören.«

»Wovor gewarnt?«

»Vor dem Fluch, der in diesem Gemäuer haust. Wirklich, er lauert zwischen den Steinen. Das Schloß ist mit dem Blut Unschuldiger erbaut worden, irgendwann einmal mußte dieser Fluch frei werden. Nun ist es geschehen.«

»Wissen Sie mehr?«

»Kaum. Einer meiner Vorfahren hat hier gewütet. Und er hat das Schloß im wahrsten Sinne des Wortes mit dem Blut seiner Gegner gebaut, indem er die Steine damit tränkte. Er war ein grausamer Despot, mein Ahnherr.«

»Das haben wir gesehen«, sagte ich. »Das Blut stürzte aus den Wänden, es erschienen zwei Gestalten, die sich als mordende Geister entpuppten. Es war schlimm, wir hatten drei Tote.«

»Seien Sie froh.«

»Worüber?«

»Daß es nicht mehr geworden sind.« Der alte Mann schaute mich an. Seine Augen blickten klar und ernst. »Wirklich, Oberinspektor, es hätte schlimmer sein können.«

»Und was werden Sie jetzt tun?« wollte ich wissen.

»Vielleicht reiße ich die Mauern ab. Hier kann doch keiner leben. Das ist ein schlimmer Fluch, er wird immer existieren, er ist nicht ausgelöscht, verlassen Sie sich darauf. Wahrscheinlich zieht er etwas nach sich. Nein, das Blutschloß hat kein Existenzrecht. Es soll keine Menschen mehr ins Unglück reißen. Ich will es nicht.«

Möglicherweise war es wirklich das Beste, wenn das Schloß abgerissen wurde. Aber das war Sache des Besitzers.

»Haben Sie mit dem Spuk aufgeräumt?« fragte er mich.

»Ja, Sir.«

»Meine Hochachtung. Nicht jeder wird mit einem Geist fertig.« Er fragte nicht nach dem Grund, und darüber war ich froh.

»Gibt es sonst noch etwas, das ich für Sie tun könnte?« erkundigte ich mich.

»Nein, Sie haben Ihre Pflicht getan. Ich werde heute noch den Abriß in die Wege leiten.«

»Dann darf ich mich verabschieden, Sir.«

Er nickte und reichte mir seine kalte Hand. Ich nahm Suko mit. Draußen atmete der Chinese die frische Luft ein. Auf dem Dach des Wagens lag noch der Tau. Das Blech wirkte, als hätte man es mit hellen Perlen übergossen.

Ich schloß auf und ließ erst Suko einsteigen. Das Wetter besserte sich. Die Sonne stand hoch am Himmel, ein gelber Ball, der zu explodieren schien.

Ich nahm hinter dem Lenkrad Platz. Ein paar Sekunden wartete ich noch. Dann drehte ich den Schlüssel um. Der Wagen sprang willig an. Ich wendete und verließ den Schloßhof.

Als ich einen Blick in den Rückspiegel warf, sah ich den Besitzer des Schlosses am Ende der Treppe stehen. Stocksteif stand er da und rührte sich nicht. Mir kam er vor wie ein Relikt aus dem letzten Jahrhundert.

Am Nordrand von Faversham stand ein gewaltiger Rundbau, der noch aus dem letzten Jahrhundert stammte und von den Bewohnern nur die Killerkugel genannt wurde.

Killerkugel deshalb, weil der Rundbau auch das Provinzgefängnis war. Oder besser gesagt: Zuchthaus. Hier wurden Mörder, Totschläger und Räuber oft lebenslang eingesperrt. Die Kugel war ein Hort der Gewalt, nicht der Buße, denn untereinander kannten die Häftlinge keine Gnade. Sie malträtierten sich gegenseitig, es hatte Morde gegeben, und Gewaltakte waren an der Tagesordnung. Die Beamten standen dem Phänomen oft machtlos gegenüber, sie waren bei solchen Gefangenen überfordert.

Dem Rundbau war an der Westseite auch ein Untersuchungsgefängnis angegliedert. In den Polizeirevieren selbst war kein Platz, und ein Gerichtsgebäude befand sich im Bau. Es wurde wohl nie fertig, denn der Staat hatte wenig Geld. Deshalb blieb den Verantwortlichen nichts anderes übrig, als Untersuchungsgefängnis und Zuchthaus zusammenzulegen und dennoch streng voneinander zu trennen.

Es war unmöglich, vom Zuchthaus her in das Untersuchungsgefängnis zu gelangen, die Sicherheitsvorkehrungen waren perfekt. Momentan befanden sich nur zwei Häftlinge in den Zellen. Es waren die Gebrüder Cornetti. Bekannt geworden waren sie unter dem Begriff Grabstein-Bande. Sie galten als Erpresser und Kidnapper, waren aus den Staaten geflohen und in England durch einige spektakuläre Entführungsfälle aufgefallen. Sie holten sich die Kinder reicher Eltern, verlangten Lösegeld und hatten eine spezielle Art der Übergabe ausgeklügelt. Die Eltern mußten das Geld auf Friedhöfen hinterlegen. Und zwar suchten sich die Cornettis bestimmte Grabsteine aus, wo dann die Tüten oder Koffer mit dem Lösegeld deponiert werden mußten.

Deshalb hatten sie auch den Namen der Grabstein-Bande erhalten. Viermal ging es gut.

Beim fünften Fall wurden sie geschnappt. Zwei Wochen war es her. Sie hatten sich den Friedhof von Faversham ausgewählt, aber nicht damit gerechnet, daß die Eltern der entführten Kinder die Polizei alarmierten. Denn sie konnten und wollten nicht zahlen. Die Cornettis hatten sich nämlich die Tochter eines verarmten Adeligen ausgesucht. Bei den Leuten war nichts zu holen gewesen. Der zuständige Einsatzleiter konnte sich selbst auf die Schulter klopfen. Ihm war es tatsächlich gelungen, das Gelände so abzusperren, daß die Cornettis nichts merkten, und sie liefen voll in die Falle.

Sogar im Grab hatten sich die Polizisten versteckt, sie lauerten auch in den Bäumen, und die Cornettis gaben ohne Widerstand auf, als sie sich von mindestens zwanzig Beamten umzingelt sahen. Lebensmüde waren sie nicht.

Das entführte Mädchen wurde gefunden. Es lag im Kofferraum des Cornetti-Wagens.

Aber mit der Verhaftung der Brüder war der Fall längst nicht abgeschlossen. Ein Papierkrieg und Kompetenzstreit begann. Die Engländer hatten Interesse an den Brüdern, weil sie auf der Insel Straftaten begangen hatten, die Amerikaner ebenfalls, denn die Verbrechen der Cornettis in den Staaten waren noch nicht verjährt. Es wurden Briefe geschrieben, da stritten sich Behörden, und es war ein großes Durcheinander. Zu einer Einigung war es noch nicht gekommen. Davon profitierten die Killer und Entführer, denn sie hockten im Untersuchungsgefängnis und genossen laut Gesetz einige Privilegien. Sie durften lesen, erhielten anderes Essen und wurden besser behandelt, obwohl sie wirklich brutale Mörder waren.

Inspektor Durnham hatte den ganzen Papierkram zu bearbeiten. Er war für das Untersuchungsgefängnis verantwortlich. Seinen Dienst hatte er sich früher immer anders vorgestellt, doch man hatte ihm von höherer Stelle aus den Posten zugeteilt, und so mußte er Schreibtischarbeit leisten.

An diesem Morgen bahnte sich etwas an.

Dabei begann alles sehr harmlos. Der Brief eines Londoner Gerichts fiel ihm in die Hände. Die andere Post schob Durnham zur Seite und las erst einmal das Schreiben.

Die Kollegen aus London teilten ihm klipp und klar mit, daß die Cornetti-Brüder in die Millionenstadt überführt werden sollten. Und zwar unverzüglich. Noch am heutigen Tag sollte der Transport stattfinden.

Als Durnham den Brief gelesen hatte, lehnte er sich erst einmal auf seinem Stuhl zurück und zündete sich die Pfeife an. Ein paar Tabakkrümel fielen in seinen Bart. Da er dieselbe Farbe wie der Tabak hatte, fiel es gar nicht auf.

Durnham dachte nach. Er hätte an sich froh sein können, die beiden loszuwerden, aber heute paßte ihm das nicht. Er fühlte sich irgendwie kaputt, die Nachwirkungen einer heißen Geburtstagsfeier steckten noch in seinen Knochen.

Er las den Brief noch einmal und rief seinen Stellvertreter Sergeant Okura herein.

Der Sergeant war ein Mischling. Sein Vater stammte aus der Karibik, deshalb auch der Name. Der Mann war breit gebaut, hatte früher mal gerungen und wurde auch mit den größten Krakelern fertig. Die Uniform mußte ihm maßgeschneidert werden, für einen Schrank wie ihn gab es keine Kleidung von der Stange.

»Lesen Sie«, sagte Durnham und reichte Okura das Schreiben. Der Sergeant ließ die Hand sinken.

»Und?« fragte Durnham.

»Ist doch gut. Auf diese Art und Weise werden Sie die Cornettis bequem los.«

»Was für uns Arbeit bedeutet.«

»Die nehme ich gern auf mich. Ich kann die Kerle nicht mehr sehen. Dieses widerliche Grinsen! Sie geben an, als wären sie die Kings hier.«

»Wollen Sie den Transport begleiten?« fragte Durnham.

»Sicher.«

»Dann bereiten Sie alles vor. Und noch etwas. Bevor Sie fahren, sehe ich mir die Cornettis an.«

»Geht in Ordnung, Sir.«

»Wen nehmen Sie mit?«

Okura war schon an der Tür, als er sich noch einmal umdrehte. »Vielleicht Kollowski?«

»Ja, der ist gut.«

Durnham nickte und zündete sich seine Pfeife erneut an. Okura hatte ihm einen guten Vorschlag unterbreitet, denn Kollowski war ein ausgezeichneter Mann. Er und der dunkelhäutige Kollege verstanden sich blind. Die beiden würden sogar als Aufpasser ausreichen, zudem hockten die Cornettis in einem ausbruchsicheren Wagen, da war noch nie etwas passiert. Durnham ging die andere Post durch. Es war nichts Aufregendes dabei, meist Schreiben von Anwälten. Der Inspektor gähnte. Verflucht, die letzte Nacht war hart gewesen. Nur gut, daß er nicht zu den Leuten gehörte, die zum Schloß gerufen worden waren. Dort hatte es drei Morde gegeben. Angeblich war es da nicht mit rechten Dingen zugegangen, aber das aufzuklären war nicht sein Job. Er hatte mit den Gefangenen Ärger genug.

Die beiden Männer betraten das Büro. Kollowski, der Mann mit den strohblonden Haaren und dem Gesicht eines Nußknackers, meldete sich vorschriftsmäßig. Er war der Typ Spieß, der am liebsten schrie. Aufrecht, gerade, eckig. Sein Großvater stammte aus Polen, deshalb auch der Name Kollowski.

Durnham sprach ihn an. »Sie haben sicherlich gehört, um was es geht, Sergeant.«

»Klar, Sir, wir sollen die Cornettis nach London schaffen.«

»Genau.« Durnham hob den Blick. »Trauen Sie sich diese Aufgabe zu?« Er sah, daß Kollowski eine Antwort geben wollte, und redete schnell weiter. »Überlegen Sie es sich genau, die Cornettis sind keine Chorknaben. Die haben eine harte Schule in den Staaten genossen und auch bei uns bewiesen, wie gefährlich sie sind. Deshalb frage ich Sie offiziell. Wollen Sie beide allein die Aufgabe übernehmen, oder brauchen Sie noch Hilfe?«

Kollowski und Okura warfen sich einen Blick zu. Beide Männer grinsten. Das sagte an sich genug. Kollowski bekräftigte den Entschluß mit Worten: »Sir, wir beide übernehmen die Aufgabe. Die Cornettis waren gefährlich, jetzt sind Sie es nicht mehr.«

Inspektor Durnham nickte. »Das wollte ich von Ihnen hören.« Dann lächelte er. »Ihr seid schließlich meine besten Leute, hoffentlich passiert nichts während eurer Abwesenheit.«

»Heute abend sind wir ja zurück«, erwiderte Kollowski.

»All right, dann laßt uns jetzt gehen. Ich will mich ja noch von meinen besonderen Freunden verabschieden.«

Okura hielt seinem Vorgesetzten die Tür auf. Der Inspektor ging vor und schlug den Weg nach rechts ein. Hinter den Büroräumen lagen sofort die Zellen.

Der Inspektor mußte eine Stahltür aufschließen und befand sich in der Welt der dicken, grün gestrichenen Mauern, der Gänge, Zellen und Gitter.

Man hatte die Cornetti-Brüder nicht zusammengelegt. Der eine, Franco Cornetti, befand sich vorn im Zellentrakt, sein Bruder weit hinten. Der Inspektor schaute erst durch das Guckloch, bevor er aufschließen ließ.

Das übernahm Kollowski.

Franco Cornetti hockte auf dem Bett, rauchte und las in einer Zeitung. Er trug eine getönte Brille. Seine Haut zeigte den dunklen Teint des Südländers und spannte sich straff über die Wangenknochen. Eckig sprang das Kinn hervor, die Nase war gerade, ihr Rücken schmal. Dünn wirkte der Mund.

»Was wollen Sie?« fragte er. Seine Stimme klang flach, irgendwie tonlos.

»Sie werden nach London überführt«, erklärte Durnham.

»Und was soll ich da?«

»Auf die Verhandlung warten.« Franco Cornetti hob die Schultern. »Meinetwegen. Mir ist das egal.« Das schien es ihm wirklich zu sein. Er drückte seine Zigarette aus und erhob sich.

»Stopp«, sagte Durnham und wandte sich an Okura. »Die Handschellen, bitte.«

»Meine Güte, macht ihr es spannend. Aber meinen Mantel darf ich doch anziehen?«

»Ja.«

In der Zelle stand ein schmaler Spind. Er war ebenso grün gestrichen wie die Gangwände draußen. Im Spind hing nur ein Mantel. Er war aus grauem Tuch und hatte einen schwarzen Samtkragen.

Kollowski und Okura behielten den Mann im Auge, als er sich das Kleidungsstück überstreifte. Die beiden standen auf dem Sprung, und ein hartes Grinsen kerbte Cornettis Lippen. »Ihr habt wohl Schiß, wie?« höhnte er.

»Halten Sie den Mund!« fuhr Durnham ihn an.

Cornetti schloß den Mantel und streckte seine Arme aus. »Los, her mit eurem Schmuck, ich kenne das Spiel.«

Okura verpaßte dem Killer eine stählerne Acht. Er riß ihm dabei die Arme auf den Rücken und ging nicht eben sanft mit dem Mann um. Okura haßte Leute wie Cornetti, die mit der Angst besorgter Eltern ein Vermögen scheffeln wollten.

»Ab!« sagte Durnham.

Die beiden Sergeants stießen den Verbrecher aus der Zelle und in den Gang. Cornetti fiel gegen die Wand.

»He«, protestierte er, »geht mal ein bißchen sanfter mit mir um, ihr Scheißkerle.«

Kollowski hob schon die rechte Faust.

»Lassen Sie es«, sagte Durnham. Der Inspektor drückte sich an den Männern vorbei und lief den Gang hinab, bevor er an der letzten Zelle stehenblieb. Hier war Jason Cornetti untergebracht.

»Bruderherz!« rief der andere. »Sie holen dich jetzt.«

»Meinetwegen.«

Man hörte das Quietschen einer Matratze. Als aufgeschlossen war, sahen die Männer Jason Cornetti in der Zelle stehen. Er lehnte lässig am Spind.

Die Brüder sahen sich ähnlich. Jason hatte das gleiche Gesicht wie sein Bruder. Das Haar war ebenfalls dunkel, die harten Lippen zeigten einen spöttischen Zug.

»Betriebsausflug?« fragte er, als Okura auf ihn zutrat.

»So ähnlich, Jason. Aber einer ohne Tanz und Sauferei. In London wartet schon ein tolles Lokal auf euch. Die Kellner dort sind wild darauf, euch zu empfangen. Pack deinen Plunder!«

»Eile mit Weile.« Jason Cornetti drehte sich gemächlich um und öffnete den Spind. Auch er holte einen Mantel hervor. Ein Trenchcoat mit breiten Schulterklappen.

Gelassen streifte er ihn über. Und ebenso langsam knöpfte er ihn zu. Dann holte er noch zwei Hüte aus dem Schrank. »Der eine gehört meinem Bruder.« Seinen eigenen setzte er sich auf und bog die Krempe nach unten.

Franco wurde der zweite Hut über den Kopf gestülpt. Das übernahm Kollowski.

Als er fertig war, hatte Okura dem anderen bereits Handschellen angelegt. Wie bei Franco waren Jason die Arme ebenfalls auf den Rücken gedreht worden.

»Jetzt geht die Post ab«, sagte Kollowski. Sie hatten schon alles vorbereitet. Der ausbruchsichere Transportwagen stand im Hof. Vom Trakt des Untersuchungsgefängnisses aus existierte eine direkte Verbindung.

Inspektor Durnham schloß die Tür auf. Drei Schritte

brauchten die beiden Cornettis nur zu gehen, dann hatten sie den Wagen erreicht und konnten einsteigen.

Beide Türhälften standen offen. Die Ladefläche bestand praktisch aus einem dunkelgrünen Stahlkasten, der oben Luftschlitze aufwies, durch die ein wenig Helligkeit schimmerte. Die Holzbänke waren im Boden verankert und standen sich gegenüber.

Franco mußte auf der rechten Platz nehmen, Jason auf der linken. Als sie saßen, lösten Kollowski und Okura ihnen jeweils die rechten Stahlringe, hoben die Arme hoch und schlossen sie beide an ein unter den Lüftungsschlitzen entlanglaufendes, grün gestrichenes Stahlrohr an.

»Ihr habt doch Schiß, wie?« erkundigte sich Franco höhnisch.

»Nein«, erwiderte Durnham kalt. »Wir wollen nur sicher sein, daß ihr auch in London ankommt, ohne daß euch etwas passiert. Schließlich seid ihr wertvolle Vögel.«

»Oh, danke, aber darauf können wir verzichten, Meister.«

Der Inspektor gab keine Antwort. Er trat zur Seite, weil die beiden Sergeants aus dem Wagen sprangen. Kollowski rammte die Türhälften zu und verriegelte sie von außen. Drei Sicherheitsschlösser gab es zusätzlich.

Inspektor Durnham war zufrieden. Er überreichte Sergeant Okura das Begleitschreiben an die zuständigen Behörden.

»Am Abend sind wir wieder zurück«, sagte Okura, als er die Papiere einsteckte.

»Das hoffe ich auch. Und seht zu, daß ihr die Vögel so schnell wie möglich abliefert. Eine Pause könnt ihr in London machen.«

Kollowski grinste. »Ich kenne da eine Peep-Show, die ist 'ne Wucht. Da sind Puppen, sage ich dir ...«

»Hör auf«, meinte Okura grinsend, »sonst will der Inspektor noch mit.«

»Ich bin heute zu müde«, sagte Durnham.

Er sah zu, wie die beiden Männer in das Führerhaus kletterten und starteten. Der Wagen vibrierte, als der Motor angelassen wurde.

Dann rollte er langsam auf das Stahltor zu. Es war die einzige Unterbrechung im eintönigen Grau der Mauer.

Inspektor Durnham blickte dem Wagen so lange nach, bis er nicht mehr zu sehen war. Dann ging er wieder zurück in sein Büro. Es war seltsam, wie er sich selbst eingestehen mußte. Zahlreiche Fahrten hatte er bereits abgesegnet. Da waren jede Menge Mörder abtransportiert worden, aber noch nie hatte er so ein dummes Gefühl gehabt wie heute. In seinem Büro nahm er sich das Schreiben noch einmal vor.

Es war echt, daran gab es keinen Zweifel. Der Richter hatte unterschrieben, ein Staatsanwalt, den der Inspektor sogar namentlich kannte. Und ein dritter hatte noch seinen Namenszug unter den Text gesetzt. Er war schwer zu lesen, Durnham brauchte eine Weile, bis er die Schrift entziffern konnte.

Endlich las er den Namen. Er murmelte ihn sogar vor sich hin. »Paul Sorvino, Anwalt …«

Die Strecke nach Faversham kannten wir. Wir passierten auch die Stelle, wo uns der grüne Dschinn angegriffen und Suko durch seine ungeheuren Kräfte aus dem Bentley gezerrt hatte.

Als der Chinese den Baum sah, mit dem er kollidiert war, schüttelte er den Kopf. Er verzog sofort wieder das Gesicht, weil ihn Schmerzen plagten.

Ich lachte. »Am besten ist es, du gräbst den Baum aus und stellst ihn irgendwohin, wo du ihn immer siehst. Als Erinnerung daran, daß sein Holz stärker gewesen ist als das in deinem Kopf.«

Suko konterte. »Wenn man nur Stroh im Schädel hat wie du, dann fallen einem solche Vergleiche ein.« Er deutete auf mein blondes Haar. »Es wächst dir ja schon aus dem Schädel.«

»Ja, ich muß auch wieder zum Friseur. Der kann dann Erntedankfest feiern.«

Es tat gut, mal wieder richtig dumm daherzureden. Die Spannung war von uns abgefallen. Ich wollte in Faversham nur noch nach den Kindern sehen und kurz mit den Betreuern sprechen. Gary Sorvino interessierte mich ebenfalls. Sicherlich hatte er schon mit seinem Vater gesprochen, vielleicht konnte ich von ihm erfahren, wie der Anwalt reagieren würde.

Es war eine friedliche Gegend, durch die wir kutschierten. Das Leichenschloß blieb hinter uns zurück, doch die Erinnerung würde so schnell nicht weichen, davon war ich überzeugt. Dabei ahnte ich nicht, daß der Fall bereits in ein anderes, heißes Stadium getreten war. Beendet war er jedenfalls noch nicht. Seltsamerweise dachte ich immer an die Mordliga. Sie kam mir einfach in den Sinn, weil eben die Sorvino-Kinder eine Rolle gespielt hatten. Ich wollte nicht glauben, daß der Anwalt seine Hände in den Schoß legte und nichts tat. Der hatte bestimmt Logan Costello benachrichtigt, und dessen Verbindungen reichten weit. Sie waren bekannt und gefürchtet.

Andererseits trieb sich Solo Morasso, alias Dr. Tod, in New York herum. Das hatten wir vor kurzem erfahren, und ich hatte auch gehofft, daß damit die Mordliga stillgelegt wäre, wenn sich ihr Chef nicht in der Nähe befand. Doch weit gefehlt. Das Abenteuer mit Lupina, der Königin der Wölfe, in Frankreich hatte mir genau das Gegenteil bewiesen. Auch ohne ihren Anführer waren die Mitglieder aktiv.

Dr. Tod war auf der Suche nach Xorron, dem Herrn der Zombies, Ghouls und Untoten. Ich hatte eigentlich vorgehabt, eine Warnung nach New York zu schicken, doch die zuständigen Behörden hätten mir wohl kaum ein Wort geglaubt und mich unter Umständen als Opfer der Zombie-Welle in den Kinos angesehen.

»Worüber denkst du nach?« fragte Suko.

»Mordliga.«

»O je, da kommt doch nichts bei raus.«

»Leider. Wenn ich nur wüßte, wo dieser verdammte Solo Morasso sein Versteck hat! Es muß irgendwo auf der Erde ein Loch geben, in das er gekrochen ist.«

»Wir hätten Lupina nicht laufenlassen sollen«, meinte Suko.

»Das stimmt, dann wüßten wir vielleicht mehr.« Ich lenkte den Bentley in eine weit geschwungene Kurve. Pappeln standen am Straßenrand. Im Licht der Sonne sahen ihre Blätter seltsam hell aus. Als wir den Scheitelpunkt erreichten, sahen wir das grüne Ungetüm, das uns auf der anderen Straßenseite entgegenkam.

Ich fuhr noch schärfer links heran. Der andere Wagen schaukelte etwas über den schlechten Straßenbelag, und ich identifizierte ihn als einen Gefangenentransporter.

»Großer Umzug«, sagte Suko. Er schaute aus dem Fenster, als uns der Wagen passierte. »Da kommt kaum einer raus.«

»Ist auch Sinn der Sache.« Ich vergaß den Transporter schnell, denn vor uns sah ich bereits die ersten Häuser des Ortes. Eine Tankstelle, ein Supermarkt, Straßen, die abzweigten und in Siedlungen führten. Ein bekanntes Bild.

Diesmal wollten wir nicht zum Museum, sondern mitten in die Stadt. Ich war überrascht von dem Betrieb, der hier herrschte. Wir kamen nur langsam voran. In der City waren drei Straßen für Fahrzeuge gesperrt. Man hatte sie als Fußgängerzone eingerichtet.

Wir warteten vor einer roten Ampel. Ich fragte einen Passanten nach dem Kent Hotel. Er erklärte es in drei Sätzen.

Wir brauchten nur die nächste rechts, dann wieder links, und alles war geritzt. Als die Ampel Grün zeigte, fuhr ich an. Wir gelangten in eine enge Straße, die nur von einer Seite zu befahren war, und landeten dann in einer Sackgasse. Wo die Fahrbahn in einen Wendehammer mündete, sah ich die gelbgraue Fassade eines sechsstöckigen Gebäudes, über dessen Eingang die große Schrift förmlich ins Auge stach.

Kent Hotel.

Es gab links neben dem Gebäude einen Parkplatz, wo ich noch eine freie Stelle fand.

Wir stiegen aus.

Das Hotel war schon älter, machte aber einen durchaus gepflegten Eindruck. Der rührte auch von den bepflanzten Blumenkästen her, die auf den Fensterbänken standen. Die Blüten leuchteten in allen Farben des Spektrums.

Die Eltern der Kinder schienen noch nicht eingetroffen zu sein. Und wenn, dann sehr rar, ich sah kaum Wagen aus London und Umgebung.

Die doppelflügelige Tür war oben mit einem Glaseinsatz versehen. Wir waren noch immer blutbeschmiert, und die Frau hinter der Rezeption wurde bleich. Rasch zeigte ich ihr meinen Ausweis. Das Dokument beruhigte sie.

»Ihre Kleidung ist auch eingetroffen. Wir haben sie in einem Zimmer deponiert.« Mit diesen Worten reichte sie mir den Schlüssel, den ich dankend in Empfang nahm.

Im zweiten Stock fanden wir das Zimmer. Es war klein. Nur ein Bett stand darin. Dusche oder Toilette gab es nicht.

Man hatte die Kleidung über die beiden Stühle gelegt.

Suko und ich zogen uns um. Die Sachen paßten einigermaßen. Ich trug eine schwarze Cordhose, einen grauen, dünnen Pullover und eine Jacke in derselben Farbe.

Suko war ähnlich gekleidet. Das Zimmermädchen versorgte uns mit einer Tüte, in die wir die alten Klamotten steckten.

»Das können Sie verbrennen«, sagte ich zu der Kleinen und gab ihr ein Geldstück.

»Danke, Sir.« Sie verschwand wieder.

Wir fuhren nach unten. An der Rezeption erkundigte ich mich nach Billy Elting und Cathy Barker.

»Die beiden Herrschaften befinden sich in ihren Zimmern.«

»Würden Sie ihnen Bescheid geben? Wir warten nebenan.«

»Selbstverständlich, Sir.«

Nebenan befand sich der Frühstücksraum. Wir setzten uns an eines der Fenster und schauten in einen Garten mit Obstbäumen. Der Saal war rechtwinklig angelegt. Ein Hotelangestellter löste sich aus dem Teil, den wir nicht einsehen konnten. Er fragte nach unseren Wünschen.

Wir bestellten Mineralwasser.

Lautlos schlich der Knabe davon. Schon erschien Billy Elting. Noch blaß im Gesicht, übermüdet, aber er lächelte. Wir begrüßten uns mit Handschlag.

»Ist Miss Barker nicht da?« fragte ich, als er sich gesetzt hatte.

»Sie kommt gleich.«

»Wie ist es Ihnen ergangen?«

Bill hob die Schultern. »Nicht besonders, aber jetzt habe ich den Schock überwunden.«

»Und die Kinder?«

»Die jüngeren haben ihn kaum verkraftet. Bei den älteren weiß ich es nicht so recht.«

Der Kellner kam. Er hatte gleich drei Flaschen mitgebracht. In einer befand sich Bier. Die erhielt Billy Elting. Wir tranken, und danach stellte ich die nächste Frage. »Mir geht es auch um Gary Sorvino. Hat er schon mit seinem Vater geredet?«

»Ich glaube ja.«

»Sie wissen nicht zufällig, was und ob überhaupt etwas bei dem Gespräch herausgekommen ist?«

»Nein, Sir. Ich habe mich um die anderen gekümmert und auch die Eltern benachrichtigt.«

»Wie reagierten sie?«

»Geschockt, wie Sie sich vorstellen können. Die meisten wollen ihre Kinder abholen. Bei einigen geht es nicht, da sind die Eltern selbst in Urlaub.«

Das hatte ich mir auch gedacht. Für uns würde es nicht mehr viel zu tun geben. Ich schätzte, daß wir uns bald wieder in den Wagen setzen konnten, um in Richtung London zu fahren.

Die Tür wurde aufgedrückt. Cathy Barker betrat den Frühstücksraum. Ihr Gesicht zeigte eine blasse Farbe. Ringe unter den Augen ließen erkennen, daß sie keinen Schlaf gefunden hatte.

Wir standen auf, als sie auf unseren Tisch zutrat. Doch sie wollte sich nicht setzen, sondern blieb schwer atmend stehen.

»Was ist los?« fragte ich.

»Mr. Sinclair – mich, also mich trifft an dem Vorfall keine Schuld, wirklich.«

»Dann sagen Sie uns erst einmal, was geschehen ist.«

»Gary Sorvino. Er ist verschwunden ...«

Ich blieb ruhig, obwohl mich die Nachricht elektrisierte. »Was heißt verschwunden?«

»Ich wollte mit ihm sprechen, aber er ist nicht in seinem Zimmer.«

»Hat er mit seinem Vater geredet?« fragte Suko dazwischen.

»Ja.«

»Haben Sie etwas verstanden?«

Cathy schüttelte den Kopf. »Er bat mich, aus dem Zimmer zu gehen. Ich tat es. War das verkehrt?« Panik schwang in ihrer Stimme mit. Nach den Vorfällen der vergangenen Nacht steckte den Menschen die Angst noch in den Knochen. Ihre Nerven waren gespannt wie die Saiten einer Gitarre. »Sie brauchen sich nichts vorzuwerfen«, beruhigte ich das junge Mädchen. »Wir werden uns um den Jungen kümmern.«

»Dann bleiben Sie hier?«

Ich hatte mich blitzschnell entschlossen. Mein Gefühl trog mich also nicht. Mit Gary Sorvino würde es noch Ärger geben, das konnte man jetzt schon sagen.

»Sind im Hotel noch Zimmer frei?«

»Ich glaube schon«, meinte Billy Elting.

»Dann bleiben wir.«

Suko nickte langsam. Er hatte meine Entscheidung akzeptiert.

»Werden Sie Gary suchen?« Die junge Betreuerin schaute mich bittend an.

»Bestimmt, das verspreche ich Ihnen«, erklärte ich, und Cathy fiel ein Stein vom Herzen. Sie wollte noch etwas sagen, als die Dame von der Rezeption den Raum betrat. In der Hand hielt sie einen Umschlag.

»Für Sie, Mr. Sinclair.«

»Wirklich?«

»Ja, Ihr Name steht darauf.«

»Danke.« Ich nahm den Brief entgegen und bestellte gleichzeitig zwei Einzelzimmer. Dann öffnete ich den Umschlag. Ein DIN-A5-Blatt flatterte mir entgegen. Ich drehte mich zum Fenster hin und las.

Es war eine Warnung und eine Drohung zur gleichen Zeit, die man mir da geschickt hatte.

> *Der Fall ist für Dich noch nicht zu Ende, Bulle. Du hast den Tod eines jungen Menschen auf dem Gewissen. Dafür wird sich die Grabstein-Bande rächen!*

Ich atmete tief durch. Grabstein-Bande! Ein neuer Name war ins Spiel gekommen, den ich noch nie gehört hatte. Sollte er vielleicht etwas mit dem grünen Dschinn zu tun haben? Hatten wir da was übersehen bei unseren Nachforschungen? Ich fing Sukos fragenden Blick auf und schüttelte den Kopf. Erst schickte ich Billy und Cathy hinaus, dann gab ich dem Chinesen den Brief zu lesen.

»Grabstein-Bande«, murmelte er. »Noch nie gehört. Du etwa, John?«

»Nein.«

»Aber es muß sie geben.«

Ich nickte. »Aus der Luft greifen die Kerle so etwas nicht.«

»Vielleicht wissen die örtlichen Polizeibehörden mehr«, meinte Suko.

»Die Idee hatte ich auch schon. Auf jeden Fall werden wir nachhaken.«

»Und in London anrufen«, sagte mein Freund.

»Auch das. Sir James soll, wenn es eben möglich ist, eine Überwachung dieses Anwalts einleiten.«

»Hoffentlich hilft es etwas.«

»Das ist die Frage.« Ich deutete auf den Brief. »Da will einer zurückschlagen. Das wird ein harter Fall werden.«

»Ich habe gegen die Spazierfahrten nun wirklich nichts«, sagte Kollowski und lehnte sich bequem zurück. Die Beine hatte er ausgestreckt und hochgehoben, so daß seine Absätze auf dem Armaturenbrett lagen.

»Du brauchst ja auch nicht zu fahren«, knurrte Okura.

»Dafür aber den Rückweg, dann ist es vielleicht dunkel.«

Okura warf dem Kollegen einen raschen Blick zu. »Willst du dich solange in London aufhalten?«

»Ich denke an die Peep-Show.« Kollowski lachte.

»Und was sagt deine bessere Hälfte?«

Kollowski grinste breit. »Nichts, mein Lieber, nichts.«

»Das bildest du dir ein.«

»Nein, sie steht auf dem Standpunkt, daß ich mir Appetit holen darf. Essen muß ich allerdings zu Hause.«

Da lachte Okura.

»Geht es dir denn anders?«

»Ja, ich darf mir nicht mal Appetit holen.«

Jetzt freute sich Kollowski. »Ein Grund mehr, dir mal die Freuden der Weltstadt zu zeigen. Es bleibt ja unter uns.«

»Hoffentlich.«

Die nächsten Minuten vergingen schweigend. Über eine Viertelstunde waren sie bereits unterwegs. Das Land war bretteben. Beide hatten sie dunkle Brillen aufgesetzt, weil die Sonne schräg durch die Scheiben schien.

Einmal kam ihnen ein Bentley entgegen. »So eine Kiste möchte ich mir auch mal leisten können«, sagte Kollowski.

»Kannst ja auf Kidnapper umsatteln.«

»Lieber nicht. Das Risiko ist zu hoch. Sonst kann ich den Wagen nur ein paar Tage fahren.«

»Du hältst aber viel von unserer Polizei.«

»Sie ist doch auch gut.«

»Und wie.« Okura grinste und beschleunigte, weil die Straße breiter geworden war.

Sie kannten die Route und auch die Abkürzungen, die sie nehmen konnten. Zwanzig Meilen vor London würden sie dann wieder auf den Motorway treffen.

»Was unsere beiden wohl machen?« fragte Kollowski.

»Willst du nachsehen?«

»Lieber nicht. Typen sind das.« Kollowski schüttelte den Kopf. »So richtig zum Abgewöhnen.«

»Hoffentlich landen die für immer hinter Gittern.«

»Das wünsche ich auch.«

Links begann ein großes Waldstück, rechts lagen Felder. Das Sonnenlicht wurde gefiltert. Schnurgerade führte die

Straße weiter, machte jedoch weiter vorn einen Knick, so daß die beiden Männer das Gefühl hatten, die Straßenhälften würden zusammenwachsen. Und an der Stelle wuchs der Wald bis an beide Hälften der Fahrbahn.

»Möchtest du Radio hören?« fragte Okura.

»Nein.«

»Warum nicht?«

»Weil du doch nur deine Rockmusik andrehst.«

Okura lachte. »Du hast eben einen anderen Geschmack.«

»Fragt sich nur, welcher besser ist.«

Die beiden Freunde diskutierten nicht mehr weiter, denn sie waren in die Kurve eingefahren und sahen plötzlich einen Wagen, der quer und auf der Fahrbahn stand. Es war ebenfalls ein Lieferwagen mit verdeckter Ladefläche.

»Bremsen!« schrie Kollowski.

Okura nagelte das Pedal fest. Die Bremsen griffen hart zu. Reifen radierten über den Asphalt. Das Geräusch war bis in die Fahrerkabine zu hören und quälte die Ohren der beiden Männer. Auf der Ladefläche wurden die Cornetti-Brüder durchgeschüttelt wie Obst in einer Sortiermaschine. Dann stand der Wagen.

Etwa drei Yards vor dem Hindernis hatte Okura ihn anhalten können. »Verdammt, verdammt!« stöhnte er. »Und was machen wir jetzt, Partner?«

»Abwarten«, erwiderte Kollowski, öffnete jedoch die Klappe seiner Pistolentasche ...

Er war ein Abziehbild des Schreckens!

Gewaltig von der Größe her, breit in den Schultern, ein muskulöser, an Stein erinnernder Körper, der grüngrau schimmerte. Strähnige lange Haare, ein Gesicht, das von Narben und Geschwüren entstellt war, ein breites Maul mit einem Gebiß, das an Stahlnägel erinnerte. Besonders lang waren die beiden Eckzähne, gewaltige Hauer, die den Weg ebneten für das Blut, das er brauchte, um zu existieren.

Sein Name: Vampiro-del-mar!

Eine Ewigkeit war er in der Nordsee begraben gewesen. Er war in einer Zeit entstanden, worüber kein Geschichtsbuch schrieb. Wasser machte ihm nichts aus, auch kein Tageslicht, aber eines hatte er mit seinen Brüdern der jüngeren Generation gemeinsam.

Die Gier nach Blut!

Denn davon existierte er. Das Blut gab ihm überhaupt die Kraft, noch weiter leben zu können. Es war Balsam, es belebte ihn, und er erhielt immer wieder neues.

Allerdings dosiert. Dr. Tod hatte etwas mit ihm vor, und er hielt ihn an der kurzen Leine. Er gab Vampiro-del-mar gerade soviel von dem roten Lebenssaft, wie er benötigte, um zu überleben.

Sein Hunger jedoch war noch nie gestillt worden ...

Allein ließ man ihn nicht los. Ein Aufpasser war immer bei ihm. Da Solo Morasso, Tokata und Lady X, die ehemalige Terroristin, in New York weilten, war Marvin Mondo, der gefährliche Monstermacher, aus dem Versteck mit nach England gekommen, um ihn zu begleiten. Er wollte dafür sorgen, daß Vampiro-del-mar richtig und seinen Kräften entsprechend eingesetzt wurde.

Die Reise war kein Problem.

Mit gewissen magischen Tricks ließ sich alles lösen, und Mondo, der bei Logan Costello erschienen war und dort auch den Anwalt Sorvino getroffen hatte, hörte genau zu, was man ihm sagte.

Ein Name sprang ihm dabei besonders ins Ohr.

John Sinclair!

Immer wenn von diesem Mann die Rede war, verzog sich sein Gesicht. Wie alle Mitglieder der Mordliga, so haßte er John Sinclair bis aufs Blut. Er war derjenige, der getötet werden mußte, der ihnen bisher immer ein Schnippchen geschlagen und auch schmerzende Niederlagen bereitet hatte. In letzter Zeit jedoch hatte Dr. Tod angeordnet, die Jagd auf John Sinclair zurückzustellen. Andere Dinge gingen vor. Erst einmal wollte er Xorron finden. Dazu war er nach New York gereist und suchte ihn dort. Wenn er ihn hatte, wollte er den zweiten Teil eines immensen Plans in Angriff nehmen.

Der beschäftigte sich mit Asmodina. Er konnte es nicht länger hinnehmen, daß sie über ihm stand. Nein, das konnte er nicht ertragen. Morasso wollte derjenige sein, der über alle bestimmte, und nicht Asmodina, auch wenn sie die Tochter des Teufels war.

Asmodina hatte Verdacht geschöpft und Solo Morasso einige Lehren erteilt, von denen er sich schmerzlich erholen mußte. An Aufgabe jedoch dachte er nicht.

Mondo kannte diese Zusammenhänge, er kümmerte sich allerdings nicht darum. Er hatte genug mit seinem Problem zu tun. Mit John Sinclair.

Marvin Mondo hatte sich Logan Costellos Mitteilungen gemerkt. Er hatte auch von dieser Grabstein-Bande erfahren, die gefaßt worden war.

Daraus leitete Costello einen gewagten Plan ab, den Sorvino, der Anwalt, unterstützte. Sorvino hatte sich entschlossen, die Verteidigung der beiden zu übernehmen, und sich sofort mit dem zuständigen Richter in Verbindung gesetzt. Dank seiner ausgezeichneten Beziehungen war es ihm gelungen, eine Überführung zu beantragen. Der Brief an die zuständigen Behörden war schnell geschrieben und per Eilpost zugestellt worden.

Mr. Mondo und Vampiro-del-mar brauchten sich nur auf die Lauer zu legen und abzuwarten.

Mondo hatte dem Vampir Blut versprochen, denn die beiden Cornetti-Brüder sollten seine Opfer werden. Und wenn sie zu Vampiren geworden waren, hatten sie ihre besondere Aufgabe zu erfüllen.

Mt dem Hubschrauber waren Mondo und Vampiro-del-mar dorthin gebracht worden, wo ein Lastwagen mit geschlossener Ladefläche wartete. Costello hatte das organisiert, und als die Sonne das Land in ihrem hellen Licht badete, hockte Vampiro-del-mar bereits auf der Ladefläche und Mondo hinter dem Lenkrad. Eine Karte der Gegend hatte er auf den Knien liegen und sie genau studiert. Mondos Gehirn war ausgezeichnet geschult. Intelligenz und Gefühlsarmut bildeten bei ihm eine brisante Allianz.

Er war sogar in die Nähe der kleinen Stadt gefahren und hatte den grünen Gefangenentransporter gesehen.

Für Mondo war alles klar. Auf der Karte suchte er sich die günstigste Stelle aus, fand sie auch, fuhr hin, rechnete und stellte dann den Wagen quer auf die Straße, nachdem er den anderen bereits durch einen Feldstecher hatte kommen sehen.

Der Plan war mit Vampiro-del-mar zuvor genau besprochen worden. Eigentlich konnte nichts schiefgehen, wenn sich der Blutsauger genau an die Regeln hielt.

Und noch etwas befand sich auf der Ladefläche. Costello hatte ihm die Dinge mitgegeben.

Es waren – zwei Maschinenpistolen!

Die Gebrüder Cornetti sollten schließlich als Untote ebenso weiterexistieren, wie sie gelebt hatten ...

Es vergingen vielleicht zwanzig Sekunden, in denen nichts geschah. Die beiden Männer hockten im Fahrerhaus des Transporters und starrten auf die Straße.

Schweiß hatte sich auf ihrer Stirn gebildet. Die beiden waren keine heurigen Hasen mehr und die Strecke schon öfter gefahren, aber diese Situation hatten sie noch nicht erlebt.

Kollowski hielt die Pistole jetzt in der Hand. »Soll ich aussteigen?« erkundigte er sich rauh.

»Bist du verrückt? Das riecht doch nach einer Falle!« zischte der dunkelhäutige Kollege.

»Was machen wir dann?«

»Ich rufe die Zentrale an.«

»Okay.«

Das Telefon befand sich in der Fahrerkabine. Okura nahm den Hörer ab und tippte die Nummer, die er auswendig wußte. Inspektor Durnham meldete sich sofort. Bei ihm auf dem Schreibtisch klingelte nicht nur der Apparat, gleichzeitig leuchtete auch eine rote Lampe auf, die die Dringlichkeit des Gesprächs optisch unterstrich.

»Was gibt's?« fragte der Inspektor.

»Wir sind in eine Falle gefahren!« erklärte Okura mit ruhiger Stimme. »Mitten auf der Fahrbahn steht ein Wagen quer.«

»Verdammt. Wo genau?«

Okura gab seine Position durch. »Dann habt ihr die Abkürzung genommen?«

»Ja, verdammt. Was sollen wir machen?«

»Bleibt erst einmal sitzen. Euer Wagen ist gepanzert. Ich schicke so schnell wie möglich Verstärkung.«

»Okay. Ende.«

Kollowski nahm seinem Kollegen den schweißfeuchten Hörer aus der Hand und hängte ein.

»Es war das beste, was wir tun konnten«, sagte Okura.

»Bleiben wir solange hier drin?«

»Klar.«

Es war still. Auch von draußen drang kein Ton durch die Scheiben. Rechts und links lag der Wald. Beide Männer schauten aus den Fenstern. Sie rechneten damit, daß sich irgendwelche Gegner im Hintergrund versteckt hielten, doch zwischen den Bäumen rührte sich nichts.

Auch der andere Wagen stand still. Sie konnten auch keine Bewegung im Fahrerhaus wahrnehmen, wahrscheinlich hatte sich der Kerl dort geduckt.

Dann schwang plötzlich die Tür auf. »Verdammt!« flüsterte Kollowski. »Jetzt geht es los!«

Ein Mann stieg aus.

Kollowski lachte auf. »Was ist denn das für eine Witzfigur? Klein, schmächtig, Brille …«

»Sei ruhig, Mensch.«

Der Kleine ging nicht auf sie zu, sondern schritt an seinem Wagen vorbei und verschwand hinter ihm.

»Weißt du, was das zu bedeuten hat?« fragte Kollowski. Er hatte sich nach vorn gebeugt und stierte durch die Scheibe.

»Nein.« Auch Okura hatte seine Waffe gezogen. Er wischte über seine Stirn. Sie war schweißnaß. Die Tropfen fielen auf seine Hose.

»Jetzt kommt einer!« zischte Kollowski.

Er hatte recht. Es kam jemand. Aber nicht Mr. Mondo, sondern Vampiro-del-mar!

»O Gott, das gibt's doch nicht!« flüsterte Okura und schlug hastig ein Kreuzzeichen, denn die Gestalt schien einem Alptraum entsprungen zu sein.

»Verdammt, was machen wir?« schrie Kollowski. Auch er hatte so etwas noch nicht erlebt.

»Ich weiß nicht«, flüsterte Okura. »Verdammt, ich weiß es wirklich nicht.«

Der Unheimliche kam näher. Er war ein Riese. Beide Fahrer sahen das entstellte Gesicht, aufgerissen von Pockennarben und Geschwüren, das lange, filzige Haar und den Körper, der mit Lumpen behängt war. Der Kerl riß das Maul auf.

Die Zähne!

Himmel, was waren das für Zähne! Gewaltige Beißer, die

nicht nur zubeißen, sondern auch reißen konnten. Brutale Hauer und besonders lange Eckzähne.

Das Ungetüm hatte jetzt den eigenen Wagen hinter sich gelassen. Nun brauchte es noch zwei Schritte, um den anderen Wagen berühren zu können.

»Verdammt, was machen wir?« heulte diesmal Okura.

»Schießen!« Kollowski stieß die Worte hervor. »Wir müssen schießen! Du auf deiner Seite, ich an meiner. Ich stoße die Tür auf und springe nach draußen, du kannst die Scheibe nach unten fahren lassen und aus der Fahrerkabine feuern. Okay?«

Okura nickte.

»Los, laß die Scheibe nach unten!« Das schwere Glas ließ sich nicht drehen, die Scheiben wurden elektrisch betätigt.

Da schlug der Unheimliche bereits auf die Motorhaube. Er hatte Kraft, das war deutlich zu spüren, denn der ganze Wagen erzitterte.

Und genau dieser Schlag war das Zeichen für Kollowski.

Er rammte die Tür auf. Gleichzeitig betätigte Okura einen Knopf, und die Scheibe senkte sich langsam.

Okura beugte sich aus dem Gefährt. Der Lauf seines Revolvers richtete sich auf die breite Brust des Unheimlichen. »Bleib stehen!« keuchte der Fahrer.

Vampiro-del-mar verharrte in der Tat auf der Stelle. Er hob den Kopf, starrte Okura dabei an, und der Dunkelhäutige begann plötzlich zu zittern.

Dieser unbarmherzige Blick! So etwas hatte er noch nie in seinem Leben gesehen. Das Monstrum wollte ihn töten. Und das Wissen gab ihm gleichzeitig die Kraft, abzudrücken, zudem ertönte noch die Stimme seines Kollegen Kollowski.

»Schieß doch endlich!«

Da drückte Okura ab. Er hatte sich dabei weit aus dem Fenster gelehnt, die Waffe etwas gesenkt, so daß die Kugel in die Brust des Ungetüms treffen mußte.

Die fahlgelbe Mündungsflamme fauchte aus der Waffe. Sie schien noch in der Luft zu stehen, als die Kugel traf. Hart hieb sie in die breite Brust des Monsters, und Okura begleitete seinen Treffer mit einem erlösenden Schrei.

Er hatte es gepackt.

Vampiro-del-mar hatte die Kugel aus allernächster Nähe aufgefangen. Er wurde nicht gerade durchgeschüttelt, doch es schien, als habe er einen Stoß erhalten.

»Jetzt fällt er um!« flüsterte Okura. »Jetzt muß er umfallen, verdammt!«

Das Monster fiel nicht. Der Supervampir stand und fing sich die zweite Kugel ein.

Kollowski hatte geschossen und dabei von der Seite her auf den breiten Rücken gezielt.

Das Geschoß klatschte zwischen die Schulterblätter. Jeder Mensch wäre längst tot gewesen, nur das Monstrum stand noch immer. Es steckte die Geschosse einfach weg, ohne irgendeinen Schaden zu nehmen. Es war kugelfest!

Okura hatte natürlich ebenfalls gehört und gesehen, wie die Dinge abliefen. Er begriff nichts, und als er sich Gedanken machen wollte, da war es zu spät.

Vampiro-del-mar wurde ärgerlich, und er wollte unbedingt Blut haben. Es war ihm versprochen worden, und jetzt griff er zu.

Es waren beide Arme, die er vorstieß. Allerdings den rechten etwas schneller. Er fegte den Waffenlauf zur Seite und fand zielsicher die Kehle des aus dem Fenster schauenden Fahrers.

Okura wollte schreien. Den ersten Ton brachte er noch hervor, dann wurde ihm die Luft knapp, und sein Schrei endete in einem Röcheln.

Vampiro-del-mar griff zu. Und was er einmal in den Klauen hatte, ließ er freiwillig nicht mehr los. Seine andere Hand fand Okuras Arm, und die Finger wühlten sich in der

Achselhöhle fest. Jede Klaue besaß eine ungeheure Kraft, so daß es dem Vampir keine Mühe bereitete, sein Opfer weiterzuzerren. Das Fenster war nicht sehr hoch und auch nicht so breit. Trotzdem schaffte der riesenhafte Blutsauger es, Okura mit der Hälfte seines Oberkörpers aus dem Fenster zu ziehen. Dann packte er in Halshöhe die Jacke und fetzte sie mit einem Ruck auf.

Okura merkte davon kaum etwas. Selbst die Schmerzen drangen nur nebulös in sein Bewußtsein. Er befand sich in einem tranceartigen Zustand, halb ohnmächtig, halb normal.

Nur einmal zuckte er hoch, als er die harten Bisse an seinem Hals spürte.

Vampiro-del-mar hatte zugebissen!

Seine langen Eckzähne waren wie spitze Messer, und das Opfer merkte nicht, wie es vom Leben in den Tod hinüberwechselte. Es war zuerst wie ein Schweben, und Okura vernahm noch überdeutlich ein saugendes Geräusch, bevor die Welt in einem schwarzen, tiefen Schacht unter ihm versank.

Okura war ein Opfer der Bestie geworden.

Sein Freund und Kollege Kollowski stand vielleicht zehn Schritte entfernt. An den Waldrand war er zurückgewichen, die Beine versanken bis zu den Knien im hohen Gras. Er konnte sehen, was mit seinem Kollegen geschah, aber er wollte es nicht glauben. Beide hatten sie das Monstrum getroffen, die schweren Geschosse steckten noch in seinem Körper, aber es war nicht gefallen, es zeigte sich widerstandsfähig gegen die Kugeln und griff sogar an.

»O Gott«, stöhnte Kollowski und schlug zitternd ein Kreuzzeichen. Er wußte plötzlich, daß er Okura nicht mehr helfen konnte. Der andere hatte gewonnen, er hatte ihn besiegt, es war grauenhaft ...

Deutlich hörte er die widerlichen Geräusche. Das Schmatzen und Schlürfen, und plötzlich wurde ihm etwas klar.

Er brauchte nur zu sehen, wie die riesenhafte Gestalt am Körper seines Freundes hing, und er dachte daran, daß so etwas nur ein Vampir sein konnte.

Ja, ein Blutsauger.

Bisher hatte er von ihnen nur gehört. In Märchen, in den Sagen und auch in den Filmen. Daß es so etwas in Wirklichkeit geben sollte, wollte er nicht glauben.

Da gab es für ihn nur eins: Flucht!

Helfen konnte er nicht mehr, aber er konnte seine eigene Haut in Sicherheit bringen und die anderen Menschen vor dieser gewaltigen Gefahr warnen.

Auf dem Absatz warf er sich herum.

»Bleib stehen!« Die Stimme klang kalt, ohne Gefühl, als hätte ein Roboter gesprochen. Kollowski wußte genau, daß es kein Roboter war, sondern der zweite Mann, der im Wagen gesessen hatte.

Kollowski schielte nach links. Am Rand der Straße stand er. Klein, beinahe unscheinbar. Eine randlose Brille auf der Nase, aber in seiner rechten Hand hielt er eine großkalibrige Pistole, deren Mündung genau auf Kollowski gerichtet war.

Was tun?

Kollowski gab sich selbst fünf Sekunden, um nach einem Ausweg zu suchen. Er konnte durch den Vampir getötet werden, aber auch durch eine Kugel.

Der riesenhafte Blutsauger ließ ihm keine Chance. Würde ihm die Kugel eine lassen? Es kam darauf an, wie gut der Brillenträger schießen konnte. Kollowski versuchte es und setzte alles auf eine Karte.

Er tat so, als würde er aufgeben. Seine Arme befanden sich bereits auf dem Weg nach oben, doch auf halber Strecke explodierte er. Kollowski warf sich nach vorn, kam auch gut weg und hörte gleichzeitig den krachenden Abschuß.

Da lag er bereits in der Luft und spürte den Hieb, wie mit

einer feurigen Peitsche geschlagen, der über seinen Rücken fegte und dort einen brennenden Streifen hinterließ. Etwas klatschte neben ihm in Kopfhöhe in einen Baumstamm, und als Kollowski aufprallte, wußte er, daß es die Kugel gewesen war.

Sie hatte ihn nicht tödlich getroffen, sondern nur gestreift.

Kollowski war mit den einschlägigen Kampftechniken vertraut. Lange genug hatte er trainiert.

Kaum lag er am Boden, da rollte er sich schon herum, hatte Glück, fiel in eine kleine Mulde, und als der zweite Schuß aufdonnerte, traf das Geschoß nur den Boden, wo es Dreck und ein paar faulige Blätter aufwirbelte.

Kollowski feuerte zurück. Er zielte nicht genau, hielt nur irgendwo hin und hörte einen wilden Fluch.

Danach einen Schrei. »Hol ihn dir, verdammt!«

Für Kollowski war es das Startsignal. Er sprang auf, warf sich zwischen zwei Baumstämme, duckte sich, zog den Kopf ein, achtete nicht auf die Schmerzen in seinem Rücken und rannte.

Noch nie in seinem Leben war er so gelaufen. Er rannte, was seine Beine hergaben. Weg wollte er, nur weg vom Ort des Schreckens.

Noch einmal wurde geschossen, aber die Kugel pfiff irgendwo durch die Gegend, sie schreckte nur einige Vögel auf, die wild von den Zweigen hochflatterten und über den Bäumen kreisten.

Kollowski hetzte weiter. Wie ein Büffel jagte er durch das Unterholz, die Angst peitschte ihn voran. Er mußte einen möglichst großen Vorsprung vor der gefährlichen Bestie herausholen. Wenn ihm das nicht gelang, war er verloren.

Irgendwann verließ er den Wald, was er kaum merkte. Er sah auch nicht den Bach, der sich wie ein helles Band durch das Grün der Wiesen schlängelte.

Als Kollowski ins Leere trat, gelang es ihm nicht mehr, das Gleichgewicht zu halten.

Mit seinem vollen Gewicht klatschte er in das Wasser, wühlte den Schlamm auf und blieb liegen.

Kollowski weinte vor Erschöpfung. Er war am Ende seiner Kräfte ...

Marvin Mondo ließ den rechten Arm sinken. Sein Gesicht hatte sich verzerrt. Haß zeichnete es. Und auch Enttäuschung, denn der zweite Mann war entkommen. Er hatte ihn zwar getroffen, aber nicht entscheidend. Es war ihm gelungen, zu fliehen.

Das brachte Mondo so auf die Barrikaden. Damit war ein kleiner Teil seines Planes nicht in Erfüllung gegangen.

Sein Blick fiel auf Vampiro-del-mar. Er hielt noch immer sein Opfer fest, holte auch den letzten Tropfen Blut aus den Adern, und erst als Mondo ihn anschrie, da blickte er auf.

Grausam sah sein Gesicht aus. Normalerweise war es schon schlimm genug, doch diesmal präsentierte sich die untere Partie noch blutverschmiert. Sogar am Kinn rannen die roten Streifen entlang.

Okura hing blaß und leblos aus dem Fenster. Das würde sich allerdings bald ändern.

»Der andere ist entkommen!« schrie Mondo. »Du hättest dich um ihn kümmern sollen!«

Vampiro-del-mar schüttelte den Kopf. Er verstand nicht so recht, er wollte nur Blut.

»Ach, verdammt!« keuchte Mondo, unterbrach sich aber, als er die dumpfen Schläge vernahm. Jemand im Innern des Transporters hämmerte gegen die Stahlwand.

Ja, da waren noch die beiden anderen.

Marvin Mondo entfachte eine fieberhafte Aktivität. Er stieß Okura wieder in den Wagen zurück, streckte seinen

Arm durch die offene Scheibe und fand den Riegel, durch den sich die Tür öffnen ließ.

Als sie aufklappte, stand Mondo bereits neben dem Wagen, kletterte hinein und durchsuchte den Fahrer.

Er nickte zufrieden, als er die Schlüssel fand. Triumphierend hielt er sie hoch. Rasch lief er mit seiner Beute an die hintere Tür des Transporters. Ja, die Schlüssel paßten, das hatte er mit einem schnellen Blick festgestellt.

Drei Schlösser mußte er öffnen, während er die dumpfen Stimmen der Gefangenen hörte. Die wußten überhaupt nicht, was geschehen war, würden sich aber bald wundern.

Vampiro-del-mar stand hinter Mondo und leckte sich die Lippen. Mit seiner grauen Zunge schleckte er noch ein paar Blutstropfen ab, aber er dachte auch an die nächsten Opfer, die in dem Wagen saßen.

Marvin Mondo zog die Tür auf. Die andere Hälfte ließ er geschlossen und warf einen Blick in das Innere.

Man hatte die Cornetti-Brüder angekettet. Sie hockten nebeneinander auf einer Bank und hatten die Gesichter dem Einstieg zugedreht. »Endlich«, stöhnte Franco. »Das wurde auch Zeit.«

Und Jason fragte: »Wer bist du überhaupt?«

Mondo gab keine Antwort. Schweigend trat er zur Seite, so daß Vampiro-del-mar Platz hatte.

Als die Cornettis den Supervampir sahen, hatten sie plötzlich keine so große Klappe mehr. Ihre Augen wurden groß. Sie ahnten, daß etwas Schreckliches auf sie zukam.

Mondo grinste kalt. »Ihr wolltet doch befreit werden. Bitte, jetzt habt ihr es.« Vampiro-del-mar mußte sich bücken, um überhaupt einsteigen zu können. Dann bewegte er sich auf die Gangster zu.

Beide wichen zurück, soweit es ihnen die Fesselung erlaubte. Selten oder noch nie in ihrem Leben hatten sie so eine Angst verspürt wie in diesen Augenblicken.

Sie sahen das blutverschmierte Gesicht, wußten nicht, woher das Blut stammte, aber ihnen war klar, daß sie vom Regen in die Traufe geraten waren.

»Beeil dich!« zischte Mondo.

So etwas brauchte man einem Monstrum wie Vampiro-del-mar nicht zweimal zu sagen. Schließlich sah er vor sich zwei Opfer. Menschen, die Blut hatten, das er so dringend benötigte. Er war noch längst nicht satt, er brauchte mehr, immer mehr, man hielt ihn zu kurz, und hier konnte er sich bedienen.

Jason Cornetti trat nach ihm. Er traf auch, doch Vampiro-del-mar verspürte keine Schmerzen.

»Bruderherz, der macht uns fertig«, flüsterte Franco. Das waren die letzten Worte in seinem Leben. Ein harter Schlag raubte ihm das Bewußtsein.

Franco Cornetti fiel zusammen. Nur durch die Fessel wurde er noch gehalten.

Jason hatte einige Sekunden länger das Glück, bei Bewußtsein bleiben zu dürfen. Als ihn der Hieb traf, schleuderte ihn die Wucht mit dem Hinterkopf gegen die Stahlwand.

Sein Bewußtsein erlosch.

Gierig wollte sich Vampiro-del-mar über die beiden stürzen, als Mondo mit schneidender Stimme das »Nein!« befahl.

Der Blutsauger drehte sich um.

»Du kannst sie gleich haben!« zischte Mondo. »Erst schaffen wir sie hier raus in unseren Wagen!« Er drängte sich an dem Vampir vorbei und hielt schon den passenden Schlüssel in der Hand, um die stählernen Fesseln zu lösen.

Klickend zog er die Handschellen auseinander. Die Cornetti-Brüder sackten auf der schmalen Bank zusammen.

»Pack sie dir.«

Vampiro-del-mar folgte der Aufforderung nur zu gern. Er

nahm beide auf einmal und wuchtete sie über seine Schultern. Mit seiner Last verließ er den Transporter und stampfte schwerfällig auf den eigenen Wagen zu.

Mondo folgte ihm langsamer. Er warf einen Blick in das Führerhaus des Gefangenentransporters. Dort lag der dunkelhäutige Begleiter.

Und er bewegte sich.

Mondo grinste, als er das sah. Okura öffnete die Augen, und mit ihnen auch den Mund, so daß seine Zähne zu sehen waren. Die oberen und unteren Reihen waren normal, aber rechts und links hatten sich zwei neue gebildet.

Vampirzähne!

Gefährliche, spitze Hauer, die töten wollten.

Ruckartig richtete sich der andere auf. Er schaute genau in das Sonnenlicht. Normalerweise hätte er schreien müssen. Mondo wartete auch gespannt darauf, und als ein Schrei ausblieb, da wußte der Monstermacher Bescheid. Vampirodel-mars Vampir-Keim hatte auch bei seinen Opfern gewirkt. So wenig, wie ihn Tageslicht störte, so wenig machte es auch seinen Opfern aus. Sie waren immun wie er.

Mondo hätte ihn ansonsten liegenlassen, so aber gab er ihm den Befehl, sich zu erheben und mitzukommen.

Okura gehorchte. Er hatte genau erkannt, wer hier den Ton angab. Mit schwerfälligen Bewegungen verließ er den Wagen und trottete hinter Mondo her.

Vampiro-del-mar hatte sich mit seinen beiden Opfern auf die Ladefläche verkrochen.

Und er saugte bereits.

Mondo hörte das Stöhnen und Schlürfen. Diese Bestie war jetzt in ihrem Element, und ein teuflisches Grinsen umspielte die Lippen des Monstermachers.

Der Plan hatte geklappt, auch wenn es dem einen gelungen war, zu fliehen. Mit seltsam eckigen Bewegungen schlich der dunkelhäutige Blutsauger an ihm vorbei.

»Los«, sagte Mondo, »steig zu den anderen. Vielleicht läßt Vampiro-del-mar dir noch etwas übrig.« Er lachte. Für ihn war es das Höchste, diese Wesen zu beherrschen.

Er selbst nahm hinter dem Lenkrad Platz und startete. Es gelang ihm sogar, auf dem schmalen Weg zu wenden. So rasch es ging, fuhr er in der entgegengesetzten Richtung davon. Nur ein auf der Straße stehender Wagen und Blutstropfen im Gras zeugten davon, welch ein Drama sich hier abgespielt hatte ...

Blut im Gras!

Es war Inspektor Durnham, der dies entdeckte. Mit einigen Polizeibeamten war er so rasch wie möglich hergefahren und trotzdem zu spät gekommen, wie er jetzt bitter erkennen mußte.

Die Polizisten brauchten ihre Waffen nicht einzusetzen. Sie konnten die Maschinenpistolen über den Schultern hängen lassen. Es war kein Gegner da.

Dafür begann die große Zeit der Spurensicherer. Sie krochen mit der Lupe auf dem Boden herum und untersuchten jeden Grashalm. Durnham stand vor der offenen Hintertür des Transporters und schaute in den leeren Raum. Auch dort hatte er Blut gesehen, aber keine Opfer. Die Gangster blieben ebenso verschwunden wie die beiden Gefangenen und die Fahrer.

Was war geschehen?

Man stand vor einem Rätsel.

»Blut, überall Blut«, sagte der Einsatzleiter der Polizei, »aber keine Leichen.«

»Da können wir froh sein«, meinte Durnham.

»Ich weiß nicht so recht, was das alles zu bedeuten hat. Ich möchte nur nicht, daß man die Toten an einer anderen Stelle findet.«

»Vielleicht sind sie gar nicht tot?«

»Glauben Sie das im Ernst, Durnham?«

»Solange ich keine Leiche gesehen habe, schließe ich die Möglichkeit nicht aus.«

»Eine Wette ist mir zu makaber, Durnham, ich wäre jedoch sicher, sie zu gewinnen.«

»Sir!« rief einer der Beamten. »Kommen Sie.«

Durnham lief mit. Der Beamte hockte im Einsatzwagen.

Über Telefon hatte er eine Meldung erhalten. Ein Bauer hatte einen verletzten Mann gefunden, bei dem es sich einwandfrei um einen gewissen Nick Kollowski handelte.

Durnham nickte und fragte leise: »Wie war das noch mit Ihrer Wette, Herr Kollege?«

Der andere schwieg.

Jeder Beruf hat seine Vor- und Nachteile. Auch der des Polizisten. Und für einen Polizeibeamten gibt es nichts Schlimmeres, als untätig herumzusitzen und darauf zu warten, daß etwas geschieht. In dieser Lage befanden wir uns.

Suko und ich hielten uns im Hotel auf. Träge nur verging die Zeit. Wir sahen, wie Eltern ihre Kinder in die Arme schlossen und abholten. Dabei standen natürlich die beiden jungen Betreuer im Mittelpunkt. Sie mußten berichten, und sie taten es. Erst jetzt merkten die Väter und Mütter, in welch einer Gefahr ihre Sprößlinge geschwebt hatten.

Uns ließen die beiden aus dem Spiel, denn darum hatte ich Cathy und Billy gebeten. Ich war froh, daß die Kinder nach Hause konnten.

Aber einer von ihnen war noch immer nicht aufgetaucht.

Gary Sorvino.

Nach wie vor hielt er sich versteckt. Ich hatte auf eine Fahndung verzichtet, die Warnung jedoch nicht vergessen. Ich wußte auch inzwischen, wer oder was die Grabstein-

Bande war. Der Anruf bei einem Polizeirevier hatte mich schlauer gemacht. Es waren keine Dämonen! Das beruhigte mich nicht gerade, aber immerhin war ich froh, es einmal mit normalen Gangstern zu tun zu haben. Man hatte sie vor kurzer Zeit geschnappt, als sie Lösegeld kassieren wollten. Den Namen Grabstein-Bande hatte man den beiden Cornetti-Brüdern gegeben, weil sie immer auf Friedhöfen agierten und sich dort das Lösegeld aushändigen ließen.

Die Namen stießen mir auf.

Cornetti, das hörte sich italienisch an. Ebenso wie Sorvino und Costello. Ob es da unter Umständen eine Verbindung gab? Mafiosi untereinander? Franco und Jason Cornetti stammten zwar aus den Staaten, aber das hatte bei den weltweiten Verbindungen der ›Ehrenwerten Gesellschaft‹ überhaupt nichts zu sagen. Diese Typen kannten sich untereinander, und es war durchaus denkbar, daß die Grabstein-Bande für Logan Costello gearbeitet hatte.

Ich hätte gern ein Gespräch mit den beiden geführt. Doch das war nicht möglich. Gerade am heutigen Tag wurden sie nach London überführt. Dort sollte ihnen der Prozeß gemacht werden.

Wieder etwas, das mir nicht paßte. Nicht etwa der Prozeß, der war schon in Ordnung, aber die Überführung genau am heutigen Tag. Zwar hatte mir der zuständige Inspektor versichert, daß auf diesen Transporten noch nie etwas schiefgegangen war, aber ich konnte mich als gebranntes Kind bezeichnen, das bekanntlich das Feuer scheut.

Suko teilte meine Bedenken. Und so hockten wir in meinem Zimmer und warteten.

Der Chinese hatte sich aufs Bett gelegt. Er wollte seine Verletzung auskurieren. Ich stand am offenen Fenster und schaute hinunter auf den Parkplatz, wo fast jede Minute ein Wagen startete. Die Eltern fuhren mit ihren Sprößlingen ab.

In Faversham ging das Leben weiter. Nichts deutete auf

eine drohende Gefahr hin. Es war ein lebhafter Ort mit ziemlich viel Verkehr, wie ich ihn nicht vermutet hätte.

Wir hatten uns etwas zu essen hochbringen lassen. Die schmutzigen Teller standen auf dem Tablett, bis das Zimmermädchen erschien und die Sachen mitnahm.

Leider gab es kein Telefon im Zimmer.

Um anzurufen, mußte ich zur Rezeption.

»Ich gehe noch mal runter«, sagte ich zu Suko.

»Wenn was ist, gib Bescheid.«

»Okay, ruh dich aus. Vielleicht wirst du heute abend noch gebraucht.«

»Jedenfalls besser, als hier rumzuliegen.«

Ich schloß die Tür. Den Lift nahm ich nicht, sondern ging zu Fuß die Treppe hinunter. Die Frau hinter der Rezeption wußte Bescheid. Sie deutete schon auf die leere Kabine. Ich mußte erst Kleingeld wechseln und wählte dann die Nummer der Zuchthausverwaltung.

Diesmal verband man mich nicht mit Durnham. Der Inspektor wäre unterwegs, so hieß es.

»Wann kommt er zurück?«

»Das kann ich Ihnen leider nicht sagen«, erwiderte der Mann in der Vermittlung.

»Wissen Sie, wo er hingefahren ist?«

»Zu einem Einsatz.«

Ich horchte auf. »Geht es dabei zufällig um die Grabstein-Bande?«

»Tut mir leid, Sir, aber ich bin nicht befugt, telefonisch Auskünfte zu geben.«

Das hatte mir noch gefehlt. Ein sturer Beamter. Andererseits hatte er seine Vorschriften. »All right«, sagte er, »ich komme selbst vorbei.«

»Gern, Sir.« Diesmal ließ ich mich mit dem Lift nach oben schießen. Zumindest wollte ich Suko fragen, ob er mitwollte. Er wäre beleidigt gewesen, hätte ich es nicht getan.

»Klar, ich fahre mit. Dieses Herumliegen auf der faulen Haut paßt mir nicht.« Er stand vorsichtig auf, sein Kopf vertrug noch keine starken Belastungen.

Bisher hatte ich mit dem Zuchthaus nur telefoniert, ich wußte nicht, wo es lag. Den Weg erfuhr ich von der Frau an der Rezeption. Sie erklärte ihn mir genau. Zum Glück brauchten wir nicht tiefer in die Stadt hinein, es gab eine breite Ringstraße, die um den Ort herumführte, und sogar ein Schild entdeckten wir.

An einer Kreuzung mußten wir rechts ab, passierten eine Metallfabrik und gelangten in weniger bewohntes Gelände. Die Straße beschrieb einen Rechtsbogen, und in seinem Scheitel bog der mit Katzenköpfen gepflasterte Weg zum Zuchthaus ab.

Selbst das Grün der Bäume konnte die grauen Mauern nicht vollständig verdecken. Beide waren wir überrascht, einen Rundbau vor uns zu sehen. An dem großen Tor stoppten wir. Schon öfter hatte ich mich in Gefängnissen und Zuchthäusern befunden. An sie werde ich mich nie gewöhnen können.

Ich hupte.

Aus einem Guckloch in der Tür musterten uns mißtrauische Blicke. Ich stieg aus und zeigte meine Legitimation. Warm schien mir die Nachmittagssonne in den Nacken. Wir hatten wirklich herrliches Wetter. Am liebsten hätte ich Urlaub gemacht.

Uns wurde geöffnet. »Sie müssen verstehen, Sir«, sagte der Mann, »daß ich Ihnen keine Auskunft geben konnte …«

»Geschenkt. Wo finde ich Inspektor Durnham?«

»Nicht da, Sir. Der Einsatz …«

»Und wie steht es mit dem Zuchthausdirektor?«

»Er befindet sich in Urlaub.«

»Wie schön für ihn.« Mein Grinsen fiel essigsauer aus. »Kann mir sonst jemand weiterhelfen? Weiß man über den

Einsatz Bescheid? Kann ich Mr. Durnham oder einen Polizisten telefonisch erreichen?«

»Ich kann es versuchen.«

»Dann tun Sie es.«

Wir standen in der Bude des Mannes, der wirklich nicht zu den Schnellsten gehörte.

Er brauchte sich nicht mehr zu bemühen. Draußen fuhr ein Wagen vor. Der Beamte warf einen schnellen Blick auf seinen Monitor. In der Mauer installierte Kameras beobachteten das Gelände vor dem Zuchthaus. »Mr. Durnham kommt«, sagte er.

Der Inspektor hatte es eilig. »Geben Sie mir sofort eine Blitzverbindung mit der Einsatzreserve drei«, verlangte er und nahm uns gar nicht wahr.

»Augenblick mal«, sagte ich.

Durnham fuhr herum. Sein Gesicht war schweißnaß. Die Krawatte hing bei ihm auf halb acht. »Wer sind Sie denn?« fragte er scharf.

»Oberinspektor Sinclair«, erwiderte ich und stellte Suko ebenfalls vor, wobei ich Durnham sofort meinen Ausweis zeigte, um keine Ärgernisse aufkommen zu lassen. Der Innenminister hatte mich mit diesem Dokument ausgestattet, welches mir zwangsläufig Tür und Tor öffnete.

»Ich verstehe«, sagte Durnham und nickte, wobei er tief durchatmete. »Was ordnen Sie an?«

»Gar nichts, Inspektor. Ich möchte nur mit Ihnen zusammenarbeiten.«

»Oh, das ist angenehm.«

»Sag' ich doch. Wo können wir reden?«

»In meinem Büro, Sir. Kommen Sie.«

Wir ließen einen neugierigen Beamten zurück.

Durnham brachte uns in sein Office. Ein wenig Zuchthausatmosphäre lernten wir kennen, gingen durch kahle Gänge und mußten auch eine Gittertür passieren.

Der Inspektor schloß auf, auch seine Bürotür war abgeschlossen. Im Office selbst sah es kaum anders aus als im übrigen Zuchthaus. Ziemlich trostlos.

Zwei Besucherstühle gab es. Hinter dem Schreibtisch nahm er Platz, nachdem er seine Jacke ausgezogen und an einen Haken gehängt hatte.

»Was ist geschehen?« fragte ich.

»Die Hölle ist los«, erwiderte er leise. »Man hat zwei Gefangene befreit.«

»Die Grabstein-Bande?«

»Ja, aber woher wissen Sie das?«

Ich winkte ab. »Das ist jetzt egal, ich weiß es eben. Und wie ist es passiert?«

Durnhams Bart zitterte. Aus fast feuchten Augen schaute er uns an. »Zum Glück haben wir einen guten Zeugen. Einem Mann vom Begleitpersonal ist die Flucht gelungen. Er wurde zwar angeschossen, ist aber nur verletzt und liegt im Krankenhaus. Wir konnten ihn verhören.«

»Erzählen Sie.«

Wir erfuhren eine so unglaubliche Geschichte, daß sie schon fast wieder glaubhaft war. Der Inspektor berichtete von dem Überfall der Vampire, vom Blutsauger und einem gewaltigen Monster, das er sogar beschreiben konnte.

»Vampiro-del-mar«, flüsterte ich.

Durnham horchte auf. »Sie kennen ihn?«

»Ja, aber das spielt jetzt keine Rolle. Erzählen Sie weiter.«

Der Inspektor berichtete. Viel mehr konnte er nicht sagen. Auch ein anderer Mann wurde erwähnt, der allerdings kein Vampir war, sondern ein Mensch.

Als ich die Beschreibung hörte, wußte ich ebenfalls Bescheid. »Mr. Mondo«, murmelte ich.

»Das war dann alles«, sagte Durnham. »Ich möchte eine Großfahndung ankurbeln, damit wir die Gefangenen ...«

»Nein, nur das nicht.«

»Warum?«

Ich atmete tief durch. »Wenn es wirklich Vampire waren, und alles deutet daraufhin, werden Sie mit einer Großfahndung nichts erreichen. Glauben Sie mir, ich habe meine Erfahrungen.«

»Und was sollen wir tun?«

»Sie nichts, Inspektor. Mein Partner und ich werden uns die Angelegenheit durch den Kopf gehen lassen und Maßnahmen ergreifen, die notwendig sind. In welchem Krankenhaus liegt der Patient, sagten Sie?«

»St. Mary's Hospital.«

»Danke, das werden wir finden.«

»Aber Nick Kollowski wird Ihnen nicht mehr als mir sagen können, Mr. Sinclair.«

»Das bleibt abzuwarten. Auf jeden Fall darf ich mich für Ihre Mühe bedanken.«

»Bitte sehr. Ich bringe Sie noch hinaus.«

Der Abschied fiel etwas frostig aus. Ich war sicher, daß sich der Inspektor jedoch an die von mir gegebenen Anweisungen halten würde.

Suko entdeckte den Zettel zuerst. Er klemmte unter dem rechten Scheibenwischer. Der Chinese pflückte ihn ab und las. Dann gab er mir den Schrieb.

Um Mitternacht auf dem alten Friedhof.
Gary

Ich schaute Suko an. »Was sagst du dazu?«

»Sie werden nervös und kriechen aus den Höhlen«, erwiderte der Chinese. »Das ist doch immerhin etwas, oder?«

»Zumindest besser als nichts.«

Ich klemmte mich hinter das Steuer und startete. Unser nächstes Ziel war das Krankenhaus.

Er lebte und war trotzdem tot.

Er sah die anderen, die ebenso aussahen wie er, aber es interessierte ihn nicht.

Er wollte nur eins: Blut!

Er war gebissen worden, und er war in den Schacht des süßen Todes gefallen, aber er erwachte wieder, sah die Welt erneut, die ihm vertraute Umgebung, und erinnerte sich sogar.

Blut ...

Dieser Gedanke beherrschte ihn ebenso wie die anderen beiden. Es waren die Gefangenen. Sie trugen noch immer ihre Mäntel, nur zeigten diese an den Kragen rote Flecken. Dort hatte der Stoff die Tropfen aufgesaugt. Und die Gesichter waren bleicher geworden. Sie schimmerten bläulich, und unter den Augen lagen tiefe Schatten. Blaß waren die Lippen, nicht einmal rosa, und als die beiden den Mund öffneten, waren deutlich die Zähne zu sehen.

Die Gefangenen befanden sich noch im Wagen. Zusammen mit Vampiro-del-mar hockten sie auf der Ladefläche, durch eine Plane vor neugierigen Blicken geschützt.

Der Supervampir saß auf dem Boden. Mit seinem Rücken hatte er sich an die Hinterseite des Fahrerhauses gelehnt. Aus kalten, gefühllosen Augen starrte er stoisch zu Boden, als würde ihn die Umgebung überhaupt nicht interessieren. Der Wagen stand in einer stillen Seitenstraße. Hin und wieder gingen Menschen vorbei. Dann wurden die Blutsauger jedesmal wach, und aus ihren Mäulern drang manch drohendes Knurren.

Nur einer war gesättigt. Vampiro-del-mar! Er hatte drei Opfer leergesaugt. Ihr Blut pulste jetzt in seinem Körper und würde ihn lange genug mit Kräften versorgen.

Doch die anderen dürsteten. Vor allen Dingen Okura. Er hatte sich bewußt in die Nähe der Ausstiegsklappe gehockt. Die erste Fluchtgelegenheit wollte er wahrnehmen.

Er brauchte ein Opfer ...

Aber Vampiro-del-mar gab acht. Er sorgte dafür, daß Mondos Befehle auch befolgt wurden. Keiner durfte den Wagen verlassen. Erst im Schutz der Dunkelheit konnten sie sich draußen bewegen.

Und so warteten sie.

Stumpf, stoisch ...

Die Cornetti-Brüder hockten ebenfalls am Boden, hatten die Beine angezogen und die Maschinenpistolen, die man ihnen gegeben hatte, über die Knie gelegt.

Wie früher sahen sie aus, als sie noch normale Menschen gewesen waren.

Jetzt waren sie zwar frei, aber dennoch Gefangene. Sie steckten im Teufelskreis eines Blutbannes, aus dem es nach menschlichem Ermessen kein Entrinnen gab. Es sei denn, man erlöste sie mit einer Silberkugel oder einem ins Herz gestoßenen Eichenpflock, der ihrem unseligen Dasein ein Ende bereitete.

Wieder hörten sie Schritte.

Es waren leichte, schnelle. Und es konnten die eines Kindes sein. So war es auch.

Gary Sorvino.

Er war von seinem Vater in den großen Plan eingeweiht worden, und er spielte seine Rolle geschickt. Vor allen Dingen hatte es der Anwalt verstanden, die Schuld am Tode seines Sohnes John Sinclair in die Schuhe zu schieben. Gary war dementsprechend beeinflußt worden und haßte diesen Mann sehr. Er würde alles tun, um Ralphies Tod zu rächen. So war er zu einem Verbündeten geworden.

Mondo hatte ihn längst im Rückspiegel gesehen, wie er über den Gehsteig lief.

Rasch öffnete der Monstermacher die Beifahrertür. Etwas atemlos stieg Gary in den Wagen und ließ sich auf den Sitz fallen.

»Hast du Sinclair gesehen?« fragte Mondo.

»Nein.«

»Aber du hast es geschafft?«

»Ja, Sir. Der Zettel klebt an der Frontscheibe.«

»Das ist gut, sogar sehr gut. Und entdeckt hat dich niemand, mein Junge?«

»Nein, Sir.«

»Ausgezeichnet.« Mondo nickte. »Willst du auch weiter mitspielen, Gary?«

»Natürlich«, antwortete der Junge tonlos. »Sinclair ist schuld am Tod meines Bruders. Er muß sterben, so hat es Daddy gesagt. Wir wollen ihn tot sehen.«

»Bravo, du paßt ja fast zu uns. Ein richtiges kleines Früchtchen bist du.« Mondo freute sich darüber, daß der Junge so manipuliert worden war.

Gary Sorvino schaute hinaus auf die Straße. Hier fuhr kaum jemand entlang. Und wenn, dann wohnte er in einem der Häuser rechts und links, die jedoch nur schlecht zu sehen waren, weil Bäume und Büsche sie zur Straße hin abdeckten und sie so den Blicken der Passanten entzogen. Um den Lastwagen, der so friedlich am Straßenrand parkte, kümmerte sich kein Mensch. Und niemand ahnte, welch eine brisante Fracht er beförderte.

»Hat alles geklappt?« fragte Gary. Er sprach schon fast wie ein Alter.

»Ja, willst du sie sehen?«

Der Junge schaute den Monstermacher an. »Wenn ich darf, sicher. Ich glaube nicht, daß es sie gibt.«

»Dann überzeuge dich vom Gegenteil.« Mondo öffnete schon die Tür. »Es gibt hier leider kein Sichtfenster zum Laderaum, wir müssen schon aussteigen.«

Das taten sie auch.

Mondo ging als erster. Ihm bereitete es einen diebischen Spaß, den Halbwüchsigen mit dem Grauen zu konfrontieren. Allein daran war zu erkennen, wie seelenlos dieser Mann war. Er hatte kein Gewissen und gehörte zu den Typen, die genau in die verfluchte Mordliga eines Solo Morasso paßten.

Gary ging mit.

Er schwitzte. Sein schwarzes Haar hing ihm in die Stirn. In seinem Kopf lag ein dumpfes Gefühl, als wäre der Schädel mit Watte gefüllt. Zudem stand er unter einer innerlichen Spannung, seine Beine schienen mit Blei gefüllt zu sein, aber in seiner Brust loderte die Flamme der Rache.

Sinclair war schuld am Tode seines Bruders. Davon hatte ihn sein Vater überzeugt. Und Sinclair würde dafür büßen müssen, Gary wollte ihn tot sehen.

Er dachte an die Western, die er so oft im TV und im Kino gesehen hatte. Dort rächte man auch den Tod eines geliebten Menschen. Gary war einfach nicht in der Lage, zu differenzieren, er war zu jung, er sah alles nur schwarzweiß und glaubte den Menschen, die ihm Lügen eingehämmert hatten.

Mr. Mondo war stehengeblieben. Vorsichtig schaute er sich um. Die Straße war leer, dann glitt sein Blick über die Gestalt des Vierzehnjährigen.

Ja, er war das geeignete Objekt. Auf ihn würde kein Verdacht fallen. Der Junge konnte Sinclair in die Falle locken. Mondo und die anderen wollten im Hintergrund lauern und eiskalt zuschlagen.

Schon jetzt malte er sich den Triumph aus, wenn es ihm gelang, den Geisterjäger zwischen die Finger zu bekommen.

»Paß gut auf, Kleiner«, flüsterte er, »ich zeige dir was. Es sind diejenigen, die dir helfen.« Schon machte er sich an der Verkleidung zu schaffen. Er zog die Bänder auseinander und löste Schnallen, wobei er Gary unentwegt musterte.

Der Junge war gespannt. Er wollte sie endlich sehen und überzeugt werden, daß es Vampire gab.

Noch eine Schnalle.

Mondo zog sie auf und lüftete die Plane. »Da, Junge, schau genau hinein.«

Gary Sorvino trat vor. Auf der Ladefläche war es düster, aber es fiel so viel Licht herein, daß er die Gestalten sah.

Vor Schreck hätte er fast geschrien. Er öffnete bereits den Mund, als Mondo ihm seine Hand über die Lippen legte. »Keinen Laut, reiß dich zusammen, sie tun dir nichts.«

Da saßen sie.

Zuerst der grausame Vampiro-del-mar, der seinen Mund aufgerissen hatte und die gefährlichen Zähne präsentierte. Es sah so aus, als würde er gähnen.

Rechts von ihm hockten die Cornetti-Brüder am Boden. Sie waren angezogen wie normale Menschen, doch als sie jetzt grinsten, erkannte Gary die spitzen Eckzähne, die sich über die Lippen schoben.

Auch sie waren Vampire.

Und dicht vor sich, in nächster Nähe, sah er einen dunkelhäutigen Mann, von dem er wußte, daß er zu den Fahrern des Wagens gehörte, den die anderen gestoppt hatten.

Dieses Wesen fixierte den Jungen aus kalten Augen.

Gary bekam Angst. Film war etwas anderes als die Wirklichkeit. Hier wurde er mit dem Grauen konfrontiert, es sprang ihn förmlich an, und er merkte, wie er zitterte.

Angst ...

Sie schüttelte ihn, und er dachte daran, ob es richtig war, was er getan hatte. Zum erstenmal kam ihm der Gedanke. Als hätte Mondo in sein Gehirn hineinschauen können, flüsterte er die folgenschweren Worte. »Sie werden John Sinclair töten. Wir werden ihm keine Chance geben. Er ...«

Da geschah es.

Okura drehte durch. Lange genug hatte er auf dem Wagen gesessen. Der unheimliche Drang war so stark geworden, daß er sich nicht mehr länger beherrschen konnte. Er schoß in die Höhe. Bevor jemand eingreifen konnte, war er schon vorgeschnellt.

Wuchtig prallte er gegen den Jungen, stieß ihn zurück und hieb gleichzeitig mit der Faust nach Marvin Mondo.

Er traf auch. Der Schlag traf Mondo am Hals, und der Monstermacher wurde ebenso von den Beinen gerissen wie Gary.

Beide lagen am Boden. Geschmeidig sprang Okura über den Mann und den Jungen hinweg. Er rannte noch nicht los, sondern blieb stehen, fletschte sein Gebiß, duckte sich dabei und schaute mit funkelnden Augen in die Runde.

Mondo fing sich als erster, während Gary noch benommen auf dem Pflaster lag.

»Pack ihn!«

Dieser Befehl galt Vampiro-del-mar. Er war allerdings auch das Startsignal für Okura, den nichts mehr hielt. Er wollte seinen eigenen Weg gehen.

Mit Riesensätzen hetzte er über die Straße, erreichte die andere Seite und sprang mit einem gewaltigen Satz über den Zaun. Wie ein Tier brach er in die Büsche eines Vorgartens ein.

Erst jetzt erschien Vampiro-del-mar. Er wollte die Verfolgung aufnehmen, doch Mondos Befehl stoppte ihn.

»Laß es, wir müssen weg!« Mondo hatte nämlich zwei Zeugen gesehen, die soeben aus einem schmalen Vorgartenweg gekommen waren. »Zurück in den Wagen!« zischte er, packte den Jungen und zog ihn zum Fahrerhaus, wo sie hastig einstiegen.

Mondo knallte die Tür zu.

Dann startete er.

Zwei Augen beobachteten ihn. Es war der dunkelhäutige Vampir. Endlich hatte er es geschafft. Jetzt hielt ihn niemand auf, wenn er sich Blut beschaffen wollte ...

Okura wartete in der Deckung eines Gebüschs so lange, bis der Wagen nicht mehr zu sehen war.

Das hatte er nur gewollt. Die anderen waren verschwunden. Nun hatte er freie Bahn. Niemand bemerkte ihn, so jedenfalls glaubte er, doch als er sich aufrichten wollte, spürte er plötzlich etwas Spitzes im Nacken, und eine Stimme sagte: »Bleib ja sitzen, du verdammter Einbrecher.«

Der Vampir rührte sich nicht. Innerlich mußte er nur lachen. Vor Stunden noch hätte er sich vielleicht gefürchtet, jetzt war alles anders, nun konnte ihm keiner mehr etwas.

»Steh vorsichtig auf!« flüsterte der Mann hinter ihm. »Aber ganz, ganz ruhig, verstanden?«

Okura dachte nicht daran. Er wollte den Mann richtig schocken und dann an sein Blut.

Der Vampir wuchtete sich nach hinten. Damit hatte der Mann nicht gerechnet, und die drei Zinken der Mistgabel drangen in den Nacken des vor ihm hockenden »Einbrechers«.

Und kein Blut drang aus den Wunden!

Der Mann ließ die Gabel fallen, als wäre sie kochendheiß geworden. Er starrte auf den Nacken des angeblichen Einbrechers. Die Zinken steckten im Fleisch, so tief, daß sie das Werkzeug im Gleichgewicht hielten und der Holzstiel auf und nieder wippte, als sich der dunkelhäutige Blutsauger in die Höhe schraubte.

Langsam drehte er sich um. Dabei hob er den rechten Arm, griff über seine Schulter hinweg und zog die Forke aus seinem Nackenfleisch. Zugleich öffnete er den Mund, wobei er die nadelspitzen Vampirzähne präsentierte.

Der Hobbygärtner, ein Pensionär, bekam große Augen. Er begann zu schlucken, sein Adamsapfel hüpfte vor Erregung auf und ab. Was er sah, wollte er nicht begreifen, aber er ahnte, was dieser Mann von ihm wollte.

Wozu hielt er wohl die Forke wurfbereit in der Hand wie

einen Speer? Da drehte der Gärtner durch. Bevor Okura die Forke schleudern konnte, warf sich der Mann auf dem Absatz herum und rannte fluchtartig weg, wobei ihm zugute kam, daß er von hohen Blumen, Büschen und Bäumen gut gedeckt wurde.

Okura schleuderte die Forke zwar noch, aber durch instinktives Abducken wich der Gärtner aus, so daß ihn das zweckentfremdete Gartengerät verfehlte.

Schreiend rannte der Mann auf das Haus zu, dessen Terrasse am Hinterausgang in knallroten Fliesen leuchtete.

Okura hatte ihn erst verfolgen wollen, sich es dann jedoch anders überlegt, da noch mehr Personen im Haus waren, deren Stimmen er vernahm.

Statt dessen machte er kehrt, schwang sich über den Zaun und setzte seine Flucht fort.

Er hatte einen großen Vorteil. Die Stadt war seine Heimat. Er kannte zahlreiche Menschen, und er wußte hier Bescheid. Allerdings übersah er die Nachteile nicht. Einige kannten ihn zu gut, deshalb wollte er verschwinden. Jedoch nicht ohne fahrbaren Untersatz. Sich ein Motorrad zu beschaffen, sah der Blutsauger als eine Kleinigkeit an. Er wußte längst, in welche Richtung er zu gehen hatte und wo die Chancen für sein Unternehmen am besten standen ...

Nun hatten wir es aus dem Mund eines Zeugen erfahren. Vampiro-del-mar und Mr. Mondo befanden sich in der Nähe. Sie hatten die Gefangenen befreit und nicht nur das. Ich konnte mir kaum vorstellen, daß sich ein Supervampir Opfer wie die Cornetti-Brüder entgehen ließ. Die würde er ebenfalls zu Blutbestien machen, wie auch den dunkelhäutigen Kollegen des Geflüchteten.

Der Mann hieß Jack Okura und befand sich unserer Meinung nach ebenfalls bei den Blutsaugern. Wir hatten es demnach mit vier Vampiren zu tun und Mr. Mondo. Allerdings war Vampiro-del-mar so gefährlich, daß man ihn dreifach zählen mußte.

Der Parkplatz lag vor dem Krankenhaus. Die starken Zweige und Äste hoher Platanen breiteten sich über den Dächern der abgestellten Wagen aus. Dunkelgrün schimmerte das Laub. Der Nachmittag war inzwischen fast vorbei, die Sonne senkte sich bereits tiefer. Jetzt im August waren die Tage nicht mehr so lang.

»Dann werden wir wohl noch bis Mitternacht warten müssen«, meinte Suko, als wir in den Bentley stiegen.

»Sieht so aus.« Es paßte mir überhaupt nicht. Dieses verdammte Warten verfluchte ich bereits seit einiger Zeit. Ich ärgerte mich schwarz über solche Fälle, wo wir nur hinterherrannten, aber manchmal steckte wirklich der Wurm drin. Die Gegenseite war uns immer um eine Fußlänge voraus, sie würde es auch bleiben, bis zu unserem mitternächtlichen Treffpunkt auf dem alten Friedhof.

Im Krankenhaus hatte ich mir an einem Kiosk einen Stadtplan gekauft. Zusammen mit Suko studierte ich ihn und kreuzte die Lage des alten Friedhofs an.

»Da müssen wir hin.«

»Der liegt ja außerhalb«, meinte der Chinese.

Ich nickte. »Und gar nicht mal weit vom Zuchthaus entfernt.«

»Siehst du da Parallelen?«

Ich schüttelte den Kopf. »Zufall.«

Dann faltete ich den Plan zusammen und griff zum Autotelefon.

»Wen willst du anrufen?«

»Durnham. Vielleicht hat sich etwas Neues ergeben. Eine Spur oder so.«

»Glaube ich kaum.«

Ich war zwar Sukos Meinung, versuchte es aber trotzdem.

Ich hatte den Inspektor sofort an der Strippe, doch er konnte mir nichts Neues mitteilen.

»Wieder zum Hotel?«

Ich schüttelte den Kopf. »Nein, mein lieber Suko. Ich bin dafür, daß wir uns die Umgebung des Friedhofs einmal ansehen. Später ist mir das zu dunkel.«

»Die Idee ist gut.«

»Wie immer.«

»Angeber.«

Wir rollten dem Ausgang zu. Das große schmiedeeiserne Tor stand offen. Bogenförmig war in ebenfalls schmiedeeisernen Buchstaben der Name des Krankenhauses über dem Tor zu lesen. Das Gebäude war alt. In seinen Mauern lebte noch das vorige Jahrhundert.

Suko dirigierte mich. Er hatte die Karte auf den Knien liegen. Zum Glück brauchten wir nicht durch die City von Faversham. Wenn die Straßen dort genauso eng waren wie hier, dann gute Nacht. Es ging in Richtung Norden. Ich hatte das Fenster geöffnet. Frische, herrliche Sommerluft strömte in den Wagen. Wir hörten die Geräusche des fließenden Verkehrs – und das Splittern einer Scheibe.

»Verdammt!« fluchte Suko. »Da ist was los!«

»Und wie«, sagte ich, wobei mein Fuß das Gaspedal drückte ...

Okura, der Vampir, brauchte die normalen Wege nicht zu benutzen. Er kannte sich in der Stadt aus, wußte von Schleichwegen, engen Gassen und Pfaden, die durch und über unbebaute Grundstücke führten.

Er wurde zwar von einigen Leuten gesehen, das machte ihm jedoch nichts aus. Für einen Einbrecher oder Dieb hielt man ihn nicht, schließlich trug er noch die Uniform des Transportbegleiters.

Sein Ziel war das Jugendzentrum. Es stand leider nicht einsam, sondern mitten in einem lebhaften Stadtteil. Das Backsteingebäude befand sich dort, wo es auch Geschäfte gab. Lebensmittelläden, ein Konfektionsgeschäft, zwei Bäckereien, eine Fleischerei.

Die Jugendlichen trafen sich gegen Abend in dem rötlich schimmernden Backsteinbau, bei dem erst vor kurzem die Scheiben ausgetauscht worden waren. Breite Fenster zierten das Gebäude. Man hatte einen guten Ein- und Ausblick.

Die meisten Jugendlichen waren motorisiert. Und sie stellten ihre »Öfen« an einer bestimmten Stelle ab. Einem Lebensmittelgeschäft gegenüber, wo ein schmaler Weg in den kleinen Park führte, der sich rechts an das Jugendzentrum anschloß.

Die Maschinen blitzten im Schein der Sonne. Es waren nur wenige starke Feuerstühle darunter, denn die konnten sich die meisten Jugendlichen nicht leisten.

Soeben donnerte jedoch eine schwere Maschine an. Eine Triumph, und die Augen des Vampirs blitzten, als er das Motorrad sah.

Okura war auf der gegenüberliegenden Seite stehengeblieben und beobachtete. Er hatte sich unter das Dach eines kleinen Vorbaus zurückgezogen, sah, wie der Jugendliche auf den kleinen Parkplatz fuhr und seine Maschine stoppte.

Breitbeinig blieb er noch im Sattel sitzen, wobei er seine Füße auf den Boden stützte.

Gelassen nahm er seinen Helm ab. Feuerrotes und bis zur Schulter reichendes Haar wurde aufgeschüttelt und glänzte noch stärker, als Sonnenstrahlen darauf fielen.

Der Vampir war überrascht.

Der Fahrer war ein Mädchen. Und eine tolle Puppe, die lässig den Reißverschluß ihrer Lederjacke aufzog, dann von der Maschine stieg und sie aufbockte.

Den Helm nahm sie mit, als sie das Jugendzentrum ansteuerte. Genau diese Triumph konnte dem Vampir gefallen. Sie war leicht, wendig, dennoch schnell, und sie war nicht gesichert oder abgeschlossen worden, wie er sehr genau festgestellt hatte.

Auf der Straße und den Gehsteigen herrschte zwar Betrieb, doch die Passanten würden sich kaum um ihn kümmern, wenn er sich an der Maschine zu schaffen machte.

Er schlenderte über die Fahrbahn.

Fast war die Sonne versunken. Sie schleuderte noch ein letztes Mal ihre sengenden Strahlen in das Gesicht des Vampirs. Jetzt merkte er es doch. Sonnenlicht tötete ihn zwar nicht, aber es schwächte ihn. So völlig anders als seine Artgenossen war er also doch nicht.

Als er die andere Straßenseite erreichte, taumelte er. Zum Glück für ihn filterte das Grün der Bäume das meiste Sonnenlicht, so daß er sich wieder erholen konnte. Er wankte auf einen Baumstamm zu, hielt sich daran fest und sackte in die Knie.

Hier war es schattig und kühl …

Allmählich nur zog er sich auf die Beine. Zudem hatte er Glück. Eine Wolke verdeckte den größten Teil der Sonne, das kam dem Vampir zugute.

Von Sekunde zu Sekunde ging es ihm besser. Sein Blick klärte sich, und er sah die Menschen auf der Straße, die sorglos daherschritten und nicht ahnten, wer sich da in ihrer Nähe bewegte.

Für einen Moment wurde der Drang wieder urgewaltig. Am liebsten wäre der Vampir losgestürzt und hätte sich gegen den erstbesten geworfen, doch er hielt sich mühsam zurück. Noch war die Zeit nicht reif, er würde sich sein Blut schon noch holen.

Erst einmal mußte er alles vorbereiten. Zwar tauchten hin und wieder Jugendliche auf, die in das Zentrum wollten, es wurde auch von einigen verlassen, doch auf die Maschinen und abgestellten Fahrräder achtete keiner.

Wer sollte hier schon etwas stehlen?

Die Triumph hatte der Vampir nach wie vor im Blick. Damit konnte er etwas anfangen, sie war schnell, beweglich, und mit ihr war er nicht so leicht zu fangen. An die anderen dachte er nicht mehr. Sollten sie zusehen, wie sie sich durchkämpften, er war sein eigener Herr.

Neben der Maschine blieb er stehen. Sie war in der Tat nicht abgeschlossen. Der Lack glänzte wie frisch geputzt. Ein rascher Kick, und der Ständer schnappte hoch.

Der Vampir schwang sich auf den Sattel. Okura war ein Schlüsselspezialist. Er hatte mal eine Feinmechanikerlehre absolviert und konnte die kompliziertesten Schlüssel herstellen. Im Knast war er dafür bekannt gewesen. Die Schlösser dort konnten nur von ihm geknackt werden, denn er hatte die meisten erfunden. Und er trug immer ein kleines Besteck mit Spezialschlüsseln bei sich. Geeignet nicht nur für Autos, sondern auch für Zündschlüssel. Normalerweise war dies verboten, aber Okura ging darüber hinweg. Oft genug hatten ihm seine Schlüssel auch im Dienst Hilfe geleistet, seine Vorgesetzten drückten deshalb beide Augen zu.

Rasch hatte er den passenden gefunden.

Start!

Der Motor spuckte ein wenig, lief dann gleichmäßig, der satte Sound war Musik für seine Ohren.

Eine Sekunde später hatte er Pech.

Das rothaarige Mädchen kehrte noch einmal zurück. Sie hatte etwas vergessen, ging durch die Tür und achtete gar nicht auf die abgestellten Feuerstühle, sondern wurde erst aufmerksam, als sie ein bekanntes Geräusch vernahm.

Das einer startenden Triumph.

Da schaute sie auf.

Und sie sah einen Fremden auf ihrer Maschine hocken!

Andere Mädchen hätten losgeschrien und einen wahnsinnigen Terror gemacht. Sie schrie auch, aber vor Wut, dann rannte sie los, denn sie wollte den Dieb aus dem Sattel reißen. Die Distanz war nicht groß. Ein paar Schritte nur, und sie hatte die Maschine erreicht.

Der Vampir fuhr soeben an.

»Du Bastard!« brüllte die Rothaarige, sprang vor, und es gelang ihr tatsächlich, den Blutsauger am linken Arm zu umklammern.

Okura gab Gas.

Plötzlich wurde die Triumph schnell, doch das Mädchen ließ nicht los. Die Rothaarige merkte, wie ihre Füße vom Boden gerissen wurden, sie wurde mitgeschleift, befand sich schon auf der Straße und vernahm das Hupen der Fahrzeuge.

Dann radierten Reifen über den Asphalt. Einige Fahrer hatten auf die Bremse getreten, denn wie ein Geist war die querfahrende Triumph vor ihren Autos aufgetaucht.

Sie raste über die Straße.

Eisern hielt das Mädchen fest. Durch ihren Griff sorgte sie dafür, daß der Dieb nicht lenken konnte. Sie versuchte sich zu fangen, taumelte halb neben und halb hinter der Triumph her, aber sie ließ nicht los.

Und sie hatte Glück, während der Vampir in diesen Augenblicken vom Pech verfolgt wurde.

Da war der Randstein und dahinter der schmale Gehsteig.

Menschen blieben stehen, Frauen schrien vor Schreck, sprangen hastig zurück, und für das Girl wurde der kantige Randstein zum Verhängnis. Sie stolperte und fiel hin.

Dabei schrammte sie sich das Kinn auf und spürte harte Stöße gegen die Ellbogen.

Der Vampir jedoch konnte nicht mehr stoppen. Geradeaus jagte er weiter.

Und da war die große Scheibe des Lebensmittelladens.

Mit einem letzten Schlenker versuchte Okura, die Maschine herumzureißen, doch es gelang ihm nicht mehr.

Schräg fuhr er in die Scheibe.

Es war wie im Film.

Plötzlich fiel sie auseinander, zerbrach in Tausende von Splittern, die wie ein glitzernder Regen in das Geschäft sprühten. Drei Kunden befanden sich im Laden.

Es waren Frauen, die mit der Besitzerin des Geschäftes ein Schwätzchen gehalten hatten. Was auf der Straße vorging, hatten alle drei nicht gesehen. Jetzt ließ der Krach sie herumfahren, und dann sahen sie etwas Großes, Schwarzes wie ein Geschoß in das Geschäft hineinrasen. Es zerstörte die Auslagen und kippte mit heulendem Motor und durchdrehenden Reifen um.

Eine Kundin wurde von der schleudernden Maschine umgerissen. Die Frau fiel in die Obstauslagen, während die Triumph gegen die Theke krachte, das Holz knickte und den rechten Glasaufsatz, unter dem sich die Wurstwaren befanden, völlig zerfetzte.

Die Frauen schrien.

Eine war verletzt. Blut rann über ihr Gesicht. Stocksteif standen die übrigen drei da. Niemand von ihnen rechnete im Ernst damit, daß sich der Fahrer wieder erheben würde.

Doch er stand auf.

Und er lächelte, wobei er seine beiden Vampirzähne zeigte ...

Wir kamen nicht mehr weiter.

Schon nach wenigen Yards mußte ich voll auf die Bremse, weil stehende Fahrzeuge die Straße versperrten.

Zum Glück hatte mein Hintermann aufgepaßt. Er stoppte ebenfalls rechtzeitig und vermied so einen Auffahrunfall.

Ich sprang aus dem Wagen.

Auch Suko war schnell draußen. Gemeinsam rannten wir dorthin, wo wir das Splittern gehört hatten.

Ich hatte schon oft erlebt, daß bei einem ungewöhnlichen Ereignis die Menschen nur wie Statisten herumstanden, bevor sie überhaupt begriffen, was geschehen war.

So war es auch hier.

Die Passanten standen mir im Weg, ich mußte sie zur Seite drängen und sah das rothaarige Mädchen halb auf der Straße und halb auf dem Gehsteig liegen.

»Kümmere du dich um sie!« schrie ich Suko zu, sprang über das Girl hinweg und sah die zerbrochene Scheibe.

Der Fahrer war in das Schaufenster eines Lebensmittelgeschäftes gerast.

Und ich hörte die Schreie.

Plötzlich wurden meine Augen groß. Dieser Mann, dabei konnte es sich nur um den Fahrer handeln, trug die Uniform eines Gefängnisbeamten. Er hielt mit beiden Händen eine Frau gepackt, die er in das Geschäft schleifte. Für einen winzigen Augenblick wandte er mir sein Gesicht zu. Ein bleiches, blutleeres Gesicht. Mit verzerrten Zügen, einem aufgerissenen Mund und zwei gefährlichen Zähnen.

Da hatte ich einen Vampir vor mir!

Ich nahm nicht den Weg durch das zerstörte Schaufenster, sondern rannte in die offenstehende Tür hinein. Ein Sprung brachte mich in den Laden.

Der Vampir hatte sich zurückgezogen.

Hinter der Theke sah ich eine schmale Tür, die ins Lager führte. Von dort drangen die Hilfeschreie an meine Ohren.

Mit einem Satz flankte ich über die Theke, hörte ein Klatschen und Wimmern. Mein Gesicht verkantete. Blitzschnell zog ich die Beretta. Mit einer Silberkugel konnte ich den Blutsauger erledigen, das stand fest.

Im Geschäft war es hell gewesen, im Lager herrschte jedoch ein komisches Zwielicht.

Von irgendwoher fiel Licht in schrägen Bahnen ein. Es leuchtete jedoch nicht meine unmittelbare Umgebung aus, sondern den Hintergrund des Lagers.

Von dort hörte ich auch die Geräusche.

Der Vampir war verdammt schnell gewesen und hatte sich mit seinem Opfer verzogen.

Ich durfte nicht länger zögern.

Einen etwas breiteren Gang sah ich vor mir. Er durchschnitt das Lager, in dem die Holzregale bis zur Decke reichten. Es roch nach Waschmitteln und Seife.

Dann wackelte rechts neben mir ein Regal. Bevor es fallen konnte, hielt ich es fest. Trotzdem kippte mir von oben ein Karton entgegen. Hastig zog ich den Kopf ein und drehte mich weg, sonst hätte mich das Ding noch getroffen. So prallte der Karton neben mir zu Boden und platzte dabei auf. Zwei Konservendosen rollten heraus.

Aber ich wußte jetzt, wo der Blutsauger lauerte. Hinter dem Regal. Zeit, erst dorthin zu laufen, hatte ich nicht, deshalb räumte ich in Augenhöhe ein paar Mischkonserven zur Seite, so daß ich freies Blickfeld hatte.

Das Gesicht einer älteren Frau starrte mich an. Blaß, bleich und zwei Blutstreifen am Hals, die ihren Ursprung in den Bißstellen hatten, die nur von dem Vampir stammen konnten.

Ich hatte den rechten Arm erhoben, die Mündung zeigte auch auf das Gesicht, aber ich brachte es einfach nicht fertig, zu schießen. Dafür warf ich mich herum, denn ich wollte den Blutsauger. Vom Laden her hörte ich Stimmen, auch die Trillerpfeife eines Polizisten. Das fehlte mir noch, daß jetzt mehrere Leute in das Lager stürmten und alles durcheinander brachten. Da ich auch Sukos Stimme vernahm, schrie ich: »Halte sie zurück!«

Ob Suko es schaffte, wußte ich nicht, ich mußte mich um den Vampir kümmern.

Ich hörte seine Schritte.

Aber auch meine waren zu vernehmen, denn die Holzdielen knarrten. Trat ich stärker auf, klang es dumpf.

Wahrscheinlich wollte der Vampir verschwinden. Das jedenfalls vermutete ich. Am besten konnte er durch ein Fenster steigen, sie lagen an der Rückseite des Lagers.

Als ich mit schußbereiter Beretta den Gang durchschritten hatte, sah ich die Wand schon vor mir.

Und die Fenster.

Schmal und hoch waren sie.

Im selben Moment zersplitterte links von mir eine Scheibe. Sofort kreiselte ich herum, sah den Vampir und gleichzeitig das Wurfgeschoß.

Es war ein schwerer Karton. Mein Gegner hatte ihn hochgewuchtet und auf die Reise geschickt.

Ausweichen konnte ich nicht mehr. Mir blieb nur noch die Chance, beide Arme hochzureißen. Kaum hatte ich mein Gesicht geschützt, da krachte der Karton schon gegen meine Deckung.

Es war ein ungeheurer Aufprall. Ich flog zurück, konnte mich nur mühsam auf den Beinen halten, zog den Kopf zwischen die Schultern, und dann fiel mir der verfluchte Karton noch auf die Füße.

Es tat höllisch weh. Fast schoß mir das Wasser in die Augen, aber ich biß die Zähne zusammen und dachte an den gefährlichen Blutsauger, der mir auf keinen Fall entwischen durfte.

Der dunkelhäutige Vampir war inzwischen aus dem Fenster geklettert. Ich humpelte auf die Stelle zu und schaute nach draußen. Die Beretta hielt ich fest.

Mein Blick fiel in den Hof. Dort stand ein Caravan neben drei vollen Mülltonnen. Einen Gartenzaun sah ich und zwei Personen.

Suko und den Vampir.

Der Vampir stand am Zaun. Suko hielt sich im schrägen Winkel zu ihm auf.

Eine gute Schußdistanz, wie ich fand.

Das meinte Suko auch, er hielt die Beretta in der Rechten und drückte ab. Die Kugel traf den Blutsauger in die Brust. Der Vampir vollführte einen grotesken Sprung und krachte gegen den Zaun, der sein Gewicht nicht aushielt und auf der Stelle zusammenbrach.

In die Trümmer fiel der Blutsauger, wo er auch liegenblieb. Suko hatte mich gesehen. Er hob die Hand zum Gruß und schritt langsam auf den Vampir zu.

Ich blieb zurück.

Der Chinese bückte sich nicht einmal, als er neben dem Vampir stoppte. Er sah auch so, daß diese blutsaugende Bestie keine Gefahr mehr darstellte.

Zufrieden nickte er.

Ich wandte mich ab. Suko hatte genau richtig reagiert. Mir jedoch fiel die Frau ein, die von dem Blutsauger als Geisel genommen worden war. Sie mußte sich noch irgendwo im Lager befinden.

Wo ich sie entdeckt hatte, dort befand sie sich nicht mehr. Zufällig sah ich dorthin, wo der Weg in den Laden führte, und ich sah die Frau.

Sie drehte mir den Rücken zu.

»Bleiben Sie stehen«, sagte ich.

Die Frau gehorchte. Dann drehte sie sich langsam um. Ich war vorgegangen und verhielt ebenfalls meinen Schritt.

Sie schaute mir ins Gesicht. Es gab mir einen Stich, als ich die beiden gelblich schimmernden Zähne sah, die aus ihrem Oberkiefer wuchsen.

Der Blutsauger hatte es geschafft und sie tatsächlich zu einem Opfer gemacht.

Tief atmete ich durch.

Es waren schreckliche Sekunden, aber ich mußte es tun, es

gab keine andere Möglichkeit. Ließ ich die Frau am Leben, würden Blut und Tränen ihren weiteren Weg zeichnen.

Diese Augenblicke in meinen Beruf verfluchte ich. Ich fühlte mich dann elend und schlimm. Hart biß ich die Zähne zusammen.

Sie aber kam näher. Ihr Lächeln war falsch und böse, sie dachte nur an mein Blut. Die Arme hatte sie vorgestreckt, mit dem Zeigefinger winkte sie.

Ich schloß die Augen, als ich abdrückte.

Trotzdem hörte ich den Einschlag der Kugel und wußte nun, daß alles vorbei war.

Mein Arm sank nach unten. Die Frau fiel zu Boden. Sie schlug auf die Dielen und blieb liegen. In Herzhöhe hatte sie meine geweihte Silberkugel getroffen. Natürlich war der Schuß nicht ungehört geblieben. Drei Polizisten stürmten in das Lager, wobei sie sich in der engen Tür gegenseitig behinderten. Die Blicke des ersten Mannes fielen auf die Frau. Kreidebleich wurde er und funkelte mich an.

»Mörder!«

Er stieß mir das Wort ins Gesicht, und ich schüttelte den Kopf. »Nein, Officer, ich bin kein Mörder. Ich mußte die Frau töten.«

»Mrs. Planton?«

»Ja, sie war ein Vampir.«

Er schaute mich an und glaubte mir nicht. Seine beiden Kollegen hielten die Waffen in den Händen. Die Mündungen zeigten auf mich. Verständlicherweise fühlte ich mich unbehaglich.

»Stecken Sie Ihre Pistolen wieder weg«, sagte ich. »Mein Name ist John Sinclair. Ich bin Yard-Beamter.«

So ganz wollten sie es nicht glauben. Erst als ich meinen Ausweis hervorholte und ihnen das Dokument zeigte, da waren die Beamten zufrieden.

»Was ist eigentlich passiert?« wurde ich gefragt.

»Genau weiß ich es auch nicht«, erwiderte ich und drängte mich zwischen die Beamten, um in den Laden zu gehen, den Suko bereits wieder durch den Haupteingang betreten hatte. Zahlreiche Neugierige standen davor.

Inmitten des Chaos war das Telefon unbeschädigt geblieben. Die Nummer des Inspektors hatte ich mir gemerkt. Nach einer Weile hatte ich ihn an der Strippe.

Er schwieg, als ich ihm berichtete, was vorgefallen war. Dann sagte er: »Ich komme.«

Wir warteten. Einen Gegner hatte ich erledigt. Es war schwer genug gewesen. Wie würden die anderen reagieren? Überlegter? Wahrscheinlich, denn jeder für sich allein war zwar gefährlich, aber wenn er Suko oder mir gegenüberstand, doch ziemlich hilflos. Diese Vampire durften nur nicht mit anderen Menschen in Berührung kommen.

Ich zündete mir eine Zigarette an. Die Polizisten hatten weitere Verstärkung erhalten und drängten die Zuschauer zurück. Sogar die Straße wurde für den Verkehr gesperrt.

Die Kundin, die in die Obstauslagen gefallen war und sich dabei verletzt hatte, war abtransportiert worden.

Nach etwa zehn Minuten traf Inspektor Durnham ein. Er war bleich und nickte uns zu.

»Gehen wir in den Hof«, sagte ich.

Suko schloß sich uns an. Er zeigte uns den Hinterausgang, den wir nehmen konnten.

Im Hof lag der Vampir. Er löste sich nicht auf, dazu war er noch nicht lange genug ein Blutsauger, doch die Zähne waren nicht mehr zu sehen. Halboffen stand sein Mund.

»Das ist Jack Okura«, flüsterte der Inspektor heiser. »Mein Gott, was ist hier nur los?«

Da sagte er etwas.

»Suko hat ihn erschossen.«

Der Inspektor schaute mich an. »Es gab wohl keine andere Möglichkeit?«

»Nein. Zudem hatte er sich eine Geisel genommen und sie ebenfalls gebissen.«

»Ist sie auch tot?«

Ich nickte. »Damit Sie sich vorstellen können, in welcher Gefahr die Stadt und deren Menschen schweben, habe ich Ihnen das alles berichtet.«

»Kann man denn nichts tun?« fragte Durnham.

»Ja, man kann etwas tun«, gab ich zurück. »Man kann sie mit Silberkugeln oder Eichenpflöcken vernichten. Eine andere Möglichkeit gibt es nicht. Wenn sie weiterleben, werden sie immer wieder Blut saugen. Sie finden neue Opfer, machen diese zu Vampiren, die ihrerseits auf Blutsuche gehen. Das ist wie ein Schnellballsystem, fängt einer an, so können es hinterher Hunderte werden.« Ich sprach mit aller Dringlichkeit. »Ein Vampir in der Stadt reicht aus, um alle anderen Bewohner zu infizieren. Deshalb müssen wir diese Pest mit aller Kraft bekämpfen, die uns zur Verfügung steht.«

Durnham hielt den Kopf gesenkt und nickte dabei. »So langsam merke ich, daß Sie recht haben, Mr. Sinclair. Es war für mich ein Schock, ich mußte erst umdenken, verstehen Sie?«

»Klar, Inspektor.«

»Wir haben es noch mit mindestens drei weiteren Vampiren zu tun«, meinte Suko. »Die beiden Cornetti-Brüder und auch Vampiro-del-mar, der das gefährlichste Wesen ist. Hinzu kommt noch Mondo.«

Der Inspektor schaute meinen Partner an. »Wieso mindestens?« fragte er.

»Weil keiner von uns weiß, ob sich die Blutsauger nicht inzwischen neue Opfer geholt haben«, antwortete der Chinese ernst.

Durnham nickte schwer. »Daran darf ich gar nicht denken«, murmelte er.

Ich schlug ihm auf die Schulter. »Lassen Sie sich mal keine grauen Haare wachsen. Diese Blutsauger haben es in aller Regel auf uns abgesehen, und wir werden uns ihnen auch stellen.«

»Und wenn Sie verlieren?« Es war eine berechtigte Frage, auf die ich auch keine Antwort wußte.

»Was ist dann?« hakte er nach.

»Dann müssen Sie versuchen, die Bestien und uns zu töten. Sie wissen ja, Eichenpflöcke oder Silberkugeln. Sollte dies tatsächlich eintreten, rufen Sie meine Dienststelle in London an und lassen sich Sir James Powell geben, meinen Vorgesetzten. Er weiß, was zu tun ist.«

Der Inspektor nickte. Er war blaß geworden. Verständlich. Es war nicht einfach, meine Worte zu verkraften.

Sie hatten den Wagen in ein kleines Waldstück gefahren, das direkt neben dem Friedhof lag. Das Gelände stand im Begriff, umgebaut zu werden. Man rodete Bäume, planierte und wollte aus dem Wald einen kleinen Park machen, denn ganz in der Nähe lag das Altersheim. Der grüne Flecken lag zwischen Friedhof und dem Hort für alte Menschen.

Mit dem Ausschachten war begonnen worden. Die Schaufeln der Bagger hatten sich tief in die Erde gefressen, besonders an einer Stelle, wo ein kleiner Pavillon entstehen sollte.

Hier standen auch mehrere Bauwagen sowie ein kleiner Kran. Der Fahrer, Marvin Mondo, lächelte, als er das sah. Wenn er den Wagen hier abstellte, fiel er nicht auf.

Neben dem Kran stoppte er. Den Schock über das Verschwinden des dunkelhäutigen Vampirs hatte er überwunden. Es paßte ihm zwar nicht, daß dieses Wesen außerhalb seiner Kontrolle geraten war, das ließ sich jedoch nicht mehr ändern.

Natürlich wollten auch die anderen drei Vampire ihre

Opfer. Dagegen hatte Mondo nichts, allerdings erst später, nachdem John Sinclair erledigt war.

Der Geisterjäger war wichtiger. Er stand an erster Stelle auf der Todesliste.

Auch der Junge stieg aus. Auf Gary Sorvino sollte Mondo achten. Ihm durfte nichts passieren, und er würde auch die beiden Cornettis zurückhalten.

Die Sonne war gesunken. Jetzt, wo ihre wärmenden Stahlen nicht mehr auf die Erde fielen, kühlte es merklich ab. Die Luft wurde auch schon feucht, und erste Spinnweben zitterten zwischen den Zweigen der Bäume. Ein Zeichen, daß der Herbst nicht mehr weit entfernt war. Bevor Marvin Mondo die Ausstiegsklappe öffnete, blickte er sich sorgfältig um.

Die Luft war rein.

Niemand hielt sich in der Nähe auf. Und jenseits des Platzes, wo das Altersheim lag, war es sowieso ruhig.

Wieder öffnete Mondo die Verschlüsse. Diesmal brauchte er sich nicht allein darum zu kümmern. Auf der Ladefläche waren die Cornetti-Brüder aufgestanden und halfen von innen mit. Bevor sie zu sehen waren, erschienen die Mündungen der beiden Maschinenpistolen.

Der Junge zuckte zurück.

Die Brüder aber lachten rauh. Sie schlugen die Plane zurück und sprangen auf den weichen Lehmboden, wo sie sofort breitbeinig stehenblieben und ihre Maschinenpistolen nach zwei Seiten in Anschlag hielten.

Alte Gewohnheiten legten sie eben auch als Vampire nicht ab.

Vampiro-del-mar verließ ebenfalls das Versteck. Als er stand, reckte er seinen schaurigen, aber auch mächtigen Körper und breitete die Arme aus. Er öffnete das Maul und präsentierte sein gefährliches Gebiß.

Marvin Mondo verschloß die Klappe nicht mehr. Er warf einen Blick auf seine Uhr.

Etwas mehr als vier Stunden hatten sie noch Zeit, dann brach die Tageswende an. Sie konnten sich einiges einfallen lassen und vor allen Dingen günstige Plätze suchen, um Sinclair in Empfang zu nehmen.

Der Friedhof lag in der Nähe. Es war die Stätte, an die die Cornetti-Brüder nicht gern zurückdachten, denn dort hatte man sie geschnappt. Sie waren auch dagegen gewesen, den Friedhof als Treffpunkt zu benutzen, aber Mondo bestimmte, und allein sein Wort galt. Alles andere war unwichtig. Mondo gab Vampiro-del-mar ein Zeichen. Der Supervampir übernahm sofort die Führung, und die beiden anderen Blutsauger schlossen sich ihm an. Mondo und Gary bildeten den Schluß.

Der Junge hielt den Kopf gesenkt. Erst in letzter Zeit war ihm zu Bewußtsein gekommen, auf welch ein gefährliches Spiel er sich da eingelassen hatte. Handelte er überhaupt richtig mit dem, was er vorhatte? Dieser Mondo war ein Mensch, vor dem man sich fürchten konnte. Noch nie hatte der vierzehnjährige Gary soviel Haß erlebt wie bei dem Mann mit der randlosen Brille. Dabei sah er so harmlos aus, aber er strahlte eine Kälte aus, die einen anderen frösteln ließ. Gary Sorvino merkte dies sehr deutlich, und immer wieder dachte er an den vergangenen Tag zurück.

Wie war das noch gewesen? Traf diesen John Sinclair wirklich die Schuld am Tod seines Bruders? Oder war es nicht eher umgekehrt der Fall gewesen? Hatte der Geisterjäger nicht alles verhindern wollen? Waren durch seinen Einsatz nicht zahlreiche Jugendliche gerettet worden?

Wenn sich der Junge diese Fragen stellte und auch darüber nachdachte, um so mehr geriet er aus dem inneren Gleichgewicht. Es war wirklich ein Durcheinander in seinem Kopf, er wußte nicht, wie er reagieren sollte. Klar, sein Vater hatte ihm genau erklärt, was er tun sollte, aber er fragte sich, ob er wirklich im Recht war.

Einen zweifelnden, mißtrauischen Blick warf er von der Seite her auf Mr. Mondo.

Der bemerkte ihn sofort. »Ist etwas mit dir, Gary?«

»Nein, alles okay.«

»Das glaube ich dir nicht.«

»Doch.«

»Du dachtest nach, nicht?« Die Frage klang lauernd.

»Ja, Mr. Mondo, ich habe nachgedacht.«

»Und worüber?«

Der Junge war froh, daß Mondo keine Gedanken lesen konnte. »Über alles eben.«

»Das ist dein gutes Recht, Junge. Aber denke immer daran, daß es John Sinclair gewesen ist, der die Schuld am Tode deines Bruders Ralph trägt.«

»Das habe ich nicht vergessen, Sir.«

»Hoffentlich, mein Kleiner, hoffentlich. Du bist groß mit eingestiegen. Enttäusche uns nicht, denn das würde auch dein lieber Vater sehr bedauern.«

Gary nickte.

Sie hatten inzwischen den Friedhof erreicht. Hier wurden schon lange keine Toten mehr begraben. Seit zehn Jahren nicht mehr. Aber dennoch waren viele Gräber gepflegt. Wenn auch auf den Wegen das Unkraut wuchs, so hatten die Angehörigen der hier liegenden Toten die letzten Ruhestätten vom Unkraut befreit und frische Blumen hingestellt oder angepflanzt. Die Vampire hatten keinerlei Respekt vor den Gräbern. Sie nahmen auch nicht die Wege, sondern gingen querbeet, trampelten über die Grabstätten, um ihr Ziel möglichst rasch zu erreichen.

Es war eine der düstersten Ecken des Friedhofs. Hier standen große Trauerweiden, deren Zweige nach unten hingen und bald über den Boden schleiften. Sie deckten auch einige flache Gräber ab, wo nur die grauen Steine wie Mahnmale an die Zurückgebliebenen aus dem Boden ragten.

Hier hatte die Übergabe des Lösegeldes stattfinden sollen, und hier hatte man die Cornetti-Brüder erwischt.

Zu diesen Grabsteinen sollte auch der Geisterjäger gelockt werden.

Locken war der richtige Ausdruck. Marvin Mondo hatte sich einen Köder ausgesucht.

Gary Sorvino!

Sinclair mußte einfach auf den Jungen hereinfallen. Zudem war er sehr neugierig. Auch wenn er die Falle roch, würde er das Risiko auf sich nehmen.

Alles war gut geplant. Die beiden Cornetti-Brüder würden kaum zu sehen sein. Sie hatten sich ein ausgezeichnetes Versteck ausgesucht, wo sie so gut wie unsichtbar waren.

»Fangt an«, befahl Mondo. Der Befehl galt auch Vampiro-del-mar, denn er spielte ebenfalls eine große Rolle in dem Drama.

Mondo aber wandte sich noch einmal an den Jungen. »So, Gary«, sagte er, »jetzt werden wir noch einmal alles genau durchgehen. Du möchtest doch sicher, daß der Mörder deines Bruders tot vor deinen Füßen liegt – oder?«

Mörder meines Bruders? Gary überlegte. Und dennoch nickte er. »Ja, das möchte ich …«

Inspektor Durnham, Suko und ich hockten mit dem zuständigen Polizeichef von Faversham zusammen. Er hieß Lisk und war vom Äußeren her der Typ eines Buchhalters. Überrascht hatte mich seine sonore Stimme, und als ich die Karten auf den Tisch gelegt hatte und ihm auch noch mit Beweisen kam, da schüttelte er trotzdem den Kopf.

»Ich kann es nicht glauben, Mr. Sinclair. Das geht über meinen Verstand.«

»Über meiner auch manchmal«, gab ich ihm recht.

»Dann gibt es wirklich Vampire? In Rumänien oder

Ungarn mag das ja irgendwie normal sein, aber in England, der Provinz Kent, dazu noch in Faversham? Einfach unbegreiflich.«

»Machen Sie sich mit den Tatsachen vertraut, Captain, und vor allen Dingen müssen wir Schutzmaßnahmen treffen. Deshalb haben wir Sie aufgesucht.«

»Ich bin für einen Angriff.« Er beharrte auf seinem Standpunkt, obwohl ich ihm dargelegt hatte, was alles dagegen sprach. Aber er dachte zu sehr an seinen letzten Erfolg, als es ihm und seinen Leuten gelungen war, die Grabstein-Bande zu stellen.

»Das ist kein Maßstab mehr, Captain. Vergessen Sie das. Die Cornetti-Brüder waren, als Sie die beiden schnappten, harmlos. Jetzt sind sie erst richtig gefährlich geworden.«

»Dann kann man sie nicht mit normalen Kugeln töten?«

»Auf keinen Fall.«

»Was sollen wir dann überhaupt?«

»Einen Ring um den Friedhof legen. Falls wir versagen, müssen Sie eingreifen.«

»Nach Ihrer vorhin vorgeschlagenen Methode?«

»Genau. Nehmen Sie Flammenwerfer. Sie müssen diese Brut verbrennen.«

»Das verstehe ich nicht.« Lisk schlug sich gegen die Stirn. »Das will einfach nicht in meinen Kopf.«

»Denken Sie mal etwas anders. Weg von den normalen Gleisen, Captain. Wir haben es hier nicht mit Menschen zu tun.«

Der Polizeioffizier hob die Schultern. »Ich werde mich Ihren Anordnungen fügen, Mr. Sinclair. Der Ausweis sagt mir genug. Sollte etwas schiefgehen ...«

»Trage ich die Verantwortung«, vollendete ich.

»Das meinte ich.«

Wir gelangten dann zu den Details des Planes. Auf einer Spezialkarte sahen wir uns an, wo der Friedhof lag. Wir nahmen auch die unmittelbare Umgebung in besonderen Augenschein. Ich erfuhr, daß neben dem Friedhof ein Park erstellt werden sollte, damit sich die Insassen des in der Nähe befindlichen Altersheims in der freien Natur bewegen konnten.

»Aber so weit ist es noch nicht«, erklärte uns der Captain. »Im nächsten Jahr werden wir erst fertig.«

»Aber Sie haben angefangen zu bauen?« wollte ich wissen.

»Ja.« Er zündete sich eine Zigarre an. »Nur mit den Erdarbeiten. Es gibt dort einige Baugruben, und ein Kran steht da auch, soviel ich weiß.«

Alles war Theorie. Ich kannte das Spiel. In der Praxis sah es oft völlig anders aus.

Gegen 21 Uhr, draußen war es schon fast dunkel, brachen wir auf.

Durnham und Lisk wären gern mitgefahren, ich jedoch hatte einiges dagegen. So blieben sie zurück.

Den Weg hatte ich mir zwar eingeprägt, trotzdem lag die Karte auf Sukos Knien. Im Schein einer kleinen Lampe gab er mir Anweisungen.

Wir rollten durch die kleine, abendlich ruhige Stadt. Noch war sie ruhig, aber das konnte sich sehr bald ändern. Mit Waffen hatten wir uns gut eingedeckt. Nicht nur die Berettas trugen wir bei uns, sondern auch Spezialpistolen. Sie arbeiteten mit Druckluft und Eichenbolzen ...

Die letzten Yards war ich mit abgeblendetem Licht gefahren.

Wir befanden uns inzwischen auf dem Gelände, das umgebaut werden sollte. Der Kran hob sich als gespenstische Stahlkonstruktion vor dem dunkel gewordenen Himmel ab. Die aufgeworfene Erde war noch nicht weggeschafft worden und bildete mehrere Hügel. Ich ließ den Bentley vorsichtshalber stehen, denn ich hatte keine Lust, ihn in irgendeine Baugrube zu fahren.

Der Motor war kaum zu hören. Er flüsterte nur und verstummte völlig, als ich stoppte. Auch das Licht der Scheinwerfer verlöschte. Die Dunkelheit umfing uns wie ein Mantel.

Suko und ich ließen die Umgebung auf uns einwirken. Licht gab es hier überhaupt nicht. Nachts hatte niemand etwas auf der Baustelle zu suchen, deshalb war sie auch nicht beleuchtet. Nur wenn wir den Kopf drehten, schimmerten ein paar helle Lichter aus den Fenstern des Altersheims zu uns herüber.

Es war still.

Als wir vorsichtig die Türen aufstießen, hörten wir das Zirpen der Grillen. Von der Straße drang nur hin und wieder das Geräusch eines fahrenden Wagens an unsere Ohren. Es verklang jedoch sehr bald in der Ferne.

Von unseren Gegnern sahen wir nichts. Aber ich wußte, daß sie da waren. Zwar hatte sich das offen vor meiner Brust hängende Kreuz noch nicht erwärmt, doch mein Gefühl sagte mir, daß sie in der Nähe lauerten und uns sogar unter Beobachtung hielten.

Matt nur glänzte das silberne Kreuz. Es war keine helle Mondnacht. Wohl war der Himmel frei von Wolken, und das Milliardenheer der Sterne glitzerte am dunklen Blau des Firmaments.

Zehn Minuten bis Mitternacht. Beide waren wir gespannt, ob Gary pünktlich sein würde. Der Junge wollte uns treffen.

»Ich sehe mich mal um«, wisperte Suko. Er fühlte sich wieder einigermaßen fit, obwohl er sicherlich noch Schmerzen hatte, nur davon sagte er nichts.

Suko verschwand dort, wo sich die Hügel befanden. Nur seine Schritte hörte ich.

Jenseits der Baugruben lag der Friedhof. Viel konnten wir

nicht erkennen, denn hohe Bäume versperrten uns die Sicht. Obwohl sie nicht sehr dicht standen, ballte sich doch zwischen ihnen die Dunkelheit.

Unter meinen Füßen knirschte der Sand, als ich ein paar Schritte vorging. Ganz in der Nähe lagen trockene Büsche und Unkraut auf einem Haufen. Die Planierraupen hatten es herausgerissen.

Als ich den leisen Pfiff hörte, blieb ich stehen. Suko hatte sich gemeldet.

So rasch es ging, war ich bei ihm.

Der Chinese deutete nach vorn. »Da steht ein Wagen«, erklärte er. »Und weißt du, was für einer?«

»Nein.«

»Der, von dem Kollowski erzählt hat.«

»Sieh mal an.«

»Und sie haben es nicht für nötig gehalten, ihn zu verstecken«, meinte Suko.

»Sie fühlen sich sicher.«

»Sollen wir ihn uns ansehen?«

»Kann nicht schaden.«

Wir fanden den Zugang zur Ladefläche nicht verschlossen. Suko hob die Plane etwas an, und ich leuchtete mit meiner Bleistiftlampe auf die Fläche.

Sie war leer.

Und doch hatten sich die Vampire dort aufgehalten. Man merkte es an dem widerlichen Geruch, den Vampiro-delmar ausströmte.

Totengestank ….

Suko hatte es auch wahrgenommen. »Sie waren also hier«, murmelte er. »Kein Bluff.«

»Und jetzt?«

Der Chinese war zurückgetreten und sah sich um. »Es gefällt mir nicht. Trotz der Dunkelheit komme ich mir vor wie auf einem Präsentierteller.«

»Noch fünf Minuten.«

Er schaute mich an. »Dann sollten wir uns jetzt trennen?«

»Ja. Versuche, einen Bogen zu schlagen.«

Suko reichte mir feierlich die Hand. »All right, John, halt dich tapfer. Ich werde versuchen, einige Blutsauger von dir abzuhalten.«

»Und laß dich nicht erwischen. Dein Kopf ist noch immer leicht lädiert.«

»Keine Sorge, der hält es aus.«

Nach diesen Worten verschwand Suko so schnell, als hätte der Erdboden ihn verschluckt.

Ich blieb stehen. Am liebsten hätte ich jetzt eine Zigarette geraucht. Unsinn, solche Gelüste muß man unterdrücken können. Ich schaffte es auch.

Noch zwei Minuten.

Meine innere Spannung nahm zu. Ich wußte ja nicht, wie es geschehen würde. Wollte man mich aus dem Hinterhalt abschießen? Oder erst mit mir reden?

Eine Minute!

Waren da nicht Schritte zu hören? Kam da eine Gestalt? Täuschung, alles Täuschung, nur das Rauschen des Nachtwindes in den Bäumen hörte ich.

Und dann die dünne Jungenstimme. »Hier bin ich, Mr. Sinclair!«

Trotz meiner gespannten Aufmerksamkeit hatte er mich überraschen können. Kein gutes Zeichen für mich. Ebensogut hätten mich auch die Vampire packen können.

Ich drehte mich um.

Jetzt sah ich Gary Sorvino. Er stand neben einem Erdhügel. Schmal, klein, irgendwie wirkte er verloren. Die Arme hingen an den Seiten des Körpers hinab.

Ich ging auf ihn zu und blieb vor ihm stehen, wobei ich

die Hand ausstreckte. »Hi, Gary«, sagte ich, »wie geht es dir?«

Er sah meine Hand, schaute mir ins Gesicht, verzog die Mundwinkel und schwieg.

»Willst du mich nicht begrüßen?« fragte ich leise.

Ebenso leise und scharf gab er mir Antwort. »Ich gebe Mördern keine Hand.«

»Mörder?« fragte ich.

»Ja, Sie haben meinen Bruder getötet.«

Das mußte ich erst verdauen.

»Wer hat dir diesen Unsinn erzählt?« fragte ich.

»Das ist egal, ich weiß es eben.«

Mein Lächeln fiel verdammt bitter aus. Er brauchte es mir nicht zu sagen, ich war sicher, die Personen zu kennen, die in diesem Komplott mit drin hingen. Da war bestimmt sein Vater, dann Logan Costello und Marvin Mondo. Sie hatten auf ein vierzehnjähriges Kind eingeredet, damit es glaubte, einen Mann in die Falle locken zu können, der angeblich der Mörder seines Bruders war.

Das war gemein und niederträchtig.

Was sollte ich darauf sagen? Ich versuchte es trotzdem. »Du glaubst fest, daß ich den Tod deines Bruders auf dem Gewissen habe?«

»Ja, das glaube ich.«

»Wie alt bist du, Gary?«

»Das wissen Sie doch.«

»Ja, du bist vierzehn. Fast schon ein Mann. Kein Mädchen, kein Waschweib, ein Junge, der Verantwortung tragen kann, muß und will. Sehe ich das so richtig?«

»Weiß nicht.«

»Doch, Gary, das ist so.« Während ich sprach, behielt ich meine Umgebung genau im Auge.

Ich sah nichts, was mir verdächtig erschienen wäre. In der Nähe war es völlig ruhig.

Konnte ich den Jungen überhaupt davon überzeugen, daß ich seinen Bruder nicht umgebracht hatte?

»Du warst doch fast dabei«, sagte ich. »Überlege genau, erinnere dich, ich habe Ralph nicht getötet, wirklich nicht ...«

»Aber Sie haben die Schuld.«

»Wer hat dir das gesagt?»

»Ich sage das.«

»Nein, Gary, ich glaube dir nicht. Du kannst es nicht gesagt haben, wirklich nicht. Und du hast es nicht gesehen. Man hat dich beeinflußt, so wie man dich auch jetzt beeinflußt. Was soll mit mir geschehen?«

»Ich wollte Sie treffen.«

»Und dann, Gary? Wer hat die Falle aufgebaut? Wo ist sie?«

»Kommen Sie mit?«

Es war eine Frage. Ich blickte dem Jungen ins Gesicht, konnte aber von seinen Augen nichts erkennen.

»Ja«, erwiderte ich, »den Gefallen tue ich dir und komme mit.«

Er drehte sich um und ging vor. Dabei schlug er den Weg zum Friedhof ein, wo zwischen den hohen Bäumen die Dunkelheit nistete. Es war still, nur unsere eigenen Schritte vernahmen wir, und ich hörte auch das Schlagen meines Herzens. Wohl war mir nicht zumute. Irgendwo lauerten sie, hatten sie sich versteckt. Gern hätte ich Röntgenaugen gehabt.

Gary ging etwas langsamer, so daß ich aufholen konnte. Schließlich schritt er neben mir. Er reichte mir knapp über die Schulter, und er hatte seinen Kopf schiefgelegt, damit er mich ansehen konnte.

»Sind Sie wirklich nicht Ralphies Mörder?« flüsterte er.

»Nein, Gary.«

»Ehrenwort?«

»Großes Ehrenwort.«

Er blieb stehen und nagte auf seiner Unterlippe. Plötzlich weinte er, und ich legte meinen Arm um seine Schultern.

»Die haben mich reingelegt«, schluchzte er. »Die haben mich einfach …«

»Ruhig jetzt, Gary, wir können später darüber reden. Sag mir nur, wo sie lauern.«

Er zog die Nase hoch. »Bei den Grabsteinen, wo sie auch gefangengenommen worden sind.«

»Du meinst die Cornetti-Brüder?«

»Ja.«

»Und die anderen?«

»Das weiß ich nicht. Dieser schreckliche Vampir hat sich irgendwo versteckt und will alles beobachten. Ich habe wirklich keine Ahnung, sie haben mir nichts gesagt, sie …«

Er verstummte.

Auch ich hatte das Geräusch gehört, und dann vernahm ich Sukos aufgeregten Schrei.

»Vorsicht, John!«

Gleichzeitig flammte ein Scheinwerfer auf, und eine Maschinenpistole begann zu hacken …

Suko war nicht aufrecht gegangen, sondern auf allen vieren gekrochen. So schob er sich schlangengleich über den Boden, denn er wollte ein so geringes Ziel wie möglich bieten.

Als er den Rand des Friedhofs erreicht hatte, verharrte er und lauschte.

Es rührte sich nichts. Hinter den Bäumen blieb es still, nur der Wind bewegte die hohen Unkrautgräser.

Vorsichtig glitt Suko weiter. Hin und wieder warf er auch einen Blick zu den Bäumen hoch, denn dort konnten sich ebenfalls die Feinde versteckt halten.

Keine Gefahr von oben. Dafür sah er vor sich die Gräber und Grabsteine. Letztere stachen als düstere, makabre Symbole aus der Erde, die dem Friedhof einen unheimlichen Charakter gaben. Wenn der Wind Büsche und Gras kämmte, sah es so aus, als würden sich zahlreiche flatterhafte Gestalten bewegen.

Suko orientierte sich zur Seite hin. Er wollte hinter die Reihe der Grabsteine gelangen, denn sie gaben ihm doch eine einigermaßen gute Deckung.

Auf halbem Weg hörte er das Kratzen.

Sofort lag er still und preßte sich hart auf den weichen Boden. Das Geräusch hatte keinen natürlichen Ursprung, da hatte jemand etwas bewegt, denn es hörte sich an, als würde Stein über Stein schaben.

Eine halbe Minute geschah nichts. Suko war jedoch sicher, keiner Täuschung erlegen zu sein. Allerdings konnte er hier auch nicht liegenbleiben, er mußte weiter.

Da es sehr still war, hörte er auch die Stimmen. Er erkannte die seines Freundes John und die hellere Stimme eines Kindes. Das war Gary Sorvino. Die beiden redeten miteinander. Und Gary sollte, davon war Suko überzeugt, John Sinclair in eine Falle locken. Sie würden zum Friedhof gehen, und hier mußte sich dann etwas tun. Die Gegner konnten nicht länger verborgen bleiben.

Es tat sich auch was.

Abermals hörte Suko das Schaben. Ihm rann eine feine Gänsehaut über den Rücken. Nun wußte Suko endgültig, daß er sich nicht getäuscht hatte.

Suko hob den Kopf. Das war zwar ein Risiko, jedoch gab es für ihn keine andere Möglichkeit, schließlich wollte er etwas sehen und nicht immer mit dem Gesicht im Sand liegen. Die Konturen vor ihm verschwammen. Er glaubte, auf dem Boden etwas Helleres schimmern zu sehen, wobei Suko nicht sicher war, ob sich dieses andere bewegt hatte.

Der Chinese entschloß sich, nicht direkt darauf zuzurobben, sondern einen kleinen Bogen zu schlagen. Wenn er leise genug war, würden die anderen vielleicht nichts merken.

Der Boden unter Suko war wie ein Teppich. Der Chinese kroch durch das trockene Gras und gelangte tatsächlich näher an sein Ziel heran. Suko erkannte zwei Gräber.

Die Cornetti-Brüder fielen ihm ein.

Der Chinese hatte seine Waffe gezogen. Die Beretta lag ruhig in seiner Hand. Mit dem Gelenk stützte sich Suko ab. Wenn er schoß, dann wollte er auch treffen.

Wieder das Knirschen.

Im nächsten Augenblick geschah es.

Das Grab öffnete sich!

Zuerst das von Suko aus gesehen am nächsten liegende. Keine Erde, kein Boden wurde aufgewühlt – auf dem Grab schwang eine alte Steinplatte in die Höhe.

Sie wurde senkrecht in die Höhe gekippt, und Suko, der sich an der Rückseite befand, hatte das Nachsehen. Die hochkant gestellte Grabplatte verwehrte ihm die Sicht auf das, was sich vor ihr tat.

Auch die zweite Platte wurde von unten bewegt und aufgestellt.

Der Chinese spannte seinen Körper. Er zog die Beine an und war bereit, sofort in die Höhe zu springen, als ihm die Entscheidung abgenommen wurde.

Er hörte eine Stimme.

Sie war hart, dennoch zischend, und sie kam irgendwo vorn aus der Dunkelheit.

»Schießt!«

Das war Mondo. Und Suko konnte sich denken, wem dieser Befehl gegolten hatte.

Den Cornettis!

Sicherlich hockten sie, von Suko nicht zu sehen, hinter den Grabplatten. Und ihr Ziel war klar.

John Sinclair!

Aber der war nicht allein. Suko dachte dabei an den Jungen. Würde Mondo, diese Bestie, ihn etwa opfern?

Der Chinese sprang auf.

Er befand sich noch in der Bewegung, als drei Dinge gleichzeitig geschahen.

Hinter ihm aus der Dunkelheit gleißte es auf. Es war der Strahl eines Scheinwerfers, der über den alten Friedhof schwebte, für Bruchteile von Sekunden Gräber und Grabsteine aus dem Finstern riß und auch die beiden Gestalten, die aus den Gräbern geklettert waren.

Suko stand jetzt im schrägen Winkel zu ihnen, er konnte sie erkennen, sah Männer in Trenchcoats, die ihre Lippen halb geöffnet hatten, so daß die Zähne schimmerten.

Was tun?

John mußte gewarnt werden.

All dies entschied Suko innerhalb von einer Sekunde, dann gellte sein Warnschrei durch die Nacht.

Im selben Augenblick schossen die beiden Untoten!

Ich wußte nicht, ob sie Verdacht geschöpft hatten, als der Junge so lange mit mir sprach. Auf jeden Fall nahmen sie keinerlei Rücksicht auf ihn.

Im schräg hinter mir einfallenden Scheinwerferlicht sah ich das Aufblitzen der Mündungsfeuer. Es waren kleine, rotgelbe Flämmchen, gefährliche Todesboten, von häßlichen Kugelgarben begleitet.

Gary hatte noch gar nicht begriffen. Er stand da und staunte mit weit aufgerissenen Augen. So etwas hatte er höchstens im Film erlebt, nicht in Wirklichkeit. Mir schien es, als bemerke er nicht, in welch einer Gefahr er schwebte.

Dann wirbelte er schreiend durch die Luft.

Ich hatte mich mit voller Wucht gegen ihn geworfen.

Gemeinsam krachten wir zu Boden, wobei ich auf ihn fiel und ihn mit meinem Gewicht buchstäblich auf den Boden nagelte. Die beiden schießenden Vampire waren raffiniert. Sie streuten die Garben, räumten praktisch ab, und wir hatten nur das Glück, daß die Schüsse noch etwas zu kurz lagen. Ein paar Schritte vor uns hackten sie den Boden auf und warfen kleine Dreckfontänen in die Höhe.

Ich hielt den schreckensstarren Jungen gepackt und rollte mich mit ihm um die eigene Achse. Dabei wollte ich hinter einen der aufgeworfenen Dreckhügel gelangen, weil wir uns dort in relativer Sicherheit befanden.

Die beiden Cornettis schossen weiter. Ich schaffte es noch, einen Blick über den Friedhof zu werfen.

Gespenstisch wurde er von dem breiten Scheinwerferstrahl angeleuchtet. Das helle Licht riß jedes Detail aus der Dunkelheit, und ich sah, wie zwei Gestalten aus dem Grab kletterten. Sie waren mit Maschinenpistolen bewaffnet.

Die Cornetti-Brüder. Aber wo befand sich Suko? Wollte er die Blutsauger nicht angreifen?

Zeit, mir weitere Gedanken zu machen, hatte ich nicht, denn die untoten Killer feuerten weiter.

Besser als zuvor.

Die Kugelgarben lagen gut. Sie wanderten von links nach rechts auf uns zu, und für Gary und mich wurde es wirklich höchste Eisenbahn.

Der Junge flog durch die Luft. Er überschlug sich dabei, schrie, weil ich ziemlich rauh mit ihm umgegangen war, aber wir schafften es und fanden hinter einem Sandberg Deckung.

Dort blieben wir hocken.

»Alles okay?« fragte ich.

Gary nickte. Sprechen konnte er nicht. Von oben her rann immer mehr Sand nach, der nur langsam zur Ruhe kam, nachdem er sich wie eine Schicht über uns gelegt hatte.

Schwer atmend blieben wir liegen.

Die Schüsse waren verstummt.

Dafür hörte ich eine Stimme, die ich sehr gut kannte. Mr. Mondo hatte geschrien. »Los, holt ihn euch! Ich kümmere mich um Sinclair!«

Wie er das meinte, begriff ich im nächsten Augenblick.

Der Scheinwerfer wanderte.

Er suchte sein neues Ziel, und das waren wir!

Mir lief es kalt den Rücken hinab. Da ich Mondos Stimme vernommen hatte – sie kam aus einer anderen Richtung als der Scheinwerferstrahl – wußte ich genau, wer die helle Lichtlanze bediente.

Vampiro-del-mar!

Ich warf einen Blick über die Schulter. Vor meinen Augen schien der Himmel zu explodieren, da ich genau in die Lichtfülle hineinblickte.

Sie kam von oben. Ich vernahm ein häßliches Kreischen und Quietschen. Mir war klar, daß Vampiro-del-mar in dem Kran hockte und von dort aus die beste Übersicht hatte.

Was tun?

Ich stieß Gary an. Der Junge lag neben mir und zitterte vor Angst. In seinem schweißnassen Gesicht klebte der Sand. In den Augen nistete die Angst. Das war kein Abenteuer, sondern schrecklicher Ernst.

»Kannst du noch?« fragte ich flüsternd, ohne dabei den wandernden Scheinwerfer aus den Augen zu lassen.

Er nickte.

»Du weißt, daß wir jetzt alles auf eine Karte setzen müssen, Gary. Die nehmen keine Rücksicht und kennen auch keine Gnade. Am schlimmsten ist der Scheinwerfer, seinem Licht müssen wir ausweichen. Vor allen Dingen du, ich komme schon allein zurecht. Wenn du es geschafft hast, dann renn weg. Irgendwo läufst du den Polizisten in die Arme. Die haben das Gelände umstellt.«

»Ja, Sir!« Ich hoffte, daß er alles verstanden hatte. Noch hatte ich den Polizisten per Funksprechgerät keine Order gegeben, einzugreifen. Ich wollte nicht noch mehr Menschenleben aufs Spiel setzen.

Ich hörte wieder Schüsse.

Sie klangen gedämpfter, auch die Einschläge befanden sich woanders. Wahrscheinlich kämpfte Suko mit den Vampiren. Ich drückte ihm beide Daumen.

Ich schielte über die rechte Schulter.

Das Licht wanderte. Verdammt, es kam auf uns zu, und gleich mußte es uns erreicht haben. Ich schlug Gary auf die Schulter. Länger durften wir auf keinen Fall warten.

»Los jetzt!«

Der Junge reagierte goldrichtig und startete. Er war schnell, schlug Haken, und wir schafften es, für wenige Augenblicke aus dem Bereich des Lichtscheins zu gelangen.

Dann mischte sich Mondo ein. »Los!« schrie er. »Da rennen sie. Schwenk den Strahl!«

Vampiro-del-mar gehorchte. Er machte seine Sache verdammt gut. Der gewaltige Kegel wanderte über den Boden, viel zu schnell für meinen Geschmack – und hatte uns.

Ich hörte das häßliche Lachen des Marvin Mondo. Es fiel genau mit dem Zeitpunkt zusammen, da uns der Scheinwerferkegel eingefangen und geblendet hatte.

»Ja, so ist es gut!« kreischte Mondo, der irgendwo im Dunkeln lauerte. »Jetzt niete ich ihn um!«

Und dann schoß er ...

Suko hatte die Warnung kaum geschrien, als die beiden Vampire feuerten. Sie jagten die Kugeln aus ihren Waffen, standen bis zu den Hüften im Grab und schossen.

Dabei bewegten sie ihre Maschinenpistolen, um ihre Kugeln möglichst weit zu streuen.

Der Chinese warf einen Blick zurück. Er wollte unbedingt sehen, ob sein Freund getroffen worden war, erkannte jedoch nichts, nur das blendende Licht des Scheinwerfers.

Er griff zu seiner stärksten Waffe. Suko holte Buddhas Stab hervor. Wenn er ein bestimmtes Wort rief, dann erstarrte in der näheren Umgebung alles.

Mensch und Tier, nur der Träger des von Buddha vererbten Stabes nicht.

»Topar!«

Das bewußte Wort kam über Sukos Lippen. Es vermischte sich mit dem wilden Hämmern der Maschinenpistolen.

Und die Waffen verstummten.

Fünf Sekunden blieben dem Chinesen. In dieser Zeitspanne erwachte er zu einer fieberhaften Aktivität. Er hetzte um die beiden Grabsteine herum, rutschte fast noch aus und riß dem ersten Vampir die Maschinenpistole aus den Fingern. Dann schleuderte er die Waffe neben sich ins Gras.

Er hätte beide gern erledigt, aber er durfte seine Gegner während dieses Zeitstillstandes nicht töten. So war das Gebot des großen Buddha.

Suko war dabei, den zweiten zu entwaffnen. Er hatte eine Hand bereits von der MPi gelöst, da war die Zeitspanne vorbei.

Der Vampir reagierte.

Als hätte es überhaupt keinen Stillstand gegeben, so flüssig bewegte er sich weiter. Nur konnte er mit einer Hand nicht schießen, aber er hielt die Waffe fest.

Und auch der zweite Blutsauger reagierte.

Es war Jason Cornetti, der sofort aus dem Grab kletterte, seinen Arm ausstreckte und die kalte Klaue um Sukos linkes Fußgelenk krallte. Den plötzlichen Ruck konnte Suko nicht mehr abfangen. Er verlor den Boden unter den Füßen und fiel hin, war jedoch geistesgegenwärtig genug, mit dem freien Fuß gegen den Waffenlauf zu treten. Er überraschte damit den Vampir.

Die Maschinenpistole wurde in die Luft geschleudert. Sie überschlug sich und krachte zu Boden.

Suko rollte sich herum.

Etwas Dunkles flog auf ihn zu.

Jason Cornetti hatte sein Maul weit aufgerissen. Er wollte sich auf den Chinesen stürzen und seine Zähne in dessen Hals hacken.

Suko zog die Beine an und stieß sie in der nächsten Sekunde wieder vor.

Cornetti nahm den Tritt voll. Er brüllte vor Wut auf und fiel zurück. Im Grab blieb er liegen.

Der andere wollte wieder nach seinem Fuß greifen, doch Suko war schneller. Er krümmte sich, rollte dabei herum und zog seine mit Eichenbolzen geladene Druckluftpistole.

Mt einem gewaltigen Satz sprang er auf die Füße, genau in dem Moment, als Jason Cornetti das Grab verlassen wollte. Kopf, Hals und die Schultern waren zu sehen. Zusätzlich hatte er sich mit beiden Händen auf dem Grabrand aufgestützt.

Suko konnte sich die Gelegenheit nicht entgehen lassen.

Er drückte ab.

In die Stirn des Vampirs bohrte sich das Eichengeschoß. Es tötete den gefährlichen Blutsauger auf der Stelle. Er warf noch die Arme hoch, kippte zurück und blieb im Grab liegen, wobei er Sukos Blickfeld entzogen war.

Blieb nur noch der zweite – Franco Cornetti. Der hatte die Zeitspanne genutzt und war aus dem Grab geklettert. Das heißt, die Hälfte seines Oberkörpers schaute hervor. Er hatte bereits ein Bein angewinkelt, um sich abzustützen.

Suko drehte sich um. Den rechten Arm hielt er dabei ausgestreckt. Die Verlängerung seiner Hand war die Waffe.

»Stirb, verdammter Blutsauger!« keuchte der Chinese.

Franco Cornetti hob den Kopf. Er hatte die Worte wohl verstanden. Suko sah ein bleiches Gesicht, einen geöffneten Mund, irgendwie tot wirkende Augen, und sein Finger krümmte sich.

Sukos fast lautloser Schuß und der Schrei des Vampirs fielen praktisch zusammen, Es war der Todesschrei des Blutsaugers. Als ihn der Bolzen traf, wollte er es nicht glauben. Er wurde durchgeschüttelt, aber er hielt sich mit beiden Händen krampfhaft am Rand des Grabes fest, als könnte er sich noch einmal in die Höhe ziehen, um zu fliehen.

Es blieb beim Versuch.

Die Kraft des Eichenbolzens war für den Blutsauger zu stark.

Franco Cornettis Hände rutschten ab, zwei Fingernägel brachen noch, dann fiel der Blutsauger schwer in das Grab.

»Und da gehörst du hin!« keuchte Suko. Für zwei Sekunden stand er unbeweglich auf dem Fleck. Er hatte beide Vampire erledigt, aber noch keinen Kampf gewonnen.

Noch existierten Vampiro-del-mar und Mr. Mondo.

Aber wo waren sie?

Suko drehte sich um. Er ging dabei einen Schritt vor und stieß mit der Fußspitze gegen die Maschinenpistole, die er dem zuletzt getöteten Vampir aus den Klauen gerissen hatte.

Suko hob die Waffe auf, denn das hatte seinen Grund. Er sah, wie der von oben nach unten fallende Scheinwerferstrahl langsam wanderte und sich ein Ziel suchte.

Zwei Menschen!

John und der Junge.

Plötzlich kam der Lichtkegel zur Ruhe. Suko sah leider nicht den genauen Ort, die Bäume verdeckten ihm die Sicht.

Aber er hörte Mondos kreischende Stimme. »Jetzt niete ich ihn um!«

Suko rannte vor, warf sich gegen einen Baum, vernahm Schüsse und zielte selbst. Dann tanzte und hämmerte die Maschinenpistole in seinen Händen ...

Mondo würde nicht bluffen!

Aus der Mordliga hatte noch nie ein Mitglied gebluff t. Die setzten alles auf eine Karte, waren rücksichtslos und gingen über Leichen.

Wie über unsere.

Der Junge war ein hilfloses Bündel Angst. Ich wollte ihn aus dem Kegel raushaben und riß ihn zur Seite.

Da krachten die ersten Schüsse.

Mondo konnte uns eigentlich nicht verfehlen, weil wir wie auf dem Präsentierteller standen. Das tat er auch nicht, nur traf er nicht mich, sondern den Jungen.

Gary schrie plötzlich auf. Aus der Bewegung heraus machte er einen halben Salto, warf die Arme hoch und fiel zu Boden, wo er stumm liegenblieb.

»Der erste!« kreischte Mondo. »Der erste!«

Wieder schoß er.

In mir explodierte etwas. Die Wut überfiel mich wie ein wildes Tier. Ich feuerte in die Dunkelheit hinein, warf mich gleichzeitig zu Boden, spürte Schläge an der Hüfte und am Bein und versuchte verzweifelt, mich aus dem Bereich des verdammten Scheinwerfers zu rollen.

»Du schaffst es nicht!« kreischte Mondo. »Du schaffst es nicht. Niemand hilft dir!«

Kaum hatte er den Satz ausgesprochen, da hörte ich das Hämmern einer Maschinenpistole.

Selbst Mondo war überrascht, sogar so, daß er das Schießen einstellte.

Einen Moment später hörte ich das Splittern, und die Dunkelheit überfiel uns schlagartig ...

Die Ruhe war beängstigend. Ich blieb still liegen, atmete durch den offenen Mund und bewegte mich dann vorsichtig dorthin, wo der Junge lag.

Garys Körper hob sich vom Boden ab. Er lag auf dem Rücken. Ich hörte sein pfeifendes Atmen und sein Stöhnen.

Er lebte. Mir fiel ein Stein vom Herzen. Ich selbst hatte auch etwas abbekommen, aber darauf achtete ich nicht. Ich wollte Gary in Sicherheit bringen.

Neben ihm blieb ich liegen. »Bist du okay, Junge?«

»Neiinnn ...«, ächzte er. »Das tut so weh. Sie haben auf mich geschossen, nicht?«

»Ja. Wo hat dich die Kugel getroffen?«

»Ich weiß nicht. Die Schmerzen sind überall. Ich kann mich kaum bewegen.« Ein Kloß stieg in meine Kehle. Wut und Zorn überschwemmten mich. Wenn es den Jungen doch härter erwischt hatte, als ich bisher annahm, dann ...

»Ich bringe dich weg!« flüsterte ich. »Keine Angst, du wirst es überleben, Gary!«

»Nein!« Aus dem Dunkeln hörte ich die Stimme. Im nächsten Augenblick krachte ein Schuß.

Wir waren schlecht zu erkennen, und das war unser Glück. Dicht neben meinem Kopf hieb das Geschoß in den Boden. Aber ich hatte das blasse Mündungsfeuer gesehen und wußte nun genau, wo mein Gegner stand.

Nichts hielt mich mehr.

Ich jagte hoch. Meine Beretta wollte ich nicht nehmen, sondern mir den verdammten Monstermacher mit bloßen Fäusten schnappen.

Marvin Mondo hatte bereits seinen Standort gewechselt. Ich sprang ins Leere.

Dafür hörte ich Schritte.

Sie waren in der Nähe aufgeklungen und entfernten sich schnell. Ergriff Mondo schon die Flucht?

Wenn es nur nicht so verflucht dunkel gewesen wäre. Nur

langsam gewöhnten sich meine Augen an die Finsternis, ich war doch zu stark geblendet worden.

»Mondo!« brüllte ich. »Bleib stehen!« Er hörte nicht auf mich. Aber er war noch da, denn im Weglaufen schrie er nach Vampiro-del-mar.

Und der kam.

Normalerweise kletterte jemand einen Kran hinunter, doch der Supervampir tat dies nicht.

Er sprang aus der Kabine.

Ich konnte es deshalb erkennen, weil ich meinen Blick nach Mondos Ruf unwillkürlich auf die Umrisse des Krans gerichtet hatte. Ich sah die Gestalt aus großer Höhe fallen.

Dumpf schlug sie zu Boden.

Jeder andere hätte sich die Knochen gebrochen, nicht so Vampiro-del-mar.

Die Umrisse seiner Gestalt erkannte ich, als er sich aufrichtete und einen wilden Schrei ausstieß.

Ich rannte los.

»John, gib acht!«

Hinter mir vernahm ich Sukos warnende Stimme. Auch er hatte mitbekommen, was geschehen war, und wollte mir zur Seite stehen.

»Wir nehmen ihn in die Zange!« schrie ich. In diesen Augenblicken war mir alles egal. Ich wollte den Supervampir direkt angreifen, wollte eine Entscheidung, denn das konnte nicht so weitergehen.

Schüsse blitzten.

Mondo hatte geschossen. Die Kugeln lagen zu schlecht, sie trafen mich nicht.

Als Antwort feuerte Suko.

Er befand sich dicht hinter mir, und jetzt war das Tacktack der Waffe Musik in meinen Ohren.

Er hätte Mondo auch getroffen, wenn Vampiro-del-mar nicht vorgesprungen wäre. So schützte er den Monstermacher mit seinem Körper. Die Kugeln trafen ihn, schüttelten ihn durch, aber sie stoppten ihn nicht. Ihn konnte man nicht auf diese Art und Weise besiegen, da reagierte er wie Tokata.

»Den Stab, Suko!« schrie ich.

Es war zu spät, denn Vampiro-del-mar griff an. Auch er wußte von Sukos Waffe und wollte dem Chinesen keine Gelegenheit geben, sie einzusetzen. Der Supervampir war ungeheuer schnell. Er kam über uns wie ein Unwetter.

Ich sah seinen Schatten, als er dicht vor mir auftauchte, warf mich zur Seite, zog die Druckluftpistole und feuerte. Irgendwo traf ihn der Bolzen, aber er tötete Vampiro-del-mar nicht. Auch in seiner Angriffswut behinderte er ihn nicht, denn er konnte sich auf Suko stürzen.

Ich sah die beiden Körper fallen, hörte einen Schrei und bemühte mich, auf die Beine zu gelangen.

Der Kampf spielte sich in meiner Nähe ab. Suko und Vampiro-del-mar rollten über den Boden. Der Blutsauger versuchte, die Kehle des Chinesen zu durchbeißen.

Selten war er mir so nahe gewesen.

Mein Gesicht war von der großen Anstrengung gezeichnet, als ich mich gegen ihn wuchtete.

Und mit mir das Kreuz!

Würde es das Kruzifix schaffen, den Supervampir zu zerstören? Er war älter als die christliche Religion, doch von Myxin hatte ich erfahren, daß mein Kreuz auch gegen solche Dämonen Wirkung zeigen sollte, die so alt waren wie Vampiro-del-mar. Nur mußte ich es intensivieren, es gewissermaßen beschwören, doch mir fehlten die Kenntnisse. Ich wußte keine weißmagischen Bannsprüche, auf die das Kruzifix reagierte, und so blieb die Wirkung zu schwach. Es strahlte zwar für den Bruchteil einer Sekunde auf, weil es die fremde Magie spürte, doch es gelang ihm nicht, Vampiro-del-mar zu vernichten.

Ich umklammerte seinen Körper, weil ich ihn von Suko

wegreißen wollte, spürte unter meinen Fingern sein altes, aber dennoch kräftiges Fleisch und setzte alle Kräfte ein, den Vampir hochzuwuchten.

Ich schaffte es.

Vampiro-del-mar bog seinen Rücken durch. Er schüttelte sich, als hätte man eine kalte Flüssigkeit über ihn gegossen. Dann drang ein schreckliches Ächzen aus seinem Maul.

Und plötzlich flirrte er herum.

Von dieser Attacke wurde ich überrascht. Die Fliehkraft packte mich, und ich lockerte zwangsläufig meinen Griff.

Das nutzte Vampiro-del-mar aus. Seine kalten Pranken schlossen sich um meine Gelenke, bogen die Hände nach außen, so daß mir keine Chance blieb.

Ich mußte ihn loslassen.

Im nächsten Augenblick traf mich ein wuchtiger Ellbogenstoß. Er schleuderte mich zurück. Ich verlor das Gleichgewicht, fiel zu Boden und bekam keine Luft mehr.

Der Schlag hatte meine Rippen getroffen.

Dann hörte ich das Lachen.

Marvin Mondo hatte es ausgestoßen. Aus dem Dunkel tauchte er vor mir auf, ging so weit, bis er neben Vampiro-del-mar stand, und ich sah die Pistole in seiner Hand.

Langsam senkte er den Arm, so daß die Mündung auf meinen Körper zeigte. Und ich?

Die Druckluftwaffe hielt ich noch in der Hand. Auch mein Kreuz, aber Mondo würde immer schneller sein. Von Suko konnte ich keine Hilfe erwarten. Er lag am Boden und rührte sich nicht mehr. Der Chinese war ohnehin leicht angeschlagen in den Kampf gegangen. Vampiro-del-mar hatte ihm den Rest gegeben.

»Wie willst du es haben, Sinclair? Eine Kugel, oder soll dir Vampiro-del-mar das Blut aussaugen?«

Höhnisch traf mich die Frage, und sie war kaum ausgesprochen, als sich die Ereignisse überstürzten ...

Captain Lisk, der den Polizeieinsatz leitete, hatte es nicht mehr länger ausgehalten. Die Polizisten hörten die Schüsse, wollten eingreifen, doch sie erhielten keinen Befehl, weil ich stumm blieb und bisher keine Zeit gefunden hatte, zum Sprechfunkgerät zu greifen.

Lisk sah das anders. Er rechnete damit, daß Suko und ich den Fall nicht überstanden hatten, deshalb wollte er es wissen und gab den Einsatzbefehl, der nach dem üblichen Schema ablief.

Ein Lautsprecherstimme dröhnte über den alten Friedhof und hallte bis auf den Bauplatz, wo nicht nur ich, sondern auch Mr. Mondo überrascht wurde.

Er war kein Dämon, und deshalb reagierte er menschlich. Er zuckte zusammen und drehte für einen winzigen Moment den Kopf.

Das war meine Chance.

Zwei Dinge tat ich zur gleichen Zeit. Ich schoß mit der Druckluftpistole und schleuderte das Kreuz weg.

Mondo zuckte zusammen. Ich hatte nur das leise »Pfft« gehört, aber der Eichenbolzen war dem Monstermacher in die rechte Schulter gefahren. Zum Glück, denn er feuerte weiter und verriß den Schuß, so daß die Kugel an mir vorbeistrich.

Vampiro-del-mar war von meinem Kreuz gestreift worden, und das silberne Wurfgeschoß hatte sich zu seinem Pech in dem Lumpen festgehakt. Er schrie, tanzte dabei und schüttelte sich, denn das Kreuz entfaltete seine Magie.

Es tötete ihn nicht, aber es bereitete ihm Schmerzen.

Vielleicht hatte ich so eine Chance, Mondo und Vampiro-del-mar zu erledigen.

Der Monstermacher stand mir näher. Wildes Triumphgefühl durchströmte mich, als ich auf ihn zustürzte. Ich hatte schon weit ausgeholt, und dann schnellte meine rechte Faust vor.

Für den Bruchteil einer Sekunde sah ich sein entsetztes Gesicht, die weit aufgerissenen Augen, bevor ihn der Hammer traf. Seine Brille splitterte, ich selbst spürte den Treffer bis in die Schultern hinein, und von Mondo war plötzlich nichts mehr zu sehen. Mein Hieb hatte ihn buchstäblich von den Beinen gefegt. Er kippte zurück.

Als ich den dumpfen Aufprall vernahm, wirbelte ich bereits herum und ging Vampiro-del-mar an.

Leider war ich zu ungestüm. Ein ungemein harter Tritt traf mich und stoppte meinen Angriff.

Ich brach in die Knie.

Pfeifend entwich die Luft aus meinen Lungen. Der Supervampir schwankte vor meinen Augen. In den Ohren hatte ich ein taubes Gefühl. Lichtspeere zuckten durch die Dunkelheit, die Lautsprecherstimme hörte ich nur gedämpft, und ich war nahe daran, ein Opfer des Blutsaugers zu werden. Mein Kreuz rettete mich. Vampiro-del-mar wollte es loswerden. Er raffte sich auf und schlug mit der Hand danach. Dabei fetzte er den Stoff ab, doch er hatte mit seiner Aktion Erfolg.

Das Kreuz fiel zu Boden.

Plötzlich stand er im Lichtschein. Die Polizisten waren da.

»Stehenbleiben!« brüllte jemand.

Ich richtete mich keuchend auf. Schmerzverzerrt war mein Gesicht, aber ich wollte ihn haben.

Ihn und den Monstermacher!

Jemand machte mir einen Strich durch die Rechnung. Eine, die ihre schützende Hand trotz aller Widrigkeiten über die Mordliga hielt, denn im Endeffekt war diese gefährliche Bande ihr Kind.

Asmodina!

Plötzlich geschah das, was schon in der Bibel geschrieben war.

Feuer regnete vom Himmel!

Magisches, weißblaues Feuer, das im Nu einen Kreis um Mondo und Vampiro-del-mar schloß und die beiden einhüllte. Ich war zum Glück weit genug entfernt, spürte trotzdem die Auswirkungen und wuchtete mich zurück, sonst wäre ich verbrannt, denn das Kreuz schützte mich in diesen Augenblicken nicht.

Die Gestalten schienen innerhalb des Feuerringes zu wachsen.

Sogar Mondo wurde von Asmodinas magischer Kraft vom Boden gehoben, und beide lösten sich auf.

Sie verschwanden vor meinen Augen und auch vor denen der heranstürmenden Polizisten.

Es wurde wieder dunkel.

Nur noch die Scheinwerferspeere wanderten durch den halb fertigen Park.

Ich stand da wie ein begossener Pudel. Selten waren mir Vampiro-del-mar und Marvin Mondo so nahe gewesen. Und trotzdem hatte ich sie nicht fassen können.

Asmodina, die Tochter des Teufels, sich oft im Hintergrund haltend, hatte eingegriffen. Dr. Tod konnte und mußte ihr dankbar sein, wobei ich mich fragte, ob er nun seinen Aufstand aufgeben und sich weiterhin auf ihre Seite stellen würde.

Aber das war Zukunftsmusik, und ich war eigentlich froh, nicht in die Zukunft schauen zu können, denn sie sah sicherlich sehr, sehr düster aus ...

Auch ich hatte etwas abbekommen. Leichte Wunden, die rasch zu verbinden waren. Suko war tatsächlich wieder bewußtlos geworden. Vampiro-del-mar hatte ihn niedergeschlagen.

Gary Sorvino würde überleben. Er lag im Krankenhaus. Die Kugel hatte man ihm bereits herausoperiert. Er war bei

Bewußtsein. Als ich ihn besuchte, konnte er jedoch kaum sprechen.

Als ich das Zimmer verließ, wäre ich fast mit einem Mann zusammengestoßen, der sich in Begleitung einer Krankenschwester befand. Soeben sagte die Schwester: »Hier finden Sie Ihren Sohn, Mr. Sorvino!«

Ich blieb stehen.

Auch der Anwalt stand still. Er schaute mich an und ahnte wohl, wer ich war. »Ja, ich bin John Sinclair«, sagte ich.

Sorvino lachte spöttisch. Mehr nicht. Mir stieg die Galle hoch. Tief in meinem Körper fing es an zu brodeln. Ich hatte Mühe, mich zu beherrschen, und sagte leise: »Sie wissen ja, daß Sie schuld daran sind, an dem, was mit Ihrem Sohn alles passiert ist.«

»Ich? Sie, Sinclair! Sie haben doch ...«

Da drehte ich durch. Wirklich, Freunde, als ich diese Worte hörte, mußte ich es tun, ich wäre sonst geplatzt.

Wie bei Mondo nahm ich auch hier meine Faust. Und sie hämmerte gegen das Kinn des Anwalts.

Die Schwester stand daneben, wurde bleich und holte tief Luft.

Ich rieb mir die Hand, schaute die Krankenschwester an, nickte und sagte: »Das mußte sein, meine Liebe ...«

Dann drehte ich mich um und ging.

ENDE

Totenchor der Ghouls

Die Nachricht ging von Ghoul zu Ghoul!

Xorron wird bald erwachen. Unser Herr und Meister kommt. Bereiten wir ihm einen würdigen Empfang.

Die Ghouls flüsterten es sich zu. In finsteren Grüften, alten Friedhöfen, Höhlen und Verstecken horchten sie auf. Endlich war es soweit. Und sie schickten Botschafter aus, um alle zu sammeln, denn sie wollten sich vereinen. Zum Totenchor der Ghouls!

Er war ein Überbleibsel, ein Rest, ein Vergessener. Aber er war da und lebte. Ja, das zählte. Auch für einen Ghoul, vielleicht besonders für ihn, da er sich ja von den Toten ernährte. Lange hatte er keine Nahrung mehr bekommen, aber er starb trotzdem nicht und trocknete auch nicht aus. Er hatte vorgesorgt. In einer anderen Dimension, aus der er stammte, hatte es genügend Nahrung für ihn gegeben, um eine Art Winterschlaf halten zu können.

Nun war der Schlaf vorbei, er war erwacht – und mit ihm der Hunger. Vor einer frühzeitigen Entdeckung hatte er sich gut geschützt, denn er war durch einen Abfluß geschlüpft und hatte in einer kleinen, feuchten Mulde unter dem Haus Deckung gefunden.

So vergingen Wochen und Monate.

Und dann, als der lange Schlaf vorbei war, da brauchte er seine Nahrung.

Zuerst waren es Ratten. Sie kamen von selbst, denn sie merkten, daß hier irgend etwas war. Dann schlichen sie auf ihn zu, beäugten ihn neugierig und waren völlig überrascht, wenn seine schleimige Pranke vorstieß und sie packte.

Dreimal schlug der Ghoul die Ratten auf den Boden. Dann fraß er sie auf.

Wie spitze Messer waren seine Zähne. Und es machte ihm besonderen Spaß, denn diese Ratten hier waren nicht menschengroß wie die in Asmodinas Reich, wo er einmal gelebt hatte. Da waren die Ratten stärker als die wenigen Ghouls. Er und seine Artgenossen hatten sich immer vor ihnen zurückziehen müssen.

Doch nicht nur in einer anderen Dimension gab es sie. Auch auf der Erde lebten die Ghouls. Versteckt in Grüften, Gräbern, auf alten Friedhöfen und in Ruinen. Vielleicht gelang es ihm, mit seinen Brüdern Kontakt aufzunehmen. Dann war er nicht allein, denn er fühlte sich in dieser Welt unsicher. Ja, er mußte andere treffen, doch dann durfte er nicht hier hockenbleiben. Er mußte raus aus seinem Loch, in dem er schon Monate hockte. Oben hatte sich etwas verändert, das spürte er deutlich. Es war längst nicht mehr so kalt wie zuvor. Die Sonne schien, Wärme hatte sich ausgebreitet, da war Leben, da waren Menschen.

Auf die kam es ihm an. Sie waren für ihn wichtig, nicht die Ratten oder anderes Kleingetier. Er mußte Menschen haben, und er würde sie sich holen. Noch einmal tötete er zwei Ratten. Die Knochen spie er aus. Es klang hohl, als die winzigen Gebeine aus seinem Maul kollerten und neben der Mulde auf den feucht glänzenden Steinen liegenblieben. Als kleine Erinnerung, als Rest. Sie würden mit der Zeit völlig verbleichen.

Dann ging er.

Er schob sich vor, hinterließ eine Schleimspur und große Tropfen, die sich rasch wieder vereinigten und von seiner starken Erregung zeugten.

Über ihm befanden sich ein Haus und ein Garten. Die Menschen, die dort wohnten, waren seine Feinde. Sie waren überhaupt Feinde der Dämonen, und deshalb mußte er vorsichtig sein. Sicher hatten sie ihn vergessen. Nach so langer Zeit dachte wohl kaum jemand an einen Ghoul irgendwo tief unter der Erde.

Aber er würde sich in Erinnerung rufen, das stand jetzt

schon fest. Den Namen der Menschen kannte er nicht. Er hätte ihm auch nicht viel gesagt, denn über ihm, in einem Bungalow, wohnte die Familie Conolly.

Eine Frau, ein Mann und ein Kind ...

»Will Mallmann hätte auch erst morgen kommen können«, sagte Sheila Conolly ein wenig vorwurfsvoll und schaute zu, wie ihr Mann in sein Jackett schlüpfte. »Jetzt muß ich den Rasen allein mähen.«

Bill hob die Schultern. »Es ist nun mal Zufall, Sheila. Er hat sich entschlossen, ein paar Tage Urlaub zu machen, und die wollen wir ihm gönnen. Außerdem: Wo sollte der gute Will hin? Er hat seine Frau verloren, steht ziemlich allein auf der Welt, und seine guten Freunde wohnen nun mal in London.«

Sheila lächelte. »Ich habe es auch nicht böse gemeint.«

»Das weiß ich ja. Außerdem wollte Will zu John, aber der treibt sich mit Suko in der Grafschaft Kent herum, wie Shao uns sagte. So hole ich Will Mallmann eben ab.«

»Ob er denn heute abend wieder hier ist?« fragte Sheila.

Bill nickte. »Davon bin ich überzeugt. Jedenfalls habe ich mit Glenda Perkins gesprochen. John hat angerufen. Er würde gegen Abend eintreffen. Dann soll er sofort zu uns kommen. Zudem weiß Shao Bescheid.«

»John wird sich freuen, wenn er Will hier sieht.«

»Das bestimmt. Und ohne einen Fall am Hals zu haben. Ohne Dämonen, finstere Mächte und Geister. Das ist doch mal was – oder nicht?«

Sheila wiegte den Kopf. »Gebranntes Kind scheut das Feuer. So ganz traue ich dem Frieden nicht.«

Bill betrachtete seine Frau. Sie trug ein buntes Sommerkleid und darüber eine Schürze, weil sie ein wenig im Garten gearbeitet hatte. »Du bist mißtrauischer geworden als ich, meine Liebe«, stellte er fest.

»Das bleibt ja nicht aus«, erwiderte sie.

»Ich habe übrigens einen Hellseher befragt«, meinte Bill grinsend. »Er hat mir aus der Hand gelesen und erzählt, daß uns keine Dämonen stören werden.«

»Dein Wort in Gottes Gehörgang.«

Der Reporter warf einen Blick auf seine Uhr. »Verflixt, jetzt hätten wir uns bald verquatscht. Wenn ich mich nicht beeile, komme ich noch zu spät. Und ausgerechnet dann, wo die Welt in Ordnung ist. Kein Fluglotsenstreik, kein Nebel oder schlechtes Wetter.« Er hauchte Sheila einen Kuß auf die Lippen und reckte sich auf die Zehenspitzen. »Wo ist denn der Kleine?«

»Johnny spielt im Garten.«

»Dann bestelle ihm schöne Grüße.«

»Du kannst ihn ja mitnehmen.«

Bill schüttelte den Kopf. »Weißt du, wie der aussieht? Den müßtest du erst waschen und umziehen, Sheila, und soviel Zeit habe ich nicht. Ich bin sowieso fast zu spät dran.« Er winkte seiner Frau noch einmal zu und ging zur Tür.

Sheila begleitete ihn. Den Porsche hatte der Reporter bereits aus der Garage gefahren. Er stand auf dem schmalen Weg. Bill faltete sich in den Schalensitz und startete.

Der satte Sound schwang durch den Vorgarten, als der Reporter zum Tor hinunterfuhr.

Sheila wartete so lange, bis ihr Mann nicht mehr zu sehen war. Dann ging sie zurück ins Haus.

Johnny war nicht zu sehen. Bei diesem herrlichen Spätsommerwetter spielte er sicher irgendwo im Garten. Die Conollys hatten ihm einen kleinen Sandkasten eingerichtet, in dem er des öfteren hockte. Sheila fand ihn auch diesmal hier und schlug die Hände über dem Kopf zusammen.

Es gibt Kinder, die machen sich nicht schmutzig, dann gibt es welche, die machen sich schmutzig, und dann gibt es noch welche wie Johnny. Die übertreffen alle.

Nicht, daß Johnny nur voller Sand gewesen wäre, das wäre für Sheila noch zu ertragen. Nein, er hatte sich auch von irgendwoher Wasser besorgt, den Sand damit angefeuchtet und sich den Matsch dann über den Kopf gekippt. Dementsprechend sah er auch aus.

Und er lachte.

»Was hast du denn gemacht?« fragte Sheila und schaute gleichzeitig zur Seite, wo ein Mädchen, das in Johnnys Alter war und im Sand saß, aus großen Augen die blonde Frau und ihren Jungen beobachtete. Das Mädchen hieß Sandra und war bei einer Nachbarin zu Besuch. Sie spielte immer mit Johnny, und sie hatte ihre kleine Katze bei sich, die sich an die Beine des Mädchens schmiegte und sich von ihm streicheln ließ.

»Ich habe nur gespielt«, beschwerte sich Johnny.

Sheila mußte lachen. »Das sehe ich. Du hast nur gespielt.« Sie schüttelte den Kopf. »Nein, wie kann man sich nur so schmutzig machen. Schau dir Sandra an, die ist sauber.«

»Sie ist ja auch ein Mädchen.«

Richtig abfällig sagte der kleine Johnny das und warf seiner Freundin einen bitterbösen Blick zu.

Sheila wandte sich an Sandra.

»Willst du noch bleiben?«

Die Kleine nickte heftig. Sie hatte pechschwarze Haare und große, dunkle Augen.

»Gut, mein kleiner Schatz. Dann warte solange hier. Johnny muß erst unter die Dusche. Dann kommt er zurück.«

Als der Kleine Dusche hörte, da reagierte er sofort. Alles, was mit Wasser und Reinigung zusammenhing, war ihm suspekt. Er startete wie ein Rennläufer und war schneller als seine Mutter. Sheila wollte noch nach ihm schnappen, doch sie griff ins Leere. Johnny war schon entwischt.

»Warte, dich kriege ich!« rief Sheila und rannte hinter dem Kleinen her.

Auch die Katze lief los. Sie überholte Sheila und schnitt Johnny sogar den Weg ab.

Er schlug Haken wie ein Hase, lief um Sträucher und kleine Bäume herum, aber letzten Endes blieb seine Mutter doch Sieger. Sie schnappte ihn dicht am Zaun. Da halfen kein Zetern, kein Strampeln und kein Schreien, er mußte unter die Dusche. Die Katze trottete wieder zurück. Für sie war das Spiel beendet, und geschmeidig glitt sie unter einen Busch, wo sie hockenblieb und alles beobachtete.

Sheila brachte Johnny ins Haus.

»Ich will aber nicht gewaschen werden!« zeterte der Kleine, doch da traf er bei seiner Mutter auf taube Ohren. Sheila brachte ihn in die Dusche. Es war die für Gäste. Zuvor hatte aber Sheila ihren Sohn draußen ausgezogen. Den Sand wollte sie nicht mit ins Haus schleppen.

Johnny hatte keine Chance, dem Wasser zu entgehen. Lauwarm schoß es aus der Brausetasse, und der Kleine wurde erst einmal eingeseift. Dabei wollte er immer wieder entwischen. Seine Mutter hatte inzwischen Routine. Sie hielt ihn so fest, daß er auch eingeseift nicht entwischen konnte.

Johnny wurde zweiter Sieger, und es machte ihm jetzt sogar Spaß, unter die Dusche zu hüpfen.

Noch ein zweites Mal seifte Sheila ihren Sohn ein, dann spülte sie den Schaum ab, rubbelte Johnny trocken und zog ihm frische Wäsche an. Auch eine neue Hose. Es waren abgeschnittene Jeans. Und ein frischer Pullover wurde ihm übergestreift. Zum Schluß kämmte Sheila sein Haar.

»Kann ich jetzt wieder spielen?«

»Gleich. Möchtest du etwas Obst essen? Dann bringe ich dir und Sandra etwas.«

»Ja, Weintrauben.«

»Gut, die habe ich. Geh schon mal vor und sage Sandra Bescheid. Ich komme dann nach.«

Johnny rannte weg und rief dabei den Namen seiner

Spielkameradin. Sheila aber ging in die Küche und wusch ein paar Trauben ab. Es war ruhig an diesem Spätnachmittag. Deshalb vernahm sie das Weinen der kleinen Sandra bis in die Küche. Sie wußte genau, daß es Sandra war, denn Johnnys Weinen kannte sie.

Da kamen ihr die beiden schon entgegen. Johnny hatte seine kleine Freundin an die Hand genommen, und er erzählte auch, was geschehen war.

»Die – die Katze hat so geschrien, Mummy.«
»So? Wann war denn das?«
»Als du mich gebadet hast.«
»Und warum hat sie geschrien?«
»Das wissen wir nicht.«
»Soll ich denn einmal nachsehen?«
Sandra und Johnny nickten synchron.

Sheila stellte den Teller mit den Trauben weg und erkundigte sich, wo die Katze zuletzt gewesen war.

Sandra drehte sich um und deutete auf einen Holunderbusch. »Dahinter war sie.«

»Dann gehen wir mal hin«, sagte Sheila forsch. Sie erreichte als erste den Busch. Die Kinder waren hinter ihr geblieben. Johnny tröstete seine Freundin.

Sheila bog die Zweige zur Seite. Sie rechnete damit, die Katze zu sehen.

Von der Katze war nicht mehr viel zu erkennen. Nur noch Reste. Ein Stück Fell und Knochen, an denen einige Fleischfetzen hingen … Sheila hatte das Gefühl, mit einem Eispickel ins Herz gestoßen zu werden.

Sheila atmete tief ein. Es war wirklich schwer für sie, den Anblick zu verkraften. Klar, es gab schlimmere Dinge. Die hatte auch Sheila schon gesehen, aber es war so überraschend gekommen, und deshalb dieser Schock.

»Siehst du sie?« fragte Johnny.

»Nein, mein Liebling. Sie ist verschwunden.«

»Aber Pussy läuft doch nicht weg«, jammerte die kleine Sandra. »Das hat sie noch nie getan.«

»Aber jetzt ist sie nicht mehr da.« Sheila wollte auf keinen Fall, daß die Kinder die Überreste der Katze sahen. Es würde ihnen einen Schock versetzen, und auch sie selbst durfte sich nichts anmerken lassen, mußte so tun, als wäre nichts gewesen.

Sheila richtete sich auf, wobei sie über ihre Stirn wischte. Dann drehte sie sich um.

Fragende Augen schauten sie an. Kinder waren oft sehr mißtrauisch und hatten auch eine gute Beobachtungsgabe. Sie merkten schnell, wenn man ihnen einen Bären aufbinden wollte.

Sheila zwang sich zu einem Lächeln. »Wahrscheinlich ist deine Katze nur mal eben in einem Nachbargarten verschwunden«, erklärte Sheila der kleinen Sandra. »Katzen sind so, weißt du? Die sind nicht wie Hunde. Katzen kann man nicht zähmen. Irgendwann einmal, man denkt immer, sie würden gehorchen, da laufen sie einfach davon. Wie deine kleine Pussy jetzt. Die will sich bestimmt einmal woanders umschauen, das ist ganz natürlich für Katzen.«

»Aber sie hatte mich doch lieb«, beschwerte sich Sandra mit weinerlicher Stimme.

»Das hat damit nichts zu tun. Trotzdem wird die Katze immer wieder verschwinden. Damit mußt du dich abfinden.«

Sandra nickte. Sie preßte die Lippen fest zusammen, und Johnny, der kleine Beschützer, legte einen Arm um ihre Schultern. »Soll ich dich nach Hause bringen?« fragte er.

Das kam so ulkig heraus, daß Sheila unwillkürlich lachen mußte. Sie hütete sich allerdings, es laut zu tun.

»Ich glaube, das ist eine gute Idee«, unterstützte sie ihren

Sohn. »Bring Sandra nach Hause, und dann komm wieder zurück.« Sandra war einverstanden. Gemeinsam trippelten die beiden los. Sheila schaute ihnen lächelnd hinterher, doch ihr Lächeln zerfaserte, sobald die Kinder nicht mehr zu sehen waren. Sheila Conolly machte sich Sorgen.

Sie drehte sich um und schaute noch einmal nach. Kein Zweifel, das waren Katzenknochen, und an ihnen hingen noch letzte Fleischreste, so, als hätte es jemand nicht geschafft, sein Mahl zu beenden.

Mahl?

Als Sheila daran dachte, begann sie gleichzeitig zu schnuppern wie ein Hase. Sie hatte etwas wahrgenommen. Einen Geruch, der überhaupt nicht in den Garten paßte, wo Blumen ihre farbige Pracht zeigten und auch die Blätter der Sträucher und Bäume frisch dufteten. Das, was sie wahrnahm, war anders.

Es roch faulig ...

Sheila überlegte und beugte sich noch tiefer. Einige Fliegen hatten sich schon auf die Knochen gesetzt oder umsummten sie. Nein, dachte Sheila, faulig ist auch nicht der richtige Ausdruck. Modrig mehr, widerlich...

Sie schüttelte sich und wollte sich eigentlich nicht das eingestehen, was das Gehirn ihr sagte.

Da es keine Raubtiere in der Nähe gab, die sich an Katzen vergriffen, konnte auch etwas anderes dahinterstecken.

Sheila war mißtrauisch wie ein alter Wolf. Das Leben hatte sie gelehrt, mißtrauisch zu sein, und sie dachte sofort an einen schwarzmagischen Einfluß.

Schwarze Magie!

Meine Güte, wie oft waren sie ihr schon ausgeliefert gewesen. Darüber nachzudenken erübrigte sich eigentlich, und Sheila wurde auch abgelenkt, weil Johnny rief.

Sie drehte sich um und ging ihrem Sohn ein Stück entgegen.

»Nun? Hast du Sandra gut nach Hause gebracht?« Johnny nickte.

»Ja, Mummy. Sie hat aber immer noch geweint.«

»Sie hing eben sehr an ihrer kleinen Katze, das mußt du doch verstehen, Johnny.«

»Klar, Ich hänge ja auch an meinen Spielsachen.«

»Siehst du.«

»Kann ich noch draußen bleiben?« fragte Johnny und schaute seine Mutter dabei bittend an.

Sheila überlegte. Wenn sie ihren Sohn jetzt ins Haus holte, machte sie sich irgendwie verdächtig, denn Johnny war es nicht gewohnt, bei schönem Wetter so früh in die Wohnung geschickt zu werden.

Andererseits war Sheila sich nicht sicher. Da lauerte irgendwo eine nicht zu unterschätzende Gefahr. Sie hatte die Katze gesehen. Jemand hatte sie zerrissen ...

»Darf ich?«

Sheila hatte sich entschlossen und nickte. »Aber nicht in den Sand, Johnny. Bleib in Nähe des Hauses auf der Wiese und auch weg vom Schwimmbad.«

»Klar, Mummy.«

Sheila war beruhigt. Wenn Johnny einmal etwas versprochen hatte, dann hielt er es auch. In dem Punkte konnte sie sich auf ihren Sohn verlassen.

Einigermaßen beruhigt kehrte sie zurück ins Haus. Sie wollte noch einen kleinen Happen vorbereiten. Wenn die Männer zurückkehrten, hatten sie sicherlich Hunger. Vor allen Dingen Will Mallmann nach seinem langen Flug.

Sheila wollte Hähnchen grillen und dazu einen frischen, knackigen Salat servieren. Sie holte zwei »Gummiadler« aus dem Kühlschrank und spießte sie auf den Ofengrill. Regelmäßig schaute sie in den Garten, aber Johnny spielte ruhig und allein. Er hielt sich auch vom Pool fern, auf dessen blau schillernder Wasseroberfläche erste Blätter schwammen.

Wenn Bill zurückkam, sollte er dafür sorgen, daß die Reste der Katze weggeschafft wurden. Sheila selbst ekelte sich davor.

Sie ahnte nicht, daß das Wesen, das die Katze getötet hatte, sich zwar zurückgezogen hatte, aber bereits ein neues Opfer suchte.

Es war der kleine Johnny!

Noch hockte der Ghoul versteckt im dichten Gebüsch. Er hatte sich zusammensinken lassen, sonderte wieder Schleim ab, stank dabei erbärmlich, doch der Wind trug den Geruch in eine andere Richtung, so daß der Junge ihn nicht wahrnahm.

Der Ghoul lauerte.

Obwohl er vor Hunger fast verging, war er nicht unvorsichtig und zeigte sich jetzt schon. Er konnte abwarten und wollte den richtigen Moment abpassen, um zuzuschlagen.

Johnny spielte Ball. Die rote Kugel mit den weißen Punkten wurde von ihm angekickt, rollte weiter, und Johnny stolperte hinterher. Er hatte sich aus Stöcken ein Tor aufgebaut, in das er den Ball nach jedem »Angriff« schießen wollte.

Ein paarmal traf er nicht, oder der Ball blieb noch vor dem Tor liegen.

Bei einem Schuß setzte der Kleine besonders viel Kraft ein. Er traf das Tor, und Johnny riß die Arme hoch, wie es die richtigen Fußballer immer taten, wenn sie ein Tor geschossen hatten.

Er rannte hinterher, um sich den Ball zurückzuholen. Dadurch geriet er zwangsläufig aus dem Blickfeld seiner Mutter, und Sheila, die nach draußen schaute, sah ihn nicht mehr. Das Küchenfenster stand offen. Sheila rief den Namen ihres Sohnes und war beruhigt, als sie eine Antwort vernahm.

Sofort kam Johnny zurück. Den Ball hatte er unter den Arm geklemmt. »Was ist denn, Mummy?«

»Lauf bitte nicht so weit weg, Junge.«
»Ich habe doch nur den Ball geholt.«
»Dann ist es gut.«
»Kannst du mir etwas zu trinken geben?«
»Natürlich. Ich habe auch noch deine Trauben.«
»Lieber einen Schluck Saft.«

Johnny erhielt ihn. Er blieb vor dem Küchenfenster stehen, trank seinen Saft und reichte Sheila das Glas dann hoch. Anschließend rannte er auf den Rasen und spielte weiter.

Sheila lächelte. Der Junge hatte sich prächtig gemacht. Er war der große Stolz seiner Eltern. Leider hatten die Gegner des Sinclair-Teams auch auf ihn keine Rücksicht genommen, und Johnny trug als Schutz stets ein kleines geweihtes Kreuz an einer Kette hängend um den Hals.

Der Ghoul wartete noch.

Er hatte sich mit einem Stein bewaffnet, mit dem er den Jungen töten wollte.

Wenn der Junge wieder einmal hart zutrat, würde der Ball bis an das Gebüsch rollen ...

Darauf wartete er.

Abermals legte sich Johnny den Ball zurecht. Diesmal nahm er sogar Anlauf, trat dann zu und streifte den Ball nur mit dem Außenrist. Er rollte zur Seite.

Der Ghoul war enttäuscht.

Johnny holte den Ball zurück. Er legte ihn wieder dorthin, wo er zuvor gelegen hatte, nahm einen noch größeren Anlauf, rannte los, schoß, und nun hatte er den Ball wirklich voll getroffen. Er flog sogar durch die Luft, und im Bogen sauste er durch das Tor.

Treffer!

Johnny riß die Arme hoch. Wie die Alten machte er das, bevor er auf das Tor zu- und hindurchlief, um sich den Ball zurückzuholen. Die bunte Kugel war so hart getreten worden, daß sie sogar das Gebüsch erreicht hatte, hinter dem der Ghoul lauerte.

Der Dämon sah den kleinen Jungen auf sich zurennen und stieß ein Schmatzen und Schlürfen aus, das von einer widerlichen Vorfreude zeugte. Wenn er sich ausstreckte und dabei noch den Arm vorschob, konnte er den Ball greifen. Aber das wollte er nicht. Dafür war der Kleine zuständig.

Johnny rannte näher. Sein Gesicht war gerötet, die Augen strahlten. Er ahnte nichts von der Gefahr, in der er schwebte, und er wäre fast noch gestolpert, so sehr beeilte er sich, den bunten Ball zurückzuholen.

Der war zwischen die Büsche gerollt und von den sperrigen Zweigen aufgehalten worden. Es würde für Johnny nicht einfach sein, ihn aufzunehmen, da er sich dabei recken mußte.

Der Kleine bückte sich.

Der Ghoul öffnete sein Maul. Die Zähne waren zu sehen, die kleinen, aber spitzen Dinger, die wie eine Maschine zubeißen konnten.

Johnny hatte schon den Arm ausgestreckt, als er in der Bewegung anhielt.

Etwas irritierte ihn.

Da war ein anderer Geruch, den er noch nie wahrgenommen hatte. Nicht nach Blüten- oder Blumenduft, sondern das Gegenteil. Widerlich, so daß dem Kleinen direkt schlecht werden konnte. Er schluckte. Im Augenblick wußte er nicht, was er tun sollte, drehte den Kopf, und es schien so, als würde er nach seiner Mutter rufen. Dann überlegte er es sich und kroch noch ein Stück vor.

Auch der Ghoul hatte sich etwas vorgeschoben. Er nahm jetzt die beste Position ein. Dieses Opfer würde ihm nicht entkommen. Sein rechter Arm, ein längliches, schleimiges Gebilde, glitt zwischen zwei Zweigen hindurch und über den Boden, wobei Dreckkrumen haften blieben.

In der anderen Hand hielt er den Stein, der an einer Seite eine ziemlich spitze Stelle aufwies.

Da griff Johnny nach dem Ball.

Jetzt!

Der Ghoul war schnell. Kaum hatte Johnny seinen Ball berührt, als auch die Pranke des Ghouls vorschoß, sich auf das rechte Handgelenk des Kleinen legte und es sofort umklammerte.

Eine Sekunde starrte Johnny auf die Klaue.

Dann schrie er!

Sheila Conolly hatte die Hähnchen gesalzen, gepfeffert und mit Paprika bestreut. So bekamen sie die richtige Schärfe und die Männer hinterher den Durst. Es würde sicherlich eine lange Nacht werden, vor allen Dingen, wenn John noch hinzukam. Man hatte sich bestimmt viel zu erzählen.

Es war lange her, daß sich die Conollys und Will Mallmann gesehen hatten, und beide mochten sich auch. Will war ein ruhiger, netter Mensch, der ein schweres Schicksal hinter sich hatte. Bei seiner Hochzeit hatte der Schwarze Tod zugeschlagen und ihm die über alles geliebte Frau genommen.

Seit dieser Zeit war auch Kommissar Mallmann ein Feind der Dämonen. Er verfolgte sie, wo es nur ging. Er hatte sogar seine Vorgesetzten im deutschen BKA davon überzeugen können, daß es gewisse Dinge gab, die man kaum mit dem Verstand erklären konnte.

Man gab Will freie Hand. Gemeinsam mit John Sinclair und Bill Conolly hatten sie so manchen Fall gelöst. Da brauchte Sheila nur an den Vampir Fariac zu denken, der am Loreley-Felsen sein Unwesen getrieben hatte.

Die Hähnchen drehten sich. Sheila richtete sich auf, pustete eine Haarsträhne aus ihrer Stirn, schaute aus dem

Fenster und sah ihren Sohn. Alles war normal, nichts deutete auf eine Gefahr hin. Friedlich lag der Garten im Licht der schräg einfallenden Sonnenstrahlen. Die ersten Mücken tanzten und zeigten an, daß der Abend nicht mehr weit war.

Sheila wollte sich noch umziehen, um den Gast nicht in der Küchenkleidung empfangen zu müssen.

Rasch lief sie ins Schlafzimmer, von dort ins Ankleidezimmer, wo sich Sheila und Bill umzogen. Sheila suchte ein hellblaues Sommerkleid hervor, das ziemlich luftig war und um die Taille herum mit einem Gürtel geschlossen wurde. Die aufgesetzten Schulterklappen sahen ein wenig militärisch aus, was Sheila allerdings nicht störte.

Das Kleid ließ sich vorn durchknöpfen, und Sheila hatte es bereits zur Hälfte geschlossen, als sie den Schrei hörte.

»Mein Gott, Johnny!« flüsterte sie und rannte los ...

Faversham lag hinter uns. Und damit ein böser Fall, der mich sogar in seinem Finale noch mit Mr. Mondo und Vampiro-del-mar zusammengeführt hatte.

Fast hätte ich sie beide erwischt. Ihre Helfer hatten Suko und ich schon ausgeschaltet, doch im letzten Augenblick hatte Asmodina eingegriffen und sie gerettet.

Sie verschwanden, und wir hatten das Nachsehen. Aber einmal, da würden wir es packen, dessen war ich mir sicher.

Sukos Kopf zierten noch immer zwei große Pflaster. Eine der Verletzungen verdankte er dem grünen Dschinn, mit dessen Auftreten das ganze Spektakel eigentlich begonnen hatte.

Auch der Dschinn war uns entkommen, und wir hatten wieder mal einen Gegner mehr.

Morgens waren wir in Faversham abgefahren. Bis London war es nicht sehr weit. Ich hatte zuvor im Büro angerufen.

Glenda Perkins, meine Sekretärin, und Sir James Powell wußten Bescheid, daß ich unterwegs war. Der Superintendent wartete auf meinen Bericht. Vorher allerdings wollte ich Suko nach Hause fahren. Er hatte mit Shao gesprochen und von ihr erfahren, daß sich Will Mallmann, unser Freund aus Deutschland, angemeldet hatte. Er wollte ein paar Tage Urlaub machen und diese in London verbringen. Da ich nicht zu Hause war, holte Bill Conolly ihn vom Flughafen ab, und bei den Conollys wollte er auch wohnen.

Der Abend war gesichert.

Ich freute mich darauf, mich mal wieder mit dem guten Will unterhalten zu können. Wir hatten uns lange nicht gesehen.

Suko wollte nicht mit. Seine Verletzung machte ihm zu schaffen, und er war froh, sich ins Bett legen zu können. Shao würde ihn schon pflegen.

Ich hatte Verständnis für den Chinesen. Mir wäre es wahrscheinlich nicht anders ergangen.

Wir erreichten London. Bis jetzt waren wir zügig vorangekommen, doch nun begann der Verkehr. Über eine Stunde dauerte es, bis ich vor seiner Wohnung stoppte.

»Kommst du noch mit hoch?« fragte der Chinese.

Ich schüttelte den Kopf. »Nein, laß mal. Ich fahre direkt zum Yard. Da erwartet man mich.«

»Viel Spaß«, sagte Suko und wuchtete die Tür zu.

»Danke.«

Als ich den Bentley auf dem Parkplatz an der Hinterseite des Yard Building ausrollen ließ, atmete ich auf. Endlich geschafft. Die Fahrt durch das verkehrsreiche, hektische London hatte mich doch ein wenig geschlaucht.

Meine Bewegungen waren träge, als ich ausstieg und an der Fassade hochschaute. Ich hängte meine Jacke über die Schulter, an die neue Kleidung hatte ich mich inzwischen gewöhnt, und betrat den Bau durch den Hintereingang.

Wie immer herrschte ziemlich viel Hektik im Gebäude. Ich winkte dem Portier zu und steuerte den Lift an, der mich nach oben schießen sollte. Im Aufzug traf ich einen Kollegen, der unbedingt einen neuen Witz loswerden wollte.

»Wissen Sie eigentlich, was geschieht, wenn man eine Schlange mit einem Igel kreuzt?«

»Nein.«

»Dann entsteht eine Rolle Stacheldraht.« Er lachte und wollte sich überhaupt nicht mehr einkriegen.

Mir war nicht nach Grinsen zumute, und ich war froh, als ich den Lift verlassen konnte.

Glenda hämmerte auf der Maschine, das hörte ich bereits vor der Tür. Fleißiges Mädchen, die Kleine.

Ruckartig stieß ich die Tür auf, so daß Glenda erschrak. Sie schaute erschreckt von der Maschine hoch, sah mich an, und dann lächelte sie. »Hallo, John, wieder im Lande?«

»Und wie.«

Sie stand auf. »Es wartet auch eine Menge Arbeit auf Sie, mein Lieber.«

»Nein, nur das nicht.«

Glenda ging vor und stieß die Tür zu meinem Büro auf. Sie trug ein helles Kleid mit schmalen, bunten Streifen, das ihr sehr gut stand. Das lange, dunkle Haar hatte sie mit roten Spangen zurückgesteckt. In der Farbe paßten sie zu den Schuhen.

Ich betrat mein Büro und wäre am liebsten wieder verschwunden, denn auf dem Schreibtisch lagen eine Menge Akten. Und ganz obenauf ein knallroter Zettel.

Neben dem Schreibtisch blieb ich stehen und schaute Glenda schräg an. »Ein Liebesbrief?« Dabei deutete ich auf den roten Zettel.

»Nein, nur der Wunsch nach einem dringenden Anruf.«

Ich schob den Bürostuhl zurück. »Und wer ist es, der mich da so dringend sprechen will?«

»Jane Collins«, bemerkte Glenda spitz.

»Aha.«

»Die Dame wird Sehnsucht haben.«

»Bestimmt.«

Glenda holte Luft, um etwas zu sagen, aber ich ließ sie nicht dazu kommen. »Warum sind Sie denn so eifersüchtig, Glenda? Es ist doch gar nichts.«

»Ich und eifersüchtig?«

»Ja, so kam es mir vor.«

»Nein, John, nicht mehr. Früher vielleicht.« Sie wurde jetzt etwas rot. »Aber heute ...«

»Schade.«

Glenda nickte. »Das glaube ich auch, daß so etwas für Sie schade ist. Die Männer wollen alle, daß die Frauen eifersüchtig sind, aber den Gefallen tun wir euch nicht mehr.«

Ich zwinkerte ihr zu. »Ehrlich?«

»Ach, lassen Sie mich doch in Ruhe«, sagte Glenda und verschwand in ihrem Zimmer. Ich grinste, trat ans Fenster und reckte mich. Hoch lebe die Arbeit, dachte ich, so hoch, daß man nicht drankommt. Aber was sollte es? Job ist Job, und ich war gespannt, was Jane Collins wollte. Ich hatte sie ja auch lange nicht mehr gesehen.

Ich wählte ihre Nummer. Achtmal läutete es durch, und niemand hob ab. Jane war nicht zu Hause.

Kaum hatte ich aufgelegt, als sich der moderne Quälgeist erneut meldete. Und die Stimme kannte ich, die da an mein Ohr drang. Sie gehörte Sir James Powell, meinem Chef.

»Endlich sind Sie im Lande«, sagte er. Seine Laune schien nicht besonders zu sein.

»Ja«, sagte ich, »pflichtbewußt, wie ich bin, fuhr ich noch ins Büro. Ich hätte auch zu ...«

»Kommen Sie mal rüber.«

Ich ging. Im Vorzimmer fragte ich Glenda: »Hatte der Alte schon den ganzen Tag über schlechte Laune?«

»Erst, seit Sie da sind, John.«

»Was sind Sie gehässig.« Ich nickte. »Ja, ja, die Eifersucht, die ist schlimm.«

Glenda holte tief Luft. Ich verschwand schnell aus dem Vorzimmer, denn meine Sekretärin konnte auch mit Gegenständen um sich werfen.

Eulenaugen hinter der Brille, ein in einen grauen Anzug gezwängter Mensch, ein Glas Wasser vor sich stehend, daneben die Tabletten für den Magen, das war Sir James, wie er leibte und lebte. Seine Mundwinkel hingen traurig herab, die Nase war leicht gerötet. Er schien sich einen Schnupfen eingefangen zu haben.

Kaum hatte ich die Tür hinter mir geschlossen, da nieste er auch schon.

»Gesundheit«, sagte ich artig.

»Die fehlt mir eben.«

»Ja, man kann nicht alles haben, Sir.«

»Werden Sie nicht ironisch.«

Ich pflanzte mich hin und streckte die Beine aus. Etwa fünf Sekunden fixierten wir uns, dann meinte Sir James: »Sieht mal wieder nicht gut aus.«

»Wieso?«

»Sie haben nur einen Teilsieg errungen, wenn ich das glauben darf, was Sie mir am Telefon erzählt haben.«

»Mehr war leider nicht drin.«

»Und der grüne Dschinn?«

»Wird uns unter Umständen noch Ärger bereiten. Aber das haben Sie ja selbst erlebt.«

Sir James nickte. Er war tatsächlich dabeigewesen. Der Türke Kelim hatte ihn sogar als Geisel genommen.

»Auf Ihrer Habenseite steht die Rettung der Kinder. Das war gut, John.«

Ich lachte bitter. »Obwohl es einige andere nicht so gesehen haben. Sie wollten mich sogar zum Mörder stempeln.«

»Berichten Sie.«

Ich erzählte von Gary Sorvino und auch davon, daß man ihm eingeredet hatte, ich wäre schuld am Tode seines Bruders gewesen. Sir James hörte aufmerksam zu und meinte abschließend: »Das ist typisch. Dieser verdammte Costello findet immer die richtigen Leute, wie auch den Anwalt Sorvino.«

»Sollen wir da nachhaken?«

»Versprechen Sie sich davon etwas? Weiß Costello zum Beispiel, wo sich Dr. Tod aufhält?«

»Möglich.«

»Nein, der wird ihm sein Versteck nicht verraten. Wir kennen es ja auch nicht, aber lassen wir das. Ich habe Sie aus einem anderen Grund kommen lassen.«

»Und was ist das für ein Grund?«

»Da müßte ich weiter ausholen. Die Kollegen haben uns gebeten, die Augen offenzuhalten. Es geht da um einen Frauenkiller, der sich Jack the Ripper nennt.«

Ich schaute Powell an und hatte dabei meine Stirn in Falten gelegt. »Der Ripper?«

»Ja, ein Nachahmungstäter, glaube ich.« Sir James räusperte sich. »Haben Sie noch nie von ihm gehört?«

»Nein.«

»Sie sollten die Polizeiberichte besser lesen. Er hat bisher vier Frauen getötet, aber das können Sie alles in dieser Akte lesen.« Sir James schob sie mir rüber. Der Umschlag glänzte dunkelrot. »Wenn nichts anderes anliegt, kümmern Sie sich darum. Ihre Bekannte, Miss Collins, ist schon am Ball.«

»Deshalb hatte ich sie anrufen sollen?«

»Möglich.« Ich mußte grinsen, weil ich an Glenda dachte, die sofort wieder etwas anderes angenommen hatte. Die Frauen waren schon manchmal eine regelrechte Plage.

»Für heute mache ich allerdings Feierabend«, gab ich meinem Chef bekannt.

»Wieso das?«

»Erstens steckt mir der alte Fall noch in den Knochen, und dann erwarte ich Besuch. Kommissar Mallmann.«

Sir James lächelte. »Das ist ausgezeichnet. Dann kann er Ihnen bei der Suche nach dem Ripper behilflich sein.«

»Will Mallmann macht in London Urlaub, Sir.«

Der Superintendent schüttelte den Kopf. »Das begreife, wer will. Ich nicht.«

»Morgen werde ich mich um den Ripper kümmern«, sagte ich und stand auf.

»Und versumpfen Sie in der Nacht nicht«, warnte mich mein Chef noch.

»Keine Angst, ich bin im Training.« Ich ging noch einmal zurück in mein Büro. Zuvor jedoch mußte ich noch etwas loswerden. Neben Glenda Perkins blieb ich stehen und beugte mich zu ihr hinab.

Sie hörte auf zu tippen.

»Was ich noch sagen wollte, Glenda. Jane Collins hatte tatsächlich Sehnsucht nach mir ...«

»Lassen Sie mich doch damit in Ruhe.« Sie schüttelte den Kopf. Ihre Haare streiften mein Gesicht.

»Moment, Glenda. Aber nicht nur privat, sondern auch dienstlich. Da sehen Sie, wie sehr man sich täuschen kann.«

»Ja, ja, wer's glaubt!« Sie machte ein ergebenes Gesicht dabei und nickte.

»Das bleibt Ihnen überlassen«, erwiderte ich, ging in mein Büro und warf die neue Akte auf die alten. »Bis morgen dann, ich habe keine Lust mehr.«

»Und das aus einem Beamtenmund« meinte Glenda.

»Auch Beamte sind Menschen.«

»Wirklich? Ich kann's kaum glauben.«

Dann war ich aus der Tür.

Bevor ich zu Bill fuhr, wollte ich noch bei mir anhalten und die Kleidung wechseln. Eine Dusche konnte ebenfalls nicht schaden. Auf den Abend freute ich mich. Bestimmt wurde er interessant. Damit sollte ich recht haben. Der Abend wurde interessant und auch abwechslungsreich, aber auf eine andere Art und Weise, als ich gedacht hatte …

Johnnys Gesicht war verzerrt. Er fühlte den Druck auf seinem Gelenk und wollte die Hand zurückziehen, kam aber gegen die Kraft des Ghouls nicht an.

Trotz seiner schleimigen Pranke hatte der Ghoul einen eisenharten Griff.

Und Johnny schrie weiter.

Er sah ein schreckliches Geschöpf vor sich, denn der Ghoul hielt sich nicht mehr zurück. Er zwängte seinen schleimigen Körper durch die Zweige, hatte sein Maul geöffnet, und Johnny Conolly erkannte die spitzen Zähne.

Seine Angst wurde größer.

Der Ghoul schmatzte. Er hob den anderen Arm. Deutlich war der Stein mit seiner spitzen Kante zu sehen. Jetzt hatte er genau die richtige Entfernung, um zuschlagen zu können.

Da hörte er Schritte!

Sheila war aus dem Haus gerannt und hastete über den Rasen. Ihr Kleid, noch halb offen, flatterte. Die blonden Haare wurden wie eine Fahne hochgeweht. Die Frau stand eine Höllenangst aus und schrie den Namen ihres Sohnes.

Der Schrei und die Schritte ließen den Ghoul zögern. Er drehte den Kopf, schaute an Johnny vorbei und ließ sein Opfer dabei nicht los.

Dann war Sheila da.

Sie sah den Ghoul, und sie wußte sofort, welch einen Dämon sie vor sich hatte. Einen der schlimmsten und widerlichsten, den man sich vorstellen konnte. Der Geruch von Moder und Pestilenz wehte ihr entgegen, und Sheila kam fast der Magen hoch, so sehr ekelte sie sich davor.

Da schleuderte der Ghoul den Stein.

Er hatte instinktiv erkannt, wer sein eigentlicher Gegner war und daß die Frau den Jungen retten wollte. Deshalb mußte er sie ausschalten. Sheila sah den Stein, zog den Kopf ein, wurde aber trotzdem getroffen. Zwischen Hals und Wange streifte der Stein sie. Er rasierte förmlich über ihre Haut. Sie achtete nicht darauf, sondern warf sich nach vorn und umklammerte ihren Sohn.

Der Ghoul ließ nicht los. Er wollte sein Opfer, das er einmal in den Klauen hatte, nicht wieder hergeben. Und er hatte sich die Frau bereits als zweite Beute ausgesucht.

Sheila schlug auf das Wesen ein. Sie keuchte dabei und schrie, aber sie ließ nicht nach.

Ihre kleine Faust klatschte gegen den Kopf des schleimigen Wesens. Sie prallte nicht ab, sondern versank sogar darin. Einmal drehte der Ghoul den Kopf und schnappte mit seinem Gebiß zu. Sheila hatte Glück, daß sie ihre Hand soeben noch zur Seite drehen konnte und das Gebiß sie verfehlte.

Johnny schrie ebenfalls. Er strampelte, stemmte seine kleinen Füße in den Boden und wollte sich losreißen.

»Mummy!« schrie er. »Ich will weg, der soll mich loslassen!«

Der Ghoul dachte nicht daran. Und er war verdammt stark. Er zog den kleinen Jungen näher an sich heran.

Da fiel Sheila das Kreuz ein. Es hing um Johnnys Hals. Wenn es ihr gelang, die Kette über den Kopf zu streifen, dann konnte sie mit dem kleinen geweihten Kruzifix vielleicht den Ghoul in die Flucht schlagen.

Sie nahm beide Hände. Es war ihr egal, ob sie den Ghoul jetzt in Ruhe ließ und nicht mehr weiter auf ihn einschlug. Das Kreuz war wichtiger.

Ihre Finger fanden die Kette und glitten darunter. Der Ghoul ahnte etwas. Er warf sich vor, und Sheila wußte selbst nicht, wie sie es schaffte, ihren Schuh in das Gesicht des schrecklichen Dämons zu stoßen. Durch diese Aktion wurde er abgelenkt.

Sheila bekam ein wenig Luft. Es gelang ihr tatsächlich, das Kreuz hervorzuholen. Dabei riß die dünne Kette.

Das Kreuz fiel zu Boden.

Hastig hob Sheila es auf und hielt es dem Ghoul entgegen, der Johnny augenblicklich losließ und sich zurückzog, damit er nicht von dem Kruzifix berührt wurde.

Sheila packte ihren Sohn, rollte sich mit ihm über den Rasen und gelangte erst einmal aus der Reichweite des schleimigen Wesens. Dann sprang sie hoch, wobei sie Johnny mit sich zog, der nicht mehr schrie, sondern weinte.

»Lauf weg!« rief sie. »Schnell, Johnny, lauf zum Haus!«

Der Junge verstand. Auf seinen kurzen Beinen wieselte er los. Johnny konnte sehr schnell laufen. Sheila bekam ihn manchmal nicht zu fassen, wenn er ihr entwischt war. Diese Schnelligkeit erwies sich nun als ein Vorteil.

Der Kleine rannte dem Ghoul davon.

Der war wieder vorgekrochen, sah sich allerdings einer gebückt dastehenden Sheila Conolly gegenüber, und die hielt zudem noch das kleine Kreuz in der Hand.

Konnte sie den Ghoul damit töten?

So recht glaubte sie nicht daran. John Sinclairs Kreuz hätte es ohne weiteres geschafft. Es war wesentlich stärker. Aber dieses kleine geweihte Kreuz hatte nur die Abwehrkräfte des Weihwassers und nicht die Weiße Magie irgendwelcher Weisen oder Engel. Der Ghoul wartete. Er traute sich nicht mehr weiter vor, war allerdings sehr erregt, denn Sheila sah, wie er dicke Schleimtropfen absonderte, die zu Boden fielen und dort als stinkende Pfützen liegenblieben. Wenn sie nahe genug beim Ghoul herabgefallen waren, vereinigten sie sich wieder mit ihm.

Sheila riskierte einen raschen Blick über die Schulter.

Johnny war nicht ins Haus gelaufen. Er stand am Pool, weinte und rief nach seiner Mutter.

Sheila wollte zu ihm. Sie mußten sich irgendwo im Haus verbergen, alle Türen und Fenster schließen und darauf warten, daß Bill und Will Mallmann zurückkehrten.

Noch einmal zuckte Sheila vor. Der Ghoul wich zurück. Er war auf diese Täuschungsaktion reingefallen. Sofort warf sich Sheila herum und rannte weg. Bevor der Ghoul reagierte, hatte sie schon einige Schritte Vorsprung. Dann aber kam das Wesen. Es wollte auf keinen Fall zulassen, daß seine Opfer entwischten. Zu lange schon hatte er nach Menschen gedarbt, jetzt wollte und mußte er sie haben.

Ein Ghoul ist kein Mensch, auch kein Vampir, der sich blitzartig bewegen kann. Er walzte mehr voran, zuckte manchmal hoch und nieder wie ein wellenförmiges Gebirge, wurde platt, blähte sich auf, aber er kam von der Stelle.

Und das sogar relativ schnell. Langsame Ghouls gab es nicht, auch wenn sie manchmal so wirkten.

Johnny war am Pool stehengeblieben und warf sich in die Arme seiner Mutter, als diese auf ihn zustürzte. In der Nähe standen noch der Sonnenschirm und die weißlackierten Gartenmöbel mit den bunten Kissen.

»Lauf ins Haus!« beschwor Sheila ihren Sohn. »Beeil dich, und warte, bis ich komme.«

Johnny lief weg.

Der Ghoul hatte wieder aufgeholt. Es war keine große Distanz mehr, die ihn vom Pool trennte.

Sheila konnte ihm bequem ausweichen. Mittlerweile hatte sie sich wieder gefangen, und sie wollte es diesem widerlichen Wesen nicht zu einfach machen.

Sie schnappte sich einen der leichteren Stühle und hob ihn über ihren Kopf. Dann ging sie zur Seite, so daß der Ghoul ihr folgen und sich drehen mußte, wollte er sie anschauen.

Das tat er.

Da schleuderte Sheila den Stuhl. Sie hatte ihre ganze Kraft in den Wurf gelegt, und der Ghoul bot ein Ziel, das kaum zu verfehlen war.

Voll wurde er von dem Sitzmöbel getroffen.

Vielleicht war er zu siegessicher gewesen, vielleicht hatte er auch zu sehr seinen Kräften vertraut. Auf jeden Fall hatte der Ghoul die Aufprallwucht des Stuhls unterschätzt.

Als das Sitzmöbel ihn traf, knickte er nach vorn zusammen, wurde gleichzeitig zurückgestoßen, und da war ausgerechnet der Rand des Pools. Der schleimige Ghoul übersah die Kante und klatschte ins Wasser. Fontänenartig spritzten die Tropfen hoch, bevor sie wieder zurückfielen.

Dann war der Ghoul verschwunden. Sheila eilte an den Rand. Sie wußte nicht, wie sich Ghouls im Wasser verhielten, ob sie überhaupt die Flüssigkeit vertragen konnten.

Ihr Blick wurde starr.

Das widerliche Wesen schwamm dicht unter der Oberfläche. Es sah aus wie eine helle Robbe und zog Schleimspuren hinter sich her. Der Ghoul bewegte sich nicht, und Sheila hegte die Hoffnung, daß er vielleicht eingehen würde.

Der Wunsch erfüllte sich nicht.

Plötzlich paddelte der Ghoul wie ein junger Hund im nassen Element, und es gelang ihm tatsächlich, wieder aufzutauchen. Sein Kopf erschien zuerst. Sheila sah die Lücke in dem Schädel. Ein klaffendes Loch, das jedoch oben und unten mit gefährlichen Zahnreihen ausgefüllt war.

Sie schüttelte sich. Dann wuchtete der Ghoul seinen Körper vor. Bis zum Rand hatte er es nicht weit, und Sheila sah, daß die Gefahr noch längst nicht beendet war. Sie machte auf dem Absatz kehrt und rannte auf das Haus zu, wo Johnny in der offenen Tür stand.

»Komm schnell, Mummy!«

Sheila sprang über die Schwelle. Bevor sie die Terrassentür zuschlug, schaute sie sich um.

Soeben kletterte der Ghoul aus dem Schwimmbad. Er bewegte sich dabei wirklich wie eine Robbe, plump und ungelenk, aber er schaffte es, den Pool zu verlassen.

Sheila erwachte zu einer fieberhaften Tätigkeit. Wenn der Ghoul ins Haus wollte, war es für ihn einfache Sache. Er brauchte nur die Scheiben einzuwerfen. Zum Beispiel die große Panoramascheibe im Wohnraum der Conollys.

Alle Fenster hatten Rollos. Das im Wohnraum wurde elektrisch betätigt. Sheila kippte nur einen Schalter um, und schon surrte es herab.

Das ging relativ schnell. Bevor der Ghoul an der Scheibe war, deckte das Rollo sie schon ab. Nur wenig Licht fiel durch die Spalten noch ins Zimmer.

Sheila verließ den Raum. Ihr Atem ging schwer und keuchend. Die Conollys wohnten in einem zu ebener Erde gelegenen Bungalow. Sheila mußte auch die anderen Fenster sichern, damit der Ghoul keine Chance hatte.

Allerdings konnte er auch durch den Keller ins Haus gelangen. Sheila fiel ein, daß die Tür nicht abgeschlossen war. Noch nie in ihrem Leben hatte sie so rasch die Rollos nach unten gelassen.

Im Haus wurde es dunkel, und Sheila kam sich ein wenig vor wie in einem Gefängnis.

Zuletzt ließ sie im Schlafzimmer die Rollos davor. Dabei warf sie auch einen Blick nach draußen.

Sie sah den Ghoul. Wie ein Dieb schlich er um das Haus herum und näherte sich dann der Treppe, die von außen her zum Keller führte.

Das Rollo fiel.

Johnny stand in der offenen Tür. Er hatte sich einen kleinen Teddybär geholt und hielt ihn ängstlich umklammert, als würde ihm das Stofftier Schutz geben.

»Daddy hat doch eine Pistole«, sagte er plötzlich.

Sheila zuckte regelrecht zusammen, als sie die Worte ihres Sohnes vernahm. Ja, Johnny hatte recht. Bill besaß tatsächlich eine Pistole. Die mit Silberkugeln geladene Ersatzberetta lag in einer Schublade hier im Schlafzimmer.

Meine Güte, warum war sie nicht von selbst darauf gekommen? Sheila riß die unterste Schublade einer Kommode auf, schleuderte ein paar Unterhosen zur Seite, und ihre suchende Hand glitt über kühles Metall.

Da war sie.

Sheila hatte in ihrem Leben schon öfter eine Waffe in der Hand gehalten und auch geschossen. Am Anfang wollte sie nicht so recht, aber Bill hatte ihr alles erklärt, und sie war nur widerwillig damit einverstanden gewesen.

Jetzt allerdings war sie froh darüber, die Waffe zu haben. Im Haus brannte überall Licht. Nur im Keller nicht, denn dort wollte Sheila hin, um die Tür zu verschließen.

»Du bleibst oben an der Treppe«, sagte sie zu ihrem Sohn, knipste das Licht an und lief die Stufen hinab.

Kahle Betongänge. Rechts ging es noch einmal zu einem kleinen Pool. Das Becken für den Winter. Aber da wollte Sheila nicht hin. Der Trockenkeller mit der Waschmaschine war ihr Ziel.

Sie passierte auch den Raum unter der Treppe. Dort hatte sich John Sinclair versteckt gehalten, als das Haus von Destero und Asmodina besetzt worden war. Und es war auch noch ein Ghoul aus der anderen Dimension mit hineingeschleppt worden. John hatte darüber erzählt. In diesem Augenblick fiel es Sheila Conolly wie Schuppen von den Augen. Den Ghoul hatten sie nie gefunden und gedacht, er wäre irgendwie mit eingegangen.

Es war eine Täuschung gewesen, wie sich jetzt herausstellte. Den Ghoul gab es sehr wohl noch. Er hatte auf schlimme Art und Weise seine Existenz bestätigt.

Vor dem Waschraum blieb Sheila für einen Moment stehen. Die Zeit drängte, und sie hatte Angst. Zur Treppe hin hatte der Waschraum ein Fenster, so daß man die Stufen sehen konnte, wenn man den Raum betrat und dabei nach rechts schaute.

Sheila sah sie, und sie sah den Ghoul!

Der widerliche Dämon hatte seine Chance erkannt und schlich die Treppe herab.

Sheila raffte all ihren Mut zusammen. Sie lief noch zwei Schritte vor, drehte sich dann um, so daß vor ihr das kleine Fenster lag, und hob beide Arme.

Das rechte Gelenk stützte sie mit der linken Hand ab. Sie kannte den Rückstoß der Waffe und mußte achtgeben, daß der Lauf nicht hochschlug, wenn sie schoß.

Der Ghoul kam.

Sie sah nur seinen Unterkörper, aber mit jeder Stufe war mehr von ihm zu sehen.

Sheila zielte. Dabei zitterte sie. Sie brachte es einfach nicht fertig, ruhig zu sein. Zu stark war die Anspannung, und sie hatte Angst um ihren Sohn.

Noch eine Stufe ließ sie ihn kommen.

Dann drückte sie ab.

Es hallte laut in dem Waschraum wider. Das Schußecho jagte von Wand zu Wand, die Scheibe zersplitterte, als die Silberkugel durchschlug, und der Ghoul zuckte zurück.

Hatte sie getroffen?

Zwei Sekunden vergingen. Sie tropften zäh dahin.

Dann sah Sheila den Ghoul.

Er zog sich zurück.

Und Sheila sah den Kratzer in der Mauer an der Treppe, gegen die das Geschoß geprallt war.

Sheila Conolly hatte den Ghoul verfehlt!

Sie stand da, schluckte und hielt die Waffe noch immer umklammert sowie die Arme ausgestreckt. In ihrem Innern tobte die Verzweiflung. Sollte es ihr denn nicht möglich sein, diesen verfluchten Dämon abzuschießen?

Ihre Augen schwammen plötzlich in Tränen, und langsam ließ sie beide Arme sinken. »Mummy?« hörte sie die leise Stimme ihres Sohnes. »Bist du da, Mummy?«

»Ja, ja, mein Schatz!« flüsterte Sheila und wischte sich eine Haarsträhne aus der Stirn.

»Ist der andere auch noch da?«

Sheila gab keine Antwort. Dafür hörte sie das widerliche Schlürfen des Ghouls, und ein kalter Schauer rann über ihren Rücken. Er war noch da.

Und wie!

Seine Klaue tauchte an der zerbrochenen Fensterscheibe auf. Sie stieß in die noch im Kitt des Rahmens hängenden Scherben hinein, ohne sich zu verletzen.

Sheila erschauerte. Endlich wich sie zurück und sah zu, daß sie in die Nähe ihres Sohnes gelangte.

Johnny schluckte. »Kommt er?« fragte er leise.

»Ich hoffe, nicht.«

»Warum schießt du nicht?«

Als Antwort strich Sheila ihrem Sohn über das Haar und mußte zusammen mit ihm den zweiten Versuch des Ghouls mit ansehen, das Haus zu betreten.

Er wollte durchs Fenster.

Flach wie eine Flunder hatte er sich gemacht. Die schleimige Masse lag schon zum Teil auf der Fensterbank, auch ein Arm sowie die Klaue waren zu sehen.

Sheila sah ihre Chance.

»Bleib du hier!« flüsterte sie Johnny zu und schlich geduckt vor. Der Blick war starr auf den Ghoul gerichtet, die Lippen hatte sie aufeinander gepreßt, und nun senkte sie auch noch die rechte Hand mit der Beretta.

Sie konnte nicht vorbeischießen.

Es war ein Fehler des Ghouls gewesen, sich platt zu

machen und so eine größere Zielfläche zu bieten. Die Kugel würde treffen, und Sheila hob abermals beide Hände.

Sie täuschte sich. Der Ghoul hatte keinen Fehler gemacht. Das bemerkte sie in dem Augenblick, als die andere Hand des Ghouls zum Vorschein kam. Und die hielt einen giftgrünen, viereckigen Bauklotz aus Holz umklammert, den sie blitzschnell schleuderte.

Sheila sah noch den Gegenstand auf sich zufliegen. Massivholz, dachte sie, dann wurde sie an der Schläfe getroffen.

Es war ein wuchtiger Treffer, auf den sie nicht vorbereitet gewesen war. Plötzlich platzten Sterne vor ihren Augen auf, die Knie wurden ihr weich, sie taumelte zurück, fiel gegen die Wand und hörte aus weiter Ferne den Schrei ihres Sohnes.

Irgendwie verschwammen die Gedanken.

Dann gaben die Knie nach. An der Wand und mit dem Rücken rutschte Sheila nach unten.

Der Ghoul aber kletterte in den Keller ...

Johnny stand unbeweglich. Seine Augen waren groß und rund geworden. Die Finger hatten sich hart in den Stoff des braunen Teddybären gekrallt. Seine Lippen zitterten, Tränen rannen aus den Augen, und die Angst wurde so groß, daß sie ihm buchstäblich die Kehle zuschnürte und er nichts mehr sagen konnte.

Der Ghoul schob sich schlangengleich durch das zerstörte Fenster und blähte seinen widerlich stinkenden Körper dabei auch noch auf. Johnny sah ihn genau. »Nein!« schrie er. »Verschwinde. Du sollst weggehen ...«

Der Ghoul schmatzte nur.

Vorfreude hielt ihn gepackt. Es war genau das, was ihm gefehlt hatte. Jetzt konnte niemand mehr entkommen. Er wollte fressen ...

»Nein!« schrie Johnny. »Geh weg, laß meine Mutter in Ruhe! Mummy!« rief er dann.

Sheila hörte zwar die Stimme, aber sie reagierte nicht. Sie war wie gelähmt, zwar nicht bewußtlos, doch die Umgebung konnte sie kaum wahrnehmen.

Und der Ghoul hatte seinen Spaß. Er ließ sich sogar noch Zeit, als er auf Sheila zuschlich. Johnny beachtete er gar nicht. Der Kleine wußte wohl, daß seine Mutter in Gefahr war, aber er konnte dieses Wissen nicht in die rechten Bahnen lenken. Er stand nur da und starrte.

Sheila stöhnte auf. Sie kämpfte gegen die Schwäche, denn sie wußte, daß sie verloren war, wenn sie nun endgültig zusammenklappte. Sie dachte unentwegt an ihren Sohn.

Der Raum schwankte. Er bewegte sich von einer Seite zur anderen, ging mal rechts hoch, dann wieder links, und Sheila hörte das Weinen ihres Jungen.

Gleichzeitig sah sie auch dieses schleimige Ungeheuer vor sich, das bereit war, sie zu umschlingen, zu töten und dann …

»Johnny!« keuchte sie und riß die Augen weit auf, wobei sie noch den Kopf drehte. »Lauf weg, bitte …«

Johnny hörte nicht. Er hörte auch nicht die Klingel. Er stand da, hielt seinen Teddy umkrampft und starrte auf das schleimige Wesen, das bereits seinen Arm ausgestreckt hatte und Sheilas Füße berührte.

»Geh, Johnny, geh!« schrie Sheila Conolly und zuckte unter der Berührung zusammen …

Diesmal hatte ich Zeit.

Keine Hetzfahrt zu den Conollys, wie ich sie schon des öfteren erlebt hatte.

Ich ärgerte mich auch nicht über den Verkehr, hörte während der Fahrt Radio und schaltete eigentlich völlig ab.

Auch an den geheimnisvollen Jack the Ripper verschwendete ich keinen Gedanken. Darüber würde ich mir frühestens am nächsten Tag den Kopf zerbrechen.

Aber da hatten wir Samstag.

Nein, Freunde, am Samstag war nichts drin. Endlich mal Wochenende haben, ausspannen und was weiß ich nicht alles. Ich konnte mich mit Jane treffen, mit ihr ausgehen, und beim Essen würde das Gespräch sicher auf den Ripper kommen, so daß ich da kein schlechtes Gewissen zu haben brauchte. Zudem freute ich mich auf Will Mallmann. Der Kommissar würde natürlich dabeisein, und ich konnte Jane fragen, ob sie nicht eine Bekannte hatte, die uns begleitete. Dann war Will nicht so einsam, denn der Tod seiner Frau lag immerhin zwei Jahre oder noch mehr zurück.

Wir konnten aber auch einen Kneipenbummel machen, dann allerdings ohne Frauen. War auch nicht schlecht, so beim Bierchen zu stehen und über alles Mögliche zu sprechen, nur nicht über das, was uns beruflich beschäftigte und nervte. Das würde sich jedoch alles ergeben. Ich kannte den Weg so gut, daß ich ihn schon fast automatisch fuhr und überrascht war, schon in der Nähe des Conollyschen Anwesens zu sein.

Einmal rechts, dann wieder links, und ich hatte die ruhige Straße erreicht, wo der Bungalow lag.

Langsam rollte ich mit dem Bentley weiter. Immer dicht am Straßenrand. Die Häuser waren kaum zu sehen, weil sie von dicht bepflanzten, großen Vorgärten verborgen wurden. Bills Haus lag auf einem künstlich angeschütteten Hügel. Von der Straße her konnte man das rote Dach erkennen. Es war nicht völlig flach, sondern etwas geneigt. Bill hatte auf einem Stückchen Speicher bestanden.

Ich lenkte den Silbergrauen auf das Tor zu und stellte fest, daß es nicht verschlossen war. Es ließ sich vom Haus her elektronisch öffnen und schließen.

Es war eine Seltenheit, daß Bill das Tor nicht verschloß, andererseits auch nicht so ungewöhnlich, wenn man bedachte, daß Besuch erwartet wurde. Und Dämonen oder andere finstere Gestalten ließen sich auch durch eine elektronische Sperre nicht aufhalten.

Ich rollte den gewundenen Weg hoch. Bill hatte ein großes Grundstück damals günstig erwerben können, und er hatte auch etwas daraus gemacht. Der künstliche Hügel, auf dem das Haus lag, war umgeben von einem großen Garten.

Im Sommer grünte und blühte es dort.

Vor der Doppelgarage gab es einen kleinen Parkplatz, wo ich meinen Wagen immer abstellte. Schon jetzt wunderte ich mich, daß die Rollos vor die Fenster gezogen waren. Das stach sofort ins Auge.

Ich wurde mißtrauisch und beeilte mich, aus dem Wagen zu steigen. Im Laufschritt überwand ich die Distanz zur Haustür, klingelte und merkte keine Reaktion.

Niemand kam, um mir zu öffnen. Da stimmte einiges nicht. Ich rief Bills und Sheilas Namen, erhielt abermals keine Antwort und dachte nach.

Es gab eine Chance. Man mußte um das Haus herumgehen, das war am besten.

Den Weg kannte ich im Schlaf. Vor mir sah ich den großen Rasen, darin eingebettet den Pool, dessen Wasser von schräg einfallenden Sonnenstrahlen betupft wurde und seltsam hell glitzerte. Ich sah auch einen umgekippten Stuhl. Er lag dicht neben dem Becken.

Rasch lief ich hin, denn ein böser Verdacht keimte in mir hoch. Man hatte schon oft Tote in Pools gelegt, sogar mich einmal. Im Pool tat sich nichts. Nur ein paar Blätter schwammen auf der Oberfläche.

Ich drehte mich um. Mein Blick traf das Haus. Fenster sah ich nicht. Überall hingen die Rollos vor. Es sah aus, als wären die Conollys verreist.

Das war wirklich ein Ding.

Hier stimmte einiges nicht, und ich spürte den berühmten Kloß im Magen, der von Sekunde zu Sekunde dicker wurde. Er signalisierte mir die Gefahr.

Und noch etwas merkte ich.

Da lag irgendein Geruch in der Luft, der einfach nicht zum Garten passen wollte. Ich sah mich um und erkannte auch die Ursache des Geruchs.

Am Rand des Pools sah ich auf dem Boden dunkle Flecken, die zum Teil im Gras verschwanden, das dort begann, wo die Steine zu Ende waren.

Wie roch es?

Modrig, nach Verwesung, alt, nach Grab und Friedhof und nach Abwasser stinkend.

Klar, da gab es nur eins.

Ghouls!

Die Leichenfresser bei den Conollys! Auf einmal hatte ich das Gefühl, unter Strom zu stehen.

Da hörte ich den Schuß!

Die Pistole! Mein Gott, wo ist die Pistole? Wenn ich sie hätte, dann könnte ich ihn erledigen.

Sheilas Gedanken überschlugen sich, während sich ihr Körper unter der Berührung des Ghouls verkrampfte. Dieses Wesen würde sie umbringen, und dann ...

Sie wollte nicht daran denken. Ihr Blick irrte ab. Sie konnte den Ghoul nicht anschauen, und sie sah ihre Waffe.

Die lag auf dem Boden.

Zwei Yards entfernt.

Zu weit. Da kam sie nicht heran. Der Ghoul würde es ihr auf keinen Fall gestatten.

»Johnny«, ächzte sie. Der Name ihres Sohnes drang ihr fast automatisch über die Lippen. Sie hatte ihn nicht einmal bewußt ausgesprochen, aber jetzt merkte sie, daß der Junge wirklich ihre einzige Chance war. Wenn er ihr nicht half, dann konnte ihr niemand mehr helfen.

Und vor sich sah sie das Gesicht. Die Fratze des Ghouls. Widerlich verzerrt, in einer puddingartigen Masse schwimmend, die zitterte und sich bewegte.

Die Zähne waren gierig darauf, Sheila Conolly zu töten. Tropfen lösten sich und fielen auf Sheilas Kleid. Sie schlug nach dem Ghoul, traf ihn auch, doch ihre Hand versank wieder in der gallertartigen Masse.

Sheila schüttelte sich.

»Johnny!« keuchte sie. »Die Waffe – bitte, gib mir die Waffe, Johnny, tu es – die Pistole ...«

Der Kleine hörte die Worte. Er schaute auf seine Mutter, und irgendwie schien er zu begreifen, daß es auf ihn ankam.

Der Teddy rutschte ihm aus den Händen, fiel zu Boden, und noch einmal hörte er die Stimme seiner Mutter.

»Die Pistole, Johnny.« Da reagierte der Kleine. Er stolperte vor, stieß seinen Teddy an, der durch den Schwung bis an den Trockner rollte und dort liegenblieb. Auf halbem Weg lag die Pistole. Der Ghoul hatte nicht daran gedacht, sie an sich zu nehmen, aber Johnny.

Er bückte sich.

Seine kleinen Kinderhände faßten nach der Waffe, während Sheila kämpfte und keuchte. Sie drosch nach dem Ghoul, versuchte auch zu treten, doch das Wesen schien unbesiegbar. Es hatte keine feste Gestalt. Sheila konnte tun, was sie wollte, sie traf ihn mit körperlichen Kräften nicht entscheidend. Es gelang ihr auch nicht, den schleimigen Dämon zurückzudrängen, denn seine Kraft war enorm. Er hielt immer noch Sheilas rechten Arm fest.

Dabei stieß er ein widerliches Schmatzen und Schlürfen aus. Die Vorfreude erregte ihn noch mehr, trieb weiterhin Klumpen aus seiner geleeartigen Haut, die durchsichtig schimmerte, so daß sogar Adern darunter zu sehen waren, wenn man sich wie Sheila dicht vor dem Ghoul befand.

Johnny hob die Beretta hoch.

Sie war schwer, keine Spielzeugpistole, und zum erstenmal in seinem Leben hielt er eine scharfe Waffe in der Hand.

»Johnny ...«

Es ging um Sekunden. Sheila konnte den Ghoul kaum noch abwehren, und dann war Johnny bei ihr.

Er bückte sich und sagte: »Da, Mummy!«

Mit der linken Hand nahm Sheila die Beretta. Himmel, sie hatte noch nie mit links geschossen, aber der Ghoul war so nahe, daß Sheila ihn nicht verfehlen konnte.

Der Dämon merkte die Gefahr. Er wollte zurückzucken. Da stieß Sheilas Hand bereits vor, und die Mündung der Pistole verschwand in der weichen Masse.

Sheila schoß.

Sie drückte einfach ab, und sie hörte den Knall, der für sie ein lebensrettendes Geräusch war. Sie wußte, daß sie den Ghoul getroffen hatte, und sie öffnete die Augen auch, die sie vor Angst geschlossen hatte, als es darauf ankam.

Der Ghoul zuckte.

Er warf sich nach hinten, und dann spritzte er förmlich auseinander, so daß es aussah, als würde er explodieren. Wie ein dicker, breiter Fleck lag er am Boden, breitete sich immer mehr aus, und da der Boden zum Abfluß hin ein leichtes Gefälle aufwies, rann die dicke, geleeartige Masse auch darauf zu. Johnny starrte auf das Wesen, auf diese schreckliche Szene, und Sheila wollte nicht, daß er es sah. Sie packte ihn und drückte ihn fest an sich, während die Beretta aus ihren Fingern rutschte.

Die Augen schwammen noch zuletzt in der Lache.

Ein Anblick, der sie zutiefst schockte und auch regelrecht durchschüttelte. Dann wurde die Tür aufgestoßen. Auf der Schwelle stand ein Mann. John Sinclair!

Auch ich hielt eine Waffe in der Hand und erlebte den Rest des Dramas mit.

Der Ghoul hatte sich aufgelöst und verschwand im Abfluß. Einzugreifen brauchte ich nicht mehr. Sheila hatte schon alles erledigt. Im letzten Augenblick war sie der ungeheuren Gefahr entkommen. Der Ghoul existierte nicht mehr.

Ich weiß nicht, ob sie mich gesehen hatte. Sie saß auf dem Boden, schluchzte und hatte Johnny, ihren kleinen Sohn, fest an sich gepreßt. Sie streichelte sein Haar und schien es selbst nicht zu bemerken. Auch mich hatte sie noch nicht entdeckt.

Ich steckte die Waffe wieder weg und schritt langsam in den Keller hinein. Johnny sah mich zuerst. Plötzlich lächelte er, löste eine Hand von seiner Mutter und winkte mir zu. »Onkel John!« rief er. »Onkel John ist da, Mummy.«

Erst jetzt kam Sheila wieder zur Besinnung. Sie drehte sich langsam um und hob den Kopf.

Ich nickte ihr zu.

»John«, flüsterte sie. »Bist du es wirklich, oder ist es nur eine Halluzination?«

»Nein, ich bin es wirklich.«

»Mein Gott.«

Ich streckte meine Hand aus und half ihr hoch. »Komm erst mal, und ruh dich aus. Du hast es verdient, Sheila.« Sie ließ sich hochziehen, und ich mußte sie stützen, so sehr zitterte sie. Es waren die Nachwirkungen des soeben Erlebten. Sheila konnte sich kaum auf den eigenen Beinen halten. Ich hatte Mühe, sie die Treppe nach oben zu bringen.

Im großen Wohnraum drückte ich Sheila in einen Sessel. Erst einmal sollte sie sich ausruhen. Dann ließ ich die Rollos hochfahren, und das helle Licht erfüllte den ganzen Raum.

»Ich hole dir etwas zu trinken«, sagte ich, ging zur Bar, und Johnny begleitete mich.

Ich brachte Sheila einen Cognac. Sie nahm das Glas mit einem dankbaren Nicken und trank.

Johnny stand neben dem Sessel und schaute seine Mutter an. »Jetzt ist alles gut, nicht?« fragte er.

Sheila nickte. »Ja«, flüsterte sie, stellte das Glas weg und strich über Johnnys Wange. »Jetzt ist wirklich alles gut.«

Ich hatte auf der Couch Platz genommen und hockte dort auf der Kante. Aus der Tasche holte ich die Zigarettenpackung und hielt sie Sheila hin.

»Nein, danke, John, jetzt nicht.« Sie lehnte sich zurück, zog die Nase hoch, wobei sie mit beiden Händen durch ihr Haar strich und dabei verzerrt lächelte. »Ich muß schrecklich aussehen, John«, sagte sie. »Wenn Bill und Will kommen, dann ...«

»Du solltest jetzt nicht an die anderen denken, sondern an dich«, sagte ich.

Sie nickte.

»Wie ist es eigentlich passiert?« Ich zündete mir eine Zigarette an.

Sheila berichtete. Bei der toten Katze fing sie an, und Johnny bekam große Augen, weil er ja gedacht hatte, die Katze wäre weggelaufen. Der Kleine unterbrach seine Mutter allerdings nicht.

Als sie geendet hatte, sagte ich: »Du hast dir sicherlich Gedanken darüber gemacht, wie der Ghoul ins Haus gekommen ist.«

»Natürlich, John. Eigentlich war er schon im Haus.«

Ich nahm einen Zug aus der Zigarette. »Wieso war er schon da?«

»Denk mal nach, John. Du hast sogar einmal gegen ihn gekämpft. Erinnerst du dich?«

Ich schlug mir gegen die Stirn. »Natürlich. Als Destero hier war und das Haus durch Asmodina in eine andere Dimension versetzt wurde. Jetzt ist mir alles klar. Den Ghoul haben wir nicht gefunden. Er mußte sich noch irgendwo hier befinden. Hast du davon nichts bemerkt?«

Sheila schüttelte den Kopf. »Nein, John. Ich habe ihn nicht gesehen und auch nicht gerochen. Er war einfach verschwunden. Deshalb habe ich auch nicht an ihn gedacht. Das mußt du verstehen.«

»Natürlich. Er wird sich irgendwo versteckt gehalten haben. Die Frage ist, wo.«

»Spielt das jetzt noch eine Rolle?«

»Möglich. Vielleicht war er nicht allein.«

»Du glaubst, daß noch mehrere Ghouls hier lauern?« Sheilas Stimme klang erschreckt.

»Ich rechne mit allem. In letzter Zeit habe ich einige Male gegen Ghouls gekämpft. Sie scheinen sich ziemlich mausig zu machen. Da liegt was in der Luft.«

»Xorron?« fragte Sheila. Sie war sehr gut informiert.

»Wahrscheinlich auch der.«

Da hatte Sheila ein Thema angesprochen, das mir im Magen lag. Xorron war der Herr der Zombies und Ghouls. Er fehlte noch in Dr. Tods Mordliga und sollte erweckt werden. Wann das geschah, wußte ich nicht, aber lange konnte es nicht mehr dauern. Solo Morasso befand sich schon einige Zeit in New York, und irgendwann würde er auf Xorron stoßen.

Sheila schaute auf ihre Uhr. »Eigentlich müßten Bill und Will Mallmann bald hier sein.«

»Wann ist Bill denn gefahren?«

»Er ist schon über eine Stunde weg.«

»Der Verkehr ist ziemlich stark, Sheila. Ich habe es selbst erlebt auf der Fahrt. Und wenn ich nicht so gebummelt hätte, wäre alles nicht so schlimm geworden.«

»Es hat ja auch so geklappt«, lächelte sie. Sheila hatte sich bereits einigermaßen erholt. Sie stand auf und entschuldigte sich. Ich wußte, daß sie im Bad verschwinden würde.

Johnny blieb zurück. Er setzte sich auf meinen Schoß. »Du hast uns lange nicht besucht, Onkel John.«

»Ich hatte viel zu tun.«

»Arbeitest du schwer?«

»Bestimmt.«

»Ich weiß auch schon, was ich später werden will«, erzählte er voller Stolz.

»Was denn?«

»Ich gehe auf den Jahrmarkt und kaufe mir ein Karussell.«

»Das ist das Richtige für dich«, lachte ich. »Darf ich denn da auch mal fahren?«

»Das ist doch ein Kinderkarussell.«

»Ach so, das wußte ich nicht.«

Sheila kam bald zurück. Sie hatte sich umgezogen und frisches Make-up aufgelegt. »Ich habe die Rollos wieder hochgezogen«, erklärte sie mir.

»Kann ich noch mal in den Keller?«

»Sicher, John, aber was willst du da?«

»Den Weg des Ghouls verfolgen.«

»Den kann ich dir auch so sagen.« Sheila erklärte mir, wo sie den Ghoul genau entdeckt hatte. Dazu gingen wir nach draußen. Johnny mußte im Haus bleiben. Ich schaute zwischen die Büsche, und dort sah ich die Knochen der Katze liegen. Sie boten wirklich einen widerlichen Anblick, und ich schüttelte mich.

»Johnny hat sie zum Glück nicht gesehen«, erklärte mir Sheila.

»Das war auch besser so.«

»Ich gehe wieder ins Haus, John, denn bald müssen die beiden kommen. Da will ich das Essen fertig haben.«

»Okay.« Sheila ließ mich allein zurück.

Ich blieb im Garten. Bill und der Kommissar aus Deutschland ließen sich wirklich Zeit. Auch bei dichtem Verkehr hätten sie eigentlich schon hier sein müssen.

Dann hörte ich Sheilas Stimme. »Bill hat gerade angerufen, John.«

»Und?«

»Sie kommen nicht weiter. Es hat einen Unfall gegeben. Die beiden hängen fest.«

»Ist ihnen etwas passiert?«

»Nein, aber sie waren direkt hinter den beiden Unfallwagen. Wird wohl eine Stunde dauern. Zeugenbefragung und so …«

»Okay, ich mache es mir hier im Garten gemütlich.«

»Gut. Möchtest du etwas zu trinken haben?«

»Wenn du Saft hast.«

»Kein Bier?«

Ich lachte. »Eigentlich wollte ich nicht so unverschämt sein. Das wäre mir natürlich lieber.«

»All right, ich bringe es dir.«

»Nein, ich hole es schon.«

Die Conollys hatten immer deutsches und tschechisches Pils im Haus. Beides schmeckte mir gut. Diesmal trank ich deutsches Pils. Es stammte aus einer Dortmunder Brauerei. Die helle Krone war herrlich fest, und die Flüssigkeit leuchtete wie reifer Weizen.

Sheila hatte sich ebenfalls ein Glas eingeschenkt, und wir prosteten uns zu.

»Das ist doch was«, sagte ich, wobei ich die Augen verdrehte. »Ein Spitzengenuß.«

Ich hatte wirklich Durst, so daß es zischte, als ich trank. Das herrliche Getränk rann mir die Kehle hinunter. Bis über die Hälfte leerte ich das Glas. Der große Durst war gestillt.

»Möchtest du noch?« fragte Sheila.

Ich winkte ab und nahm gleichzeitig den nächsten Schluck, wobei ich das Glas austrank. »Danke, Sheila, das reicht, wirklich.«

»Okay.« Sie nahm mir das Glas ab und brachte es in die Küche. Ich dagegen blieb noch im Garten. Schließlich wollte ich sehen, woher der Ghoul gekommen war.

Wieder trat ich an den Rand des Grundstücks, wo der Ghoul die Katze verspeist hatte. Um die Reste summten zahlreiche Fliegen. Hinter den Büschen hatten die Conollys einen Holzzaun errichten lassen, der das Gelände umschloß.

Jeweils drei Bretter standen waagerecht übereinander mit Zwischenräumen. Dadurch konnte die Katze sehr wohl schlüpfen, sie waren auch groß genug für einen Ghoul.

Die Leute, die jenseits der Rückseite des Conollyschen Grundstücks wohnten, kannte ich nicht. Ich hatte wohl mal Bekanntschaft mit anderen Nachbarn gemacht, woraus dann der Fall mit Lupina, der Königin der Wölfe, geworden war. Tannen hatten die Besitzer gepflanzt. Sie bildeten einen dichten Wall, allerdings nicht so dicht, als daß ich nicht hätte hindurchschauen können.

Das tat ich auch.

Eine Bewegung irritierte mich. Stimmen hatte ich nicht vernommen. Natürlich konnte alles völlig harmlos sein. Vielleicht hielten sich die Besitzer des Hauses auf ihrem Grundstück auf. Aber ich war mißtrauisch geworden. Das Auftauchen des Ghouls hatte mich ein wenig nervös gemacht, wie ich ehrlich zugab.

Deshalb bog ich die Zweige einer Tanne zur Seite, so daß ich freie Sicht hatte.

Zwei Männer sah ich.

Und wie die Eigentümer des Hauses sahen sie mir nicht aus. Sie trugen beide hellgraue Kleidung, und da mir einer sein Gesicht zugedreht hatte, sah ich die bleiche Haut. Das Gesicht erinnerte mich an einen lebenden Totenschädel.

Jetzt stieß der Kerl seinen Kumpan an. Der zuckte herum und sah mich durch die Zweige schauen.

Er reagierte wie ein ertappter Dieb, warf sich auf dem Absatz herum und rannte weg, wobei er den anderen mitzog.

Die Kerle hatten ein schlechtes Gewissen! Vielleicht waren

es Einbrecher. Oder hatten sie mit dem Auftauchen des Ghouls zu tun? Ich wollte es wissen und mir die Typen deshalb schnappen.

Leider gab es dabei ein kleines Handicap. Ich mußte zuvor über den Zaun klettern und mich dann durch die Tannen wühlen. Ein Zweig schob sich unter mein rechtes Hosenbein. Als ich über den Zaun stieg, hakte er sich fest, und ich mußte ihn abschütteln.

Das bemerkten die beiden Typen in Grau.

Sie gaben Fersengeld.

Ruckartig drehten sie sich um und rannten quer über das große Grundstück, das wellig angelegt war und dessen Rasen in einem satten Grün glänzte.

Es war eine prächtige Anlage, und auch das Haus gefiel mir, als ich es näher sah. Es war als Fünfeck gebaut, Rollos hingen vor den Fenstern. Die Besitzer schienen wirklich nicht anwesend zu sein.

Ich erreichte einen kleinen Weg. Man hatte ihn mit rötlich schimmernden Steinen gepflastert. Auf ihnen konnte ich besser als auf dem Gras laufen.

Die Garage war so groß wie bei anderen Leuten das Einfamilienhaus.

Vor den beiden Toren blieb ich stehen.

Wo steckten die Kerle in Grau?

Ich sah sie nicht. Ein paar Schritte waren es nur bis zum Eingang. Schräg fielen die Sonnenstrahlen auf die große Glastür und zauberten ein Muster darauf.

Die Tür wies keinerlei Beschädigungen auf. Demnach hatten die Männer in Grau auch nicht versucht, einzubrechen.

Was wollten sie dann? Von meinem Standpunkt aus hatte ich einen wirklich guten Blick. Das Gelände fiel etwas ab. Vom Rosenrondell bis zur Grenze war es allerdings eben.

Wieder sah ich zahlreiche Tannen, und neben den Bäumen stand ein kleines Haus. Kein Pavillon, sondern ein Schuppen für Gartengeräte. Er war grün angestrichen. Deshalb hatte ich ihn so rasch nicht ausmachen können.

Sollten sich die beiden Einbrecher dort verkrochen haben? Das war gut möglich. Gesehen hatte ich es jedenfalls nicht, aber ich wollte mich doch überzeugen.

Auf der Strecke zum Gartenhaus gab es keinerlei Deckung. Wohl war mir nicht dabei, als ich sie überquerte, doch es geschah nichts, was mich mißtrauisch machte. Die Ruhe, die mich umfing, konnte man schon als trügerisch bezeichnen. Die Zweige der Tannen wiegten sich im Wind, wenn sie von ihm gestreichelt wurden. Sie drückten auch gegen die Holzfassade des Hauses und wuchsen fast bis zur Tür, die offenstand.

Es war kaum zu sehen. Ich erkannte es auch nur, weil ich im schrägen Winkel darauf zulief.

Und sie sah mir überhaupt nicht danach aus, als wäre sie mit einem Schlüssel geöffnet worden. Nein, da hatte jemand nachgeholfen.

Die Männer in Grau?

Vor der Tür blieb ich stehen. Ich hatte es mir zur Angewohnheit gemacht, die Beretta auch bei mir zu tragen, wenn ich nicht gerade vorhatte, irgendeinem Dämon zu begegnen. Dazu war ich einfach schon zu böse überrascht worden.

Das Haus hatte Fenster, die allerdings verschlossen waren. Ich konnte nicht hindurchschauen. Grüne Holzläden waren vor die Scheiben gezogen.

Mit dem Fuß trat ich gegen die Tür.

Da sie nicht verschlossen war, schwang sie zurück. Dabei quietschte sie erbärmlich. Ich wunderte mich, daß ich das Quietschen nicht gehört hatte, als die beiden das kleine Gartenhaus betraten. So wurde ich ein wenig unsicher. Steckten sie vielleicht nicht in diesem Bau?

Das von außen durch die Tür fallende Licht erhellte das Innere des Häuschens einigermaßen. Ich sah zahlreiche

Geräte, wie man sie zur Gartenarbeit verwendet. Da gab es Spaten, Harken, Hacken und Schaufeln.

Nur von den Männern in Grau entdeckte ich keine Spur.

Dafür störte mich der Geruch.

Im Gartenhaus roch es sowieso muffig, nur kam noch eine andere widerliche Duftkomponente hinzu. Sie roch nach Moder und Grab.

Ich zog die Beretta.

Wenn mir so ein Duft entgegen wehte, dann wußte ich Bescheid. Entweder handelte es sich dabei um Zombies oder um Ghouls. Die Zombies konnte ich streichen. Hier hatte ich es mit Ghouls zu tun. Wieder einmal, denn in letzter Zeit waren diese widerlichen Wesen aus ihren Verstecken gekrochen.

Auf der Schwelle blieb ich stehen. »Kommt raus!« sagte ich scharf. »Ich weiß, daß ihr hier seid.«

Nichts rührte sich.

Ich ging weiter.

Zwei Schritte betrug die Distanz, die ich zurücklegte, und dann hörte ich über mir ein Schaben.

Blitzschnell kreiselte ich herum.

Man hatte mich doch reingelegt. Einer der Kerle hockte neben der Tür auf einem Regal und stieß mit einer Harke nach mir. Obwohl ich zurücksprang, erwischte sie mich doch. Dicht unter dem Kinn traf sie meinen Hals, und zwar ziemlich hart. Ich konnte von Glück sagen, nicht zu Boden gestoßen worden zu sein.

Der Kerl hatte geduckt auf dem Regal gehockt. Jetzt sprang er nach unten.

Auch hinter mir hörte ich ein Geräusch.

Das war der andere. Ich tauchte nach rechts weg. Mein Glück, sonst hätte mich der Hieb mit der Schaufel voll erwischt. Natürlich hätte ich schießen können, aber ich war mir bis zu diesem Zeitpunkt wirklich nicht darüber im klaren, ob ich es hier mit Dämonen oder nur mit normalen Menschen zu tun hatte.

Deshalb drehte ich mich um und hämmerte mit beiden Fäusten zu. Die Aufprallwucht wurde noch durch das Gewicht der Beretta verstärkt. Der Schaufelschläger mußte den Hieb voll nehmen und wurde gegen die Wand geschleudert, wo er zusammenbrach und liegenblieb.

Ich wollte mich um den anderen kümmern, doch der Kerl mit dem Totenkopfgesicht war schon verschwunden.

Ich ließ ihn laufen, denn ich hatte den zweiten. Der würde mir sicherlich einiges verraten können.

Ich ließ ihn in die Mündung der Beretta schauen und lächelte dabei eisig. »Das war ein einwandfreier Mordversuch!« hielt ich ihm vor. »Was haben Sie dazu zu sagen?«

Er starrte mich an. Sein Gesicht konnte einem wirklich Angst einjagen. Es war so bleich, als hätte er es mit Puder eingerieben. Deshalb kamen mir seine Augen auch so unnatürlich groß vor. Groß und dunkel stachen sie über der Nase hervor, die eigentlich keine war. Sie hob sich kaum ab, schien auf das Gesicht geklebt zu sein und bestand im wesentlichen aus zwei großen Löchern. Genau wie der Mund nur ein Loch war.

Aus ihm strömte mir der allseits bekannte Gestank entgegen. Moder und Verwesung, eine wirklich vorzügliche Ghoul-Mischung. Trotzdem wollte ich es genau wissen. »Diese Pistole hier ist mit geweihten Silberkugeln geladen!« sagte ich gefährlich leise. »Du weißt, was geschieht, wenn ich dich damit treffe?«

Der Kerl mit dem Totenkopfgesicht zuckte zusammen. Ich hatte ihn mit diesen Worten getroffen.

»Wer bist du?«

»Der Botschafter.« Die Antwort klang krächzend. Seine Stimme war kaum zu verstehen.

»Und was hast du für eine Aufgabe?«

»Ich muß ihnen Bescheid geben.«

»Wem?«

»Den Brüdern und Schwestern überall.«

»Den Ghouls?«

Darauf erhielt ich keine Antwort. Er starrte mich nur weiter an. Ausdruckslos. Nicht einmal Angst hatte er.

»Über was solltest du deine Brüder und Schwestern informieren?« hakte ich nach.

Da grinste er. Höhnisch und überheblich, wie ich annahm. »Über seine Rückkehr.«

Obwohl ich die Antwort bereits im voraus ahnte, fragte ich dennoch danach.

»Xorron kommt«, sagte er. »Es ist soweit. Ich spüre es. Es kann nicht mehr lange dauern. Und wir werden ihm einen gebührenden Empfang bereiten.« Er lachte leise, weil er plötzlich so siegessicher war. »Niemand kann ihn stoppen. Alle, die es versuchen, werden getötet. Xorron ist stark. Endlich haben wir, die Ghouls, unseren Anführer zurück.«

»Ist er schon zurückgekehrt?«

»Ich weiß es nicht, aber man bereitet alles vor.«

»Wo?«

»Nicht hier, sondern weit weg.«

»In Amerika?« fragte ich.

»Vielleicht.«

Ich nickte. Das war es also. Da hatte ich wieder die Verbindung. Ich mußte an mein letztes Ghoul-Abenteuer in den U-Bahn-Schächten denken. Dort war ich auf Dr. Tod und Lady X getroffen. Sie hatten ebenfalls einiges vorbereiten wollen, um Xorron einen würdigen Empfang zu gewährleisten, denn Dr. Tod hatte lange forschen und suchen müssen, bis er den Platz fand, wo Xorron hauste.

Das sollte in New York sein. »Er ist also noch nicht auferstanden?« fragte ich abermals.

»Nein, aber er kommt.«

»Ihr erwartet ihn hier in London?«

»Nicht hier.«

»Wo dann?«

War er bisher sehr redselig gewesen, so schwieg er plötzlich. Das wollte er nicht verraten. Ich beugte mich weiter vor und drückte ihm die Pistolenmündung gegen die Wange. Dabei bemerkte ich, daß seine Haut doch nicht so straff war, wie sie aussah. Im Gegenteil. Sie war weich, gab sogar ziemlich stark nach, und die Mündung drang in das weiche, schwammige Fleisch.

»Ich kann dich töten«, sagte ich. »Es ist besser, wenn du redest.«

Er verzog seinen Mund.

»Also?«

»Du wirst es nicht schaffen«, hechelte er. »Die anderen sind zu stark.«

»Okay, dann kannst du es mir ja erzählen.«

Er zögerte noch, schaute in mein Gesicht und sah wohl den harten Ausdruck in meinen Augen.

»Gut«, flüsterte er, »ich sage es dir. Kennst du den Güterbahnhof von Putney?«

»Gehört habe ich davon. Ich selbst war noch nicht da.«

»Dort werden wir uns treffen.«

»Wer ist wir?«

»Die Ghouls. Alle Ghouls in der Umgebung haben wir zusammengetrommelt.«

»Und da wartet ihr auf ihn?«

»Nein, wir fahren weiter und singen den Totenchor. Den Totenchor der Ghouls, ein Willkommensgesang für ihn, für Xorron, unseren Herrn und Meister, der ...«

»Wo fahrt ihr hin?«

»An den Ort, wo alles für seine Rückkehr vorbereitet ist. Und das schon lange. In einem Bunker.«

Ich stockte. Bevor ich die nächste Frage stellte, mußte ich

überlegen. Bunker! Da hatte er etwas gesagt. Ich dachte zurück. Meine Gedanken beschäftigten sich mit der Vergangenheit, und plötzlich fiel es mir ein. Die fliegenden Särge! Jawohl, Freunde. Erinnern Sie sich noch? Wir hatten damals Särge in einem alten Militärbunker im Manövergebiet des Sandhurst Forest entdeckt.

Hunderte von Särgen standen dort, und gemietet hatte diesen Bunker Logan Costello, der Mafioso. Wahrscheinlich nicht aus eigenem Antrieb, denn hinter ihm stand Solo Morasso, alias Dr. Tod. Wieder einmal schloß sich der Kreis. An das Lager hatte ich wirklich nicht mehr gedacht. Aber so wurde mir bestätigt, daß alles einen Sinn hatte, erschien es auch noch so konfus oder sinnlos.

»Ihr fahrt also in den Bunker?« wollte ich wissen.

»Ja.«

»Mit dem Zug?«

»Sicherlich. Es gibt dort eine alte Eisenbahnstrecke. Keiner denkt mehr an sie, aber sie ist noch befahrbar, und von Putney führt sie hin.«

»Und wer fährt den Zug?«

Da lachte der Ghoul dreckig und antwortete: »Wir bekommen immer, was wir haben wollen.«

»Wie viele Ghouls sind in dem Zug?«

»Ich weiß es nicht.«

»Ungefähr.«

»Vielleicht zehn, vielleicht fünfzig oder hundert.«

Verflucht! Hundert Ghouls. Wenn das stimmte, dann gute Nacht, Marie!«

»Wo ist dein Kumpan?«

»Weg!«

»Das weiß ich selbst. Welchen Weg hat er genommen?«

»Durch die Unterwelt.«

Mal wieder die Kanalisation. Wie schon so oft. Da fühlten die Ghouls sich wohl.

»Läßt du mich laufen?« fragte er.

Ich ging nicht auf seine Frage ein und erkundigte mich, was er und sein Artgenosse hier gewollt hatten.

»Wir hatten dem Ghoul, der hier wohnte, Bescheid sagen wollen. Aber es gibt ihn nicht mehr.«

»Genau.«

»Willst du mich auch töten?« fragte er, und während er diese Frage stellte, verwandelte er sich. Seine Haut wurde schwammig. Sie erinnerte an einen Teig, der langsam auslief und seine Spuren in dem Gesicht des Monsters hinterließ. Aus dem menschlichen Gesicht wurde nun eine widerliche, verzerrte Masse. Der Leichengestank drang mir entgegen. Sein Mund klaffte auf. Ich sah plötzlich gefährliche Reißzähne und hatte innerhalb von Sekunden einen Original-Ghoul vor mir, den widerlichsten aller Dämonen.

Hart preßte ich die Lippen aufeinander. Ich sah, wie sich der rechte Arm meines Gegners bewegte. Er suchte nach einem Gegenstand, mit dem er zuschlagen konnte.

Da krümmte ich den Finger.

Der Schuß klang nicht einmal laut, aber die Silberkugel hieb quer durch den teigigen Schädel des Monsters und zerstörte ihn.

Der Ghoul zuckte noch einmal zusammen, kippte dann nach hinten und schlug mit den Armen um sich. Es klatschte, als er aufschlug.

Er verging. In einer blassen, stinkenden Lache löste er sich auf. Sie lag wie ein heller Teppich auf dem Boden, ein widerlich stinkender See, der Rest von diesem schrecklichen Dämon.

Ich verließ die Hütte und schüttelte mich dabei. Die Sonnenstrahlen blendeten mich ein wenig, und ich hatte das Gefühl, in eine andere Welt zu treten.

Die Beretta behielt ich sicherheitshalber in der Hand, als ich die nähere Umgebung der Hütte absuchte.

Ziemlich versteckt und genau neben einem Wasserbecken, wie ich es von Friedhöfen her kannte, fand ich einen Gully, dessen Deckel nicht mehr fest, sondern schräg auflag.

Dort war der zweite Ghoul also geflohen.

Ihn zu verfolgen hatte keinen Sinn. Sein Vorsprung war einfach zu groß. Zudem hatte ich das an Informationen, was ich haben wollte. Für mich ging es jetzt darum, das Schlimmste zu verhüten.

So rasch es ging, lief ich zurück.

Sheila war schon nervös, weil ich so lange weggeblieben war. »Wo hast du gesteckt?« empfing sie mich.

Ich berichtete in knappen Worten.

Ihre Augen wurden groß. »Aber das ist ja schrecklich«, sagte sie. »Da kann man ja von einer Invasion der Ghouls reden.«

»Leider.«

»Wenn doch die beiden schon hier wären.«

Ich nickte. »Da hast du ein wahres Wort gesprochen, Sheila. Aber jetzt hör zu. Wenn das alles stimmt, was ich gehört habe, steht uns einiges bevor. Ich werde das allein kaum schaffen können. Ich sage dir jetzt, wo Bill und Will mich finden können.«

»Sollen sie zu dir kommen?«

»Ja, Sheila. Es tut mir leid. Ich habe mir den Abend auch anders vorgestellt, aber es geht jetzt ums Ganze. Ich muß verhindern, daß die Ghouls es schaffen. Ich habe vor einigen Monaten dieses Sarglager gesehen, es ist riesig, glaub mir. Das kann ungeheuer gefährlich werden. Diese Ghouls dürfen sich nicht entfalten. Ich will nicht, daß Xorron hier eine kleine Armee vorfindet.«

»Kannst du seine Erweckung nicht verhindern?« fragte sie mich.

»Dazu müßte ich nach New York, Sheila. Und bisher hat mir noch niemand Bescheid gegeben. Ich kann nicht einfach hinfahren und sagen, hier bin ich, ich will Xorron suchen. Die Leute dort würden mich auslachen.«

»Ja, das stimmt.« Sheila schaute mich an. »Das heißt also, es muß erst etwas passieren, bevor du in New York eingreifen kannst.«

»So ist es.«

Sheila schüttelte den Kopf. »Lieber Himmel, hört das denn nie auf?« flüsterte sie.

»Kaum«, erwiderte ich. »Wir befinden uns nun einmal in diesem Kreislauf.«

»Und Suko?«

»Den rufe ich jetzt an.« Mit zwei Schritten stand ich am Telefon, nahm den Hörer und tippte die Nummer.

Shao wir am Apparat. Ich erkundigte mich, wie es Suko ging. »Er schläft im Moment.«

»Kannst du ihn wecken?«

»Ist es denn wichtig?« erkundigte sie sich mit besorgter Stimme.

»Sehr.«

»Gut, warte.« Eine halbe Minute später vernahm ich die Stimme meines chinesischen Freundes. Verschlafen klang sie wirklich nicht. Auch Suko wußte, daß ich ihn nicht zum Spaß aus dem Schlaf riß.

Ich berichtete.

Natürlich war Suko sofort bereit zu kommen.

»Schwing dich auf deinen Feuerstuhl, und fahr direkt zu den Conollys«, sagte ich. »Ich fahre schon vor nach Putney zu dem alten Güterbahnhof. Dort werdet ihr mich sicherlich treffen.«

»Dann kommt Bill mit?«

»Ja, er muß bald mit Kommissar Mallmann hier sein.«

»Okay, John, du kannst dich auf mich verlassen.«

»Danke, und beeil dich.« Ich legte auf und drehte mich um.

Sheila lächelte.

»Es wird bestimmt alles gutgehen«, sagte ich zu ihr. »Wir sind ja keine heurigen Hasen. Und sage auch du bitte den beiden, daß sie sich beeilen sollen.«

»Mache ich, John.«

»Mit einer Gefahr für dich brauchst du hier nicht mehr zu rechnen, Sheila. Ich habe erfahren, daß dieser eine Ghoul hier nur abgeholt werden sollte.«

Sie nickte und begleitete mich zur Tür. Aus dem Bentley winkte ich Sheila noch einmal zu.

Dann fuhr ich los.

Ein netter Abend unter Freunden hatte es werden sollen, und nun befand ich mich bereits auf dem Weg zu einem brandgefährlichen Horror-Trip ...

Sie war eine hübsche, junge Frau, und sie wußte es. Dabei brauchte sie sich nicht erst im Spiegel zu betrachten. Wenn sie es trotzdem tat, dann nur, um sich wieder einmal bestätigt zu fühlen. Außerdem war sie eitel wie jedes zwanzigjährige weibliche Geschöpf.

Ihr Haar schimmerte braunrot, und sie hatte wirklich grüne Augen. Zudem standen sie noch leicht schräg, was an eine Katze erinnerte, und darauf war Maureen Dale besonders stolz. Sie wußte selbst, daß sie die Männer verrückt machen konnte, und sie hatte wirklich mehrere an jedem Finger.

An diesem Abend wollte sie wieder losziehen. Sich richtig austoben in der Disco. Wochenende, mal kein Büro, sondern Freizeit und einen draufmachen. Verabredet war sie nicht. In der Disco gab es genügend junge Männer, die sie kannte.

Der Vater würde sich wieder ärgern. Er war eifersüchtig auf seine Tochter und besonders jetzt, wo die Mutter zur Kur gefahren war, aber festbinden konnte er sie nicht.

Nachdem sie dem Spiegel ade gesagt hatte, wandte sich Maureen Dale ihrem Kleiderschrank zu, wo sie unter zahlreichen Pullovern, Röcken, Hosen und Westen wählen konnte.

Sie konnte sich nicht entscheiden, und sie räumte erst einmal alles zur Seite.

Hinten links hing das, was sie benötigte. Die grüne Disco-Kleidung. Ja, das Grün paßte zu ihren Augen und kontrastierte hervorragend zu der rötlich schimmernden Haarflut.

Es war ein grüner Overall, den sie aus dem Schrank nahm, und eine Bluse dazu, die aussah, als wäre sie aus Seide gefertigt, was jedoch nicht stimmte. Ein changierter Stoff, der glänzte, wenn die Lichtstrahlen der Spotlights auf ihn fielen.

Maureen nickte. Ja, das war genau das Richtige für sie. Damit wollte sie am heutigen Abend wieder die Disco-Queen werden, denn einmal im Monat wurde gewählt, und Maureen hatte den Titel bereits zweimal in diesem Jahr gewonnen. Das ärgerte die anderen natürlich ungemein. Ihr jedoch machte es Spaß, mal so richtig auf den Putz zu hauen und die Rivalinnen um Längen hinter sich zu lassen.

Sie zog den Reißverschluß der Jeans auf und ließ die Hose langsam nach unten rutschen. Währenddessen zog sie schon den Pullover über den Kopf. Der Saum strich an ihren Brüsten entlang, die klein und fest waren und die Form reifer Äpfel hatten. Auf einen BH verzichtete Maureen. Den hatte sie nicht nötig. Noch einmal betrachtete sie sich, zeichnete mit den Fingern den Schwung der Hüften nach und nickte zufrieden.

Ja, sie konnte sich sehen lassen. Die jungen Kerle würden sie wieder wählen.

Die weitgeschnittene Bluse flatterte über ihren Kopf, und Maureen schüttelte das braunrote Haar aus, bevor sie grüne Spangen hineinsteckte. Auf ein Stirnband verzichtete sie.

Die Haare sollten sich beim wilden Tanz ruhig lösen und ihr ins Gesicht fallen. Irgendwie machte sie das an, und nicht nur sie, auch die Männer.

Maureen trat ans Fenster. Nicht weit entfernt schimmerten die Lichter des Güterbahnhofs Putney. Es gab eine Zeit, da hatte sie sich mal geärgert, wenn sie aus dem Fenster schaute und eine triste Industrieanlage sah, aber ihr Vater hatte ihr erklärt, daß gerade diese Anlage die Familie ernährte, und da hatte sie nie mehr etwas Negatives darüber gesagt. Es war noch nicht dunkel, aber die Dämmerung ließ auch nicht auf sich warten. Sie schob sich heran und war nicht aufzuhalten. Dabei kroch sie auf die Gleisanlagen zu, auf denen abgestellte Waggons standen. Hohe Masten ragen in den Himmel. Bei Dunkelheit leuchteten von ihnen Scheinwerfer.

Hochspannungsleitungen zogen sich von Mast zu Mast. Signale standen wie stumme Wächter da, und die abgestellten Züge erinnerten Maureen Dale an ruhende Schlangen.

Sie mußte ehrlich zugeben, daß sie sich an das Bild gewöhnt hatte. Ja, sie sah sogar einen ureigenen Reiz darin, und das eben stimmte sie froh.

Zur Disco war es zu weit, um hinzulaufen. Da hatte Maureen jedoch keine Probleme. Männliche Fahrer gab es genug. Sie konnte sich sogar die Autos aussuchen, mit denen sie fahren wollte, und sie suchte sich an jedem Wochenende einen anderen Begleiter aus.

Heute war Teddy Tears an der Reihe. Er fuhr einen deutschen Wagen, einen schwarzen Golf, der ziemlich schnell war, dafür aber auch mehr Benzin verbrauchte.

Teddy war zwei Jahre älter und als Aufreißer bekannt. Bisher hatte er bei Maureen noch nicht landen können. Außer einem flüchtigen Kuß war nichts gewesen, und wie Maureen den Knaben kannte, würde er es heute abend sicherlich wieder versuchen.

Sollte er …

Fertig angezogen war sie. Jetzt kamen noch ein paar Duftwässerchen hinzu, etwas bunter Flitter ins Haar, und die Disco-Queen war fertig, so hoffte Maureen.

Als sie die Tür des kleinen Zimmers öffnete, rief ihr Vater von unten.

»Ja, Dad, ich komme schon.«

Maureen schloß die Tür ab. Hier oben schliefen sie und ihre Eltern. Es war eng in dem Haus, doch die Verwaltung der Bahn stellte eben kein größeres zur Verfügung. Bereits in der ersten Etage liefen die Wände schräg, genauso wie das Ende des Flurs hinter ihr. Eine steile Treppe führte hinunter. Die Stufen knarrten, wenn man sie betrat. Schon als kleines Kind hatte Maureen es gelernt, die Treppe im richtigen Winkel zu laufen. Darin war sie sehr geschickt, und sie hatte es wirklich geschafft, die Stufen in all den Jahren ohne einen Fall hinter sich zu bringen.

Ihr Vater saß in der Küche. Auf dem Tisch standen zwei Gedecke. Als Maureen den Raum betrat, drehte sich Jerry Dale um. Jetzt war zu sehen, von wem Maureen das rote Haar geerbt hatte. Von ihrem Vater. Sein Haar leuchtete in derselben Farbe, nur stand es buschiger und strohiger vom Kopf ab. Auch mit einem Kamm war es kaum zu bändigen.

Jerry Dale hatte breite Schultern. Seine Augen blickten klar, und man hatte das Gefühl, dieser Mann konnte einem Menschen auf den Grund der Seele schauen. Er war ein aufrechter Kerl, Zugführer von Beruf, und seine Kollegen hatten ihn als Vertrauensmann gewählt. An diesem Wochenende hatte er frei. Sein ganzer Stolz galt Maureen. Er selbst hätte gern mehr Kinder gehabt, aber leider war es seiner Frau nicht vergönnt gewesen, noch weitere zu bekommen.

Er schaute seine Tochter an und lächelte. Maureen war dicht hinter der schmalen Türschwelle stehengeblieben und drehte sich einmal im Kreis.

»Gefalle ich dir, Dad?«

Der Mann nickte. »Ja, du gefällst mir, wirklich. Du wirst wieder alle jungen Männer verrückt machen, das glaube ich bestimmt.« Maureen lachte, und ihre Augen blitzten. Es war schön, so herrlich jung zu sein.

»Wie deine Mutter«, sagte Jerry Dale. »Genauso. Wenn sie dich hier so sehen würde ...«

»Hätte sie Angst um mich«, erklärte Maureen.

»Mütter sind eben so«, stellte ihr Vater fest. »Es war vor zwanzig Jahren nicht anders, mein Kind.«

»Ich weiß, du hast oft genug davon erzählt.«

»Jetzt iß aber was.«

»Was hast du denn gekocht?«,

»Riechst du das nicht?«

»Es gibt das gleiche wie gestern.«

Ihr Vater grinste. »Und wie vorgestern, mußt du noch sagen. Eier, Speck und Kartoffeln.«

»Was gibt es denn morgen?«

»Das gleiche in umgekehrter Reihenfolge.«

Maureen lachte, lief auf ihren Vater zu und gab ihm einen Kuß auf die Wange. »Du bist herrlich, Dad, wirklich.« Sie setzte sich an den Tisch.

»Möchtest du auch Bier?«

Maureen schüttelte den Kopf. »Nein, dann habe ich eine Fahne.«

»Sehr richtig, und die stört beim Küssen.«

»Du kennst dich aus, Daddy.«

Jerry Dale nahm die Pfanne vom Ofen. »So lange ist es auch noch nicht her, daß deine Mutter und ich uns kennengelernt haben. Und vergessen habe ich nichts.«

»Das sagt Mutter auch immer.« Maureen hob beide Hände, weil der Vater ihren Teller zu gut füllen wollte. »Nicht, laß sein, ich will nicht gemästet werden.«

»Als junger Mensch muß man essen.«

»Das tue ich ja.«

Jerry Dale gönnte sich ein Bier. Das Essen dampfte auf den Tellern. »Noch zwei Wochen, dann kommt deine Mutter zurück«, sagte Jerry.

»Hoffentlich hat sie sich gut erholt.«

»Bestimmt, die Seeluft wird ihr guttun.«

»Und was machst du heute abend?« fragte Maureen.

»Ich schaue in die Glotze. Sie zeigen einen Film, und danach gehe ich ins Bett. Vergiß deinen Schlüssel nicht.«

»Klar, Dad.«

Sie aßen schweigend. Das Mädchen holte sich eine Flasche Mineralwasser. »Davon bekommt man wirklich keine Fahne«, sagte Jerry Dale grinsend.

»Genau, Dad.«

»Wer holt dich denn heute ab?«

»Den kennst du nicht.«

»Darf ich trotzdem seinen Namen erfahren?«

»Klar. Teddy Tears.«

»No, noch nie gehört.«

»Wußte ich doch.«

»Ist er nett?«

»Ein Schaumacher. Denkt, er wäre der Schönste.«

»Bist du dir da nicht zu schade?«

»Natürlich, aber er hat einen schnellen Wagen. Ich lasse mich ja auch nur von ihm fahren.«

Jerry Dale lachte. »Du bist schon ein raffiniertes Luder, Maureen. Erst die Männer verrückt machen und sie dann zur Seite schieben.«

»Die wollen doch alle was von mir und ich nichts von ihnen.«

»Das stimmt auch wieder.«

Sie aßen schweigend. Bis es plötzlich klingelte. Vater und Tochter schauten sich an.

»Dein Galan ist aber früh heute«, sagte Jerry.

Maureen schüttelte den Kopf. »Das kann er noch nicht sein, Dad. Ich hatte ihn erst für später bestellt.« Sie warf einen Blick zur Uhr. »Da ist noch über eine Viertelstunde Zeit.«

Jerry Dale stand auf. »Ich werde mal nachsehen.«

»He, Dad«, rief Maureen, als ihr Vater bereits an der Tür stand. »Wenn er es tatsächlich sein sollte, läßt du ihn draußen warten. Er soll sich an die Zeiten gewöhnen.«

»Alles klar.« Jerry Dale zwinkerte ihr zu. Während es zum zweiten Mal schellte und er zur Tür ging, schüttelte er den Kopf. »Ein raffiniertes Luder, die Kleine. Wie ihre Mutter, wirklich.«

Der Hausflur war schmal. Die Tür hatte in der oberen Hälfte einen Glasaufsatz. Durch eine Gardine war er undurchsichtig gemacht worden. Deshalb sah Jerry Dale nicht, wer draußen stand, und er öffnete nichtsahnend.

Im ersten Moment erschrak er, denn den Besucher hatte er noch nie gesehen.

Dem Aussehen nach hätte er aus einem Gruselkabinett stammen können. Ganz in Grau war er gekleidet. Hinzu kam, daß die Dämmerung inzwischen Fortschritte gemacht hatte und die Konturen des Mannes noch mehr verwischte.

Deshalb leuchtete das Gesicht fahl, als hätte der Unbekannte es angestrichen.

Jerry Dale war kein Mensch, der sich leicht fürchtete. Heute wurde es ihm doch mulmig. Er mußte sich zweimal räuspern, bevor er eine Frage stellen konnte.

»Sie wünschen?«

»Sind Sie Mr. Dale?« Die Stimme des Unbekannten klang rauh, obwohl sie nur flüsterte.

»Ja, der bin ich. Kommen Sie zur Sache, ich esse gerade. Was wünschen Sie?«

»Sie wünsche ich mir.«

»Mich?«

»Ja.«

»Das verstehe ich nicht.« Jerry Dale war durcheinander.

»Wollen wir nicht ins Haus gehen?« fragte der Unbekannte.

»Ich denke gar nicht daran. Ich ...«

»Daddy, wer ist es denn?«

Jerry Dale drehte sich halb um. Er wollte die Antwort in den Flur rufen. Und das war sein Fehler. Er hatte nicht gesehen, daß der unbekannte Besucher einen Totschläger in der Hand trug.

Damit schlug er blitzschnell zu.

Jerry Dale sah noch eine schattenhafte Bewegung. Er schaffte es allerdings nicht, auszuweichen. Der Hieb traf ihn seitlich am Kopf. Ein halbes Weltall sprühte vor seinen Augen auf, und er wurde in den Flur katapultiert. Mit dem Rücken fiel er gegen die Wand, stöhnte, und dort, wo ihn der Hieb getroffen hatte, platzte die Haut an der Schläfe auf. Ein dünner Blutfaden sickerte aus der Wunde. Er lief an seinem Gesicht entlang. Als er das Kinn erreichte, lag Jerry Dale bereits am Boden.

Der Besucher in Grau schloß die Tür ...

Maureen hatte nicht weitergegessen, nachdem ihr Vater aus der Küche gegangen war. Leider war die Tür fast zugefallen. Durch den schmalen Türspalt konnte sie kaum etwas verstehen. Doch hörte sie den Aufschlag. Maureen wußte nicht, was das Geräusch zu bedeuten hatte. Sie hatte allerdings ein ungutes Gefühl. Etwas stimmte hier nicht. Die Ahnung einer drohenden Gefahr breitete sich aus.

Das Mädchen stemmte beide Hände auf die Tischplatte und stützte sich hoch. Sie saß auf der schmalen Eckbank. Hinter ihr befand sich die Wand, vor ihr die Küchentür.

Und die wurde aufgedrückt.

Langsam, wie Maureen es nicht gewohnt war, denn so betrat keiner von der Familie die Küche.

Das war ein Fremder!

Maureen wurde bleich, denn zuerst sah sie die Hand. Blasse Finger, wie durchscheinend, die sich um das Holz gekrallt hatten, und mit langen, spitzen Nägeln versehen.

Dann erschienen ein dunkler Ärmel und schließlich der Mann. Mit einem Ruck drückte er die Tür auf.

Fast schwang sie bis zur Wand. Kurz davor kam sie zur Ruhe.

Maureens Augen wurden groß. Auf der Türschwelle stand ein Fremder!

Im ersten Augenblick brachte sie keinen Ton hervor. Unheimlich sah der Mann aus. Er war ganz in Grau gekleidet, trug eine graue Jacke und eine graue Hose. Das Gesicht dagegen schimmerte in einem fahlen Weiß, wie bei einem Toten, der schon mehrere Tage im Sarg gelegen hatte. Maureen wußte selbst nicht, wieso sie auf diesen Vergleich kam, aber es war nun mal so. Der unheimliche Geselle sagte keinen Ton. Nur seine in den Höhlen liegenden Augen musterten das Girl. Das allerdings sehr ausgiebig. Die Blicke tasteten die Gestalt ab, fingen am Gesicht an, glitten über den Körper, und dann breitete sich um die Lippen des Fremden ein grausames Lächeln aus.

Maureen fröstelte. Sie war ansonsten eine sehr couragierte Person, aber in diesem Augenblick hätte sie sich gern meilenweit weg gewünscht.

»Wer – wer sind Sie?« Ihre Stimme war kaum zu verstehen, weil ihre Lippen zitterten.

»Ich will dich.«

Ein Reif schien sich um Maureens Brust zu legen. Die Antwort hatte so bestimmt geklungen, daß sie keinen Grund sah, dem Unheimlichen nicht zu glauben.

»Mich?«

»Ja, dich und deinen Vater.«

»Was ist mit ihm?«

»Er liegt in der Diele.«

»Ist er …?« Maureen schluckte. »Ist er …?«

»Nein, er ist nicht tot, wenn du das meinst, aber er wird es bald sein, wenn du nicht tust, was ich dir sage, meine Kleine. Wir brauchen euch.«

»Wozu?«

»Das sage ich dir und deinem Vater noch rechtzeitig.« Bisher war der Unheimliche an der Tür stehengeblieben, jetzt ging er langsam vor. Er blieb erst stehen, als er fast den Tisch berührte. Nur die Platte trennte die beiden noch. Sie schauten sich an. Maureen zitterte, und nun bemerkte sie zum erstenmal den Gestank, den dieser Fremde ausströmte. Es war etwas, das sie nicht kannte. Er roch nicht nach Mensch, nicht nach Schweiß oder Rauch, sondern nach Moder.

Ja, nach Moder und Verwesung. Jetzt wußte sie Bescheid. Diesem Geruch konnte man hin und wieder auf Friedhöfen begegnen, und da hatte sie ihn auch schon wahrgenommen.

Friedliche Absichten hatte der Unheimliche bestimmt nicht. Aber was konnte er wollen?

Maureen dachte an Flucht. Wenn es ihr vielleicht gelang, aus dem Fenster zu klettern, konnte sie Hilfe holen. Das Haus stand zwar ziemlich einsam, gehörte der Bahn und befand sich auch auf deren Gelände, aber fünfhundert Yards weiter begann eine kleine Siedlung, wo ebenfalls Bahnhäuser standen. Dort mußte es möglich sein, Hilfe zu bekommen.

Ihr Blick irrte zum Fenster. Es war nicht groß. Eine schlanke Person konnte jedoch hindurchklettern.

Der Unheimliche ahnte, welche Gedanken sich im Kopf des Mädchens bewegten, und er ließ es gewähren.

Da zuckte Maureen zusammen.

Es war noch nicht völlig dunkel. Sie konnte durch die

Scheibe blicken, und sie sah dahinter eine Bewegung. Nicht nur das. Eine schreckliche Gestalt hielt sich am Fenster auf und preßte ihr Gesicht von außen gegen die Scheibe.

Schwammig, widerlich, mit kugelrunden Augen und einem Maul, das der Unbekannte weit aufgerissen hatte. Ein Abziehbild des Schreckens bot er.

Maureen schüttelte den Kopf. Nein, das war zuviel. Und als die Gestalt hinter dem Fenster die Hand hob, wobei sie über die Scheibe glitt, wurde Maureen vom Grauen geschüttelt, denn die Klaue hinterließ auf dem Glas eine widerliche Schleimspur, die langsam an der Scheibe herabrann und sich unten sammelte.

Der Mann in Grau aber lachte. »Das ist kein Scherz. Wir brauchen euch, und das Haus ist umstellt.«

Maureen nickte, obwohl sie es gar nicht wollte. »Aber weshalb braucht ihr uns?«

»Das werdet ihr später erfahren.« Er wandte sich um, als in diesem Augenblick die Tür aufgestoßen wurde.

Jerry Dale taumelte in den Raum.

Maureen stieß einen Schrei aus, als sie das blutverschmierte Gesicht ihres Vaters sah, der sich kaum aufrecht halten konnte, bis zum Tisch taumelte und sich dort schwer aufstützte, um auf den Beinen zu bleiben.

Jerry Dale keuchte. Der Schlag hatte ihn schwer erschüttert. Explosionsartig zuckten die Schmerzen durch seinen Kopf, aber Jerry war sich darüber im klaren, daß er jetzt nicht nachgeben durfte. Er mußte durchhalten, das war er sich und seiner Tochter schuldig.

Maureen schwieg. Nur ihre Augen zeigten eine unnatürliche Größe. Sie starrte ihren Vater an und mußte mit ansehen, wie der Fremde seine Hand ausstreckte und sich die fünf Finger in das Haar des Mannes wühlten, wobei der Mann in Grau Jerry Dale so weit zurückzog, bis dieser gegen ihn fiel.

»Lassen Sie ihn!« keuchte Maureen.

»Halt deinen Mund!«

Jerry Dale verzog das Gesicht. Seine Schmerzen mußten zugenommen haben, denn der Griff des Unheimlichen war verdammt hart. Dale preßte die Lippen zusammen, so daß sie nur noch einen Strich bildeten. Auf seiner Stirn lag der Schweiß. Das Gesicht glänzte, als hätte man es mit einer Speckschwarte eingerieben.

»Wenn ihr beide nicht genau das tut, was ich von euch verlange, werde ich euch töten!«

Die Worte waren hart und klar gesprochen. Maureen hatte sie ebenso vernommen wie ihr Vater.

»Ist das klar?«

Maureen nickte.

»Auch bei dir, Mann?«

»Okay!« keuchte Jerry.

Da ließ der Mann in Grau ihn los. Jerry Dale fiel nach vorn. Er wollte sich noch auf der Platte abstützen, aber seine Arme knickten weg. Sie hielten das Gewicht nicht, und Jerry Dale fiel über den Tisch. Er räumte dabei zwei Teller ab, die zu Boden fielen und dort zersprangen.

Jerry Dale blieb liegen. Die Augen hatte er weit aufgerissen. Zwei Teller waren vom Tisch gefallen, das Besteck jedoch lag noch auf der Platte. Und er sah das Messer.

Dicht vor seinen Augen befand sich der Griff. Es war ein sogenanntes Steakmesser. Jerry hatte es genommen, weil das andere Besteck schmutzig war.

Nun erwies es sich als Vorteil. Die Klinge war an ihrem Rand ziemlich scharf, vorn sehr spitz, und sie würde auch den Körper des Kerls durchdringen, wenn er fest genug zustach.

Diese Gedanken durchzuckten Jerrys Kopf. Es waren Mordabsichten. Seltsamerweise erschrak er nicht einmal davor, sondern sah es als Notwehr an.

Er bemerkte, daß sich der ungebetene Gast ein wenig zur Seite bewegte. Dabei ging er nach links, ein sehr günstiger Stellungswechsel, und Jerry Dale zögerte nicht länger.

Seine Finger packten zu. Sie umklammerten den Holzgriff. Er riß das Messer hoch und fuhr mit der Waffe in der Hand herum. Plötzlich erschien der Körper des Mannes in Grau dicht vor ihm. Riesengroß kam er ihm vor. Er konnte ihn nicht verfehlen und stieß die Klinge in die Brust des Mannes.

Ja, er schaffte es, fiel sogar noch gegen den Unheimlichen, erwartete Blut, das aus der Wunde treten würde – und sah nichts.

Die Hälfte der Klinge war in die Brust des Mannes gedrungen, der nur auflachte und zurücktrat.

Jerry Dale verlor das Gleichgewicht, weil er sich nicht mehr abstützen konnte, und fiel hin.

Als er aufschlug, schrie auch Maureen. Sie hatte beide Hände gegen ihr Gesicht gekrallt. Wie ihr Vater sah sie, daß sich der unheimliche Gast schüttelte, dann höhnisch lachte und sich schließlich das Messer aus dem Körper zog, als wäre überhaupt nichts geschehen.

Er war unverwundbar!

Die Klinge hielt er in der Hand. Aus seinen Mundwinkeln lief eine gelbe, stinkende Flüssigkeit, und für einen Moment sah es so aus, als wollte er die Waffe in den Körper des am Boden liegenden Mannes stoßen.

»Nein, nicht!« schrie Maureen. »Bitte!«

Der Mann in Grau zögerte und blickte das Girl an. Maureen kam um den viereckigen Tisch herum. Sie zitterte und hatte Angst um das Leben ihres Vaters.

Der Ghoul schleuderte das Messer in die Ecke. »Diesmal habt ihr Glück gehabt. Rechne nicht damit, daß ich auch weiterhin Rücksicht nehme.«

Maureen nickte unter Tränen. Sie glaubte diesem Menschen jedes Wort. Aber war er überhaupt ein Mensch? Man konnte ihn nicht verletzen, er war unverwundbar.

Aus großen Augen starrte sie ihn an, und der Ghoul konnte sich ein triumphierendes Lachen nicht verkneifen.

»So kann man mich, einen Ghoul, nicht töten!«

»Ghoul?« flüsterte Maureen. Noch nie hatte sie das Wort gehört, sie kannte es nicht.

»Richtig, ein Ghoul. Und weißt du, Mädchen, was wir Ghouls sind?« zischte er.

»Nein …«

»Leichenfresser!« schleuderte der Unheimliche dem Girl ins Gesicht.

Pfeifend holte Maureen Atem. Sie konnte es einfach nicht glauben. Das war unmöglich, das war …

»Wir ernähren uns von den Toten. Wenn ich deinen Vater umbringe, wird er …«

»Nicht weiterreden«, flüsterte Maureen, »bitte nicht.«

»Dann tut, was ich sage.«

Maureen nickte heftig. Das Haar hatte sich gelöst und fiel in ihr Gesicht. Sie wischte die Strähnen nicht einmal zur Seite. Es war schwer für sie, die Worte überhaupt zu begreifen.

»Schaff ihn auf die Beine!« befahl der Ghoul.

Maureen gehorchte. Sie bückte sich, und ihre Hände faßten nach den Schultern des Vaters. Jerry Dale stieß ein Knurren aus. »Laß mich, Maureen, das kann ich allein.« Er wälzte sich auf den Rücken, hob seinen rechten Arm und umfaßte die Tischkante. Langsam zog er sich hoch. Maureen wischte ihm mit einem Taschentuch das Blut aus dem Gesicht.

Jerry Dale starrte den Ghoul an. »Du bist nicht zu verletzen«, sagte er rauh.

»Stimmt. Und hoffentlich hast du meine Worte gehört und weißt inzwischen, was ein Ghoul ist!«

»Ja, das habe ich.«

»Wirst du dich danach richten?«

»Was wollt ihr von uns?«

Der Ghoul kam nicht dazu, eine Antwort zu geben, denn in diesem Moment klingelte es ...

Die Schweigepause dauerte Sekunden. Das Mädchen, der Mann und der Dämon starrten sich an.

Bis der Ghoul als erster das Wort ergriff. »Wer ist das?« zischte er.

»Ich – ich weiß nicht«, erwiderte Maureen leise.

»Lüg nicht.« Der Schlag traf das Mädchen unvorbereitet. Gegen ihre rechte Wange klatschte die Pranke, die sich anfühlte wie Pudding. Nur ein Fingernagel zog eine blutige Spur in ihre Haut.

Maureen war gegen den Tisch gefallen. Der Ghoul hielt sie an der linken Schulter fest und schüttelte sie. »Wer ist es also? Du weißt es. Sag es mir!«

»Ein – ein Bekannter!«

»Laß ihn rein!« forderte der Ghoul.

Maureen nickte.

Als es zum zweiten Mal schellte und sie sich noch immer nicht gerührt hatte, drückte der Mann in Grau das Girl herum und stieß es auf die Tür zu. »Öffne«, knurrte er, »und laß dir nur keine Dummheiten einfallen, sonst seid ihr alle drei verloren.«

Maureen drehte sich um. »Was soll ich sagen?« hauchte sie.

»Hol ihn rein!«

Da nickte sie und ging. Sie konnte die Füße kaum vom Boden abheben, so schwer fiel es ihr. Ihr schwindelte. Die Tür drehte sich vor ihren Augen. Hart riß sie sie auf, so daß Teddy Tears erschrak und einen Schritt zurücktrat.

»He, was ist denn los? Du bist aber heute stürmisch.

Schon fertig?« Er lächelte mit perlweißen Zähnen. Sein Oberlippenbart war ebenso schwarz wie das Haar. Er trug einen dunkelblauen Discoanzug mit weißen Samtbiesen an den Rändern. In seinem Hosengürtel blitzten Perlen.

»Komm doch rein.«

»Gern. Aber dein Alter?«

»Macht nichts.« Maureen gab den Weg frei.

Teddy Tears betrat das Haus und schaute sich um. Dann zog er die Nase hoch.

»Hast du was?« fragte das Girl.

»Hier riecht es so komisch.«

Maureen erschrak. Hatte er etwas bemerkt? »Wir haben erst vor ein paar Minuten gegessen.«

»Deshalb.« Teddy war ziemlich forsch. Er ging durch bis zur Küche, trat über die Schwelle und lief in sein Verderben.

Erbarmungslos packte die Pranke des Ghouls zu!

Ich hatte mich zweimal verfahren, denn bis Putney war es eine ganz schöne Strecke. Außerdem hatte mich der Weg noch nie hierhergetrieben, und es war eine ziemlich düstere Ecke, wie ich schon bei der Hinfahrt bemerkte.

Hier wohnten nicht die Reichsten. Es gab zahlreiche schmale Straßen. Schlechtes Pflaster war an der Tagesordnung, so daß ich ziemlich langsam fahren mußte.

Dem Gelände hatte ich mich von Norden her genähert. Es war die falsche Seite, denn links von mir befand sich eine hohe Mauer, die auf ihrer Krone zusätzlich durch Stacheldraht gesichert war, so daß es schon lebensgefährlich war, hinüberzuklettern. Die Mauer verlief parallel zur Straße. Auf der anderen Seite standen Mietshäuser mit schmutzigen Fassaden. Im Grau der Dämmerung wirkten sie noch düsterer. Nur das Licht hinter manchen Fenstern bewies, daß hier überhaupt Menschen wohnten.

Ich passierte eine Kneipe, die schon außen so schmutzig war, daß ich nicht einmal als halb Verdurstender meinen Fuß in sie gesetzt hätte. Vor dem Lokal lagen zwei Betrunkene und schliefen ihren Rausch aus. Rechts löste sich aus dem Schatten der Mauer eine Gestalt und torkelte auf meinen Wagen zu. Das Streulicht der Scheinwerfer erfaßte sie, und ich dachte schon, vorbei zu sein, als eine Faust gegen das Heck des Bentley hämmerte.

Der Schlag ließ mich zusammenzucken, aber in dieser Gegend mußte ich damit rechnen, von irgendwelchen Pennern angegriffen zu werden, die ihre Wut – ob verständlich oder nicht – einfach an anderen Menschen ausließen, die mehr besaßen als sie.

Ich fuhr weiter.

Die Ampel erschien mir wie ein Zeichen aus einer anderen Welt. Sie zeigte Rot. Für meine Seite, denn ich mußte weiter geradeaus. Links zweigte ein Weg ab. Er führte in irgendein Dorf am Stadtrand. Ich sah auch einen Hinweis auf einen östlichen Motorway. Sekunden später konnte ich weiterfahren. Vielleicht noch fünfhundert Yards, dann hörte die Mauer auf. Licht schimmerte in der Dämmerung. Es waren hohe Laternen, die ihre weißen Strahlen nach unten warfen, so daß sie auf die Schienen fielen und die Metallstäbe hell aufblitzten. Ich senkte die Geschwindigkeit noch weiter und schaute mehr nach rechts. Irgendwo mußte ich doch über die Gleise gelangen.

Den Übergang fand ich, sah jedoch auch das kleine Häuschen mit dem Wärter, der auf eine Schranke achtete und verwundert aufstand, als das Licht der Autoscheinwerfer sein Haus überflutete.

Er verließ seinen Bau.

Als ich die Scheibe nach unten surren ließ, bückte er sich, und ich blickte in ein faltiges Gesicht, in dem graue Bartstoppeln wucherten.

»Wo wollen Sie hin?«

»Da rein«, sagte ich, wies mit einer Hand auf das Gitter und zeigte ihm gleichzeitig meinen Ausweis.

»Polizei?«

»Ja.«

»Gibt's denn was Besonderes?«

»Das kann ich jetzt noch nicht sagen. Es ist eine Aktion, die im geheimen abläuft. Dabei kann es sein, daß noch mehr Kollegen kommen.« Ich beschrieb ihm Suko, Bill und Will Mallmann. »Lassen Sie die Männer auf jeden Fall durch.«

»Ja, Sir.« Er grüßte, verschwand in seinem Bau, und wenig später öffnete sich die Schranke.

Ich hatte freie Fahrt.

Die Reifen rumpelten über Holzbohlen und Schienen. Dieser Güterbahnhof war ziemlich groß, wie ich schon beim Hineinfahren hatte feststellen können. Leider hatte ich keinen Anhaltspunkt, wo ich meine Feinde suchen sollte. Allerdings wollte ich auch nicht mit dem Wagen fahren, sondern zu Fuß gehen. Da hatte ich dann einen besseren Überblick. Ich suchte einen Parkplatz und fand ihn neben einem Backsteingebäude, vor dem eine Laterne brannte.

Hier stellte ich den Bentley ab und schaltete die Alarmanlage ein. Wer den Wagen stahl, sollte sich wundern. Pistole, Kreuz und Dolch trug ich bei mir. Auch die Gnostische Gemme und die magische Kreide. Nur Desteros Schwert hatte ich zurückgelassen. Gegen die Ghouls brauchte ich es nicht.

Dann machte ich mich auf den Weg. Nicht weit entfernt sah ich die ersten Wagen. Es waren offene Güterwaggons, mit Sand voll beladen. Sie würden wahrscheinlich erst am Montag abgeholt. An der Waggonreihe schritt ich entlang. Nach dem fünfzehnten Wagen war die Schlange beendet.

Ich hatte freie Sicht.

Vor mir liefen die Schienen auseinander. So jedenfalls sah

es aus. Zahlreiche Weichen teilten sie. Ich sah mindestens acht Gleise. Einige davon waren leer, andere wiederum trugen mehrere Güterwaggons als schwere Last.

Man hatte die Züge hier abgestellt, aber von den Ghouls entdeckte ich nichts.

Ein kühler Wind strich über das Gelände. Wenn ich unter einer der Lampen herschritt, warf mein Körper einen Schatten. Es war ruhig, und obwohl dieser Ort wirklich kein Gruselplatz war, konnte man ihn doch als unheimlich bezeichnen. Irgendwie strahlte er eine gewisse Kälte aus. Ein frostiges Gefühl erfaßte mich. Dieser Platz war ein Hort der Einsamkeit, eine Zurschaustellung der Technik mit all ihrer Seelenlosigkeit, die auch die Dunkelheit nicht gnädig verdecken konnte. Ich sprang über einige Gleise und mußte achtgeben, daß ich nicht stolperte.

Neben einem Signal blieb ich stehen. Über mir sah ich die Hochspannungsleitungen. Sie summten leise. Wer daran geriet und Kontakt mit dem Boden hatte, war verloren.

Schräg vor mir standen einige Waggons. Sie waren verschlossen. Ich lief hinüber und sah sie mir näher an. Vor keiner Tür entdeckte ich eine Plombe. Deshalb zog ich die erste auch auf.

Ein leerer Wagen.

Beim zweiten erging es mir nicht anders. Erst der dritte Wagen hielt eine Überraschung für mich parat. Als ich mit meiner kleinen Lampe hineinleuchtete, traf der Strahl genau das Gesicht eines Penners, der erschreckt hochzuckte und einen heiseren Schrei ausstieß, wobei er schon sein Bündel zusammenraffte, was darauf schließen ließ, daß er Routine im Verschwinden hatte.

»Sorry«, sagte ich. »Schlaf weiter.«

»Hä?«

Ich rammte die Tür wieder zu und ging weiter. Die anderen Wagen waren leer. Kein Ghoul zu sehen oder zu riechen.

Da hörte ich ein Geräusch. Es paßte nicht zu den anderen, leiseren, denn es war ein Rollen und ein leises Rattern.

Da kam eine Lok.

Kein Zug, das konnte ich genau heraushören. Dafür war das Rollen der Räder zu leise.

In Deckung des ersten Wagens blieb ich stehen. Ich schaute dabei in die Richtung, aus der ich das Geräusch vernommen hatte. Es steigerte sich, und nun erkannte ich auch den klotzigen Schatten auf einem der Gleise.

Die Lok befand sich drei Gleise neben mir. Es waren noch einige Yards, die ich zu überwinden hatte, und ich sah auf dem Gleis, das von der Lok befahren wurde, einen Güterzug stehen.

Befanden sich dort die Ghouls – oder lief alles völlig normal ab? Vielleicht wurde hier des Nachts gearbeitet. Andererseits störte es mich, daß dieses nur auf einem Gleis geschah. Weshalb wurden die anderen nicht mit einbezogen?

Mir gefiel das überhaupt nicht. Zunächst einmal blieb ich in meiner Deckung und lauerte.

Eine innere Spannung hielt mich umfangen. Ich hatte vom Totenchor der Ghouls gehört. Wie viele von ihnen steckten in den Waggons? Wirklich hundert?

Nein, daran durfte ich nicht denken, und ich konzentrierte mich wieder auf die Lokomotive.

Sie hatte die Waggons fast erreicht, war noch langsamer geworden und berührte nun den ersten Waggon.

Sie stand.

Ich wartete ab, befand mich jedoch auf dem Sprung, um schnell dasein zu können. Vorerst geschah nichts. Niemand ließ sich blicken. Selbst der Lokführer stieg nicht aus, um sich zu überzeugen, ob die Ankupplung geklappt hatte.

Lange wollte ich nicht mehr stehenbleiben, gab noch zehn Sekunden hinzu und startete.

Geduckt sprang und huschte ich über die Schienen. Der Schotter bildete eine Stolperfalle, doch ich schaffte ihn glatt. Mein Atem ging kaum schwerer, als ich den abgestellten Güterzug erreichte. Neben dem letzten Waggon blieb ich stehen.

Ich hörte Stimmen. Obwohl es ruhig war, konnte ich leider nicht verstehen, was sie sagten. Allerdings identifizierte ich eine der Stimmen als die einer Frau.

Vielleicht ein weiblicher Ghoul?

Es war schwer, eine Entscheidung zu treffen. So blieb ich sicherheitshalber in Deckung, weil ich niemanden in Gefahr bringen wollte.

Schritte!

Sie klangen an der Wagenreihe auf und näherten sich. Ich duckte mich, riskierte aber einen Blick um den letzten Waggon herum.

Da sah ich einen Bekannten.

Es war der zweite Ghoul, der ganz in Grau gekleidet war und dessen Gesicht auch hier fahl leuchtete. Vor dem drittletzten Waggon blieb er stehen und riß die Tür auf.

Ich hörte zahlreiche Stimmen.

Obwohl leise gesprochen wurde, vereinigten sie sich jedoch in ihrer Gesamtheit zu einem fast heulenden Singsang.

War das schon der Totenchor?

Plötzlich bemerkte ich den Geruch. Er wehte mir nicht von vorn entgegen, wo sich der Waggon mit der offenen Tür befand, sondern traf mich von der Seite.

Ich drehte mich um.

Zwei Ghouls standen da, schleimig, widerlich, mit platzenden Geschwüren bedeckt, dabei tropfend und auslaufend.

Gier stand in ihren Augen. Die Zähne funkelten in den Rachen.

Eins stand fest: Sie wollten mich töten.

Einen Schuß konnte ich mir nicht erlauben. Er hätte die anderen aufgeschreckt. Also mußte ich die gefährlichen Leichenfresser auf eine andere Art und Weise ausschalten.

Ich zog den Dolch!

Teddy Tears wurde überrascht. Mit allem hatte er gerechnet, nur nicht mit so einem Empfang. Die fünf Finger umklammerten seinen Hals, der Griff war unbarmherzig, und die höllische Kraft des Ghouls drückte Teddy nach unten.

Er würgte und röchelte, bis die Hand ihn losließ und Teddy zu Boden fiel.

Dumpf schlug er auf.

Maureen und ihr Vater waren starr vor Schreck. Sie starrten auf den jungen Mann, der sich schwerfällig auf den Rücken wälzte.

Als er es geschafft hatte, hielt der Ghoul im grauen Anzug das Küchenmesser in der Hand.

Maureens Augen wurden groß. Sie wußte, was der Unheimliche vorhatte. »Nein!« schrie sie und sprang ihm in den Arm.

Der Ghoul traf sie mit der Linken.

Maureen kreiselte um ihre eigene Achse und landete im Flur, wo sie von einer schleimigen Gestalt aufgefangen wurde, die sie sofort umklammerte.

Das Girl versteifte. Die Angst wuchs ins Unermeßliche. Sie nahm den schrecklichen Geruch wahr und brachte vor Entsetzen keinen Ton mehr hervor, während der Ghoul sie eisenhart festhielt und nicht mehr aus den Klauen ließ.

Aus der Küche hörte sie ein grauenhaftes Geräusch und dann das Aufschluchzen ihres Vaters.

Im nächsten Moment war es still.

Drei Sekunden vergingen in atemloser Spannung. Dann

erschien der Unheimliche in der Türöffnung. In seiner rechten Hand hielt er das Messer. Von der Klinge tropfte Blut ...

Maureen wußte Bescheid. Sie merkte auf einmal, wie ihr die Beine einknickten, sie allerdings nicht fallen konnte, weil der Ghoul sie festhielt.

Der Mann in Grau winkte.

Im nächsten Augenblick sackte Maureen zusammen. Das schleimige Monster hatte sie losgelassen. Es schlich an dem Mädchen vorbei und betrat die Küche.

Maureen hörte die Geräusche nicht, die bis in die Diele klangen, die Ohnmacht war stärker. Allerdings hielt sie nicht lange an. Als das Girl die Augen wieder aufschlug, stand der Mann in Grau neben ihr. Ihr Blick traf sein Gesicht.

Er hatte blutige Lippen.

Aus der Küche taumelte ihr Vater. Gelbgrün war er im Gesicht. Ihm war schlecht geworden, denn er hatte alles mit ansehen müssen. In seinen Augen stand ein Ausdruck, den Maureen noch nie in ihrem Leben gesehen hatte.

Wahn!

Hinter dem Vater erschien das schleimige Wesen. Es hielt noch einen Knochen in der Hand, den es jetzt wegschleuderte. Maureen konnte nicht mehr weinen, sie konnte auch nicht schreien, in ihr war eine fürchterliche Leere.

Die Personen drängten sich in der engen Diele. Der Mann in Grau hatte die Befehlsgewalt übernommen. »Hoch mit dir! Los, auf die Beine. Wir haben zuviel Zeit verloren.«

Maureen stand auf. Sie erlebte die folgenden Minuten wie in Trance und wunderte sich, als kühle Luft sie traf.

Sie standen vor der Haustür. Dort parkte auch der schwarze Golf, und Teddy hatte den Schlüssel steckenlassen. Die Türen waren ebenfalls offen.

»Kannst du fahren?« fragte der Mann in Grau und wandte sich damit an Jerry Dale.

Der nickte.

»Dann steig ein. Aber laß dir nur nichts einfallen, sonst ergeht es dir und deiner Tochter wie dem anderen.«

»Ich weiß.« Mit gesenktem Kopf schritt Dale auf den Golf zu und öffnete die Türen.

Er würde fahren. Der Mann in Grau nahm neben ihm auf dem Beifahrersitz Platz, und in den Fond mußten Maureen und das schleimige Ghoul-Monster steigen.

Maureen fürchtete sich. Dieses widerliche Monster machte ihr Angst. Sie roch die grauenhafte Ausdünstung, regelrechte Schwaden, die in ihre Nase stiegen, und sie drückte sich in die äußerste Ecke. Der Schleimige hämmerte als letzter die Tür zu. »Starten!« befahl der Mann in Grau.

Jerry drehte den Schlüssel. Augenblicklich sprang der Motor des Golfs an. Erst jetzt wurde Jerry Dale das Ziel genannt. Er mußte zum Güterbahnhof.

»Wo dort?« erkundigte er sich mit tonloser Stimme.

Der Mann in Grau lachte. »Du kennst dich doch so gut aus, mein Freund. Nimm nur nicht den Haupteingang, sondern fahre auf Schleichwegen in das Gelände. Schaffst du das?«

Jerry nickte.

»Dann los!«

Es dauerte etwas, bis Jerry Dale mit dem Wagen zurechtkam. Während er alles wie einen bösen Traum erlebte, saß seine Tochter im Fond und hielt den Blick gesenkt. Sie weinte lautlos, und der Ghoul neben ihr bedachte sie mit gierigen Blicken. Für die Dämonen stand fest, daß sie beide Menschen nicht lebend zurücklassen würden, wenn die Aufgabe beendet war ...

Will Mallmann und Bill Conolly blickten Sheila entgeistert an, als die ihren Bericht beendet hatte. Beide konnten kaum fassen, was geschehen war.

»Und das entspricht wirklich alles den Tatsachen?« fragte der deutsche Kommissar.

»Ja.«

Will Mallmann und Bill Conolly kreuzten die Blicke. »Dann müssen wir los«, sagte der Deutsche. »Und ich hatte gedacht, ich könnte mal Urlaub machen.«

»Aber nicht, wenn John Sinclair in der Nähe ist«, erwiderte der Reporter.

»Wollt ihr nicht auf Suko warten?« fragte Sheila.

Bill warf einen Blick zur Uhr. »All right, wir geben ihm eine Viertelstunde. Ist er dann nicht da, fahren wir ohne ihn ab.« Damit war auch Will Mallmann einverstanden. Ihn hatte die Nachricht am meisten überrascht, aber der gute Kommissar war in dieser Hinsicht Kummer gewöhnt. Er kannte die Spielregeln und wußte von der Existenz finsterer Mächte. Schließlich war er selbst der Leidtragende gewesen, als der Schwarze Tod seine frisch vermählte Frau vor seinen Augen umbrachte.

Nie würde er das Bild vergessen.

Mallmann sah aus wie immer. Vielleicht ein wenig blaß im Gesicht, so daß die Römernase noch mehr hervorstach. Er hatte dunkle Augen, und sein schwarzes Haar lichtete sich mehr und mehr. Er liebte seinen Beruf und war mit ihm verwachsen. Zudem stellte er eine Art Brückenkopf auf dem Kontinent dar, denn Will hatte durch seinen Job beim BKA einen guten Überblick. Er kam auch an die wichtigen Fälle heran, die sich im Ausland abspielten.

Bill hielt es im Wohnraum nicht mehr aus. Er ging in die Diele, wo der kleine Monitor stand. Die zugehörige Kamera befand sich unten im Tor und beobachtete die Straße.

Wer sich dem Grundstück näherte, war dann auf dem Bildschirm zu erkennen.

Sheila und Will blieben zurück. Der Kommissar hatte sich gesetzt. Sheila brachte etwas zu trinken. Eine Pistole hatte

Will von dem Reporter erhalten. Sie war mit geweihten Silberkugeln geladen wie auch die Waffe von Bill.

»Ich hoffe, daß du trotzdem noch einige Tage ausspannen kannst«, meinte Sheila.

»Da bin ich mir nicht mehr sicher.«

»Das ist ja nur ein Zufall. Am besten ist es, wenn du hier wohnen bleibst, dann kommst du erst gar nicht in Versuchung, mit John loszuziehen.«

»Ich dachte, er hätte sich auch ein paar Tage freinehmen können.«

»Der und Urlaub?«

»Ich habe ja auch welchen bekommen.«

»John zieht doch die Dämonen förmlich an.«

»Du aber auch. Wie den Ghoul.«

Sheila schüttelte sich. »Hör auf, daran möchte ich nicht erinnert werden.«

»Woran willst du nicht erinnert werden?« erkundigte sich ihr Mann, der soeben den Wohnraum betrat.

»An den Ghoul.«

»Das kann ich mir vorstellen.« Bill sah sich um. »Wo steckt eigentlich Johnny?«

»Er ist in seinem Zimmer.«

Der Reporter nickte. Dann sagte Sheila etwas, das ihr schon lange auf dem Herzen lag. »Willst du nicht lieber hierbleiben, Bill? Falls noch etwas passiert, bin ich mit Johnny nicht allein.«

Der Reporter senkte den Kopf und fuhr mit zwei Fingern durch sein Haar. »Ich weiß nicht. Im Prinzip hast du ja recht.« Er schaute Will Mallmann an. »Was meinst du dazu?«

»Es wäre nicht schlecht, wenn du auf Sheila achten würdest.«

»Dann bist du mit Suko allein.«

»Wir werden uns schon durchsetzen.«

Sheila schaute ihren Mann an. Die Frage war nicht nur so dahingesagt. Sie hatte echte Probleme, und ihr Mann sah dies völlig ein. Er nickte. »Okay, Sheila, ich bleibe hier und hole nur noch den Helm. Wenn Will Mallmann mitfährt, dann muß er auf Sukos Feuerstuhl. Und ohne Schutzhelm ist da nichts zu machen.«

»Ja, das stimmt.«

Der Reporter verschwand. Er hatte in der Tat noch einen alten Helm im Keller. Früher hatte Bill selbst eine Maschine besessen. Mit der schwarzen Kugel kam er zurück und hatte kaum den Raum betreten, als es schellte.

Suko war da.

Sie hörten ihn, als die Harley den Weg durch den Vorgarten hochdröhnte. Dann verstummte der Motor. Bill war bereits an der Tür und öffnete. Man sah Suko an, daß er sich beeilt hatte. Draußen war es dämmrig geworden. Sukos Gesicht zeigte Schweiß. Er begrüßte die Anwesenden und ließ sich noch einmal erklären, um was es ging. Auch er war dafür, daß Bill Conolly bei seiner Frau blieb.

Will Mallmann setzte den Helm auf. Er saß auf seinem Kopf wie eine Melone, aber zur Not ging es.

Die Freunde verabschiedeten sich. »Und räumt mit der verfluchten Ghoul-Pest auf«, sagte Bill Conolly noch.

»Worauf du dich verlassen kannst«, erwiderte Suko. »Die Riemen der Dämonenpeitsche sind frisch eingewachst.«

Bill grinste. »Dann kann ja nichts schiefgehen ...«

Ich mußte schnell sein, sogar sehr schnell, denn die Ghouls sollten keine Gelegenheit haben, einen Warnschrei auszustoßen. Dann wäre mein ganzer Plan im Eimer gewesen.

So rasch, wie ich die Beretta ziehen konnte, zückte ich auch den Dolch. Ausgewogen lag die Waffe in meiner Hand. Auch sie war geweiht und zeigte dieselben Zeichen wie das

Kreuz. Beide mußten in einem Zusammenhang miteinander stehen, den ich jedoch noch nicht herausgefunden hatte.

Die beiden Ghouls standen nicht direkt nebeneinander, und so nahm ich erst den vorne aufs Korn. Die Waffe löste sich aus meiner Hand, beschrieb einen Bogen, überschlug sich und traf genau. Sie verschwand fast in der weichen Masse des Dämons, so hart war sie geschleudert worden.

Und sie wirkte.

Der Ghoul wurde gespalten. Es riß ihn in der Mitte auseinander. Ich sah einen klaffenden Schnitt, der jedoch sofort wieder zuwuchs, dann aber weiter aufgerissen wurde, so daß der Ghoul förmlich explodierte.

Teile spritzten nach allen Seiten weg. Sie trafen auch den anderen Leichenfresser, der zusammenzuckte und schreien wollte. Aber da hatte er schon mein Kreuz im Hals. Wuchtig hatte ich es in sein Maul gestoßen, es dabei festgehalten und die Hand einmal gedreht.

Es zerriß ihn.

Ich hörte einen leisen Puff, und im nächsten Augenblick zuckte ein silberfarbener Blitz durch den Körper des Ghouls, der ihn von einer Sekunde zur anderen zerstörte.

Er lief aus.

Die teigige Masse wurde zu einer dünnen Flüssigkeit, die sich vor meinen Füßen zu einer Lache ausbreitete. Den Dolch nahm ich wieder an mich.

So, das war überstanden. Ich hatte zwei Gegner weniger. Irgendwie fühlte ich mich freier.

Jetzt konnte ich mir die anderen Kreaturen vornehmen ...

Maureen starb fast vor Angst. Sie hockte hinten im Wagen, hielt die Hände zusammengepreßt und zitterte. Der Ghoul neben ihr schmatzte und schlürfte. Manchmal sonderte er ein Sekret ab, das auf den Sitz fiel und von dort bis zum

Rand lief, über die Kante hinwegtropfte und zu Boden platschte. Aber er ließ das Mädchen in Ruhe. Zuerst war die eigentliche Aufgabe an der Reihe, denn sie war wichtiger.

Jerry Dale fuhr die Strecke, die er wie seine Westentasche kannte. Auch die Abkürzung, die ihn durch schmale Straßen führte, an Häusern vorbei, in denen seine Arbeitskollegen wohnten und nicht ahnten, wer da im Wagen hockte und sich in ihrer Nähe befand.

Es war inzwischen dunkel geworden. Im Fahrzeug herrschte ein unbeschreiblicher Gestank, so daß Jerry das Fenster öffnete, um die kühle Luft einströmen zu lassen.

Der Mann in Grau hatte nichts dagegen.

Während der Fahrt hatten sich Dales Gedanken immer wieder mit der Flucht beschäftigt, doch er wußte keinen Ausweg mehr. Wenn er allein gewesen wäre, vielleicht, doch er mußte auf seine Tochter Rücksicht nehmen, die sich ebenfalls in den Klauen dieser grauenhaften Wesen befand. Wenn er sich aus dem Wagen fallen ließ, hatten die anderen immer noch Maureen. Und was ihr dann bevorstand, hatte Jerry Dale mit eigenen Augen sehen können, als der Ghoul Teddy Tears tötete. Das war so schlimm gewesen, daß man es gar nicht beschreiben konnte.

In der Ferne blinkten Lichter. Sie schimmerten wie Sterne, nur daß sie sich nicht oben am Himmel befanden, sondern wesentlich tiefer. Dies war bereits der Bahnhof.

Ihr Ziel.

Jerry Dale wußte inzwischen, was die Kreaturen von ihm wollten. Er sollte eine Lok fahren, denn das war sein Job. Welches Ziel sie danach hatten, war ihm nicht mitgeteilt worden.

»Und mach nur keinen Unsinn«, erinnerte der Mann in Grau den Fahrer.

Dale schüttelte den Kopf. Er schluckte nur hart. In dem Gesicht bildeten seine Lippen einen Strich. Er atmete nur durch die Nase und sah im Licht der Scheinwerfer den schmalen Weg, den er nehmen mußte, um auf das Gelände zu kommen. Es war ein Schleichpfad, und er führte eine Böschung hinunter, hinter der fast schon die Gleise begannen. Auf der anderen Seite befand sich die große Mauer.

Jerry Dale lenkte den Wagen nach links und fuhr langsam in den Weg ein.

»Ist es der richtige?« fragte der Mann in Grau.

»Ja.«

Ein kalter, abschätzender Blick aus dunklen Augen traf ihn, danach schwieg der Mann in Grau.

Die Strecke wurde jetzt schlecht. Zudem führte sie bergab. Schlaglöcher säumten den Weg, Zweige kratzten über das Blech, und in der Nähe stand eine Laterne.

Ihr Licht fiel bereits auf die Schienen.

»Das ist der Bahnhof?« fragte der Mann in Grau.

»Ja.«

»Und wo steht die Lokomotive?«

»Da müssen wir noch fahren.«

»Dann los.«

Jerry Dale hatte inzwischen erfahren, was die anderen von ihm wollten. Es war heller Wahnsinn, mit einem nicht gemeldeten Zug loszufahren. Sie würden auffallen, aber dieser Kerl im grauen Anzug war unter keinen Umständen bereit, von seinem Plan abzuweichen.

Die Federung des Golfs mußte wirklich einiges aushalten, als der Wagen über die Schienen rumpelte. Die Insassen wurden durcheinandergeschüttelt, und dabei fiel der schleimige Ghoul mehr als einmal gegen das im Fond sitzende Mädchen.

Maureen ekelte sich. Sie stieß die Kreatur von sich, wobei ihre Finger in der teigigen Masse versanken.

Dann erreichten sie einen schmalen, festgestampften Lehmpfad, der geradewegs auf ein großes Gebäude zuführte, in das auch zahlreiche Schienenpaare mündeten. Bogenlampen leuchteten das Gebäude und die nähere Umgebung aus.

»Ist es das?« fragte der Mann in Grau.

»Ja.«

»Und die Lok?«

»Sie steht draußen.«

In der Tat standen dort nicht nur eine Lok, sondern gleich drei. Jerry mußte stoppen.

»Und jetzt hör zu«, sagte der Mann in Grau. »Ich habe dir genau erklärt, wo der Zug steht. Dir wirst das Gleis finden.«

»Wenn die Weichen richtig gestellt sind ...«

»Das hoffe ich für dich und uns.«

Maureen Dale mußte im Wagen zurückbleiben, während ihr Vater auf die Lok zuschritt. Man sah es ihm an, welche Sorgen ihn drückten, denn er ging gebeugt und wischte sich hin und wieder über die Stirn.

Das Girl zitterte.

Hoffentlich ging alles glatt, hoffentlich. Dann war man die gräßlichen Wesen los, so daß das Erlebnis nur noch ein schlimmer Alptraum war.

Ihr Vater stieg in die Lok.

Das sah auch der Mann in Grau, und er wandte sich um. »Hoffentlich macht er keinen Unsinn«, zischte er. »Ich hoffe es nämlich für dich, Mädchen ...«

Maureen nickte, mehr konnte sie nicht.

Im selben Moment setzte sich die Lok in Bewegung. Also hatte ihr Vater es doch geschafft ...

Es war mir einfach zu riskant, an irgendeiner Seite der Waggons vorbeizulaufen. Viel zu leicht hätte ich gesehen werden können, und das wollte ich im Augenblick nicht. Die Überraschung sollte auf meiner Seite liegen.

Folglich gab es für mich nur eine Möglichkeit: Ich mußte auf die Waggons.

Leichter gesagt, als getan. Im Kino sieht das immer einfach aus, wie die Stuntmen lässig auf den Wagen klettern und dann von einem Waggon zum anderen springen. Ich hatte meine Schwierigkeiten, hinaufzuklettern.

Als ich es schließlich geschafft hatte, war ich ziemlich außer Atem und blieb erst einmal liegen.

Ich lag auf einem Waggondach. Es bestand aus Holz. In regelmäßigen Abständen wurden die Bohlen durch Eisenringe zusammengehalten. Zudem war das Dach nicht eben.

Ich bewegte mich auf allen vieren vorsichtig weiter und stoppte, als ich das Ende des Daches erreicht hatte.

Vor mir sah ich den zweitletzten Waggon, und zwischen den beiden befand sich ein freier Raum, den ich überspringen mußte. Ich zögerte. Etwas anderes hatte meine Aufmerksamkeit erregt. Da mußte mit der Lok ein Auto gekommen sein, das ich zuvor nicht gesehen hatte. Die Marke konnte ich nicht erkennen. Es war allerdings ein kleines Fahrzeug, aus dem soeben zwei Gestalten stiegen.

Ein Mann und eine Frau.

Angespannt beobachtete ich die beiden weiter. Sie gerieten in das Streulicht einer Bogenlampe, und etwas blitzte am Kleid des Mädchens ebenso auf wie im Haar.

Das schien Flimmer zu sein.

Da sich die beiden mir näherten, konnte ich es nicht mehr riskieren, sitzen zu bleiben, sondern preßte mich gegen das feuchte Holz. Das Mädchen ging ziemlich langsam. Seine Schritte schleiften über den Boden, und den Kopf hielt es gesenkt. Plötzlich erkannte ich auch die Gestalt, die neben dem Girl schritt.

Das war ein Ghoul!

Verdammt noch mal, das Mädchen befand sich in der Gewalt eines Dämons!

Ich mußte mich beherrschen, um nicht die Beretta hervorzureißen und den Ghoul abzuschießen. Die Wesen hatten sich also Geiseln geholt. Von dem Vater erfuhr ich erst später. Erst einmal konzentrierte ich mich auf das Girl.

Leider konnte ich es nicht mehr sehen, da sich beide im toten Winkel befanden. Dafür hörte ich, wie eine Tür aufgerissen wurde. Das schabende Geräusch, das jedesmal mit einem dumpfen Laut endete, war mir inzwischen bekannt.

Wahrscheinlich stieg das Girl jetzt in den Zug.

Und dann? Würde dieser Güterzug mit den Ghouls losfahren? Bestimmt, denn ich hatte ja etwas von einem Ziel gehört, das Sandhurst Forest hieß und eines der größten Manövergebiete der Insel war. Dort gab es auch alte Bunker, und in einem dieser Bunker standen die zahlreichen Särge, die Logan Costello damals hatte heranschaffen lassen, um Verstecke für die Ghouls zu finden.

Ich wollte wirklich alles tun, was in meinen Kräften stand. Der Zug durfte sein Ziel nicht erreichen. Wenn ich unter Umständen Xorrons Erweckung schon nicht verhindern konnte, dann wenigstens dies.

Ich richtete mich wieder auf. Jetzt brauchte ich keine Angst mehr zu haben, daß man mich sah. Ich stellte mich dicht an die Kante des Wagens, gab mir den nötigen Schwung und sprang auf den anderen Waggon hinüber.

Sicher landete ich und zuckte zusammen, weil es doch einen dumpfen Schlag gab, als meine Beine das Holz berührten. Augenblicklich legte ich mich nieder und wartete ab. Nichts rührte sich. Man schien meinen Sprung erstens nicht gesehen zu haben, und zweitens hatte man auch die harte Landung nicht gehört.

Das war gut so.

Der von mir aus gesehen nächste Waggon war vollgestopft mit Ghouls. Einen Waggon davor befand sich der andere Ghoul mit seiner Geisel.

Ich konnte mir aussuchen, wen ich zuerst schnappte. Wahrscheinlich den Ghoul, der das Mädchen hatte. Auf jeden Fall mußte die Geisel befreit werden.

Zögern durfte ich nicht. Deshalb richtete ich mich wieder auf und schlich gebückt weiter.

Genau drei kurze Schritte kam ich weit, als die Ereignisse von mir nicht mehr gesteuert werden konnten.

Es gab einen heftigen Ruck, der mich fast aus dem Gleichgewicht gebracht hätte.

Im nächsten Augenblick fuhr der Zug an!

Kommissar Mallmann klammerte sich an dem breiten Körper des Chinesen fest. Er hatte seine Arme um dessen Hüften geschlungen und den Helm gegen Sukos Schulter gepreßt. Der gute Kommissar fuhr gern schnell, allerdings in seinem Wagen. Auf einem Feuerstuhl hatte er wirklich selten gesessen. Suko zeigte, was er konnte. Das war keine Schau, sondern dringende Notwendigkeit, denn den beiden Männern saß die Zeit im Nacken. Sie mußten ihr Ziel so rasch wie möglich erreichen. Wenn es gegen Ghouls ging, dann zählte jede Sekunde. Diese widerlichen Totenfresser waren unberechenbar. Sie kannten nur ihren Vorteil und reagierten erbarmungslos.

Der Chinese war ziemlich oft in London herumkutschiert. Vor allen Dingen zu der Zeit, als er noch neu in der Millionenstadt gewesen war. So kam es, daß er sogar den Weg einigermaßen kannte, denn auf den Schnellstraßen rund um London hatte er so manches Mal seine Harley ausgefahren.

Er wußte auch, wie man nach Putney gelangte.

Suko ging kaum vom Gas. Er nahm die Kurven rasant, zog die Maschine hinein, lag oft so stark auf der Seite, daß der Kommissar das Gefühl hatte, von der Maschine auf die Straße geschleudert zu werden.

Und irgendwann erreichten sie auch das Gelände des Bahnhofs. Aber Suko und Will hatten das Pech, an der langen Mauer vorbeifahren zu müssen.

Sie jagten durch die düstere Straße, und der Scheinwerferkegel warf einen breiten, hellen Teppich auf die Fahrbahn.

Wie ein Spuk war die Maschine vorbei. Die Gäste in den Kneipen und die Herumlungerer konnten gar nicht so schnell schauen.

Manchmal sprang die schwere Harley regelrecht in die Höhe, wenn sie über Schlaglöcher geprügelt wurde. Will klammerte sich eisern fest und flehte zum großen Zampano, daß alles gutgehen würde. Als vor ihnen plötzlich ein Wagen aus einer schmalen Einfahrt schoß, glaubte Will Mallmann schon, sein letztes Stündlein hätte geschlagen.

Da zeigte Suko sein Können. Mit einem eleganten Schlenker zog er die Harley an der Schnauze des Fahrzeugs vorbei und war verschwunden wie ein Spuk in der Nacht.

Will beruhigte sich nur langsam. Er glaubte sogar daran, daß sein Herzschlag das röhrende Motorgeräusch übertönte.

Die Mauer wischte vorbei. Sie wurde zu einem zerfließenden Schemen, und plötzlich war sie zu Ende.

Das hatte nicht nur Will bemerkt, sondern auch Suko. Augenblicklich fuhr er langsamer.

Will atmete auf. Er saß auch nicht mehr so verkrampft auf der Maschine, sondern etwas lockerer. Fast konnte er das Gefühl haben, sie würden stehen.

Da zuckte der Widerschein des blinkenden Rücklichts über ihn, als Suko nach rechts einbog. Dort befand sich bereits das Gelände der Bahn. Schienen glänzten metallen im Licht der Lampen. Auch ein Wärterhäuschen wurde aus der Dunkelheit gerissen, daneben eine Schranke. Aus dem Haus stürzte ein Mann, der mit beiden Armen winkte.

Suko verstand das Zeichen und stoppte. Als er sein Sichtvisier hochgeklappt hatte, stand der Mann schon neben ihm.

Der Chinese brauchte keine Erklärung abzugeben, denn der Wärter wußte Bescheid, als er Sukos asiatisches Gesicht sah. »Von Ihnen hat ein gewisser John Sinclair gesprochen«, begann er.

»Und wo ist der Oberinspektor?« fragte Suko.

Der Mann drehte sich halb um, streckte seinen Arm aus und deutete ins Gelände. »Da irgendwo.«

»Einen genauen Ort hat er Ihnen nicht genannt?«

»Nein.«

»Dann sehen wir mal nach.«

»Kennen Sie sich denn aus?«

»Nein, aber wir werden den Oberinspektor schon finden.«

Der Wärter nickte, verschwand in seinem Haus und ließ die Schranke hoch.

»Festhalten«, sagte Suko und gab Gas. Fast wäre Will Mallmann von der Maschine gerissen worden. Im letzten Augenblick umklammerte er Sukos Hüften.

Der Chinese konnte nicht so schnell fahren wie auf der Straße. Zudem mußte er die Augen offenhalten. Er tat das, was Will Mallmann auch getan hätte. Suko wandte sich nach rechts, wo die Gleise verliefen und sie auch einige stehende Züge sahen.

Güterzüge, die wohl am anderen Morgen oder noch später abgeholt wurden.

Sie näherten sich den Zügen schnell. Lärm schallte plötzlich zu ihnen herüber, und Suko trat auf die Bremse.

»Was ist?« fragte Will.

Die Maschine stand, und der Chinese drehte den Kopf. »Da steht Johns Bentley.«

Den hätte Will Mallmann fast übersehen. Er parkte tatsächlich unter einer Laterne, dicht neben der Wand eines Gebäudes.

»Dann kann John auch nicht weit sein«, meinte der Kommissar. »Vielleicht hat er sich in dem Bau versteckt.«

Suko lachte. »Versteckt ist gut.« Kaum hatte er das Wort ausgesprochen, als der Kommissar einen Fluch ausstieß. »Da, der Zug!«

Der Chinese schaute nach vorn und sah es auch. In der Tat setzte sich soeben ein Zug in Bewegung. Er war ziemlich weit entfernt, sogar der letzte in der Reihe, aber man hörte deutlich das Rollen der Räder, und beide Männer sahen, wie sich die Wagenschlange langsam in Bewegung setzte.

»Dann wollen wir mal«, sagte der Chinese, klappte sein Sichtvisier wieder nach unten und startete.

Beide schienen im rechten Augenblick gekommen zu sein ...

Haben Sie schon mal auf dem Dach eines fahrenden Waggons gestanden?

Wohl kaum, und ich möchte es auch keinem von Ihnen wünschen, denn es ist eine verdammt kitzlige und haarige Angelegenheit. Auch wenn der Zug nur langsam fährt, man hat das Gefühl, das Dach würde immer kleiner werden.

Nein, stehenbleiben konnte ich nicht. Da merkte ich jeden Stoß, jede Schweißnaht in den Schienen, die sich auf mich und meine geringe Standfläche übertrug.

Ich hatte die Arme ausgebreitet wie ein Seiltänzer. Dabei schwang ich in den Knien nach, ging noch einen Schritt und spürte den Ruck. Nichts da, ich wollte mich wieder auf Händen und Füßen weiterbewegen. Das war sicherer, denn wenn der Zug in eine Kurve fuhr, verlor ich die Balance und lag neben den Schienen.

Auf allen vieren bewegte ich mich voran. Zum Glück war das Dach dieses Waggons eben, wenn auch hin und wieder rauhe Holzplanken hervorstießen. Einmal stach mir ein Splitter in den Handballen, der so groß war, daß ich ihn sogar beim ersten Versuch aus dem Fleisch ziehen konnte.

Ich tastete mich weiter nach vorn und hatte die Hälfte des Waggons bereits hinter mir, als der Zug in die erste Kurve fuhr. Fast wäre ich doch noch gekippt, denn es ging ziemlich plötzlich und überraschte mich. Ich ließ mich sofort fallen und breitete Arme als auch Beine aus, so daß ich platt auf dem Dach lag.

Himmel, das ging an die Nerven. Der Zug rumpelte jetzt über nicht mehr so glatte Schienen. Er hatte wohl eine schlechte Strecke erwischt.

Und er wurde schneller.

Als ich einen Blick nach vorn warf, sah ich rechts des Zuges den Güterbahnhof verschwinden. Die Gebäude, die vielen Lampen und Signale blieben zurück.

Und über mir führte die verdammte Leitung entlang. Hochspannung. Wenn ich daran geriet, war ich verloren.

Ein Frösteln lief über meinen Rücken, als ich mich vorsichtig weiterbewegte. Wie ein Rekrut robbte ich voran, immer damit rechnend, daß irgendeiner der Ghouls auftauchte und mich überraschte.

Dann hatte ich das Ende des Waggons vor mir.

Links wuchs eine Böschung hoch. Rechts von mir lief noch ein Schienenpaar mit. Dahinter führte ein Abhang bis zu einer schmalen Straße, über die ein Wagen huschte.

Das Rollen der Räder war inzwischen zu einer Begleitmusik geworden. Ich hatte mich daran gewöhnt und horchte überrascht auf, als ich hinter mir ein anderes Geräusch vernahm.

Ein Brummen, wie ich es von zahlreichen Gelegenheiten her kannte.

Ich drehte mich auf dem Dach um und schaute zurück.

Ein Lichtpunkt tanzte auf und ab, und das Brummen blieb.

Da fiel bei mir der Shilling!

Wahrscheinlich hockte dort Suko, mein chinesischer

Freund, auf der Harley. Er hatte die Verfolgung aufgenommen. Ein Grinsen überflog mein Gesicht. Jetzt ging es mir besser, und ich wagte auch den Sprung.

Wie ein Panther überflog ich den Raum zwischen den beiden Waggons. Dann landete ich sicher auf dem Dach des Wagens, in dem sich die Ghouls befanden.

Ich sah sie nicht, aber ich hörte sie. Es war ein schauerlicher Gesang, der gedämpft meine Ohren traf.

Totenchor der Ghouls …

Klagend, schreiend, wehmütig, schaurig zugleich. So konnte man ihn bezeichnen. Das war ein Jammern und Schreien, ein Heulen und Kreischen, das mir eine Gänsehaut über den Rücken trieb. Unter mir spielte sich etwas Entsetzliches ab, und einen Wagen vor mir wußte ich eine Geisel in der Gewalt des einen Ghouls.

Ich mußte sie befreien, wobei ich mir noch keine Gedanken darüber gemacht hatte, wie ich es anstellen sollte.

Erst einmal wollte ich den Waggon, auf dem ich jetzt hockte, so rasch wie möglich hinter mich bringen.

Mittlerweile hatte ich Routine und robbte rascher vor.

Als ich einen Blick zurückwarf, war von der Maschine nichts mehr zu sehen.

Kein Wunder, denn wir fuhren durch ein Gelände, das eine Verfolgung nahezu unmöglich machte.

Rechts befand sich noch immer der Abhang, links wuchs eine Mauer empor, die nun einen Bogen beschrieb, dem die Gleise folgten. Die zweite Gleisspur neben uns führte geradeaus weiter, wir bogen in die Kurve ein.

Wie sollte ich an das Mädchen herankommen? Ich konnte während der Fahrt nicht vom Dach des Waggons klettern und die Tür öffnen, das schaffte nur ein Artist.

Der Zufall kam mir zu Hilfe.

Und zwar in Form eines Signals. Ich sah es neben dem Gleis. Es stand auf »Halt«.

Und der Zug wurde tatsächlich langsamer. Die Wagen zuckten ein paarmal hin und her, dann standen sie.

Ich auch.

Ein kurzer Blick nach unten, ein kleines Stoßgebet, und ich sprang. Zwischen Mauer und Wagen kam ich auf und landete im hohen Unkraut. Die Aufprallwucht trieb mich noch gegen die Mauer, doch das störte mich nicht.

Der Wagen ließ sich von beiden Seiten öffnen. Um die Tür zu erreichen, brauchte ich nur einen Schritt nach vorn zu gehen. Ich hob die Hand, fand den Griff und zog kräftig daran.

Die Tür war nicht verschlossen, weil sich meine Gegner zu sicher waren.

Sie blieb so weit offen, daß ich in den Wagen steigen konnte.

Kaum hatte ich den Fuß aufgesetzt, als bei einem Waggon hinter mir eine Tür aufgerissen wurde. Eine wütende Stimme drang an meine Ohren. »Verdammt, warum halten wir hier?« Dann hörte ich Schritte, die sich in Richtung Lok entfernten.

Wahrscheinlich war der Mann in Grau unsicher geworden und wollte nachsehen.

Das kam mir gelegen.

Sehen konnte ich nicht viel. im Innern des Waggons brannte kein Licht. Ich roch aber den widerlichen Leichengestank. Er drang mir wie eine Wolke entgegen, und ich stieg, so rasch es ging, ein, wobei meine Füße auf den geriffelten Tritten einer kleinen Leiter den nötigen Halt fanden.

Ich stand im Wagen.

Rechts hielt ich die Beretta, das Kreuz baumelte vor meiner Brust. Meine Blicke versuchten, die Düsternis zu durchdringen, was verdammt schwierig war

»Miss!« flüsterte ich scharf.

Ein Stöhnen, ein leiser Aufschrei.

»Wo sind Sie?« Ich ging zwei kleine Schritte vor.
»Hier!«

Nur schwach war die Antwort zu verstehen. Trotzdem hörte ich aus diesem einen Wort die Angst heraus, die in der Stimme des Mädchens mitschwang.

Ich brauchte nicht zu ihr, sie kam zu mir. Ein Schatten erschien dicht vor mir, dann umschlangen mich zwei Arme, und ein bebender Körper preßte sich an mich.

»Okay, okay«, sagte ich leise. »Es ist ja alles gut. Ich bringe Sie jetzt hier raus. Wir schaffen es schon.«

Sie preßte sich noch fester an mich und drehte mich dabei um, so daß ich dem Einstieg den Rücken zuwandte.

»Nicht! Lassen Sie, der Ghoul …«

»Ahhh!« Ihr spitzer Aufschrei stach in meinen Ohren, und ich sah auch den Grund, als ich mich wieder umdrehte.

Nicht nur ein Ghoul, sondern vier standen wie eine Wand vor dem Ausstieg …

Es war auch für mich ein kleiner Schock, denn damit hatte ich auf keinen Fall gerechnet.

Vier Ghouls, vier Dämonen, die sich das Mädchen und mich als Opfer ausgesucht hatten.

Sekundenlang war es still.

Von draußen hörte ich die Geräusche. Eine wütende Stimme, die sich fast überschlug. Dann sprach ein anderer. Dünn drangen die Worte zu uns herein.

»Ich kann nichts dafür, ich darf den Bahnhof nicht verlassen. Das Signal steht auf Rot.«

»Mein Vater!« hauchte das Girl. Es hatte sich noch immer an mich geklammert und behinderte mich in meiner Bewegungsfreiheit.

»Gehen Sie zur Seite!« zischte ich.

»Nein, ich habe Angst!«

Ich mußte sie aus dem Weg haben und drückte mit dem linken Ellbogen zu. Sie löste tatsächlich den Griff. Das rote Haar fuhr durch mein Gesicht. Jetzt sah ich tatsächlich das Glitzerzeug auf ihrem Kopf. Die Kleine war für einen Disco-Besuch angezogen.

»Wir fahren trotzdem weiter!« vernahm ich die kreischende Stimme.

»Nein, das kann ich nicht verantworten. Wir werden verunglücken. Damit ist nichts erreicht!«

»Wenn wir nicht weiterfahren, wird deine Tochter es zu büßen haben!«

Der Lokführer schwieg. Er stand unter Streß, unter Gewissensnot, wußte nicht, wie er reagieren sollte.

Aber die vier Ghouls wußten es. Zwei blieben zurück, die anderen beiden glitten vor.

Es war ein Gleiten dieser widerlichen, schleimigen Gestalten, die Fetzen an ihren Leibern trugen, bleich schimmerten und eine mit Geschwüren und Blasen bedeckte Haut hatten. Laufend platzten die Blasen auf. Sie sonderten dabei gelbliche Sekrete ab.

Arme streckten sich mir entgegen, Mäuler öffneten sich, faulige Luft wehte mir ins Gesicht, und ich drückte das rothaarige Girl hinter mir gegen die Wand. Dort sollte die Kleine erst einmal stehenbleiben, wenn ich mir die Ghouls vornahm.

Lange Fingernägel sah ich. Der erste war mir verdammt nahe gekommen. Er hatte mir seine Arme entgegengestreckt.

Da genau zielte ich hinein. Jetzt war es mir egal, ob man die Schüsse hörte oder nicht. Ich mußte die Wesen vernichten, bevor sie sich an dem Mädchen vergingen.

Ich schoß.

Laut dröhnte der Knall in dem Wagen. Fahl leuchtete die Mündungsflamme in die Fratze hinein, die von der Kugel auseinandergerissen wurde. Plötzlich war von dem Ghoul nichts mehr zu sehen. Er klatschte zu Boden, wo er langsam verging.

Der andere wollte sich herumwerfen.

Die zweite Kugel traf ihn schräg in den Kopf. Er wurde zurückgestoßen und verging ebenfalls.

Es war eigentlich leicht, die Ghouls auszuschalten. Man durfte ihnen nur nicht in die Klauen geraten, dann nämlich war man verloren.

Ich sprang vor.

Zwei Gegner hatte ich noch. Ich wollte sie so rasch wie möglich erledigen, bevor der Mann in Grau die anderen Ghouls aufhetzte.

In der Drehung feuerte ich.

Diesmal klatschte das geweihte Silbergeschoß in den Körper des Wesens. Auch dieser Treffer reichte, um den Ghoul zu vernichten. Blieb noch einer.

Ich wollte Kugeln sparen und nahm den Dolch. Mit der linken Hand zog ich ihn aus der Scheide, ließ den Ghoul gleichzeitig in die Mündung schauen und sah seine Augen, die wie starre Glasmurmeln in dem teigigen Gesicht wirkten.

Mein linker Arm zuckte vor.

Der silberne Dolch traf haargenau. Das Gesicht des Ghouls zerlief zu einer gräßlichen Fratze, als wäre sie aus weichem Wachs.

Der letzte.

Dann hörte ich den Schrei des Mädchens. »Vorsicht!«

Ich wirbelte schon herum.

Inmitten der Drehung traf mich der Hieb. Es war ein harter Schlag mit irgendeiner Stange, der mich genau an der Hüfte erwischte. Ich knickte ein und kassierte den nächsten Treffer, der mich zu Boden schleuderte, wobei ich in einer stinkenden Ghoullache liegenblieb.

Vor mir stand der Mann in Grau!

Sein weißes Gesicht zeigte nicht mehr den bleichen Ausdruck wie bei unserem Kennenlernen. Es zerfloß, war in Bewegung geraten und zu einem scheußlichen Anblick geworden.

Er wollte mich erschlagen.

Mit der Stange drosch er wahllos zu. Dabei stieß er heisere, fauchende Laute aus. In seiner Wut, in seinem Haß war er zu einer unberechenbaren Bestie geworden.

Ich kam nicht mehr dazu, meine Waffe abzudrücken. Dieser Ghoul vor mir war wie ein wirbelnder Schatten, nicht so träge wie die anderen, und er wollte mich töten.

Ich hatte beide Arme angewinkelt, trat mit den Beinen aus und erwischte ihn auch ein paarmal. Das dämpfte seine Angriffswut jedoch nicht. Er drosch weiter zu, und er traf mich ein paarmal ziemlich empfindlich.

Ein Schlag knallte gegen mein rechtes Gelenk. Der Schmerz war auszuhalten, doch der nachfolgende Hieb klirrte gegen den Lauf meiner Beretta und schleuderte mir die Pistole aus den Fingern. Darauf hatte der Ghoul gelauert. Er brüllte triumphierend, reckte sich hoch, umklammerte die Eisenstange mit beiden Händen und wollte sie mir waagerecht ins Gesicht stanzen.

Das wäre mein Ende gewesen ...

Ich sah ihn über mir, sein verzerrtes Gesicht, aus dem es tropfte, weil der Ghoul so erregt war. Und mir blieb keine Zeit mehr, den Dolch zu schleudern. Auch das Kreuz konnte ich nicht erst über den Kopf ziehen, so daß mir nur noch eine althergebrachte Abwehrmaßnahme blieb.

Ich trat mit beiden Beinen fest zu.

Er stand mit dem Rücken zur Tür, und bevor er die Stange nach unten sausen lassen konnte, hatte ihn mein Tritt schon voll erwischt. Der Ghoul kippte zurück und verschwand durch den Einstieg. Draußen hörte ich ihn aufklatschen und vor Wut heulen. Ich wälzte mich herum und kam auf die Knie. Fast jeder Knochen tat mir weh, doch ich biß die Zähne zusammen und hielt den Dolch wurfbereit.

Der Ghoul kam zurück.

Allerdings nicht stürmisch, wie ich gehofft hatte, sondern sehr langsam. Zuerst sah ich seine Hände, wie sie sich um die Kante am Einstieg krallten, dann zog er sich etwas höher, so daß er in den Wagen schauen konnte.

Die Stirn und die Augen waren zu sehen.

Mein Arm zuckte nach unten. Der geweihte silberne Dolch wirbelte durch die Luft, und er traf haargenau das von mir anvisierte Ziel.

Den Kopf des Ghouls!

Sofort lösten sich die beiden Hände. Ein heulender Schrei ertönte, der in einem Winseln endete, und als ich den Ausstieg erreichte und zu Boden blickte, sah ich ihn liegen.

Er schlug wild um sich, krallte seine langen Nägel in den grauen Anzugstoff und schien ihn zerreißen zu wollen.

Ich sprang aus dem Waggon. Neben ihm blieb ich stehen und nahm den Dolch wieder an mich.

Der Ghoul verging. Auch Xorrons zweiter Botschafter hatte seine Aufgabe nicht erfüllen können.

»Miss!« Ich rief das Mädchen und hörte eine schwache Antwort.

»Kommen Sie, es ist alles klar.« Ihre Gestalt tauchte im offenen Einstieg auf. Scheu blickte sie auf den Ghoul.

Ich streckte ihr die Arme entgegen. Sie verstand das Zeichen, sprang, und ich fing sie auf.

Zwei Sekunden preßte sie sich an mich. Sie zitterte noch immer. Kein Wunder, denn sie hatte Schweres erlebt. Dann zuckte sie zusammen.

»Was ist?« fragte ich.

»Mein Vater!«

Natürlich, wir hatten lange nichts mehr von ihm gehört.

Die Stimme war verklungen. Sollte der Ghoul ihn vielleicht getötet haben?

»Wenn er tot ist ...«, schluchzte das Mädchen.

»Nein, er ist bestimmt nicht tot.«

Sie schaute mich an. Tränen schimmerten in ihren großen Augen. »Wer sind Sie eigentlich?« fragte sie.

»Ich bin Oberinspektor Sinclair von Scotland Yard«, erwiderte ich.

»Polizei?«

»Ja.«

»Und Sie können diese Bestien töten?«

»Wie Sie gesehen haben.«

Das Mädchen schüttelte den Kopf. »Mein Name ist Maureen Dale.« Und dann sprudelte alles aus ihr heraus. Sie erzählte in hastigen Worten, was sie erlebt hatte, und auch davon, daß ihr Freund auf eine schreckliche Art und Weise ums Leben gekommen war. Sie schüttelte sich dabei, während ich sie weiterzog, denn die Gefahr war noch längst nicht vorbei.

Ganz in der Nähe stand ein Waggon. Angefüllt mit heulenden, kreischenden Ghouls. Sie begannen wieder mit ihrem schauerlichen Totenchor.

Maureen hörte ihn, ich hörte ihn, und sie klammerte sich fest an meinen Arm.

»Das ist ja grauenhaft«, flüsterte sie.

Ich nickte nur und gab deshalb keine Antwort, weil ich eine Gestalt auf dem Boden liegen sah.

»Daddy!« schrie Maureen im selben Moment. Sie ließ mich los, lief auf ihren Vater zu und ging neben ihm in die Knie. Sie schluchzte. Ich war ruhiger und drehte den Mann auf den Rücken.

Er war nicht tot, nur bewußtlos. Der Ghoul mußte ihn zu Boden gestoßen haben. Dabei war er unglücklich gefallen.

Ich wuchtete ihn hoch, und Maureen half mir dabei,

während sie starr in das Gesicht ihres Vaters schaute. Am Rand der Böschung legte ich ihn nieder.

»Er wird bald wieder zu sich kommen«, sagte ich zu dem Mädchen. »Bleiben Sie bei ihm, und rühren Sie sich nicht vom Fleck.«

Maureen nickte. »Und Sie?« hauchte das Girl.

Ich deutete über die Schulter und damit auf den Waggon. »Dort verbirgt sich eine schaurige Ladung«, sagte ich leise. »Die müssen wir – oder vielmehr ich – erledigen.«

»Können Sie das?« Große Augen blickten mich bei dieser Frage zweifelnd an.

Ich hob die Schultern. »Vielleicht. Vielleicht auch nicht. Aber sie bedeuten eben eine zu große Gefahr für uns. Es geht nicht an, daß sie entkommen. Drücken Sie mir die Daumen, und verhalten Sie sich bitte völlig ruhig, egal, was auch geschieht.«

»Und wenn Sie überwältigt werden?«

»Dann fliehen Sie mit Ihrem Vater.«

Maureen nickte. Ich ließ das Mädchen neben seinem Vater sitzen und schritt auf den Waggon zu.

Das schaurige Geheul erinnerte mich an die Musik aus der Hölle. Der Teufel selbst schien sie komponiert zu haben. Das Kreischen schmerzte in meinen Ohren. Ich verzog das Gesicht und glaubte sogar, den Namen Xorron zu verstehen.

Ja, sie alle warteten auf ihn. Auf den Herrn der Ghouls und Zombies. Das letzte Mitglied der Mordliga, die mein Todfeind Solo Morasso befehligte, wobei im Hintergrund die gefährliche Asmodina ihre Fäden wie die berühmte Spinne im Netz zog.

Drei Schritte vor der breiten Tür blieb ich stehen und starrte auf den Waggon.

Was sollte ich tun? Die Tür aufreißen und schießen? Sollte ich mich zwischen die Ghouls begeben und dabei versuchen, sie mit meinem Kreuz auszuschalten? Wie viele von ihnen paßten überhaupt in so einen Waggon hinein? Der Gesang steigerte sich noch mehr. Er wurde schriller, heulender, klagender und auch triumphierender.

Bis er plötzlich abbrach, als hätte ein unsichtbarer Dirigent seinen Taktstock weggelegt. Mir rann ein kalter Schauer über den Rücken. Tief holte ich Atem.

Es war ziemlich düster hier. Die nächsten Lampen waren zu weit weg, um die unmittelbare Umgebung zu beleuchten. Hinzu kam die Stille. Sie belastete mich.

Dann geschah etwas.

Von innen wurde die Tür des Waggons geöffnet. Jemand drückte gegen sie. Ich vernahm ein schabendes Geräusch, und dann schwang sie sehr langsam auf.

Zuerst nur ein winziges Stück, jedoch breit genug, um einen schleimigen Arm hindurchzulassen und eine Pranke mit dicken Fingern, die sich auf und ab bewegten.

Die Ghouls wollten raus!

Obwohl ich damit gerechnet hatte, traf es mich doch überraschend, und ich merkte, wie mir der Schweiß aus sämtlichen Poren brach. Vielleicht war es Angst, daß ich hier allein einer Übermacht von dämonischen Kreaturen gegenüberstand, doch die Ghouls ließen mir keine Zeit mehr, die Gedanken auszuweiten.

Mit einem heftigen Ruck wurde die Tür bis zum Anschlag aufgezogen, und ich starrte auf die Masse der Ghouls!

Noch nie in meinem Leben hatte ich so viele dieser widerlichen Kreaturen zusammen gesehen. Sie standen dicht an dicht in dem Güterwagen, konnten sich kaum rühren, bildeten eine schleimige, zuckende und sich bewegende Wand.

Ich sah Krallen, Körper, Mäuler, Arme und Finger. Ehrlich gesagt, Freunde, am liebsten hätte ich kehrtgemacht und wäre weggelaufen. Was tat ich statt dessen?

Ich schritt vor.

Mein Ziel war der Einstieg des Waggons, wo sie sich am stärksten drängten, so daß es nicht mehr lange dauern würde, bis die hinteren die vorderen nach draußen gedrückt hatten. Über den Kopf streifte ich die Kette und hielt das Kreuz in der Hand. Es leuchtete fahl und dennoch irgendwie hell. Die Ghouls sahen es, und ein schauriges Heulen entrang sich zahlreichen Kehlen. Die Ghouls, die dicht an der Tür standen, wichen zurück, sie drängten die anderen nach hinten, doch zwei von ihnen bekamen den Gegenschub zu spüren, dem sie nichts entgegenzusetzen hatten. Sie fielen aus dem Wagen und mir genau vor die Füße.

Die Gelegenheit ließ ich mir nicht entgehen. Mit dem Kreuz schlug ich zu.

Beide Ghouls starben.

Ein Tropfen auf den heißen Stein, mehr nicht. Die hinteren drängten inzwischen weiter vor. Sie wollten mich. Und sie wollten mich töten, obwohl sie sicherlich ahnten, daß ich bewaffnet war.

Noch ein Schritt.

Zu meinen Füßen breitete sich die Lache aus, die irgendwann im Boden versickern würde. Dann schlug ich mit dem Kreuz zu. Ich traf zwei Arme. Ghouls heulten, lösten sich auf. In die Masse der Kreaturen kam Bewegung. Es konnte nur Sekunden dauern, dann würden sie herausquellen und mich wie eine gewaltige Woge überspülen. Da wehte die Ghoulwoge schon vor. Meine Augen wurden groß, in meinem Innern vereiste etwas, ich blieb stehen und ...

»John, bist du verrückt?«

Die Stimme hämmerte in mein linkes Ohr, gellte darin. Eine Hand knallte auf meine Schulter und schleuderte mich so hart zurück, daß ich fast zu Boden gefallen wäre.

Suko und Will Mallmann waren da.

Beide übernahmen den Job, der eigentlich mir zugestanden hätte. Sie hatten eine andere Waffe.

Benzin.

Zwei Kanister voll. Aus den Öffnungen ragten Stoffstreifen, die sie jetzt anzündeten. Bevor sich die Ghouls auf die neue Situation eingestellt hatten, schleuderten Will Mallmann und Suko die Kanister gegen die Masse der Ghouls.

Sofort explodierte der erste Kanister.

Ich war mit Suko und Will Mallmann zurückgelaufen und am Rand der Böschung stehengeblieben. Wir hatten die Arme angewinkelt und sie schützend vor die Augen gelegt.

Der Kanister war mit einer feuerroten Stichflamme explodiert. Brennendes Benzin breitete sich gedankenschnell aus und übergoß die Körper der Ghouls wie ein Regen.

Da explodierte auch der zweite Kanister.

Zuckende, tanzende Flammen beleuchteten mit ihrem makabren Widerschein die grauenhafte Szene. Die Ghouls versuchten, der Hölle zu entkommen, doch das Benzin erfaßte sie fast alle. Wer dennoch aus dem Wagen sprang und nicht brannte, den schafften unsere Kugeln.

Die Ghouls starben.

Der Leichengestank zog wie eine träge Wolke über die nähere Umgebung.

Nur allmählich wurden die Flammen kleiner. Wir standen da und schauten zu. Niemand von uns sprach ein Wort. So lange nicht, bis der letzte Ghoul erledigt war.

Dann erst blickten wir uns an.

Ich streckte den beiden Freunden die Hände entgegen. »Danke«, sagte ich, »das war Rettung in letzter Sekunde.«

»Und so was in meinem Urlaub«, sagte der gute Will Mallmann grinsend, wobei er mir auf die Schulter schlug.

»Dafür kann ich nichts. Aber wo habt ihr die Kanister her?«

Suko übernahm die Antwort. »Wir konnten den Zug nicht mehr verfolgen, mußten von der Strecke und fanden zufällig ein Benzinlager. Ich ahnte so etwas. Deshalb nahmen wir zwei Kanister mit, und siehe, es hat sich gelohnt.«

Ich nickte. »Das hat es wirklich.«

»Mr. Sinclair.« Ich hörte eine Mädchenstimme und drehte mich um.

Maureen und ihr Vater taumelten auf uns zu. Der Mann stützte sich auf die Schulter seiner Tochter.

»Ist jetzt alles vorbei?« fragte das Girl.

»Ja, Maureen, Sie brauchen keine Angst mehr zu haben. Die Ghouls existieren nicht mehr.«

Da faltete das Mädchen die Hände ...

Wir ließen Maureen und ihren Vater in Ruhe. Statt dessen schauten wir uns den Waggon an.

Kein Ghoul war mehr zu sehen. Das Feuer hatte wirklich ganze Arbeit geleistet.

Kommissar Mallmann nickte und meinte: »Somit kann mein Urlaub also anfangen.«

Ich schüttelte den Kopf. »Das denkst du auch nur.«

»Wieso?«

»Und wer hilft mir bei Jack the Ripper?«

Da schien das Gesicht des Kommissars einzufrieren, und er fragte mit leiser Stimme: »Wann geht die nächste Maschine nach Frankfurt?«

»Für dich erst in einigen Tagen, mein lieber Will. So lange wirst du es bei uns aushalten müssen. Ob du willst oder nicht.«

»Was man für seine Freunde nicht alles tut ...«

ENDE

Ich jagte ›Jack the Ripper‹

Betty sah das quer über die Straße gespannte Seil erst, als es bereits zu spät war. Ein kurzes Aufblitzen dicht vor ihren Augen, dann erfolgte der Aufprall.

Das hohle Singen fiel zusammen mit dem Schmerz. Es riß Betty vom Rad. Sie spürte, wie das Blut aus der Wunde an ihrem Hals quoll und im Kleiderstoff versickerte, dann wurde sie buchstäblich aus dem Sattel gefegt und knallte zu Boden, während das Rad noch allein ein paar Schritte weiter rollte, umkippte und im Straßengraben liegenblieb.

Betty stöhnte. Sie lag auf dem schmalen Weg, fühlte das Blut an ihrem Hals und hatte das Gefühl, ohnmächtig werden zu müssen. Aber sie wurde es nicht. Sie blieb auf der Erde hocken und versuchte, sich zu bewegen.

Es klappte.

In der Tat konnte Betty ihre Glieder rühren. Arme und Beine, auch der Kopf ließ sich bewegen, ebenso der Hals, obwohl ihr die Wunde sehr weh tat.

Wer hatte ihr den höllischen Streich gespielt? Betty wußte genau, daß ihr dieses verdammte Seil auch den Kopf von den Schultern hätte reißen können. Sie hatte nur Glück gehabt, daß dies nicht passiert war.

Aber wer tat so etwas? Wollte man sie umbringen? Nein, Feinde hatte sie nicht, vielleicht war die Falle für einen anderen gedacht gewesen, und sie war nur durch Zufall hineingefahren?

Betty schielte nach oben. Dort sah sie das Stahlband. Es spannte sich quer über die Straße und war an zwei Bäumen befestigt. Man hatte es um die Stämme gewickelt.

Betty riß sich zusammen und kam dann auf die Beine. Sie fühlte den Schwindel, aber sie dachte nicht daran, aufzugeben. Das wäre völlig falsch gewesen, zudem wollte sie so rasch wie möglich diese einsame Umgebung verlassen.

Ihr Rad lag im Straßengraben. Dort war es hingerollt, und nur der Lenker schaute hervor. Jenseits des Grabens begann ein lichter Wald. Hinter der anderen Straßenseite führte ein Feldweg zum nächsten Dorf, das schon zu London gehörte, während sich Betty vor dem Stadtrand befand.

Sie hatte ein Taschentuch hervorgeholt und preßte es gegen ihre Wunde am Hals. So versuchte sie, die Blutung zu stoppen. Doch auch das Seil wollte sie nicht länger über der Straße lassen. Andere konnten ebensogut in die Falle hineinfahren wie sie, und sie hatten dann nicht so ein Glück.

Es war dunkel. Nicht mehr lange, dann würde ein neuer Morgen herandämmern. In dieser Gegend hier brannten keine Laternen oder Lichter. Wenn es Licht gab, dann das des Mondes oder der Sterne.

Das Seil war ein paarmal verknotet worden, sogar ziemlich raffiniert, so daß Betty Mühe hatte, die Knoten zu lockern, und sie sich fast dabei die Finger blutig riß.

Dann hatte sie es geschafft, trat zurück und hörte, wie das Seil mit einem singenden Geräusch über die Straße peitschte. Das wiederum erinnerte sie daran, welch ein Glück sie doch gehabt hatte. Man konnte es wirklich kaum beschreiben. Hätte das Stahlseil sie direkt am Hals getroffen und wäre nicht über die Schulter abgeglitten, wäre sie vielleicht nicht mehr am Leben.

Betty atmete auf. Sie war 18 und beschloß, nie mehr so lange bei ihrer Freundin zu bleiben. Das war ja schlimm, wenn man abends allein nach Hause mußte. Besonders diese warmen Sommernächte waren gefährlich, denn es konnte ja durchaus sein, daß irgend jemand auf sie lauerte.

Und wenn sie daran dachte, daß sie oft nackt in der Nähe badete, lief ihr jetzt noch ein Schauer über den Rücken.

Von der weißen Farbe des Kleides war nicht mehr viel zu sehen. Dreck und Staub hatten ein graues Muster hinterlassen. Das dunkelblonde Haar war ebenfalls verschmutzt, und das aus der Halswunde laufende Blut hatte rote Flecken im Kleid hinterlassen.

Betty hob ihr Rad aus dem Graben.

Sie brauchte nur einmal hinzuschauen, um zu erkennen, daß sie damit nicht mehr fahren konnte. Das Vorderrad war völlig verbogen. Das Fahrrad konnte sie vergessen. Es blieb Betty nichts anderes übrig, als zu Fuß nach Hause zu gehen.

Das war etwa eine halbe Meile.

Ihre Eltern bewirtschafteten eine Hühnerfarm, und die Gehöfte standen leider ziemlich einsam.

Betty schimpfte, daß sie die Strecke nicht fahren konnte. Und sie schimpfte heftig, denn sie war allein, und sie hatte Angst. Durch das Schimpfen jedoch konnte sie die Angst unterdrücken. Zum Glück fror sie nicht. Ein warmes Hochdruckgebiet lag über England.

Betty dachte auf ihrem Weg über den Täter nach. Wer tat so etwas? Wer spannte ein Seil mitten über die Straße und dazu noch in der Dunkelheit? Der oder die Täter mußten ganz schlimme Absichten haben. Sie wollten Menschen töten, denn das straff gespannte Seil konnte man mit ruhigem Gewissen als eine Todesfalle bezeichnen.

Als Betty daran dachte, lief ihr ein kalter Schauer über den Rücken. Sie blickte sich furchtsam um und schaute die leere Straße entlang. Sie lag vor ihr wie ein Band, das mit der Dunkelheit verschmolz. Nur in der Ferne funkelten ein paar Lichter. Sie gehörten zu einem großen Kraftwerk.

Vom Haus ihrer Eltern und von der Farm war noch nichts zu sehen. Es lag hinter einer Kurve, in die Betty gleich gelangen würde. Sie lief schneller.

Auf einmal hatte sie Angst. Konnte der unheimliche Täter nicht irgendwo in der Nähe lauern, um sich zu überzeugen, was mit seinem Opfer geschehen war?

Natürlich, das war es. Der Mörder wartete sicherlich. Das las man doch in vielen Krimis. Und die Nacht deckte all die schlimmen Taten zu. Hier gab es keine Zeugen. Betty kam sich wie in einem Niemandsland vor. Was ihr ansonsten so vertraut schien, war für sie nun eine unheimliche Gegend. Sie fror und schwitzte zugleich. Die Angst ließ sie so reagieren.

Staub wurde von ihren Füßen aufgewühlt, als sie über den ungepflasterten Weg lief. Jetzt ärgerte sie sich, daß sie die Abkürzung genommen hatte. Trotzdem wollte sie sich nicht verrückt machen, denn die Strecke war sie schon oft gefahren.

Plötzlich war die Gestalt da.

Sie hatte links von der Straße gelauert, dicht hinter dem Sickergraben, der das Feld eines Bauern begrenzte. Die Gestalt schoß hoch, wurde in Bettys Einbildung zu einem Riesen, der einen grotesken Satz machte und auf einmal mitten auf dem Weg stand.

Betty schrie auf. Fast wäre sie dem Mann noch in die Arme gelaufen, sie konnte im letzten Augenblick stoppen, so daß seine ausgestreckten Hände sie nicht zu fassen bekamen.

Der Unheimliche lachte.

Es war das Lachen eines menschlichen Teufels. Grausam, gemein und triumphierend. Obwohl Betty vor Angst fast verging, registrierte sie sehr wohl das Aussehen des Mannes, den sie zuvor noch nie gesehen hatte.

Er war überdurchschnittlich groß, trug einen dunklen Vollbart, hatte eine Halbglatze und einen schwarzen Haarkranz, der seinen Hinterkopf umschloß.

Er war mit einem grauen Anzug bekleidet und trug ein dunkelgrünes Hemd unter der Jacke. Überaus kräftig war der Fremde gebaut, er machte einen furchterregenden Eindruck, aber noch schlimmer war das lange Messer in seiner rechten Hand.

Betty wußte genau, was die Waffe bedeutete.

Sie sollte damit getötet werden!

Im ersten Augenblick war sie stumm vor Entsetzen. Nicht

einmal schreien konnte sie, die Angst lähmte ihre Stimme, und sie hörte ihr Herz heftig schlagen.

»Was – was wollen Sie?« Betty wunderte sich selbst, daß sie die Worte hervorbrachte, wo die Angst doch so groß war.

»Dich!«

Die Antwort war klar und eindeutig.

»Ich schreie aber. Ich werde schreien, ich …«

Das Lachen des Mannes klang finster. »Du kannst ruhig schreien, Kleine. Ich werde dich trotzdem töten. Mir entkommt keiner, denn Jack the Ripper ist auferstanden!«

Nun war es heraus.

Jack the Ripper!

Plötzlich wußte Betty Bescheid. Sie hatte von der Mordserie in der Zeitung gelesen. Mädchen waren verschwunden. Man hatte fast nichts von ihnen gefunden, bis auf die abgeschnittenen Haare und einen Zettel daneben, auf dem zu lesen stand, daß ein gewisser Jack the Ripper der Täter gewesen war.

Böse, sehr böse Erinnerungen sogar wurden wach. Betty dachte an den unheimlichen Frauenmörder, der im letzten Jahrhundert London unsicher gemacht hatte. Das war der echte Jack the Ripper gewesen, der die Mädchen, meist Dirnen, auf eine schreckliche Art und Weise getötet hatte. Er war in die Kriminalgeschichte eingegangen, und bis heute war es nicht sicher, ob man damals den echten Ripper gefangen hatte. Und in London machte dieses Jahr ein anderer Ripper die Straßen unsicher. Fünf Opfer sollten bereits gestorben sein. Gefunden hatte man sie nie, nur ihre Haare.

Daran mußte Betty denken, und diese schrecklichen Sekunden wurden für sie zu einer regelrechten Folter.

»Haben – haben Sie das Seil gespannt?« hörte sich das 18jährige Mädchen flüstern.

»Ja, das war ich.«

»Warum? Warum haben Sie …«

»Du bist schön, meine Kleine. Du bist zu schön. Ich will dich besitzen, das habe ich mir vorgenommen. Komm her zu mir. Laß mich dein Haar anfassen!«

Das Haar.

Hatte es für Betty bisher noch einen leisen Zweifel gegeben, so war dieser jetzt aus dem Weg geräumt worden. Vor ihr stand der geheimnisvolle Mörder, von dem die Zeitungen berichteten. Und er wollte sie, ihr Haar.

»Kommst du nicht?« flüsterte er.

»Nein!« Betty schrie das Wort, und dann packte sie die Panik. Bevor sich der Ripper versah, warf sich Betty auf dem Absatz herum, rannte nach rechts und sprang über den Straßengraben. Im weichen Boden eines Feldes sackte sie ein. Es war schon längst gemäht worden, nur noch die Getreidestoppel standen wie kleine Rohre in die Höhe. Sie stießen hart gegen die leichten Turnschuhe des Mädchens.

Betty rannte.

Sie lief querfeldein, wollte einen Bogen schlagen und das Haus ihrer Eltern erreichen, wo sie in Sicherheit sein würde. Sie war immer schon eine gute Läuferin gewesen, und bei jedem Sportfest hatte sie der Lehrer als Schlußläuferin genommen. Das sollte und mußte sich nun bezahlt machen.

Ihre Beine schwangen weit vor. Der Rock wirbelte hoch. Sie stieß sich immer wieder kraftvoll ab, um so rasch wie möglich eine genügend große Distanz zwischen sich und den unheimlichen Mörder zu bringen. Ein abgeernteter Acker ist keine Rennstrecke. Das mußte das Mädchen sehr bald erfahren, als es zum erstenmal stolperte. Sie hatte eine tiefe Furche übersehen, stieß mit der Schuhspitze hinein, wurde nach vorn geschleudert und konnte sich nur durch einen raschen Sprung vor einem Fall bewahren.

Betty hetzte weiter, ihre Beine bewegten sich rhythmisch, sie lief, und dann knallte die Pranke ihres Verfolgers wuchtig in ihren Nacken.

Betty schrie ... Ihr heller, in wilder Panik und Angst geborener Schrei gellte über das weite Feld und verlor sich in der Nacht. Niemand hatte ihn gehört, niemand kam ihr zu Hilfe.

Sie war allein.

Allein mit ihrem Mörder.

Der trat ihr die Beine weg. Diesmal konnte sich Betty nicht fangen. Sie fiel auf das weiche Feld. Die Stoppeln stießen gegen ihre Haut, rissen sie auf, doch das merkte sie kaum, sie hatte eine ungeheure Angst vor dem Messer.

Ein schwerer Körper warf sich auf sie.

Dicht vor sich sah sie das Gesicht mit den dämonisch leuchtenden Augen – und das Messer.

Übergroß erschien es ihr, fast wie ein Schwert, und dann spürte sie, wie die freie Hand des Rippers in ihr langes Haar griff. Noch stärker wurde die Angst. Ihr Schrei erstickte, ein Wimmern war die Folge.

Dann kam das Ende.

Sie sah noch das Messer. Es wurde von links nach rechts gezogen und blitzte wie ein Komet vor ihren Augen auf. Im nächsten Augenblick spürte sie nichts mehr, der Tod hielt sie bereits in seinen knöchernen Armen.

Jack the Ripper allerdings war noch nicht fertig. Er tat das, was er immer getan hatte. Bei jedem seiner fünf Opfer. Zwei Schnitte reichten. Danach hielt er das lange blonde Haar in der Hand, und er legte es auf das Feld.

Den Zettel hielt er schon bereit. Er kicherte seltsam hohl, als er ihn mit spitzen Fingern aus der Tasche zog und mit einem kleinen Stock am Boden befestigte, allerdings so, daß die Schrift auf dem Zettel noch gut zu lesen war.

Er hatte rote Tinte genommen. Eine Farbe, die von Blut kaum zu unterscheiden war.

Nur zwei Worte standen auf dem Papier. Zwei Worte, die bisher Angst und Schrecken verbreitet hatten und den Polizisten schlaflose Nächte bescherten.

The Ripper!

Noch einmal kicherte er. Dann nahm er die Tote auf und trug sie weg. Schwer stampfte er über das Feld. Eine einsame, grauenvolle Erscheinung, ein Mörder, der sich Opfer Nummer sechs geholt hatte.

Weitere sollten und würden folgen.

Bald hatte ihn die Dunkelheit verschluckt ...

Dieser schreckliche Mord geschah genau in der Nacht, als ich mich mit den Ghouls herumgeschlagen hatte. Zum Glück waren Suko und Will Mallmann rechtzeitig aufgetaucht, die mir dabei geholfen hatten, diese widerlichen Dämonen zu erledigen.

Gemeinsam hatten wir es geschafft. Die Ghouls in dem Eisenbahnwaggon existierten nicht mehr, sie würden niemanden mehr in Gefahr bringen, es war vorbei.

Ich war nach diesem Fall gar nicht erst in meine Wohnung gefahren, sondern hatte bei den Conollys geschlafen. Viel war dabei nicht herumgekommen, zwar blieb ich am Morgen länger liegen, aber mehr als vier Stunden waren nicht drin gewesen.

Zum Glück hatte Sheila ein kräftiges Frühstück serviert, und so saßen wir an diesem Samstag gegen acht um den runden Tisch und ließen es uns schmecken.

Wir, das waren Sheila, ihr Mann Bill, Kommissar Mallmann und ich. Der gute Will wollte in London ein paar Tage Urlaub machen und hatte wirklich nicht damit gerechnet, direkt in einen Fall hineinzustolpern.

»Eigentlich hätte Suko ja noch bleiben können«, meinte Sheila, als sie den Kaffee einschenkte.

Ich hob die Schultern. »Was hättest du denn gesagt, wenn dein Mann geblieben wäre?«

Sheila war ehrlich. »Mich beschwert.«

»So hat Shao sicherlich auch gedacht.«

Wir lachten. Irgendwie war es ein schöner Morgen. Die Schrecken der Nacht lagen hinter uns. Jeder von uns wußte, daß die erste Gefahr gebannt worden war. Sie konnten nun nicht mehr zu Xorron, dem Herrn der Zombies und Ghouls, stoßen, und das allein zählte für uns.

Wenn ich jedoch an Xorron dachte, spürte ich ein leichtes Magendrücken, und die knusprigen Hörnchen wollten mir nicht mehr so recht schmecken. Das gefiel mir überhaupt nicht. Xorron sollte das letzte Mitglied der Mordliga werden, das Dr. Tod noch fehlte. Irgendwie hatte ich das Gefühl, daß Solo Morasso es letzten Endes schaffen würde, diesen Dämon zu erwecken.

In New York sollte er sein, sich dort irgendwo aufhalten. Bisher jedoch war mir keine Nachricht zugegangen. Ich verscheuchte die trüben Gedanken und ließ es mir schmecken.

Sheila hatte einen Kaffee gekocht, der Tote aufwecken konnte.

»Schmeckt's?« fragte sie.

Will Mallmann antwortete für uns mit, da Bill und ich gerade den Mund voll hatten. »Und wie. Es tut so richtig gut, wenn man mal verwöhnt wird. Immer nur das Junggesellenfrühstück, no, Freunde, das ist nichts für mich.«

»Könntest du nicht wieder heiraten?« erkundigte sich Sheila.

Will nickte. »Können ja, aber ich weiß nicht so recht. Irgendwie käme ich mir Karin gegenüber schlecht vor. Wir haben sehr aneinander gehangen, ich hätte nie gedacht, daß es so etwas geben könnte. Ja, dann die Sache mit der Hochzeit ...«

Will Mallmann schluckte, weil seine Stimme versagte. Er sprach nicht mehr weiter. Auch wir schwiegen. Jeder von uns merkte, daß Will Mallmann den Tod seiner Frau noch nicht verkraftet hatte. Zudem war sie uns als Untote erschienen, ein gemeines Beiwerk des Schwarzen Tods, mit dem er uns geschockt hatte.

»Noch jemand Kaffee?« fragte Sheila. Sie überbrückte die Verlegenheitspause.

»Gern.« Bill und ich nahmen den Ball auf.

Sheila schenkte nach.

Will Mallmann lachte plötzlich. »Und was unternehmen wir heute?« fragte er.

Bill Conolly rieb sich die Hände. »So ein Zug durch die Gemeinde würde mir gerade in den Kram passen.«

Will Mallmann nickte strahlend. »Und du, John?« fragte er mich. »Wie denkst du darüber?«

»Positiv, ich bin dabei.«

»Stark. Wann ziehen wir denn los?« Der Kommissar war heute in Form, wirklich. So kannte man ihn gar nicht.

»Mal langsam«, beschwichtigte ich ihn. »So schnell schießen die Preußen nicht. Ich muß vorher noch ins Büro und einige Dinge klären.«

»Heute ist doch Samstag.«

Ich schaute Will grinsend an. »Kümmerst du dich darum, welcher Wochentag auf dem Kalender steht?«

»Nein.«

»Na bitte.«

»Liegt denn was an?« wollte Bill wissen.

Ich ließ mir Zeit mit der Antwort. »Eigentlich ja«, erwiderte ich nach einer Weile.

»Und was?«

»Der Ripper.«

Bill Conolly pfiff durch die Zähne. »Seit wann kümmerst du dich um normale Morde?«

»Dann weißt du Bescheid?«

Der Reporter nickte heftig. »Ich schreibe nicht nur für Zeitungen, ich lese sie sogar. Und über den Ripper haben fast alle Blätter ausführlich berichtet. Der hat schon fünf Opfer auf dem Gewissen, und das Seltsame dabei ist, daß man keine Leiche gefunden hat, sondern nur jeweils die Haare.«

»Ein Irrer«, sagte Will Mallmann.

Bill nickte. »Der Meinung bin ich auch.«

Ich hielt mich zurück. Natürlich konnte es ein Irrer sein, wobei man irr nicht in der Verbindung mit Idiotie sehen sollte, sondern den Zusammenhang zwischen den Taten und dem Mörder suchen mußte. Der war pervers, roh, gefühllos, ein Killer ohne Gewissen. Solche Leute gab es, auch ich war bereits mit ihnen konfrontiert worden. Das Phantom von Soho damals oder der schwarze Würger, der mir auch schlaflose Nächte bereitet hatte. Bei diesem Fall hatte ich sogar meinen ersten Bentley zu Schrott gefahren. Und jetzt tauchte abermals so eine Bestie auf.

»Fällt es denn wirklich nicht in deinen Bereich, John?« sprach Bill mich an.

»Das weiß ich nicht.«

»Oder willst du nichts sagen?«

»Unsinn, ich muß erst mit Sir James reden.«

»Ist der denn in seinem Büro?«

»Bestimmt, denn er erwartet meinen Anruf.« Und noch jemanden wollte ich anrufen. Jane Collins. Eigentlich hatte ich vorgehabt, sie und eine Bekannte von ihr mit auf die große Sause zu nehmen, aber ich hatte Jane nicht erreicht. Bei ihr hob niemand ab. Wie das kam, wußte ich auch nicht. Sonst sagte sie immer Bescheid.

»Da steht das Telefon«, sagte Bill und deutete auf den Apparat mit dem Tastenfeld.

Ich winkte ab. »Langsam, mein Lieber, wir wollen schließlich nichts überstürzen. Zudem ist Samstag, und ich will in Ruhe mein Frühstück genießen.«

»Genau, John«, stand Sheila mir bei. »Und du hör jetzt auf«, wandte sie sich an ihren Mann.

Bill hob ergeben die Schultern und blinzelte Kommissar

Mallmann an. »Da siehst du mal, Will, wie es einem Verheirateten geht. Der hat nichts zu sagen.«

Mallmann grinste. »Es hat auch seine Vorteile.«

»Was? Das Verheiratetsein?«

»Ja.«

Das Telefon schrillte.

»Es geht schon los«, beschwerte sich Bill. »Und das an einem heiligen Sonnabend.«

Sheila stand und hob ab. Sie lauschte einen Moment, erwiderte den Morgengruß, drehte sich um und winkte mir. »John, dein Typ wird verlangt.«

Ich hatte sofort ein dummes Gefühl. »Wer ist es denn?« fragte ich, als ich den Stuhl zurückschob.

Eine Antwort erhielt ich nicht. Es reichte mir auch, den Anrufer ein paar Sekunden später zu hören, denn es war kein anderer als Sir James Powell, mein Chef und Vorgesetzter.

»Ah, hier erreiche ich Sie«, sagte er.

»Sie wußten doch Bescheid, Sir.«

»Sicher, die Sache mit den Ghouls haben Sie ja gut geschafft. War wohl eine Kleinigkeit so in der Kürze der Zeit – oder?«

»Natürlich, Sir. Eine Kleinigkeit, die mich fast das Leben gekostet hätte.«

»Sehen Sie das nicht so eng. Vergessen Sie die Ghouls erst einmal. Wir hatten ja schon über einen anderen Fall geredet, um den Sie sich kümmern sollten.«

»Jack the Ripper, Sir?«

»Genau.«

»Aber der ist tot.«

»Nein, soeben ist sein sechstes Opfer gefunden worden. Wieder nur die Haare.«

Ich schluckte. »Verdammt«, sagte ich leise. »So langsam wird der zu einer Plage.«

»Das sehen die anderen auch so. Deshalb möchte ich Sie bitten, so rasch wie möglich zum Tatort zu fahren und sich mit den Beamten abzusprechen. Die wissen Bescheid, daß Sie kommen.«

»Wo hat man die Haare gefunden?«

Sir Powell beschrieb mir den Ort. Er sagte noch: »Es ist inzwischen eine Sonderkommission gebildet worden, die allen Spuren nachgeht. Setzen Sie sich mit Chiefinspektor Harrison in Verbindung. Er leitet die Kommission.«

»Geht klar, Sir James. Wo kann ich Sie erreichen, falls sich irgend etwas ändert?«

»Ich bleibe im Büro.«

Damit war das Gespräch beendet. Ich drehte mich um und schaute in die Gesichter meiner Freunde. Sie ahnten ungefähr, was vorgefallen war, und krausten die Stirnen.

»Aus unserem Zug durch die Gemeinde wird wohl nichts«, sagte ich. »Tut mir leid.«

»Jack the Ripper?« fragte Will Mallmann.

»Genau.«

Der deutsche Kommissar tupfte sich mit der Serviette die Lippen ab. »Braucht ihr mich?« fragte er.

Ich mußte grinsen. »Und dein Urlaub?«

»Ist gestrichen. Zudem wollte ich ja nur London kennenlernen, und das werde ich bestimmt, wenn wir Jagd auf den Ripper machen.«

»Möglich.«

Will Mallmann stand auf. Bill Conolly schaute ihn an und zog ein unglückliches Gesicht. »Wenn ihr Hilfe braucht, ich stehe euch immer mit Rat und Tat zur Seite.«

»Klar«, sagte ich.

»Denk an den Rasen«, meinte Sheila. »Der muß noch gemäht werden.«

»Mach' ich alles, Darling.« Bill schob seinen Stuhl zurück und hob die Hand. »Bevor ihr geht, habe ich noch etwas für euch. Wartet einen Augenblick.« Der Reporter verschwand in die Richtung, wo Johnnys Zimmer lag. Der Kleine schlief. Er hatte am vergangenen Tag in einer großen Gefahr geschwebt. Ein Ghoul wollte sich an dem Jungen vergreifen, doch Sheila hatte ihren Sohn im letzten Augenblick retten können.

Bill kam zurück. Er schwenkte ein paar Illustrierte. »Hier habe ich die Berichte gesammelt. Ernie Shane hat sie geschrieben, ein Sensationsreporter.« Er warf mir die Blätter zu, die ich geschickt auffing.

Will Mallmann schaute mir dabei über die Schulter und las mit. Dieser Ernie Shane hatte seine Berichte reißerisch aufgezogen. Mit fetten Schlagzeilen, die dem Leser Angst machen konnten. Auch die Berichte selbst spekulierten mit der Angst. Als ich die Blätter sinken ließ, stellte ich sofort die Frage an Bill Conolly: »Kennst du den Knaben?«

Der Reporter nickte. »Er ist mir einige Male über den Weg gelaufen. Wir nannten ihn nur die Möhre.«

»Und warum?«

»Weil sein Haar so rot ist und er auch ungefähr die Figur einer Möhre hat. Shane ist übrigens ein unsympathischer Bursche, nicht gerade eine Zierde unseres Berufes. Du brauchst dir nur das Blatt anzusehen, für das er schreibt, dann verstehst du alles.«

Da hatte Bill recht. Ich gab ihm die Zeitungen zurück. Will und ich konnten nicht mehr länger warten. Wir verabschiedeten uns von den beiden Conollys und verließen das Haus.

Meinen Bentley hatte ich noch in der vergangenen Nacht vom Bahngelände geholt, ebenso wie Suko seine Harley. Er war mit der Maschine nach Hause gefahren.

Wir rollten den gewundenen Weg hinab und erreichten das Tor, das vom Haus aus geöffnet werden konnte. Die beiden Hälften schwangen langsam zur Seite.

Freie Fahrt.

Wir mußten quer durch London. Allerdings hatte ich keine Lust, diesen Weg zu nehmen, sondern sah zu, daß ich auf eine der breiten Ringstraßen geriet, die die Millionenstadt an der Themse umgaben.

Will Mallmann hockte neben mir auf dem Beifahrersitz, hatte die Beine ausgestreckt, grinste verschmitzt und genoß es sichtlich, gefahren zu werden.

»Das gefällt dir, wie?« fragte ich.

»Klar. Außerdem steht es mir zu, ich habe schließlich Urlaub. Was man von dir ja nicht behaupten kann.«

»Nein, das nicht. Aber eins sage ich dir, Will. Nach diesem Fall fahre ich für ein paar Tage an die Küste, um das schöne Wetter auszukosten. Wenn du Lust hast, kannst du mitkommen.«

»Nein, John, ich fliege wieder nach Deutschland. Kann ja sein, daß sich die Geschichte mit dem Ripper noch einige Tage hinzieht.«

»Das ist möglich. Schließlich hat er die Frauen auch nicht an einem Tag umgebracht, sondern innerhalb mehrerer Wochen.«

»Wobei nicht einmal feststeht, daß sie tot sind«, meinte der deutsche Kommissar.

»Man kann allerdings davon ausgehen.«

»Mich würde wirklich interessieren, wo die Leichen versteckt sind.« Will schüttelte sich. »Eine verdammt grausame Sache. Es gibt doch immer wieder diese Täter. Da denkst du, du hättest einen erwischt, dann kommt so ein Verrückter und ahmt alles nach. Manchmal kann man verzweifeln, wirklich.«

Da hatte mir der gute Will aus der Seele gesprochen. Im Kampf gegen die Mächte der Finsternis war es ja nicht anders, sogar oft noch schlimmer.

Ich kam mir vor wie ein Mann, der gegen eine Hydra kämpft. Schlug ich an einer Stelle den Kopf ab, wuchsen an einer anderen drei weitere nach. Die Mächte der Finsternis brachten ganze Heerscharen auf die Beine, um gegen ihre Feinde, zum Beispiel mich, anzutreten. Dabei kristallisierten sich dann immer besondere Gegner aus der Masse hervor. Ich nenne nur Tokata, Vampiro-del-mar oder Lupina. Sie waren stärker als das Gros der dämonischen Mitläufer, und sie hatten mir verdammt viel Kopfzerbrechen bereitet.

Ich fuhr rechts, auf der Überholspur. Die Wagen wischten nur so an uns vorbei. Der Bentley schnurrte noch immer satt wie eine Katze. An ihm waren die vielen harten Einsätze spurlos vorübergegangen.

Schließlich erreichte ich das Gebiet, in dem man die Haare gefunden hatte. Von der Schnellstraße mußten wir runter und gelangten auf schmale Fahrwege, die ein ländliches Gebiet durchschnitten, in das die grauen Betonmauern eines Kraftwerkes hineinpaßten wie die berühmte Faust aufs Auge.

Auch Will Mallmann hatte den Bau gesehen. »Die gleichen Probleme, wie wir sie in Deutschland haben«, bemerkte er. »Kraftwerke schießen wie Pilze aus dem Boden.«

»Was soll man machen?« erwiderte ich. »Wir brauchen Energie. Dabei hoffe ich jedoch, daß alles im vernünftigen Rahmen bleibt.«

»Das walte Hugo.«

Sir James hatte mir den Fundort zwar beschrieben, dennoch mußte ich fragen. Eine alte Frau erklärte mir den Weg, und ich lenkte den Bentley auf eine nicht gepflasterte oder geteerte Straße, die den Stoßdämpfern des Wagens einiges abverlangte.

Wir hatten einen weiten Blick durch die Frontscheibe und sahen bereits in der Ferne die Menschenansammlung sowie die Anhäufung fahrbarer Untersätze.

»Das sind sie«, sagte Will.

Ich fuhr noch langsamer. Sogar eine Absperrung war errichtet worden. Hier drängten sich die Gaffer, die von zwei kräftigen Polizisten nicht weiter vorgelassen wurden.

Ich stellte den Bentley ab, stieg aus und hielt meinen Ausweis bereits in der Hand.

Die Beamten warfen einen Blick darauf, salutierten und ließen uns durch.

Chiefinspektor Harrison kannte ich, wir waren uns ein paarmal begegnet. Großartig miteinander gesprochen hatten wir allerdings nicht. Er war ein knochiger Typ, der immer einen verbiesterten Eindruck machte. An diesem Tag trug er einen knautschigen grünen Cordanzug und auf dem Kopf einen hellen Hut. Seine Krawatte zeigte große Flecken.

»Sie sind es«, sagte er zur Begrüßung und reichte mir seine schweißfeuchte Rechte. Dann schaute er Will Mallmann fragend an.

»Ein deutscher Kollege«, erklärte ich und sagte auch den Namen dazu.

»Wollen Sie beim Yard abgucken?« fragte Harrison grinsend.

»Nein, ich mache Urlaub.«

»Viel Spaß.«

Ich war einen Schritt zur Seite getreten, wobei meine Füße fast im Untergrund des Stoppelfeldes versanken. Es war warm hier. Am Himmel stand eine blasse Sonne. Es war schwül, ich schwitzte.

Man hatte die Haare bereits in eine Plastiktüte gepackt. Ich sah das Blond schimmern und dazwischen auch das Blut. Es war ein schlimmes Bild.

»Das sechste Opfer«, sagte Harrison, der Mann von der Sonderkommission.

Ich nickte und drehte mich zu ihm um. »Haben Sie inzwischen so etwas wie eine Spur?«

»Nein.«

»Gemeinsamkeiten zwischen den Opfern? Gab es die vielleicht?«

»Auch nicht.«

Ich runzelte die Stirn. »Sieht ziemlich bescheiden aus.«

»Das können Sie laut sagen, Kollege. Ich habe einige Leute zur Zeugenbefragung geschickt, aber da ist niemandem etwas aufgefallen.«

»Wer hat die blutigen Haare entdeckt?« fragte ich.

»Der Bauer, dem das Feld gehört.«

»Fußspuren?«

»Einige. Wir haben auch Gipsabdrücke machen lassen.«

»Schon ein Ergebnis?«

Chiefinspektor Harrison lächelte bitter. »Und wie, Sinclair. Es handelt sich bei ihm um denselben Täter wie in den fünf vorherigen Fällen: Jack the Ripper.«

Ja, ich wußte es. Die Beamten gaben ihr Bestes. Wenn nichts dabei herauskam, war es wirklich nicht ihre Schuld.

Ein Mann fiel mir auf. Er hatte fuchsrotes Haar, trug lappige Kleidung und war mit einem großen Fotoapparat bewaffnet. Er winkte uns zu. »Danke, Chiefinspektor, daß Sie mich haben Aufnahmen machen lassen. Ich werde es Ihnen nie vergessen.« Harrison sagte gar nichts. Er winkte nur wütend ab.

»War das nicht dieser Ernie Shane?« fragte ich und erinnerte mich an Bills Beschreibung.

»Leider.«

»Wieso lassen Sie ihn Aufnahmen machen?«

»Er hat irgendein Papier vorgezeigt, dar ihn dazu berechtigt. Weiß der Teufel, wie er dazu gekommen ist. Na ja, ich muß mich danach richten. Ein Widerling, dieser Kerl.«

Ich kannte Ernie Shane zwar nicht näher, aber auf mich hatte er auch keinen guten Eindruck gemacht. Man sagt, der erste Eindruck sei der beste, auf jeden Fall der nachhaltigste.

Er stieg in seinen Wagen. Es war ein alter Ford, ein deutsches Fabrikat. Der Auspuff arbeitete wie der Drummer einer Rockgruppe. Ruckartig setzte sich das Gefährt in Bewegung, dann war es verschwunden.

»Der hängt sich jetzt an seine Schreibmaschine«, erklärte der Chiefinspektor. »Die Käufer reißen ihm die Blätter wieder aus der Hand.«

»Hat es schon Ärger mit Shane gegeben?« wollte ich wissen.

»Nie, dazu hat er zu gute Beziehungen. Ich habe mich nicht genauer darum gekümmert, sonst hätte ich mich noch mehr geärgert.« Harrison wechselte das Thema. »Daß Sie eingreifen würden, war mir bekannt, Kollege. Deshalb habe ich es auch nicht versäumt, Ihnen die Unterlagen zu schicken.«

»Welche Unterlagen?«

Er grinste. »Protokolle über sämtliche Fälle. Sie können sie ruhig studieren, ist eine tolle Aufgabe. Vor allen Dingen was für einen Samstag, kann ich Ihnen sagen.«

»Danke.« Ich hob die Schultern.

Will meinte: »Hier scheint es doch nichts Neues mehr zu geben, John. Laß uns fahren.«

»Und wohin?«

Wills Grinsen wurde noch breiter. »In dein Büro, John. Da fühlen wir beide uns wohl. Und als Freund bin ich gern bereit, dir beim Lesen der Akten zu helfen.«

»Wie großzügig von dir.«

»Ja, und das in meinem Urlaub.«

Auch jetzt, als draußen der Tag schon längst begonnen hatte, war es in dem Zimmer dunkel. Nur zwei kleine Lichtstrahlen durchbrachen die Finsternis und konzentrierten sich auf ein Ziel.

Es war ein Gemälde! Mit seinen Farben stach es aus der

allgemeinen Dunkelheit hervor, denn die Wände des Raumes waren pechschwarz angestrichen. Ebenso schwarz wie der Vorhang, der die Scheiben der beiden dicht nebeneinanderliegenden Fenster abdeckte und keinen Sonnenstrahl in den düsteren Raum ließ.

Eine Tür knarrte.

Das Geräusch durchschnitt die Stille und übertönte selbst die Fußtritte. Ein Kichern war zu hören. Hämisch, triumphierend, höhnisch, und dann tauchte im Türrechteck eine Gestalt auf.

Ein Mann ...

Der Ripper kam!

Doch er war nicht allein. Sein sechstes Opfer, das Mädchen namens Betty, trug er auf beiden Armen. Betty war tot. Die Arme und Beine hingen wie die einer Puppe nach unten. Sie schwankten bei jeder Bewegung hin und her.

Aus dem Mund des Rippers drang ein heiseres Keuchen. Er blieb stehen, hob sein Bein etwas an und kickte die Tür ins Schloß.

Der Ripper war mit seinem Opfer allein. Er atmete schnell und stoßweise, durchquerte das Zimmer mit raschen Schritten und blieb vor dem Bild stehen.

Dann bückte er sich und legte die Tote auf den Fußboden, der ebenfalls dunkel gestrichen war.

Der Ripper konnte zufrieden sein. Er hatte das getan, was getan werden mußte.

Er verneigte sich. Dabei beugte er seinen Oberkörper in Richtung des Bildes und begann zu flüstern: »Hier ist das sechste Opfer, mein Lieber. Du siehst, ich ahme dich nach. Bald hab' ich dich überholt ...«

Die Stimme klang zischend, flüsternd und berichtend gleichzeitig. Und eine Portion Demut schwang darin mit.

Der andere war da. Auf dem Bild. Es war Jack the Ripper. Es war ein Bild, das jene geheimnisvolle Düsternis und

Atmosphäre ausstrahlte, die jeden irgendwie in ihren Bann zog, ob er nun wollte oder nicht. Es zeigte eine ganz in Schwarz gekleidete Gestalt, die gebückt dastand und mit einem blitzenden Messer auf ein am Boden liegendes Mädchen einstach. Das alles spielte sich in einer engen Straßenschlucht oder auf einem Hinterhof ab, über dessen Boden dicke Nebelschleier wallten.

Der echte Jack the Ripper!

Welch ein Gesicht! Der Maler hatte es phantastisch eingefangen. Das Gesicht des Rippers war verzerrt, der Mund stand halb offen. Geifer lief daraus hervor und tropfte zu Boden, wobei er sogar noch die Messerklinge berührte. Die Augen waren besonders ausgeprägt. Blutunterlaufen zeigten sie all die Brutalität, zu der dieser Mörder fähig war. Das Bild war sehr realistisch gemalt, und der Betrachter konnte das Gefühl haben, Jack the Ripper würde jeden Moment aus dem Rahmen steigen.

Das dachte auch der zweite Ripper. Und er, der in den Bann des ersten geraten war, begann zu sprechen. Seine Augen funkelten dabei, mit der Zunge fuhr er hastig über die Lippen, und er verbeugte sich abermals.

»Habe ich es dir so recht getan?« fragte er flüsternd. »Das sechste Opfer. Und es werden immer mehr. Noch in der folgenden Nacht hole ich mir das nächste Opfer, und dann, wenn ich deine Anzahl erreicht habe, wird vielleicht dein Geist wieder in deine Gestalt zurückkehren, und zwei Ripper morden in London.« Er lachte laut und rieb sich dabei die Mörderhände.

Das Bild blieb stumm. Es konnte nichts sagen, aber der Ripper zwei spürte sehr wohl die Antwort. Er nahm Gedanken wahr, die in sein Hirn strömten und die ihn lobten.

»Du bist gut, mein Freund.«

»Danke!« erwiderte Ripper zwei. »Ich werde mich bemühen und so weitermachen. Sie kriegen mich nicht, nein, sie werden mich niemals fassen, denn keiner weiß, wer ich bin. Es ist mir zwar eine entkommen, aber die hole ich mir am heutigen Abend. Sie hat meine Beschreibung der Polizei nicht weitergegeben.« Er kicherte wieder. »Sie hatte Angst, große Angst. Und zu Recht, wie ich meine, denn heute nacht wird sie sterben.«

Er hob den Blick und schaute nun direkt in das Gesicht des ersten Rippers.

Ja, dieses Bild war wirklich etwas Besonderes. Als er es in Amsterdam erworben hatte, da wollte der Trödler es zuerst überhaupt nicht herausgeben.

»Dieses Bild ist böse«, hatte der Mann gesagt. »Sein Einfluß kann sehr grausam sein und die Menschen manipulieren. Glaub mir, es ist so. Kaufe es nicht.«

Der Ripper erwarb es doch. Zurück ließ er kein Geld, sondern einen Toten. Er hatte den Händler erwürgt. Mit seinen eigenen Händen, denn damals schon war er der Faszination des Bildes erlegen. Auf großen Umwegen schaffte er das Bild nach London, stellte es in seinem alten Haus auf und geriet immer stärker unter den Einfluß des so realistisch dargestellten Gemäldes.

Sechs Opfer!

Ein halbes Dutzend junger Frauen und Mädchen waren ihm in die mordgierigen Klauen gefallen, mehr als doppelt so viele sollten es noch werden.

Da kannte er keine Gnade.

Wieder hörte er die Stimme des echten Rippers in seinem Gehirn. »Ich möchte dich warnen, Freund, denn sie sind dir auf der Spur. Ich spüre es.«

»Wer ist mir auf der Spur?« fragte Ripper zwei.

»Ein Mann.«

»Ich töte ihn!«

»Das will ich hoffen, aber es wird nicht einfach sein, mein Freund. Wirklich nicht. Dieser Mann ist sehr gefährlich. Ich spüre es, wie sich eine Schlinge über dir zusammenzieht. Du mußt vorsichtiger sein.«

»Er kann mich nicht daran hindern, das zu tun, was ich für richtig halte.«

»Nein, das nicht, aber gib acht.«

»Danke für deine Warnung.« Ripper zwei richtete sich auf. Einen letzten Blick warf er noch auf das Bild.

Dann bückte sich der Ripper und hob sein sechstes Opfer hoch. Als die Tote auf seinen Armen lag, wandte er sich nach rechts, wo sich die Tür kaum von den dunkel gestrichenen Wänden abhob. Sie war nur zu sehen, wenn man direkt davor stand. Selbst die Klinke war schwarz poliert.

Er drückte sie mit dem Ellbogen nach unten und betrat den zweiten Raum, der ebenfalls abgedunkelt war.

Das Zimmer war völlig leer. Kein Möbelstück stand darin, kein Bild hing an der Wand, dafür befand sich am Boden eine Falltür. An ihrer zum Eingang gewandten Seite begann eine Treppe, deren Stufen in die Tiefe führten.

In den Keller ...

Kälte schlug dem Ripper entgegen. Nicht nur die Kälte des Todes, sondern ein eisiger Hauch, der durch die Kühlschlangen entstand, die sich über die Wände des Kellers zogen. Das Geheimnis, das dieser Keller barg, kannte nur der Ripper persönlich. Und es war so schrecklich und grausam, daß ein normaler Mensch den Verstand darüber verloren hätte ...

Claudia hockte auf der Couch mit der roten Decke. Das Gesicht unter den schwarzen Haaren war bleicher als sonst. Selbst die Schminke konnte nicht verbergen, daß das Mädchen einiges hinter sich hatte und irgendwie unter Strom stand. Angst peinigte sie.

Ja, sie hatte Angst um ihr Leben!

In ihrem Job lebte man immer mit der Angst. Entweder vor der Sitte oder den Zuhältern, die verdammt rauhe Methoden kannten. Aber keiner der Bullen oder Zuhälter wollte Claudia ans Leben. Das hatte nur einer vorgehabt: der Ripper. Sie war Jack the Ripper begegnet und entkommen. Auf dem Straßenstrich hatte sie ihr Geld verdient, war für einen Zuhälter namens Ossy gelaufen und hatte sich nach einigen Anfangsschwierigkeiten mit ihm arrangiert. Achtzig Prozent ihres Lohns mußte sie abliefern, die restlichen zwanzig durfte sie behalten. Und die gingen für Kleidung und Kosmetika drauf.

Es war wenig genug. Claudia besaß kaum Bargeld. Ein paar Pfund hatte sie immer in Reserve, und mit ihnen konnte sie wenigstens das Zimmer bezahlen, in das sie geflüchtet war. Es gehörte zu einer kleinen Pension im tiefsten Soho. Hier fragte niemand, wer sie war, woher sie kam und welchem Job sie nachging. Schließlich war sie nicht die einzige Dirne, die sich hier einquartiert hatte, und der Besitzer drückte sogar noch die Hühneraugen zu.

Seit dem Vorfall hatte Claudia kein Geld mehr verdient. Sie traute sich nicht auf die Straße. In jedem bärtigen Kunden sah sie den Ripper.

Claudia war von einer regelrechten Angstpsychose gepackt worden. Sie hockte in ihrem Zimmer und zitterte.

Es war mies eingerichtet. Selbst die Matratze des Betts war durchgelegen. Der Liegestatt gegenüber hing ein blinder Spiegel an der Wand. Darunter befand sich das Waschbecken, das zahlreiche Kratzer zeigte. Ein alter Schrank war auch noch vorhanden sowie ein Tisch und zwei Stühle.

Natürlich strahlte kein helles Licht, sondern rötliches. Das helle hätte nur die ganze Armut und Erbärmlichkeit des Raumes hervorgerissen, und so etwas wollten die Kunden nicht sehen. Rotes Licht verwischte die Konturen, machte sie weicher und fließender.

Drei Tage hatte sie sich bereits in der Pension verkrochen. Drei Tage und drei Nächte.

Ossy war noch nicht dagewesen. Nur eine neue Kollegin, die sie durch Zufall kennengelernt hatte und die ihr jeden Tag etwas zu essen und zu trinken brachte.

Zigaretten auch, denn Claudia qualmte in ihrer Nervosität Kette. Jetzt waren nur noch drei Glimmstengel in der Packung, dafür quoll der Aschenbecher über. Weiße Stummel standen in dem dunklen Grau der Asche.

Claudia schritt zum Fenster, sie kämmte ihre schulterlangen Haare. Sie hatte eine gute Figur. 23 war sie inzwischen, doch sie besaß die Erfahrungen einer alten Frau. Sie trug ein dünnes Kleid aus einem lila Flatterstoff, der mehr als durchsichtig war. Es reichte ihr bis knapp über die Knie. Einen BH hatte sie nicht nötig. Ihr Busen war fest und wippte bei jedem Schritt. Durch den Stoff des Kleides schimmerte nur der dunkle Slip, der mehr als knapp geschnitten war.

Claudia öffnete das Fenster. Es lag zum Hof, und sie brauchte keine Angst zu haben, von der Straße her entdeckt zu werden. Kühle Luft strömte in den Raum. Der Tag war warm gewesen, doch jetzt, nach Anbruch der Dunkelheit, war die Temperatur merklich gesunken.

Sekundenlang blieb Claudia am Fenster stehen, saugte die kühle Luft ein und hustete. Darüber erschrak sie selbst, und sie hielt hastig eine Hand vor den Mund.

Gleich würde Jane, ihre neue Freundin, kommen. Den Nachnamen wußte Claudia nicht, aber Jane brachte frische Lebensmittel, Zigaretten und sicherlich auch die Flasche Brandy, um die Claudia sie gebeten hatte.

Es war Samstag heute. An so einem Tag hatte sie das meiste Geld gemacht, doch nun hockte sie in dieser miesen Bude und hatte nur noch Angst.

Angst vor Ossy und auch Angst vor dem Ripper.

Claudia kannte sich aus, sie wußte von den Gesetzen der

Unterwelt, denn sie, eine Zeugin, hatte den Ripper gesehen. Noch immer konnte sie nicht begreifen, daß sie ihm entkommen war. Er hatte sein Messer bereits gezogen gehabt, als es in der Nähe fürchterlich krachte. Ein Unfall.

Durch ihn war der Ripper so erschreckt worden, daß er von Claudia abgelassen und die Flucht ergriffen hatte. Sie war dann dieser Jane buchstäblich in die Arme gelaufen und hatte sich bei ihr ausgeheult. Der erste Schock, denn normalerweise hätte sie einer Frau, die sie gar nicht kannte, nichts erzählt, aber in diesen schrecklichen Augenblicken war es einfach aus ihr herausgesprudelt. Und jetzt kümmerte sich Jane rührend um sie.

Claudia schloß das Fenster. Ihr war kalt geworden. Das Kleid war eben zu dünn, aber für ihren Job genau richtig. Sie trat vor den Spiegel, sah ihr Gesicht und schüttelte über sich selbst den Kopf.

Nein, so hatte sie selten ausgesehen. Völlig down, fertig, von der Angst gezeichnet. Das war ein Zerrbild ihrer eigenen Person, aber irgendwie mußte sich der Streß bemerkbar machen, unter dem sie laufend stand.

Sie hörte Schritte.

Nichts Ungewöhnliches auf dem Gang und einem Hotel wie diesem hier. Es kamen laufend Mädchen mit ihren »Gästen«. Aber die Schritte stammten nicht von zwei Personen, sondern nur von einer. Im Laufe der Zeit hatte Claudia genau zu unterscheiden gelernt.

Ihre Haltung spannte sich. Unwillkürlich ging sie wieder zurück, um in die Nähe des Fensters zu gelangen. Zur Not konnte sie auf den Hof springen. Aus der ersten Etage war das kein großes Risiko.

Vor ihrer Tür verstummten die Schritte.

Es wurde geklopft.

Zweimal, dann eine Pause, und anschließend wiederholte sich das Geräusch.

Claudia atmete auf. Ein Zeichen, ihr Zeichen, denn Jane war gekommen.

»Bist du es, Jane?« fragte sie trotzdem.

»Ja.«

»Warte, ich öffne.« Claudia ging zur Tür. Zweimal drehte sie den Schlüssel, dann zog sie die Tür auf.

Jane trug eine Tüte in den Händen. Ihr blondes Haar war kaum zu sehen, so hoch ragte die volle Tüte. Claudia nahm sie ihr ab, trug sie zum Tisch und stellte sie auf die Platte.

Inzwischen hatte Jane den Raum betreten und die Tür geschlossen. Sie lächelte. »Na, wie geht es dir?«

Claudia schaute die neue Freundin an. Wieder einmal hatte sie das Gefühl, daß diese Person nicht in das Milieu paßte. Jane hatte ihr zwar von einem verkrachten Studium berichtet und von ihrer Geldknappheit, aber die Geschichte nahm Claudia ihr nicht so recht ab. Sie trug zwar eine etwas herausfordernde Kleidung – einen engen blauen Pulli und einen beigefarbenen kurzen Rock –, trotzdem meinte Claudia, alles wäre nur Maske.

»Was ist los?« fragte Jane und lächelte.

»Ich überlege.«

»Und was?«

»Über dich denke ich nach.«

Jane lachte und nahm auf der Bettkante Platz. »Da gibt es nicht viel nachzudenken.«

»O doch.«

»Wieso?«

»Du bist so anders. Sieh dir nur das Haar an. Heute hast du es hochgesteckt, das hätte niemand von uns gemacht. Ich meine von den Mädchen, die auf der Straße stehen. Die Kerle sind doch scharf auf lange Haare.«

»Es war mir einfach zu unbequem«, erwiderte Jane. »Ich kann sie auch offen tragen.«

»Nein, nein, laß nur. Wirklich.« Claudia drehte sich um

und warf einen Blick in die Tüte. »Hast du an den Brandy gedacht?«

»Die Flasche steht unten.«

Claudia begann auszuräumen. Brot, Wurst in Dosen, Orangensaft, Zigaretten, Schokolade. »Wieviel bin ich dir eigentlich schuldig?« fragte sie.

»Im Moment nichts.«

»Wieso? Du hast …«

»Nachher kannst du bezahlen«, sagte Jane. »Wenn du wieder einigermaßen verdienst.«

»Dann bedanke ich mich.« Claudia öffnete die Brandyflasche und holte zwei Zahnputzgläser. »Nimmst du auch einen Schluck?«

»Einen kleinen.«

Den bekam Jane. Claudia schenkte sich einen Dreifachen ein und leerte das Glas fast auf einen Zug.

Jane schüttelte den Kopf. »Glaubst du denn, daß es davon besser wird?«

»Nein, aber ich komme auf andere Gedanken. Die Angst ist einfach zu groß, weißt du.« Sie schenkte noch einmal nach. »Hast du schon mal Angst gehabt?«

»Natürlich.«

»Auch Todesangst?«

»Sicher.«

»Dann müßtest du mich eigentlich verstehen, Jane.«

»Ich habe nicht gesagt, daß ich dich nicht verstehe.«

Claudia nahm wieder einen Schluck. »Du bist so ruhig, Kind. Denn du müßtest Angst haben, daß nicht alles glattgeht. Ich meine, der Ripper wollte mich töten. Ich entkam, habe dich getroffen und dir alles erzählt. Wahrscheinlich beobachtete er uns, liegt schon auf der Lauer und wartet nur darauf, daß er uns erwischen kann. Mir würde das Angst machen.«

»Mir vielleicht auch.«

»Und dann bist du so ruhig?«

»Soll ich schreiend durch die Gegend laufen?«

»Nein, nein. Aber …« Claudia schüttelte den Kopf. Ihre langen Haare flogen. »Ich begreife das nicht. Da vertraue ich einer wildfremden Person, von der ich nicht einmal den Nachnamen weiß. Wie heißt du eigentlich?«

»Collins, Jane Collins.«

Claudia schaute auf. »Ist das dein echter Name?«

»Ja, warum sollte ich lügen?«

»In diesem miesen Job wird nur gelogen«, erwiderte die dunkelhaarige Dirne.

»Aber es ist mein richtiger Name.«

»Und dein Beruf?« Claudia schaute ihrer neuen Bekannten direkt ins Gesicht.

»Den weißt du doch.«

»Nein, Jane. Das nehme ich dir nicht ab. Du bist keine von uns. Wirklich nicht.«

Natürlich gehörte Jane Collins nicht zu den Gunstgewerblerinnen, aber sie war in diese Rolle hineingeschlüpft, um den Ripper zu fassen. Der Vater einer Verschwundenen hatte sich an sie gewandt, damit sie den unheimlichen Killer stellte. Jane hatte lange überlegt und gezögert, denn diese Aufgabe erforderte sehr viel Mut, Risikobereitschaft und Einsatzwillen. Es war mit der gefährlichste Auftrag, den sie je angenommen hatte. Und sie hatte sich gründlich darauf vorbereitet.

Zunächst brauchte sie ein Image. Das hatte sie sich aufgebaut, und niemand wußte zudem von ihrem Job. Weder John Sinclair noch irgendwelche Leute von der Polizei. Jane Collins wollte den Weg völlig allein gehen und den Ripper stellen. Das hatte sie sich zur Aufgabe gemacht, die sie bis zur letzten Konsequenz durchführte. Sie dachte gar nicht daran, Claudia zu verraten, wer sie in Wirklichkeit war. Sie hätte das Mädchen nur unnötig in Gefahr gebracht, was auf keinen Fall geschehen sollte, denn sie war schon gefährdet genug, weil Jane davon ausging, daß sich der Ripper sicherlich die Zeugin vornehmen würde.

»Sag endlich die Wahrheit!« forderte Claudia ihre neue »Kollegin« auf.

»Die habe ich dir gesagt. Ich gebe gern zu, daß ich noch kein Profi bin, aber was nicht ist, das kann ja noch werden, nicht wahr, meine Liebe?«

Claudia winkte ab. »Vergessen wir es. Zudem muß ich dir dankbar sein, daß du mich gerettet hast und nun für mich sorgst.« Sie zündete sich eine Zigarette an. »Was machst du mit dem angebrochenen Abend?«

»Ich werde nach unten gehen.«

»Auf die Straße?«

»Wohin sonst?«

Claudia wirkte plötzlich nachdenklich. »Dann paß auf dich auf«, sagte sie leise.

»Warum?«

»Weil einige Schwestern sauer sind, daß sich eine Neue in ihrem Revier breitmacht, deshalb. Ich habe da so etwas läuten hören. An Gerüchten ist meist ein Fünkchen Wahrheit dran.«

»Danke für den Tip. Zuvor will ich etwas essen, das Mitgebrachte reicht für uns beide.« Jane wollte noch etwas hinzufügen, sah jedoch, wie sich Claudias Haltung spannte.

»Ist was?«

»Ja.« Claudia legte die Zigarette weg. »Da kommen zwei Typen über den Gang.«

»Das geschieht öfter.«

»Sicher. Nur erkenne ich einen von ihnen bereits an der Schrittfolge. Es ist Ossy!« Claudia warf die Zigarette in den Ascher und eilte zum Fenster.

»He, was ist los?«

»Ich haue ab!« zischte sie. »Der kriegt mich nicht in die

Finger. Ich lasse mich nicht fertigmachen. Ossy ist ein Schwein, der arbeitet mit Säure.« Da sagte sie Jane Collins nichts Neues. Auch sie kannte die Methoden der Zuhälter, doch sie hatte keine Lust, vor Ossy zu verschwinden. »Bleib hier!«

»Nein.«

Es war schon zu spät. Noch bevor Claudia das Fenster geöffnet hatte, flog die Tür durch zwei wuchtige Fußtritte aus einer Angel, fiel ein Stück nach innen und blieb schließlich schräg hängen.

Ossy stand auf der Schwelle. Und er hatte gleich Verstärkung mitgebracht.

Mit einem Schrei fuhr Claudia herum. Sie schaute in Ossys grinsendes Gesicht und in die kalten, tückischen Augen. Da wußte sie, daß sie verloren hatte ...

Wir studierten die Akten, und dabei sehnte ich mich nach Glendas Kaffee, denn ich hatte das Gefühl, mein Mund wäre mit Staub gefüllt. Will und ich hatten uns den Berg geteilt. Wir gingen die Seiten Satz für Satz durch, suchten nach Spuren, nach irgendwelchen Gemeinsamkeiten der Opfer, tauschten die Akten sogar noch aus, nachdem wir sie durchgelesen hatten, doch da war nichts.

Sechs Männer oder junge Frauen!

Der echte Ripper hatte sich nur an Dirnen vergriffen, sein Nachfolger tötete wahllos. Ihm kam es nicht darauf an, was die Frauen von Beruf waren, er nahm sie, wie sie kamen, so grausam sich das auch anhört, es war eine Tatsache.

Mit einem Fluch auf den Lippen klappte Will Mallmann seine Akte zu. »Nichts«, sagte er. »Nur Spuren, die samt und sonders auf denselben Täter hindeuten.«

Auch ich schloß die Akte. »Bei mir sieht es ebenso aus.«

»Und was machen wir?«

Das war eine gute Frage, auf die ich keine Antwort wußte und nur die Schultern heben konnte.

Will Mallmann stand auf und reckte sich. Vom langen Sitzen war er müde geworden.

Ich murmelte: »Der Ripper läuft durch London und kann jeden Moment wieder zuschlagen. Wir aber hocken hier, wissen nicht, wo er sich versteckt hat, und sind verzweifelt. Das ist die berühmte Stecknadel im Heuhaufen.«

Vor dem Fenster blieb Will Mallmann stehen, drehte sich um und nahm auf der Fensterbank Platz. »Da gibt's nur eins«, sagte er, »wir machen uns auf die Suche.«

»Und wo bitte?«

»Von den sechs Opfern waren ja vier Huren. Das läßt doch auf eine Gemeinsamkeit schließen. Außerdem sind sie im Dunstkreis von Soho umgebracht worden. Wie wär's, wenn wir dort mal durch die Straßen schleichen?«

Ich drehte mich auf dem Stuhl um, schlug die Beine übereinander und spielte mit einem Bleistift. »Weißt du eigentlich, Will, wie groß Soho ist?«

»Ja.«

»Dann weißt du, wohin du dir den Plan stecken kannst.«

»Willst du hier sitzen bleiben?«

»Nein, natürlich nicht.« Es war zum Heulen. Irgendwie befand ich mich in einer miesen Stimmung. Wenig geschlafen in der vergangenen Nacht, dann Akten gelesen, und jetzt noch die Frage, wo mit der Suche anfangen.

»Komm, gib dir einen Ruck«, sagte Will.

»Als Urlauber bist du sehr arbeitswütig«, hielt ich dem Kommissar entgegen.

»Ich denke da mehr an unseren Bummel.« Will grinste. »Warum sollen wir das Angenehme nicht mit dem Nützlichen verbinden?«

Da hatte Will recht. Doch angenehm würde der Bummel bestimmt nicht werden. Schließlich bewegten wir uns nicht locker und entspannt durch die Szene, sondern das Gegenteil war der Fall. Wir wollten den Ripper, einen gefährlichen Täter, der vor nichts zurückschreckte und von dem niemand wußte, wie er aussah und wer er überhaupt war. Vielleicht verbarg sich hinter der Maske des Rippers ein Familienvater, der seine Touren kriegte und von einem wahren Mordrausch überfallen wurde.

Wir von der Polizei hatten schon viel erlebt. Und gerade ich konnte ein Lied davon singen.

Bevor ich mich erhob, griff ich zum Telefon. Irgendwie hatte ich ein schlechtes Gewissen Jane gegenüber. Ich hatte sie in den letzten Tagen anrufen wollen, sie jedoch nicht erreicht. Da es auf den frühen Abend zuging, hoffte ich, nun mehr Glück zu haben.

Jane meldete sich nicht.

»Sie ist immer noch nicht da«, sagte ich, als der Hörer wieder auf die Gabel fiel.

Will wußte Bescheid, wen ich anrufen wollte. »Da wird doch nichts passiert sein?«

»Ich weiß nicht. Normalerweise sagt sie Bescheid, wenn sie irgendeinen Fall hat, der sie in ein anderes Land oder in eine andere Stadt führt. Aber so ...«

»Dann laß uns gehen.«

Dafür war ich auch, wollte jedoch meinem Chef, dem guten Sir James, Bescheid geben.

Ich fand ihn hinter dem Schreibtisch. Er diktierte Briefe in ein Gerät. Als ich eintrat, schaltete er auf Stopp. »Erfolg gehabt?« fragte er.

»Nein.«

»Wäre auch ein Wunder gewesen«, erwiderte er spöttisch.

»Sie sagen es, Sir.«

»Und was haben Sie jetzt vor?«

»Kommissar Mallmann und ich machen einen Wochenendbummel durch Soho.« Ich sah, wie Sir James rot anlief und tief Luft holte, um zu einem Donnerwetter anzusetzen. Rasch fügte ich hinzu. »Und vielleicht läuft uns dabei sogar der Ripper über den Weg ...«

Dann schloß ich schnell die Tür.

Er sah gut aus, dieser Ossy. Fast konnte man ihn sogar als schön bezeichnen. Das Haar hatte er blond gefärbt, und es lag in weichen Wellen um seinen Kopf. Braungebrannt war er. Das helle Jackett stand dazu im Gegensatz. Es war aus Cord, die enge, rötlich schimmernde Hose jedoch aus geschmeidigem Leder.

Ossys Kumpel fiel gegen ihn stark ab. Er war der Schläger und sah in seiner schwarzen Kleidung aus wie ein Sargträger. Schultern wie ein Kleiderschrank hatte er, und das Gesicht glich einem Feuermelder, direkt zum Einschlagen.

Jane Collins wurde von den beiden überhaupt nicht beachtet. Ossy hatte nur Augen für Claudia. »Da ist ja mein kleiner Darling. Wie lange habe ich nach dir gesucht! Komm her zu mir und begrüße mich ...« Der Zuhälter streckte beide Arme aus.

Claudia schüttelte den Kopf. Sie wollte nicht. Auf ihrem Gesicht lag die nackte Angst.

»Komm schon!«

Der Befehl klang scharf. Er war hart ausgestoßen worden und bewies, daß Ossy keinen Pardon kannte. Er hatte seine Augen zu Schlitzen verengt, der Mund bildete einen nach unten gezogenen Strich in dem verlebt wirkenden Gesicht.

Jane Collins ahnte, was folgen würde. Fieberhaft dachte sie über eine Lösung nach.

Der andere behielt sie im Auge. Er regte sich zwar nicht, aber sein Blick sagte genug. Zudem hielt er etwas in der rechten Hand, das Jane erst jetzt als kleine Säureflasche identifizierte, auf der ein Sprühball saß.

Sie wollten es also auf die harte Tour machen!

Und Ossy begann.

Seine Hand war schnell wie eine zustoßende Klapperschlange. Bevor Claudia nach hinten ausweichen konnte, hatten die fünf Finger bereits zugepackt, den Kleiderstoff an der Schulter gefunden und ihn zerrissen.

Claudia schrie.

Das Klatschen übertönte sogar noch ihren Schrei, als Ossys Linke ihre Wange traf. Claudia flog quer durch den Raum und blieb auf dem Bett liegen.

Ossy lachte und rieb seine Hände.

»Komm her, Ed!«

Der andere setzte sich in Bewegung. Er hielt die kleine Flasche sprühbereit. Eine gelbliche Flüssigkeit schwappte darin.

Entweder Salz- oder Schwefelsäure ...

Drei Schritte weit ließ Jane Collins den Kerl kommen, dann griff sie ein.

Das »Halt« war nicht einmal laut gesprochen, doch es wurde von beiden Kerlen gehört.

Sie stoppten tatsächlich. Dann drehten sie sich langsam um und schauten direkt in die Mündung der Astra-Pistole, die Jane aus ihrer Handtasche geholt hatte.

Das Grinsen auf den Gesichtern der Kerle fror ein. Damit hatten sie nicht gerechnet.

»Ihr werdet jetzt verschwinden«, sagte Jane, »oder ich schieße euch zwei Löcher in eure dummen Schädel. Haben wir uns verstanden?«

Ossy nickte. »Sicher, Süße, wir haben uns verstanden. Allerdings frage ich mich, ob du dir da nicht zuviel vorgenommen hast. So ein Ding kann leicht losgehen.«

»Das weiß ich.«

»Dann würdest du schießen?«

»Das kommt auf euch an.«

Hinter ihnen begann sich Claudia zu regen. Sie drehte ihren Körper und kroch über das Bett.

»Bewege dich vorsichtig, Claudia«, rief Jane. »Und sieh zu, daß du den Hundesöhnen nicht vor die Figuren gerätst.«

Ossy grinste schal. »Profi, wie?«

»Vielleicht.«

»Auch Profis sterben.«

»Erst seid ihr an der Reihe.« Jane ließ sich nicht einschüchtern. Die Zuhälter drohten nur. So leicht brachten sie niemanden um. Sie zerbrachen die Mädchen zwar, aber wenn eine tot aufgefunden wurde, gab das immer viel Wirbel, so daß ihre Geschäfte schlagartig zurückgingen, was keiner gern hatte.

Claudia stand jetzt vor dem Bett. Auch Jane hatte sich von ihrem Stuhl erhoben. Sie wies Claudia an, den Tisch zu umrunden und so hinter ihr vorbeizugehen.

Claudia tat es. Sie zitterte am ganzen Körper. Ihre rechte Wange war geschwollen und zudem tränennaß. An der Schulter war das Kleid zerrissen. Die helle Haut schaute hervor.

An der Tür blieb Claudia stehen. »Und jetzt?« fragte sie. Ihre Stimme bebte.

»Geh hindurch auf den Gang und lauf zur Treppe vor.«

»Was machst du?«

»Ich komme nach.«

Claudia drängte sich durch den Spalt. Dabei berührte sie die Tür, die leicht schwankte, aber dennoch hielt.

Jane Collins wartete noch. Sie wollte dem Girl die Chance geben, die Treppe zu erreichen. Dann mußten sich beide sputen, denn die Kerle sahen nicht so aus, als wollten sie die Mädchen ungeschoren davonkommen lassen.

Eds Gesicht blieb ausdruckslos, aber aus der schönen, sonnenbraunen Visage des Zuhälters Ossy sprach der blanke Haß.

Langsam ging Jane zurück. Ihr Glück war es, daß die beiden Kerle dicht nebeneinander standen, so daß Jane sie immer gut im Auge behalten konnte.

Den linken Arm hatte sie nach hinten gestreckt. Als ihre Finger die Tür berührten, hielt sie inne.

Ossy grinste jetzt. »Willst du uns erschießen, du kleine Hure?« fragte er.

»Nein.«

»Wie großzügig.« Sie waren beide erfahren genug, um zu erkennen, in welcher Klemme sich Jane Collins befand. Sie konnte die beiden nicht ausschalten. Wenn sie verschwand, würden die Zuhälter augenblicklich die Verfolgung aufnehmen. Das war das große Risiko.

Jane schaffte es, durch die zerstörte Tür zu steigen, ohne dabei die Kerle aus den Augen zu lassen. Dann war sie verschwunden und wandte sich augenblicklich nach rechts, wo der Gang auf die Treppe zuführte. An seinem Ende wartete Claudia. Zum Glück war er leer. Sollten die Zuhälter durchdrehen, würden sie keine Unbeteiligten in Gefahr bringen. Darauf kam es der Detektivin an.

»Lauf!« schrie sie Claudia an, die wie versteinert dastand und sich nicht rührte.

Sekunden danach begriff das Mädchen. Da hatte Jane sie bereits eingeholt.

Claudia stolperte die Stufen hinab.

Jane aber blieb stehen. Und sie tat richtig daran. Kaum hatte sie sich umgedreht, als die Tür zu Claudias Zimmer endgültig aus den Angeln gerissen wurde.

Ed erschien.

Er war wie ein Schatten, blitzschnell, und er hielt eine Waffe in der rechten Hand.

»Weg damit!« schrie Jane.

Ed dachte nicht daran, riß die Pistole hoch und feuerte. Auch Jane schoß, denn sie mußte ihr Leben verteidigen.

Sie hörte Eds Kugel pfeifen. Bevor der Kerl jedoch zum zweitenmal abdrücken konnte, zog sie den Stecher der Astra durch. Jane hatte sich Zeit gelassen, und ihre Kugel traf.

Obwohl sie eine geweihte Silberkugel verschossen hatte, zeigte diese bei Menschen den gleichen Effekt wie ein normales Bleigeschoß. Zuerst zuckte Ed nur zusammen. Dann stieß er einen Schrei aus und taumelte dorthin, wo er hergekommen war. Genau auf die Tür von Claudias Zimmer zu.

Der Raum wurde soeben von Ossy verlassen. Sein verletzter Kumpan fiel gegen ihn.

Wie schwer Ed verletzt war, konnte Jane Collins nicht erkennen, auf jeden Fall brach er zusammen und behinderte den anderen Zuhälter. Die Detektivin hatte ihre Chance.

Jane Collins zögerte keine Sekunde länger. Als die ersten Türen aufgerissen wurden – der Schuß war schließlich nicht ungehört geblieben –, befand sich Jane Collins bereits auf dem Weg nach unten. Sie flog die Stufen hinab.

Der Portier und Besitzer kam ihr entgegen. Fast hätte sie ihn umgerannt, und ihr fiel blitzschnell eine gute Ausrede ein. »Da oben ist eine Schießerei!«

Dann war sie vorbei.

Noch eine Kehre, und sie erreichte den Raum, der sich Foyer nannte.

Er war noch mieser als mies. Vor der Anmeldetheke stand Claudia. Der blasse Schein einer Lampe fiel auf ihr Gesicht und ließ es noch bleicher erscheinen.

»Du?« rief sie Jane entgegen. »Ich dachte …«

»Denke nicht!« erwiderte Jane Collins. »Nur weg…« Sie sprang die restlichen Stufen hinunter und riß die überraschte Claudia mit sich.

Im Nu waren sie auf der Straße.

Es war mehr eine Gasse. Ziemlich eng sowieso schon, und dann noch auf einer Seite vollgestopft mit parkenden Wagen. Meist teure Schlitten, die den hier regierenden

Zuhältern gehörten. Auf der Seite, wo keine Autos parkten, befand sich eine Bar neben der anderen. Dazwischen Hotels und kleine Porno-Shops.

An freien Hauswänden lehnten die Mädchen vom horizontalen Gewerbe. In der Dunkelheit sahen sie noch ziemlich jung aus, in Wirklichkeit war es jedoch anders. Grelles Licht würde all ihre Schattenseiten hervorholen.

Claudia schluchzte und atmete keuchend. Große Angst beherrschte sie.

»Was wollen wir tun?«

Jane schaute sich um. Aus dem Hotel hörte sie Schreie. Irgendwo über ihnen flogen Fenster auf.

»Wir müssen weg!«

»Zu Fuß?«

»Nein, mein Wagen steht da vorn.« Gleichzeitig begann Jane Collins zu rennen und zog die widerstrebende Claudia kurzerhand mit. Bis zu Janes VW waren es nur ein paar Schritte, und sie wären auch gut weggekommen, hätte sich nicht ein Jaguar-Sportwagen direkt hinter den VW gestellt und ihn eingeklemmt.

Jane Collins wußte, was sie sich und ihrer Erziehung schuldig war, sie unterdrückte den Fluch, er wäre sicherlich nicht ladylike gewesen.

»Steig ein!« fuhr die Detektivin das Mädchen Claudia an.

»Du willst weg?«

Jane hatte schon aufgeschlossen. »Ja, dieser Kerl macht doch seine Freunde mobil.«

Claudia nickte. Sie lief hastig um den Wagen herum und riß die Tür auf, nachdem Jane die Sperre gelöst hatte.

Die Detektivin war eiskalt. Nun zeigte es sich, daß sie gute Nerven besaß. Sie hatte schon des öfteren in gefährlichen Klemmen gesteckt. Da nutzte es wirklich nichts, wenn man voller Panik reagierte.

Jane hatte ihre Tür schon geschlossen. Claudia warf sie

wenig später ins Schloß. Die Detektivin wollte den Zündschlüssel herumdrehen, als sie noch einmal einen Blick in den Außenspiegel warf. Im Spiegel konnte sie die gesamte Gehsteigfront mit den Bars und Hotels überblicken.

Sie sah Ossy.

Er stürzte soeben aus dem Eingang des Hotels, blieb stehen und schaute sich wild um.

Jane zuckte zusammen. Wenn sie jetzt startete, hörte der Zuhälter es. Zudem kam sie nicht sofort aus der Parklücke, sie mußte erst rangieren. Dadurch wurde dieser Verbrecher sicherlich noch stärker aufmerksam.

»Warum fährst du nicht?« Claudia zitterte auf dem Nebensitz.

»Es geht nicht. Ossy ist da!«

»Nein!« Claudias Gesicht verzerrte sich, und abermals überfiel sie die Angst.

Jane Collins blieb ruhig. Sie beobachtete Ossy im Rückspiegel. Er wußte im ersten Augenblick nicht, was er tun sollte. Dann kam der Portier. Mit ihm sprach Ossy. Der Mann jedoch hob die Schultern. Dafür kassierte er von dem Zuhälter einen Stoß gegen die Brust, der ihn bis gegen die Hauswand warf.

Schließlich befragte Ossy die herumstehenden Dirnen.

Claudia hatte sich ebenfalls umgedreht. Als sie sah, was ihr Zuhälter tat, wurde sie noch bleicher. »Jetzt hat er uns gleich. Die Weiber verraten uns doch.«

Jane antwortete nicht. Sie überzeugte sich nur davon, ob die Türen auch von innen verschlossen waren. Alles klar, da hatte sie keinerlei Bedenken.

»Sollen wir nicht lieber fliehen?« flüsterte das Mädchen. »Ich kenne hier ein paar Verstecke, in die wir uns immer verkrochen haben, wenn die Bullen kamen.«

»Die kennt Ossy auch.«

»Was wird er tun?«

Jane lachte leise. »Uns suchen.«

»Und dann?«

»Werden wir sehen.«

»Deine Nerven möchte ich haben. Ich vergehe hier fast vor Angst, und du ...«

»Sei still«, zischte Jane, »er kommt!« Und im nächsten Augenblick: »Runter mit dir!« Sie streckte dabei den Arm aus und drückte Claudias Kopf nach unten.

Sie selbst blieb halbhoch. Zum Glück stand keine Laterne in der Nähe, die ihr Licht in den Wagen gestreut hätte, so daß das Innere des VW ziemlich dunkel war.

Und Ossy kam näher ...

Jack the Ripper war wieder unterwegs.

Er hatte sich lange genug in seinem Haus aufgehalten und dabei zahlreiche Telefongespräche geführt. Beim zweitletzten endlich hatte er Erfolg gehabt. Er wußte jetzt, was er wissen wollte, und das bereitete ihm ein diebisches Vergnügen.

Sie würde daran glauben müssen. Diese verdammte Zeugin, die ihn gesehen hatte. In dieser Nacht sollte sie sterben. Er kannte jetzt ihren Namen.

Claudia Ferris hieß sie.

Und sie war eine Dirne. Ein widerliches Straßenmädchen, das sich für Geld hingab. Um sie war es nicht schade, so dachte der Ripper, der vom Geist seines Vorgängers fast vollständig erfüllt war.

Bevor er gegangen war, hatte er lange vor dem Bild gestanden und es angestarrt. Es war unheimlich gewesen. Das Gesicht des echten Rippers schien sich verändert zu haben, als wollte er sagen: Mach es! Mach es gut!

Die Stimme hatte wieder in seinem Hirn nachgeklungen. Sie mußte aus der Unendlichkeit der Dimensionen gekommen sein, war in den zweiten Ripper eingedrungen und hatte dessen Seele übernommen. Er fühlte immer mehr, wie er zu einem Abbild des Original-Rippers wurde, und es war ihm sehr schwergefallen, sich nicht die Kleidung überzustreifen, die der wahre Ripper immer getragen hatte. Der andere hatte sich diese Kleidung täuschend echt nachgenäht, sogar der Schlapphut war vorhanden.

Ein Blick in den Kellerraum hatte ihm bewiesen, daß alles in Ordnung war. Die Welt würde vor Entsetzen erstarren, wenn er dieses Geheimnis mal lüftete. Und der Tag würde kommen, darauf freute er sich besonders. Jetzt war erst einmal Claudia Ferris an der Reihe. Sie mußte in dieser Nacht ihr Leben lassen.

Der Ripper wurde zwar gesehen, wie er in seinen kleinen Wagen stieg, doch niemand schöpfte Verdacht. Eine Frau, die vom nahen Kiosk kam, blieb stehen und grüßte freundlich.

Der Ripper grüßte zurück.

»Bei dem Wetter lohnt es sich, loszufahren«, sagte sie. »In der City ist sicherlich was los.«

Der Ripper nickte. »Kann sein, aber ich fahre zu einer Bekannten. Sie wohnt außerhalb und hat einen wunderschönen Garten.«

»Dann wünsche ich Ihnen viel Spaß.«

»Danke.« Der Ripper stieg in seinen Wagen. Es war ein dunkelblauer Renault mit Heckklappe. Die fünf Türen brauchte er. Vor allen Dingen die am Heck. Sie öffnete er, um seine Opfer in den Wagen zu legen. Vor die Scheiben konnte er Gardinen ziehen, damit niemand etwas mitbekam.

Er stieg ein.

Die Frau war ins Haus gegangen. Als sie die Tür zuschlug, startete der Ripper den Wagen. Er rollte aus der schmalen Einfahrt und kratzte fast noch mit dem Kotflügel gegen die Backsteinmauer. Dann hatte er die Straße erreicht, betätigte den Blinkhebel und fuhr nach rechts.

Er wußte inzwischen, wo er mit seiner Suche beginnen sollte. In einem Londoner Bezirk, der weltbekannt war und alles an Vergnügen bot, was sich ein Tourist nur denken konnte. Hier hatte auch Jack the Ripper gemordet und war im letzten Jahrhundert wie ein Phantom durch das damals noch stille Viertel geschlichen.

Ziel des Rippers war: Soho!

Unser Ziel: ebenfalls Soho.

Einen Parkplatz in Soho zu finden ist normalerweise unmöglich. Als wir loszogen, da brauchte ich erst gar nicht nach einem Parkplatz Ausschau zu halten, ich fand sowieso keinen.

Deshalb wunderte sich Will Mallmann, als ich ein Polizeirevier ansteuerte und den Bentley auf dessen Hof lenkte. Das Revier lag im Herzen von Soho, inmitten des heißen Vergnügungsviertels zwischen Covent Garden und Piccadilly.

»Was sollen wir denn hier?« erkundigte sich der deutsche Kommissar erstaunt.

Als ich die Wagentür zuschlug, schaute bereits ein Uniformierter aus dem Fenster. Ich ging auf ihn zu und blieb dicht unter dem Fenster stehen.

»Oberinspektor Sinclair.«

Der Sergeant grinste, weil er mich kannte. »Auch mal wieder auf Trip?«

»Und wie! Leider dienstlich. Den Wagen kann ich ja hier stehenlassen?«

»Klar doch.« Der Sergeant beugte sich noch weiter vor. »Geht es wieder um Geister?«

Ich hatte keinen Grund, den Mann anzulügen. »Diesmal vielleicht nicht. Jack the Ripper.«

Der Sergeant pfiff durch die Zähne. »Das ist ein Ding. Vor

einer Stunde ist die Anweisung gekommen, daß wir wieder die Augen offenhalten sollen.«

»Weiß man was Neues?«

»No, aber das hier ist Ripper-Wetter, wenn ich es mal so leger sagen darf.« Er schniefte. »Schwüle Nächte, da kochen die Emotionen. Wir hatten schon einige Schlägereien, es wird sicherlich noch mehr geben, davon bin ich überzeugt.«

Der Sergeant war ein alter Praktiker. Er wußte genau, was er sagte. Ich sah keinen Grund, über seine Worte zu lächeln. Er wünschte uns noch viel Erfolg, dann marschierten wir los. Will Mallmann war wie auch ich bewaffnet. Ich hatte ihm eine Ersatz-Beretta gegeben, die er in einem Schulterholster trug.

Wir stürzten uns in den Trubel. Will Mallmann bekam große Augen und war sehr erstaunt, als er hörte, wie viele Menschen deutsch sprachen. »Das ist ja bald wie in Frankfurt«, sagte er und schüttelte den Kopf. »Unwahrscheinlich.«

»London ist eben eine Reise wert«, erwiderte ich. »Man sieht es an dir, du bist ja auch hier.«

»Aber nur weil du hier wohnst.«

»Das kann jeder sagen.«

Wir wurden schnell ernst, denn ich hatte bereits das erste Lokal ausgemacht, in dem man einiges erfahren konnte. Es war eine Mischung aus Bar und Spielhölle.

In dem großen Raum nach dem Eingang standen die Spielautomaten, weiter hinten führte ein tunnelähnlicher Gang in die rot beleuchtete Bar, wo auch gestrippt wurde.

Eine Oma schälte sich soeben aus den Klamotten, und einige Männer pfiffen, als sie sich produzierte. Ich konnte darüber nicht mal lächeln. Mir taten diese Frauen leid, die sich für wenig Geld vor den Gaffern auszogen. Die meisten bekamen hinterher das heulende Elend, und dann fixten sie, um alles zu vergessen. Ein perverser Kreislauf.

Hinter einer Hufeisentheke residierte die Wirtin. »Die kommt übrigens aus Deutschland«, sagte ich zu Will. »Man nennt sie die dicke Berta.« Drei Zentner brachte sie bestimmt auf die Waage. Als sie mich sah, verzog sich ihr Gesicht zu einem Lächeln. Im Gegensatz dazu stand ihre Frage. »Sinclair, der Bulle. Hat man Sie noch immer nicht abgeschossen, oder sind Sie kugelfest?«

»Ich habe mir geschworen, nach Ihnen zu sterben.«

Die dicke Berta lachte rauh. »Da können Sie noch lange warten, mein Lieber.« Sie trug ein schwarzes Kleid mit Perlenstickerei. Aus dem Ausschnitt quollen die Ansätze fleischiger Brüste.

»In einem Spezialmagazin hat sie mal als Porno-Modell posiert«, sagte ich zu Will.

»Gibt's denn Leute, die sich so etwas ansehen?«

»Wahrscheinlich. Das verdiente Geld hat sie nämlich in diese Halle gesteckt.«

Sie brachte uns Getränke. »Sie waren zwar lange nicht mehr hier, Sinclair, aber das Zeug ist alkoholfrei bis auf einen klitzekleinen Schuß Gin.«

Ich nippte. Gelogen hatte die dicke Berta nicht. Um uns herum war es seltsam leer geworden. Bertas Stimme hatte fast jeder vernommen. Die Leute wußten also, daß wir von der Polizei waren.

»Gehen Sie nicht weg«, sagte ich.

»Sie vertreiben mir die Gäste.«

»Wir sind auch gleich wieder verschwunden.«

Die dicke Berta legte ihren Busen auf die Theke und blies mir eine Bierfahne ins Gesicht. »Hier gibt es keine Geister, Sinclair«, erklärte sie. »Die jagen Sie doch – oder?«

»Möglich, aber im Augenblick nicht.«

»Wen denn?«

»Jack the Ripper!«

Die Wirtin wurde unter der fetten Schminkschicht bleich.

»Dieses Schwein!« knurrte sie.

»Und?«

Sie bewegte so heftig den Kopf, daß ihre beiden Ringohrringe waagerecht standen. »Ich will Ihnen mal was sagen, Sinclair. Ich reite so leicht keinen in die Patsche, aber wenn es um den Ripper geht, würde ich Ihnen alles sagen, mein Junge. Leider weiß ich nichts.«

»Da soll eine Zeugin existieren«, fuhr ich fort.

»Und die lebt noch?«

»Wahrscheinlich.«

»Das ist sie doch nicht, oder?« Sie griff unter den Bartresen und holte ein fast druckfrisches Exemplar hervor, das sich als Extrablatt auswies. Dieser Shane hatte schnell geschaltet und sogar ein Foto des letzten Opfers aufgetrieben. Mit dem dicken Zeigefinger deutete die Wirtin auf das Bild. »Das ist sie doch nicht, die ihr sucht oder?«

»Sie suchen wir auch, ebenso die fünf Opfer vor ihr, aber ich meine die Zeugin.«

»Sie war eine Hure«, sagte Will auf deutsch.

Da strahlte die dicke Berta. »Hallo, Landsmann. Wo kommen Sie her?«

Will erzählte es.

»Ich habe mal in Köln gewohnt. Aber die Themse stinkt ebenso wie der Rhein.« Dann schüttelte sie den Kopf. »Tut mir leid, Kameraden, ich weiß wirklich nichts, auch nicht von einer kleinen Hure, die zufällig Zeugin geworden ist.«

»Dann wollen wir mal weiter.« Ich rutschte vom Hocker und zahlte.

Als wir gingen, nahmen die Gäste ihre Plätze wieder ein. Sie hatten in der Spielhalle gewartet.

»Und jetzt?« fragte Will.

Draußen sagte ich: »Die nächste Kneipe.«

»Du kennst dich aus.«

»Das erfordert der Beruf.«

»Sage ich auch immer.« Wie zwei Touristen schlenderten wir über den Gehsteig. Das grelle, farbige Licht der Reklame tauchte unsere Gesichter in einen bunten Schein. Oft genug wurden wir angesprochen, doch die Mädchen interessierten uns nicht. Wenn wir sie gefragt hätten, dann hätten sie sowieso nicht viel gesagt.

In vier Bars versuchten wir es noch.

Ohne Erfolg. Langsam wurde ich unruhig.

Dann steuerten wir die sechste Bar an. Sie lag in einer Sackgasse und nannte sich »Twenty Five«.

»Warum der Name?« fragte Will.

»Weil es hier angeblich Mädchen aus fünfundzwanzig Ländern gibt, die du dir aussuchen kannst«, erwiderte ich.

Will grinste. »So etwas habe ich auch noch nicht gehört und gesehen. Dabei bin ich viel rumgekommen.«

Wir blieben vor dem Eingang stehen, über dem eine große 25 leuchtete. »Das ist auch ein Geheimtip. Nicht für jeden zugänglich. Die haben hier alles. Sauna, Massagen, Spielzimmer, was immer du dir darunter vorstellen kannst, und so weiter.«

»Das Publikum?«

Ich hob die Schultern. »Es ist gemischt. Zumeist Zuhälter, ansonsten Leute, die auf den Shilling nicht gerade zu achten brauchen.«

»Wie immer.« Will blieb vor der Tür stehen. »Und du meinst, hier etwas über den Ripper zu erfahren?«

»Nein, aber über das Mädchen, das ihm angeblich entkommen ist. Die Kleine wird sicherlich geplaudert haben, irgendeinem muß sie das erzählt haben, und wer kommt da in Frage? Der Zuhälter.«

So einfach kamen wir nicht rein. An der stabilen Tür befanden sich eine Klingel und ein Guckloch.

Ich schellte, hörte innen ein Summen, und dann bewegte sich etwas hinter dem Guckloch. Alsdann ertönte eine

Stimme. Sie drang aus einem für uns unsichtbar angebrachten Lautsprecher.

»Sind Sie Mitglied?«

»Nein«, antwortete ich. »Aber es könnte Ärger geben, wenn Sie uns nicht einlassen.« Ich hielt meinen Ausweis hoch und sagte gleichzeitig, von welcher Firma ich war.

Das Wort Scotland Yard wirkte Wunder. Wir hörten ein summendes Geräusch, dann konnten wir die Tür aufdrücken.

Wir betraten ein halbdunkles Foyer, aus dessen Hintergrund jemand angerannt kam. Ein kleiner Mann im weißen Smoking und mit einer Rose im Revers. Seine Glatze schillerte, ich sah Schweißperlen darauf. Er rang die Hände.

»Sie wissen es schon?« fragte ich.

»Ja, Polizei. Wir haben uns nichts zuschulden kommen lassen. Was hier geschieht, ist freiwillig, keine minderjährigen Mädchen und auch kein Rauschgift.«

Ich winkte ab. »Reden Sie hier nicht rum«, sagte ich. »Uns geht es um etwas anderes. Wir wollen an der Bar Platz nehmen, mehr nicht. Dafür sollten Sie doch Verständnis haben.«

»Natürlich, sicher.«

»Na bitte.«

Er ließ nicht locker. »Um was geht es denn?«

»Wir sind fast privat hier«, sagte ich und folgte dem Schild, das auf die Bar hinwies.

Wir landeten in einem runden Raum, der sich ganz langsam um die eigene Achse drehte. Man hatte wirklich mit Kosten nicht gespart. Der Raum war prächtig ausgestattet, die Tanzfläche angestrahlt, und die Beleuchtung wechselte zwischen Grün und Rot.

An der Bar hingen die Zuhälter. Da sah ich die Schaumacher und Ringträger, die Nichtstuer, die sich von den Mädchen aushalten ließen und das Geld verpraßten sowie den feinen Max spielten.

Wir fanden zwei freie Hocker. Unsere Hinterteile berührten feinsten Samt. Ein Blick auf die Karte zeigte astronomische Getränkepreise. Auch Will schluckte. Wir bewegten uns eben auf einem Pflaster, das für normale Verdiener nicht geschaffen war.

Die Girls gehörten der Luxusklasse an. Sie schienen in der Tat aus allen möglichen Ländern zu stammen. Zwar hockten keine 25 an der Bar, die Hälfte jedoch reichte schon.

Wir bestellten irgendein Getränk, zündeten uns Zigaretten an, sogar Will Mallmann rauchte, und hörten dann nur zu. Ich wollte den anderen Zeit geben, sich an uns zu gewöhnen und uns auch zu vergessen.

Angesprochen wurden wir nicht. Das gehörte sich in so einem Club nicht. Wenn sich ein männlicher Gast ein Mädchen ausgesucht hatte, deutete er dies bei ihm durch ein Nicken an. Die Kleine kam dann zu ihm. Links von mir saß eine braunhäutige Schönheit. Karibik, tippte ich. Aus ihrem Cocktailglas stach ein bunter Strohhalm und verschwand zwischen ihren Lippen. Sie trug ein helles Kleid, das sehr sexy geschnitten war, aber nicht aufdringlich wirkte. In ihren Augen schienen Kohlestücke zu glühen.

Wir spitzten die Ohren.

Und wir bekamen Gespräche mit. Eins war besonders interessant. Ein hellblonder, schöner Zuhälter führte es mit dem Mixer und beschwerte sich, daß eine gewisse Claudia verschwunden war.

»Einfach abgehauen«, sagte der Loddel.

»Und?«

»Ich hinterher.«

»Was hast du gemacht?«

»Ich habe sie nicht gefunden.«

Der Mixer putzte sein Glas. »Das kann doch nicht schwer sein, ein von der Leine gegangenes Pferdchen zu finden. Ich bitte dich, Ossy.«

»Natürlich, jetzt weiß ich, wo sie steckt. Gar nicht mal weit weg. In einer Pension.«

»Holst du sie dir?«

»Worauf du dich verlassen kannst. Was meinst du, was mich das Abhauen gekostet hat. Ich warte nur noch auf Ed.«

Der Mixer verzog das Gesicht. »Dann wird es hart.«

Ossy lachte breit und trank sein Glas leer. »Worauf du dich verlassen kannst. Stell dir mal vor, das macht jede so. Dann können wir einpacken.«

»Oder du müßtest wirklich arbeiten«, grinste der Mixer.

»Noch schlimmer.«

Die beiden Männer lachten. Ossy bestellte sich noch etwas zu trinken, einen Drink, den der Mixer zusammenstellte.

Als das Getränk fertig war, fragte der Mixer: »Warum ist sie eigentlich abgehauen? Sie hatte es doch gut bei dir.«

»Das sagt jeder. Da scheint irgend etwas passiert zu sein, und das will ich rauskriegen.«

»Ein anderer Beschützer?«

»Auf keinen Fall. Mein Spitzel sagte, daß sie sich in dem Zimmer eingeschlossen hat. Besucht wird sie immer von so einer Blonden, die ich auch nicht kenne. Soll aber stark sein.« Er warf einen Blick auf seine protzige Uhr. »Ed wird warten, ich muß gehen.« Der Zuhälter rutschte vom Hocker.

Ich hatte das Gespräch mitbekommen. Auch wenn dieses Mädchen mit dem Ripper nichts zu tun hatte, sah ich dennoch einen Grund, dem schönen Zuhälter auf die Finger zu klopfen. Er würde sich an dieser Claudia rächen wollen, und ich kannte die Methoden dieser Loddels verdammt gut.

»Los, zahlen«, sagte ich zu Will und zückte meine Geldbörse. Leider dauerte es, und so konnte Ossy den Laden verlassen, ohne von uns verfolgt zu werden.

Als der Mixer endlich kam, schob ich meinen Ausweis über den Tisch. Der Mann wurde blaß. »Und jetzt hör mal zu, mein Freund!« zischte ich.

»Wie heißt die Pension, die Ossy besuchen will?«

»Ich – ich ...«

»Wenn du lügst und dem Mädchen wird ein Haar gekrümmt, loche ich dich ein wegen Beihilfe. Da kannst du dir dann höchstens ein paar Bilder aus dem Playboy an die Wände kleben, in natura wirst du so leicht kein Girl mehr sehen. Haben wir uns verstanden?«

»Ja, ja.«

»Den Namen!«

»Die machen mich fertig, wenn ...«

»Es wird keiner erfahren.«

Der Mixer schwitzte. »Okay, Mann, die Absteige heißt Baker's Lodge.« Er fügte die Adresse hinzu.

»Danke.« Ich grinste scharf. »Wenn ich merke, daß du irgendwen gewarnt hast, passiert das gleiche.«

»Ist klar.«

Ich zahlte und rutschte vom Hocker. Das braunhäutige Girl warf uns einen bedauernden Blick nach, als wir die Bar verließen. Sie hätte sicherlich gern mit uns sauniert.

Vor dem Ausgang stand der Glatzkopf.

Ich klopfte ihm auf die Schulter. »Alles klar, mein Lieber, Sie können aufatmen.«

»Müssen wir weit laufen?« fragte Will Mallmann, als wir vor dem Lokal standen.

»Nein, aber wir sollten uns beeilen.« Dem fügte der Kommissar nichts mehr hinzu.

Ossy schlenderte näher.

Noch hatte sich Jane nicht völlig geduckt. Man konnte sie von außen weiterhin sehen.

Claudia zitterte vor Angst. Sie hockte zusammengekrümmt zwischen Fußraum und Beifahrersitz. »Ist er da?« hauchte sie.

»Gleich.« Jane hielt ihre Astra in der Hand. Sie wollte sich nichts gefallen lassen.

Noch drei Schritte trennten Ossy von dem VW. Der Schein einer Reklame streifte sein Gesicht. Es sprach Bände. In einer sehr guten Stimmung befand er sich wirklich nicht.

Jetzt duckte sich auch Jane zusammen, und Sekunden später stand Ossy neben dem Wagen.

Er machte es spannend. Erst schaute er über den VW hinweg und senkte langsam den Blick. Natürlich hatte er die beiden gesehen. Ein böses Grinsen zog seine Lippen in die Breite. Eine Hand war hinter seinem Rücken verschwunden. Jane konnte nicht sehen, was sie dort tat. Gutes sicherlich nicht.

Ossy zog einen Revolver. So langsam er sich zuvor bewegt hatte, so rasch holte er die Waffe hervor und preßte die Mündung gegen die Scheibe.

Jane war nicht dazu gekommen, ihre eigene Waffe auf den Mann zu richten, der andere hatte zu schnell reagiert.

Auch Claudia wußte, was die Glocke geschlagen hatte. »Er ist da, nicht?« hauchte sie.

»Ja.«

»Und jetzt?«

»Behalte nur die Nerven!« zischte Jane.

Beide hörten die Stimme des Zuhälters.

»Raus!«

Es war ein scharfer, unmißverständlicher Befehl, doch Jane dachte nicht daran, ihm Folge zu leisten, obwohl sie und das Mädchen auf ziemlich verlorenem Posten standen. In dieser Straße half ihnen niemand. Sie gehörte zur Unterwelt, hier herrschten andere Gesetze. Selbst nach der Schießerei im Hotel hatte es niemand für nötig gehalten, die Polizei zu verständigen.

Streitigkeiten erledigte man untereinander und auf ganz spezielle Art und Weise.

Jane schielte nach rechts. Das Gesicht des Zuhälters versprach nichts Gutes. Dieser Kerl würde seine Drohung wahrmachen und durch die Scheibe feuern. In seinen Augen stand ein Ausdruck, der Jane Collins nicht unbekannt war.

»Ich gehe schon!« flüsterte Claudia. »Laß mich, ich bitte ihn um Verzeihung. Bleib du zurück.«

»Gar nichts wirst du«, sagte Jane. »So weit kommt es noch, daß dieser Schuft hier gewinnt. Laß mich nur machen, ich habe eine blendende Idee.«

Die hatte Jane tatsächlich. Ihr war aufgefallen, daß Ossy ziemlich dicht an der Tür stand. Vielleicht konnte sie ihn etwas überraschen. Sie schaute dem Zuhälter von unten her ins Gesicht und nickte. Gleichzeitig tastete ihre Hand nach dem Innengriff der Tür. Der Zeigefinger fand ihn, legte den Hebel zurück, und dann haute Jane den Wagenschlag mit aller Kraft nach außen.

Ossy hatte sich auf seinen Revolver verlassen und auch auf sich selbst. Er war eben zu arrogant und überheblich, sein Fehler.

Die Tür traf ihn voll. Sie hieb gegen die Waffenmündung und auch seinen Körper.

Ossy flog weit zurück, der Weg war jetzt frei, und Jane hechtete aus dem Wagen. In der rechten Hand hielt sie die Astra. Und damit schlug sie auch gewaltig zu.

Die Pistole war nicht sehr schwer. Doch dem Hieb konnte der andere nicht ausweichen. Er explodierte dicht über seiner Revolverhand auf dem Unterarm.

Das war selbst für einen harten Zuhälter seines Zuschnitts zuviel. Er schrie auf. Sein Gesicht verzerrte sich, aber er ließ die Kanone dennoch nicht los.

Wieder hieb Jane zu.

Der Zuhälter stöhnte. Dem zweiten Schlag hatte Ossy nichts mehr entgegenzusetzen. Die Waffe rutschte ihm aus den Fingern und fiel aufs Pflaster.

Jane sprang ihn an.

Sie war wie eine Tigerin, und sie mußte sich beeilen, denn so rasch ließ sich Ossy nicht mehr aus der Fassung bringen.

Der dritte Hieb traf ihn an der Stirn, und er schüttelte den Zuhälter durch. Plötzlich rann Blut über sein Gesicht, und seine Knie wurden weich.

Jane trat seine Waffe zur Seite und zeigte ihm die eigene Astra. »So, mein Junge«, sagte sie. »Jetzt hau ab und laß dich niemals mehr in meiner Nähe blicken.«

Ossy starrte sie an. Er wischte sich mit einer fahrigen Bewegung das Blut aus dem Gesicht. »Wer bist du?« keuchte er.

»Jane Collins, das sollte dir reichen, Loddel. Hau ab, Mensch!«

Der Zuhälter machte tatsächlich kehrt und verschwand. Er torkelte an den Hausfronten entlang, beobachtet von zahlreichen Augenpaaren. Jane aber machte kehrt und warf sich wieder in ihren Wagen. Hart zog sie die Tür zu.

»Mein Gott«, sagte Claudia nur. »Mein Gott ...« Sie schüttelte den Kopf, lachte und weinte.

»Reiß dich zusammen, Mädchen.« Diesmal drehte Jane Collins den Zündschlüssel. Sie hatten zwar nicht ewig Zeit, aber die Minuten mußten reichen.

Die Detektivin mußte den VW ein paarmal hin und her rangieren, bevor es ihr gelang, aus der Parklücke zu fahren. Als die beiden vorderen Reifen über die Gehsteigkante holperten, atmeten beide Frauen auf.

»Geschafft?« fragte Claudia.

»Hoffen wir's.«

Jane gab Gas. Keine der beiden Frauen sah den schwarzen französischen Wagen, der sich an ihre Hinterreifen gehängt hatte.

Jack the Ripper hatte sein Opfer gefunden ...

Wir hatten Pech. Daran trug ich die Schuld, weil ich mich einmal verlief.

Soho kennt wohl kaum jemand ganz. Da gibt es so viele Gassen und Gäßchen, und überall ist etwas los. Kneipe reiht sich an Kneipe. Bars, Sex-Shops, Theater, Vergnügungsetablissements, mancher kann hier alles finden.

»Das war wohl nichts«, sagte ich, als ich an einer Kreuzung stehenblieb.

Will Mallmann grinste. »Das darfst du gar keinem sagen, John, daß du dich verlaufen hast.«

Ich zog ihn weiter und überquerte die Straße. Hinter uns ging ein Pulk Touristen, Amerikaner. Sie lärmten entsprechend.

Wenig später kannte ich mich wieder aus. Wir tauchten in die nächste Querstraße ein und hatten Glück, daß sie es war, die wir suchten. Eine reine Vergnügungsstraße. Die Leuchtreklame malte bunte Farbkompositionen auf unsere Körper.

Wir waren die einzigen, die es eilig hatten, und gingen deshalb auf der Straße. Hin und wieder rollte langsam ein Wagen an uns vorbei. Manchmal saßen langmähnige Mädchen am Steuer, denen man die Jobs ansah.

Dann hatte ich das Hotel gefunden. Die Leuchtschrift war zum Teil zerstört. Von Baker's strahlten nur die ersten beiden Buchstaben.

Vor dem Laden herrschte ein ziemliches Gedränge. Den Grund erfuhren wir bald, denn wir trafen einen alten Bekannten wieder, der über den Gehsteig torkelte und sich den Kopf hielt. Es war der Zuhälter aus dem Nobelhotel.

Als wir näher kamen, sahen wir das Blut.

»Dem hat's aber einer gegeben«, meinte Will.

Ein paar Leute sprachen auf Ossy ein. Der kümmerte sich nicht darum, sondern wankte auf den Hoteleingang zu. Die drei Stufen wäre er fast nicht hochgekommen.

Ich stieß einige Gaffer zur Seite und betrat hinter dem

Zuhälter ebenfalls den Bau. Wir gelangten in einen miesen Vorraum, der das Wort Foyer wirklich nicht verdiente. Und der Typ hinter der Rezeption war noch mieser. Er schaute auf Ossy und auf einen Kerl, der mit blutender Schulter in einem Sessel lag und vor Schmerz das Gesicht zu einer Grimasse verzogen hatte.

»Der Doc kommt gleich.« Die Worte hörte ich, als ich das Hotel betrat.

Dann sah der Mann mich. »Raus«, sagte er. »Wir haben hier für die nächsten beiden Stunden geschlossen.« Er stampfte auf uns zu, bis er gegen meine ausgestreckte Faust lief und gestoppt wurde.

»Polizei!«

Das Wort sprach ich hart aus. Ich hatte kein Lust, hier Versteck zu spielen, die Kerle sollten genau wissen, wie der Hase jetzt lief.

Sie zuckten zusammen.

»Scotland Yard«, fügte ich hinzu und hielt meinen Ausweis hoch. Eine beeindruckende Demonstration, denn nun schwiegen die drei. Von oben vernahm ich Geräusche, ansonsten war es still.

Ossy hatte sich ebenfalls gesetzt. Mit einem Taschentuch wischte er über sein Gesicht und verschmierte das Blut nur noch mehr, weil immer etwas nachlief.

Ich ging auf ihn zu. »Wir beide kennen uns ja, nicht wahr?«

»Was willst du, Bulle?«

»Mit Ihnen reden.«

»Ich habe Ihnen nichts zu sagen.«

»Wo ist Claudia?«

Da fing er an zu lachen. »Weg, Bulle. Sie ist verschwunden. Zuammen mit ihrer neuen Freundin. Der habe ich auch alles zu verdanken. Das Weib ist verrückt. Es hat sogar auf Ed geschossen und ihn in die Schulter getroffen. Um die müssen Sie sich kümmern, Bulle. Nicht um harmlose Bürger wie mich.«

Über das harmlos konnte man sich streiten, das sagte ich ihm auch. Er hob nur die Schultern.

»Die Frau wird sicherlich einen Grund gehabt haben, so zu handeln«, stellte ich fest. »Wie heißt sie?«

»Jane.«

»Und wie weiter? Für wen ist sie auf den Strich gegangen?«

»Für keinen! Außerdem habe ich ihren Namen noch nie in der Szene gehört.«

»Raus damit.«

»Collins heißt sie. Jane Collins!«

Ich hatte das Gefühl, von einem kalten Wasserguß getroffen zu werden. Jane Collins, die Privatdetektivin, die Frau, die ich unter allen Umständen hatte erreichen wollen. Und jetzt nannte mir ein Zuhälter in Soho ihren Namen. Sollten wir wirklich unabhängig voneinander an demselben Fall arbeiten? Oder was trieb Jane in diese Gegend?

»Und sie war mit Claudia zusammen?«

»Ja.«

»Weshalb hat sich Claudia versteckt?«

»Keine Ahnung. Sie wollte sicherlich auf eigene Rechnung kassieren.«

»Von dem Ripper hat sie nichts gesagt?«

»Nein, wieso?«

»Vergessen Sie's.« Ich holte tief Luft. »Die beiden sind also weg, wie Sie sagten.«

»Ja.«

»Mt welchem Wagen?«

»Einem deutschen. Das war ein VW.«

Ich wußte Bescheid. Jane Collins fuhr den Käfer. Einen frisierten, wohlgemerkt. Sie hatte sich um die Dirne Claudia gekümmert, und ich war sicher, daß diese Claudia etwas mit dem Ripper zu tun haben mußte. Eine andere Möglichkeit sah ich nicht.

»Wo könnten sie sein?« forschte ich weiter.

»Keine Ahnung, Bulle. Meinetwegen können beide Weiber zum Teufel gehen, ist mir egal.«

In meinem Rücken hörte ich Stimmen. Der Arzt erschien. Ein kleines Männchen mit rot unterlaufenen Augen. Ein Zeichen, daß er hin und wieder trank. Die schwarze Tasche schien ihm um einige Pfund zu schwer zu sein. Er ging schräg.

Der Doc kümmerte sich sofort um den Verletzten. Er gehörte zu den Unterweltärzten, und ich bemerkte, wie der Portier ihm etwas zuflüsterte.

Der Doc wurde noch kleiner, drehte dann seinen Kopf und schielte zu mir rüber.

Ich hatte keine Zeit, mich um ihn zu kümmern. Mir ging es um einen sechsfachen Mörder.

Ich wollte den Ripper!

Draußen schlug Will Mallmann das vor, woran auch ich gedacht hatte. »Fahndung, John.«

»Genau. Es wird doch sicherlich nicht schwer sein, einen VW zu finden.«

»Und wo bleiben wir?«

»In einer Zentrale. Wenn sie den Wagen haben, fahren wir hin.« Damit war der deutsche Kommissar einverstanden.

»Geschafft! Tatsächlich geschafft!« Claudia schüttelte den Kopf, als könnte sie es immer noch nicht begreifen. Sie hatte das Fenster ein Stück nach unten gekurbelt, so daß kühle Luft in den Wagen strömte und ihre Haare flattern ließ.

Jane Collins gab keine Antwort. Sie mußte sich konzentrieren, denn an diesem Abend schien sich jeder Londoner und auch jeder Tourist nach Soho verirrt zu haben.

Es herrschte ein unheimlicher Verkehr, der noch dichter wurde, je mehr sie sich dem Piccadilly Circus näherten. Auf Verfolger konnte Jane bei dieser Verkehrsdichte nicht achten. An einer Ampel hielten sie. Rechts lief die Coventry Street auf den Verkehrskreisel am Piccadilly zu.

»Was hast du eigentlich jetzt vor?« erkundigte sich Claudia.

»Das wollte ich dich fragen.«

»Wieso?«

»Du mußt doch irgendwo wohnen. Soll ich dich nach Hause bringen?«

»Nein«, rief das Girl erschreckt, »auf keinen Fall in meine Wohnung! Ossy weiß, wo ich hause.«

»Was dann?«

Claudia zuckte mit den Schultern.

Jane fuhr an, weil sich auch vor ihr die Wagen langsam in Bewegung setzten. Trotzdem mußte sie noch halten, weil die Grünphase schon vorbei war.

»An den Ripper denkst du nicht?« fragte Jane.

»Auch. Aber ...« Sie holte tief Luft. »Weißt du, Ossy, das ist Realität, der Ripper, das ist ein böser Alptraum für mich. Ich habe ihn gesehen, verdammt, und ich glaube nicht, daß er es wagen wird, mich im dichten Verkehrsgewühl zu überfallen.«

»Das stimmt«, gab Jane ihr recht. »Wie sieht er denn nun aus?«

»So genau habe ich ihn auch nicht gesehen«, erwiderte die junge Prostituierte.

»Mir kannst du die Wahrheit sagen, ich bin selbst hinter ihm her.«

»Ehrlich?«

»Ja.« Jane Collins hatte sich entschlossen, ihr Inkognito zu lüften. Daß sie eine Privatdetektivin war, damit hatte Claudia nie gerechnet.

Sie schüttelte immer wieder den Kopf. »Ich kann es einfach nicht glauben, wirklich nicht. Das ist unmöglich.«

»Aber eine Tatsache.«

»Und du willst den Ripper fangen?« Claudia drehte den Kopf und schaute Jane aus großen Augen an.

»Das habe ich vor.«

»Dann bin ich dein Lockvogel?« fragte Claudia Ferris mit zitternder Stimme.

»So darfst du es nicht sehen«, erwiderte Jane.

»Aber im Prinzip stimmt es?«

Die Detektivin fuhr wieder an. »Ja, es stimmt im Prinzip. Und nun gib mir eine Beschreibung.«

Claudia zerknüllte ein tränennasses Taschentuch. »Das ist nicht einfach. Ich – ich habe ihn ja gar nicht richtig gesehen. Auf jeden Fall ist er ziemlich groß, hat eine Halbglatze, einen dunklen Haarkranz und trägt einen Bart.«

»Bist du dir sicher?«

»Ja. Glaubst du mir nicht?«

Jane lachte. »Doch, aber diesen Ripper habe ich mir, ehrlich gesagt, immer anders vorgestellt.«

»Er sah aber so aus.«

Jane hob die Schultern und fuhr an.

Neben dem Wagen hockten zwei Burschen auf Motorrädern. Ihre Köpfe und Gesichter verschwanden unter den Helmen. Die beiden starteten schneller und waren weg. Jane hatte sich inzwischen überlegt, wo sie hinfahren wollte. Und sie sagte es der jungen Prostituierten. »Wir fahren erst zu dir, da holst du dir ein paar Sachen, und anschließend finden wir ein Versteck für dich.«

»Wo?«

Jane lächelte. »Du kannst so lange bei mir wohnen, bis der Ripper gefaßt ist.«

»Nein.« Claudia schüttelte den Kopf. »Das kann ich nicht annehmen.«

»Du mußt.«

»Warum denn?«

»Weil du in Lebensgefahr schwebst. Der Ripper wird dich suchen und auch finden. Der ist wie ein Magnet, der auf das Vorhandensein von Menschen reagiert. Und du bist das Metall in diesem Fall, meine liebe Claudia.«

Das Girl senkte den Kopf.

Vor ihnen tauchte der große Kreisverkehr des Piccadilly auf. »Hast du überhaupt eine Bleibe?« fragte Jane.

»Ja.«

»Und wo?«

»Zwei kleine Zimmer. Ich habe sie nie aufgegeben. Sie sind mein Unterschlupf.«

»Wo wohnst du jetzt?«

»In Finsbury.«

»Okay, fahren wir hin.« Jane hatte sich schnell entschlossen. Sie reihte sich in den Kreisverkehr ein und gelangte dann in die Shaftesbury Avenue, die zum Cambridge Circus führt. Danach erreichten sie die Oxford Street, fuhren nicht weit vom Britischen Museum entfernt in Richtung Norden und steuerten über die Clerkenwell Road den Ortsteil Finsbury an.

Der Verkehr war schwächer geworden. Die City lag hinter ihnen, und damit auch der Trubel und Betrieb der Innenstadt. Jane achtete jetzt wieder auf Verfolger.

Im Rückspiegel war kaum etwas zu erkennen. Hinter ihnen befand sich ein einziges Lichtermeer, obwohl hier nicht mehr so viele Wagen fuhren. Es war wirklich unmöglich, einen Verfolger auszumachen.

Claudia räusperte sich. In der letzten Viertelstunde hatte sie kein Wort gesprochen.

»Bedrückt dich etwas?« fragte Jane.

»Nicht direkt.«

»Sondern?«

»Es ist so. Ich meine, du bist eine Frau, die sich in der Welt bestimmt auskennt. Wenn du nun siehst, wie ich hause, dann wirst du sicherlich vor Entsetzen ...«

»Hör auf, Kind.«

»Da ist ein alter Schrottplatz in der Nähe. Besser gesagt ein Autofriedhof. Ein paar Bauten stehen direkt an der Grenze zu dem Gelände, und in einem der Häuser wohne ich.«

»Was ist denn daran schlimm?«

»Die Gegend.«

»Unsinn. Du mußt mir nur sagen, wie ich fahren soll.«

»In Richtung Northampton Square.«

Jane kannte ihn. Von dort aus dirigierte Claudia sie durch zahlreiche enge Straßen, in denen Häuser standen, die reif für den Abbruch waren. Dann erreichten sie ein Gelände, das von einer hohen Steinmauer zur Straße hin abgetrennt war.

»Dahinter liegt schon der Schrottplatz«, erklärte Claudia.

Jane warf einen schnellen Blick nach rechts. Über die Mauer hinweg ragten die Skelette von Kränen, Pressen und auch die Berge aufgetürmter Autowracks. Der Müllplatz einer modernen, rastlosen Zeit, Zeuge für die Schnellebigkeit.

»Fahr an der Mauer weiter. Wo sie aufhört, führt ein schmaler Weg rechts ab.«

»Alles klar.« Auch jetzt hatte die Detektivin ihre Vorsicht noch nicht aufgegeben. Immer wieder warf sie Blicke in Rück- und Innenspiegel. Da war ein Wagen hinter ihr. Sehr deutlich sah sie die beiden hellen Glotzaugen der Scheinwerfer. Er war auch nicht schneller oder langsamer als Jane. Da sie sich jedoch am Geschwindigkeitslimit bewegte, war das nicht weiter verwunderlich.

»Jetzt mußt du gleich ab.«

Jane Collins blinkte. Den schmalen Weg entdeckte sie

wirklich erst im letzten Augenblick. Die Reifen protestierten ein wenig, als sie den VW herumzog.

Rechts und links lag der Schrottplatz. An der rechten Seite türmten sich die Berge von Autowracks, während links einige Baracken standen.

»Die drei Gebäude beherbergen Büros«, sagte Claudia.

»Aha. Und wo wohnst du?«

Claudia deutete nach vorn. »Da sind die drei Häuser, von denen ich gesprochen habe.«

Die Bauten wirkten wie Ungetüme. Vier Stockwerke hoch, und sie standen Wand an Wand.

»Sind die Häuser noch alle bewohnt?« fragte Jane.

»Nur das mittlere. In den anderen beiden hausen höchstens fette Ratten.«

»Warum hast du dir keine neue Wohnung besorgt?«

Claudia hob die Schultern. »Ich habe nicht viel Geld. Diese beiden Zimmer sind billig. Manchmal komme ich auch nur hierher und heule mich so richtig aus.«

Jane verstand. Sie stoppte. Ein umgekipptes Fahrrad geriet in den Lichtschein der beiden Scheinwerfer. Der Lenker blinkte hell. Claudia Ferris stieg aus. »Ich bin in ein paar Minuten wieder zurück«, sagte sie.

»Soll ich nicht doch mitgehen?«

»Nein, wirklich nicht. Ich komme allein zurecht.«

»Wie du willst.«

Claudia stieß die Tür zu und verschwand. Wie ein Schatten huschte sie durch den hellen Lichtteppich. Jane wartete, bis sie die Haustür geöffnet hatte, und wechselte auf Abblendlicht über.

Von den beiden Scheinwerfern hinter ihr war nichts mehr zu sehen. Das Fahrzeug war sicherlich weitergefahren. Wie sollte der Ripper sie auch so schnell finden?

Jane reckte sich und wischte über ihre Augen. Sie war plötzlich müde. Der Job hatte sie geschlaucht, und sie dachte darüber nach, ob es richtig gewesen war, alles allein anzupacken.

Sie hätte doch John Sinclair einschalten können, aber das hatte ihr Ehrgeiz damals nicht zugelassen.

Sie schaute nach links.

In einigen Wohnungen brannte Licht. Schwach schimmerte es hinter den Scheiben.

Jetzt flammte auch dort Licht auf, wo Claudia Ferris wohnte. Sie war oben und würde ein paar Kleidungsstücke in den Koffer werfen. Jane wollte die Zeit nutzen und sich ein wenig die Beine vertreten. Sie öffnete die Tür und stieg aus.

Der Geruch gefiel ihr nicht. Die Luft schmeckte irgendwie nach Öl und Abgasen. Auch die Umgebung war ihr unheimlich. Nirgendwo auf dem Schrottplatz brannte Licht. Er war in eine dichte, pechschwarze Dunkelheit getaucht.

Ruhig allerdings war es nicht. Irgendwo knarrte und bewegte sich immer etwas. Da rieb Metall über Metall und verursachte seltsame Geräusche.

Jane fröstelte. Hin und wieder wechselte sie den Blick. Mal schaute sie auf das Haus, dann wieder sah sie nach rechts, wo sich das Gelände des Schrottplatzes befand.

Doch die Gefahr kam von hinten.

Es war ein Geräusch, das Jane Collins warnte. Sie kannte es, denn so hörte es sich an, wenn eine Tür ins Schloß gezogen wurde. Und zwar eine Autotür.

Plötzlich war wieder der Verdacht da. Der Wagen hinter ihr, seine Lichter ...

Jane Collins versteifte. Sie hatte erst ruckartig herumfahren wollen, drehte sich dann jedoch sehr langsam um die eigene Achse.

Da stand der Wagen!

Etwa zehn Schritte hinter ihrem VW hob er sich wie eine kompakte, dunkle Masse vom Fahrweg ab. Jane schalt sich selbst einen Narren, daß sie den Wagen nicht hatte kommen hören, aber sie war müde gewesen und mit ihren Gedanken woanders.

Jetzt stand er da.

Jane versuchte, durch die Scheiben zu blicken. Vielleicht konnte sie dahinter eine Bewegung ahnen. Es war ein aussichtsloses Unterfangen, dazu war die Dunkelheit einfach zu stark.

Aber es war jemand da!

Jane schielte zum Haus hoch. Dort brannte das Licht noch immer hinter den beiden Fenstern.

Sie empfand es als einen Nachteil, daß ihre Astra-Pistole im Wagen lag. Die Waffe wollte sie unbedingt haben. Jane drehte sich um und öffnete die Fahrertür. Sie mußte erst die Rückenlehne vorklappen, weil sie die Tasche auf den Rücksitz gelegt hatte.

Jane beugte sich vor, streckte schon den Arm aus und spürte die Gefahr.

Hinter ihr!

Sie wollte noch herumwirbeln, doch es war bereits zu spät. Jemand wühlte seine fünf Finger in ihre Haare und zog sie zurück. Jane schrie vor Schmerzen auf. Ihr Körper befand sich in einer Schräglage. Tränen traten in ihre Augen, und mit einer wütenden Bewegung schleuderte der Unheimliche sie zu Boden.

Jane machte ein paar Rollen und blieb dicht neben dem Fahrrad liegen. Nicht einmal für eine halbe Sekunde, sofort sprang sie wieder auf, und sie sah den Ripper.

Ja, er war es.

Die Beschreibung des Girls traf auf ihn zu.

Geduckt stand er vor der Detektivin. Obwohl er den Kopf leicht zwischen die Schultern gezogen hatte und auch in den Knien eingeknickt war, hatte er noch immer die gleiche Größe wie Jane Collins. Und er hatte sein Messer.

Jane Collins sah die lange Klinge, die trotz der Dunkelheit funkelte, und ihre Kehle schnürte sich zusammen, als hätte sich ein unsichtbares Band darum gelegt.

Lange genug hatte sie den Ripper gesucht, nun stand er vor ihr und wollte ihr Leben.

Jane zitterte. Fieberhaft suchte sie nach einem Ausweg. Sie hoffte, daß Claudia noch lange genug in ihrem Zimmer bleiben würde, vielleicht konnte sie, Jane Collins, mit dieser menschlichen Bestie fertig werden.

Der Ripper griff an.

Er war schnell und beweglich. Dabei führte er seinen Arm in Schlangenlinien, so daß Jane nicht wußte, wie er zustoßen würde. Ob von oben, unten oder seitlich.

Sie duckte sich, prallte gegen das Fahrrad und wäre fast gestolpert. Im letzten Augenblick stieg sie darüber hinweg. Gleichzeitig zuckte eine Idee durch ihren Kopf, die sie sofort in die Tat umsetzte. Es war ein Herrenrad, sie stellte ihren Fuß unter die Stange und wuchtete das Vehikel hoch.

Der Ripper befand sich noch im Angriffsschwung, als das Rad gegen ihn prallte und ihn aus dem Konzept brachte.

Da sah Jane ihre Chance.

Sie rannte nicht weg, wie es vielleicht andere getan hätten, sondern vor.

Der Ripper stieß von oben nach unten zu. Wie ein Pfeil flog Jane ihm entgegen. Sie war eine ausgebildete Judo-Kämpferin und kannte auch einige Karatetricks. Die Hände hatte sie gekreuzt, und als der wuchtige Stoß auf sie niederfuhr, unterlief sie ihn und hieb ihre Hände gegen das Messergelenk des Rippers.

Der Ripper zischte einen Fluch. Zum erstenmal hörte Jane die Stimme, und in ihrem Kopf blitzte etwas auf.

Die Stimme hatte sie schon vernommen. Auf jeden Fall hörte sie die nicht zum ersten Mal.

Himmel, wer war der Ripper?

Leider dachte die Detektivin zu viel darüber nach und achtete nicht mehr auf ihren Gegner. Der schleuderte sie mit aller Kraft von sich und zur Seite.

Jane Collins sah die Welt plötzlich als einen Kreisel, dann erfolgte der Aufprall gegen den VW. Nie hätte sie gedacht, daß ihr dieser Wagen mal zum Verhängnis werden könnte, doch das trat in diesem Moment ein.

Sie war so hart getroffen worden, daß sie mit dem Hinterkopf gegen die vorstehende Ablaufrinne prallte.

In einem wilden Durcheinander platzten die Sterne vor ihren Augen auf, vereinigten sich zu einem furiosen Wirbel und tauchten hinein in die Dunkelheit.

Blackout!

Der Ripper aber kicherte und grunzte gleichzeitig. Er sah zu, wie Jane Collins an der Karosserie entlangrutschte und langsam zu Boden fiel.

Er bemerkte allerdings nicht, wie im Haus gegenüber hinter zwei Fenstern das Licht gelöscht wurde. Der Ripper hatte nur Augen für Jane Collins und für ihr blondes Haar.

Waagerecht führte er das Messer durch die Luft. Es war eine Routinebewegung. Dann ging er in die Knie, packte das Haar der am Boden liegenden Jane, bog ihren Kopf nach hinten, so daß der Hals frei vor ihm lag.

In diesem Augenblick verließ Claudia Ferris das Haus!

Claudia war nach oben gerannt. Ihre Füße hatten auf den alten Treppenstufen ein hohles Echo hinterlassen. Dieses Haus war eine schimmelverseuchte Bude, die man keinem Menschen mehr zumuten konnte. Sie hatte sich auch vorgenommen, den Bau zu verlassen, sobald die Sache ausgestanden war.

Und sie dachte an Jane Collins. Ein paar Jahre schon hatte sie im Dreck gelebt und dabei nur Menschen kennengelernt, die auf ihren eigenen Profit bedacht waren, wobei sie die Person selbst vergaßen. Kein Zuhälter ging davon aus, daß auch eine Dirne ein Herz besaß. Diese Menschen sahen in Mädchen wie Claudia nur Objekte, ebenso wie die Kunden.

Und dann hatte sie Jane Collins getroffen. Zuerst war Claudia ihr mit Mißtrauen begegnet, doch Jane hatte es verstanden, dieses Gefühl langsam abzubauen. Claudia sah in ihr eine echte Freundin, und sie hatte seit langem wieder das Gefühl, in ihrem Leben würde es aufwärts gehen.

Atemlos blieb sie vor ihrer Wohnungstür stehen. Das Schloß war alt, aber noch in Ordnung. Der Schlüssel lag unter der abgetretenen Matte, das Mädchen trug ihn nie bei sich.

Sie holte ihn und schloß auf. Häßlich knarrte die Tür in den Angeln, als Claudia Ferris sie aufdrückte. Auch an dieses Geräusch hatte sie sich gewöhnt. Sie machte Licht.

Erbärmlich und trist kam ihr die Einrichtung des Zimmers vor. Das Sofa stammte ebenso vom Sperrmüll wie das wacklige Sideboard, das nur noch auf drei Beinen stand.

Ein Durchgang führte in den Nebenraum. Hier hingen ihre Kleider in einem Schrank, den sie nach dem Tode ihrer Eltern geerbt hatte.

Claudia schloß ihn auf. Es war still in den beiden Zimmern. Nur der Wasserhahn tropfte wie immer. Im ehemals hellen Waschbecken hatten sich braune Rostflecken gebildet.

Sie öffnete den Schrank.

Billige Fähnchen hingen dort. Flatterstoff, Kunstgewebe. Wieder dachte sie daran, wieviel Geld sie verdient und was man ihr davon alles abgenommen hatte.

Sie wählte ein schwarzes Kleid mit schmalen, weißen Streifen. Das zerrissene warf sie kurzerhand in die Ecke. Auf dem Schrankboden stand ein Koffer aus Kunstleder. Ihn öffnete sie und stopfte wahllos Kleidung sowie Unterwäsche hinein.

Dann schleuderte sie die Schranktür zu.

»Hier sieht mich keine Ratte mehr!« zischte sie wütend und machte kehrt. Sie wollte Jane Collins keine Sekunde länger als nötig warten lassen.

Die Tür schloß sie nicht ab, aber auf der Schwelle stand jemand. Zuerst dachte Claudia an den Ripper, dann aber erkannte sie den Mann von gegenüber.

Er war schon Rentner, soff und schickte seine Frau nachts in die Fabrik. Auch jetzt war er betrunken und scharf wie eine Rasierklinge, das bemerkte Claudia sofort.

»Hallo, Täubchen, wir beide könnten es uns doch eigentlich gemütlich machen ...«

»Hau ab, du versoffenes Schwein.«

Der Mann wollte nach Claudia greifen.

Mit der freien Hand schlug sie zu.

Sie hatte all ihre Wut und all ihren Haß auf das erbärmliche Leben hineingelegt. Ihre Hand klatschte gegen die Wange des Mannes, dessen Kopf zurückflog. Der ganze Kerl wankte, wobei er gegen das Geländer krachte, das wie ein Wunder noch hielt.

Stöhnend sackte der Betrunkene in die Knie.

Claudia gönnte ihm keinen Blick. An ihm vorbei lief sie zur Treppe und die Stufen hinunter. Sie wollte so rasch wie möglich weg, riß wuchtig die alte Haustür auf – und sah den Ripper.

Er hatte sich über Jane Collins gebeugt, und sein Messer zielte auf Janes Kehle.

Claudia Ferris stieß einen Schrei aus.

Wir waren beide sauer.

Ich noch mehr als Will Mallmann, denn der deutsche Kommissar hatte im Prinzip mit der Jagd nach dem Ripper nichts zu tun. Mir aber fiel das Warten auf den Wecker.

Wir hatten uns das Revier ausgesucht, auf dessen Parkplatz mein Bentley stand. Jetzt hockten wir in dem leeren Verhörraum und schlürften Kaffee.

Hin und wieder betrat der Sergeant das Zimmer und hob bedauernd die Schultern.

Er brauchte gar nichts zu sagen. Die Fahndung hatte bisher keinen Erfolg gebracht. Dabei hatten wir das Aussehen des Wagens und die Autonummer durchgegeben. Sämtliche Londoner Streifenwagenbesatzungen hatten die Informationen, doch ein Resultat gab es leider nicht.

Will Mallmann war hungrig. In der Nähe gab es eine Pizzeria. Ein Beamter, der Verpflegung holte, brachte für uns zwei kleine Pizzas mit. Zu trinken auch, denn der Kaffee hing mir zum Hals raus.

Wir aßen.

22 Uhr war es, als ich mir mit der Papierserviette die Lippen abwischte.

Geschmeckt hatte es mir nicht. Die halbe Pizza lag noch auf dem Teller. Ich mochte einfach nicht mehr. Jane Collins und der Ripper lagen mir wie ein dicker Kloß im Magen.

Mallmann schaute auf meinen Teller. Ich wußte, was er wollte, und schob ihm das Zeug rüber. Er bedankte sich mit einem Grinsen. Ich stand auf und verließ den Raum.

Im Revier herrschte Hochbetrieb. Da wurden Säufer hereingeschafft, weinende Frauen, Touristen, die man bestohlen hatte, leichte Mädchen, Schläger und Zuhälter.

Zur Hälfte waren die Zellen gefüllt. Besonders die Frauen zeterten. Wie verloren stand inmitten des Chaos ein kleiner Junge, der sich verlaufen hatte. Ich beschäftigte mich mit ihm. Er erzählte mir, daß er seine Eltern suchte. Sie waren aus Leeds gekommen und hatten Verwandte besucht. In einem Kaufhaus hatte der Kleine seine Eltern verloren. Als er dann anfing zu weinen, tröstete ich ihn.

Und dann kam die Meldung.

Einer der Beamten schoß förmlich von seinem Sitz hoch.

»Oberinspektor Sinclair!« rief er.

Ich kreiselte herum.

»Man hat den Wagen gesehen. Er ist einer Zivilstreife oben in Finsbury aufgefallen.«

»Und wo dort?«

»In der Nähe der Lever Street.«

Ich stand schon an der Wand. Dort hing ein gewaltiger Stadtplan, der nicht nur Straßen zeigte, sondern auch Details. Orte, Plätze und Flohmärkte waren ebenso eingezeichnet wie Pfandhäuser oder Kinos.

Auch Schrottplätze.

Die Lever Street hatte ich schnell gefunden. Ganz in der Nähe befand sich ein Schrottplatz.

Ob Jane dort irgendwo steckte?

Ich nahm mit der Streife Verbindung auf. Wir telefonierten. Die Beamten erklärten mir, daß der Wagen an der Mauer des Schrottplatzes entlang gefahren sei.

»Dann wissen Sie nicht, ob er den als Ziel hatte?« wollte ich wissen.

»Nein, Sir.«

»Okay, bleiben Sie dort. Ich bin so schnell wie möglich da. Ich fahre einen silbergrauen Bentley.«

»Geht in Ordnung, Sir.«

Als ich die Tür zum Verhörzimmer aufriß, schluckte Will Mallmann soeben das letzte Stück Pizza hinunter.

»Los, Alter, hoch den Hintern. Es geht rund.«

»Wüßte nicht, was ich lieber täte«, erwiderte Will und stürmte neben mir nach draußen ...

Claudias Schrei rette Jane das Leben!

Der Ripper hatte zustechen wollen, als er ihn vernahm. Noch im Sitzen kreiselte er herum.

Claudia Ferris stand auf der Türschwelle. Weit aufgerissen waren ihre Augen. In den Pupillen spiegelte sich das Entsetzen wider, das sie empfand. Sie stand dort wie eine Puppe. Jegliches Leben schien aus dem Körper gewichen zu sein. Der Ripper stieß ein tiefes Grunzen aus. Den Mund hatte er halb geöffnet, er fletschte seine Zähne, in den Augen irrlichterte es. Und dann vernahm er die Stimme des echten Rippers in seinem Gehirn. Aus unendlicher Ferne sprach er zu ihm, hinweg durch Raum und Zeiten.

»Kill sie! Töte sie!«

Der Ripper nickte. »Ja«, flüsterte er. »Ja, ich werde sie mir holen.«

Mit der anderen konnte er sich Zeit lassen. Sie war bewußtlos. Um sie konnte er sich später noch kümmern, erst war die Schwarzhaarige an der Reihe.

Jack the Ripper schnellte hoch. Geschmeidig waren seine Bewegungen, sie glichen denen einer Bestie. Den rechten Arm hielt er vorgestreckt, die Hand umklammerte den Messergriff, und der Klingenstahl funkelte schwach.

Claudia Ferris stand noch immer wie festgenagelt. Sie konnte sich nicht rühren.

Auch jetzt, als der Ripper wie ein huschender Schatten auf sie zurannte, blieb sie stehen.

Erst im letzten Augenblick riß sie in einer instinktiven Abwehrbewegung den Koffer aus Kunstleder hoch. Da befand sich das Messer bereits auf dem Weg.

Es hieb in den Koffer und fuhr durch das Material, als bestünde es aus Butter. Ein breiter Schlitz klaffte auf. Der Ripper stieß ein ärgerliches Knurren durch die Zähne und fegte den Koffer mit der freien Hand zur Seite. Allerdings hatte er das Messer noch nicht hervorgezogen, und Claudia erhielt eine Galgenfrist.

Sie ließ den Koffer los und warf sich nach links. Weg von der Haustür.

Dann rannte sie.

Das Mädchen vergaß alles um sich herum. Es wollte nur weg. Weg von diesem verdammten Mörder, der bereit war, sie mit seinem gräßlichen Messer zu töten.

Der Ripper schleifte wütend den Koffer weg. Er hatte noch längst nicht aufgegeben, denn so nahe war ihm die Kleine noch nie gewesen. Sie mußte sterben.

Als Claudia die Schritte hinter sich hörte, hatte sie erst einen Vorsprung von nicht mehr als zwanzig Schritten herausgeholt. Und der Ripper war schnell.

In weiten, pantherartigen Sätzen rannte er hinter ihr her. Seine Füße schienen kaum den Boden zu berühren, und es dauerte nur Sekunden, dann hatte er sie.

Zuerst hörte sie das Keuchen des Verfolgers, dann war die Pranke da. Wuchtig hieb sie in ihren Rücken. Es war ein Schlag, der das Mädchen nach vorn trieb und auf die Erde schleuderte.

Claudia sah den Boden auf sich zurasen. Sie hatte sich an einem harten Stein die Lippen aufgerissen, auch aus der Nase rann die rote Flüssigkeit und lief über ihre Lippen. Stöhnend blieb sie liegen, in ihren Ohren rauschte es, und dann hörte sie das heftige Keuchen des Rippers.

Ein harter Griff.

Sie schrie auf. Fünf Finger hatten sich in ihre Haare gekrallt und zogen ihren Körper herum, der langsam auf die Seite rollte. Jetzt hatte der Ripper freie Bahn.

Er kniete sich auf das Mädchen, das furchtsam seine Arme erhoben hatte.

Der Ripper schlug sie weg.

Im nächsten Augenblick sah Claudia Ferris das Messer dicht vor ihrem Gesicht aufblitzen. Dahinter die grausamen Augen des Rippers, und ihr gellender Todesschrei erstickte im sprudelnden Blut ...

Jane Collins hatte zwar keinen Schädel aus Eisen, aber ein Schlag gegen den Wagen warf sie trotzdem nicht für eine Stunde auf die Matte.

Sie erholte sich ziemlich schnell.

Zuerst spürte sie nur das taube Gefühl im Kopf, dann jedoch vernahm sie etwas anderes.

Schreie und ein Wimmern!

Janes Magen zog sich synchron mit der Kopfhaut zusammen. Sie hatte plötzlich Angst. Die Furcht strahlte wie eine Flamme in ihrem Körper auf. Doch Angst hatte sie nicht so sehr um sich, sondern um Claudia Ferris.

Schlagartig fiel ihr wieder alles ein.

Jetzt erst merkte Jane Collins, daß sie nicht auf dem Boden lag, sondern saß. Mit dem Rücken lehnte sie gegen ihren Wagen, und die Geräusche drangen aus einer anderen Richtung an ihre Ohren. Sie klangen links auf. Vorsichtig drehte Jane den Kopf.

Noch ein letzter Schrei, ein verzweifelter Todesruf, danach das Röcheln, dann war Stille.

Die Detektivin glaubte, ihr Herz würde stehenbleiben. Sie war wieder soweit klar, daß sie genau wußte, was sich dort abgespielt hatte.

Ein Mord!

Ein brutaler, hinterlistiger, gemeiner Mord. Der Ripper hatte sein siebtes Opfer gefunden.

Und das hieß Claudia Ferris!

Im ersten Augenblick glaubte Jane, die Welt würde zusammenbrechen. Die Detektivin kapitulierte in diesen Momenten vor der ungeheuren Grausamkeit. Sie war nicht fähig, sich zu rühren, denn sie konnte den Mord nicht fassen.

Jane hatte helfen wollen, vergeblich, der Mörder war stärker gewesen.

Und sie hörte ihn.

Deutlich vernahm sie sein Lachen, Kichern und Keuchen. Der Schall trug die Geräusche bis zu ihr hin, und sie saß da und tat nichts, weil das Gehirn irgendwie blutleer war.

Bis eine Wagentür klappte.

Dieses Geräusch wirkte auf Jane Collins wie ein Startsignal. Plötzlich fand sie sich wieder in der Wirklichkeit zurecht, sie spürte die Schmerzen im Kopf, sie sah die Umgebung und dachte daran, daß sie noch am Leben war.

Das konnte sich der Ripper überhaupt nicht leisten. Er mußte die Detektivin töten.

Die Astra fiel ihr ein. Himmel, sie lag noch im Wagen. Die Tür stand offen, so daß die Innenbeleuchtung brannte. Wenn sie an die Waffe heran konnte, sah alles ganz anders aus. Dazu durfte sie jedoch nicht hier sitzen bleiben.

Jane erhob sich. Sie stützte sich dabei am Kotflügel des Wagens ab, geriet ins Taumeln und spürte bei jedem Schritt das Stechen im Kopf.

Schließlich stand sie vor der Tür. Sie bückte sich, streckte den Arm aus, die Finger suchten nach dem Griff, um den Wagenschlag aufzuziehen.

Da vernahm sie die Schritte.

Knirschend bewegten sie sich auf dem Boden. Da sich außer dem Ripper und ihr niemand in der Nähe befand, wußte die Detektivin, daß sich der Ripper jetzt sie als Opfer ausgesucht hatte.

Er sprach sogar.

Worte brabbelte er vor sich hin. Halbe Sätze, die der Überlegung eines Wahnsinnigen entsprungen sein mußten. Hin und wieder kicherte er, und Jane sah etwas in seiner Hand.

Haare!

Der Stich drang tief in ihr Herz. Das Entsetzen wurde stärker. Sie hätte am liebsten geschrien und konnte sich nur beherrschen, indem sie eine Hand vor ihre Lippen preßte.

Im nächsten Augenblick schleuderte der Ripper die Haare

fort. Dabei leuchtete etwas weiß auf, der berühmte Zettel, mit dem er auf sich als Täter hinwies.

Die nächsten Worte allerdings verstand Jane. Sie galten ihr. »Und jetzt hole ich dich, mein Täubchen. Das Messer ist noch immer scharf. Der Ripper holt sie alle!«

Jane gefror innerlich zu Eis. Was sollte sie tun? Es gab nur eine Chance.

Flucht!

Nicht nach vorn, nicht zurück, sondern nach rechts, wo sich das Gelände des Autofriedhofs auftat. Dort konnte sie unter Umständen ein Versteck finden. In diesem Durcheinander würde es der Ripper schwer haben, sie zu entdecken.

Jane startete. Geräuschlos konnte sie nicht laufen. Der Ripper hörte sofort ihre Schritte.

Er lachte roh. »Ich kriege dich!« schrie er. »Verdammt, du läufst nicht vor mir davon!«

Die Stimme. Himmel, wo hast du die Stimme schon gehört? Während Jane rannte, dachte sie darüber nach.

Dann prallte sie gegen einen Zaun. Er war aus Maschendraht und federte sie wieder zurück. In der Finsternis war er kaum zu sehen gewesen, zudem hatte man ihn noch dunkel gestrichen.

Wieder tobte der Schmerz in Janes Kopf. Sie warf sich herum und rannte entlang des Zaunes weiter. Irgendwie schaffte sie es vielleicht doch, auf das Gelände zu gelangen.

Der Ripper war nah. Er hatte die kostbaren Sekunden ausgenutzt. Jane hörte seinen keuchenden Atem.

Sie steigerte ihr Tempo. Zum Glück trug sie keine hochhackigen Schuhe, so konnte sie sich einigermaßen voranbewegen.

»Ich kriege dich!« Der Ripper keuchte nur immer die Worte, und Jane hatte Angst, daß er ihr sein Messer in den ungedeckten Rücken schleudern würde.

Sie warf einen Blick über die Schulter.

Vielleicht sechs Schritte nur trennten sie von dieser menschlichen Bestie.

Jane stolperte über einen Stein. Sie schrie auf. Aber der Stein hatte sie auf eine Idee gebracht. Sie bückte sich und hob im Laufen einen anderen auf, drehte sich um und riß den Arm nach hinten.

Der Ripper rannte auf sie zu. Das Messer in seiner Hand zuckte hin und her.

Jane Collins schleuderte den Stein.

Sie konnte den Ripper überhaupt nicht verfehlen, und sie traf seinen Hals.

Der Killer röhrte auf. Er schüttelte sich, torkelte und blieb stehen. Jane jagte weiter. Diese wenigen Sekunden hatten ihr eine winzige Galgenfrist verschafft.

Wenig später sah sie ein Tor aus Maschendraht, nur an den Rändern durch Eisenstäbe verstärkt. Und sie sah eine Klinke, denn in das Tor hatte man eine kleine Tür zusätzlich eingebaut.

Jane riß an der Klinke.

Das Tor war verschlossen.

Weiter!

Dann entdeckte sie das Loch im Maschendrahtzaun. Jemand mußte es hineingeschnitten haben. Warum das so war, wußte Jane nicht. Für sie könnte es die Rettung bedeuten

Jane schlüpfte hindurch, blieb hängen, zerrte und riß sich einen Fetzen Stoff aus der Bluse, was ihr völlig egal war. Nur der Ripper durfte sie nicht fassen.

Vor ihr lag der gewaltige Schrottplatz. Wie skurrile Berge türmten sich die aufeinandergestellten Wagen auf. Dazwischen sah sie die hohen Kräne mit ihren ausladenden Armen, die weit über das Gelände schwangen.

Wo konnte sie sich verstecken?

Danach sah sich Jane erst gar nicht um, sie rannte bereits

in einen Weg hinein, der links und rechts von Abfallbergen flankiert wurde.

Und der Ripper blieb ihr auf den Fersen. Er dachte nicht im Traum daran, aufzugeben.

Er mußte sein achtes Opfer haben!

Die Füße des Rippers trommelten auf dem Boden. Sein Atem ging schnell und keuchend. Er machte sich keinerlei Sorgen, denn er war sicher, das Mädchen zu fassen. Es war nur noch eine Frage der Zeit.

In seinen Augen lag ein irrer Glanz. Jedesmal, wenn er die Stimme des echten Rippers hörte, blitzte es in seinen Pupillen auf.

»Hol sie dir. Los, pack sie dir!«

Und der Ripper steigerte sein Tempo. Plötzlich war die Frau verschwunden. Er sah sie nicht mehr und auch nicht das helle Haar, das ihm bisher den Weg gewiesen hatte.

Wo steckte die Frau?

Der Ripper blieb stehen. Keuchend, geduckt, breitbeinig. Den Kopf hatte er in den Nacken gebogen, seine Lippen waren geöffnet, er erinnerte in diesen Augenblicken an ein lauerndes Raubtier. Jane Collins hoffte nur, daß sie von dem Ripper nicht gesehen wurde. Sie hatte ihre erste Panik überwunden. Die kühle Überlegung gewann die Oberhand. Und wenn sie logisch nachdachte, war es gar nicht so schwer, dem Mörder zu entkommen.

Der Weg führte auf eine Presse zu. Er war so breit, daß ihn auch ein Lastwagen passieren konnte. Und es gab Lücken. Die zu verschrottenden Wagen standen nicht so dicht an dicht, als daß sich eine Person nicht hindurchzwängen konnte.

Das hatte Jane Collins getan.

Jetzt stand sie – gedeckt von einem bizarren Kunstwerk aus aufeinandergestapelten Autos – neben einer Bogenlaterne, die jedoch nicht brannte.

Lief der Ripper vorbei?

Jane hörte sein Atmen, dieses widerliche Keuchen, das allerdings auch seine Vorteile hatte. Jane wußte immer, wo sich ihr Feind aufhielt.

Sie sah ihn vorbeilaufen, und das Messer in seiner Hand blitzte dabei.

Der Detektivin ging es wieder besser. Sie dachte sogar darüber nach, ihre ursprüngliche Absicht in die Tat umzusetzen und den Ripper zu erledigen. Vielleicht schaffte sie es auf diesem Platz. Er konnte schließlich seine Augen nicht überall haben.

Jane suchte nach einer Waffe. So massenweise das Metall auch hier herumlag, eine handliche Waffe konnte Jane Collins nirgends finden. Die Blechteile waren viel zu groß. Sie mußte sich vorerst mit ihren Fäusten begnügen.

Der Ripper war stehengeblieben. Er lauerte, lauschte und konzentrierte sich. Jane Collins sah seinen Rücken, als sie hinter ihrer Deckung hervorlugte.

Wie auf dem Präsentierteller stand der Ripper da. Jane hätte ihn in den Rücken schießen können, er hätte nichts bemerkt. Den Gedanken hatte sie gerade zu Ende gedacht, als sich der Ripper dennoch umdrehte. Er schien einen sechsten Sinn zu haben, und Jane Collins zuckte hastig zurück.

Hatte er was bemerkt?

Der Ripper knurrte.

Jane vernahm das Geräusch ebenfalls. Ein Schauer lief ihr über den Rücken, denn das Knurren hatte sich fürchterlich angehört, als läge ein Tier auf der Lauer.

War dieser Ripper überhaupt noch ein Mensch? War er nicht längst ein Tier oder ein von fremden Mächten Beeinflußter?

Das alles war möglich, aber Jane hatte jetzt wirklich keine Zeit, über Ursachen nachzudenken, sie mußte achtgeben, daß der Ripper sie nicht fand.

Jeder Schritt war genau zu hören. Unter seinen Sohlen knirschte der Dreck. Jane hörte sein Atmen, sie versteifte, denn der Ripper befand sich dicht in ihrer Nähe, genau an der schmalen Einmündung. Die Detektivin merkte, daß sie einen Fehler begangen hatte. Sie hätte ruhig noch weiterlaufen sollen, aber sie hatte Angst davor gehabt, daß der Ripper ihr unter Umständen doch noch die Klinge in den Rücken werfen würde.

Er blieb stehen.

Janes Herz klopfte schneller. Sein Schattenriß zeichnete sich deutlich vom Boden ab. Den Arm hatte er halb erhoben, die Messerklinge glänzte.

Und jetzt wandte er noch den Kopf.

Es herrschten schlechte Licht- und Sichtverhältnisse auf diesem alten Schrottplatz, doch eins stand fest, Umrisse und Schatten waren zu sehen.

Auch der von Jane Collins.

»Ha!« Es war kein Lachen, was der Ripper Jane entgegenschleuderte, sondern ein triumphierender Schrei, es endlich geschafft zu haben. Ja, er hatte es gepackt.

Sie gehörte ihm. Sofort setzte er sich in Bewegung. Dabei hatte sich sein Gesicht verzerrt, der schwarze Bart zitterte, der Mund stand offen, die Augen glänzten.

Jane hatte den ersten großen Schock hinter sich. Deshalb blieb sie gelassen und ließ den Ripper kommen.

Sie wußte genau, daß sie einem Kampf nicht mehr ausweichen konnte, die Flucht hatte sie in eine Falle geführt.

Zu beiden Seiten die Berge der Autos. Manche standen vor, andere wieder zurück. Kühlerhauben schoben sich aus den Hügeln aus Metall. Jane Collins hatte schon des öfteren Filmszenen gesehen, die auf einem Schrottplatz spielten. Dort drehten die Schauspieler zumeist eine wilde Verfolgungsjagd, sie kletterten in halsbrecherischen Manövern über die Blechberge, um den Verfolgern zu entkommen.

Auch Jane dachte an die Möglichkeit. Sollte sie es wagen? Sollte sie tatsächlich versuchen, sich auf diese Art und Weise vor der menschlichen Bestie in Sicherheit zu bringen?

Viel Zeit, eine Entscheidung zu fällen, blieb ihr nicht mehr. Der Ripper war schon verflucht nahe, sie mußte es wagen. Eine andere Chance gab es für sie nicht. Es würde ihr vielleicht gelingen, ein paar Messerstöße abzuwehren, doch irgendwann würde der Ripper sie doch erwischen. Und wenn sie erst einmal verletzt am Boden lag, hatte er leichtes Spiel.

Der Blick nach links.

Ja, dort sah es besser aus als auf der anderen Seite. Schon ziemlich weit unten stand die Schnauze eines alten Caddys vor. Auf seinem Dach lagerten zahlreiche andere Fahrzeuge, die eine Blechpyramide bildeten.

Da mußte sie hoch.

Jane holte noch einmal tief Luft, federte in den Knien, drehte sich und stieß sich ab.

Ihr Körper schnellte hoch. Die Arme streckte sie aus, und ihre Hände krallten sich um die Stoßstange des Caddys.

Schrecklich brüllte der Ripper in seiner Wut. Er legte seine ganze Kraft in den Sprung und warf sich vor.

Jane schielte nach unten. Sie sah, daß der Ripper seinen rechten Arm erhoben hatte, um zuzustoßen.

»Bitte nicht!« flüsterte sie und zog die Beine an.

Im letzten Augenblick. Der Stich hätte ihre Waden getroffen, so aber verfehlte er sie, und die lange Klinge fuhr über ein Metallteil, wobei sie einen kreischenden Laut verursachte, der Jane eine Gänsehaut über den Rücken jagte.

Die Hürde war genommen.

Doch Jane hing in einer gefährlichen Lage. Es kostete sie große Kraft, sich weiterhin festzuhalten und die Beine anzuziehen. Sie mußte weiter.

Wieder stach der Ripper zu. Er sprang dabei in die Höhe,

und Jane spürte einen Schlag am Absatz. Dort hatte sie die gefährliche Klinge berührt.

Jetzt wurde es gefährlich. Wenn sich der Ripper noch mehr streckte, war sie verloren. Sie sah, wie er sich mit der linken Hand an einem Autowrack hochzog. Er würde es schaffen.

Jane hörte ihn schreien.

Es waren heisere Laute der Wut und des Triumphes. Und Jane nahm alle Kraft zusammen, um noch höher zu klettern. Sie mußte auf die breite Kühlerschnauze.

Der Wagen begann zu wackeln. Janes Herz übersprang einen Schlag.

Hatte sie dieser Pyramide vielleicht zuviel zugemutet? War es überhaupt noch möglich, den Weg fortzusetzen? Würde nicht alles zusammenkrachen und sie unter Tonnen von Blech begraben?

Es war nicht gut, mit diesen depressiven Gedanken die Flucht fortzusetzen, deshalb kämpfte sie sich weiter in die Höhe, und es gelang ihr in der Tat, auf die breite Schnauze des Caddys zu kriechen. Dort blieb sie erst einmal liegen und ruhte sich einige Sekunden lang aus.

Unter ihr heulte der Ripper. Jane lag flach auf der Kühlerhaube und schaute nach vorn, wo früher einmal die Scheibe des Caddys gewesen war.

Jetzt sah sie nur noch den Rahmen.

Die Scheibe selbst war herausgerissen.

Der Ripper konnte sich überhaupt nicht mehr beruhigen. »Ich kriege dich, du Nutte!« kreischte er. »Warte nur, du entkommst mir nicht! Deine Kehle werde ich aufschlitzen. Man nennt mich nicht umsonst den Ripper …«

Er war überhaupt nicht mehr zu beruhigen, aber solange er redete, handelte er nicht.

Jane Collins bewegte sich weiter nach vorn. Sie kroch über die Kühlerhaube. Dicht vor der Öffnung, wo sich sonst die

Scheibe befunden hatte, blieb sie hocken und atmete ein paarmal tief durch. Ihr Blick fiel in die Höhe.

Dort stapelten sich die anderen Wagen. Über dem Caddy befand sich ein Käfer, so wie sie ihn fuhr. Und er hatte das Gewicht der folgenden Autos zu tragen.

Es war wirklich ein Wunder, daß er noch nicht gekippt war. Kam sie da überhaupt hoch?

Sie mußte es, denn der Ripper folgte ihr. Er dachte gar nicht daran, aufzugeben. Jane sah ihn zwar nicht, aber sie merkte, wie sich der Caddy bewegte. Ein Zeichen, daß sich der unheimliche Killer ebenfalls an die Stoßstange gehängt hatte.

Jane Collins stellte sich hin. Sie beugte ihren Körper dabei vor und kroch auf das Dach des Caddys, wobei sie dicht vor sich die Reifen des VW sah.

Der Wagen stand leicht schräg, so hielt er vielleicht das Gewicht besser. Jane hatte von ihrem neuen Standpunkt einen guten Überblick und merkte, daß die Wagen allesamt kreuz und quer standen. Sie bildeten einen wirren Haufen aus Blech und verbogenem Metall.

Und sie bewegten sich.

Der Ripper nahm keine Rücksicht. Er war nicht vorsichtig, sondern wollte sein Ziel so rasch wie möglich erreichen. Jane mußte weiter.

Die linke Tür des VW hing nur noch an einer Angel. Sie knarrte, wenn sie durch das Schaukeln bewegt wurde. Deshalb konnte Jane auch durch die offene Tür in den Wagen schauen.

Ihr Blick fiel auf den Sitz.

Dort lag etwas.

Im ersten Augenblick konnte sie den Gegenstand nicht genau erkennen, dann aber sah sie, daß es sich bei ihm um ein Lenkrad handelte. Es war abgebrochen. Irgend jemand hatte es kurzerhand auf den Beifahrersitz gelegt.

Eine verzweifelte Idee zuckte durch Janes Kopf. Das abgebrochene Lenkrad lag so günstig, daß sie es ohne große Schwierigkeiten greifen konnte.

Erst duckte Jane sich zusammen, dann streckte sie ihren Arm aus, und ihre Fingerspitzen berührten das Lenkrad am Ring. Sie bekam es auch zu packen, und Jane merkte, wie der VW und der Caddy unter ihr stark schwankten.

Der Ripper war nahe ...

Dann hielt sie das Rad fest. Vorsichtig zog Jane es näher zu sich heran. Ihr Gesicht war von der Anspannung gezeichnet. Schweiß bedeckte ihre Haut. Ihr Atem ging keuchend, und dieses Keuchen wurde von dem höhnischen Kichern des Rippers übertönt.

Er war da!

Und mit ihm das Messer!

»Jetzt habe ich dich!« flüsterte er rauh. »Jetzt werde ich dich aufschlitzen ...«

Da fuhr Jane herum.

Es war eine blitzschnelle Bewegung. So schnell sogar, daß sie sich diese eigentlich bei der wackligen Unterlage gar nicht hätte leisten können.

Dicht vor sich sah sie den Ripper. Er stand auf der Schnauze des Caddys, den rechten Arm hatte er ausgestreckt, die breite, blutbefleckte Messerklinge befand sich nicht mehr weit von Jane entfernt. Eine Idee nur brauchte der Ripper nach vorn zu gehen, dann war es um die Detektivin geschehen.

Aus der Drehung warf Jane Collins das Lenkrad. Und sie überraschte den Ripper damit total, denn er hatte nicht sehen können, was Jane aus dem Wagen holte.

Das schwere Ding flog genau auf ihn zu.

Der Ripper riß zwar noch die Arme hoch, konnte jedoch

nicht vermeiden, daß ihn das Lenkrad hart im Gesicht traf. Er schrie auf, kippte nach hinten und dröhnte auf die Motorhaube, die unter der Wucht des fallenden Körpers erzitterte. Der Ripper hatte noch soviel Schwung, daß er über den Rand der Haube fiel und von dort zu Boden krachte.

Im ersten Augenblick hatte Jane Collins Angst, daß der plötzliche Fall des Rippers das gesamte Wrackgebilde umreißen würde, doch wie durch ein Wunder hielt es.

Jane Collins hatte einen Teilsieg errungen. Wie in Trance klammerte sie sich an der Ablaufrinne des VW fest, hatte die Augen geschlossen und zitterte.

Geschafft!

Wirklich geschafft?

Sie hörte den Ripper. Er keuchte, schrie und stieß finstere Drohungen aus. Seine Stimme hallte weit über den Schrottplatz, und plötzlich vernahm Jane ein anderes Geräusch.

Das Bellen eines Hundes.

Es war ein wütendes, zorniges Geräusch, und Jane hörte auch eine harte Männerstimme.

Nicht die des Rippers.

Der Detektivin fiel ein zentnerschwerer Stein vom Herzen. Sie wußte auf einmal, warum der Hund bellte und wer der Mann war, der gesprochen hatte.

Ein Nachtwächter!

Natürlich, man ließ solche Anlagen nie unbewacht, und endlich war der Mann aufmerksam geworden.

Jane Collins vernahm einen jaulenden Laut, der gut von einem Tier stammen konnte, danach hastige Schritte.

Der Ripper floh!

Als Jane sich ein kleines Stück nach vorn bewegte, da sah sie ihn mit gewaltigen Sätzen davonhetzen und in der Dunkelheit verschwinden.

Dazwischen tanzte ein Lichterstrahl.

Der Wächter und der Ripper mußten zusammentreffen,

wenn der unheimliche Frauenmörder immer auf dem gleichen Weg blieb.

Jane rutschte tiefer auf die lange Caddyschnauze, ging bis zu deren Rand vor und sprang nach unten.

Sicher kam sie auf, und auch über ihr brach die Pyramide aus Blech nicht zusammen.

»Halt! Bleiben Sie stehen, Mann!«

Der Nachtwächter brüllte den Ripper an, der Hund kläffte. Jane sah den zuckenden Lichtstrahl einer Taschenlampe, hörte das aufgeregte Bellen des Wachhundes und dann nur noch ein Winseln.

»Du Schwein hast ihn getötet!« Das schrie der Nachtwächter.

Lachen.

Hohl und voller Triumph schallte es über den großen Schrottplatz. In der Ferne verlor sich das Echo.

Jane rannte. Sie nahm jetzt keine Rücksicht mehr auf ihre eigene Sicherheit, sondern lief den Weg zurück.

Dicht am Tor sah sie das zuckende Bündel am Boden. Es war der Wachhund. Mehrere Stiche hatten ihn getroffen. Er starb. Der Nachtwächter hatte sich über das treue Tier gebeugt und weinte. Er bemerkte Jane gar nicht, die mit hängenden Armen stehengeblieben war. Jetzt erst spürte sie die Nachwirkungen. Ihre Knie zitterten. Schwindel packte sie, und sie mußte sich hinsetzen. Sie nahm kaum das Aufbrummen des Automotors wahr.

Der Ripper floh!

Minuten vergingen, bevor der Nachtwächter den Kopf hob und Jane aus tränenfeuchten Augen anschaute.

Er schluckte ein paarmal. »Wer – wer sind Sie?«

»Er wollte mich töten«, murmelte Jane. »Es war Jack the Ripper!«

»Mein Gott!« ächzte der Mann.

Seine Kleidung war vom Blut des Tieres verschmiert. Er

selbst war schon älter. Wahrscheinlich ein Pensionär, der sich ein Zubrot verdiente.

Er wollte noch mehr sagen, und auch Jane hatte Fragen, doch beide wurden abgelenkt.

Eine regelrechte Flut aus Autoscheinwerfern ergoß sich über den Schrottplatz. Mehrere Wagen fuhren an. Fernlicht strahlte auf, blendete und erfaßte die vorlaufende Jane Collins, die mit beiden Armen winkte.

Im ersten Wagen hockten Will und ich. Und wir sahen die blonde Jane auch als erste.

Ich bremste. Stotternd allerdings, damit die hinter dem Bentley fahrenden Wagen nicht auffuhren. Dann hielt mich nichts mehr. Ich sprang aus dem Auto, und im nächsten Augenblick fiel mir eine völlig erschöpfte Jane Collins in die Arme.

Sie lebte, das war erst einmal wichtig. Sie war nicht das nächste Opfer des Rippers geworden.

»John, mein Gott, John, es war schrecklich«, sagte sie immer wieder. »Dieser Ripper ist eine Bestie. Er hat vor meinen Augen ein Mädchen ermordet.«

»Beruhige dich erst einmal«, sagte ich.

»Nein, John, wir müssen ihn kriegen, er darf nicht mehr frei herumlaufen. Er ist eine Bestie.«

Da sagte mir Jane Collins wirklich nichts Neues. Doch es war nicht so einfach, den Ripper zu fangen. Nach wie vor wußten wir nichts. Vielleicht konnte uns Jane etwas sagen.

»Sinclair!« Einer der Männer sprach mich an.

Ich ließ Jane los und drehte mich zu ihm um.

Zum zweitenmal sah ich die Haare. Der Ripper hatte sie seinem Opfer abgeschnitten. Der Mann hielt sie in der rechten Hand. Zwischen den Fingern der anderen klemmte ein Zettel, die übliche Beschreibung des Mörders.

»Ich konnte Claudia nicht helfen«, sagte Jane. »Er hatte mich bewußtlos geschlagen.«

»Dir macht niemand einen Vorwurf«, erwiderte ich. »Aber du hast ihn gesehen?«

»Ja.«

»Und?«

Jane gab mit stockenden Worten ihre Beschreibung. Ich erfuhr von einem Mann mit Halbglatze, einem Bart und dunklen Haaren. »Kennst du ihn wirklich nicht?« fragte Kommissar Mallmann, der neben uns getreten war.

Ich schüttelte den Kopf.

Erst jetzt sah Jane den deutschen Kommissar. »Will«, drang es erstaunt über ihre Lippen, »du bist ja auch hier.« Ihre Augen glänzten vor Freude.

»Hallo, Jane.«

Die beiden reichten sich die Hand. »Ich hätte dich gern unter anderen Umständen wiedergesehen«, sagte die Detektivin, »aber es sollte wohl nicht sein.«

»Leider.«

»Und ich habe dich tagelang gesucht«, erklärte ich ihr.

»Ich hatte doch den Job.«

»Welchen?«

»Ich wollte den Ripper fangen.«

»Und warum hast du nichts gesagt?« In meiner Stimme schwang ein Vorwurf mit.

»Weil ich es allein schaffen wollte.«

»Du hast ja gesehen, was fast dabei herausgekommen wäre.«

»Sicher.«

Da fiel mir etwas ein. »Himmel«, sagte ich, »der Ripper ist doch sicherlich mit einem Wagen gekommen.«

»Natürlich.«

»Welche Marke?«

Jane Collins hob die Schultern. »Es tut mir leid, John, aber das kann ich dir wirklich nicht sagen. Es war zu dunkel. Auch der Wagen. Er verschmolz mit der Dunkelheit.«

»Da kann man wohl nichts machen.« Ich war ziemlich deprimiert.

»Aber etwas anderes ist mir aufgefallen«, sagte die Detektivin.

»Und?«

»Die Stimme, John, ich kannte die Stimme.«

»Was?« Ich schrie das Wort.

»Ja. Ich habe sie schon einmal gehört.«

»Und wo?«

Jane machte ein verzweifeltes Gesicht. »Das weiß ich leider nicht, John.«

»Überlege, schnell.«

»Was meinst du, was ich die ganze Zeit über tue? Aber ich komme einfach nicht darauf.«

Um uns herum wurde es taghell. Experten der Spurensicherung bauten ihre Scheinwerfer auf.

Chiefinspektor Harrison war ebenfalls informiert worden.

Ich sah das alles nicht, sondern schaute nur auf Jane Collins. Sie hatte den Kopf gesenkt, ihr Blick war zu Boden gerichtet, und fast konnte ich sehen, wie es hinter ihrer Stirn arbeitete.

Auch Will Mallmann blickte gespannt die blonde Detektivin an, die hin und wieder fahrig über ihr Gesicht strich. Ihre Lippen zuckten.

Sagte sie etwas?

»Fällt dir der Name ein, Jane?«

»Nein.« Sie lächelte gequält. »Aber ich habe die Stimme gehört, mein Gott. Das ist noch nicht lange her, ein paar Tage vielleicht, und da war was ...«

»Erinnere dich, Jane. Bitte, denke genau nach. Was hast du in den letzten Tagen alles unternommen?«

»Ich war ja immer weg. Ich sah mich im Milieu um und bin auch zu den Tatorten gefahren.«

»Was hast du dort getan?«

»Ich wollte einen Eindruck gewinnen, mir einen Überblick verschaffen, du kennst das ja.«

»Sicher.«

Jane holte tief Luft. Ich nahm meine Zigaretten hervor und bot der Detektivin ein Stäbchen an. Sie schüttelte jedoch den Kopf.

Ich rauchte. Mit halbem Ohr bekam ich mit, daß man auch den Nachtwächter verhörte. Er wurde nach dem Wagen gefragt, mit dem der Ripper geflüchtet war. Auch er hatte ihn nicht erkannt oder konnte sich nicht erinnern.

Es war wirklich wie verhext.

»Hast du es?«

Jane schüttelte den Kopf. »Noch nicht«, gab sie murmelnd zurück. »Aber ich bin dran.«

»Denke weiter nach.«

Jane Collins zermarterte sich wirklich den Kopf. Sie sprach sogar mit sich selbst, rief sich Szenen und Ereignisse der vergangenen Tage ins Gedächtnis zurück, schüttelte den Kopf, nickte manchmal und gelangte zu keinem Ergebnis.

Dann traf Chiefinspektor Harrison ein. Sein Gesicht war sehr ernst. »Das siebte Opfer«, sagte er. »Verdammt auch.«

Ich hob die Schultern. »Dabei haben wir noch Glück gehabt. Es hätte leicht ein achtes hinzukommen können.«

»Wieso?«

Ich berichtete von Janes Erlebnissen.

»Mein Gott, wann macht diese verdammte Bestie ein Ende? Wissen Sie denn, wer es ist?«

»Bisher nicht, trotz Zeugen.«

»Soll ich Miss Collins noch befragen?«

»Das wird keinen Zweck haben, Kollege. Sie bemüht sich verzweifelt.«

»Ja, das glaube ich.« Harrison schaute sich um. »Mich wundert nur, daß dieser miese Reporter noch nicht da ist. Ernie Shane hat doch sonst seine Augen überall.«

Ich hob die Schultern.

»John!« Jane Collins sprach mich an. Und wie sie das tat, ließ mich aufhorchen.

Ich drehte mich zu ihr um.

Sie nickte. »Ich habe es, John! Ich weiß jetzt den Namen. Mein Gott, ich kenne ihn!« Jane war völlig aufgeregt.

»Wer ist es?« An beiden Schultern hielt ich sie gepackt. Stille umgab uns, jeder wollte zuhören, wenn die Detektivin den Namen des siebenfachen Mörders preisgab.

Sie sagte ihn uns.

Ich fuhr zurück. »Nein, Jane, das gibt es doch nicht. Du mußt dich irren.«

Stumm schüttelte sie den Kopf. »Ich irre mich nicht, John. Er ist es, und kein anderer ...«

In ihm kochte es.

Der Ripper befand sich in einer Stimmung wie nie zuvor in seinem Leben.

Er hatte versagt!

Das Opfer war ihm entkommen. Da half es auch nichts, daß die siebte Tote hinter ihm im Wagen lag, die Frau mit den blonden Haaren war ihm entkommen.

Und er war geflohen.

Seine Nerven hatten ihm einen Streich gespielt. Den Hund hatte er noch töten können, doch er hatte sich nicht die Zeit genommen, den Mann auch umzubringen.

Er mußte jetzt in sein Haus, in seine Burg.

Hinten im Wagen lag die Tote. Sie hatte er zum Glück erwischt, und sie würde seinen, makabren Reigen vervollständigen. Er fuhr wie im Traum, hielt jedoch instinktiv die Geschwindigkeitsbegrenzungen ein, so daß er keiner Streife auffiel.

Als der erste Haß und die erste Wut verraucht waren und

wieder klare Überlegungen seinen Geist bestimmten, da spürte er auch die Schmerzen. Spurlos war der letzte Kampf körperlich nicht an ihm vorbeigegangen. Dieses blonde Weib hatte ihm aus kurzer Entfernung ein Lenkrad ins Gesicht geschleudert. Noch jetzt schmeckte er Blut im Mund, zwei Zähne fehlten ebenfalls, sie waren von dem Treffer buchstäblich zertrümmert worden.

Auch dafür sollte sie büßen. Nicht heute, nicht morgen und vielleicht auch nicht übermorgen.

Er hatte Zeit, aber kriegen würde er sie.

Wie ein riesiges rotes Auge kam ihm die Ampel vor, an der er halten mußte. Ruckartig stoppte der Renault. Er war der erste in der Reihe. Hinter ihm rollten die anderen Fahrzeuge langsam heran.

Da hörte er wieder die Stimme des echten Rippers in seinem Gehirn. »Du hast versagt. Sie ist dir entkommen. Hüte dich, sie sind dir bereits auf den Fersen! Sieh dich vor!«

Der Ripper nickte. »Ich weiß!« keuchte er. »Verdammt, ich weiß. Aber sie kriegen mich nicht. Nein, sie wissen nichts, gar nichts. Ich bin der Sieger ...«

Erschöpft ließ er sich zurückfallen und wachte erst auf, als er hinter sich das Hupen hörte. Die Ampel zeigte bereits Grün. Er drückte die Kupplung, legte den ersten Gang ein und fuhr ruckartig an. Rasch schaltete er in den zweiten.

Waren sie ihm wirklich auf der Spur? Hatten sie ihn gefunden? Nein, unmöglich, er hatte keine Fehler gemacht, sondern sich ausgezeichnet abgesichert.

Und doch blieben die dumpfen Überlegungen. Sie waren auch nicht beendet, als er seinen Wagen vor dem schmalbrüstigen Haus stoppte, das er bewohnte.

Langsam rollte der dunkle Renault auf den Hof, wurde abgebremst, und der Ripper stieg aus.

Er sah sich um, stellte fest, daß die Luft rein war. Er öffnete die Heckklappe. Dann holte er die Tote hervor. Sie hatte keine Haare mehr, Blut tropfte zu Boden, als er auf eine Hintertür zuschnitt und sie aufschloß. Die Tür schwang lautlos nach innen. Der Ripper hatte die Angeln gut geölt. Von hier aus konnte er direkt in den alten, muffigen Keller huschen, wo sich die Räume mit den niedrigen Decken befanden.

Schon hier erreichte ein schrecklicher Gestank seine Nase. Leichengeruch...

Der Ripper lachte. Andere wären vor Entsetzen geflohen, er jedoch fühlte sich wohl, denn im Keller lagerte sein grauenvolles Geheimnis. Mit dem Fuß stieß er eine Tür auf und betrat den größten Raum. Elektrisches Licht gab es nicht. Oben an der Wandseite fiel durch einen Rost schwaches Dämmerlicht.

»Ihr bekommt Besuch«, lachte der Ripper. »Freut euch, meine Lieben, Besuch kommt...«

Er kicherte wie ein Wahnsinniger.

Wir hatten die Adresse über Funk erfahren und wußten jetzt, wo der Ripper wohnte.

Genau eine Stunde später war das Haus umstellt. Die Beamten der Sonderkommission hatten einen Ring um das alte Gemäuer gezogen, das inmitten einer Wohnsiedlung stand. Keiner der Anwohner bemerkte etwas. Die Polizisten hatten Routine. Sie verbargen sich im Schutz der Dunkelheit, aber sie würden keine Maus aus dem Haus schlüpfen lassen.

Ich stand mit Harrison, Will Mallmann und Jane Collins im Schutz einer Hecke. Die Detektivin hatte es sich nicht nehmen lassen und war mitgefahren. Sie wollte dabeisein, wenn es dem Ripper an den Kragen ging.

Das Haus selbst war dunkel. Nichts wies darauf hin, daß sich der Ripper im Innern aufhielt, wenn da nicht der Wagen gewesen wäre, der im Hof vor der alten Garage parkte. Daß er ihn nicht hineingefahren hatte, hatte seinen Grund. In der Garage stand der zweite Wagen, den er für seine normale Existenz benötigte.

Ich hatte mich mit Einbruchswerkzeug ausgerüstet, denn es war besprochen, daß ich als erster das Haus betrat. Zusammen mit Will Mallmann. Nach einigen Diskussionen hatte Harrison seinen Widerstand aufgegeben.

»Uhrenvergleich.«

Es war genau eine Viertelstunde vor Mitternacht. Wenn es nach uns ging, sollte der Ripper am nächsten Tag bereits hinter Gittern sitzen.

Harrison nickte mir zu. »Viel Glück«, sagte er. »Und seien Sie vorsichtig.«

»Keine Bange.«

Wir gingen. Zuletzt schaute ich Jane Collins an. Sie sah aus, als wollte sie mit uns gehen, und sie stand schon auf dem Sprung, doch mein Gesichtsausdruck gab ihr die Antwort.

Jane senkte den Kopf.

Nebeneinander schritten Will Mallmann und ich einher.

Neben der Haustür blieben wir stehen und drückten uns eng an die Mauer. Will hielt die Taschenlampe in der rechten Hand. Ich ging einen Schritt vor, bückte mich und sah mir das Schloß an.

Es war, wie man so schön sagt, primitiv. Selbst für einen Ungeübten wie mich mußte es eine Kleinigkeit sein, es zu knacken. Behutsam führte ich den Dietrich ein, der allerdings sehr bald hakte. Ich mußte einen anderen, schmaleren nehmen. Wie eine Schlange schob er sich in den Schlitz, und diesmal klappte es. Ich spürte Widerstand, der jedoch leicht zu überwinden war. Ein paar Versuche, ein leichter Druck, und das Schloß schnackte zurück.

Die Tür war offen!

Will Mallmann ließ mir den Vortritt.

Der Flur war düster, und als ich den ersten Schritt über die Schwelle tat, fiel mir der Geruch auf.

Unwillkürlich blieb ich stehen. Hinter mir wisperte Will. »Was ist denn?«

»Riechst du nichts?«

»Ja, verdammt, jetzt, wo du es sagst. Das stinkt …«

»… nach Verwesung«, vollendete ich.

»Genau.«

Mir lief es kalt den Rücken hinab. Himmel, womit mußten wir hier rechnen?

Ich bat Will, die Lampe noch nicht einzuschalten, sondern nahm meine Bleistiftleuchte. Ich hatte mir inzwischen eine neue besorgt. Der dünne Strahl reichte. Er fand die Treppe, die vor uns nach oben führte, und ich sah die Tür.

Bevor ich die oberen Räume unter die Lupe nahm, wollte ich mich hier unten umsehen.

Will hatte die Tür geschlossen. Ich gab ihm ein Handzeichen und bewegte mich auf Zehenspitzen weiter vor.

Wenn sich der Ripper irgendwo im Haus befand, dann verhielt er sich sehr geschickt. Wir hörten keinen Ton. Nur unsere eigenen Schritte, obwohl wir bemüht waren, uns so lautlos wie möglich zu bewegen. Ansonsten war nichts zu vernehmen, kein verräterisches Atmen, kein Flüstern oder Schleifen – nichts.

Nur diese Ruhe, die mir schon unheimlich vorkam. Die Tür, die ich ins Auge gefaßt hatte, war nicht verschlossen.

Abermals traute ich mich nicht, nach einem Lichtschalter zu suchen. Will und ich wollten im Dunkeln bleiben.

Der Gestank war stärker geworden. Er wehte uns förmlich entgegen, und ich rechnete damit, irgend etwas Schreckliches in diesem Raum zu entdecken.

Es war eine Täuschung.

Soweit ich erkennen konnte, lag ein leeres Zimmer vor uns, denn ich sah nicht einen Umriß eines Möbelstücks.

»Ist das Haus überhaupt bewohnt?« flüsterte Will Mallmann. »Mir scheint es, als stehe es leer.«

»Nimm mal die Lampe«, sagte ich zu Will.

Darauf hatte der Kommissar gewartet. Er schaltete sie ein, deckte jedoch den Strahl mit dem Handballen ab, so daß nur die Hälfte des Lichts leuchtete.

Auch sie reichte aus.

Das Zimmer war wirklich leer. Wenigstens standen hier keinerlei Möbel.

Dafür jedoch hing ein Bild an der Wand.

Und was für eins.

Will Mallmann und ich waren fasziniert und schockiert zur gleichen Zeit. Das Bild zeigte Jack the Ripper. Aber den echten.

Er stand gebückt da, trug einen weiten, dunklen Umhang, auf dem Kopf einen breitkrempigen Schlapphut und hatte rot unterlaufene, blutige Augen. Die Finger seiner rechten Hand umklammerten ein Messer mit langer Klinge, auf der sogar noch Blut schimmerte. Ein schauriges Bild, wirklich. Ich atmete scharf ein. Will Mallmann erging es ebenso.

»Das ist der Ripper«, hauchte er.

Ich nickte nur und starrte das Gemälde weiter an. Sehr lebensecht wirkte es. Man konnte meinen, der Ripper würde jeden Augenblick aus dem Rahmen steigen und uns angreifen.

Ich ging auf das Bild zu und berührte die Leinwand. Irgendwie fühlte sie sich warm an, als würde alles, was darauf gemalt war, leben.

Auch der Ripper ...

Starr schaute ich ihm ins Gesicht. Bewegten sich nicht seine Augen, grinste er nicht? Je länger ich starrte, um so stärker wurde der Eindruck, schließlich verwischte das Bild sogar, und erst Will Mallmanns Stimme riß mich wieder zurück in die Realität.

»John, wir haben nicht viel Zeit.«

»Okay.« Ich drehte mich um. Will Mallmann bewegte seine rechte Hand, und der Lampenstrahl wanderte.

Wir sahen die Öffnung zur selben Zeit. Rechts von uns war die Wand durchgeschlagen worden, so daß wir in das andere Zimmer gehen konnten, ohne erst eine Tür aufzudrücken.

Mit dem Daumen deutete ich die Richtung. »Bleib du hier, Will«, sagte ich.

»Und du?«

»Ich sehe mich mal um.«

»Okay.«

Da aus dem Zimmer mit dem Bild an der Wand genügend Licht fiel, verzichtete ich darauf, meine Bleistifttaschenlampe anzuknipsen. Ich konnte auch so sehen.

Den Irrtum bemerkte ich nach zwei Schritten. Plötzlich fand ich keinen Boden mehr unter den Füßen, zuckte noch zurück, verlor trotzdem den Kontakt und fiel in die Tiefe ...

Eine Falltür, verdammt!

Das war der Gedanke, der mir während des Falls durch den Kopf schoß. Dann erfolgte schon der Aufprall. Er war verdammt hart und schüttelte mich durch. Ich fiel nach vorn, spürte kühlen Boden unter meinen Fingern und stieß gegen die Wand. Der Fluch blieb mir im Hals stecken, als ich mich langsam in die Höhe stemmte.

Ich war in einem Keller gelandet und merkte, daß der Leichengeruch intensiver geworden war.

Ich mußte demnach mit dem Schlimmsten rechnen ...

Der Keller schien uralt zu sein. Die Mauern waren unbehauen und feucht. Schimmel lag darauf wie eine Schicht. Ich mußte den Kopf einziehen, um nicht gegen die Decke zu stoßen.

Wer lauerte hier?

Der Ripper? Würde ich ihn hier finden? Ich schluckte einen Kloß hinunter und schaute mich um.

Dunkelheit. Nur ein schwacher Lichtschein, der von oben her fiel. In Umrissen zeichnete sich das Viereck der Luke ab, durch die ich gefallen war.

Wo steckte der Ripper?

Mir war jetzt alles egal. Um sehen zu können, mußte ich die Lampe benutzen. Ich holte sie hervor und schaltete sie ein.

Mein Tastsinn hatte mich nicht getrogen. Im Schein der kleinen Taschenlampe sah ich deutlich, wie verschimmelt, aufgerissen und feucht das Mauerwerk doch war. Dieser Keller war ein Paradies für Kriechtiere aller Art.

»John?« Ich vernahm Will Mallmanns flüsternde Stimme.

»Bleib oben!« zischte ich.

»Hast du etwas gesehen?«

»Nein, noch nicht, aber es kann nicht mehr lange dauern. Hier im Keller ist es.«

Mallmann zog sich zurück.

Ich aber ging dorthin, wo ich die erste Tür sah. Sie lag mir schräg gegenüber und bestand aus einem Material, das ziemlich neu aussah. Der Ripper mußte diese Tür nachträglich eingebaut haben.

Es wurde sehr still.

Plötzlich bewegte sich die Tür. Wie in Superzeitlupe schwang sie nach innen. So langsam und dabei knarrend, daß mir eine Gänsehaut über den Rücken rann.

Ich löschte die Lampe. Da sich die Tür bis zum Anschlag geöffnet hatte, betrachtete ich dies als eine Einladung.

Wiederum so leise wie möglich bewegte ich mich auf die Tür zu. Meine Beretta hatte ich gezogen. Wahrscheinlich lauerte in dem Keller der gefährliche Ripper. Von ihm wollte ich mich nicht überraschen lassen.

Die Zeit schien stillzustehen. Auch ich dämpfte meinen Atem. Der Ripper hörte sicherlich meine Schritte.

Auf der Türschwelle blieb ich stehen, weil ich zögerte, den Kellerraum zu betreten. Ich strengte meine Augen an, um die Dunkelheit zu durchdringen, und sah gegenüber an der Wand, dicht unter der Decke, einen matten Lichteinfall. Dort mußte sich ein Schacht oder etwas Ähnliches befinden.

Und ich war nicht allein.

Mehrere Personen hockten in diesem stinkenden, muffigen, feuchten Kellerraum, denn ich glaubte, Umrisse zu sehen.

Aber niemand bewegte sich.

Wo lauerte der Ripper?

Hinter der Tür im toten Winkel? Das nahm ich stark an, denn von dort mußte er die Tür aufgezogen haben.

Und plötzlich wurde es hell.

Ein grünblau schimmerndes Licht breitete sich in dem Kellerraum aus und zerriß die Dunkelheit.

Ich konnte sehen.

Und was ich sah, war eine der schlimmsten Szenen, die mir jemals vor Augen gekommen waren ...

Sie saßen um einen runden Tisch. Sieben Mädchen und Frauen.

Sieben Leichen!

Eine sah schlimmer aus als die andere. Zum Teil waren sie festgebunden, damit sie nicht umkippten. Ich sah auch Claudia Ferris, das letzte Opfer.

Ihr Blut war noch frisch ...

Bitte ersparen Sie mir eine Beschreibung, aber wenn ich einen Spiegel gehabt hätte, mein Gott, ich glaube, ich war in diesem Moment grün im Gesicht.

Diese Bestie hatte, nachdem sie ihnen die Haare abschnitt,

die Toten gesammelt und sie dann auf Stühle um einen Tisch herumgesetzt.

Welch ein Horror!

Ich war vieles gewohnt, aber ich brauchte meine Zeit, um den Anblick zu begreifen und auch zu verkraften, denn so etwas ist sehr, sehr schlimm.

Dann hörte ich das Kichern.

Tatsächlich, es klang hinter der Tür auf, und der Ripper persönlich hatte es ausgestoßen.

»Zeig dich, du Bestie!« knirschte ich.

Er kam.

Zwei schleichende Schritte, dann befand er sich in meiner Höhe, drehte sich um, und ich konnte ihn sehen.

Das Messer hielt er in der Hand. Hinter seinem letzten Opfer blieb er stehen. Er hatte den Mund geöffnet, ich sah den Bart, die Halbglatze, und ich sah die Augen eines Wahnsinnigen.

Aber noch etwas fiel mir auf.

Sein Gesicht war seltsam verschoben. Da stimmte in der Proportion die Nase mit dem Mund nicht überein. Sie saß zu schief und war auch oben eingedrückt.

Jane Collins hatte mir den Namen des Rippers gesagt. Im ersten Augenblick, als ich ihm gegenüberstand, hatte ich gezweifelt, doch jetzt wurde mir alles klar.

»Nehmen Sie die Maske ab!« verlangte ich.

Er lachte. »Du weißt es also?«

»Ja, seit einer Stunde. Deine Stimme hat dich verraten, Ripper. Du kannst dich nicht mehr verstellen!«

»Schade, ich dachte, es wäre perfekt gewesen.«

»Nichts ist perfekt, Ripper!«

Da nickte er und hob den linken Arm. Seine Finger wühlten in dem Kunsthaar, hielten für einen Moment inne und rissen die Maske dann ab.

Vor mir stand der Ripper, wie er tatsächlich aussah und

vielen bekannt war. Auch ich hatte ihn schon gesehen und sagte die folgenschweren Worte: »Im Namen des Gesetzes verhafte ich Sie wegen siebenfachen Mordes, Ernie Shane ...«

Er lachte. »Sogar meinen Namen weißt du. Gut, Bulle, du bist sehr gut.«

Ja, Freunde, es war Ernie Shane. Der schnelle Reporter, der immer wußte, wann und wo ein Mord geschehen war, der sofort am Tatort war, die besten Aufnahmen schoß und die härtesten und realistischsten Berichte schrieb.

Ernie Shane, der Ripper.

Mit einer Maske hatte er sich getarnt, doch ich hatte sie ihm vom Gesicht gerissen.

Wir fixierten uns über die Toten hinweg. »Warum, Shane?« fragte ich. »Warum?«

Er kicherte. »Ich liebe Jack the Ripper.«

»Das ist nicht der Grund. Weshalb haben Sie diese jungen Mädchen und Frauen umgebracht? Mit welch einem Recht begingen Sie diese scheußlichen Verbrechen? Warum?« schrie ich.

Da verklärte sich sein Gesicht. Ein Schein schien über seinen Zügen zu liegen. »Ich wollte ihm nacheifern, nur ihm. Ich habe ihn schon immer bewundert, und dann fand ich das Bild. Sein Geist wohnt darin, er nahm mit mir Verbindung auf. Er sagte mir, daß ich es schaffen würde, daß ich ebenso etwas leisten könnte wie er. Ja, das hat er mir immer wieder gesagt. Ich habe es versucht, und ich habe es geschafft. Niemand wußte, wer sich hinter dieser Maske verbarg. Ich habe sogar noch Geschäfte gemacht, denn die Geschichten ließen sich gut verkaufen. Der echte Jack the Ripper wohnt in mir ...«

Wie eine groteske Horrorfigur sah er aus. Sein rotes Haar,

der Schweiß im Gesicht, die funkelnden Augen, und das gefährliche Messer in der Hand.

Die Mündung der Beretta wies auf seine Brust.

»Und weshalb haben Sie die Leichen gesammelt?«

»Das wollte ich so. Ich wollte immer an sie erinnert werden und irgendwann ein Foto an die Zeitungen schicken. Ich hätte euch verhöhnt, alle. Aber noch ist ja nichts verloren.«

Shane lebte tatsächlich in dem Wahn, daß er noch etwas retten konnte.

Den Zahn wollte ich ihm jetzt ziehen.

»Sie verlassen den Keller, Shane. Aber mit mir und in Handschellen. Verstanden?«

»In Handschellen?«

»Ja.«

»Niemals, Bulle. Niemand wird es wagen, Jack the Ripper Handschellen anzulegen. Den bekanntesten Mörder aller Zeiten darf niemand so behandeln. Ich bin ein Stück des echten Rippers. In mir lebt er weiter. Er kreist durch das Jenseitsreich und wird immer neue Seelen finden. Niemand will ihn haben, aber er sucht sich die Leute aus, und sein Geist wird sie beeinflussen. Mich hatte er erwählt, und ich lasse mich nicht fesseln.«

Eigentlich klangen die Worte überheblich oder lächerlich, doch mir war wirklich nicht nach Lachen zumute. Shane wußte genau, was er sagte, und er würde nicht aufgeben.

Er starrte mich an. Die Waffe in meiner rechten Hand schien er nicht zu sehen.

»Denken Sie daran«, sagte ich. »Eine dumme Bewegung, und ich werde schießen.«

Er lachte nur.

»Und Sie werfen jetzt das Messer weg!« befahl ich.

Das tat er nicht. Im Gegenteil, er griff mich an. Aus dem Stand hechtete er vor. Er riß einfach zwei Leichen von den

Stühlen und hatte seinen rechten Arm halb erhoben, damit er zustechen konnte.

Ich schoß.

Töten wollte ich ihn nicht, er sollte hinter Gitter, und das für den Rest seines Lebens. Schräg hieb die Silberkugel in seine Schulter. Während ich zurückging, zuckte er mitten im Sprung zusammen, fiel auf den Tisch, drehte sich schreiend um die eigene Achse und rutschte über den Rand, wobei er zu Boden fiel.

Noch hielt er das Messer fest.

Aus der Wunde quoll das Blut. Meine Kugel mußte eine Ader verletzt haben.

Ich richtete wieder die Waffe auf ihn. »Weg mit dem verdammten Messer!«

Er lag am Boden und starrte mich an.

Selten habe ich bei einem Menschen so einen Haß in den Augen gesehen. Sie funkelten in einem wirklichen Wahnsinn, das Gesicht hatte er verzogen, halboffen stand der Mund, und ich sah Blut auf seinen Lippen.

Dann knurrte er. Wie ein Raubtier fauchte er mich an.

Ich behielt den Finger am Drücker.

Und da reagierte Ernie Shane. Nicht mir schleuderte er das Messer entgegen, sondern sich selbst. Die Bewegung erfolgte so schnell, daß ich überrascht wurde, obwohl ich ihn nicht aus den Augen gelassen hatte.

Eine Sekunde später war er tot.

Ernie Shane hatte sich das Messer durch die Kehle gestoßen!

»Jack the Ripper« Nummer zwei existierte nicht mehr …

Will Mallmann wartete.

Natürlich fiel es ihm schwer. Er lief unruhig in beiden Zimmern auf und ab, hielt die Ersatz-Beretta umklammert und horchte immer wieder am Rand der Luke, ob nicht irgend etwas in dem finsteren Keller geschah.

Er vernahm auch die Stimmen, hörte den Schuß und biß die Zähne zusammen.

Der Ripper hatte ein Messer, John eine Pistole. Also hatte er geschossen.

War der Ripper erledigt?

Der Kommissar vernahm aus dem zweiten Raum das gräßliche Stöhnen. Sofort drehte er sich um, knipste die Lampe an und betrat mit schußbereiter Waffe das Zimmer.

Dort war niemand.

Und doch hatte jemand gestöhnt.

Es war der Ripper auf dem Bild!

Will Mallmann wurde angst und bange, als er das Gemälde anleuchtete. Die Farben vermischten sich plötzlich, wurden zu einem stumpfen Grau. Feuer schlug aus der Leinwand.

Im Nu wurde sie verbrannt. Doch die Stimme hörte der Kommissar noch einmal.

»Ich bin noch da. Mich kriegt ihr nicht tot. Denn ich, ich bin der wahre Jack the Ripper ...«

Danach war es still.

Schweigend stand Will Mallmann da und starrte auf das Bild, von dem nur noch der Rahmen übriggeblieben war. Erst meine Stimme riß ihn aus seiner Lethargie.

Er ging zur Luke und half mir hoch. »Der Ripper ist tot«, sagte ich.

»Vielleicht«, erwiderte Will leise.

»Wieso?«

»Das erzähle ich dir später, John ...«

Sieben Särge wurden später aus dem Haus getragen. Nach einer Weile erst folgte der achte.

In ihm lag der Ripper.

Tot ...

Ich stand vor dem Eingang, als die Träger an mir vorbeischritten, und blickte auf den geschlossenen Sargdeckel. Die Neugierigen bekamen eine Gänsehaut, als sie den Sarg sahen.

Und dann hörte ich die Stimme. »Freu dich nur nicht zu früh, John Sinclair. Ich bin nicht tot. Mein Geist wird jemanden finden, dann nehme ich Rache an dir! Hahaha ...«

Vor Schreck hätten die Träger den Sarg fast fallen lassen. Sie schauten mich an, ich aber lächelte.

»Es war nichts«, sagte ich.

»Natürlich, Sir.«

Will Mallmann flog wieder ab. Ich brachte ihn zum Flughafen.

Zum Abschied grinste er. »Irgendwann wird uns der Job wieder zusammenführen, John. Doch zuvor wünsche ich dir ein paar ruhige Tage, an denen du dich erholen kannst.«

»Danke, Will, das kann ich gebrauchen.«

Das sagte ich so in meinem Leichtsinn und ahnte noch nichts von dem verrückten Wissenschaftler Jason Kongre, der mich zusammen mit Dr. Tod und der Mordliga in den nächsten Tagen in Atem halten würde ...

ENDE

Schlimmer als der Satan

Die Stimme klang erregt, in höchster Panik. Sie signalisierte Lebensgefahr.

»Sinclair, verdammt, Sie müssen mir helfen. Sonst ist alles zu spät. Er hat es geschafft. Dieser Satan hat es geschafft! Kommen Sie schnell, ich ...«

Die Stimme verstummte. Nur ein heftiges Röcheln war zu hören.

Ich wußte genau, was ich bei Anrufen dieser Art zu tun hatte. Da gab es gewisse Regeln, die eingehalten werden sollten. Mit möglichst ruhiger Stimme formulierte ich meine Antwort. »Nennen Sie mir bitte Ihren Namen und Ihre Anschrift.«

»Ich bin – verdammt, er ist schon da. Ich schaffe es nicht mehr, Sinclair, ich ...«

»Den Namen.« Ich preßte den Hörer hart ans Ohr. Ich lauschte genau. Vernahm Hintergrundgeräusche und auch das Splittern eines Gegenstandes aus Glas. Dann ein Schrei.

»Sagen Sie etwas!«

»Kongre, Jason Kongre.« Ein langer Seufzer folgte, danach ein hämisches Lachen, und dann vernahm ich eine andere Stimme. Sie klang kalt, herzlos, irgendwie überheblich.

»Wen immer dieser Mann auch angerufen hat und wer immer Sie sind, Sinclair, hüten Sie sich. Lassen Sie die Finger aus diesem Fall. Er ist zu groß für Sie.«

»Moment mal ...« Das letzte Wort hätte ich mir sparen können, denn es knackte. Das typische Geräusch, das entsteht, wenn jemand den Hörer auf die Gabel legt.

Ich saß da und konnte nichts tun.

War vielleicht ein Mensch gestorben? Hatte man ihn eiskalt ermordet, während ich am Telefon saß und nur zuhören konnte?

Ich zündete mir eine Zigarette an. Das Gespräch war nicht über die Zentrale gelaufen, sondern hatte mich direkt erreicht. Zudem war es aufgezeichnet worden.

Die Recorder stand in der Schublade meines Schreibtisches. Ich ließ das Band noch einmal abspielen.

Nein, ich brauchte mir keinerlei Vorwürfe zu machen. Ich hatte nicht anders handeln können. Der Mann hatte mir keine Informationen mehr geben können. Doch er hatte einen Namen genannt, der sich in meinem Gedächtnis festkrallte.

Jason Kongre!

Ich dachte nach und merkte nicht, daß die Asche abfiel und auf der Schreibtischunterlage landete. Ich pustete sie zu Boden. Die Putzfrau würde sie wegsaugen.

Den Namen hatte ich noch nie gehört. Ich überlegte hin und her, doch zu einem Ergebnis kam ich nicht. Jason Kongre war mir völlig unbekannt, was jedoch nicht hieß, daß er ein Unbekannter war. Da gab es sicherlich eine Akte in unserem Archiv. Ich verließ mein Büro. Glenda Perkins war damit beschäftigt, die Ablage zu sortieren. Als ich die Tür aufdrückte, drehte sie den Kopf.

»Wollen Sie noch irgendwohin?« fragte sie. In ihrer Stimme klang Besorgnis mit. Sie wußte, daß ein harter Fall in New York hinter mir lag.

Ich wollte nicht daran erinnert werden, denn Dr. Tod hatte es tatsächlich geschafft, Xorron zu erwecken. Das war zu der Zeit, als sich Suko und ich ebenfalls in New York aufhielten. Es war wirklich eine Sache, die man so rasch wie möglich vergaß. Zudem hatten wir noch den Tod eines liebgewordenen Freundes zu beklagen gehabt. Jo Barracuda, der G-man, war ein Opfer der Ghouls geworden.[*]

»Ich will zum Alten. Ist er noch da?« erkundigte ich mich.

Glenda nickte. »Sicher, das Büro ist doch seine zweite Heimat. Und Besuch hat er auch nicht.«

»Okay, dann gehe ich mal hin.«

---

[*] Siehe John Sinclair Taschenbuch Band 73 009: ›Ghouls in Manhattan‹

»Soll ich Ihnen einen Kaffee bringen?« fragte Glenda.

»Im Prinzip ja. Ich weiß nur nicht, ob ich bei Sir James sitzen bleibe. Es ist durchaus möglich, daß ich nach unten ins Archiv verschwinde.«

»Sie können ja anrufen.«

»Mach' ich.«

Links und rechts klatschten die Schläge in das Gesicht des Mannes. Sein Kopf wurde von einer Seite auf die andere geworfen, und die Wangen schwollen an, wobei sie sich rötlich färbten.

»Du verdammter Hund«, zischte der Mann, der geschlagen hatte. »Ich werde es dir zeigen, mich so zu verraten.«

Wieder schlug er zu. Diesmal mit der Faust. Und er traf andere Stellen des Körpers.

Der Gepeinigte krümmte sich, er würgte, spie und stöhnte herzerweichend. Obwohl er wesentlich größer war als sein Gegenüber, konnte er nichts unternehmen. Der Angreifer hatte ihn gefesselt. Und zwar auf eine raffinierte Art und Weise.

Die Hände des Geschlagenen steckten in Handschellen. Die Arme waren ihm auf den Rücken gedreht worden, und der Mann hing in einer unbequemen Schräglage. Blut sickerte aus seinem Mund und lief über das Kinn. Ein Hieb hatte seine Unterlippe getroffen.

Am anderen Ende waren die Handschellen mit dem Stahlgitter eines Käfigs verbunden. Er zeigte eine viereckige Form, war ziemlich hoch und endete dicht unter der Decke des als Labor eingerichteten Raumes.

Der Wand gegenüber stand ein zweiter Käfig. Er glich dem ersten aufs Haar, nur war der zweite Käfig beim ersten Hinsehen leer. Wer genauer nachschaute, sah die kleine Wespe, die innerhalb des Käfigs summte und nicht heraus konnte, denn vor den Eisenstäben befand sich ein sehr enges Maschendrahtgeflecht, das höchstens eine kleine Mücke passieren ließ, aber keine Wespe.

Zwischen den beiden Käfigen stand eine Konsole. Sie war grau gestrichen und zeigte auf ihrer der Stahlschiebetür zugewandten Seite eine Schalttafel sowie einen kleinen Monitor. Darunter befand sich das runde Fenster eines Oszillographen.

Der Schläger trat zurück. Er rieb sich die Knöchel, denn sie waren angeschwollen und schmerzten. »Du hast mich verraten wollen, Bennet. Aber ich bin dir auf die Schliche gekommen. Niemand wird mich verraten, denn ich bin am Ziel meiner Wünsche angelangt. Und ich habe jemanden gefunden, der sich für meine Experimente interessiert. Er wird gleich hier sein.«

Der Mann im Käfig schüttelte den Kopf. »Sie sind kein Wissenschaftler, Kongre, Sie sind ein Verbrecher. Jawohl, ein mieser Verbrecher. Was Sie getan haben, ist ein schlimmes Verbrechen an der Menschheit, und ich wollte es nicht unterstützen.«

»Deshalb haben Sie mich verraten?«

»Auch, Kongre, auch. Nur sehe ich es nicht als Verrat an. Es ist eine Warnung gewesen, mehr nicht. Eine Warnung vor Ihnen, dem Verbrecher.«

»Ich bin ein Genie!« rief Kongre.

»Das auch. Aber vergessen Sie niemals, wie nahe Genie und Wahnsinn beieinander liegen.«

»Dann bezeichnen Sie mich als wahnsinnig?« fragte Kongre lauernd.

Bennet hob den Kopf. Es war eine Trotzreaktion. Und er sagte laut und deutlich: »Ja.«

»Dafür müßte ich Sie tausend Tode sterben lassen, Bennet. Tausend Tode.«

»Der eine wird reichen«, erklärte Bennet kalt. Er haßte

Kongre. Im Anfang, vor einigen Jahren noch, als der Privatgelehrte einen Assistenten suchte, da hatte er ihn bewundert, doch seit geraumer Zeit schon war die Bewunderung in Haß umgeschlagen, denn Professor Kongre war ein Wahnsinniger, ein Besessener, der die Menschheit verachtete und an Methoden arbeitete, um sie zu vernichten. Er hatte grausame Experimente gemacht. Wer sein Haus einmal näher durchsuchte, würde den Schock seines Lebens erleiden, falls er das Haus überhaupt noch als freier Mann verlassen konnte. Es war ein Teufelshaus, eine Brutstätte des Schreckens, ein Hort des Satans.

Und Kongre war dem Satan verfallen.

In den letzten Jahren hatte er sich auch körperlich verändert. Der psychische Wechsel war physisch nicht an ihm vorübergegangen. Sein Gesicht wurde mehr und mehr zu einer Grimasse. Scharfe Falten hatten sich in die Haut gegraben, die Mundwinkel waren herabgezogen, spitz stach die gekrümmte Nase hervor, und die Augen blickten, so klein sie auch waren, kalt und grausam. Kongre schien immer mehr den Gestalten zu gleichen, mit denen er Versuche angestellt hatte. Er war wirklich ein bestialischer Teufel.

Und nun wollte er die Versuche mit Menschen weiterführen. Bisher hatte Bennet geschwiegen, doch er konnte nicht mehr. Es wäre eine Todsünde gegen sich selbst und gegen die Menschheit gewesen, wenn er seinen Mund nicht aufgetan hätte.

Er hatte sich zuviel vorgenommen und war nicht vorsichtig gewesen. Kongre erwischte ihn in dem Moment, als er mit dem Anrufer sprach. Er hatte ihn mit seinem Elektrostab geschockt, auch so eine teuflische Erfindung dieses Professors. Dieser Stab, man konnte seine Voltzahl verändern, warf den stärksten Mann auf die Bretter. Selbst seine Mutationen brachte er damit zur Räson.

Kongre nickte jetzt. Sein weißes Haar stand hoch vom

Kopf ab. Wie sperrige Holzsträhnen, als wäre jedes einzelne Haar elektrisch aufgeladen.

»Sie haben nur noch kurze Zeit zu leben, Bennet, und kein Hahn wird nach Ihnen krähen. Schade, Sie waren ein guter Mann, wirklich, aber sie hätten sich nicht gegen mich stellen sollen.«

Da lachte Bennet auf. »Lieber sterbe ich als geachteter Mensch.«

»Sie sterben doch nicht.« Kongre lachte. »Die Wahrscheinlichkeit, daß Sie den Tod finden, ist gering. Ich habe meine Experimente genau vorbereitet, Sie werden ebenso reagieren wie die Tiere, Bennet. Nichts kann mehr schiefgehen.«

»Und was haben Sie davon?«

Da verzog Kongre die Mundwinkel noch mehr. »Ich habe mich mit einem mächtigen Mann zusammengesetzt, der in dieser Stadt gute Beziehungen hat.«

»Ja, mit Logan Costello, einem Gangster.«

»Ob er ein Gangster ist, will ich dahingestellt sein lassen. Er verdient eben auf etwas ungewöhnliche Art und Weise sein Geld. Aber er hat auch Beziehungen und tritt eigentlich nur als ein Agent in Erscheinung, der die Provision kassiert. Die wirklichen Leute, die sich für meine Erfindung interessieren, die hat er mir erst vermittelt, und einer von Ihnen wird mich besuchen.«

»Ja, ich weiß.«

Kongre wollte noch etwas sagen, doch in diesem Augenblick schellte es. Im Keller war ein schrilles Geräusch zu hören.

»Er ist da«, sagte Kongre. »Jetzt wird es für Sie nicht mehr lange dauern, Bennet.« Der Wissenschaftler drehte sich um und verließ den großen Kellerraum mit den kahlen, grauen Betonwänden.

Bennet blieb allein zurück. Er hatte nur noch einen unsichtbaren Partner.

Das Grauen!

Kongre schritt inzwischen die Treppen hoch. Seinen weißen Laborkittel hatte er nicht geschlossen. Er wehte hinter ihm her, wenn er die Stufen nahm.

Mit großen Schritten durchquerte er die holzgetäfelte Diele und öffnete, nachdem er durch einen kleinen Spion geschaut hatte und zufrieden nickte.

Vor ihm stand genau der Mann, den er so sehnsüchtig erwartet hatte.

Die beiden Männer musterten sich. Dann fragte der Ankömmling: »Sind Sie Kongre?«

»Ja.«

»Ich bin Marvin Mondo.«

Kongre lächelte. »Es freut mich sehr«, sagte er und streckte seine rechte Hand aus.

Mondo schüttelte den Kopf. »Ich bin es nicht gewohnt, so begrüßt zu werden.«

»Gut, lassen Sie uns ins Haus gehen.« Professor Kongre gab den Weg für Mr. Mondo frei.

Mondo war ebenfalls Wissenschaftler, und auch ein verbrecherischer. In der Größe glichen sich die beiden Männer. Nur hatte Mondo keine Haare mehr, seine Kopfhaut war spiegelblank. Auf der Nase trug er eine randlose Brille, und sein Gesicht war eigentlich nichtssagend, wäre der harte, eiskalte Ausdruck in seinen Augen nicht gewesen, die hinter den Brillengläsern noch größer erschienen als normal. Mondo trug einen grauen Anzug, einen leichten Mantel, ein weißes Hemd und eine unauffällige Krawatte.

»Ich freue mich, daß Sie so schnell gekommen sind«, begann Kongre das Gespräch.

»Wir haben uns auf Logan Costello verlassen. Er hat mich auch herfahren lassen. Wenn ich innerhalb einer Viertelstunde nicht zurück bin, fahren seine Leute wieder ab. Ich hoffe, Sie werden die Zeit nützen, Kollege.«

»Natürlich, und Sie werden begeistert sein, das kann ich Ihnen versprechen.«

»Warten wir es ab.«

»Darf ich Sie bitten, mir in den Keller zu folgen?« fragte Kongre höflich.

»Weshalb?« Mondo war wirklich das Mißtrauen in Person.

»Weil ich dort meine Laborräume habe.«

Mr. Mondo nickte. »Gehen wir.«

Sie verließen die Halle, bogen in einen schmalen Gang ein, der vor einer Tür endete. Kongre zog sie auf. Breite Stufen führten nach unten.

Helles Leuchtstoffröhrenlicht lag schattenlos auf den Betonwänden und Stufen.

Schon jetzt, am Beginn der Treppe, waren die schrecklichen Laute aus dem Keller zu hören.

Geräusche, die nicht von einem Menschen stammen konnten. Dafür waren sie zu fremd, zu grausam und zu schrecklich. Man hörte ein Kreischen, ein Summen, Heulen und Jammern. Als würde sich in diesem Keller das Fegefeuer der geknechteten Seelen befinden.

Mondo blieb stehen. »Was ist das?« fragte er.

Kongre drehte sich um und lächelte schmal. »Sie werden sie bald sehen können, Kollege, aber zuvor möchte ich Ihnen ein Experiment vorführen, wenn Sie gestatten.«

»Natürlich.«

Eine Minute später standen die beiden Männer in dem Raum, wo Bennet gefesselt im Käfig hing. Mondo blickte sich um. Seine Augen waren sehr wachsam. Mit kleinen Schritten drehte er seine Runden, wobei er die Arme auf den Rücken gelegt hatte.

»Was ist das hier?«

»Meine neueste Erfindung«, erwiderte der Professor.

»Und?«

Kongre lächelte voller Besitzerstolz und rieb über sein hageres Gesicht. »Sehen Sie die beiden Käfige, Mondo?«

»Ja, bin ja nicht blind.«

»Mit ihnen hat es eine besondere Bewandtnis. Sie können durch bestimmte Strahlen aufgeladen werden, und diese Strahlen wiederum treffen dann auf den Gegenstand, der sich innerhalb des Käfigs befindet. Nun beginnt der eigentliche Prozeß. Die Strahlen, ich habe sie F 18 genannt, sind in der Lage, die Atomstruktur des Menschen aufzulösen. Simpel gesagt, der Gegenstand, ob Mensch oder Tier, verschwindet.«

In Mondos Augen blitzte es. »Bleibt er unsichtbar?«

»Nein, das leider nicht. Vielleicht wird mir das auch einmal gelingen. Die Atome fügen sich in dem zweiten Käfig wieder zusammen. Sie werden also den Menschen nach einigen Sekunden dort sehen, völlig normal und lebend.«

Marvin Mondo nickte. »Das soll ich Ihnen alles glauben?«

»Um Ihnen den Beweis zu liefern, habe ich Sie eingeladen.«

Mondo deutete auf den Gefesselten. »Ist das Ihre Versuchsperson?«

»Ja, mein Assistent.«

»Warum haben Sie ihn gefesselt? Weigert er sich?«

»So kann man es auch sagen. Er macht Schwierigkeiten, wollte aussteigen, weil er meine Experimente für verbrecherisch hält. Er hatte sich schon an die Polizei gewandt, im letzten Moment habe ich dazwischenfunken können.«

»Hat er etwas gesagt?«

Kongre nickte.

»Ja, ich verstand den Namen des Mannes, mit dem er telefonierte.«

»Und?«

»Es war ein gewisser Sinclair.«

Bis jetzt hatte Mondo dagestanden, ohne irgendeine Reaktion zu zeigen, doch sobald er den Namen hörte, verzog er das Gesicht, als hätte er in eine Zitrone gebissen.

Sinclair! Der Geisterjäger. Erzfeind seines Chefs und der Mordliga, der Mondo unter anderem angehörte. Plötzlich war er wieder im Spiel, nachdem er in New York eine vernichtende Niederlage erlitten hatte, als es ihm nicht gelungen war, die Rückkehr von Xorron, dem Herrn der Zombies und Ghouls, zu verhindern. Die Mordliga war nun vollständig. Dr. Tod triumphierte, konnte seinem großen Ziel nun näher kommen und tanzte dabei auf mehreren Hochzeiten. Es interessierte ihn alles, was auf der Welt vor sich ging, das nur den Schimmer von etwas Geheimnisvollem zeigte. Deshalb hatte er auch nichts dagegen gehabt, daß Marvin Mondo nach England reiste, um sich die Erfindung des Professors anzusehen.

»Was überlegen Sie?« fragte Kongre.

»Ich kenne Sinclair.«

»Ist er gefährlich?«

»Ja.«

»Dann müssen wir ihn ausschalten«, sagte Kongre.

Mondo lächelte spöttisch. »Das versuchen wir bereits seit geraumer Zeit. Leider ist es uns nie gelungen, obwohl er sich schon in unserer Gewalt befunden hat.«

»Sie sind eine Gruppe?«

»Zeigen Sie mir Ihr Experiment«, erwiderte Mondo. »Alles andere braucht Sie nicht zu interessieren. Wir haben schon genügend Zeit vertrödelt.«

»Wie Sie wünschen.«

Jason Kongre ging bis zur Käfigtür vor und knallte sie hart zu. Bennet starrte ihn an. In seinem Blick lag Verachtung. Er hatte sich vorgenommen, keine Angst zu zeigen, und das wollte er auch durchhalten. Koste es, was es wolle.

Die Tür des zweiten Käfigs war zu. Kongre trat an die Konsole und holte zwei Brillen hervor. Die Gläser bestanden

aus sehr dickem und dunklem Glas, das violett schimmerte.
»Setzen Sie die Brille auf!« wies er seinen Kollegen an.

Mondo wechselte seine Brille gegen die andere.

»Treten Sie etwas zurück und schauen Sie auf die Käfige!«
Auch das tat er.

Jason Kongre hantierte an mehreren Knöpfen. Ein Summen war zu hören. »Jetzt erfolgt die Aufladung«, flüsterte er und verzog seine Lippen zu einem Grinsen. »Sie werden überrascht sein, Herr Kollege.«

In der Tat schien es innerhalb der Käfige zu knistern. Der Assistent Bennet bäumte sich plötzlich auf. Sein Körper bog sich durch, auf einmal war er von tanzenden Lichtblitzen umgeben, wurde innerhalb des Metallkäfigs in eine strahlende Aura eingehüllt, riß den Mund auf und begann zu schreien.

Da verlöschte das Licht.

Im selben Augenblick sahen beide Männer den hellen, gelblich schimmernden Bogen, der sich von einem Käfig zum anderen spannte. Er zitterte in der Luft. Es roch nach Ozon. Hätten die Männer die Brillen nicht getragen, wären sie geblendet worden.

Fünf Sekunden blieb der Lichtbogen bestehen, dann fiel er in sich zusammen, auch das Summen wurde leiser und verstummte schließlich ganz.

Es war ruhig.

Die Leuchtstoffröhre an der Decke flackerte kurz, dann flammte sie auf.

»Bitte, sehen Sie selbst«, sagte Jason Kongre und lachte satanisch.

Marvin Mondo schaute in beide Käfige. Was er sah, war so unglaublich, daß er seinen Augen kaum trauen wollte ...

Mein Chef sah mich an. Irgendwie hatte ich den Eindruck, als würde er vorwurfsvoll blicken, und ich fühlte mich wie einer, der ein schlechtes Gewissen hat.

»Gibt es einen Erfolg in Sachen Mordliga?« erkundigte er sich.

Ich hob die Schultern. »Nein.«

»Lesen Sie die Berichte aus New York. Die sind schlimm. Das FBI hat sie mir zukommen lassen.« Sir Powell zupfte an seiner Brille. »Eine verdammt haarige Sache, John, das kann ich Ihnen sagen. Dieser Xorron hat gewütet.«

»Wem sagen Sie das, Sir? Ich war selbst dabei.«

»Und Sie haben es nicht verhindern können.«

»Nein, aber wenn Sie erlebt hätten, was Xorron da alles anstellte, hätten Sie auch nichts geschafft. Ich bin nur froh, daß es nicht noch mehr Tote gegeben hat.«

»Ja, das können wir auf unsere Seite buchen«, erwiderte mein Chef. »Jo Barracuda war Ihr Freund, nicht?«

Ich nickte und dachte daran, wie er gestorben war. Ich hatte ihn erschießen müssen, weil man ihn zu einem Zombie gemacht hatte, eine schreckliche Sache, ich schüttelte mich jetzt noch, wenn ich daran dachte.

»Auf jeden Fall können wir uns auf einiges gefaßt machen. Dr. Tod wird jede Rücksicht fahren lassen, wie ich ihn kenne, aber das brauche ich Ihnen ja nicht zu sagen. Was hat Sie eigentlich zu mir geführt, John?«

»Ein Name, Sir. Kongre.«

Sir James runzelte die Stirn und nagte auf der Unterlippe. Er dachte angestrengt nach. »Kongre? Müßte ich diesen Mann oder diese Frau kennen?«

»Möglich, Sir.«

»Tut mir leid, John. Ich kenne den Namen nicht. Wie kommen Sie überhaupt auf ihn?«

Ich berichtete meinem Chef von dem Anruf, den ich erhalten hatte. Sir James nickte mit ernstem Gesicht. »Das ist natürlich ein Aspekt, den man nicht aus den Augen lassen darf. Sie wissen erstens nicht, wer Sie angerufen hat, und zweitens kennen wir beide diesen Kongre nicht. Vielleicht unser Archiv?«

»Darum wollte ich Sie bitten, Sir. Fahren Sie mit mir hinunter?«

»Weil ich heute einen guten Tag habe, ja«, erwiderte mein Chef und stand auf.

Wie immer trug er einen grauen Anzug. Diesmal mit Weste, da sich der Herbst bereits ankündigte. Wir hatten in der vergangenen Nacht starke Regenschauer erlebt, erste Stürme, aber dann hatte sich das Wetter wieder gebessert, und an diesem Tag schien sogar die Sonne.

Mit dem Lift fuhren wir in die klimatisierten Kellerräume, wo sich die gewaltige EDV-Anlage des Yard befindet. In diesen Gängen habe ich mich noch nie wohl gefühlt. Ich hasse Räume ohne Fenster. Sie sind für mich die Vorstufe zum Gefängnis.

Ein paarmal mußte ich grinsen, wenn ich Sir James sah, wie er gnädig zurücknickte, wenn man ihn grüßte. Wir gingen zum Leiter der EDV oder zum Archivmonster, wie ich den Doktor der Mathematik mal getauft hatte.

Natürlich unterbrach er seine Arbeit, als er Sir James sah. Die beiden Männer begrüßten sich. Mir zwinkerte das Archivmonster zu.

Sir James kam sofort zur Sache. Der Superintendent redete nie um den heißen Brei herum. »Wir brauchen Informationen über eine gewisse Person. Höchstwahrscheinlich einen Mann. Es ist doch einer, oder?« Sir James schaute mich fragend an.

»Ja, soeben ist mir der Vorname wieder eingefallen. Er heißt Jason Kongre.«

»Irgendwelche Besonderheiten?« fragte der Mathematiker.

»Soviel ich weiß, nicht«, erwiderte ich.

»Gut, dann werde ich mal schauen.«

Dr. Kassner, so hieß der Mann, verschwand aus seinem Büro. Er ging dorthin, wo sich die großen Geräte befanden, mit denen ich überhaupt nichts anfangen konnte. Da standen Terminals, Sichtschirme, über die Zahlen flimmerten; Rollen von Endlospapier wurden bewegt, und Magnetbänder drehten sich lautlos. Dr. Kassner sprach mit einem Mitarbeiter und gab ihm den entsprechenden Auftrag.

»Rechnen Sie mit einer heißen Sache, John?« fragte mich mein Chef.

»Ja, Sir. Dieser Anrufer hat wirklich nicht gescherzt, der hat es verdammt ernst gemeint.«

»Sie rechnen nicht damit, daß er noch lebt?«

»Auf keinen Fall. Es sei denn, man hat ihn entführt.«

»Man müßte den Namen wissen.«

»Ihn hat er nicht genannt, Sir. Zudem war das Gespräch zu kurz, um herauszufinden, von wo der Mann angerufen hat. Auf jeden Fall ist das alles eine dumme Sache.«

Sir James musterte mich durch seine dicken Brillengläser. Dabei hatte er seine Unterlippe vorgestülpt. »Was sagt Ihr Gefühl?«

Ich mußte grinsen. Es schien sich bis zu meinem Chef herumgesprochen zu haben, daß ich manche Fälle förmlich rieche. Dann setzte sich immer ein leichter Klumpen in meinen Magen fest. Bisher jedoch war alles normal. Das sagte ich auch Sir James.

»Na ja, dann müssen wir abwarten.«

Seine schlechte Laune schien vorbei zu sein. Er begann, im Büro auf und ab zu wandern. Dabei hob er den Arm und berührte mit der Spitze seines Zeigefingers die Stirn. »Wo sich Dr. Tod mit seiner verdammten Mordliga verkrochen hat, wissen wir immer noch nicht, oder?« Ein scharfer Blick traf mich.

»Aber es ist alles in Bereitschaft?« Meine Antwort war als Frage gestellt.

Sir James nickte. »Nur haben unsere glorreichen Geheimdienste auch noch nichts herausgefunden. Trotz großer Such- und Fahndungsaktionen. Es muß irgendwo auf der Welt einen Ort geben, den wir einfach nicht einsehen können. Dabei ist es wirklich zum Verzweifeln. Die Mordliga ist ja tätig, sie ist vorhanden, nur wissen wir nicht wo, denn sonst könnten wir gezielt zuschlagen.«

Das war wirklich eines unserer großen Probleme. Dr. Tod hatte es geschafft, seine Mordliga aufzufüllen. Es gab natürlich verschiedene Möglichkeiten, wo er und seine Leute sich verstecken konnten. Auf unserer Erde ebenso wie in einer anderen Dimension, in der Nähe von Asmodina vielleicht, die ja letztendlich die Schuld an Solo Morassos Rückkehr trug. Es bereitete Dr. Tod keinerlei Schwierigkeiten, die Dimensionen zu wechseln, dieser Mensch-Dämon war wirklich mächtig genug. Zudem besaß er starke Waffen. Da war einmal der magische Bumerang, den er mir abgenommen hatte, und zum zweiten der Würfel des Unheils, der sich so phantastisch manipulieren ließ, je nachdem, in welcher Hand er sich befand. Hätte ich ihn, wäre er zu einer Waffe des Guten geworden, auf der anderen Seite jedoch konnte Morasso ihn steuern und lenken, so daß er ihm bei seinen verbrecherischen Plänen nützlich war.

Dieser Würfel war sehr mächtig, ich hatte es selbst erlebt, und wenn Solo Morasso ihn einsetzte, konnten wir praktisch nichts dagegen unternehmen. So sah es aus, und davon biß auch keine Maus den Faden ab.

Dr. Kassner kam zurück. Wir sahen ihn durch die große Scheibe der Bürowand. Der Mathematiker winkte mit einigen Karten, die er in der rechten Hand hielt. Er trug eine dunkle Brille, hatte hellblondes Haar, das auf der breiten Scheitelseite nach hinten gekämmt war, und um seine Lippen spielte ein Lächeln. Gespannt schauten wir ihn an, als er die Tür aufzog und sie sofort hinter sich ins Schloß drückte.

»Erfolg gehabt?« erkundigte sich Sir James knapp.

»Das kann man wohl sagen.« Dr. Kassner legte die Karten auf den Tisch. »Erst einmal gibt es mehrere Jason Kongres. Drei insgesamt, wie wir herausgefunden haben. Sehen Sie selbst.«

Wir nahmen uns die Karten vor, die bereits entschlüsselt waren, so daß sie auch ein Normalbürger lesen konnte.

Zwei konnten wir vergessen. Einer der Männer hockte im Zuchthaus, der andere war verstorben. Er hatte eine Agentur geleitet, was immer man darunter auch zu verstehen hatte.

Blieb der dritte.

Und dessen Karte sah uns sehr interessant aus. Sir James und ich lasen gemeinsam.

Jason Kongre hatte vor Jahren für die Regierung gearbeitet.

Er war Verhaltensforscher und gleichzeitig Physiker gewesen, ein Mann also, der mit seinem Wissen manipulieren konnte. Ob Tiere oder Menschen, das spielte keine Rolle. Kongre war aber mit seinen Ideen nicht auf fruchtbaren Boden gestoßen, weil sie ethisch nicht haltbar waren und von niemandem unterstützt wurden. Man hatte Kongre ein paarmal verwarnt, er jedoch blieb bei seinen Thesen, die sich mit der Mutationstheorie beschäftigten, und deshalb feuerte man ihn eines Tages. Er war jedoch im Geschäft geblieben. Als Privatmann hatte er in einem Industrieunternehmen einen potenten Geldgeber gefunden, bis der Chef des Konzerns starb. Von diesem Tage an hörte man von Jason Kongre nichts mehr. Auch der Geheimdienst, der ihn hin und wieder beobachtet hatte, verlor sein Interesse. Man wußte heute nicht einmal, wo Jason Kongre wohnte.

So sah es aus.

»Das ist nicht gut«, murmelte der Superintendent, und ich war seiner Ansicht.

»Man hätte ihn weiterhin beobachten lassen sollen«, erklärte ich. Dabei schaute ich Dr. Kassner an, der jedoch hob nur die Schultern.

»Mir dürfen Sie das nicht sagen, John. Damit habe ich nichts zu tun.«

»Natürlich.«

Ein Bild lag ebenfalls dabei. Wir sahen es uns genau an. Ich will mal sagen, daß niemand etwas für sein Aussehen kann, aber dieser Kongre sah mir schon verdammt seltsam aus. Er hatte schlohweißes Haar, das wie ein wilder Blumenwuchs von seinem Kopf abstand. Das Gesicht war hager, sogar etwas eingefallen, die Lippen schmal, die Nase sprang scharf aus dem Gesicht hervor. Dann die Augen, sie waren wirklich am interessantesten. Sogar auf dem Bild war zu erkennen, daß sie irgendwie ein fanatisches Feuer zeigten. Sie schienen tief in den Pupillenschächten zu glühen, und ich war davon überzeugt, daß ich es bei Jason Kongre mit einem Fanatiker ersten Ranges zu tun hatte. Dieser Wissenschaftler war wirklich nicht normal, seine Augen sagten mir genug, er war ein Mensch, der über Leichen ging. Um dies festzustellen, brauchte ich kein Semester Psychologie studiert zu haben, das konnte ich sehr gut erkennen.

»Das ist er«, sagte ich.

»Sie meinen der Mann, von dem der Anrufer gesprochen hat?« fragte Sir James.

»Genau.«

»Dann holen Sie ihn.«

Ich lachte. »Können vor Lachen. Seine Adresse kennen wir schließlich nicht.«

»Wo hat er zuletzt gewohnt?« Dr. Kassner fühlte sich angesprochen und deutete auf eine Karte. »Hier steht die Adresse.«

Ich las halblaut. »Commercial Road. Die kenne ich nicht.«

»Aber ich«, erwiderte Dr. Kassner. »Sie liegt in Whitechapel.«

»Also ziemlich westlich.«

»Genau.«

»Fahren Sie hin«, sagte Sir James. »Vielleicht finden Sie dort eine Spur.«

»Wird wohl das Beste sein.«

Wir bedankten uns bei Dr. Kassner für seine Mühe und fuhren wieder hoch. In mein Büro ging ich erst gar nicht zurück, sondern blieb in der großen Halle, wo wieder viel Betrieb herrschte.

»Nun?« fragte Sir James. »Was sagen Sie dazu?«

»Nichts, Sir.«

»Und Ihr Magen?«

Ich grinste.

»Irgendwie fühlt er sich klumpig an. Ich würde meinen, da liegt etwas in der Luft.«

»Dann betätigen Sie sich mal als Umweltschützer«, erklärte mir Sir James und ging zu einem Lift.

Ich nahm die andere Richtung und holte meinen Bentley vom Parkplatz.

Von der Seite her schaute Jason Kongre seinen Besucher an. Er ließ ihm Zeit, die Überraschung zu verdauen. Und daß Marvin Mondo überrascht war, sah man seinem Gesicht an.

»Nun?« fragte Kongre nach einer Weile.

»Sie haben gelogen«, antwortete Mondo und nahm seine dunkle Brille ab. Dafür setzte er seine andere wieder auf, und die kalten Augen funkelten hinter den Gläsern.

»Wieso?«

»Der zweite Käfig war nicht leer.«

Da lächelte Kongre. »In der Tat, Mondo, Sie sind ein sehr

guter Beobachter. Aber ich wollte Ihnen eine kleine Überraschung bieten, wie Sie sehen.«

»Die ist Ihnen gelungen.«

»Danke.«

Mondo achtete nicht auf die Worte seines Gegenübers, sondern schritt auf den rechten Käfig zu, wo sich Bennet, der Assistent, noch immer befand. Er war weiterhin gefesselt und sah bis zum Kopf völlig normal aus.

Aber nur bis zum Kopf! Denn was sich darüber präsentierte, war das absolute Grauen, der blanke Horror.

Er hatte keinen normalen Menschenkopf mehr, sondern den einer Wespe! Jedoch übergroß und schrecklich anzusehen. Selbst Mondo, der vieles gewohnt war, mußte schlucken.

Der gewaltige Wespenkopf war langgezogen. Er saß auf den Schultern, als hätte er sich dort schon immer befunden, ging praktisch nahtlos in den normalen Körper über.

Die Augen waren zu erkennen, die Fühler, lang wie Finger, und sogar eine Zunge.

Nein, das war keine Zunge. Als die Wespe ihr Maul öffnete, sah Mondo einen grünen Stachel, der pfeilschnell hervorstach und den Mann dazu brachte, zurückzuweichen.

Ein gefährliches Summen drang ihm entgegen, und Mondo wandte hastig den Kopf. Kongre sah auf seiner Stirn winzige Schweißperlen glitzern. So etwas hatte selbst Marvin Mondo noch nicht erlebt, die Überraschung hatte ihn hart getroffen.

Genau schaute er sich das Monster an. Der Wespenschädel zuckte vor und zurück. Irgendwie quollen die Augen hervor. Sie erschienen ihm wie Kugeln, die jemand auf die Oberfläche gelegt hatte.

Es war ein schreckliches Bild, und das Brummen klang irgendwie drohend und gefährlich.

Kongre stand im Hintergrund und lächelte.

Es war das Lächeln eines Siegers und eines Teufels zugleich.

»Nun, was sagen Sie zu meiner Erfindung, Mondo? Sind Sie immer noch skeptisch?«

»Nein.«

»Dann werden wir zusammenarbeiten?«

»Moment. Sie sind ein bißchen voreilig, mein Lieber.«

Kongre trat mit dem Fuß auf. »Wer so lange gewartet hat wie ich, der hat das Recht, ungeduldig zu sein.«

»Vielleicht.« Mondo streckte den rechten Arm aus. Er hatte sich wieder voll unter Kontrolle. »Darf ich die andere Mutation auch mal sehen?«

»Ich bitte darum.« Jason Kongre griff in seine Tasche und holte eine Lupe hervor. »Nehmen Sie das Gerät, es wird Ihnen helfen, mein Freund.«

Mit unbewegtem Gesicht nahm Mr. Mondo die Lupe entgegen. Er hatte die Hälfte der Distanz zurückgelegt, noch zwei Schritte, und er stand vor dem anderen Käfig.

In ihm flog eine Wespe. Sie war sehr unruhig, hatte einen Zickzackkurs eingeschlagen, war einmal oben, dann wieder unten, schließlich rechts und auch links.

Dann hatte sich die Wespe beruhigt. Sie schien die Nähe des Menschen zu fühlen und zu suchen. Pfeilschnell flog sie auf Mondo zu und landete dicht vor seinem Gesicht auf dem Maschendraht des dünnen Fliegengitters.

Dort blieb sie hocken.

Zufällig sogar in Kopfhöhe, so daß Mondo sie bequem betrachten konnte. Er nahm die rechte Hand hoch und hielt die Lupe gegen sein linkes Auge.

Jetzt sah er die Wespe deutlich. Die Lupe vergrößerte so stark, daß Mondo auch ihren Kopf erkennen konnte.

Aber es war kein Wespenkopf, sondern der eines Menschen!

Auf dem Körper der Wespe saß der Kopf des Assistenten

Bennet. Mondos Hand zitterte unmerklich. Obwohl er mit ähnlichem gerechnet hatte, war er doch geschockt. Das Bild war wirklich ungeheuer, zeigte eine grauenhafte Szene, denn er konnte erkennen, daß die Menschwespe Angst hatte.

Große Angst sogar.

Der Mund bewegte sich, er war weit aufgerissen. Wenn Mondo sein Ohr dicht an den Maschendraht heranbrachte, da glaubte er, leise Schreie zu hören.

Ja, der Mensch schrie ...

Die Augen hatte er weit geöffnet. Sie waren klein, winzig, die Zähne blitzen wie Diamantsplitter, und die Haare auf dem Kopf hatten sich gesträubt.

Was mußte dieser Wespenmensch alles durchmachen? Welche Qualen stand er aus? Es war grausam, unbeschreiblich, jeder normale Mensch hätte sich abgewandt, von Entsetzen geschüttelt.

Nicht so Marvin Mondo. Er wandte sich zwar auch ab, aber er nickte zufrieden.

»Nun, was sagen Sie?« Jason Kongre lächelte.

»Ausgezeichnet, Sie haben mich in der Tat überzeugt.« Mondos Gedanken glitten bereits in die Zukunft. Wenn er Sinclair in die Hände bekam und mit ihm den gleichen Versuch anstellte, nur nicht mit einer Wespe im Käfig, sondern mit einem anderen Tier, würde das eine phantastische Mutation ergeben. Sinclair mit dem Schädel eines Hundes oder einer Katze.

Mondo malte es sich aus. Seine Augen leuchteten dabei. Ja, so mußte man ihn packen, und das Problem des Geisterjägers war ein für allemal gelöst.

»Sie sind wirklich gut«, lobte Mondo den verbrecherischen Wissenschaftler. »Und was machen Sie mit den beiden Mutationen?«

»Ich habe mir da so einige Spielchen ausgedacht, die

Ihnen sicherlich gefallen werden. Es sind übrigens nicht die einzigen Mutationen, die ich besitze. Ich kann Ihnen mehr zeigen. Unten im Keller habe ich Käfige gebaut, dort hausen sie. Wollen Sie meine Freunde sehen?«

»Gern, aber später.« Mondo deutete auf den Assistenten mit dem Wespenkopf. »Er interessiert mich. Wie reagiert er? Was kann man mit ihm anfangen?«

»Das weiß ich nicht genau. Ich habe mich bisher nur mit den Versuchen an sich beschäftigt, aber nicht mit der Verhaltensforschung. Soweit bin ich noch nicht.«

Mondo überlegte. »Wir gehen doch in den Keller«, sagte er. »Ich habe mich dazu entschlossen.«

»Und dann?«

Mondo holte etwas aus. »Sie wollen doch mit mir und unserer Gruppe zusammenarbeiten – oder?«

»Das hatte ich vor.«

Marvin Mondo nickte. »Bisher haben Sie die erste Hürde überwunden. Wir sind interessiert, aber Sie kennen das Sprichwort. Einmal ist keinmal, deshalb möchte ich Erfolge sehen.«

»Soll ich Ihnen noch ein Experiment vorführen?«

Mondo lächelte. »Das wird wohl nicht nötig sein. Sie haben mich überzeugt. Ich meine etwas anderes.«

»Und was, bitte?«

»Um Reaktionen feststellen zu können, kann man diese Mutationen nicht in Käfigen lassen.«

Jason Kongre begann zu lachen. »Ich weiß, was Sie meinen, Mondo. Ja, daran habe ich auch schon gedacht. Sie wollen also, daß ich meine Freunde freilasse?«

»Genau, Mr. Kongre!«

»Gut«, sagte der verbrecherische Wissenschaftler und deutete auf seinen Assistenten. »Fangen wir mit ihm an ...«

Mondo hatte nichts dagegen, schließlich stammte der Vorschlag von ihm, und er nickte.

Der Käfig war verschlossen. Seine Vorderseite bestand nur aus einer Tür. Kongre holte den Schlüssel hervor und steckte ihn ins Schloß.

Das Wespenmonster schien zu merken, daß man etwas mit ihm vorhatte, denn es wurde plötzlich ruhig. Dabei hatte es den Kopf gedreht und schaute Mondo an.

Jason Kongre lächelte nur. Für ihn war die Sache klar. Er zog die Tür auf und schritt auf das Monster zu.

»So«, sagte der verbrecherische Wissenschaftler, »jetzt werden wir dich einmal freilassen. Du hast schließlich lange genug in diesem Käfig vegetiert. Zeig mal, was du kannst.«

Das Wesen brummte nur. Abermals fuhr seine Zunge vor, aber Kongre stand zu weit entfernt, als daß ihn der Stachel getroffen hätte. Den Schlüssel für die Handschellen besaß er ebenfalls. Er trat seitlich an das Monster heran und schloß den ersten eisernen Reif auf.

Das Wesen bewegte sich. Es winkelte seinen Arm an und streckte ihn wieder vor.

»Bald wirst du frei sein«, flüsterte Jason Kongre und löste auch die zweite Fessel.

Mondo stand außerhalb der beiden Käfige und beobachtete. Unbewegt blieb sein Gesicht. Es war nicht zu erkennen, welche Gedanken sich hinter seiner Stirn abspielten.

Gute waren es bestimmt nicht.

Jason Kongre trat zur Seite, damit das Wesen vorbei konnte. »Geh!« befahl er. »Du bist frei!«

Der Wespenmensch gehorchte. Er verließ den Käfig mit unsicheren Schritten. Es schien, als hätte er stark mit dem Gleichgewicht zu kämpfen. Am Türrand mußte er sich festhalten, sonst wäre er in die Knie gegangen.

Mondo beobachtete ihn interessiert. Er wälzte bereits Pläne. Dieser Kongre war wirklich mit Geld nicht zu bezahlen. Was er herausgefunden hatte, konnte man schon als bahnbrechend bezeichnen. Mondo bedauerte es, daß er nicht auf den Gedanken gekommen war, obwohl er solche Möglichkeiten immer durchdacht hatte, schließlich hatte er selbst schon künstliche Zombies hergestellt. Aber da mußte erst ein Typ wie Kongre kommen und es ihm vormachen.

Seine Erfindung würde haargenau in die Pläne der Mordliga hineinpassen, nur Kongre selbst war ein Risiko. Dr. Tod und auch die anderen dachten nicht daran, die Mordliga mitgliedermäßig zu verstärken, deshalb hatte Mondo vor, diesen Kongre aus dem Weg zu schaffen, nachdem er die Erfindung an sich gerissen hatte. Er mußte nur noch mit Logan Costello reden, damit dessen Männer das Haus hier leerräumten.

Der Wespenmensch hatte sich wieder gefangen. Er stand zwar noch immer an der Tür, doch seinen Oberkörper hielt er jetzt aufrecht und ging nicht mehr so geduckt. Das Maul war aufgerissen. Manchmal fuhr die grüne Stachelzunge hervor, etwas, das Mondo nicht begriff, denn bei den normalen Tieren saß der Stachel woanders. Da hatten die Atome sich wohl nicht so recht zusammengefügt.

Die Hände öffneten und schlossen sich. Das Wesen schien unter Strom zu stehen, war irritiert, nervös, und als es von Kongre angestoßen wurde, fuhr es hastig herum.

»Geh schon!« befahl sein Schöpfer. »Du brauchst nicht mehr hierzubleiben.«

Das Monster gehorchte. Es ging tatsächlich einen Schritt vor und hatte den Käfig verlassen. Auch Kongre trat nach draußen. Gemeinsam mit Marvin Mondo beobachtete er, wie sich sein Geschöpf nach rechts wandte und ein neues Ziel anvisierte.

Es war der zweite Käfig, in dem sich die kleine Wespe mit dem Menschenkopf befand.

Das Monster wurde schneller, als es die Hälfte der Strecke

hinter sich gebracht hatte. Zuletzt sprang es, konnte nicht mehr rechtzeitig stoppen und prallte gegen den Käfig, der durchgeschüttelt wurde, so daß die kleine Wespe – sie hatte sich bisher am Gitter festgeklammert – erschreckt davonflog.

Sie stieg in die Höhe und klammerte sich an der Käfigdecke fest.

Dort blieb sie sitzen.

Das Monster jedoch stand weiterhin außerhalb des Käfigs, hatte seinen großen Wespenkopf in den Nacken gelegt und starrte die kleine Wespe an, die kaum zu sehen war.

»Was hat es vor?« fragte Mondo.

»Keine Ahnung«, erwiderte Kongre.

»Es scheint den Rücktausch zu wollen.« Mondos Stimme klang spöttisch. »Geht das überhaupt?«

»Ich habe es bisher noch nicht ausprobiert«, antwortete Kongre ehrlich.

»Mal sehen.«

Mit der linken Hand hatte sich das Wespenmonster festgekrallt. Den rechten Arm hatte es erhoben, die Finger öffneten und schlossen sich, es schlug nach der kleinen Wespe, man hatte den Eindruck, als würde es das Tier fangen wollen. Aber es hockte zu hoch, zudem befanden sich noch Gitter und Draht zwischen ihnen.

Sekunden verstrichen.

Dann löste sich die Wespe von ihrem Platz. Sie flog dorthin, wo sich hinter dem Gitter das Gesicht des Wespenmonsters befand.

Die beiden starrten sich an.

Mondo ging zu Kongre und blieb neben ihm stehen. »Irgend etwas stimmt da nicht«, wisperte der Vertreter der Mordliga.

Kongre hob nur die Schultern.

»Haben Sie so etwas zum ersten Mal gemacht?«

»Ja.«

»Die Folgen könnten ärgerlich werden.«

»Unsinn.«

Das Wespenmonster winkelte den Arm an und hob die rechte Hand. Es schien so, als wollte es die Wespe streicheln, dann plötzlich warf es den Kopf zurück, und ein Geräusch drang aus seinem Maul, das weder Mondo noch Kongre je gehört hatten. Es war ein wütendes Heulen und Kreischen, das jedoch von einem summenden, brummenden Laut übertönt wurde.

Mondo lächelte. »Es will zu der Wespe.«

Da packte das Monster schon zu. Seine Hände umklammerten den Käfig und rüttelten an den Stäben. Das gesamte Gefängnis erzitterte, und Mondo ahnte, daß der Wespenmensch Kongres Kontrolle entglitt.

»Pfeifen Sie ihn zurück, Mann!«

Kongre lief vor. Das Monster hatte noch immer beide Hände um die Stäbe geklammert. Als es die Hand seines Schöpfers auf der Schulter spürte, kreiselte es herum. So heftig, daß der Griff sofort gesprengt wurde.

Und dann kassierte Kongre den Schlag. Er traf ihn mitten im Gesicht, schleuderte ihn zurück und warf ihn zu Boden.

»Verdammt«, schrie Mondo, »ich habe es doch geahnt!« Er holte einen Revolver hervor und legte auf den Wespenmensch an.

Doch der war schnell, er konnte zwar nicht fliegen, sich jedoch blitzartig bewegen.

Das tat er auch. Als Mondo viel zu überhastet schoß, war das Wespenmonster schon an der Tür, hatte sich geduckt, und die Kugel fuhr dicht an seinem Schädel vorbei, wo sie mit einem häßlichen Geräusch in die Betonwand klatschte.

Mondo wollte ein zweites Mal abdrücken, doch er konnte sich die Kugel sparen. Das Monster hatte den unheimlichen Raum bereits verlassen und rannte durch den Gang.

Drei Schritte brachten Mondo bis an die Tür. Er blickte nach links, in den langen Gang hinein, und sah Bennet durch eine offene Tür hasten.

Wieder feuerte er.

Abermals fehlte die Kugel. Das Wespenmonster war bereits hinter der Tür verschwunden.

Marvin Mondo dachte natürlich an eine Verfolgung, aber er kannte sich hier unten nicht aus und wollte erst mit Kongre reden, der stöhnend am Boden lag und sich Blut aus dem Gesicht wischte.

Darauf nahm Mondo keine Rücksicht. Er riß Kongre auf die Füße. »Verdammt, er ist entkommen.«

Jason Kongre starrte ihn mit verdrehten Augen an. Er war noch nicht richtig auf der Höhe.

»Er ist weg!«

»Ich – ich weiß.«

»Mehr haben Sie nicht zu sagen, Mann?«

»Wir müssen ihn wieder einfangen.«

»Ja, das denke ich auch, verdammt. Stehen Sie endlich auf.« Mondo zog ihn auf die Beine.

Kongre tat sich schwer. Er schwankte, als er endlich auf den Füßen stand.

»Wo ist er hingelaufen?« fragte er krächzend.

»Den Gang hinunter, dann ist er hinter einer Tür verschwunden.«

»Hinter welcher?«

»Keine Ahnung.«

Kongre wurde noch bleicher und kaute auf seiner Unterlippe.

»Verflucht, was haben Sie?«

»Da gibt es nur eine Tür, die offen war. Und zwar zu dem Raum, wo die Käfige stehen.«

In Mondos Augen blitzte es auf. »Kann der Wespenmensch die anderen befreien?«

»Nein, eigentlich nicht. Aber ich weiß nicht, welche Kräfte er hat. Wir müssen mit dem Schlimmsten rechnen.«

»Und wie können sie den Keller verlassen?« Mondo dachte schon weiter.

»Durch den Gang brauchen sie nicht«, erklärte Kongre. »Es gibt dort eine andere Möglichkeit.«

Mondo fuhr herum und packte Kongre an beiden Schultern. »Sind Sie eigentlich wahnsinnig?« fuhr er ihn an. »Sie züchten hier Geschöpfe und sorgen nicht für die nötige Sicherheit?«

»Doch, aber ...«

»Kein Aber!« zischte Marvin Mondo. »Kommen Sie, wir wollen sehen, daß wir die Bestien unter Kontrolle kriegen.«

Mr. Mondo verließ als erster den Raum. Auf dem Gang blieb er jedoch stehen.

Er brauchte nichts zu sehen, aber er hörte es. Es waren kreischende, heulende Geräusche, dazwischen ein Brummen und Summen, grauenerregend und gänsehauterzeugend.

Etwas fiel um. Beide, Kongre und Mondo, hörten den Knall. Glas zerplatzte, und Jason Kongre wurde bleich.

»Tun Sie was!« knirschte Mondo.

Kongre nickte und holte seinen Elektrostab aus der Tasche.

»Was ist das?« fragte Mondo.

»Damit kann ich sie zähmen.«

»Dann beeilen Sie sich.« Er gab dem verbrecherischen Professor einen Stoß. »Gehen Sie schon, Mann.«

Jason Kongre lief vor. Es war mehr ein Stolpern. Mondo hielt seinen Revolver nach wie vor in der Hand. Es war eine schwere Magnum-Waffe, damit konnte er Elefanten von den Beinen holen.

Es juckte Mondo in den Fingern, Kongre eine Kugel zu verpassen, aber er brauchte den Mann noch. Die Mutation hatte durchgedreht. Wenn jemand sie unter Kontrolle bringen konnte, dann deren Schöpfer.

Der Wespenmensch hatte es geschafft, Kongre zu entwischen. Plötzlich zuckte ein Lächeln über Mondos Lippen. Das Ganze konnte man von zwei Seiten betrachten. Die Flucht war natürlich schlecht, aber wenn es dem Wespenmenschen gelang, in den Raum einzudringen, wo seine Artgenossen gefangengehalten wurden und er sie befreite, war es interessant zu sehen, wie diese Mutationen reagierten. Stürzten sie sich auf die Menschen, um sie zu vernichten?

Langsam schritt Mondo vor. Schußbereit hielt er seinen schweren Magnum-Revolver. Das Lächeln behielt er bei, und er hörte die Schreie des verbrecherischen Wissenschaftlers.

An der Tür blieb er stehen.

Kongre war in den Keller gegangen. Er stand inmitten eines Chaos' von umgestürzten Käfigen und zersplitterten Scheiben. Der Wespenmensch hatte einen Teil seiner Artgenossen befreien können, und sie waren durch den Luftschacht verschwunden. Er befand sich an der Decke. Die Öffnung war sogar ziemlich groß.

Etwas wischte an Mondos Nase vorbei. Das war eine der Fliegen, die einen Menschenkopf hatten. Er schimmerte weiß. Die Fliege krallte sich an der Wand fest.

Mondo wollte sie schon töten, als sich Jason Kongre umwandte. »Einige sind geflohen«, sagte er mit belegter Stimme.

»Wie viele?«

»Ich weiß es nicht genau.«

»Ungefähr.«

»Vielleicht zehn.«

»Welche Mutationen waren dabei?«

Da lachte Kongre. »Schlimme Arten. Menschen mit Hundeschädeln, eine Frau mit einem Katzenkopf, dann einige mit den Köpfen von Fliegen …«

»Und die Hunde mit dem Kopf eines Menschen? Die müssen doch auch da sein.«

Kongre nickte. »Zum Teil.«

»Was heißt das?« fragte Mondo scharf.

»Ich habe sie getötet.«

»Wie?«

»Erschossen oder mit meinem Elektrostab vernichtet.«

»Sie sind mir ein schöner Teufel, Kongre«, lachte Mondo, »aber genau richtig. Es ist gar nicht mal so schlecht, daß Ihre Mutationen den Weg in die Freiheit gefunden haben. Ich bin gespannt, wie sie auf Menschen reagieren.«

»Na ja …«

»Mehr sagen Sie nicht?«

Kongre schaute Mondo an. »Was soll ich dazu sagen? Wir müssen es abwarten.«

Mondo ging vor. Nicht alle waren entkommen. Außer den kleinen Fliegen mit Menschenköpfen sah er auch andere Mutationen.

Und besonders eine fiel ihm auf.

Ein Frauenkopf!

Er saß auf dem Körper einer Ratte!

Zum Sprung hatte sie sich geduckt. Der Mund war aufgerissen, die beiden Zahnreihen schimmerten, der schmale Schwanz peitschte über den Boden.

Schwarzes Haar hatte die Frau. Verzerrt war ihr Gesicht und schmutzig.

Mondo hob die Waffe.

»Schießen Sie ruhig«, sagte Kongre, »das sind keine Menschen mehr, Mr. Mondo.«

»Diese Tatsache hätte mich auch nicht abgehalten«, erwiderte der Mann aus der Mordliga kalt.

Die Ratte mit dem Frauenkopf schien zu spüren, daß es

ihr an den Kragen gehen sollte. Sie schrie. Es waren Angstschreie und piepsende Rattentöne dazwischen.

Mondo zielte genau. Eine Kugel würde diese Mutation zerreißen. Dann ließ er die Waffe sinken. »Gehen wir«, sagte er zu Jason Kongre.

»Wie das?«

»Ich habe genug gesehen.«

»Wie Sie meinen.«

Die beiden Verbrecher verließen den Raum. Jason Kongre ging vor. An der Tür blieb Mondo stehen, drehte sich um und schoß.

Kongre hatte nicht mehr damit gerechnet. Er zuckte so heftig zusammen, als wäre er selbst von dem Geschoß getroffen worden. Doch es hatte nicht ihm gegolten, sondern der Rattenmutation.

Von ihr war nichts mehr zu sehen.

»Sie hatte mich doch zu sehr geärgert«, erklärte Marvin Mondo und lächelte eisig …

Ich fand die Commercial Road nach einigem Suchen. In Whitechapel hatte ich mich zwar herumgetrieben, wie man so schön sagt, aber man kann ja nicht alles kennen.

Schräg stand die Sonne am Himmel, schien durch die Scheiben des Bentley, und ich sah den Staub auf dem Glas. Das erinnerte mich daran, daß der Wagen mal wieder gewaschen werden mußte.

Die Straße war schmal. Ich sah einige Wohnhäuser, auch Geschäfte, einen Zeitungsladen, zwei Pubs und das Haus, in dem dieser Jason Kongre gewohnt hatte.

Es war gelb angestrichen und das letzte in einer Reihe. Nebenan wuchs Unkraut auf einem brachliegenden Grundstück.

Vor dem leeren Grundstück stellte ich den Wagen ab. Zur

Eingangstür führte eine Treppe. Eine zweite sah ich parallel zur Hauswand. Sie ging in die Tiefe zu einer Souterrain-Wohnung. Aus ihr trat ein Mann. Er trug ein dunkelblaues Hemd und knallrote Hosenträger. Die mußte er auch haben, denn die Hose umspannte einen gewaltigen Bierbauch, den er wie eine Kugel vor sich herschob.

Er kam mir entgegen. Schnaufend blieb er auf der zweitobersten Stufe stehen. Ein Windstoß wühlte seine wenigen Haare auf. »Zu wem wollen Sie?« fragte er mich.

Ich spielte sofort mit offenen Karten und sagte, wer ich war.

»Welche Ehre, Scotland Yard. Habe ich was verbrochen, Oberinspektor?«

»Um Sie geht es nicht.«

»Wie tröstlich.«

»Vielleicht können Sie mir trotzdem helfen, Mister. Hier hat doch mal ein gewisser Jason Kongre gewohnt?«

»Der Verrückte.« Auf seinem Gesicht ging die Sonne auf.

»Wieso?«

»Wissen Sie das denn nicht?«

»Nein.«

Er hakte beide Daumen hinter die breiten Hosenträger und zog sie nach vorn. »Das ist nämlich so. Der Kerl hat sogar in der unteren Wohnung gehaust. Wo ich jetzt lebe.«

»Interessant. Und Sie wissen nicht zufällig, wo er hingezogen ist?«

»Nein, Oberinspektor. Er hat mit keinem von uns darüber gesprochen. Der redete sowieso kaum mit uns, wissen Sie. War ein typischer Einzelgänger, der Knabe.«

»Warum ist er denn ausgezogen?«

»Kann ich Ihnen sagen. Dem gefiel es hier nicht mehr. Ihm war alles viel zu klein, denn der war ja, wie wir alle wissen, Gelehrter. Der hat so Versuche gemacht.«

»In der Wohnung?«

»Auch, aber die meisten im Hof.« Der dicke Mann räusperte sich. »Da stehen nämlich noch zwei alte Treibhäuser, und hinter diesem Haus liegt eine Baumschule. Und die Besitzer der Schule konnten mit den Treibhäusern nichts mehr anfangen. Das Geschäft ging schlecht, die Ölpreise stiegen. Pleite. Wie so viele. Da hat eben Kongre die Dinger genommen und dort seine Versuche angestellt.«

»Sie wissen nicht zufällig, was das für Versuche waren?« hakte ich nach.

»Nein, aber irgend etwas mit Tieren, denn er hat oft herrenlose Hunde mitgebracht. Das war vielleicht ein Theater. Die bellten, dann miauten die Katzen. Der hat sogar Insekten gesammelt. Wir haben hier was auszuhalten gehabt, das können Sie mir glauben. Als es dann einigen Leuten zuviel wurde, sorgten wir dafür, daß Kongre verschwand. Ihm wurde gekündigt.«

»Die Treibhäuser stehen noch?«

Der Mann grinste schief. »Was heißt stehen? Zum Teil sind sie zerstört. Vergammelt. Kinder haben die Glasscheiben eingeworfen, Sie wissen ja, wie so etwas geht. Wenn sich niemand mehr darum kümmert, verkommt es schnell.«

»Und die finde ich hinter dem Haus?«

»Ja, gehen Sie nur rum.«

Ich bedankte mich bei dem Mann, drehte mich um und nahm den Weg, den man mir gesagt hatte. Ich erreichte das Grundstück und sah auch die Treibhäuser.

Der Mann hatte wirklich nicht übertrieben. Die Häuser waren in der Tat vergammelt. Die Scheiben zeigten Löcher, zum Teil waren sie überhaupt nicht mehr vorhanden, und es standen nur noch die verrotteten Rahmen. Auch das Dach wies schwere Beschädigungen auf. Um die Häuser herum wuchs das Unkraut mehr als kniehoch.

Ich sah mir auch das zweite Haus an. Es war ebenfalls nicht besser in Schuß.

Die Tür, bestehend aus einem Drahtgeflecht, hing schief in den Angeln, so daß ich die Häuser ungehindert betreten konnte. Blumen hatte man hier auf keinen Fall gezüchtet, das war schon beim ersten Blick zu erkennen. In den Treibhäusern sah ich nur Überreste von Käfigen. Irgendwelche Spuren fand ich nicht.

Die Leuchtstoffröhren waren Beute eines Diebes geworden. Nur noch die Fassungen hingen unter der Decke.

Langsam durchwanderte ich das Treibhaus. Als ich dessen Ende erreicht hatte, drehte ich mich um.

Der Dicke stand im Eingang. Breit und wuchtig, so daß er die Öffnung ganz ausfüllte.

»Haben Sie was gefunden?« rief er mir entgegen.

»Nein.«

»Hätte ich Ihnen vorher sagen können.«

»Als Polizist überzeugt man sich eben gern selbst.«

»Das ist richtig, Mister.« Er grinste breit. »Ich habe es kommen sehen, daß sich die Polizei mal für den interessiert. War schon ein komischer Kauz. Allein wie der aussah. Wie so ein verrückter Wissenschaftler aus dem Kino, wenn Sie verstehen, was ich meine.«

»Nein.«

»Der hatte weißes Haar, ein hageres Gesicht und so komische Augen. Wirklich, vor dem konnte man Angst kriegen. Meine Alte, sonst 'ne Kneifzange, ist nie zu dem hingegangen, wo sie doch immer so gern quatscht. Nur mit dem Assistenten hat sie geredet.«

»Oh, der Professor hatte einen Assistenten?«

Der Dicke nickte heftig. »Bennet hieß er. Al Bennet. Eigentlich ein netter Typ. Am Anfang habe ich hin und wieder einen mit ihm gebechert, doch mit der Zeit kühlte unser Verhältnis ab. Er wurde immer schweigsamer. Einmal hat er mich sogar gewarnt.«

»Wovor?«

»Vor seinem Chef. Daß er gefährlich sei und so komische Versuche mache. Ich sollte lieber ausziehen. Irgendwann würde noch etwas passieren. Dann hat sich Kongre ja eine andere Wohnung gesucht, so daß alles hinfällig war.«

»Und Al Bennet hat er mitgenommen?«

»Klar.«

Ich hatte schon während des Gesprächs nachgedacht. War dieser Al Bennet vielleicht der Mann, der mich angerufen hatte? Zahlreiche Spuren wiesen darauf hin. Und wenn sich der Dicke mit Bennet gut verstanden hatte, konnte er unter Umständen wissen, wo sich Kongre verkrochen hatte.

Ich sprach den Mann daraufhin an.

»Nein, Oberinspektor, das ist es ja. Bennet hat nichts gesagt.«

»Hat er denn wenigstens eine Andeutung gemacht?«

»Kaum.«

»Aber etwas?«

»So ungefähr.«

»Reden Sie.«

»Der Professor wollte dorthin, wo er nicht gestört wurde. Und er suchte ein Haus, das möglichst einsam steht. Das war seine Vorstellung.«

»Er hat es auch gefunden?«

»Klar. Schon wenige Tage später ist er umgezogen.«

»Sie wissen nicht zufällig, wer den Umzug durchgeführt hat?«

»Ich nicht, aber meine Alte. Die liegt ja den ganzen Tag im Fenster, obwohl sie nicht viel sehen kann. Wir sind nämlich erst hinterher in die untere Wohnung gezogen, müssen Sie wissen. Zuvor wohnten wir unter dem Dach. Mein Weib hat den Umzug genau überwacht, die muß auch wissen, welche Firma die Sachen befördert hat. Ich werde sie mal fragen.«

»Ja, tun Sie das.«

Der Dicke verschwand. Ich rauchte eine Zigarette. Sah ja

nicht schlecht aus, das Ganze. Durch die Rederei des Hausbewohners hatte ich tatsächlich eine Spur gefunden. Wenn ich die Umzugsfirma kannte, war es eine Kleinigkeit, die neue Adresse von Jason Kongre herauszufinden.

Der Mann ließ sich Zeit. Ich wanderte über den Hof. Er lag im warmen Sonnenschein. Eine Mauer trennte ihn zum anderen Grundstück hin ab. Jenseits der Mauer stieg eine nackte Hauswand in die Höhe. Auf der Wand machte eine Ölfirma für ihr Benzin Reklame.

Ich hörte die Schritte des Dicken und drehte mich um. Er hatte seine Frau mitgebracht. Das war vielleicht ein Weib. Die ging mit der Grazie eines Nilpferds, hatte ein rundes Gesicht, einen Damenbart und sicherlich auch Haare auf den Zähnen. Als ich ihre Stimme vernahm, zuckte ich zusammen, so laut klang sie.

»Sie sind also der Polizist, der wissen will, wohin unser verrückter Professor gezogen ist.«

»Ja, Madam.«

Sie musterte mich. »Warum wollen Sie das denn wissen?« fragte sie plötzlich. Ihr Mann stand daneben und zog ein unglückliches Gesicht.

»Können Sie schweigen?« flüsterte ich.

Ihre Augen begannen zu glänzen. »Ja.«

»Ich auch.« Der alte Witz entlockte ihr nicht mal ein müdes Grinsen. Sie fühlte sich auf den Arm genommen. Als ihr Mann lachte, brachte sie ihn mit einem scharfen Blick zum Schweigen. »Der Name der Umzugsfirma reicht mir«, sagte ich lächelnd.

»City Roller!«

Ich bedankte mich.

Sie aber machte kehrt und rauschte davon. Ihren Mann packte sie unter und nahm ihn mit. Mir warf er noch einen verzweifelten Blick zu, der Arme.

Ich hatte erfahren, was ich wissen wollte. Mich hielt hier

nichts mehr. Inzwischen war ich davon überzeugt, daß mich Al Bennet angerufen hatte. Ferner ging ich davon aus, daß der Assistent nicht mehr lebte. Wahrscheinlich hatte Kongre ihn umgebracht.

Ich ging zurück zum Bentley. Von dort aus wollte ich die Firma anrufen, die den Umzug durchgeführt hatte.

Die beiden Dicken standen auf der Treppe und beobachteten mich, wie ich in den Wagen stieg.

Über die Auskunft erfuhr ich die Nummer der Firma. Ich wählte sie, wurde ein paarmal weiterverbunden und hatte schließlich einen sogenannten Disponenten an der Strippe.

Als er Scotland Yard hörte, wurde er noch freundlicher. Ich trug ihm meinen Wunsch vor.

»Aber gewiß, Sir«, sagte er, »das werden wir gleich haben. Wir arbeiten gern mit der Polizei zusammen.«

»Brechen Sie sich nur keine Verzierung ab«, erwiderte ich und wartete.

Er beeilte sich wirklich, denn nach einer Minute schon erfuhr ich die neue Adresse. Jason Kongre hatte sich an den Londoner Stadtrand verzogen. Er hatte ein altes Haus gekauft, das mal ein Jagdmuseum gewesen war. »Reicht Ihnen das, Sir?«

»Ja, danke.«

»Wenn Sie irgendwelche Fragen haben, dann rufen Sie mich an.«

»Natürlich.« Ich legte auf. Der Zündschlüssel steckte bereits. Meine Hand hatte ihn schon berührt, um ihn herumzudrehen, als ich den gellenden Schrei hörte.

Blitzschnell war ich aus dem Wagen.

Und ich sah die dicke Frau. Das Entsetzen schüttelte sie. Verständlich, denn was sie sah, schien einem Alptraum entsprungen zu sein …

Wenn der Sommer nicht besonders gewesen ist und der Herbst dafür um so schöner wird, dann gibt es zahlreiche Menschen, die die letzten Sonnenstrahlen auskosten wollen. Sie machen die berühmten Spaziergänge, organisieren Gartenfeste oder Grillfeiern. Letztere oft nicht auf dem eigenen Grundstück, sondern draußen in der freien Natur, wo die Städte die Grillplätze extra angelegt haben.

Meist waren es Lichtungen im Wald, nicht weit weg von den Spazierwegen. Das Gebiet wurde umzäunt, es gab Abfallkörbe, eine gemauerte Feuerstelle, oft sogar ein paar Turngeräte für die Kinder, Sitzgelegenheiten aus Holz oder Stein und auch überdachte Pavillons, denn vor einem plötzlichen Regenschauer war niemand gefeit.

Man mußte die Grillplätze schon Wochen zuvor mieten, auch im Herbst war es schwer, einen zu bekommen, aber die Gruppe, die den Platz für den Nachmittag und Abend gemietet hatte, die stand bereits lange auf der Liste.

Es war ein Fußballverein, der hier mal richtig einen draufmachen wollte. Man kickte in der untersten Liga, hatte noch Spaß dabei, und vor allen Dingen wurde die Zeit nach dem Spiel zu einem fröhlichen Umtrunk genutzt, der nicht selten in eine wilde Schluckerei ausuferte.

Das störte keinen. Wenn ein Spiel verloren war, wurde aus Ärger getrunken, war es gewonnen, dann aus Freude. Einen Grund gab es immer.

Und ein Grillfest stellte den Höhepunkt des Jahres und der zahlreichen Feiern dar.

Für siebzehn Uhr war das Treffen angesetzt. Die Männer und Frauen wollten gemeinsam kommen. Einen Parkplatz für die Wagen gab es in unmittelbarer Nähe. Abgesagt hatte keiner. Diejenigen, die anderswo Urlaub machten, hatten sich erst gar nicht in die Liste der teilnehmenden Personen eingetragen.

Einige waren noch Junggesellen. Sie hatten Freundinnen

mitgebracht, so daß achtzehn Personen zusammenkamen. Genau neun Männer und neun Frauen.

Schon die Fahrt wurde zum Vergnügen. Man hatte sich vorher getroffen, und einer war auf die Idee verfallen, seinen Austin mit Bratwürsten aus Kunststoff zu schmücken. Sie hingen außen an den Türen. Die Autokarawane erregte großes Aufsehen. Auch deshalb, weil man laut hupend durch die Gegend fuhr.

Von der Hauptstraße führte ein Weg in den Wald. Im letzten Jahr war er asphaltiert worden und lief aus in einen Parkplatz, wo auch das umzäunte Grillgelände lag.

Abgestellte Wagen einiger Spaziergänger standen auf dem Platz. Nicht einmal zu einem Drittel war er belegt. So fanden die fünf Wagen genügend freie Stellplätze.

Auf dem Hinweg fuhren noch die Männer. In der Nacht würden sich die Frauen hinter das Lenkrad setzen, das war zur Bedingung gemacht worden, sonst hätten die Fußballer nämlich kein Grillfest, sondern eine Kegeltour ohne Damen unternommen, und die wäre sicherlich heiß geworden.

Motoren verstummten. Wagentüren wurden aufgestoßen und wieder zugeknallt. Es hörte sich an wie Schüsse. Die ersten Lacher schallten über den Parkplatz. Einige liefen schon zum Grillplatz und wollten sich eine günstige Sitzgelegenheit aussuchen.

Sie wurden zurückgepfiffen.

»He, ihr müden Krieger, erst wird mitgeholfen, auszuräumen.«

Man hatte alles dabei. Holzkohle, Bierkästen, Brandy, Würste, Koteletts. Das sah alles sehr appetitlich aus. Manche Teilnehmer leckten sich schon die Lippen,

Um die Lichtung wuchsen Laubbäume. Ihre Kronen wiegten sich im Wind. Erste Blätter fielen bereits, trotzdem war es warm, ein herrlicher Frühherbsttag.

Und dazu noch Freitag – Wochenende.

Die Bierkästen stellten die Männer in den Pavillon. Einer schleppte eine Kiste Eis herbei, in die die Flaschen gelegt wurden. Die Frauen kümmerten sich um die Eßwaren. Zwei Männer säuberten den gemauerten Grill und legten frische Holzkohle hinein, die schon bald anfing zu glimmen.

Jock Callum, der Kapitän und gleichzeitig Libero der Mannschaft, holte alle zusammen. »Kinder, laßt uns erst einmal anstoßen, dann können wir weitersehen.«

Dieser Vorschlag wurde begeistert aufgenommen. Auch die Frauen konnten jetzt noch trinken. Sie erhielten Pappbecher, die Männer setzten die Flaschen an den Mund.

Der Linksaußen, der beste Sänger unter ihnen, stimmte ein Trinklied an. Alle sangen sie aus voller Kehle mit, und die Melodie schmetterte durch den Wald.

Die Stimmung begann bereits erste Wellen zu schlagen. Nachdem die Flaschen leer waren, ging es rund. Jetzt kümmerte man sich um das Essen.

Willie, der Torwart, hatte seine Gitarre mitgebracht. Er zupfte an den Saiten und nickte zufrieden.

Er würde die richtigen Lieder schon spielen. Es störte niemanden, wenn Musik erklang.

Die Männer und Frauen waren wirklich bester Laune. Sie wollten sich einen schönen Abend machen, und niemand von ihnen ahnte, daß sie bereits beobachtet wurden.

Die nähere Umgebung kannte keiner aus dem Verein. Wer sollte auch schon wissen, daß sich nur drei Steinwürfe entfernt das Haus eines gewissen Professors Kongre befand, aus dem die schrecklichen Mutationen erst vor wenigen Minuten entwichen waren ...

Der Schrei zitterte noch in der Luft, als die Frau vor meinen Augen verschwand. Sie war buchstäblich von den Beinen gerissen worden, und da sie sowieso tiefer stand und ich nur ihren Kopf gesehen hatte, sah ich sie nun überhaupt nicht mehr. Dafür das Monster. Es stand auf der Treppe und streckte seine Arme aus. Ich sah normale Schultern. Darauf wuchs zwar ein Kopf, aber nicht der eines Menschen, sondern ein gewaltiger Insektenschädel. Widerlich anzusehen mit großen Augen und einem Maul, das aufgeklappt war.

Dieses schaurige Bild nahm ich innerhalb einer Sekunde in mich auf. Dann hetzte ich mit gewaltigen Sprüngen über den Gehsteig, um dem Monster an den Kragen zu gehen. Schießen konnte ich nicht, weil sich der dicke Mann zu sehr bewegte und ich Gefahr lief, ihn statt des Monsters zu treffen.

Als ich die Treppe erreichte, fiel der Dicke soeben auf die Stufen. Er röchelte, das Monster stand über ihn gebeugt, aus dem Maul schoß eine spitze Zunge, die mich an einen Pfeil erinnerte und die das Gesicht des Menschen treffen wollte.

Die Frau lag ebenfalls auf der Treppe. Sie war zum Glück nicht tot, sondern zitterte vor Angst.

Ich sprang.

Heftig stieß ich mich ab, flog über den Dicken hinweg und prallte mit den Füßen zuerst gegen das Wesen. Ich hätte es auch erschießen können, aber ich wollte Informationen haben, die es mir vielleicht geben konnte.

Der Aufprall riß uns beide um, wobei ich das Glück hatte und über das Monster fiel.

Es lag jetzt unter mir.

Wieder stieß die Zunge vor. Ich reagierte schnell genug, umklammerte die Kehle und drückte den Kopf zurück. Meine Hände wühlten sich in den Hals. Unter den Fingern spürte ich keine Haut, sondern einen chitinähnlichen Panzer, der knirschte, als ich den Druck verstärkte. Die pfeilspitze Zunge wischte dicht vor meinem Gesicht hin und her. Ich winkelte einen Arm an und hieb den Ellbogen in das schreckliche Gesicht des Wespenmenschen.

Ein tiefes Brummen war die Antwort. Das Wesen mußte Schmerzen verspüren, denn ich hatte durch meinen Stoß ein Auge zerstört.

Dann wurde ich getroffen. Meinem unheimlichen Gegner war es gelungen, mir ein Bein in den Leib zu stoßen. Der Schmerz war schlimm. Ich rollte zur Seite und blieb auf der Treppe dicht neben der Mauer liegen, wo ich nach Luft schnappte.

Der Wespenmensch war gelenkig. Schnell kam er auf die Füße, tauchte geduckt durch die offene Wohnungstür und entschwand meinen Blicken.

Ich quälte mich hoch, biß die Zähne zusammen und sah mich nach dem Ehepaar um.

Außer einigen blauen Flecken hatten sie anscheinend nichts abbekommen. Sie zitterten nur vor Angst.

»Bleiben Sie um Himmels willen hier!« rief ich ihnen zu und nahm die Verfolgung des Monsters auf. Ich stolperte in die Wohnung, weil die Schwelle erhöht gebaut worden war. Vor mir lag eine Diele. Sie war ziemlich dunkel, es fiel wegen der unteren Lage wenig Licht in die Räume.

Allerdings war die Wohnung sehr geräumig. Vier Türen zweigten von der Diele ab.

Eine konnte ich mir aussuchen.

Mit dem Fuß trat ich die mir am nächsten liegende auf. Küchendunst umwehte meine Nase.

In diesem Raum hatte sich das Wesen nicht versteckt. Die Pistole in meiner rechten Hand beschrieb einen Kreis, als ich den Raum durchsuchte und dann wieder in die Diele ging, wo ich in das Wohnzimmer gelangte.

Leer.

Blieben noch zwei Zimmer. Falls nicht von einem der beiden Räume noch eine weitere Tür in Nebenzimmer führte.

Die dritte, die ich aufstieß, gehörte zum Bad. Es war quadratisch, ich sah eine Wanne, eine Toilette und links von mir, so ziemlich im toten Winkel, die Dusche. Grün schimmerten die Fliesen. Über der Wanne hing Wäsche. Die Unterhosen des Ehepaars hatten wirklich gewaltige Ausmaße.

Vielleicht lenkten sie mich ein wenig ab, denn mein Gegner befand sich im Bad.

Und zwar in der Dusche.

Als der Arm durch den Vorhangspalt schnellte, war es fast zu spät für mich, denn in der Hand hielt das Wesen eine Brause.

Von einem Augenblick zum anderen strömte kochendheißes Wasser aus den Düsen. Voll hätte es mich ins Gesicht getroffen und mir die Haut verbrüht. Es war reiner Zufall, daß ich noch mit einer Hand die Klinke hielt und die Tür instinktiv zuzog, wobei ich hinter dem Blatt Deckung fand.

Die Ladung spritzte dagegen und verteilte sich im Nu auf dem Boden des Badezimmers. Augenblicklich entstand eine Rutschbahn, denn die Fliesen waren schon allein glatt genug.

Ich rammte die Tür wieder auf.

Meine Rechnung ging auf.

Das Wesen mußte, um mich erreichen zu können, die Dusche verlassen. Jetzt wurde es voll von der Tür getroffen. Ich hatte viel Kraft in den Stoß gelegt, hörte einen dumpfen Laut und auch ein Scheppern. Wahrscheinlich war dem Unheimlichen die Brause aus der Hand gefallen.

Ich huschte ins Bad. Fast wäre ich doch noch ausgerutscht. Bevor es zu einem unfreiwilligen Spagat kam, hatte ich mich gefangen und war herumgewirbelt.

Ich konnte in die Duschkabine schauen.

Der Wespenmensch hatte nicht nur die Brausetasse fallen lassen, sondern durch seine heftige Rückwärtsbewegung auch den Vorhang von der Stange gerissen. Er lag jetzt ebenfalls in der Dusche, und das heiße Wasser – es zischte noch immer aus der Brause – umquirlte ihn.

Schwaden wölkten auf und stiegen träge der Decke entgegen. Sie behinderten die Sicht, worum ich mich allerdings nicht kümmerte, denn meinen Gegner sah ich genau.

Er richtete sich soeben auf. Seine rechte Hand, sie war verbrüht und zeigte eine krebsrote Farbe, tastete nach der Brause, doch ein scharfer Befehl meinerseits stoppte die Bewegung.

»Laß es!«

Das Monster zögerte tatsächlich.

Es starrte mich an.

Nie hatte ich so etwas gesehen. Ein riesiger Wespenkopf, haargenau dem eines normalen Tieres entsprechend, saß auf dem Schädel. Die feinen Härchen waren naß und klebten wie eine Schicht am Schädel. Die sensiblen Fühler zitterten. Ein Auge war zerstört, mit dem anderen starrte das Wespenmonster mich an. Ich muß ehrlich zugeben, daß mir wirklich nicht sehr wohl in der Haut war. Es lief mir kalt den Rücken hinab.

»Komm raus!« knirschte ich. »Aber vorsichtig!«

Nein, es gehorchte nicht. Ich weiß nicht, welcher Trieb dieses Monster leitete, auf jeden Fall wollte es mich töten. Diesmal gelang es ihm, die Brause zu schnappen. Mit ihr in der Hand wuchtete es sich auf mich zu, und ich mußte schießen.

Vor der Beretta blitzte es auf. Die Schwaden machten es schwer, genau zu zielen. Hinzu kam die heftige Bewegung, in der sich das Monster befand, und so traf meine Kugel nicht die Schulter, sondern bohrte sich in die linke Brust.

Das Wesen krachte zurück.

Kein Schrei, sondern ein wütendes Brummen drang mir entgegen, das immer schwächer wurde und schließlich ganz abbrach. In der Duschkabine sackte der Wespenmensch zusammen. Aus der Wunde quoll Blut. Ich ging vor, streckte meinen Arm aus und stellte endlich das Wasser ab. Dann hievte ich das Wesen aus der Duschkabine.

Nun wußte ich, mit welchen Experimenten sich dieser Kongre beschäftigte. Er stellte Mutationen her, Kreuzungen zwischen Mensch und Tier. Fabelwesen, wie man sie in den Mythologien anderer Völker sah, konnte er zur Realität werden lassen. Wenn ich daran dachte, was sich alles kreuzen ließ, welche Möglichkeiten ihm offenstanden, lief mir eine Gänsehaut über den Rücken.

Ich mußte diesen Jason Kongre stoppen. Ich durfte nicht zulassen, daß er seine verbrecherischen Pläne verwirklichte. Wer konnte denn sagen, wie viele Monster er schon erschaffen hatte?

Es war wirklich nicht einfach, kühl und gelassen in die Zukunft zu schauen. Allerdings fragte ich mich, was dieser Wespenmensch hier gewollt hatte. Irgendeinen Grund mußte sein Auftauchen schließlich gehabt haben.

Ich schaute mir den Toten an. Gesehen hatte ich ihn noch nie, das konnte ich mit Bestimmtheit sagen, obwohl ich sein Gesicht, sein normales, nicht kannte. Auch an die Statur, an die Körperhaltung, konnte ich mich nicht erinnern, an die Kleidung ebenfalls nicht.

Wer war der Tote?

Hinter mir hörte ich ein Geräusch. Der Mieter hatte es gewagt und war mir nachgeschlichen. An meiner Schulter vorbei starrte er auf den Toten. Seine Augen wurden groß. Heftig preßte er seine Hand vor die Lippen, dann schüttelte er den Kopf, und Panik flackerte in seinen Augen. Bevor der Knabe durchdrehte, schob ich ihn nach draußen, was mir begreiflicherweise schwerfiel, denn man konnte ihn nicht eben als Leichtgewicht betrachten.

»Earl!« hörte ich die Stimme der Frau. »Ist alles in Ordnung?«

»Ja, Madam«, antwortete ich an Earls Stelle. Er hatte sich inzwischen in einen Sessel gesetzt und schaute von unten her aus großen Augen in mein Gesicht.

»Das Wesen ist tot«, sagte ich.

Er nickte.

»Kannten Sie es?«

Earl hob die Schultern.

»Überlegen Sie genau«, drängte ich. »Kannten Sie diese Mutation? Ein Gesicht hat das Monster nicht, aber haben Sie schon mal seine Kleidung irgendwo gesehen?«

Er überlegte. Sein Mund stand offen, doch ein Wort brachte er nicht hervor.

Seine Frau erschien. Sie wankte, war kreidebleich im Gesicht und hatte beide Hände gegen ihren bebenden Superbusen gepreßt, der von einem steifen Halter stark in die Höhe gewuchtet wurde.

Sie blieb stehen. Ihr Damenbart über der Oberlippe zitterte. »Ist er …? Ist er …«

»Er ist tot«, sagte ich.

»Wo kommt er her?«

Ich hob die Schultern. »Das wollte ich Sie gerade fragen. Kennen Sie ihn? Ich meine, kommt Ihnen vielleicht irgend etwas an ihm bekannt vor?«

Sie dachte nach. Dazu kratzte sie mit zwei Fingern auf ihrem Kopf. »Wenn Sie mich so fragen, Oberinspektor, ich glaube, ich habe die Kleidung schon mal gesehen.«

»Wo?«

»Bei Mr. Bennet, dem Assistenten.«

Da hatte ich die Spur und auch den Beweis. Es war also doch Bennet. Er hatte hier gelebt, kannte sich aus, und deshalb war er auch zurückgekommen.

Als Monster!

Ich rekapitulierte. Demnach mußte er bei seinem Anruf noch normal gewesen sein, dann war er Jason Kongre in die Finger gelaufen. Anders konnte ich es mir nicht vorstellen.

Ich schloß die Badezimmertür und bat das Ehepaar, den Raum nicht zu betreten.

Beide nickten synchron.

Ich verließ das Haus, ging zu meinem Bentley und telefonierte. Es hatten sich doch tatsächlich Neugierige angesammelt, obwohl gar nicht viel zu sehen gewesen war. Aber die Leute schienen einen Riecher für diese Dinge zu haben.

Ich alarmierte die Mordkommission, sprach mit deren Leiter und machte ihn darauf aufmerksam, was ihn und seine Leute erwartete.

»Das ist man ja bei Ihnen gewöhnt, Sinclair«, erwiderte er trocken. Mittlerweile hatte es sich bei den Kollegen herumgesprochen, welchem Job ich nachging.

Mich wunderte es nur, daß dieses Wesen nicht zu Staub verfallen war, nachdem es von der Silberkugel getroffen wurde. Das ließ eigentlich nur einen Schluß zu: Es war nicht dämonischen Ursprungs, sondern durch irgendeine andere Art und Weise zu einem Monster geworden.

Während ich noch überlegte, rief ich Suko an. Er meldete sich schnell. Mit knappen Worten erklärte ich ihm, worum es ging. Ich teilte ihm auch die Adresse mit, wo dieser Jason Kongre jetzt lebte.

»Soll ich hinfahren?«

»Ja, das wäre gut. Wir treffen uns am Haus. Ich fahre schon vor, schwing dich auf deinen Feuerstuhl.«

»Mach' ich, John. Bis später, und gib acht, daß du keinen Insektenkopf bekommst.«

Es war im Scherz dahingesagt, doch aus so etwas konnte leicht Ernst werden.

Ich blieb einige Minuten still sitzen. Ich ahnte, welch eine Aufgabe mir noch bevorstand. Es würde hart werden, verdammt hart sogar. Mit vielen Geschöpfen hatte ich bisher zu tun gehabt, mit solchen Mutationen allerdings noch nie. Und sie waren auch mit normalen Kugeln zu töten.

Ich verließ den Bentley und holte meinen Koffer hervor. Ersatzmunition befand sich darin. Auch normale Bleigeschosse. Ich steckte ein Magazin in die Ersatz-Beretta und nahm noch zwei weitere mit. So gerüstet, hoffte ich, den Gegnern entgegentreten zu können ...

Sie hatten die Tür wieder verschlossen. Ob die Geschöpfe, die sich noch im Raum befanden, flohen oder nicht, das war ihnen egal. Jetzt drängte die Zeit. Das hatte vor allen Dingen Marvin Mondo eingesehen. Die Mutationen waren ihm gleichgültig. Es war ihm auch egal, was mit ihnen geschah, er wollte die technischen Anlagen retten. Und das schaffte er nicht allein, dazu brauchte er die Hilfe eines gewissen Logan Costello.

»Sie haben Telefon?« erkundigte er sich bei Kongre.

»Natürlich, kommen Sie.«

Mondo hob den Hörer von der Gabel, preßte ihn ans Ohr und stieß einen Fluch aus.

»Was ist?«

»Die Leitung ist tot. Keine Verbindung.«

»Das verstehe ich nicht ...«

»Ich auch nicht, aber ich muß telefonieren. Haben Sie einen Wagen?«

»Ja, in der Garage.«

»Holen Sie ihn her. Ich werde mit ihm fahren, denn ich muß unbedingt jemandem Bescheid geben.«

»Natürlich.« Kongre eilte davon.

Mondo war verständlicherweise sauer. Er war vom Typ her ein Perfektionist, bei ihm mußte alles stimmen, aber hier ging einiges schief. Da führte dieser Kongre ungewöhnliche Versuche erfolgreich durch, arbeitete mit einer Atomauflösung im Lichtbogen, um die einzelnen Elementarteilchen hinterher wieder zusammenzufügen, und eine dumme zerstörte Telefonleitung konnte die Pläne zum Scheitern bringen. So etwas durfte nicht passieren.

Draußen hörte er Motorengeräusch. Erst dachte er an einen Trecker, als er jedoch zur Treppe ging, erkannte er den dunklen Mercedes Diesel. Der war sicherlich schon zehn Jahre alt und qualmte wie ein brennendes Faß mit Teer.

Jason Kongre war ausgestiegen und hatte den Motor weiterlaufen lassen. Die Fahrertür stand offen. »Den können Sie nehmen«, sagte er zu seinem Partner.

Mondo war mißtrauisch. »Fällt der auch nicht auseinander?«

»Nein, bis jetzt noch nicht.«

»Okay, ich vertraue Ihnen.« Mondo setzte sich hinter das Lenkrad und drosch die Tür zu.

Stotternd fuhr der Wagen an. Jason Kongre blickte ihm nach, bis er zwischen den Bäumen verschwunden war. Dann lief der Wissenschaftler ins Haus zurück.

Er wollte mit seinen Lieblingen allein sein ...

Die Stimmung schlug schon höher.

Nicht nur der genossene Alkohol trug dazu bei, sondern auch der Duft des Gebratenen, der über dem Grillplatz schwebte.

»Schaschliks sind fertig!« rief die Frau des Liberos. Mrs. Callum hatte die Rolle der Küchenfee übernommen. Sie sorgte dafür, daß alles glatt verlief.

»Und die Bratwürste auch!« brüllte Jock, ihr Mann.

Willie, der Junge mit der Gitarre, war als erster am Grill. Zwei Teller hatte er. Einer war für seine Freundin.

»Schaschlik?« fragte Jock.

»Zweimal.«

»Würste auch?«

»Später.«

»Salat?«

»Gib her.«

Die Frauen hatten die Salate frisch zubereitet. Willie nahm Tomaten und grünen Salat. Mit den beiden Tellern marschierte er zu seiner Freundin, die auf dem Zaun hockte, die Gitarre neben sich gestellt hatte und den Trubel aus skeptischen Augen beobachtete.

Gilda, so hieß sie, gab sich progressiv. Sie wollte mal Lehrerin werden, verachtete alles, was der normalen Gesellschaft Spaß machte, und dachte nur darüber nach, wie schlecht die Welt doch war. Daß sie mitgekommen war, tat sie nur Willie zu Gefallen, denn in ihn hatte sie sich trotz ihres progressiven Denkanstrichs unsterblich verknallt. Und gegen die Liebe kämpften auch Verbesserer oder Veränderer bisher vergebens.

Willie schleuderte seine braune Mähne zurück. »Der Schaschlik riecht gut«, sagte er und reichte seiner Freundin einen Teller. Über das Fleisch hatte Willie noch Ketchup schütten lassen. Es war erhitzt worden und mit Zwiebelringen sowie Champignons verfeinert.

Gilda löste die Fleischstücke vom Spieß. »Lange brauchen wir ja nicht zu bleiben«, sagte sie.

Willie verdrehte die Augen. »Warum bist du eigentlich immer der Spielverderber?«

»Mir passen die Krakeeler nicht.«

»Aber die anderen, die demonstrieren und Autos anstecken sowie Fensterscheiben einschlagen, die sind besser, wie?«

»Da geht es auch um die Sache an sich.«

Willie schob ein Stück Fleisch in den Mund. Da es heiß war, trank er schnell einen Schluck Bier. Er kaute und schluckte. »Die Ausrede kenne ich.«

Gilda schüttelte den Kopf. Ihre fahlblonden Haare hatte sie mit einem roten Stirnband zusammengebunden. Ihr Gesicht war schmal, zeigte zahlreiche Sommersprossen, und manchem Mann wäre sie als Frau zu knochig gewesen, doch

Willie liebte knabenhafte Typen. »Das ist keine Ausrede, du siehst das falsch. Wenn du wüßtest, wie dreckig es vielen Leuten geht. Die wohnen nicht, die hausen. Und dann gibt es einige, die sahnen nur ab.«

Bevor Gilda zu einer Grundsatzrede ansetzen konnte, winkte Willie ab. »Erzähl das deinem Friseur, falls du einen hast. Der hört dir zu, dafür wird er bezahlt.«

»Irgendwann wirst du auch noch mal vernünftig.«

Da grinste Willie. »Wenn ich dir den Laufpaß gebe, wie?«

Gilda blitzte ihn an. »Treib es nur nicht auf die Spitze, ich finde auch einen anderen.«

Willie wischte Soße von den Lippen. »Klar, der diskutiert mit dir, geht aber nicht mit dir ins Bett.«

»Jetzt werde nicht unverschämt!«

»Okay, wir schließen Frieden. Du bist schließlich freiwillig mitgekommen, steh es jetzt auch durch.«

Gilda stocherte mit der Plastikgabel auf ihrem Teller herum. Willie sah es. »Schmeckt dir nicht, wie?«

»Doch.«

»Aber ...«

»Kein Aber.« Sie hob die Augenbrauen. »Wenn deine Freunde betrunken sind, drehen sie wieder durch, das sehe ich schon kommen.«

»Das Thema war doch erledigt.« Willie wurde langsam sauer.

»Ich kann ja auch allein fahren.«

»Dann mach doch, was du willst. Ich jedenfalls bleibe hier. Wir haben uns wochenlang auf das Grillfest gefreut ...«

»Wir?«

»All right, wenigstens ich. Und einmal kannst du mir die Freunde auch lassen.«

»Einmal?« Das Girl lachte auf. »Ihr hockt nach jedem Spiel zusammen und sanft euch die Hucke voll. Tolle Sportler, wirklich.«

»Das gehört dazu.«

»He, Willie, Gilda!« Bobby Ransome stand neben dem Grill und winkte. »Wollt ihr euch nicht zu uns setzen?« Die beiden warfen einen Blick nach vorn. Die anderen hockten im Kreis. Sie hatten auf Steinen Platz genommen oder auf mitgebrachten Klappstühlen.

»Gleich«, rief Willie zurück. »Erst muß ich meinen Schaschlik verputzen. Schmeckt übrigens klasse.«

»Danke, ich gebe das Kompliment gern weiter.«

Eine Fliege summte heran. Sie kreiste ein paarmal über den Köpfen der beiden, flog auch an ihren Gesichtern vorbei und suchte sich einen Landeplatz aus.

Den fand sie auch.

Es war Gildas Teller.

Das Girl hatte das letzte Stück Schaschlik zwischen die Zähne gesteckt, als die Fliege ihren Platz auf dem Ketchup fand. Dort blieb sie hocken.

Gilda scheuchte sie nicht weg. Sie wunderte sich nur über die Größe des Insekts. Die Fliege war schon ein Brummer, sie schillerte grünlich.

»Mensch, ist die groß«, sagte Gilda.

Willie wollte gerade vom Zaun rutschen und Nachschub holen, als er die Worte hörte. »Wer ist groß?«

»Die Fliege.« Gilda beugte sich weiter nach vorn, um sie besser sehen zu können.

Plötzlich schrie sie auf und ließ den Teller fallen. Die Fliege, durch die Bewegung aufgeschreckt, summte davon.

»Was ist los?« fragte Willie.

Gilda schaute ihren Freund an. Kreidebleich war sie geworden. »Die – die Fliege, Willie – sie hatte den Kopf eines Menschen!«

Der Torwart wollte grinsen, doch sein Gesicht erstarrte zu einer Grimasse. »Willst du mir den Appetit verderben, Gilda?«

»Nein, nein.« Heftig schüttelte das Girl den Kopf. »Was ich gesehen habe, das habe ich gesehen. Die Fliege hatte wirklich einen Menschenkopf.«

»Unsinn.« Willie schaute in die Luft. Durch das Laubdach der Bäume sickerten letzte Sonnenstrahlen. Sie fielen bereits schräg und betupften den Boden, wobei sie zu langen Streifen ausliefen. Im Wald selbst war es schon dunkler. »Ich sehe hier keine Fliege mit einem Menschenkopf.«

»Sie war aber da!«

»Klar. Eine Fliege habe ich auch gesehen. Die saß schließlich auf deinem Teller.«

»Und sie hatte den Kopf eines Menschen.«

»Mann oder Frau?« fragte Willie spöttisch.

»Den eines Mannes.«

»Toll.«

»Hör auf, Mensch. Mit solchen Dingen treibt man keinen Scherz. Das ist grauenhaft.« Sie bekam tatsächlich eine Gänsehaut. »Ich bleibe hier nicht länger.«

Willie hatte ihr nicht zugehört. Er ließ seine Blicke schweifen, sah auch das dichte Buschwerk hinter dem Zaun und glaubte, eine Bewegung zu sehen.

Deshalb bemerkte er nicht, wie die Fliege erneut hinter seinem Rücken anflog und sich auf seinen Teller setzte.

»Da ist sie wieder!« rief Gilda.

»Wo?«

»Auf deinem Teller.«

Von der Gruppe her schallte lautes Lachen zu ihnen herüber. Deshalb war Willie etwas irritiert. Er blickte erst später auf seinen Teller, den er in der Hand hielt.

Sie hockte tatsächlich dort.

Willie sah genauer hin. Er wollte sehen, ob ihm seine

Freundin da einen Witz unter die Weste gejubelt hatte. Willie beugte den Kopf vor und hob den Teller gleichzeitig an.

Gilda war einen Schritt zurückgegangen. Sie stand jetzt mit der rechten Seite zum Gitter.

Willie schaute genau. Die Fliege bewegte sich. Sie saugte den süßlich riechenden Ketchup.

Da wurden Willies Augen groß. Plötzlich hatte er das Gefühl, vom einem Kübel Eiswasser übergossen worden zu sein. Gilda hatte nicht gelogen.

Die Fliege auf dem Teller hatte in der Tat den Kopf eines Menschen. Deutlich waren die Haare zu erkennen. Sie schillerten rötlichblond und hoben sich in der Farbe von dem übrigen Fliegenkörper ab.

Willie atmete schwer. Er wußte wirklich nicht, was er tun sollte, und schluckte.

»Habe ich recht?« fragte Gilda flüsternd.

Der Torwart nickte.

»Und was machen wir jetzt?«

Willie hob die Schultern. Dabei ließ er die Fliege keinen Moment aus den Augen. »Vielleicht ist sie aus Plastik«, murmelte er, »und da hat sich jemand einen Scherz erlaubt.«

Gilda schüttelte den Kopf. »Nie!« stieß sie hervor. »Nie ist die aus Plastik.«

»Aber eine echte gibt es nicht.«

»Du siehst sie doch vor dir.« Die Haltung des Girls hatte sich versteift. Die Arme lagen am Körper an. Die Hände waren gespreizt, die schmalen Finger erinnerten an die Beine einer Spinne. Auf ihrem Gesicht lag eine Gänsehaut.

Gilda hatte Angst. Sie fürchtete sich vor dem Unerklärlichen. Das Grauen war nah, sie spürte es instinktiv, und sie wagte kaum, Luft zu holen.

»Ich werde sie töten!« flüsterte der Torwart. »Killen!« Er starrte auf das Insekt, das sich nicht stören ließ, sondern durch den winzigen Menschenmund den süßlichen Ketchup schlürfte. Mit den Beinen tastete es auf der Oberfläche der Soße herum, und vorsichtig bewegte Willie seine rechte Hand.

Nahe dem Rand und dabei quer über den Teller lag der eiserne Schaschlikspieß. Ihn hatte Willie ins Auge gefaßt, und er sollte ihm als Waffe dienen.

Dabei öffnete er Daumen und Zeigefinger, so daß beide wie ein Schnabel wirkten. Er führte sie noch näher an den eisernen Spieß heran und griff vorsichtig zu.

Mit den Fingerkuppen umfaßte er den Spieß. Es bereitete ihm ungeheure Mühe, das längliche Stück Eisen hochzuheben. Willie stand unter Streß. Auf seiner Stirn lag dick der Schweiß, und er atmete nur durch den Mund.

Eine unbedachte Bewegung, und die Fliege würde davonsummen. Vorsichtig hob Willie den Spieß an.

Es klappte.

Die Fliege schien von allem nichts zu bemerken. Sie beschäftigte sich weiterhin mit dem süßlichen Ketchup, trank ihn und labte sich daran. Aber sie würde sich wundern.

Willie war aufgeregt. Seine Zunge huschte über die Lippen. Manchmal, beim Elfmeter, da hatte er das gleiche Gefühl. Er traute sich nicht, den Schweiß von seiner Stirn zu wischen, diese unbedachte Bewegung hätte die Fliege unter Umständen verscheucht.

Vorsichtig kippte Willie den Schaschlikspieß. Vorn lief er spitz zu, an seinem anderen Ende befand sich ein Ring, durch den man die Finger stecken mußte, wenn das Fleisch vom Spieß gelöst werden sollte.

Da Willie den Spieß nur mit zwei Fingern festhielt und er sein Gewicht hatte, zitterte er in seiner Hand. Das mußte vermieden werden. Willie konzentrierte sich noch stärker. Es durfte doch nicht so schwer sein.

Ein Stoß – und …

»Paß auf«, flüsterte er Gilda zu. »Gib nur genau acht. Jetzt stoße ich zu ...«

Er tat es!

Gedankenschnell rammte Willie den Spieß nach unten. Er hatte genau gezielt – und traf!

Die Spitze des zweckentfremdeten Schaschlikspießes traf die Fliege in der Körpermitte und teilte sie. Willie wollte schon aufatmen, als er das menschliche Gesicht sah.

Und er hörte einen Todesschrei.

Leise nur, aber so voller Qual, daß ihm angst und bange wurde und er hastig den Teller fallen ließ. Sogar das Gesicht hatte er in der letzten Sekunde noch sehen können. Es war seltsam verzerrt gewesen, wie bei einem Menschen, der den letzten Atemzug in seinem Leben tat.

Ich bin ein Mörder! schoß es Willie durch den Kopf. Ein verdammter Mörder!

Gilda sagte nichts. Sie starrte ihren Freund nur an. Die Blicke der beiden jungen Menschen trafen sich, gleichzeitig schauten sie auch ins Leere, sie nahmen sich nicht bewußt wahr. Deshalb reagierte Willie auch nicht, als er die Bewegung im Gebüsch bemerkte, und das geschah genau hinter Gilda.

Zwei Hände erschienen.

Kräftige Hände ...

Gedankenschnell umklammerten sie die Kehle des Mädchens. Gilda schaffte es nicht mehr, einen Schrei auszustoßen, und Willie lähmte das Entsetzen, denn der unheimliche Würger hatte zwar den Körper eines Mannes, darüber aber einen überdimensionalen Fliegenkopf ...

Jason Kongre hatte sich die richtige Gegend ausgesucht. Hier konnte er wirklich ungestört seinen verbrecherischen Forschungen nachgehen. Das Haus stand einsam, weit weg von der großen Umgehungsstraße, und da es so einsam lag, hatte es sicherlich auch als Museum schließen müssen, denn wer von den Besuchern fand schon den Weg hierher? Da mußten Ostern und Pfingsten auf einen Tag fallen.

Man konnte es aber mit dem Wagen erreichen. Zwar auf schmalen Wegen, und so manches Mal schleiften Zweige oder Äste über die Karosserie, aber ich brachte meinen Silbergrauen bis vor das Haus des Wissenschaftlers. Für mich war dieser Mensch wahnsinnig. Wer eine so schlimme Methode erfunden hatte, mit der man Menschen manipulieren konnte, der war nicht mit normalen Maßstäben zu messen. Davon ging ich aus.

Wieder einmal lagen Genie und Wahnsinn dicht beieinander. Schon oft hatte ich es erlebt, da brauchte ich nur an Mr. Mondo oder Dr. Tod zu denken.

Die Mordliga! Inzwischen war sie vollständig, und ich dachte zwangsläufig daran, was geschehen würde, wenn Solo Morasso von dieser Erfindung erfuhr. Nicht auszudenken. Dabei ahnte ich nicht, wie nahe Dr. Tod bereits daran war, die Erfindung für sich und seine teuflischen Pläne zu nutzen.

Ich hielt an.

Der Bentley war der einzige Wagen weit und breit.

Manchmal spüre ich, ob ein Objekt eine unheimliche Ausstrahlung hat. Das warnende Gefühl hatte ich hier nicht. Es war zwar eine Waldlage, und die Umgebung konnte man als schaurig bezeichnen, doch nichts deutete darauf hin, daß mit diesem Haus etwas nicht stimmte.

Ruhig lag es vor mir. Es machte mir auch nicht den Eindruck, bewohnt zu sein.

Ich ging auf die Treppe zu. Dabei sah ich, daß das vor dem Haus wachsende Unkraut von Autoreifen geknickt worden war. Auch hatten sich Spuren in den Boden gegraben. So ganz unbewohnt schien das Haus doch nicht zu sein.

Ich wurde noch vorsichtiger.

Der Nachmittag war ziemlich weit fortgeschritten. Zwar stand die Sonne noch am Himmel, doch aus ihr war mittlerweile ein ziemlich kraftloser Ball geworden. Bald würde sie ganz verschwunden sein, denn im September waren die Tage schon kürzer.

Als ich die Treppe erreicht hatte, blieb ich erst einmal stehen. Ich schaute auf die Fassade, besah mir auch die schmutzigen Fensterscheiben, doch da war niemand, der mich beobachtete. Still, leer, unbewohnt lag das Gebäude vor mir.

Die Treppe hatte ein steinernes Geländer zu beiden Seiten der Stufen. Moos hatte sich darauf abgesetzt. Es fühlte sich weich an, als meine Hände darüber glitten.

Vor der Tür blieb ich stehen, wobei ich meinen Blick senkte und mir das Schloß anschaute.

Es war völlig normal.

Kein Sicherheitsschloß, wie man es eigentlich bei so einem einsam stehenden Haus erwarten konnte. Der Besitzer mußte das Gefühl der Angst oder Unsicherheit nicht kennen. Wer solche Experimente durchführte, hatte andere Dinge im Kopf.

Ich schaute in eine große Eingangshalle, die irgendwie ungepflegt wirkte. Da hatte es niemand für nötig gehalten zu putzen. Der Staub lag nicht nur auf dem Boden, sondern bedeckte auch die Möbelstücke. Die graue Schicht stach sofort ins Auge.

Von Jason Kongre sah ich nichts.

Er mußte meiner Meinung nach hier sein, deshalb rief ich nach ihm. »Mr. Kongre!«

Ich erhielt keine Antwort. Auch von den Mutationen sah ich nichts. Wenn sie tatsächlich hier irgendwo steckten, dann gut verborgen.

Das Haus war zwar leer, aber keineswegs unbewohnt. Deutlich konnte ich in der Staubschicht die Fußabdrücke erkennen. Sie führten auf die breite Treppe zu, aber an ihr vorbei.

Ich folgte der Spur.

Dabei bemühte ich mich, möglichst leise aufzutreten.

Still war es in diesem Haus. Ich hörte Geräusche, konnte jedoch nicht herausfinden, aus welcher Richtung sie an meine Ohren drangen. Als ich genauer lauschte, vermeinte ich, daß die Geräusche von unten, aus dem Keller, kommen würden.

Ja, der Keller. Wahrscheinlich würde ich dort eine gefährliche Überraschung finden. Ich kannte mich mit Wissenschaftlern wie diesem Kongre aus. Als Privatgelehrte hatten sie ihre Labors fast immer in den unterirdischen Räumen, also versteckt in Kellern oder Bunkern.

Aber wie kam ich dorthin?

Eine Treppe sah ich nicht. Die normale hörte auf im Erdgeschoß. Ich schritt durch die Halle. Da war nichts zu sehen. Keine Stufen nach unten.

Dann entdeckte ich den Gang.

Irgendwie paßte er nicht in diese Halle, und ich wollte wissen, wo er endete.

Vor einer Tür.

War dies der Einstieg zum Keller?

Ich probierte den Knauf. Nach links drehte ich ihn. Er ließ sich bewegen, und ich war überrascht, als ich die Tür plötzlich aufziehen konnte. Jason Kongre hatte sämtliche Sicherheitsmaßnahmen außer acht gelassen. Er konnte es sich leisten. Für mich war das aber ein Grund, noch vorsichtiger zu sein.

Die breite Treppe war nachträglich angelegt worden. Sie paßte nicht zum Äußeren des alten Hauses, denn sie war aus glattem Beton gegossen.

Betoniert waren auch die Wände des Kellers. Diese Räume konnte man durchaus als atombombensicher bezeichnen. Es gibt ja zahlreiche Firmen heutzutage, die mit der Angst der Menschen Geschäfte machen und solche angeblich sicheren Keller in jedes Haus bauen.

Am Rand der Treppe schlich ich nach unten. Ich fand einen Handlauf. Er bestand aus Eisen. Das Metall kühlte die warme und schweißfeuchte Innenfläche meiner Hand.

Allein war ich bestimmt nicht im Keller, denn die Laute hatten sich verstärkt. Sie waren längst nicht mehr so schwach zu hören, sondern so deutlich, daß ich Unterschiede feststellen konnte.

Mitten auf der Treppe blieb ich stehen.

Da war ein Brummen, Summen, ein Heulen und Jaulen zu vernehmen. Laute, die bei mir einen Schauer erzeugten, und ein ungutes Gefühl breitete sich in meiner berühmten Magengrube aus.

Ich wäre vielleicht forscher gewesen, hätte ich nicht den Wespenmenschen gesehen, so aber war ich gewarnt und rechnete damit, auch anderen Mutationen zu begegnen.

Der Schauer auf meinem Rücken verwandelte sich in ein Frösteln. Ich stand irgendwie unter Strom und zuckte schon zusammen, als eine Fliege dicht an meinem Gesicht vorbei flog und ihren Platz neben mir an der Wand fand. Dort klammerte sie sich mit ihren dünnen Beinen fest.

Ich weiß auch nicht, weshalb ich den Kopf drehte, um mir die Fliege anzusehen, wahrscheinlich war es eine Reaktion, die noch mit der Entdeckung des Wespenmenschen zusammenhing. Sofort fiel mir etwas an dem Insekt auf.

Sein Kopf zeigte eine andere Farbe.

Ich blickte genau hin und hatte das Gefühl, von einem Schlag getroffen zu werden.

Die Fliege hatte einen winzigen Menschenkopf!

Es war der einer Frau.

Ich hatte gute Augen, konnte das kleine Gesicht sehen, das einen verzerrten Ausdruck zeigte, und glaubte sogar, die Angst erkennen zu können. Viel war ich gewöhnt. Ich hatte oft gegen die schrecklichsten Monster aus anderen Dimensionen gekämpft, und das waren wirklich Ausgeburten der Hölle gewesen, aber der Anblick dieser Fliege traf mich wesentlich härter.

Da war die Forschung eine Allianz mit dem Schrecken eingegangen. Ein satanisch veranlagter Mensch hatte die Natur manipuliert, und das ließ mich erschauern.

Töten konnte ich sie nicht. Nein, ich hätte es nie fertiggebracht, meine Hand auf die Fliege zu klatschen.

Sie flog weg, zog noch einen Kreis und fand ihren Weg in den Keller, dorthin, wo vielleicht noch andere Mutationen lauerten, die bereit waren, mich zu empfangen.

Vielleicht sogar zusammen mit ihrem Schöpfer, denn irgendwo mußte sich Jason Kongre ja verkrochen haben.

Mein Weg führte weiter die Treppe hinab auf den kahlen Betongang zu, wo die Stufen mündeten.

Ein Blick nach rechts und links.

Der Gang war leer, aber die Geräusche blieben. Ich mußte mich nach rechts wenden, denn von dort klangen sie auf. Da entdeckte ich auch eine Tür, die offenstand, und ich konnte aus meiner Perspektive in den Raum blicken.

Viel sah ich nicht. Bewegungen, die mir sagten, daß sich jemand in dem Kellerraum aufhielt.

Ich schlich bis zur Tür vor. Die Waffe hielt ich in der rechten Hand. Es war die Beretta mit normalen Bleigeschossen. Silberkugeln wollte ich für die Monster nicht opfern.

Auf der Schwelle blieb ich stehen.

Nun, ich hatte damit gerechnet, etwas Schreckliches zu sehen, aber was sich mir nun präsentierte, übertraf meine Erwartungen bei weitem.

Zunächst einmal schaute ich in ein Chaos aus zerstörten Käfigen, zerplatztem Glas, Stroh und Abfall. Dazwischen bewegten sich drei Wesen.

Zuerst fiel mir die Frau mit dem Fliegenkopf auf. Sie war fast nackt, trug nur ein grünes, langes Gewand, das durchscheinend wirkte, und drehte sich im Kreis. Der gewaltige Fliegenkopf mit den riesigen Facettenaugen machte die Bewegung mit.

Ich schluckte.

Das zweite Monster sah noch schlimmer aus. Ein Hund, der einen Menschenschädel aufwies. Das Gesicht gehörte einem älteren Mann. Seine Haut war sonnenbraun, die Haare schlohweiß, sie hingen ihm weit in die Stirn und berührten seine Augenbrauen

Das Gegenstück dazu sah ich auch.

Einen Menschen mit dem Kopf eines Schäferhundes.

O nein ...

Ich begann zu zittern. Diese Mutationen waren so schlimm und grausam, daß ich regelrecht Angst hatte, den Keller zu betreten. Am liebsten wäre ich schreiend weggelaufen, aber ich konnte vor den Tatsachen nicht die Augen verschließen.

Bestimmt waren es nicht alle Monster, die Jason Kongre erschaffen hatte. Ich mußte damit rechnen, daß einige das Haus verlassen hatten, denn unter der Decke sah ich einen Luftschacht, der irgendwo oben im Haus verschwand.

Würden sie angreifen?

Noch taten sie nichts. Dann aber stürzte der Mann mit dem Hundeschädel vor. Er bellte. Dabei riß er die Schnauze auf, und ich sah die lückenlosen Zahnreihen. Was dieser Hund vorhatte, lag auf der Hand. Er wollte mir an die Kehle.

Ich wich zurück, hob den Arm und schlug ihm den Revolver quer über die Schnauze. Aufheulend wich er zurück, wobei sein Pendant, der Hund mit dem Menschenkopf, das Gesicht gequält verzog. Spürte er die Schmerzen?

Ich kam nicht mehr dazu, mir weitere Gedanken zu

machen, denn die Monsterwesen griffen konzentriert an. Sie hatten in mir den Gegner erkannt und wollten mich töten, bevor ich es tat.

Das Fliegenwesen hatte sich einen Holzstab geschnappt, der massiv und ziemlich stabil aussah.

Damit drosch es zu. Ich tauchte zur Seite und schoß.

Die Kugel drang schräg in den Fliegenkopf. Sogar Blut spritzte hervor. Das Monster stieß einen brummenden Ton aus, drehte sich um seine eigene Achse und brach zusammen, während eine kleine Fliege um mein Gesicht herumschwirrte.

Es war das Gegenstück zu dem getöteten Wesen und mußte einen tiefen Schmerz verspüren. Mit der Hand wischte ich es weg.

Dann kam der Hund. Es war der mit dem Menschenkopf, und er wuchtete sich vom Boden hoch. Seine Pfoten wollten meine Schultern treffen, ich wich nach hinten, so daß er ins Leere sprang, und gleichzeitig fegte mein rechter Arm nach unten.

Mit dem Revolverlauf hatte ich zugeschlagen und traf auch genau. Plötzlich schüttelte sich der mutierte Hund, und ich sah Blut aus einer Kopfwunde rinnen. Dann brach er zusammen.

Ein scharfes Knurren und Bellen warnte mich vor dem Angriff des Hundemenschen. Er war sehr gefährlich. Ich hatte einen Augenblick nicht aufgepaßt und bekam seine Fäuste zu spüren, die mich an der Seite trafen und in den Keller schleuderten. Der Treffer war hart, ich hatte Mühe, auf den Beinen zu bleiben.

Das merkte das Wesen. Es warf sich sofort in meine Richtung.

Noch in der Drehung feuerte ich.

Krachend entlud sich die Waffe, und die Kugel traf die Brust des Mutanten.

Der Hundemensch jaulte, riß die Arme hoch, preßte dann seine Hände gegen die Wunde und brach zusammen. Zuckend blieb er auf dem Boden liegen.

Ich stand leicht gebückt da, war in Schweiß gebadet und zitterte am ganzen Körper. Der Kampf mit diesen Wesen hatte mich schwer mitgenommen. Die Wesen lagen tot vor mir, und ich quälte mich mit Selbstvorwürfen.

War ich nun ein Mörder, ein Killer? Hatte ich Leben zerstört? Wirkliches, echtes Leben?

Ich wußte es nicht, doch ich ging davon aus, daß ich nicht anders hatte handeln können. Diese Wesen durften auf keinen Fall frei herumlaufen, ich wußte auch keinen Platz auf der Welt, wo man sie hätte hinschaffen können.

Es war still geworden.

Deshalb hörte ich das leise Weinen. So schrecklich, daß es mir kalt den Rücken hinablief. Meine Augen suchten den Raum ab, ich wollte die Quelle des Gefühlsausbruches finden und sah die kleine Fliege. Sie hatte ihren Platz auf der Frau mit dem Fliegenkopf gefunden. Das Insekt weinte um sein Pendant.

Meine Kehle war wie zugeschnürt, als ich mit schleppenden Schritten auf die Tote zuging, mich hinkniete und die kleine Fliege sah. Sogar die Tränen konnte ich sehen, wie sie als winzige Perlen über das Gesicht liefen.

Es war eine Szene, wie man sie sich schauriger kaum vorstellen kann. Und ich würde sie nie in meinem Leben vergessen, das stand jetzt schon fest.

Die anderen Monster hatte ich getötet. Sollte ich die Fliege auch umbringen?

Ich hob die rechte Hand.

Nein, ich konnte es nicht und ließ den Arm wieder sinken. Das brachte ich nicht fertig. Die Fliege sollte leben, mein Gott, sie würde doch irgendwann eingehen.

Ich stand wieder auf. Mit gesenktem Kopf verließ ich den

Raum des Schreckens. Dieses Haus war zu einem wahren Horror-Tempel geworden. Und den Verantwortlichen hatte ich noch immer nicht gefunden. Irgendwo mußte er sich doch versteckt halten!

Auf dem Gang wischte ich mir den Schweiß von der Stirn. Das Zittern ließ allmählich nach, ich konnte mich wieder auf die weiteren Aufgaben konzentrieren.

An erster Stelle stand Jason Kongre. Falls er sich noch im Haus aufhielt, würde ich ihn finden. Er selbst hatte sich nicht gezeigt, obwohl er die Schüsse gehört haben mußte.

»Kongre!« rief ich.

... *ongre – ongre* ...

Das Echo hallte durch den kahlen Gang, doch ein Erfolg stellte sich nicht ein.

»Zeigen Sie sich!«

Jason Kongre tat mir den Gefallen nicht. Er gab auch durch nichts zu erkennen, wo er sich versteckt hielt, falls er sich überhaupt in diesem Haus befand.

Ich wandte mich jetzt in die andere Richtung, denn dort hatte ich ebenfalls einen Raum entdeckt, zu dem die Tür offenstand.

In diesem Raum war es still. Ich vernahm keinerlei Geräusche, die auf irgendeine Gefahr hingedeutet hätten. An der Decke brannten Leuchtstofflampen. Sie schufen eine schattenlose Helligkeit, die mir den Weg wies.

Hin und wieder drehte ich mich um, denn Vorsicht ist in meinem Beruf die beste Lebensversicherung. In meinem Rücken drohte keinerlei Gefahr. Der Gang blieb leer.

Ich schaute zuvor in den zweiten Kellerraum, bevor ich ihn betrat.

Es war das glatte Gegenteil des ersten. Nichts Lebendes konnte ich sehen, sondern nur technische Geräte. Dieser Keller schien das Labor zu sein, das Herzstück des Hauses. Hier wurden die Monster geschaffen.

Zur Hälfte stand die Tür offen. Fast konnte ich das gesamte Labor überblicken, bis auf den Winkel hinter der Tür. Und dort lauerte die Gefahr.

Ich wollte auch da nachsehen, aber man ließ mich nicht mehr dazu kommen. Mein unsichtbarer Gegner war schneller. Er hatte hinter der Tür gelauert und knallte sie ohne Warnung zu.

Ich stand zwischen ihr und der Schwelle und konnte nicht mehr ausweichen. Das Türblatt traf mich voll. Ich spürte die Klinke in der Hüfte und wurde zur Seite geschleudert. Bevor ich mich fangen konnte, war mein Gegner da.

Schnell wie ein Schatten, und er hielt irgend etwas in der Hand, mit dem er zuschlug.

Meinen Kopf wollte er nicht treffen, sondern nur irgendeine Stelle meines Körpers.

Und das reichte.

Mein gellender Schrei zitterte durch den Keller. Ich hatte das Gefühl, als würden tausend Volt durch meine Adern jagen, ich bäumte mich noch einmal auf und fand nicht die Kraft, auf den Beinen zu bleiben.

Haltlos sackte ich zusammen ...

Sekundenlang geschah nichts. Ich lag auf dem Boden, unfähig, auch nur einen Finger zu rühren. Der Schlag hatte mich paralysiert. Wellenartig tobte der Schmerz durch meinen Körper, breitete sich aus, schoß hoch bis zum Gehirn und füllte es mit kleinen, aber schmerzhaften Explosionen. Gern wäre ich bewußtlos geworden, doch der Schlag war so dosiert gewesen, daß ich diesen Zustand nicht erreichte.

Dann hörte ich das Kichern. Und ich sah die Gestalt. Neben der Tür stand sie, hielt einen schmalen Stab in der Hand, der metallisch glänzte.

Jason Kongre!

Zum erstenmal sah ich ihn, er stand mir gegenüber und starrte aus kalten Augen auf mich herab.

Meine Vorsicht hatte nicht ausgereicht. Kongre war raffinierter gewesen. Ich schluckte, holte Luft, krümmte mich dabei, verzog das Gesicht und stöhnte.

»Ja«, sagte er, »wimmere nur, du hast es verdient, du dreckige Ratte. Du hast sie umgebracht, und dafür wirst du büßen, das verspreche ich dir!«

Haß glänzte in seinen Augen.

Haß, Triumph und auch Vernichtungswille. Dieser Mann würde mir keine Chance lassen. Schaurig sah er aus in seinem gelbbraunen Mantel, dem blauen Kittel darunter, und mit dem langen Schal, den er sich um den Hals geschlungen hatte. Das schlohweiße Haar stand von seinem Kopf ab, als wäre es toupiert.

Ein Besessener, ein Wahnsinniger ...

»Wer bist du?« fuhr er mich an.

Ich hatte Mühe, die Antwort zu formulieren. Stockend sagte ich meinen Namen.

Er lachte. »Dich hat Bennet also angerufen. Schön, daß wir uns begegnen. Und wie kommst du hierher?«

»Ich – ich habe Sie gesucht, Kongre. Ich wollte den Verbrecher sehen, der Menschen zu Monstern macht. Und ich wollte ihm das Handwerk legen.«

Da lachte er. »Mir das Handwerk legen! Ja, ihr habt euch nicht geändert. Ihr seid nach wie vor noch immer die arroganten Schweine wie früher. Aber niemand kann mir mehr in meine Forschungen hineinreden. Ich habe sie zu Ende geführt und auch die nötige Unterstützung gefunden.«

»Wer hat Sie unterstützt?«

»Da du sowieso nicht mehr als Mensch das Haus hier verlassen wirst, kann ich es dir sagen. Marvin Mondo, ein Mann mit weitreichenden Beziehungen. Er hat mich besucht und mir seine Hilfe zugesagt. Er kennt eine Gruppe, die mich aufnehmen und für meine Erfindungen viel Geld bezahlen wird.«

Ich hatte es geahnt und befürchtet. Jetzt hatte ich den Beweis. Dr. Tod und seine Mordliga hatten tatsächlich von der Erfindung erfahren und sich an Jason Kongre herangemacht. Nun ging nichts mehr. Wenn die Mordliga einmal ihre Finger in dem Fall stecken hatte, war alles zu spät.

»Wo ist Mondo?«

»Er ist bald wieder hier, denn wir brechen die Zelte hier ab. Wir nehmen nur noch die Geräte mit.«

Die hatte ich gesehen. Sie bestanden nur aus zwei Käfigen und einer Steuerkonsole. Eigentlich ganz einfach, aber mit einer teuflischen Genialität erfunden. Klar, daß sich Solo Morasso so etwas nicht entgehen lassen würde.

»Wie viele Monster gibt es noch?« fragte ich.

»Einige, Sinclair. Du hast es nicht geschafft, sie alle zu töten. Sie sind geflohen und haben sich in den umliegenden Wäldern verkrochen. Schade, daß ich nicht mehr miterleben kann, wie sehr sie die Menschen in Angst und Schrecken versetzen, denn dann bin ich längst weg. Noch am heutigen Abend holt Marvin Mondo mich ab. Zuvor werde ich noch ein Monster erschaffen. Das gebe ich ihm gewissermaßen als Geschenk hinzu.«

Mir war klar, wen er mit dem Monster meinte. Mich.

Teuflisch war sein Lächeln, als er zwei Schritte zurück ging und einen Schalter an der Konsole herumdrehte.

Ein Summen ertönte.

Ich verdrehte die Augen, so daß ich einen Käfig sehen konnte. In ihm begann es zu summen, und ich hatte das Gefühl, als würden winzige Funken zwischen den einzelnen Käfigseiten hin- und herfliegen.

»Das nennt man Aufladung«, erklärte mir Kongre.

»Und was geschieht danach?« Ich wollte es eigentlich gar nicht wissen, weil ich es mir denken konnte, aber ich brauchte Zeit. Vielleicht verlor sich die Lähmung, so daß ich mich wieder bewegen und die Pistole hervorholen konnte, um Kongre auszuschalten.

Da lächelte Kongre. Es war das Lächeln eines Siegers, den nichts mehr erschüttern konnte. »Ich habe lange geforscht«, erklärte er mir, »und obwohl man mich abgewiesen hatte, konnte ich es nicht lassen, weiterhin an meinen Forschungen zu arbeiten. Das Gebiet der Physik hat mich ebenso interessiert wie das der Biologie, und es ist mir tatsächlich gelungen, eine Methode zu entwickeln, die man als genial bezeichnen kann. Ich habe es durch Strahlen und meinen Willen geschafft, daß sich die Atome eines Menschen oder eines x-beliebigen Gegenstandes unter bestimmten Bedingungen auflösen und sich an einer anderen Stelle wieder zusammensetzen. Wenn ich dich in den Käfig sperre, Sinclair, wirst du dich auflösen. Deine Atome wandern durch einen Lichtbogen und fügen sich in dem zweiten Käfig wieder zusammen. Dort entstehst du neu, und nichts erinnert mehr daran, daß du vor Sekunden noch an anderer Stelle gewesen bist. So weit, so gut. Doch es gibt einen Haken bei der Sache. Die Käfige müssen leer sein. Es darf sich kein weiteres Lebewesen mehr darin befinden, denn wenn das der Fall ist, geraten die einzelnen Elementarteilchen außer Kontrolle, und es kommt zu den bekannten Mutationen, wie du sie ja gesehen hast. Ein Käfig ist leer, doch in dem zweiten befindet sich eine kleine Wespe, die den Kopf meines Assistenten Al Bennet trägt. Wenn sich deine und seine Atome auflösen, wird Al Bennets Kopf mit deinem Körper in einem Käfig stehen, und dein Schädel wird auf dem Körper der Wespe sitzen. Na, wie gefällt dir das?«

Diese Frage hätte er sich sparen können. Ich erzitterte innerlich vor Angst und Grauen. Das durfte doch nicht wahr sein, was er mir da sagte, aber ich brauchte nur in seine Augen zu schauen, um erkennen zu können, daß er nicht gelogen hatte. Jason Kongre verzog die Mundwinkel. »Warum sagst du nichts dazu, John Sinclair? Hat es dir die Sprache verschlagen?«

»Sie sind ein Teufel!« zischte ich.

»Ja.« Er lachte. »Du hast es erfaßt. Ich bin ein Teufel, ein Satan, aber der ist nichts gegen mich. Im Gegenteil, ich fühle mich über ihn erhaben. Es wird mir wirklich eine Freude sein, wenn ich Mondo beweisen kann, was ich hier geschaffen habe. Wenn es soweit ist, verlasse ich den Raum und werde Mondo von einer Zelle aus anrufen, damit er so rasch wie möglich zurückkehrt.«

Die letzten Worte hatte ich kaum wahrgenommen. Ich dachte nur darüber nach, wie meine Chancen standen. Verdammt schlecht, wie ich ehrlich zugeben mußte. Noch immer durchtobte mich dieses Rieseln, wenn Sie verstehen, was ich meine.

Dabei hatte ich das Gefühl, als wären meine Adern nicht mit Blut, sondern mit einem perlenden Wasser gefüllt. Ich konnte mich einfach nicht rühren. Dieser Teufel hatte mich mit seinem Elektrostab geschafft.

Jetzt trat er vor, bückte sich, und ich sah sein Gesicht dicht vor mir.

Ich hätte ihm am liebsten meine Faust in die Visage geschlagen, dabei konnte ich nicht einmal den kleinen Finger bewegen.

Jason Kongre faßte mit seinen Händen unter meine Achselhöhlen und zog mich hoch. Die Beine schleiften über den Boden, als er mich auf den Käfig zu zerrte, dessen Tür bereits offenstand. Es bereitete ihm keinerlei Schwierigkeiten, mich in das schaurige Gefängnis zu schaffen, wo er mich kurzerhand auf den Boden warf und ich dort zusammensackte und gekrümmt liegenblieb.

Dann rammte er die Gittertür zu und verschloß sie. Seine Finger krallte er in das Gitter und starrte mich an.

Seine Augen leuchteten gelblich. Selten hatte ich bei einem Menschen so einen Ausdruck gesehen.

»Bald«, flüsterte er, »bald ist es soweit.« Er löste die Finger und rieb sich die Hände. »Du wirst die Hölle erleben, und man wird dich bestimmt nicht töten, obwohl der Tod eine Erlösung für dich bedeuten kann.«

Ich gab keine Antwort darauf, sondern dachte an Suko. Himmel, der Chinese war doch unterwegs. Ich hatte ihn angerufen. Warum kam er denn nicht? Er mußte das Haus längst erreicht haben.

Ich konnte aus meiner Lage nicht nur die Konsole sehen, an die sich der wahnsinnige Wissenschaftler jetzt hinstellte, sondern auch die Tür. Kongre hatte sie nicht geschlossen. Mein Blick fiel auf einen leeren Gang.

Von Suko keine Spur ...

Ich war und blieb allein.

Allein mit diesem wahnsinnigen Teufel!

Jason Kongre konzentrierte sich. Seine Lippen hielt er fest geschlossen, die Augen bewegten sich und glitten über die Instrumente. Ja, es war alles in Ordnung, nichts konnte mehr schiefgehen.

Einen letzten Blick warf er auf seine Opfer. Da lag dieser Sinclair gekrümmt auf dem Boden. Noch, mußte man sagen, denn die Wirkung des Stabes würde bald nachlassen, dann konnte sich der Mann wieder bewegen. Aber was machte das schon? Wenn er es schaffte, würde Kongre den Apparat einschalten. Ich spürte genau, daß etwas hinter der Schädeldecke des teuflischen Wissenschaftlers vorging. Leider konnte ich keine Gedanken lesen, aber auf einmal gelang es mir, den Arm zu heben.

Ich konnte mich bewegen.

Die Beretta!

Himmel, ich hatte ja noch die Beretta. Wenn ich sie in die Finger bekam, dann ...

Selten zuvor habe ich so schnell nach der Waffe gegriffen und war doch zu langsam.

In diesem Augenblick lachte Jason Kongre diabolisch auf und legte den Hebel um.

Ich hörte noch das Knistern, spürte einen gewaltigen Schlag, der meinen Körper erfaßte, und dann nichts mehr ...

Das Monster kannte kein Pardon!

Es hatte zugepackt und zog das sich wild sträubende Mädchen rücklings über den als Absperrung dienenden Zaun. Dieses Wesen mit dem Fliegenkopf hatte gewaltige Kräfte, die es jetzt ausspielte, und es ließ Gilda keine Chance.

Sie wollte schreien, hatte auch bereits den Mund geöffnet, doch nicht ein Laut drang aus ihrer Kehle. Wie zugeschnürt war sie. Gilda merkte kaum, daß sie zu Boden fiel und in das Gebüsch gezerrt wurde.

Willie, der Torhüter, hatte alles mit angesehen. Normalerweise hätte er eingegriffen und das Leben seiner Freundin verteidigt, aber diese Szene hier war so unwirklich, daß er im ersten Moment an eine Halluzination dachte oder an einen Traum.

Das konnte es nicht geben. Menschen mit einem Fliegenkopf. So etwas war unmöglich ...

Dann sah er Gilda nicht mehr.

Die anderen hatten nicht einmal etwas bemerkt. Sie waren zu sehr mit sich selbst und ihrem Essen beschäftigt.

Willie erwachte wie aus einem langen Schlaf. Als Raster fügten sich in seinem Kopf die einzelnen Teile zusammen und formierten sich zu einem Gedanken.

Gilda war weg, ein Monster hatte sie geholt.

Ja, ein Monster!

Scharf und klar stand der Gedanke in seinem Hirn. Und

er löste jetzt erst die Reaktion bei dem jungen Mann aus. Seine Augen wurden weit, der Mund öffnete sich zu einem Schrei. Willie warf sich auf dem Absatz herum und rannte.

Diesmal schnürte ihm das Grauen nicht die Kehle zu. Wie angeschossen spritzten die übrigen Gäste von ihren Sitzgelegenheiten hoch, als sie Willie schreien hörten.

Da fielen Flaschen um und Teller zu Boden. Jeder hörte die überkippende Stimme.

Bobby Ransome reagierte als erster. Er fuhr herum, sah Willie rennen und lief ihm entgegen.

Die beiden stießen zusammen.

Willie hatte den Kopf in den Nacken gelegt, den Mund weit aufgerissen und schrie.

»Hör auf!« brühte Bobby.

Der Torwart brüllte weiter.

Da schlug Ransome zu. Jeder vernahm das Klatschen, als seine Hand zweimal am Kopf des jungen Mannes landete. Die Wangen färbten sich dunkelrot, das Schreien wurde leiser und endete in einem Wimmern. Er weinte.

»Was ist geschehen?« schrie Ransome. Die anderen hatten sich inzwischen um die beiden versammelt. Mit neugierigen und auch ängstlichen Gesichtern starrten sie Willie an.

»Sie – sie ist weg.«

»Wer?«

»Gilda.« Der junge Torhüter konnte kaum sprechen. »Wirklich, sie ist verschwunden.«

»Deshalb brauchst du doch nicht zu schreien.« Ransome lachte, und die anderen stimmten mit ein.

Einen Moment schaute Willie irritiert. »Doch«, flüsterte er, »ich muß schreien, ich will sogar schreien. Sie ist nämlich nicht freiwillig gegangen. Ein Monster hat sie geholt. Versteht ihr? Ein verdammtes Monster!« Er drehte sich um und deutete dorthin, wo er zuvor mit Gilda gesessen hatte.

»Wir sehen nichts«, sagte Jock Callum, der Libero.

»Es war ein Mensch mit einem Fliegenkopf!« stieß der junge Torhüter hervor. »Grauenhaft sah er aus, auf seiner Schulter saß der riesige Fliegenschädel, und dieses Monster hat Gilda geholt. Es hat sie gewürgt, versteht ihr?«

»Ja, ja, sicher.« Bobby Ransome nickte und legte einen Arm um die Schultern des Mannschaftskameraden, wobei er den anderen einen Blick mit verdrehten Augen zuwarf, der besagen sollte, daß der gute Willie ein Spinner war.

Die meisten nickten. Manche lächelten spöttisch, allerdings nicht die Frauen, ihnen waren die Schreie unter die Haut gegangen. Verstohlen blickten sie um sich.

Plötzlich riß sich Willie los. Er ballte die Hände zu Fäusten und schrie: »Verdammt, wir müssen sie suchen. Das Monster hat sie ins Gebüsch geschleppt. Es wird sie töten!«

Ransome winkte ab. »Hör doch auf mit dem Unsinn. Du hast uns erschreckt, okay ...«

»Es ist wahr!« Die Stimme überschlug sich, und Tränen stürzten aus Willies Augen.

Bobby Ransome drehte sich um. Sein Blick suchte Jock Callum. Der hob die Schultern. Seine Frau stieß ihn an.

»Ihr könntet doch nach Gilda suchen«, sagte sie.

Callum hatte sich entschlossen. Er drängte sich vor und nickte. »All right, wir werden sie suchen. Bist du damit einverstanden, Willie?«

»Ja.«

Die Gruppe machte sich auf den Weg. Willie ging mit. Die Teller, von denen er und Gilda gegessen hatten, lagen noch auf dem Boden. »Ich habe auch eine Fliege getötet, die einen Menschenkopf hatte«, flüsterte Willie.

Nur Callum hörte die Worte, er überging sie jedoch, denn er hielt Willie wirklich für einen Spinner.

Domingo Newton, der schwarzhaarige Mittelfeldspieler, sprang über den Zaun und ging in die Knie. »Hier ist das Gras tatsächlich geknickt«, sagte er.

»Und?« fragte Ransome.

»Eine Spur!« keuchte Willie. Er riß sich los und kletterte gewandt über den Zaun. Auf der anderen Seite sprang er nach unten. »Wir müssen ihr nachgehen ...«

»Ja, ja.« Zwei Männer folgten Willie, der bereits vorgelaufen war und mit beiden Händen das Buschwerk teilte. Es waren Domingo Newton und Jock Callum.

Willie wollte seine Freundin so schnell wie möglich finden. Dabei achtete er nicht darauf, daß ihm Zweige gegen das Gesicht schlugen und aus dem Boden wachsende Wurzeln zu Stolperfallen wurden.

Er wollte Gilda helfen.

Und er fand sie.

Sie lag auf weichem Moos. Ihr Kopf war seltsam verdreht. Blut lief über ihr Gesicht, und gebrochene Augen starrten gegen das Laubdach der Bäume.

Willie blieb stehen, als wäre er gegen eine Wand gelaufen. Wie ein lebendes Denkmal stand er vor der Toten und war unfähig zu begreifen, was geschehen war.

Vor einigen Minuten noch hatte sie gelebt, jetzt war sie tot. Ein neunzehnjähriges Girl, das vom Leben noch alles zu erwarten hatte, war einem Killer zum Opfer gefallen.

»Mein Gott!« Domingo Newton hatte die beiden Worte geflüstert, während Jock Callum überhaupt nichts sagen konnte, weil ihm der entsetzliche Anblick die Kehle zuschnürte.

Es waren die beiden gesprochenen Worte, die Willie aus seiner totenähnlichen Starre rissen.

Plötzlich begann er zu schreien, warf sich nach vorn und über die Tote. Er preßte sein Gesicht gegen ihren Leib, seine Schultern zuckten, all der Schmerz und die Trauer, die er in diesem schrecklichen Augenblick empfand, brachen sich Bahn.

Andere kamen hinzu. Auch sie blieben abrupt stehen, als

sie die Tote sahen. Die Mitglieder der Mannschaft zeigten überhaupt keine Reaktion. Sie schauten nur ins Leere. Unbegreiflich war so etwas, einfach grauenhaft.

Die Frauen unter ihnen schlossen die Augen. Gesichter zuckten, Tränen quollen aus halb zugedrückten Lidern. Es war Jock Callums Frau, die den Bann brach. Ihr Blick war über Willie und die Tote hinweggeglitten, und sie hatte etwas entdeckt, was wider die Natur war, was es nicht geben durfte.

Um den unteren stärksten Ast ringelte sich eine Schlange. Sie hatte einen grünbraun schillernden Körper und den Kopf einer Frau!

Der Frauenschrei durchbrach die bleierne Stille. Alle zuckten zusammen, nur Willie nicht. Er weinte nach wie vor in seinem grenzenlosen Schmerz.

»Da!« schrie Mrs. Callum. »Da!« Ihr Gesicht war verzerrt, und sie hatte den rechten Arm ausgestreckt, wobei sie mit dem Zeigefinger dorthin wies, wo sich die Schlange befand.

Jetzt schauten auch die anderen.

Ungläubig zuerst, dann jedoch nistete sich das Entsetzen in ihre Pupillen, denn die Schlange auf dem Ast blieb nicht ruhig, sondern griff an.

Sie hatte sich ein Ziel ausgesucht.

Willie!

Er kniete nach wie vor am Boden, hatte den Oberkörper über seine tote Freundin gebeugt und ahnte nichts von der schrecklichen Gefahr, die sich über ihm zusammenbraute.

»Willie!« schrie Ransome.

Der Torhüter hörte nicht.

Ein letzter Ruck, die Schlange fiel dem Boden entgegen und hatte ihr Opfer gepackt. In Windeseile umschlang sie den Körper des jungen Mannes, preßte ihm die Arme an den Leib und hievte Willie, der im Moment nicht wußte, wie ihm geschah, ein Stück in die Höhe.

Dann kippten beide zur Seite. Erst jetzt begriff der junge Mann. Er sah den schrecklichen Schlangenleib und auch das Menschengesicht, das dicht vor dem seinen erschien.

Den Mund hatte die Frau offen. Eine lange Zunge zuckte daraus hervor und klatschte in Willies Gesicht. Namenloses Entsetzen erfaßte ihn.

Er wollte schreien, bekam dabei kaum Luft in die Lungen, und so wurde es nur ein erbärmliches Röcheln, das über seine totenblassen Lippen drang.

Jock Callum sprang vor. Er hatte sich als erster aus seiner Erstarrung gelöst. »Wir müssen was tun!« schrie er und packte den Schlangenleib dicht unter dem Kopf. Verzweifelt bemühte er sich, ihn zurückzubiegen, doch die Schlange hatte eine wesentlich größere Kraft als der Mensch. Sie stemmte sich gegen den Griff und drückte gleichzeitig zu.

Willie ächzte. Er war weiß angelaufen, die Augen traten ihm aus den Höhlen, keine Luft drang mehr in seine Lungen, während die gefährliche Monsterschlange immer stärker zudrückte und ihn auf eine langsame und schreckliche Art und Weise tötete.

»Helft mir doch!« brüllte Callum. »Verdammt, so steht nicht einfach rum!« Er erhielt keine Hilfe, denn was er nicht sehen konnte, hatten die anderen entdeckt.

Zwei Monster waren aus dem Unterholz erschienen. Das eine Wesen hatte den Körper einer Frau und den Kopf der Schlange.

Das andere den Körper eines Mannes und als Gegenstück einen gewaltigen Fliegenschädel.

Es lag auf der Hand, was diese Monster vorhatten. Lebend sollte den Wald niemand mehr verlassen …

Ich spürte nichts, ich hatte nicht einmal eine Ahnung.

Aber ich war erwacht, konnte denken, überlegen, kombinieren. Mein Gehirn arbeitete normal, sofort setzte auch wieder die Erinnerung ein.

Das Haus, die Monster, das Zusammentreffen mit Jason Kongre, seine teuflische Erfindung, dessen Opfer ich werden sollte – und es nicht geworden war, denn ich …

Da stockten meine Gedanken. Plötzlich wurde mir bewußt, daß die gesamte Welt verkehrt war. Ich sah sie aus einer völlig anderen Perspektive.

Um mich herum wirkte alles riesig, gewaltig und groß. Als hätten sich die Dimensionen verschoben.

Die Dimensionen?

Nein, die hatten sich nicht verschoben, ich war manipuliert und verändert worden.

Kongres Worte fielen mir ein.

»Dein Kopf wird auf den Körper der kleinen Wespe gelangen, und dafür wird der Kopf meines Assistenten auf deinem Körper sitzen.«

So ähnlich hatte er gesprochen. Und seine Worte waren in der Tat eingetreten.

Ich, John Sinclair, hatte noch meinen normalen Kopf, wenn auch verkleinert. Ich konnte denken, fühlen, handeln, aber mein Kopf saß auf dem Körper einer Wespe.

Und plötzlich flog ich. Wahrscheinlich war es der Schreck, der mich so handeln ließ. Vom Boden hob ich ab, sah vor mir das Gitter und klammerte mich daran fest.

Ich schrie!

Weit riß ich den Mund auf, um all meine Angst hinauszubrüllen, wollte auf mich aufmerksam machen. Und während mein eigener Schrei von mir als ungeheuer kräftig empfunden wurde, war er von Kongre wohl kaum zu hören.

Ich sah ihn genau.

Unheimlich und gewaltig kam er mir vor. Wie ein ungeschlachter Riese, der sich langsam bewegte, sich umdrehte und nun auf meinen Käfig zutrat.

Hastig flog ich zurück.

Lachen!

Wie Donnerhall dröhnte es mir entgegen. Verzweifelt klammerte ich mich an dem Gitter fest. Sein Atem traf mich und hätte mich fast zu Boden geworfen.

Das Lachen wollte nicht aufhören. Jason Kongre kostete seinen Triumph voll aus, und ich wurde von Angst und Grauen geschüttelt.

So etwas hatte ich noch nie erlebt. Zusammen mit Suko war ich wohl einmal verkleinert worden und hatte schreckliche Abenteuer in der Mikrowelt erlebt, auch war ich einmal zu einem Werwolf geworden, aber eine Tiermutation, das war ich noch nie gewesen.

Hilflos war ich meinem Peiniger ausgeliefert. Er konnte mich zwischen zwei Fingern zermalmen!

Und das sagte er mir auch. »Ja, Sinclair, so wollte ich dich haben, so hilflos, wie es bei all meinen Gegnern sein muß. Ich brauche nur in den Käfig zu greifen und dich zu packen. Ein Druck mit zwei Fingern, und ich kann dich zerquetschen. Mich wolltest du besiegen.« Er lachte wieder. »Das schafft niemand. Keiner auf der Welt kann es, denn ich habe das Wissen und die Macht.« Ich hörte die Worte, und verdammt noch mal, er hatte wirklich nicht übertrieben.

Jason Kongre war schlimmer als der Satan!

Riesengroß sah ich seine Hand vor dem Gitter. Dann schnippte er mit dem Zeigefinger und zielte dorthin, wo ich mich festgekrallt hatte.

Der Maschendraht bewegte sich. Ich fühlte mich wie auf einem schwankenden Schiff, wurde zurückgeschleudert, prallte wieder nach vorn und flog davon.

Kongre kreischte vor Vergnügen. »Jetzt hast du Angst, wie?« Er lachte weiter. »Schade, daß ich keine fette Spinne besitze. Sie hätte ich gern in den Käfig zu dir gesteckt, jedoch sind mir die Spinnen ausgegangen.« Er rieb sich die Hände und deutete dann auf den anderen Käfig. »Hast du dir eigentlich dein Gegenstück angesehen, John Sinclair?«

Ich hatte mich dicht unter dem Dach des Käfigs festgeklammert und bisher vermieden, in die andere Richtung zu schauen. Jetzt tat ich es.

In dem zweiten Käfig stand ein Mann. Er hatte meinen Körper, trug die gleiche Kleidung, doch sein Kopf war ein völlig anderer. Er gehörte Kongres Assistenten Al Bennet, dessen Körper einst ein Wespenkopf geziert hatte und der von mir getötet worden war.

Ich wollte raus. Weg aus diesem verfluchten Käfig, aber da waren nicht nur die Eisenstäbe, die jetzt kein Hindernis mehr bedeutet hätten, sondern auch noch das Maschendrahtgitter.

Da kam ich nicht durch!

Ich mußte daran denken, daß der Mann mit meinem Kopf und dem fremden Körper auch noch meine Waffe besaß, das Kreuz, die Beretta. Aber was nutzte es mir in diesen schrecklichen Augenblicken?

Ich würde das geweihte Kreuz höchstens anschauen können, mehr nicht.

Jason Kongre nickte zufrieden. Den Kopf hatte er erhoben, um mich sehen zu können. »Ja, es ist gelungen«, stellte er noch einmal fest. »Es ist sogar sehr gut gelungen. Mondo wird seine Freude haben, wenn er das sieht. Ich hole ihn jetzt. Für die Wartezeit wünsche ich dir viel Spaß…«

Ein letztes Lachen, das wie Donnerhall durch den Raum schallte, dann ging er, und ich war allein.

Allein mit meinem Elend, mit meinen Sorgen und mit meiner grenzenlosen Angst.

Würde ich jemals einen Ausweg aus dieser Situation finden oder hier elendig als Wespenmensch eingehen? Das letztere war wahrscheinlicher. Suko war nicht gekommen, somit hatte sich meine letzte Hoffnung nicht erfüllt.

Ich krabbelte etwas weiter und schaute zu dem zweiten Käfig hin. Dort bewegte sich der Mann mit meinem Körper. Er hatte bisher nichts gesagt, jetzt aber versuchte er, den Käfig zu öffnen, was ein aussichtsloses Unterfangen war.

Dann begann er zu schreien. »Holt mich hier raus, verdammt! Ich will hier raus!« Sein Gesicht verzerrte sich. Er trommelte gegen die Stäbe und auch gegen den Maschendraht.

Niemand hörte sein Schreien, und die Stimme verklang.

Es wurde ruhig.

Ich flog in meinem Gefängnis hin und her, summte von einer Seite zur anderen, und plötzlich hörte ich etwas, was mich ungeheuer erschreckte.

Schüsse!

Durch einen Dieb war Suko aufgehalten worden.

Der Chinese entdeckte den Mann in der Tiefgarage, wo die Harley stand. Der Knabe wollte nicht die Maschine klauen, sondern einige Teile abmontieren. Aus Tarnungsgründen hatte er sich einen blauen Arbeitsanzug übergestreift.

Suko sah ihn sofort, der andere den Chinesen jedoch nicht, so daß Suko ungehört in den Rücken des Kerls gelangen konnte und dicht hinter ihm stehenblieb.

»Im Geschäft bekommst du die Sachen viel billiger«, sagte mein Freund.

Der Dieb schoß hoch, als hätte ihm jemand einen Nagel in den Allerwertesten gerammt. Dann flirrte er herum und fragte: »Wieso?«

»Weil du für deinen Krankenhausaufenthalt sicherlich mehr blechen mußt«, erwiderte Suko.

Er ließ dem anderen den ersten Schlag. Der hämmerte auch zu, doch Suko fing die Faust ab und konterte. Fünf Sekunden beschäftigte er sich mit dem Knaben, dann konnte der seine Knochen numerieren. Stöhnend lag er am Boden, und als er sich bewegte, rutschte er durch eine dunkle Öllache. Suko hatte sich noch den Ausweis des Burschen angesehen. Er wollte den Namen später der Polizei bekanntgeben.

Dann rauschte er ab.

Der Chinese kannte London inzwischen sehr gut. Er wußte auch von Abkürzungen, und dennoch dauerte es seine Zeit, bis er in die Nähe seines Ziels gelangte. Der Londoner Abendverkehr hatte seine Tücken, die Suko erst umgehen mußte.

Anschließend war es eine Erholung, durch ein Gebiet zu brausen, wo ihn kaum ein anderes Fahrzeug störte. Die Dämmerung hatte den Tag bereits verdrängt. Der helle Scheinwerferkegel wanderte über den grauen Asphalt.

Einmal verfuhr sich Suko noch, dann fragte er einen auf dem Feld arbeitenden Bauern, der ihm den richtigen Weg wies. Schon bald fuhr Suko durch Wald. Er mußte auf den Wegen bleiben, deshalb sah er nicht den Mann, der hinter ihm ein Waldstück verließ und hastig die Straße überquerte.

Es war Jason Kongre auf dem Weg zu einem Telefon.

Suko fuhr weiter. Der Weg wurde schmaler, blieb jedoch asphaltiert, und schließlich erreichte der Chinese sein Ziel.

Der Wald lichtete sich kurz vor dem Haus. Suko sah den Platz und auch einen Wagen.

Trotz der starken Dämmerung erkannte er den Wagentyp. Es war ein Bentley!

Der Motor der Harley verstummte, als der Chinese anhielt. Suko atmete auf. Sein Freund John Sinclair befand sich also in der Nähe. Er mußte im Haus sein.

Der Chinese nahm den Helm ab und bockte die Maschine

auf. Er zog auch seine Handschuhe aus und lief leichtfüßig auf die Treppe zu. Bevor er einen Fuß auf die erste Stufe setzte, hörte er die Geräusche. Sie waren nicht im Haus aufgeklungen, sondern im Wald. Und es waren Schreie.

Ausgestoßen von Menschen in höchster Not!

Jock Callum zuckte zurück.

Auch er hatte die beiden Wesen gesehen, die die Gruppe umzingelten. Im selben Augenblick stöhnte Willie ein letztes Mal auf. Dann sackte er im Griff der teuflischen Schlange zusammen.

Tot ...

Nur wenige Minuten später als seine Freundin war auch Willie gestorben.

Die Schlange ließ ihr Opfer los, und Willie rutschte aus ihrem Griff. Verkrümmt blieb er auf dem weichen Waldboden liegen.

»Neiinnnn!« Der spitze Angstschrei einer Frau jagte schrill durch den Wald und riß auch die anderen aus ihrer Erstarrung. Sie alle hatten nur einen Gedanken: Flucht!

In ihrer Panik dachte niemand von ihnen an das Naheliegende. Sie hetzten nicht zu ihren Fahrzeugen, sondern in den Wald hinein, sie wollten den Klauen der unheimlichen Wesen entgehen, damit mit ihnen nicht das gleiche geschah wie mit Gilda oder Willie.

Die schaurigen Wesen nutzten ihre Chance. Sie sahen, wie sich die Flüchtenden gegenseitig behinderten, und es war die Schlange, die schon einmal getötet hatte, die jetzt den Anfang machte. Plötzlich spürte Domingo Newton, wie sich etwas über seine Waden ringelte, und mit einem Ruck wurden ihm die Beine unter dem Boden weggerissen. Domingo fiel.

Er konnte seine Arme nicht mehr schnell genug vorstrecken, prallte mit dem Gesicht in Gras und Humus und vergrub es darin. Mühsam wälzte er sich auf den Rücken. Füße trampelten über ihn hinweg, er hörte die ängstlichen Rufe der anderen und sich auch selbst schreien.

»Bleibt zusammen!« Jock Callum schrie es. Er war der einzige, der sich um Domingo kümmerte.

Callum hatte noch ein Messer bei sich. Er zog es und hieb die Klinge in den Schlangenleib. Eine rosafarbene Flüssigkeit spritzte hervor, aber so war die Schlange nicht zu töten. Sie schlug nur wild um sich, und Callum sah für eine Sekunde das Gesicht nicht weit entfernt.

Seine Hand zuckte vor.

Das Messer traf.

Ein reißender Querschnitt, plötzlich war Newton frei, und Callum riß ihn zur Seite.

»Komm mit, Mensch!«

Die Schlange zuckte ein paarmal, sie peitschte unkontrolliert über den Boden, und dann verging sie.

Noch existierte das Gegenstück. Die Frau mit dem Schlangenkopf. Ihre Hände hielten ein junges Mädchen fest, das mit seiner Kleidung im Gebüsch hängengeblieben war. Als sie merkte, daß die andere Schlange nicht mehr lebte, ließ sie ihr Opfer los, und das Mädchen konnte sich befreien.

Jock Callum zog Domingo auf die Beine. Newton taumelte einfach mit. Er war halbblind vor Angst, und auch Callum fiel es schwer, den Rest von Kaltblütigkeit zu bewahren.

Als die Frau mit dem Schlangenkopf vor ihm erschien, stieß er mit dem Messer zu und traf die Schulter.

Der Stoß trieb das Wesen zur Seite, es sackte in die Knie, und der Kopf pendelte auf und nieder.

Domingo und Jock hatten freie Bahn. Sie brachen durch das Gebüsch, rannten hinter den anderen her, die es geschafft hatten, und sahen aus den Augenwinkeln, wie das

Monster mit dem Fliegenkopf hinter einem Baumstamm auftauchte und ihnen den Weg versperren wollte.

Callum trat im Laufen zu.

Das Monster griff daneben, die beiden Männer rannten weiter. Die Angstschreie der anderen wiesen ihnen den Weg, und schon bald erreichten sie einen schmalen Pfad, der sich durch den dichten Wald schlängelte.

Sehr nah wuchsen die Büsche an den Pfad heran, manchmal auch über ihn hinweg, und die beiden Flüchtenden bahnten sich mit rudernden Armen einen Weg durch das Dickicht.

Wie auch die anderen wußten sie nicht, wo sie hinliefen, sie wollten den Ort des Schreckens nur so rasch wie möglich hinter sich lassen. Brombeergesträuch, besetzt mit kleinen Stacheln und zäh wie Leder, versperrte ihnen den weiteren Weg. Sie brachen hindurch und spürten die Risse nicht, die ihnen die Dornen auf der Haut beibrachten.

Sie mußten rennen, denn die beiden Wesen hatten längst noch nicht aufgegeben. Sie wollten Beute …

Einige Sekunden blieb Suko unbeweglich stehen und lauschte. Er wollte sichergehen, keiner Täuschung erlegen zu sein.

Nein, die Schreie wiederholten sich, sie waren echt. Und diesmal hörten sie sich auch lauter an, ein Zeichen für den Chinesen, daß die Menschen inzwischen näher herangekommen waren.

Suko wußte nicht, was die Schreie zu bedeuten hatten. Auf jeden Fall nichts Gutes. Deshalb huschte er vor und suchte hinter dem Bentley Deckung. Von dieser Stelle aus, er schaute dabei quer über den Kofferraum, hatte er einen guten Überblick.

Suko hatte die Beretta gezogen.

Sollte er eingreifen müssen, wollte er nicht erst noch lange nach der Pistole fingern.

Er schaute zum Waldrand. Dort war schwer etwas zu erkennen. Das Grau der Dämmerung hatte sich da verdichtet, war zu einem verwischenden Farbton geworden.

Schatten.

Sie kamen aus dem Wald, drängten sich in das Grau hinein, durchliefen es, und Suko sah die schreienden, flüchtenden Gestalten. Es waren Männer und Frauen, aber der Chinese konnte nicht erkennen, wovor sie flohen. Der Anblick des Hauses mußte auf sie wie eine Rettungsinsel gewirkt haben, denn die Anführer der Gruppe blieben stehen.

Suko löste sich aus seiner Deckung. Bisher war er noch nicht entdeckt worden, die Flüchtenden hatten mit sich selbst zu tun. Sie sprachen heftig aufeinander ein. Jeder wollte etwas sagen, und so kam niemand richtig zu Wort.

Suko hörte jedoch genau zu. Er verstand etwas von schrecklichen Monstern und auch Toten.

Dann kamen noch zwei Nachzügler. Einer war verletzt. Er humpelte und wurde von einem Freund gestützt.

Die beiden beeilten sich, sicherlich waren ihnen die Verfolger dicht auf den Fersen, und Suko hatte sich auch nicht getäuscht. Er sah die Wesen.

Es waren Gestalten, die irgendwie menschliche Formen hatten, aber Genaues ließ sich im Dämmer des Waldrandes nicht erkennen. Allerdings mußten es die Personen sein, vor denen die Menschen geflohen waren.

Suko verließ seinen Platz am Bentley und lief auf die ängstlichen Menschen zu. Sie sahen ihn, und eine Frau schrie: »Laufen Sie weg, Mister! Die Monster kommen!«

Suko behielt den Waldrand im Auge und sah dort schattenhafte Bewegungen. »Welche Monster?«

»Die mit dem Fliegenkopf und das andere Wesen mit dem Kopf einer Schlange.«

»Danke«, sagte Suko und machte kehrt.

Jetzt rannte er dem Waldrand entgegen und hörte auch nicht mehr auf die Warnungen.

Die Frau hatte nicht gelogen. Aus dem dämmerigen Wald löste sich tatsächlich ein Wesen, dessen Körper nur noch zum Teil eine menschliche Form zeigte. Sein Kopf sah aus wie ein riesiger Fliegenschädel. Und er sah nicht nur so aus, das war auch einer.

Suko blieb ruhig. Er hatte sich hingekniet und die rechte Hand ausgestreckt. Die Mündung der Beretta folgte den Bewegungen des Monsters.

Der Chinese schoß. Zweimal drückte er ab, denn er wollte sichergehen. Vielleicht zehn Schritte war das Monster mit dem Fliegenkopf entfernt, als die geweihten Silberkugeln es trafen und zurückschleuderten.

Das Wesen riß die Arme hoch. Es geriet ins Taumeln und wirkte plötzlich wie eine Marionette, der man die Fäden gekappt hatte.

Dann brach es zusammen. Da der Weg leicht bergab führte, rollte es noch einmal um sich selbst, bevor es endgültig liegenblieb.

Suko war teilweise zufrieden. Ein Monster hatte er ausgeschaltet, doch die Flüchtenden hatten von zwei gesprochen, und Suko glaubte auch, ein zweites gesehen zu haben ...

»Kommen Sie!« schrie ein Mann. »Sie müssen weg! Noch haben Sie Glück gehabt!«

Der Chinese kümmerte sich nicht um den Rufer. Das zweite Monster war für ihn wichtiger.

Nur hatte es sich versteckt. Wenigstens konnte Suko es nicht sehen. Er drehte sich um, versuchte dabei, mit seinen Blicken die dunkelgraue Dämmerung zu durchdringen, und glaubte, dicht an der Fahrerseite des Bentley eine Bewegung wahrzunehmen.

Steckte dort sein Feind?

Ein paar Schritte nur trennten Suko von dem Wagen. Die hatte er rasch zurückgelegt, und er bemerkte, daß er wirklich keiner Täuschung erlegen war.

Das Monster hielt sich in der Tat dort auf. Es hatte Deckung gesucht, um heimtückisch und aus dem Hinterhalt zuschlagen zu können. Sein Schatten fiel auf den Weg.

Schatten?

Suko dachte nach. Dämonen warfen an sich keinen Schatten. Das gehörte zu den Eigenarten der meisten Schwarzblüter. Sollte er es hier unter Umständen nicht mit einem magischen Wesen zu tun haben? Suko kam nicht mehr dazu, weiter über das Phänomen nachzudenken, denn das Wesen bewegte sich. Es drehte sich um, denn es schien gemerkt zu haben, daß hinter ihm ein Feind lauerte.

Deutlich sah der Chinese den Schlangenkopf auf dem Körper des Monsters.

Ein schauriger Anblick. Eine Mutation, die vor ihm stand.

Es war ein breiter Kopf, breiter als der Schädel einer normalen Schlange. Das mutierte Wesen hatte das Maul aufgerissen, die Zunge glitt hervor wie eine Peitsche. Die Menschenarme schwangen vor und zurück. Suko deutete dies als ein Zeichen des Angriffs.

Er hatte sich nicht getäuscht. Überrascht war er von der Schnelligkeit, mit der sich das unheimliche Wesen bewegte. Es wollte Suko anspringen, doch der Chinese wich geschickt aus, drehte seinen Arm und schoß.

Die Kugel traf genau.

Bevor die schaurige Mutation zuschlagen konnte, wurde sie von dem Geschoß gestoppt. Sie drehte sich einmal im Kreis, peitschend zuckte die gespaltene Zunge vor und zurück, dann kippte das Wesen zur Seite und blieb liegen.

Tot ...

Suko atmete auf. Er drehte sich um und sah sich zuerst die Mutation mit dem Fliegenkopf an.

Groß war seine Überraschung, als er feststellte, daß es sich nicht aufgelöst hatte. Wieder ein Beweis für ihn, keinen Schwarzblüter vor sich zu haben. Auf der Brust des Wesens sah er einen dunklen, nassen Fleck.

Das zweite Monster bot das gleiche Bild. Es war zwar tot, aber es hatte sich nicht aufgelöst.

Tief holte Suko Atem. Seine Gedanken rasten. Was hatte das alles zu bedeuten?

Wieso waren die Wesen entstanden? Wer war dafür verantwortlich? Kongre? Wenn er sich im Haus befand, mußte er die Schüsse gehört haben. Warum hatte er sich nicht gezeigt? Und wo war John Sinclair?

Fragen, auf die der Chinese gern eine Antwort gewußt hätte, denn sie brannten ihm auf der Seele.

Zunächst jedoch wurde er von anderen mit Fragen bestürmt.

Bis einer sich mit lauter Stimme Ruhe verschaffte und Suko berichtete, was im Wald vorgefallen war und daß dort zwei Tote lagen.

Der Chinese hörte dem Mann, der sich als Jock Callum vorgestellt hatte, genau zu.

Danach hatte er ein paar Fragen. »Sind das die einzigen Wesen, die Sie gesehen haben?«

»Ja, Mister. Obwohl da noch eine Sache ist, die wir alle nicht verstehen.«

»Welche?«

»Willie Burns, unser Torhüter, hat noch davon gesprochen, daß er eine Fliege mit einem Menschenkopf gesehen hat. Er hat das Insekt aber getötet.«

»Und die Schlange mit dem Menschenkopf?« forschte Suko.

Callum hob die Schultern. »Ich habe sie zumindest verletzt. Vielleicht ist sie daran gestorben, denn ich zielte mit dem Messer auf das Gesicht.«

Suko nickte. »Wir wollen es hoffen.«

»Was haben Sie denn jetzt vor?« wurde Suko gefragt.

»Reden wir erst einmal von Ihnen«, erwiderte der Chinese lächelnd. »Betreten Sie auf keinen Fall das Haus, sondern entfernen Sie sich so weit wie möglich davon.«

Die Blicke der Menschen wandten sich unwillkürlich nach rechts, als Suko das Haus erwähnt hatte.

Einsam und still lag es vor ihnen. Doch jeder spürte wohl die Bedrohung, die von diesem Gemäuer ausging, und manchem lief eine Gänsehaut über den Rücken.

»Wollen Sie denn das Haus allein betreten?« fragte Callum.

»Ja.«

»Aber das ist zu gefährlich, Mister.«

»Es ist mein Job«, erklärte Suko.

»Sind Sie Polizeibeamter?«

»So ähnlich.«

Mit dieser Antwort gab sich Jock Callum zufrieden. Und auch die anderen hatten nichts mehr einzuwenden. Da sie den Weg nicht kannten – sie waren einen anderen gekommen –, erklärte Suko ihnen, wie sie zu laufen hatten. Sie sollten die Straßen nehmen, die er auch gefahren war.

Die Leute waren einverstanden. Zum Grillplatz traute sich bei Dunkelheit keiner mehr hin. Lieber wollten sie ihre Wagen stehenlassen.

Letzte scheue Blicke trafen den Chinesen. Da war niemand, der ihn um seine Rolle beneidete. Freiwillig würde keiner seinen Fuß über die Schwelle des Hauses setzen.

Suko wartete noch, bis die Leute in der Dunkelheit verschwunden waren, dann gab er sich einen Ruck und schritt geradewegs auf das düster wirkende Gemäuer zu ...

Stille umfing den Chinesen, als er die Schwelle hinter sich liegen hatte. In der rechten Hand hielt er die Beretta. Er rechnete mit dem Auftauchen weiterer Mutationen und blieb erst einmal in der Halle stehen.

Leer lag sie vor ihm. Er war das einzige Lebewesen. Doch seine Gegner konnten sich überall versteckt halten. In den oberen Etagen und auch im Keller.

Der Keller war das Stichwort für Suko. Irgend jemand, alles sprach dabei für Kongre, hatte die Mutationen ja erschaffen. Da dies nicht durch Schwarze Magie geschehen war, mußte er eine andere Methode gefunden haben.

Suko konnte da nur raten, und er rechnete damit, daß dies auf wissenschaftlicher Basis durchgeführt worden war. Für so etwas brauchte man Geräte, Apparaturen, und der Chinese nahm nicht an, daß er diese Dinge in den oberen Etagen finden würde. Da schien ihm der Keller schon eher geeignet.

Zuerst einmal suchte er den Eingang. Einige Minuten vergingen, bis Suko den schmalen Gang mit der Tür fand, von wo aus es in den Keller ging.

Er schritt die Treppe hinab.

Kein Laut war zu hören. Die Stille kam ihm schon unheimlich vor. Sie war nicht natürlich, denn normalerweise hörte man immer irgendwelche Geräusche.

Spannung hatte den Chinesen erfaßt. Er hatte die Hälfte der Treppe hinter sich gebracht, als er das Geräusch vernahm. Es hörte sich an, als hätte jemand gegen irgendein Metallstück geschlagen, und dann vernahm Suko auch das Stöhnen, das in einem schluchzenden Laut endete.

Er sah den Gang. Am Ende der Treppe lief er zu beiden Seiten weg. Suko hatte nicht herausfinden können, aus welcher Richtung das Geräusch aufgeklungen war, er rechnete jedoch damit, im Keller die gewissen Räumlichkeiten zu finden, die nötig waren, um schreckliche Experimente durchzuführen. Vor der ersten Treppenstufe wartete er. Sollte er nach rechts gehen oder nach links?

Er entschied sich für rechts und erreichte bereits nach wenigen Yards einen Raum, dessen Tür offenstand.

Auf der Schwelle blieb der Chinese stehen.

Er schaute in ein Chaos!

Umgestürzte Käfige, zerbrochenes Glas, Holz- und Metallteile, ein wirres Durcheinander. Und mitten darin sah Suko die toten Mutationen.

Kugeln hatten sie getroffen und ihnen ein unseliges Ende bereitet. Da lagen ein Hund mit einem Menschenkopf sowie ein Mensch mit einem Hundeschädel. Auch eine Frau mit einem Fliegenschädel sah Suko. Sie trug ein grünes Gewand. Jetzt lag sie tot am Boden.

Der Chinese schüttelte sich. Er konnte viel vertragen, doch was er hier zu sehen bekam, das war auch für ihn fast zuviel.

Durch die Nase holte er Luft. Daß Kongre die Wesen nicht erledigt hatte, war ihm klar. Wer aber hatte sie dann erschossen? Dafür kam eigentlich nur einer in Frage.

John Sinclair.

Und ausgerechnet er war verschwunden.

Suko drehte sich um und verließ die unheimliche Stätte. Er passierte die Treppe und ging auf eine Tür zu, die ebenfalls nicht geschlossen war.

Sein Herz klopfte schneller. Suko, der sonst immer so beherrscht war, hatte Mühe, seine Erregung zu unterdrücken. Er ahnte, daß ihm noch etwas Schreckliches bevorstand, und er spürte plötzlich ein Gefühl der Beklemmung. Es legte sich wie ein unsichtbarer Reif um seine Brust.

Dann hatte er die Tür erreicht. Er stieß sie weiter auf, damit sein Blick in den Raum fallen konnte.

Im ersten Augenblick war der Chinese erleichtert, weil er keine Mutationen fand – weder tot noch lebendig.

Er sah eine Konsole. Sie stand versetzt zwischen zwei Käfigen, von denen der linke leer war.

In dem rechten jedoch befand sich ein Mensch.

Er schaute Suko an.

Der Mann trug Johns Kleidung. Die dunkle Jacke, die Hose, das Hemd, ja, das alles gehörte John Sinclair. Suko kannte die Kleidungsstücke genau.

Aber der Mann war nicht John Sinclair!

Auf den Schultern saß ein anderer Kopf, dessen Gesichtsausdruck voller Qual war ...

Ein schrecklicher Verdacht keimte in dem Chinesen auf. Ein Verdacht, der so schlimm war, daß ihm schwindlig wurde. Er dachte an die Mutationen, an die vertauschten Körper und Köpfe, und Suko glaubte plötzlich, verrückt zu werden.

Hatte dieser Satan namens Jason Kongre mit John Sinclair den gleichen Versuch angestellt wie mit den anderen Menschen?

Alles wies darauf hin!

»John?« Suko hauchte den Namen und machte einen Schritt in das Labor hinein.

Der andere fühlte sich angesprochen. »Das bin ich nicht!«

»Wer sind Sie?«

»Al Bennet!«

»Kongres Assistent?«

»Ja.«

»Und wo ist John Sinclair?«

Da hob der Mann die Schultern. »Ich kann es nicht sagen. Alles ist so grausam, so schrecklich. Jason Kongre hat mit uns Versuche angestellt, ich wollte aussteigen, er hat mich aber überrascht. Ich ...«

»Was ist geschehen?« Suko wollte endlich Klarheit haben. »Reden Sie!«

Da nickte der Mann mit John Sinclairs Körper. »Es ist so schlimm, daß ich es kaum ...«

»Reden Sie, schnell. Vielleicht haben wir nicht viel Zeit. Wenn Kongre zurückkehrt ...«

»Er ist weggegangen«, erklärte Al Bennet. »Doch zuvor hat er seine schrecklichen Versuche an uns vorgenommen ...« Bennet schluchzte auf, und dann hörte der Chinese eine Geschichte, die unglaublich klang, aber dennoch den Tatsachen entsprach ...

Da stand Suko!

Mein Gott, er war gekommen. Ich sah ihn genau. Seine Gestalt blieb auf der Türschwelle stehen, die Blicke glitten durch den Raum, er mußte mich doch sehen, denn er schaute zum Käfig hin. Da fiel mir ein, daß ich kaum zu erkennen war, nicht größer als eine Wespe, und wer achtete schon darauf? Ich löste mich von meinem Platz und flog aufgeregt in meinem Gefängnis hin und her. Ungeheuer groß kam der Chinese mir vor, und jetzt hatte er auch den Mann mit meinem Körper in dem anderen Käfig gesehen.

Ich flog an die Seite des Gitters und krallte mich dort fest. Jedes Wort wollte ich mitbekommen, und ich hoffte, daß Suko richtig reagierte.

Gleichzeitig dachte ich über meinen Zustand nach. Er war schlimm. Nie hatte ich so etwas Grausames durchgemacht. Sogar meine Existenz als Werwolf war nicht so schrecklich gewesen wie dieser Zustand hier, wo mein Kopf verkleinert war und auf dem Körper einer Wespe saß.

Wenn es wirklich keine Möglichkeit mehr geben sollte, dann würde ich Suko um eins bitten.

Mich zu töten!

Ja, er konnte mich dann zertreten, denn für mich hatte es keinen Sinn, so weiterzuleben.

Die beiden unterhielten sich. Suko erfuhr die Geschichte von Al Bennet. Er berichtete ihm auch, welch ein schreckliches Experiment Kongre durchgeführt hatte und daß sich meine Atome ebenfalls aufgelöst und an einer anderen Stelle wieder zusammengefügt hatten.

Welch ein Grauen ...

»Und wo ist John Sinclair?« Der Chinese stellte die alles entscheidende Frage.

»Im anderen Käfig!« erwiderte Bennet.

Suko drehte den Kopf.

Jetzt, jetzt mußte er mich doch sehen. Ich öffnete den Mund, schrie so laut ich konnte, doch der Chinese hörte es nicht.

»Ich sehe keinen«, sagte er statt dessen.

Für mich brach eine Hoffnung zusammen.

Da übernahm Al Bennet wieder das Wort. »Er ist klein, sehr klein. Sein Kopf sitzt auf dem Körper einer Wespe!«

Suko zuckte zusammen. Pfeifend löste sich sein Atem. Der Chinese schwankte, als hätte er einen Schlag erhalten. Jegliches Blut wich aus seinem Gesicht, und die Haut wurde bleich wie eine frisch gekalkte Wand.

»Was sagen Sie da?« flüsterte er.

Al Bennet wiederholte seine Worte.

Suko begann zu zittern. Sein Mund öffnete sich, er brachte keinen Ton hervor, das Grauen war wie ein großes Tuch über ihn gefallen und hielt ihn umklammert.

Angst, die reine Angst beherrschte ihn, und sehr, sehr langsam drehte er den Kopf, als hätte er Furcht davor, das sehen zu müssen, was ihm Al Bennet gesagt hatte.

Suko schaute auf den zweiten Käfig.

Sein Blick flackerte, das konnte ich erkennen, der rechte Arm war nach unten gesunken, die Mündung der Beretta wies zu Boden.

Auch ich schaute ihn an.

Er mußte mich doch sehen, wieder schrie ich, aber ich wußte nicht, ob ihn diese Schreie auch erreichten.

Grauenvolle Sekunden vergingen, in denen niemand von uns ein Wort sprach.

Al Bennet, dessen Körper von mir getötet worden war, unterbrach das Schweigen.

»Sehen Sie ihn?«

Suko gab keine Antwort. Schweiß glitzerte auf seiner Stirn. Mit einer fahrigen Bewegung wischte er ihn weg. Dann hob sich seine Brust unter einem tiefen Atemzug, so etwas wie Entschlossenheit kehrte in sein Gesicht zurück, und Suko ging auch die letzten Schritte.

Er kam auf mich zu ...

Mein Gott, welch eine Situation. Ich hing als Wespe mit einem Menschenkopf im Maschendrahtgitter, war zu einem winzigen Monster geworden, und nun kam einer meiner besten Freunde auf mich zu, um mich zu suchen.

Noch größer wurde seine Gestalt. Ich konnte bald nichts mehr sehen, denn die Sichtperspektive verkleinerte sich. Nur noch Suko sah ich. Drohend und gewaltig kam er mir vor, ein Riese, dem bald die Wahrheit präsentiert werden würde.

Er blieb stehen.

Einen Schritt vor meinem Käfig hatte er angehalten, um sich zu bücken. Wahrscheinlich hatte er mich längst entdeckt, jetzt wollte er mich genau sehen.

Suko ging in die Knie.

Eine atemlose Stille hatte sich über diesen Raum des Schreckens gelegt, ich wartete zitternd, und dann sah ich das Gesicht des Chinesen dicht vor dem Maschendraht.

Übergroß erschien es mir. Dabei breit und gefährlich aussehend. Man konnte Angst bekommen, wenn man so klein war wie ich. Die Lippen wirkten wie eine rötliche Schlucht mit zwei Wänden. Groß wie Höhlen kamen mir Sukos

Nasenlöcher vor, und als er den Mund öffnete, sah ich seine Zähne wie weiße Felsen schimmern.

Die Lippen bewegten sich. Atem traf mich, ließ mich zittern, und ich vernahm einen geflüsterten Namen.

»John?«

In dieser einen Frage lag alles, was Sukos Innerstes erfüllte. Angst, Mitleid, Hoffnung ...

Ich schwieg.

Plötzlich war ein Gefühl in mir, wie ich es noch nie erlebt hatte.

Eine schreckliche Leere und Hoffnungslosigkeit, und das Teuflische daran war, daß ich noch denken und fühlen konnte, denn mein Gehirn war nicht ausgeschaltet.

»Suko!«

Ich sagte seinen Namen, hatte ihn geschrien, und der Chinese zuckte zusammen, wobei sich seine Augen weiteten.

Er hatte mich verstanden!

»John, mein Gott, du bist es. Ich sehe dein Gesicht, kann es erkennen – o nein ...« Der Chinese schloß die Augen. Die Qual war zu groß geworden.

Dann sah ich, wie er um mich weinte. Er konnte seine Tränen einfach nicht mehr zurückhalten. Die Angst und die Hoffnungslosigkeit mußten sich irgendwie eine Bahn verschaffen, das Gefühl des ungeheuren Schmerzes überwältigte meinen Partner, und auch in mir tobten die Empfindungen.

Ich wollte etwas sagen, eine Bitte formulieren, einen Wunsch, doch kein Wort drang über meine Lippen. Zu groß war das Entsetzen.

Dann sagte Suko etwas. »Er hat es gemacht, nicht?«

»Ja!« Wieder mußte ich die Antwort schreien, um verstanden zu werden.

»Wo ist er jetzt? Weißt du es?«

»Er will telefonieren.« Ich strengte mich an. »Er hat bereits mit Marvin Mondo zusammengearbeitet und will ihm die Erfindung überlassen.«

Das war ein Schlag für Suko. Nicht nur, daß er mich hilflos sah, die Eröffnung, die Mordliga wieder im Spiel zu wissen, deprimierte den Chinesen noch mehr.

»Wann kommt er zurück?«

»Ich weiß es nicht, aber sicherlich Kongre nicht allein. Er will Verstärkung holen, auch Mondo, der sich mit Logan Costello zusammengeschlossen hat, wie ich hörte.«

»Was können wir tun?« fragte Suko.

Diese Frage erinnerte mich wieder an meinen erbarmungswürdigen Zustand. »Ich kann nichts tun, Suko. Du vielleicht, aber sieh mich doch an …«

Gequält verzog sich das Gesicht meines Freundes. »Gibt es denn kein Zurück mehr?«

Ich schwieg.

Natürlich hatte ich hin und her überlegt, ob es nicht noch eine Chance gab. Zahlreiche Möglichkeiten hatte ich durchdacht, als ich allein gewesen war, und eine war quasi in meinem Gehirn hängengeblieben.

Man hatte mich in dieses kleine Monster verwandelt. Durch den Austausch von Atomen, und ich glaubte plötzlich fest daran, daß sich dieser Vorgang auch wieder rückgängig machen ließ. Nur eine Schwierigkeit gab es dabei.

Al Bennet!

Konnte ich es wirklich auf mich nehmen, Al Bennets Leben zu zerstören, um meines zu retten?

Nie zuvor hatte ich mich in so einer Zwickmühle befunden! Ich wußte nicht, wie ich reagieren sollte. Man kann nicht einfach ein Menschenleben gegen das andere aufrechnen. Jedes ist gleich wichtig, ob der eine nun Millionär war oder in den Slums lebte.

Suko schien gespürt zu haben, was in meinem Kopf vorging. »Du weißt etwas, nicht?«

»Ja.« Da Bennet mich nicht hören konnte, sagte ich es meinem Partner.

Der Chinese nickte. Ich wartete auf seine Antwort, und er ließ sich Zeit damit. Schließlich meinte er: »Ich habe über das gleiche Problem nachgedacht wie du, John, und ich frage mich, ob Al Bennet überhaupt noch ein Mensch ist.«

»Wie meinst du das?«

»Bennet ist nicht mehr er selbst. Es existiert zwar noch sein Kopf, aber der ist mit einem anderen Körper verbunden. Al Bennet ist ebenso eine Mutation wie du oder wie der Mann mit dem Hundeschädel, der erschossen nebenan liegt.«

»Ich habe ihn getötet, weil er mich angriff.«

»Wir sollten es wagen.«

Ich hatte meine Zweifel. Es kostete mich eine ungeheure Überwindung, ja zu sagen, und ich brachte das Wort einfach nicht über meine Lippen. »John, wenn du deine Einwilligung nicht gibst, dann mache ich es allein!«

Suko ließ sich jetzt nicht mehr beirren, ich sah den harten Glanz in seinen Augen, ein Zeichen, daß er sich fest entschlossen hatte, den Plan durchzuführen.

Was sollte ich tun?

»He, ihr beiden!« schrie Al Bennet plötzlich. »Ihr redet über mich, wie?«

Suko drehte sich um. »Es stimmt, Mr. Bennet.«

»Ich weiß, was in euren Köpfen vorgeht, ich weiß es ganz genau. Aber ich lasse mich auf nichts ein. Ich will meinen Körper wiederhaben, ich bekomme ihn zurück, ich ...«

»Sie bekommen nichts mehr«, erwiderte Suko.

»Wieso?«

»Weil Ihr Körper nicht mehr lebend existiert. Das Herz hat aufgehört zu schlagen. Man hat ihren Körper erschossen, Mr. Bennet. Sie werden niemals mehr derjenige werden, der Sie früher einmal gewesen sind. Damit müssen Sie leben.«

»Nein«, hauchte Bennet. »Nein, verdammt!« Er klammerte seine Hände um den Maschendraht. »Sagen Sie, daß es nicht stimmt. Sie haben gelogen. Gelogen …!« brüllte er, und seine Stimme überschlug sich dabei.

Suko wartete, bis er sich ausgetobt hatte. »Mr. Bennet, ich habe Ihnen die Wahrheit gesagt!«

Der Assistent schluchzte auf. »Wer? Wer hat mich erschossen? Welches Schwein …?«

»Es war John Sinclair.«

Al Bennet schluckte. Schwer saugte er die Luft ein. Dabei drehte er den Kopf und schaute zu meinem Käfig. »Stimmt das?« flüsterte er. »Stimmt das wirklich?«

»Ich sehe keinen Grund, Sie anzulügen, Mr. Bennet«, sagte Suko.

Al Bennet, der so viel Schweres durchgemacht hatte, verkraftete es nicht. Er sank plötzlich zusammen. Am Maschendraht rutschte er entlang und blieb auf dem metallenen Boden des Käfigs sitzen, wo er den Kopf senkte und sein Gesicht in beiden Händen vergrub.

Suko ließ ihn in Ruhe. Er wußte wie auch ich, welcher Kampf in diesem Mann tobte. Al Bennet mußte eine Entscheidung treffen, die praktisch seinen endgültigen Tod zur Folge hatte.

Nach einer Weile ließ er die Hände sinken und drehte den Kopf. Suko konnte erkennen, daß sein Gesicht verquollen und gerötet war. Mit kaum zu verstehender Stimme sprach er die nächsten Worte: »Ich habe mich entschieden, Mister.«

»Und?«

»Nehmen Sie – nehmen Sie den Rücktausch vor!«

Sekundenlang sprach niemand. Suko und vor allen Dingen mir fiel ein dicker Stein vom Herzen. Bennet hatte sich für uns entschieden, und er half sogar noch weiter.

»Ich werde Ihnen sagen, was Sie zu tun haben«, erklärte er dem Chinesen. »Gehen Sie an das Schaltpult.« Suko gehorchte. Jetzt lag mein Schicksal allein in Al Bennets Hand. Er konnte uns auch reinlegen, mich vernichten, aber daran glaubte ich nicht. Bennet hatte Schluß gemacht, hätte er mich sonst angerufen?

Er wiederholte noch einmal seine Angaben, dann wandte er sich an mich. »Leben Sie wohl, Mr. Sinclair, und legen Sie Kongre das Handwerk. Er ist ein Verbrecher, er ist schlimmer als der Satan. Und vielleicht denken Sie irgendwann einmal an mich ...«

Mich trafen die Worte hart. Reden konnte ich nicht, er hätte mich auch nicht verstanden.

»Tun Sie es jetzt, verdammt!« schrie Al Bennet dem Chinesen zu.

Und Suko reagierte ...

Ein Lichtbogen entstand.

Grell entlud er sich über und zwischen den Käfigen. Ich hatte mich an dem Maschendrahtgitter festgeklammert und schaute nach oben. Das letzte, was ich mit meinen Blicken noch mitbekam, war das Verlöschen des Lichtbogens.

Danach fiel ich in die absolute Dunkelheit, mein Körper wurde von den unheimlichen Kräften zerrissen, die Elementarteile lösten sich auf, mit Bennet geschah das gleiche, und innerhalb der hohen Spannung begannen die Atome mit ihrer Wanderschaft.

Suko hatte sich auf Anraten Bennets eine dunkle Schutzbrille aufgesetzt. Er schaute trotzdem nicht direkt in den Lichtbogen, sondern stand am Pult und hielt den Blick gesenkt. Innerlich fieberte er und zitterte. Würde der Austausch glatt über die Bühne gehen? Schaffte es diese immense Kraft?

Der Lichtbogen brach zusammen.

Ein leises Summen, ein letztes Knistern – es war vorbei.

Tief atmete Suko ein. Die Luft schmeckte irgendwie anders. Unter den hohen Energien hatte sich ein Teil des Sauerstoffs in Ozon verwandelt, das merkte auch Suko.

Er nahm die Brille ab.

Fast wagte er nicht, den Blick zu heben. Dann mußte er es tun, wollte sich Gewißheit verschaffen.

Er schaute auf den rechten Käfig.

Dort lag ein Mann.

John Sinclair.

Der echte!

»John!« Sukos Ruf erreichte meine Ohren, als ich benommen den Kopf hob und feststellte, daß ich auf dem Boden des Käfigs hockte.

Als völlig normaler Mensch. Der Atomaustausch war tatsächlich gelungen.

Ich öffnete die Augen.

Mit einem gewaltigen Sprung stand Suko an der Käfigtür, rüttelte daran, doch sie war abgeschlossen.

»Verdammt, es fehlt der Schlüssel!« fluchte er.

Die Tür war zu stabil.

Die konnte auch ein Mann wie Suko nicht sprengen. Aber er wußte sich zu helfen. In einem Schubkasten in der Konsole fand er Werkzeug, unter anderem auch einen Schraubenzieher, mit dem er die oberste Deckplatte des Käfigs abschrauben konnte. Suko holte sich einen Stuhl, stellte sich darauf und begann mit seiner Arbeit.

Fast zehn Minuten mußte ich noch zittern, dann nahm mein Freund die Platte ab.

»Kletter hoch, John.«

Meine Schuhspitzen fanden am Maschendraht Halt. Ich stieg über die Verkleidung und sprang zu Boden. Suko fing meinen Fall noch ab. Ich drehte mich um, wir schauten uns an, und im nächsten Augenblick lagen wir uns in den Armen.

Und verdammt noch mal, beiden von uns saß ein Kloß in der Kehle, denn sprechen konnten wir nicht.

»Danke«, sagte ich. »Das vergesse ich dir nie.«

»Hör auf, John, du hättest das gleiche für mich getan.« Suko atmete tief ein und drehte sich um.

Ich wußte, wohin er wollte, und blieb an seiner Seite. Beide schauten wir in den zweiten Käfig, und beide sahen wir das gleiche Bild. Eine Wespe mit einem Menschenkopf, dazu ein Gesicht, auf dem all die Trauer, der Schmerz und die Todesahnung lag, die ein Mensch nur empfinden konnte.

Der kalte Schauer lief über meinen Körper, als ich die feine, kaum zu verstehende Stimme hörte.

»Viel Glück, Männer, viel Glück. Und tut mir einen Gefallen. Tötet mich!«

Suko und ich schauten uns an. Synchron schüttelten wir die Köpfe. Nein, das konnten wir beide nicht.

Wir wandten uns ab. Eine Lösung würde sich vielleicht finden lassen. Dann verließen wir den Keller, in dem so viel Schreckliches passiert war.

Das Gerät blieb unbeschädigt zurück. Ich würde es auch nicht zerstören lassen, es mußte nur an einen sicheren Platz geschafft werden, damit Typen wie Solo Morasso es nicht in die Hände bekamen, denn die würden gnadenlos ihre neu gewonnene Macht ausspielen.

Nebeneinander schritten wir die Treppe hoch, und nebeneinander betraten wir auch die Halle.

Die Haustür hatte Suko bei seinem Eintritt nicht verschlossen. Sie stand noch offen. Deshalb hörten wir auch das Geräusch eines anfahrenden Autos.

»Sie kommen zurück«, sagte Suko und zog seine Waffe.

Ich tat es ihm nach.

Logan Costello hatte tatsächlich gespurt und Marvin Mondo einen Lastwagen überlassen, auf dessen Ladefläche die Geräte verstaut werden konnten.

Auf der Fahrt zum Haus hatten sie Jason Kongre getroffen und ihn mitgenommen.

Sie waren jetzt zu viert.

Marvin Mondo, Jason Kongre und zwei finstere Killertypen, die Costello abgestellt hatte und die sich auf ihre Maschinenpistolen verließen.

Die Scheinwerfer des Wagens wirkten wie gewaltige Glotzaugen. Helle Lichtbahnen fielen über den Platz und streiften auch das Haus. Es erwies sich nun als Vorteil, daß Suko seine Harley jenseits des Bentley geparkt hatte, so daß die Maschine vor den Lichtspeeren geschützt war.

Der Fahrer lenkte den Lkw in eine enge Kurve und stoppte so, daß sein Auto mit der Schnauze dem Eingang zugewandt war.

Sie hatten zuvor alles besprochen. Jason Kongre sollte aussteigen und sich im Haus umschauen. Wenn er alles normal vorfand, würde er den anderen Bescheid geben.

Kongre öffnete die Tür. Er sprang aus dem Wagen und lief die restlichen Schritte auf das Haus zu, ohne sich noch einmal umzusehen.

Im selben Augenblick erschienen zwei Männer in der Eingangstür.

Suko und ich!

Wir sahen uns zur selben Zeit.

Jason Kongre stoppte mitten im Lauf. Sein Gesicht verzerrte sich vor Wut und Haß. Die Faust stieß er in die Luft, und dann heulte er einen Fluch.

»Wenn Sie eine dumme Bewegung machen, Kongre, schieße ich!« drohte ich ihm.

Der verbrecherische Wissenschaftler duckte sich. Ich schaute über ihn hinweg, sah den Lastwagen und eine schattenhafte Bewegung hinter der Frontscheibe.

Einen Herzschlag später blitzte es orangerot vor dem Fenster auf, etwas splitterte, und dann hörten wir schon das häßliche Tack-tack der Maschinenpistolen.

»Deckung!« brüllte ich.

Mit Hechtsprüngen schafften wir es, uns einigermaßen sicher ins Haus zu werfen. Die Kugelgarben hackten über den Boden, prallten gegen die Treppenstufen, hieben in die Tür, die Mauer, und dann heulte der Wagenmotor auf.

Und einen Schrei vernahmen wir.

Ich riskierte es, robbte vor und zog die Tür weiter auf. Der Lastwagen fuhr weg. Er nahm nicht einmal den Weg, sondern raste quer durch die Büsche, aber ich sah einen Mann, der schwankend auf den Beinen stand und dann schwer auf die Treppe fiel.

Jason Kongre!

Uns hatten die heimtückischen Killer erschießen wollen, doch sie erwischten Kongre. Mehrere Kugeln hatten ihn getroffen. Für mich grenzte es an ein Wunder, daß er überhaupt noch lebte. Als ich bei ihm stand, drehte er sich auf die Seite.

Sein Gesicht war verzerrt. »Du hast es geschafft, Sinclair, verdammt, du hast es geschafft. Aber du wirst meine Erfindung nicht kriegen. Keiner soll sie bekommen. Keiner ...«

Er öffnete seine rechte Faust. Ich sah einen schmalen, flachen Kasten auf dem Handteller liegen und wußte genau, was er darstellte.

Bevor ich ihn dem verbrecherischen Wissenschaftler entreißen konnte, hatte Kongre bereits einen Kontakt ausgelöst.

Noch in derselben Sekunde erfolgte die Explosion. Wir hörten das dumpfe Wummern, Staub quoll aus dem Keller, Wände brachen, und Suko verließ hastig das Haus.

Jason Kongre, der geniale, aber doch so verbrecherische Wissenschaftler, hatte sein Lebenswerk selbst zerstört. Und mit ihm war auch sein Assistent gestorben.

Für Al Bennet war es bestimmt das beste gewesen, und ich war, ehrlich gesagt, froh, daß es diese teuflische Erfindung nicht mehr gab ...

Eine Fahndung nach dem Lastwagen blieb erfolglos. Marvin Mondo war entkommen, aber er hatte sein schreckliches Ziel nicht erreicht.

Das war wichtig.

Der Fall hatte Tote gekostet – leider. Eine Spezialeinheit von Scotland Yard übernahm die Untersuchungen. Auch die Mutationen wurden weggeschafft.

Es hatte einige Zeugen gegeben. Die Freunde aus dem Fußballclub wurden dazu vergattert, kein Wort an die Öffentlichkeit dringen zu lassen. Sir James persönlich nahm sich die Menschen vor. Sie würden schweigen, da war ich mir sicher.

Ich hielt mich bei dem Trubel im Hintergrund. Irgendwie war mir schwermütig zumute. Diesmal war es wirklich um Haaresbreite gegangen. Die Methoden unserer Gegner wurden immer teuflischer und raffinierter, und ich fragte mich, ob wir es überhaupt noch schaffen konnten.

Sir James Powell hatte ich noch gar nichts von meiner Verwandlung gesagt. Ich würde es auch lassen, und Suko konnte ebenfalls schweigen.

Diese Sache ging nur uns beide etwas an ...

ENDE

Dieser Band enthält folgende JOHN-SINCLAIR-Romane:

**Die Dämonenkatze
Kampf der Schwarzen Engel
Die Teufels-Dschunke
Museum der Monster
Die Hexe vom Hyde Park
Ghouls in der U-Bahn
Die Werwolf-Sippe
Lupinas Todfeind**

Erleben Sie mit, wie Sheila Conolly vom Katzendämon Yitza entführt wird; wie John, Suko, Myxin und Kara auf Sizilien den Schwarzen Engeln gegenüberstehen; wie eine Dschunke auf der Themse das Grauen verbreitet; wie das indianische Monster Mugur Steinfiguren lebendig werden läßt; wie die Hexe Larissa aus einer Parallelwelt auftaucht, um sich an ihren Nachfahren zu rächen; wie die Mordliga von den Ghouls in der U-Bahn den Aufenthaltsort von Xarran, dem König der Ghouls und Zombies erfahren will; und wie die Werwolf-Sippe der Vaselys der Königin der Wölfe ihren Thron streitig machen will ...

ISBN 3-404-73922-1

Sandy Shayne, 18 Jahre alt und tot. Ein Körper, der durch Schnitte gezeichnet worden war, wie als Hinweis gedacht.
Sandy war in der Schule der Star gewesen. Es gab kaum einen, der nicht verliebt in sie gewesen wäre. Auch Johnny Conolly hatte für sie geschwärmt. Nun war Sandy tot, und er schwor sich, ihren Mörder zu finden.
Das wollten auch Suko und ich. Unser Entsetzen war kaum zu beschreiben, als wir erfuhren, wer hinter dieser Tat steckte. Es war CIGAM, das Kunstgeschöpf des Teufels, der in der Hölle Geborene.
Nur kamen wir diesmal zu spät. Da hatte CIGAM Johnnys Tod schon längst beschlossen ...

ISBN 3-304-73225-1